中国政法大学70周年校庆

文化系列丛书

中国政法大学70周年校庆文化系列丛书

总主编：李秀云

媒体
法大

2017—2021精选辑

王　刘
安　澍
琪　＼
＼　主
主　编

中国政法大学出版社

2022·北京

图书在版编目（CIP）数据

媒体法大: 2017—2021精选辑/刘澍，王安琪主编. —北京:中国政法大学出版社，2022.5

ISBN 978-7-5764-0305-3

Ⅰ.①媒… Ⅱ.①刘… ②王… Ⅲ.①新闻报道－作品集－中国－当代 Ⅳ.①I253

中国版本图书馆CIP数据核字(2022)第012364号

		媒体法大
书　名		2017—2021 精选辑
		MEITIFADA 2017—2021 JINGXUANJI
出版者		中国政法大学出版社
地　址		北京市海淀区西土城路 25 号
邮　箱		fadapress@163.com
网　址		http://www.cuplpress.com (网络实名：中国政法大学出版社)
电　话		010-58908466(第七编辑部) 010-58908334(邮购部)
承　印		北京中科印刷有限公司
开　本		650mm×960mm　1/16
印　张		30.5
字　数		500 千字
版　次		2022 年 5 月第 1 版
印　次		2022 年 5 月第 1 次印刷
定　价		120.00 元

序

北京政法学院（中国政法大学前身）成立于1952年，以"厚德、明法、格物、致公"为校训，被誉为"中国法学教育的最高学府"。在近70年的办学历程中，学校长期以来为国家培养了大批法治人才。学校还参与了自建校以来几乎国家的所有立法活动，引领国家法学教育的创新、法学理论的革新和法治思想的更新，代表国家对外进行法学学术和法治文化交流。同时，学校多学科和跨学科的人才培养模式也为社会输送了一大批人文社会科学高级专门人才，成为国家政治、经济、社会、文化等领域人才培养的生力军。学校始终坚持以习近平法治思想为引领，为书写法治中国建设新篇章贡献法大力量。

2017年是法大建校65周年，更是法大发展史上极不平凡的一年。5月3日，习近平总书记来到中国政法大学考察并发表重要讲话。学校师生倍感振奋、倍受鼓舞。他对学校在人才培养、学术研究、社会服务、文化传承、国际交流合作、特色课程教育等方面取得的成就表示肯定。他强调，全面推进依法治国是一项长期而重大的历史任务，要坚持中国特色社会主义法治道路，要坚持以马克思主义法学思想和中国特色社会主义法治理论为指导，立德树人，德法兼修，培养大批高素质法治人才。同年，学校法学学科顺利入选世界一流学科建设名单。

2018年4月，教育部党组书记、部长陈宝生一行考察法大，就学校贯彻落实习近平总书记考察法大重要讲话精神及学校"双一流"建设工作作出了明确指示。5月3日，在"五四"青年节来临之际，习近平总书记委托工作人员，向中国政法大学民商经济法学院1502班团员青年致以节日的问候，并表达了殷切勉励。习近平总书记表示，得知一年来同学们在思想、学习等各方面都有了新的进步，感到很高兴。同学们励志"不忘初心，用一生来践行跟党走的理想追求"值得充分肯定。希望同学们坚定信仰、砥砺品德、珍惜时光、勤奋学习，努力成长为有理想、有本领、有担当的社会主义建设者和接班人，为法治中国建设、为实现中华民族伟大复兴中国梦贡献智慧和力量。

2019年，中华人民共和国成立70周年，我校千余名师生参加国庆70周年"同心共筑中国梦"主题群众游行和广场联欢。2019年也是法大恢复招生40周年，法大人与祖国一道，共庆华诞、共享荣光、共铸中华民族伟大复兴的中国梦。这一年，法大坚持把开展"不忘初心、牢记使命"主题教育作为党建工作的主线，以党的政治建设为统领推进全面从严治党向纵深发展。这一年，法大继续贯彻落实习近平总书记考察我校重要讲话精神，法学学科跃居"2019软科中国最好学科排名（法学学科）"榜首，学科专业建设再创佳绩，与实务部门共建多个高层次研究基地，努力服务依法治国。这一年，有振奋、有感动、有温暖，法大人用智慧和汗水，描绘着法大建设和发展的崭新画面，奋力书写立德树人的新时代答卷。

2020年，新冠肺炎疫情突如其来，学校党委认真贯彻落实习近平总书记重要指示精神和党中央决策部署，迅速响应教育部、北京市各项疫情防控要求，严格落实疫情防控各项任务，扎实做好疫情防控各项工作。全体师生党员冲锋在前、战斗在前，以各种方式投身疫情防控工作，让党旗高高飘扬在疫情防控前线。11月16日至17日，中央全面依法治国工作会议在北京召开，会议明确习近平法治思想在全面依法治国工作中的指导地位，学校第一时间召开工作会议，学习传达中央全面依法治国工作会议精神，用习近平法治思想武装头脑，为全面依法治国贡献力量。2020年是"十三五"规划的收官之年，也是编制"十四五"规划、开启第二个百年奋斗目标新征程的关键之年，面对当前全球疫情和世界经济形势仍然严峻复杂的局面，学校牢牢坚持以习近平新时代中国特色社会主义思想为指导，增强"四个意识"、坚定"四个自信"、做到"两个维护"，紧扣全面建成小康社会的目标任务，在疫情防控常态化前提下，坚持稳中求进工作总基调，统筹推进疫情防控和学校事业发展，在确保师生员工生命安全和身体健康的前提下，持续深化改革、迎难而上、锐意进取，加快推进中国特色世界一流法科强校建设，实现学校"三步走"战略"第一步"阶段性目标的圆满收官，奋力夺取学校疫情防控和改革发展的双胜利，为助力国家决战决胜脱贫攻坚、全面建成小康社会的任务目标贡献新的更大力量。

2021年，是建党100周年，也是学校迈入"十四五"的开局之年。为进一步推动落实习近平新时代中国特色社会主义思想进教材、进课堂、进头脑，帮助本科学生及时、准确地把握习近平法治思想的核心内容，学校精心组织设计《习近平法治思想概论》课程，并从2021年春季学期开始面向全校开设。同年，学校成立了习近平法治思想研究院和习近平法治思想学生学习中心，为全面建设社会主义法治国家贡献法治力量。

7月1日，庆祝中国共产党成立100周年大会在北京天安门广场隆重举行，习近平总书记发表重要讲话。全校迅速掀起学习热潮，激励引导全校师生牢记初心使命，坚定理想信念，践行党的宗旨，坚持人民立场、人民至上，奋力推动学校各项工作高质量发展，坚守为党育人、为国育才，全面落实立德树人根本任务，提升法治人才培养质量，发挥法治在国家治理体系和治理能力现代化中的积极作用。7月9日，

《光明日报》以整版的篇幅报道了我校认真贯彻落实习近平总书记考察学校重要讲话精神以及开展党史学习教育的情况。

我们梳理了2017—2021年社会媒体对学校的报道，本书选取了这几年里主流媒体对我校的部分报道和转载，汇集成书。本书共分"深入学习贯彻习近平法治思想""认真贯彻落实习近平总书记考察法大重要讲话精神""疫情防控　法大在行动""立德树人　培养德法兼修法治人才""发挥学科人才优势　助力全面依法治国""'不忘初心'推动学校发展　'师生为本'丰富学府生活"六个部分，每部分按照"电视媒体""平面媒体"和"网络媒体"的类别汇集、整理，内容涵盖近年来学校发展的各个方面。

我校的新闻宣传工作一直得到学校领导的高度重视和悉心指导，校内外各个部门都积极支持和配合。在此，我们向给予学校宣传工作大力支持和辛勤付出的各界人士表达深深谢意！

七十载风雨中前行，七十载曲折中奋进。2022年，中国政法大学将迎来70周年华诞，本书作为校庆文化系列丛书之一，以丰硕的成果为校庆献礼，共同庆祝法大建校70周年，传承法大文化，传递法大精神。

《媒体法大》编写组
2021年10月

目　录

一、栏目名称　深入学习贯彻习近平法治思想

（一）电视媒体 001

1. 坚定不移走中国特色社会主义法治道路
　　——习近平总书记在中央全面依法治国工作会议上的
　　重要讲话引起强烈反响 001

2. 学习全面依法治国　培养德才兼备法治队伍 002

3. 中国政法大学习近平法治思想研究院成立 002

4. 中国政法大学"习近平法治思想概论"课程正式开课 003

5. 深入学习贯彻习近平法治思想　坚持统筹推进
　　国内法治和涉外法治座谈会召开 003

（二）平面媒体 004

1. 马怀德：在法治建设中贯彻落实好"十一个坚持" 004

2. 胡明：深刻认识习近平法治思想的重大意义
　　（深入学习贯彻习近平新时代中国特色社会主义思想）..... 005

3. 马怀德：贯彻习近平法治思想　培养高素质法治人才 009

4. 马怀德：习近平法治思想的核心要义 013

5. 马怀德：坚持建设中国特色社会主义法治体系 017

（三）网络媒体　　　　　　　　　　　　　　　　　　022

1. "伟大思想引领伟大实践"　中国政法大学师生热议
　　中央全面依法治国工作会议　　　　　　　　　　022

2. 中国政法大学"学思享"大讲堂开讲　　　　　　　023

3. 习近平法治思想研究院在中国政法大学揭牌　　　023

4. 中国政法大学"习近平法治思想概论"课程正式开讲　026

5. 胡明：新时代法治建设的总指引——全面理解、深入领悟
　　习近平法治思想的重大意义和精神内涵　　　　　028

6. 中国政法大学召开"深入学习贯彻习近平法治思想
　　坚持统筹推进国内法治和涉外法治"座谈会　　　033

二、栏目名称　认真贯彻落实习近平总书记考察法大
　　　　　　　　重要讲话精神

（一）电视媒体　　　　　　　　　　　　　　　　　036

1. 习近平在中国政法大学考察时强调　立德树人德法兼修
　　抓好法治人才培养　励志勤学刻苦磨炼促进青年成长进步　036

2. 北京高校学习贯彻习近平总书记考察中国政法大学
　　重要讲话精神　　　　　　　　　　　　　　　　037

3. 总书记与我们在一起：让青春激扬法治中国梦　　037

4. 为全面依法治国培养更多优秀人才　　　　　　　038

5. 习近平勉励中国政法大学民商经济法学院1502班
　　团员青年　用一生来践行跟党走的理想追求　　　038

6. 北京：中国政法大学与兰考县委共建"焦裕禄精神"
　　教育实践基地　　　　　　　　　　　　　　　　038

7. 今天，法大与新中国民主法治同行   039

8. 同心同向！这群政法学子绽放出青春光芒   039

（二）平面媒体   040

1. 坚持立德树人培养法治人才   040

2. 立德树人德法兼修抓好法治人才培养   励志勤学刻苦磨炼
   促进青年成长进步   044

3. 培育德才兼备、信仰坚定的法治人才——与中国政法大学
   青年师生谈法治人才培养   048

4. 全国政法类高校（学院）共青团学习习近平总书记
   重要讲话精神研讨会在京举行   050

5. 法学教育要德法兼修——访中国政法大学校长黄进   051

6. 黄进：志存高远   培养卓越法治人才   054

7. 石亚军：为全面依法治国培养更多优秀人才
   ——学习习近平总书记考察中国政法大学时的重要讲话   058

8. 聚力德法兼修法治人才培养——中国政法大学以总书记
   重要讲话精神引领法学教育发展   059

9. 教师法治教育研究中心成立仪式暨教师法制教育研讨会举行   062

10. 德法兼修   励志勤学   063

11. 培养新时代高素质法治人才   064

12. 为党内法规制度的建设贡献力量   066

13. 建设中国特色世界一流法科强校
    ——中国政法大学深入学习贯彻十九大精神   067

14. "立德树人   德法兼修"纪念习近平总书记考察
    中国政法大学一周年北京高校辅导员论坛暨北京高校
    学生工作法治化专题研修班开班   070

15. 立德树人　德法兼修——中国政法大学：青春梦想
融入丰富的法律服务　　　　　　　　　　　071

16. 胡明：探索中国特色法学教育新路径新模式　　073

17. 坚持问题导向　提升学习实效　推进世界一流政法大学建设
教育部党组与中国政法大学党委理论学习中心组开展联合学习　076

18. 交出不负嘱托的"法大答卷"　　　　　　　078

19. 志向是奋斗的原动力也是人生的定盘星
——习近平总书记考察中国政法大学一周年回访　081

20. 中国政法大学：打造法治人才培养体系"升级版"　087

21. 大家手笔｜黄进：新时代大国青年的家国情怀　089

22. 春天的嘱托——中国政法大学贯彻落实习近平总书记
重要讲话精神两周年　　　　　　　　　　092

23. 胡明：坚持立德树人　推进铸魂育人　不断开创新时代
思想政治理论课建设新局面　　　　　　　096

24. 一份特殊的"毕业礼物"——记中国政法大学
"1502"新时代青年知行社　　　　　　　100

25. 黄进：知行合一方能"德法兼修"　　　　102

26. 马怀德：建设德才兼备的高素质法治队伍（新论）　105

27. 胡明：筑牢法学教育立德树人根基　　　　106

28. 黄进：如何加强涉外法治人才培养　　　　109

29. 马怀德：推动中国特色社会主义法治理论体系创新发展　111

30. 牢记使命，服务全面依法治国——中国政法大学
全力办好法学教育、抓好法治人才培养（专版）　114

31. 胡明：创新发展中国特色社会主义法治理论　　　119

32. 马怀德：构建具有中国特色的法学学科体系　　　121

（三）网络媒体　　　123

1. 中国政法大学师生：总书记为我们的主题团日点赞　　　123

2. 习近平：青年要立志做大事，不要立志做大官　　　126

3. 在实现中国梦中绽放青春光芒——习近平总书记在
  中国政法大学考察时的重要讲话引起热烈反响　　　127

4. 为全面依法治国培养更多优秀人才——习近平总书记在
  中国政法大学考察时的重要讲话引起热烈反响　　　127

5. 让青春为法治中国绽放——习近平总书记考察
  中国政法大学回访　　　131

6. 国家重大委托项目"创新发展中国特色社会主义法治理论
  体系研究"开题报告会举行　　　135

7. 法大研支团：践行总书记嘱托　勇担新时代使命　　　137

8. 纪念习近平总书记考察中国政法大学一周年座谈会
  在京召开　　　138

9. 中国政法大学与中共兰考县委共建"焦裕禄精神"
  教育实践基地签约仪式在京举行　　　140

10. 中国政法大学：凝心聚力探索主题教育新路径　　　141

11. 如何培养德法兼修的法治人才？这场会议给出答案　　　143

三、栏目名称 疫情防控 法大在行动

（一）电视媒体 147

1. 战疫情·高校在行动 多渠道引导师生科学防疫
在家学习 147

2. 马怀德：为疫情防控提供有力法治保障 148

3. 中国政法大学进行学生返校模拟演练 148

4. 中国政法大学迎新 提供一站式报到服务 149

5. 中国政法大学：《远方的守望》 149

（二）平面媒体 150

1. 同心战"疫" 三校说"法" 150

2. 中国政法大学和法制网联合推出网络课程 152

3. "五校连枝"：政法高校的别样战"疫" 152

（三）网络媒体 157

1. 中国政法大学聚焦"五个维度"坚决打赢疫情防控阻击战 157

2. 中国政法大学海外孔子学院为中国加油 159

3. 中国政法大学提醒您：别胡来！这样做是违法的！ 160

4. 中国政法大学着力做好"四个一" 积极推进
"停课不停学、提质更增效" 162

5. 中国政法大学举行新冠肺炎防疫物资捐赠仪式 164

四、栏目名称 立德树人 培养德法兼修法治人才

（一）电视媒体 ………………………………………………… 165

1. 打好中国底色 首都高校百万师生同上一堂课：
   不辱使命 砥砺前行 …………………………………………… 165

2. 中国政法大学实践教学基地：为传统法律文化研究
   搭建平台 ………………………………………………………… 166

3. 中国政法大学：纪念国家宪法日 百名学子朗诵宪法原文 … 166

4.【今天是第七个国家宪法日】宪法教育进小学 特色课堂大讨论 … 167

5. 弘扬宪法精神 厚植爱国主义情怀 中国政法大学国家宪法日
   活动在京举行 …………………………………………………… 167

6. 清明将至缅怀先烈 政法大学百名师生举行公祭 …………… 168

7. 加强人才培养 助力涉外法治建设 …………………………… 168

8. 学好党史 法治建设史 助力法治人才培养 ………………… 169

（二）平面媒体 ………………………………………………… 169

1. 中国政法大学举办法律专题碑刻拓片展 …………………… 169

2. 最高法最高检司法部与中国政法大学签共建协议 ………… 170

3. 中国政法大学学子热议十九大报告：中国青年进入新时代 … 171

4. 2017 年度法学教育十大新闻 ………………………………… 172

5. 中国政法大学：与国家级艺术院团共建美育课 …………… 178

6. 2018 年度法学教育十大新闻 ………………………………… 178

7. 中国政法大学开展"社会主义法治教育进校园"活动 …… 182

8. 中国政法大学 2019 届研究生毕业典礼暨学位授予仪式举行 … 183

9. "新手上路"别怕! 184

10. 中国政法大学法学学科国内排名拔得头筹 188

11. 东方嘉石：中华法系的见证 189

12. 中国政法大学：给主题教育增添青春色彩 190

13. 听法律老学长讲中国法治故事　政法实务大讲堂走进中国政法大学

张军与法大学子夜话中国特色社会主义司法制度 191

14. 2019 年度法学教育十大新闻 196

15. 中国政法大学与北京外国语大学合作培养涉外法治人才 200

16. 做强法治中国人才支撑（全面依法治国新成就）

——打造一支忠诚担当的法治工作队伍 200

17. 中国政法大学北京二中史家小学三校合作　探索新时代青少年

法治教育新路径新方式 203

18. 中国政法大学法学院"六年制法学人才培养模式实验班"

10 年探索，打造卓越法律人才 2.0 版

——新时代实践型法治人才这样锻造 205

19. 李秀云：志愿服务——高校教师思政教育新路径 209

（三）网络媒体 212

1. "内地与港澳法学教育联盟"成立大会在京召开 212

2. 中国政法大学数据安全与应用规范研究基地正式成立 213

3. 党的十九大代表走进中国政法大学 214

4. 全国首次"网络电子存证"模拟庭审成功举办 215

5. 中国政法大学法学院举行四十周年院庆活动 218

6. 中国政法大学政治经济研究中心揭牌仪式在京举行 220

7. 中国政法大学中欧法学院建院十周年　助力中欧长足发展 221

8. "文化战略进校园"走进中国政法大学 222

9. 中国政法大学多措并举加强实践育人 223

10. 中国政法大学庆祝国际法学院成立三十周年

　　新中国与国际法七十年论坛同时举办 224

11. 第十一届北京市大学生模拟法庭竞赛举办 225

12. 中国政法大学研究生支教团"法大班"励志助力计划

　　接力仪式举行 227

13. 中国政法大学与牛津大学圣艾德蒙学院签署合作协议 228

14. 中国政法大学班戈孔院促进多元文化的交流与融合 229

15. 中国政法大学位居"2020软科中国大学排名

　　（政法类）"榜首 230

16. 中国政法大学：六年制法学实验班的探索之路 231

17. 北京市西城区政府与中国政法大学签署战略合作协议 232

18. 中外法硕教育专家"云"探讨人才培养模式创新等挑战 233

19. 人民网与中国政法大学开展"网上群众工作案例

　　走进大学思政课"教学合作 235

20. 一年来法学教育关注哪些事？2020年法学教育年度新闻

　　正式揭晓！ 236

21. 全国高校院（系）立德树人知行联盟思政"全"课堂启动 237

五、栏目名称　发挥学科人才优势　助力全面依法治国

（一）电视媒体　240

1. 治国大计　筑基长远——专家学者谈学习领会十九届四中
　　全会精神　240

2. 培养法治人才　服务国家治理体系和治理能力现代化　241

3. 中国政法大学校长马怀德：弘扬宪法精神　推进国家治理
　　体系和治理能力现代化　241

4. 何君尧：获颁中国政法大学名誉博士学位犹如"强心针"　242

5. 第二届"马克思主义与法治中国"全国学术研讨会在北京召开　242

6. 《中华人民共和国香港特别行政区维护国家安全法》学术
　　研讨会举行　242

7. 司法文明指数报告：镜照司法文明现状　培养未来司法精英　243

8. 霍政欣：圆明园流失兽首，如何再"聚首"?　244

9. 脱贫攻坚法治报道：法援小组在行动　244

10. 以马克思主义恩格斯思想指导法治中国建设　245

11. 时建中：优化法治化营商环境　245

12. 培养德法兼修人才　全面推进法治中国建设　245

13. "新时代民法典"法大研究生宣讲团走进社区暨纪念
　　《民法典》颁布一周年普法宣讲活动　246

14. 《中华人民共和国反外国制裁法》正式施行　246

15. 小学生体验模拟法庭：创新法治教育形式　提高教师
　　团队素养　247

16. 创新数据法学研究　首届数据法治高峰论坛召开　247

（二）平面媒体　248

1. 黄进：创新发展新时代中国特色社会主义法治理论　248

2. 胡明：构建中国特色社会主义法学体系的体会和探索　251

3. 让监督体系发挥最大合力——访中国政法大学副校长马怀德　252

4. 为坚持党的领导提供强有力宪法保障

　　——访中国政法大学校长黄进　256

5. 坚持全面依法治国　258

6. 马怀德：教育领域贯彻实施宪法的四个重点　259

7. 为机构改革提供坚强法治保障

　　——访中国政法大学副校长马怀德　265

8. 江平　为法治奋斗的传奇人生　267

9. 中国刑事诉讼法学研究会 2018 年年会举行

　　陈光中获中国刑事诉讼法学终身成就奖　274

10. 马怀德　行政法治建设的建言者　278

11. 首家全国律师行业党校培训基地落户中国政法大学　285

12. 潘汉典：书生报国尺幅间　287

13. 应松年、徐杰教授被授予全国杰出资深法学家　289

14. 中国政法大学检察公益诉讼研究基地揭牌　291

15. 胡明：坚定不移走中国特色社会主义法治道路　291

16. 廉希圣：基本法保障我国香港地区长期繁荣稳定　295

17. 年年春风里，岁岁吐芳华——访我国著名诉讼法学家、

　　中国政法大学终身教授陈光中　301

18. 马怀德：民法典时代行政法的发展与完善　306

19. 张晋藩：从古代民事法律中汲取智慧 309

20. 胡明：一部固根本、稳预期、利长远的法律 310

21. 黄进：坚持统筹推进国内法治和涉外法治 312

22. 强化反垄断　推动高质量发展

　　——访中国政法大学副校长时建中 313

23. 中国政法大学与《法治日报》社法治教育战略合作协议签署

　　"涉外法治高端人才培养联盟"成立仪式举行 315

24. 马怀德：迈向"规划"时代的法治中国建设 316

25. 从一张白纸到门类齐全的社会主义法学学科发展历程 319

（三）网络媒体 320

1. 马怀德：完善以宪法为核心的中国特色社会主义法律体系 320

2. 法治政府蓝皮书：地方政府问责重制度而轻落实 322

3. 十九大报告亮点解读　焦洪昌：十九大报告提出要依法立法

　　即破除部门利益法律化问题 323

4. 时建中：大数据法治可着眼行为 324

5. 马怀德教授当选 CCTV2017 年度法治人物 326

6. 建设中国特色法学　推进全面依法治国

　　——第四届"法治中国论坛"发言摘登 327

7. 中国首部仲裁纪录片研讨座谈会在中国政法大学举行 330

8. 【十九大·理论新视野】理论创新是一项艰苦的科学劳动 331

9. 坚决拥护深入学习宣传贯彻宪法修正案

　　——法学法律界学习宣传贯彻宪法座谈会发言摘要 336

10. 马怀德：监察法中的"中国话语"择要 338

11. 《法治政府蓝皮书：中国法治政府发展报告（2017）》
　　在京发布 341

12. 马怀德：保证高校教师的稳定性是教师队伍建设的关键 343

13. 中国政法大学党委书记胡明：深度参与和推动全国律师
　　行业党建工作 344

14. 中国政法大学与北京市通州区人民法院签订法治教育
　　合作框架协议 345

15. 马怀德：全会公报呈现三大亮点　明确提出时间表 346

16. 中国政法大学"江苏青年企业家法治教育合作基地"揭牌 350

17. 中国政法大学积极开展宪法宣传教育工作 352

18. 专家在京探讨推进国家治理体系和治理能力现代化 353

19. 中国政法大学、法制网联合开通在线免费法律课程 355

20. 十三届全国人大常委会专题讲座第十七讲
　　——马怀德：我国的行政法律制度 356

21. 讲清楚实施好民法典　更好保障人民的合法权益 357

22. 中国国际法学会会长、中国政法大学教授黄进：
　　智慧法院建设促进中国法治的国际传播 359

23. 中国政法大学积极履行法治宣传教育责任　不断加强
　　公益普法培训体系建设 360

24. 《人民法院诉讼证据规定适用指南》发布 363

25. 《法治政府蓝皮书：中国法治政府评估报告（2020）》发布 364

26. 10 名法学"生力军"获评"全国杰出青年法学家"称号 365

27. 第三届"马克思主义与法治中国"全国学术研讨会
　　暨"恩格斯思想研究"高端论坛在京举行 366

28. 中国政法大学涉外知识产权高端人才教育培训班
成功举办 369

29. 以良性市场秩序维护消费者权益——访中国政法大学
副校长时建中 372

30. 学术人生：中俄法律翻译第一人黄道秀 372

31. 中国政法大学法学院党内法规研究所成立仪式暨党内法规
学科发展学术研讨会举行 379

32. 中国政法大学与北京同仁堂（集团）有限责任公司
共建全国企业领导干部法治教育合作基地 381

六、栏目名称 "不忘初心" 推动学校发展 "师生为本" 丰富学府生活

（一）电视媒体 382

1. 老故事频道：《艺林春秋》孙鹤 382

2. ［都市晚高峰］海淀城管普法进校园　首站走进中国政法大学 382

3. 《北京您早》：勤俭节约不浪费　高校"光盘"徽章受欢迎 383

4. 《特别关注》：800 名师生长跑　共迎校庆 69 周年 384

（二）平面媒体 384

1. 新时代需要有理想有本领有担当的青年
——中国教育报刊社"宣讲行高校行"首场主题活动侧记 384

2. 政法大学学生在校门口设值班岗　为求助者提供法律援助
学生帮 26 名员工讨回 200 万补偿款 386

3. 大师风范法治情怀　恭贺陈光中先生 90 华诞 390

4. 金平　张希坡　高铭暄　陈光中　四位"90后"建党百年话初心 396

（三）网络媒体　　　　　　　　　　　　　　　　　402

1. 中国政法大学65周年校庆纪念大会举行　　　　　402

2. 中国政法大学完善多元化教师考核评价机制　　　404

3. 英雄模范走进高校　先进事迹催人泪下　全国公安系统英雄模范
   立功集体先进事迹报告会在中国政法大学举行　　406

4. 胡明任中国政法大学党委书记　　　　　　　　　407

5. 组图：六小龄童现身中国政法大学讲座　台上表演
   孙悟空英姿不减　　　　　　　　　　　　　　407

6. 中国政法大学第一届法大人马拉松比赛举行　　　408

7. 中国政法大学聚焦重点求突破　统筹推进抓落实深入学习
   贯彻全国教育大会精神　　　　　　　　　　　409

8. 中国政法大学第二届"法大人马拉松"暨67周年校庆
   长跑举行　　　　　　　　　　　　　　　　　412

9. 马怀德任中国政法大学校长　　　　　　　　　413

10. 中国政法大学举办第十二届"自强之星"暨
    "感动法大人物"颁奖活动　　　　　　　　　414

11. 中国政法大学建立网上投诉建议处理机制积极回应
    师生关切　　　　　　　　　　　　　　　　　416

12. "庆祝新中国成立70周年——书画名家书写
    法治作品展"在京开幕　　　　　　　　　　418

13. 为百姓点亮公平正义的明灯——全国模范法官李庆军同志
    先进事迹报告会中国政法大学专场侧记　　　421

14. 中国政法大学坚持学查改相结合　悟知行相统一
    扎实开展"不忘初心、牢记使命"主题教育　　423

15. 中国政法大学党委理论学习中心组赴北京互联网法院调研　　425

16. 中国政法大学举办沈家本诞辰 180 周年纪念活动　　428

17. 中国政法大学举办文化盛典　校园歌手唱响青春　　430

18. 中国政法大学实施"五大工程"推动构建国际化办学格局　　430

19. 中国政法大学举行庆祝建党百年党史高峰论坛　　433

20. "文化传承创新与文明交流互鉴"专家座谈会在京举行　　434

21. 第八届首都大学生记者基本功大赛在中国政法大学举办　　435

附　录　2017－2021 年中国政法大学新闻报道盘点　　437

一、栏目名称 深入学习贯彻习近平法治思想

（一）电视媒体

1. 标题：坚定不移走中国特色社会主义法治道路——习近平总书记在中央全面依法治国工作会议上的重要讲话引起强烈反响

视频链接：http://tv.cctv.com/2020/11/18/VIDEmfb6H35D3lzid1nBJDga201118.shtml? spm＝C31267.PFsKSaKh6QQC.S71105.4

首发媒体：中央电视台《新闻联播》

发布时间：2020 年 11 月 18 日

视频截图：

2. 标题：学习全面依法治国　培养德才兼备法治队伍

视频链接：http://www.centv.cn/p/377848.html

首发媒体：中国教育网络电视台

发布时间：2020 年 12 月 7 日

视频截图：

3. 标题：中国政法大学习近平法治思想研究院成立

视频链接：http://tv.cctv.com/2021/01/20/VIDEvxubCEex4NPWe
sxR43y0210120.shtml

首发媒体：CCTV12《热线 12》

发布时间：2021 年 1 月 20 日

视频截图：

其他媒体发布：

中国教育电视台：深入研究依法治国　推动习近平法治思想进课堂，发布时间：2021 年 1 月 17 日。

4. 标题：中国政法大学"习近平法治思想概论"课程正式开课

视频链接：https://tv.cctv.com/2021/03/31/VIDEHv2CR3Sgt6iBNq4YDsR1210331.shtml

首发媒体：CCTV12《热线 12》

发布时间：2021 年 3 月 31 日

视频截图：

5. 标题：深入学习贯彻习近平法治思想　坚持统筹推进国内法治和涉外法治座谈会召开

视频链接：http://tv.cctv.com/2021/05/07/VIDE3Uj0bet8V5Ifk90tpGLf210507.shtml

首发媒体：CCTV12《热线 12》

发布时间：2021 年 5 月 7 日

视频截图：

（二）平面媒体

1. 标题：马怀德：在法治建设中贯彻落实好"十一个坚持"

首发媒体：《光明日报》2020 年 12 月 9 日 11 版

正文：

习近平总书记在中央全面依法治国工作会议上精辟概括的"十一个坚持"，既是重大工作部署，又是重大战略思想，必须深入学习领会，抓好贯彻落实。

习近平法治思想深刻体现了中国特色社会主义法治的本质特征。中国特色社会主义法治的鲜明特色，体现为习近平总书记强调的"坚持党对全面依法治国的领导""坚持以人民为中心""坚持中国特色社会主义法治道路"。这三个重要论断，体现了习近平总书记对中国特色社会主义法治本质特征的准确定位。

习近平法治思想指明了全面依法治国的总抓手、主要任务和重点环节。这体现为，"坚持依宪治国、依宪执政"是前提，"坚持建设中国特色社会主义法治体系"明确了全面推进依法治国的总抓手，"坚持依法治国、依法执政、依法行政共同推进，法治国家、法治政府、法治社会一体建设""坚持全面推进科学立法、严格执法、公正司法、全民守法"是全面依法治国的主要任务和重点环节。"坚持在法治轨道上推进国家治理体系和治理能力现代化"，就要坚持这种整体布局和战略思考，更好发挥法治固根本、稳预期、利长远的重要作用。

习近平法治思想明确了法治建设的一系列重点问题。例如，提出"坚持抓住领导干部这个'关键少数'"，要求各级领导干部不断提高运用法治思维和法治方式深化改革、推动发展、化解矛盾、维护稳定、应对风险的能力，做尊法学法守法用法的模范；提出"坚持统筹推进国内法治和涉外法治""坚持建设德才兼备的高素质法治工作队伍"，为不断开创法治中国建设新局面明确了着力点。

2. 标题：胡明：深刻认识习近平法治思想的重大意义（深入学习贯彻习近平新时代中国特色社会主义思想）

首发媒体：《人民日报》2020 年 12 月 15 日 9 版

正文：

核心阅读

习近平法治思想内涵丰富、论述深刻、逻辑严密、系统完备，是马克思主义法治理论中国化最新成果，是全面依法治国的根本遵循和行动指南，具有重大理论意义和现实意义。党的十八大以来，全面依法治国实践取得重大进展，习近平法治思想在推动更高水平良法善治的时代进程中彰显实践品格、展现实践伟力。

前不久召开的中央全面依法治国工作会议，最重大的成果是确立了习近平法治思想，明确了习近平法治思想在全面依法治国工作中的指导地位。习近平法治思想内涵丰富、论述深刻、逻辑严密、系统完备，为全面依法治国提供了根本遵循和行动指南。我们要认真学习领会习近平法治思想，吃透基本精神、把握核心要义、明确工作要求，切实把习近平法治思想贯彻落实到全面依法治国全过程，更好转化为全面建设社会主义法治国家的生动实践。

坚定探索适合自身的法治道路

人类社会发展的实践证明，依法治理是最可靠、最稳定的治理。人类制度文明演进的历史，证明了"法令行则国治，法令弛则国乱"的深刻道理。新中国成立以来特别是改革开放以来，在推进社会主义现代化建设的历史进程中，我们党越来越深刻地认识到法治在国家治理中的重要作用，越来越深刻地认识到法治对于坚持和发展中国特色社会主义、推进社会主义现代化建设的重大意义，进而明确提出依法治国、建设社会主义法治国家的目标。

道路问题至关重要。沿着什么样的法治道路前进，直接关系社会主义法治建设的成败。世界上没有放之四海而皆准的法治模式。如果脱离本国实际照抄照搬别国的法治模式，就会对经济社会发展产生消极作用。实践中，有的国家就是因为简单照抄照搬别国的法治模式，结果不但没有实现善治，反而增加了社会不稳定因素。法治是现代国家治理的基本特征和根本保障，任何一个国家进行法治建设，都必须探索适合自己的法治道路。

习近平法治思想在新时代波澜壮阔的治国理政实践中应运而生，并在坚持和完善中国特色社会主义制度、推进国家治理体系和治理能力现代化进程中不断创新发展、日益成熟完备。以习近平同志为核心的党中央深刻总结新中国成立以来社会主义法治建设经验，明确提出了全面依法治国要走什么道路的问题。习近平总书记强调："全面推进依法治国，必须走对路。如果路走错了，南辕北辙了，那再提什么要求和举措也都没有意义了。""中国特色社会主义法治道路，是社会主义法治建设成就和经验的集中体现，是建设社会主义法治国家的唯一正确道路。""中国特色社会主义法治道路是一个管总的东西。具体讲我国法治建设的成就，大大小小可以列举出十几条、几十条，但归结起来就是开辟了中国特色社会主义法治道路这一条。""在坚持和拓展中国特色社会主义法治道路这个根本问题上，我们要树立自信、保持定力。"

习近平法治思想从历史和现实相贯通、国际和国内相关联、理论和实际相结合上深刻回答了新时代为什么实行全面依法治国、怎样实行全面依法治国等一系列重大问题，强调从我国革命、建设、改革的实践中探索适合自己的法治道路，提出全面依法治国的基本框架和总体布局，阐明中国特色社会主义法治体系的科学内涵，强调坚定不移走中国特色社会主义法治道路。在走什么样的法治道路问题上，我们必须旗帜鲜明、正本清源，不断增强探索适合自身法治道路的自信和决心。

顺应实现中华民族伟大复兴时代要求的重大理论创新成果

习近平总书记指出："实现中华民族伟大复兴的中国梦，就是要实现国家富强、民族振兴、人民幸福。"实现中华民族伟大复兴的中国梦，全面依法治国是重要保障。进入新时代，改革发展稳定任务之重前所未有，矛盾风险挑战之多前所未有，人民群众对法治的期待和要求之高前所未有。只有以科学的理论指导全面依法治国实践，我们才能在全面建设社会主义现代化国家的新征程上更好发挥法治固根本、稳预期、利长远的保障作用。习近平法治思想在党的十八大以来我们党领导人民进行伟大斗争、建设伟大工程、推进伟大事业、实现伟大梦想的实践中形成和丰富发展，顺应实现中华民族伟大复兴时代要求，蕴含着伟大的真理力量。

以习近平同志为核心的党中央胸怀中华民族伟大复兴战略全局和世界百年未有之大变局，站在实现党和国家长治久安的战略高度，统筹考虑国际国内形势、法治建设进程和人民群众法治需求，科学回答如何在法治轨道上推进国家治理体系和治理能力现代化、使全面依法治国与推进国家治理体系和治理能力现代化的要求相协同，如何依法应对重大挑战、抵御重大风险、克服重大阻力、解决重大矛盾，不断满足人民群众对法治的更高期待等重大问题。

习近平法治思想明确法治是国家治理体系和治理能力的重要依托。只有全面依法治国，才能有效保障国家治理体系的系统性、规范性、协调性，才能最大限度凝聚社会共识。全面依法治国是一个系统工程，要整体谋划，更加注重系统性、整体性、协同性。习近平法治思想提出强化法治思维，运用法治方式，有效应对挑战、防范风险，综合利用立法、执法、司法等手段开展斗争；强调不断提高运用法治思维和法治方式深化改革、推动发展、化解矛盾、维护稳定、应对风险的能力；明确推进全面依法治国，根本目的是依法保障人民权益。在习近平法治思想引领下，我国法治建设实践积极回应人民群众新要求新期待，系统研究谋划和解决法治领域人民群众反映强烈的突出问题，不断增强人民群众获得感、幸福感、安全感，用法治保障人民安居乐业，法治中国建设不断开辟新境界，为中华民族伟大复兴提供了有力法治保障。

新时代全面依法治国，需要深刻把握马克思主义法治理论的精髓要义，充分汲取中华民族传统治理智慧，广泛吸纳世界法治文明的优秀成果，深刻总结共产党依法执政规律、社会主义法治建设规律、人类社会法治文明发展规律。习近平法治思想满足新时代全面依法治国的理论需求，是马克思主义法治理论中国化最新成果，是全面依法治国的根本遵循和行动指南。

引领社会主义法治建设的生动实践

成功的实践离不开科学理论的正确指引。推进全面依法治国，是国家治理的一场深刻变革，更要以科学理论为指导。党的十八大以来，以习近平同志为核心的党中央以前所未有的决心、举措和力度推进全面依法治国，全面系统研究解决全面依法治国重大事项、重大问题，协调推进中国特色社会主义法治体系和社会主义法治国家建设。在这一实践过程中，习近平总书记创造性提出关于全面依法治国的一系列新理念新思想新战略，形成科学系统的思想体系。习近平法治思想扎根中国特色社会主义法治实践沃土，在推动更高水平良法善治的时代进程中彰显实践品格、展现实践伟力。

党的十八大以来，面对正在发生深刻复杂变化的内部条件和外部环境，习近平法治思想成功指引我国社会主义法治建设发生历史性变革、取得历史性成就，全面依法治国实践取得重大进展。从推动"放管服"改革，用权力清单和责任清单明确政府权力边界，到制定监察法，确保监察体制改革在法治轨道上稳步推进；从营造风清气正的法治化营商环境，到为"一带一路"建设等提供坚实法治保障；从不断扎紧依规治党的制度笼子，到推动社会主义核心价值观融入法治建设，全面依法治国实践不断丰富，"中国之治"的法治基石更加巩固。

习近平法治思想用"十一个坚持"系统阐述了新时代推进全面依法治国的重要思想和战略部署，即坚持党对全面依法治国的领导；坚持以人民为中心；坚持中国特色社会主义法治道路；坚持依宪治国、依宪执政；坚持在法治轨道上推进国家治理体系和治理能力现代化；坚持建设中国特色社会主义法治体系；坚持依法治国、依法执政、依法行政共同推进，法治国家、法治政府、法治社会一体建设；坚持全面推进科学立法、严格执法、公正司法、全民守法；坚持统筹推进国内法治和涉外法治；坚持建设德才兼备的高素质法治工作队伍；坚持抓住领导干部这个"关键少数"。"十一个坚持"为新时代推进全面依法治国提供了根本遵循。

习近平法治思想在伟大实践中全面发展，在时代进程中成熟完善，在应对风险挑战中指引法治中国建设开创新局面，也必将引领全面依法治国实践在新发展阶段实现更大发展，不断迈向新的更高境界。

（作者为中国政法大学党委书记）

文章截图：

3. **标题**：马怀德：贯彻习近平法治思想　培养高素质法治人才

首发媒体：《中国教育报》2020 年 12 月 17 日 6 版

正文：

深入学习贯彻习近平法治思想，将这一重大理论创新成果融入法学教育各个方面，提高法治人才培养质量，造就一大批德才兼备的高素质法治人才，是新时代高校的神圣使命与责任担当。

党的十八大以来，以习近平同志为核心的党中央在全面依法治国、建设法治中国新的伟大实践中，着眼于全面建设社会主义现代化国家的战略谋划，深刻回答了推进社会主义法治国家建设一系列重大理论和实践问题，创造性地发展了中国特色社会主义法治理论，形成了具有鲜明时代特征、理论风格和实践面向的习近平法治思想。

习近平法治思想是法学教育和法治人才培养的根本遵循

习近平法治思想是新时代法学教育和法治人才培养的行动指南。高校是法治人才培养的第一阵地，肩负着培养德才兼备高素质法治人才的重任。深入学习贯彻习近平法治思想，将这一重大理论创新成果融入法学教育各个方面，提高法治人才培养质量，造就一大批德才兼备的高素质法治人才，是新时代高校的神圣使命与责任担当。

法学教育和法治人才培养在推进全面依法治国中具有重要地位，也是我国法治事业兴旺发达的重要保障。建设法治国家、法治政府、法治社会，实现科学立法、严格执法、公正司法、全民守法，都离不开一支高素质的法治工作队伍。推进全面依法治国，必须要有一支德才兼备的高素质法治工作队伍，法学教育是建设高素质法治工作队伍的基础工作。习近平总书记说过，法治人才培养上不去，法治领域不能人才辈出，全面依法治国就不可能做好。我们要将习近平法治思想作为法学教育和法治人才培养的根本遵循，发挥高校作为法治人才培养第一阵地的作用，将法治人才培养和全面依法治国紧密结合起来，努力为造就一大批德才兼备的高素质法治人才贡献力量。

2017 年 5 月 3 日，习近平总书记考察中国政法大学，充分肯定了我国法学教育和法治人才培养的成就。党的十八大以来，我国法学教育和法治人才培养成效显著，法治人才培养规模和质量不断提高，形成了多类型、多层次的法学教育体系，建成了种类齐全、内涵丰富的法学学科体系，为法治领域输送了数以百万计的专门人才。但同时也存在一些问题和不足，主要包括：第一，有的法学教育重形式轻实效、法治人才培养重专业轻思想政治素质，培养政治坚定、技能过硬、德才兼备高素质法治专门人才的能力仍有待提升。第二，法学学科结构不尽合理，法学学科体系、课程体系不够完善，社会急需的新兴学科开设不足，法学学科同其他学科交叉融合还不够，知识容量需要扩充。第三，有的学科理论建设滞后于实践，不能回答和解释现实问题，对中国特色社会主义法治理论研究不够深入等。第四，法学教育存在知识教学和实践教育结合不够，服务社会急需的能力不足，实际工作部门的优质实践教学资源引入高校的力度不够，法学教育、法学研究工作者和法治实际工作者之间的交流仍有待加强等问题。

习近平法治思想为法学教育和法治人才培养指明方向

习近平法治思想对我国法学教育和法治人才培养具有重要指导意义。习近平法治思想内涵丰富、逻辑严密、体系完整，既包含中国共产党治国理政的丰富法治经验，又继承吸收了中华优秀传统法律文化，同时还借鉴了国外法治有益成果，保持了兼收并蓄、开放包容的时代特征，为我国法学教育和法治人才培养提供了丰富的理论给养。

办好法学教育，必须坚持中国特色社会主义法治道路，要充分利用学科齐全和人才密集的优势，加强法治及其相关领域基础性问题的研究，对复杂现实进行深入分析，作出科学总结，提炼规律认识，为完善中国特色社会主义法治体系、建设社会主义法治国家提供理论支撑。要统筹谋划、整体布局，该坚持的坚持，该改进的改进，该调整的调整，该创新的创新，使法学学科建设跟上时代发展，体现坚持和发展中国特色社会主义的客观要求。

一是明确我国法学教育和法治人才培养的根本方向，通过坚持党对全面依法治国的领导、坚持以人民为中心、坚持中国特色社会主义法治道路，切实保障中国法学教育和法治人才培养的政治方向。

二是奠定我国法学教育和法治人才培养的知识体系，通过对丰富的法治实践经验、我国优秀传统法律文化、国外法治有益成果的借鉴，保障法学教育和法治人才培养知识体系的丰富性、时代性和中国性。

三是保障我国法学教育和法治人才培养的实践能力和道德素养。习近平总书记指出，法学教育要坚持立德树人，不仅要提高学生的法学知识水平，而且要培养学生的思想道德素养。法学教育要处理好知识教学和实践教学的关系，要打破高校和社会之间的体制壁垒，将实际工作部门的优质实践教学资源引入高校，加强法学教育、法学研究工作者和法治实际工作者之间的交流。

法学教育和法治人才培养是全面依法治国的基础工作

法学教育和法治人才培养是全面依法治国的基础工作。推进全面依法治国，建设法治中国，必须贯彻习近平法治思想，加强法学教育和法治人才培养工作。下一步，我们需要从以下几个方面着力：

第一，坚持理论先行，强化习近平法治思想对法学教育和法治人才培养的思想引领。深入学习领会习近平法治思想的重大意义、核心要义、主要内容，构建新时代法学学科体系、学术体系、话语体系和教材体系，强化习近平法治思想对法学教育和法治人才培养的理论引领。要坚持以我为主，兼收并蓄，突出特色，真正打造出具有中国特色和国际视野的法学学科体系；要坚持扬弃发展，回应实践，形成能够应对中国法治建设实践需求、回应世界法治发展挑战的法学理论体系；要积极推出体现中国立场、中国智慧、中国价值的理念、主张、方案，打造具有中国特色、中国风格、中国气派的法学学术体系；要积极参与全球治理，在中外法学学术交流中积极展现中国思想、发出中国声音、提出中国方案，打造中国法学教育和法治人才培养的话语体系。

第二，坚持立德树人、德法兼修，以习近平法治思想统领我国法学教育和法治人才培养的基本方向。未来，我国的法学教育和法治人才培养，应以习近平法治思想为指导，坚持立德树人、德法兼修，把思想政治教育摆在首位，加强理想信念教育，深入开展社会主义核心价值观教育和社会主义法治理念教育，将思想政治教育贯穿法治人才培养全过程，确保做到忠于党、忠于国家、忠于人民、忠于法律。同时着手加强法律职业伦理教育，培养法治人才队伍对法治的内心拥护和真诚信仰。

第三，坚持系统推进，以习近平法治思想为基础，形成法学教育和法治人才培养的知识体系、教材体系和课程体系。以问题为导向，建立回应中国问题与现实急需的法学知识体系，关注现实急需的社会领域，大力发展新兴学科和交叉学科，扩宽法治人才培养知识体系的覆盖面，形成具有历史性、继承性和时代性的法学知识体系；将最新的法学知识体系纳入法学教材，形成以习近平法治思想为统领的新型教材体系；推动课堂教学改革，推动习近平法治思想进教材、进课堂、进头脑。

第四，坚持协同育人，以习近平法治思想为指导处理好法学知识教学和实践教学的关系。发挥实际工作部门法治人才培养第二阵地的作用，把实际工作部门的优质实践资源引入高校，加强校企、校地、校所合作，发挥政府、法院、检察院、律师事务所、企业等在法治人才培养中的积极作用。实际工作部门要选派理论水平较高的专家到高校任教，参与法治人才培养方案制订、课程体系设计、教材编写、专业教学，把社会主义法治国家建设实践的最新经验和生动案例带进课堂教学。

第五，坚持与时俱进，以习近平法治思想为指导推动法学教育和法治人才培养的信息化和现代化。法学教育和法治人才培养要坚持与时俱进，实现法学专业教育与现代信息技术的深度融合，建立覆盖线上线下、课前课中课后、教学辅学的多维度智慧学习环境。实际工作部门要向法学院校开放数字化法治实务资源，将法庭庭审等实务信息化资源通过直播等方式实时接入法学院校，提高法治人才的实践能力和技术应用能力。

第六，坚持对外合作与交流，以习近平法治思想提升我国涉外法治人才培养质量。加大涉外法治人才培养力度，做好涉外执法司法和法律服务人才的培养。进一步拓宽与国际高水平大学和国际组织合作交流渠道，深化与国际高水平大学学分互认、教师互换、学生互派、课程互通等实质性合作，积极创造条件选送法学专业师生到国际组织任职实践，培养一批具有国际视野、通晓国际规则、能够参与国际法律事务、善于维护国家利益、勇于推动全球治理规则变革的高层次涉外法治人才，服务人类命运共同体构建、"一带一路"倡议和国际法治实践。

（作者系中国政法大学校长、教授、博士生导师，
中国法学会行政法学研究会会长）

4. 标题：马怀德：习近平法治思想的核心要义
首发媒体：《人民法院报》2021年1月7日5版
正文：

2020年11月16日至17日，中央全面依法治国工作会议在北京召开，这次会议最重要的成果就是明确提出了习近平法治思想。习近平法治思想是顺应实现中华民族伟大复兴的时代要求应运而生的重大理论创新，是马克思主义法学理论中国化的最新成果，是习近平新时代中国特色社会主义思想的重要组成部分，是新时代全面依法治国的根本遵循和行动指南。习近平法治思想内涵丰富、论述深刻、逻辑严密、系统完备，反映了习近平总书记对全面依法治国的深入思考和战略谋划，需要认真学习、深刻领会。可以从四个方面理解习近平法治思想的核心要义。

一、习近平总书记对推进全面依法治国有坚定的信念和决心

从地方到中央，习近平总书记一路走来，对法治始终高度重视，关于法治的论述最全面、最系统、最深刻。尤其是在党的十八大之后，他提出了全面依法治国的新理念新思想新战略，并将全面依法治国纳入"四个

全面"战略布局。提出法治是治国理政的基本方式，要发挥法治在国家治理和社会管理中的重要作用，在法治轨道上推进国家治理体系和治理能力现代化。全面依法治国是关系我们党执政兴国、关系人民幸福安康、关系党和国家长治久安的重大战略问题，要实现经济发展、政治清明、文化昌盛、社会公正、生态良好，必须秉持法律这个准绳、用好法治这个方式。强调法律是治国之重器，良法是善治之前提。这一系列论述反映出习近平总书记对全面依法治国重要意义的深刻认识。习近平总书记关于全面依法治国的战略部署也是最密集、最有力的。2014 年党的十八届四中全会以一次中央全会的形式研究全面依法治国并通过了专门的决定，在法治领域出台一系列重大举措，涵盖立法、执法、司法、守法各领域。2018 年修改宪法建立宪法宣誓制度，这是尊崇法治、尊崇宪法的重大决策。在司法改革方面，采取了一系列措施，如立案登记制、以审判为中心的诉讼制度改革、司法责任制以及员额制等改革，努力让人民群众在每一个司法案件中感受到公平正义。在法治政府领域也推出一系列改革，包括三项执法制度改革、权力清单、责任清单、放管服改革等。这些举措充分反映出习近平总书记对推进全面依法治国的坚定决心，也是推动改革取得历史性成就的重要保障。

二、习近平总书记对中国特色社会主义法治的本质属性有准确的定位

这一思想集中体现在三个坚持：一是坚持党的领导。社会主义法治必须坚持党的领导，党的领导必须依靠社会主义法治，二者是有机统一的。法治是党领导人民治国理政的基本方式，党领导立法、保证执法、支持司法、带头守法。党领导人民制定和实施宪法法律，党坚持在宪法法律范围内活动。任何组织和个人都必须尊重宪法法律权威，都必须在宪法法律范围内活动，都必须依照宪法法律行使权力或权利、履行职责或义务，都不得有超越宪法法律的特权。任何人违反宪法法律都要受到追究，绝不允许任何人以任何借口任何形式以言代法、以权压法、徇私枉法。二是坚持以人民为中心。社会主义法治必须依靠人民、为了人民、造福人民，法治的目的就是要反映人民的利益、体现人民的意愿、维护人民的权益、保障人民的福祉，这是社会主义法治的本质要求。推进全面依法治国，根本目的是依法保障人民权益。要积极回应人民群众新要求新期待，系统研究谋划和解决法治领域人民群众反映强烈的突出问题，不断增强人民群众获得感、幸福感、安全感，用法治保障人民安居乐业。三是坚持中国特色社会主义法治道路。推进全面依法治国，必须从中国实际出发，体现中国特色，尤其是在传承中国优秀传统法律文化方面，习近平总书记多次强调我们国家有独树一帜的中华法系，中华法系中有许多优秀的法律文化积淀，比如出礼入刑、隆礼重法的治国策略，以礼为核心，情理法统一的伦理法治，人与自然和谐共生的天道观，德主刑辅、明德慎罚的慎刑思想，民为邦本、本固邦宁的民本思想，天下无讼、以和为贵的价值追求。我们今天应该研究独树一帜的中华法系中有哪些优秀的传统文化、法治精神可以为今天所用，来改造、提升、弘扬中国特色的法治文化。除继承优秀的中国传统法律文化之外，当然也应该借鉴国外的有益法治成果。比如我们今天所说的程序正当、法律面前人人平等、权力监督制衡等理念，也来源于人类共同的法治文明。这"三个坚持"体现的是习近平总书记对中国特色社会主义法治本质属性的深刻认识和精准定位。

三、习近平总书记对法治建设的重点任务和实现路径有整体布局

习近平总书记强调，必须坚持依宪治国、依宪执政，坚持建设中国特色社会主义法治体系，坚持依法治国依法执政依法行政共同推进，坚持法治国家法治政府法治社会一体建设，坚持科学立法、严格执法、公正司法、全民守法。只有坚持依宪治国依宪执政，才能让一切组织个人在宪法法律范围内活动，防止个别党员领导干部把党的领导作为以言代法、以权压法、徇私枉法的挡箭牌。坚持中国特色社会主义法治体系，首先要形成完备的法律规范体系，要重视重点领域立法，填补立法空白，加快完善国家治理必备的法律制度和满足人民对美好生活需要的法律制度。其次要有高效的法治实施体系，特别是在法治国家、法治社会、法治政府的一体建设中，强调法治政府要作为全面依法治国的主体和重点，要实现率先突破。再次就是司法改革和司法制度的完善。党的十八大以来，全面依法治国领域改革力度最大、成果最突出的是司法改革，举措之密集，效果之显著，是历史上前所未有的，目的就是保证人民群众在每一个司法案件中感受到公平正义。但是，也必须承认我们现在司法领域还存在一些问题，包括这次扫黑除恶中发现个别司法人员充当保护伞的问题，因此，要深化司法改革，必须斩断"利益链"，破除"关系网"，让"猫腻""暗门"无处遁形。最后是法治社会的建设问题，也就是全民守法的问题。党的十八

大以来，我们深入推进全民普法和全民守法，把普法的重点放在公职人员和青少年两个群体。经过一段时间的努力，应该说我们在两方面取得了显著成就，特别是通过"谁执法谁普法"制度，提升了执法领域的普法效果。全民普法的最终目的就是提高全社会法治意识，营造办事依法、遇事找法、解决问题用法、化解矛盾靠法的良好法治氛围。

当然，在推进全面依法治国进程中，必须兼顾立法、执法、司法、守法各个环节。单靠完善的法律规范体系，解决不了法治的根本问题。法律是要靠人实施的，要靠执法和法律实施环节。即便实施中出了问题，还有司法作为纠偏的机会。也只有全社会尊法学法守法用法，大力推进法治社会建设，才能为实现法治国家目标奠定坚实的社会基础。

全面推进依法治国是一项庞大的系统工程，必须统筹兼顾、把握重点、整体谋划，在共同推进上着力，在一体建设上用劲。"法治国家、法治政府、法治社会三者各有侧重、相辅相成，法治国家是法治建设的目标，法治政府是建设法治国家的主体，法治社会是构筑法治国家的基础。"习近平总书记的重要论述深刻揭示了法治国家、法治政府和法治社会的辩证关系并清晰描绘了全面依法治国的基本路径，体现了我们党对法治建设规律认识的深化，是中国特色社会主义法治理论的新发展。

四、习近平总书记对法治的保障有明确要求

法治的保障体系实际上是中国特色社会主义法治体系的重要组成部分。习近平总书记强调要坚持建设德才兼备的高素质法治工作队伍，坚持抓住领导干部这个"关键少数"。对领导干部的法治素养，从其踏入干部队伍的那一天起就要开始抓，教育引导他们把法治的第一粒扣子扣好。一个干部能力有高低，但在遵纪守法上必须过硬，这个不能有差别。一个人纵有天大的本事，如果没有很强的法治意识、不守规矩，也不能当领导干部，这个关首先要把住。领导干部要提高运用法治思维和法治方式的能力。这就要求领导干部把对法治的尊崇、对法律的敬畏转化成思维方式和行为方式，做到在法治之下，而不是法治之外，更不是法治之上想问题、作决策、办事情。确保他们能够真正做尊法学法守法用法的模范。另外，还要坚持建设德才兼备高素质的法治工作队伍，这里既包括法官、检察官、律师，也包括党政机关从事法治工作的各类专门人员。因为法治队伍的思想政治素质和专业素质直接影响到全面依法治国的效果。同时，习近平总书记提出要加大涉外法治人才的培养力度，要培养涉外执法司法领域和法律服务领域的人才，培养向国际组织推送的相关人才。此外，全面依法治国还需要加强经费保障、机构保障、条件保障等。

习近平法治思想是新时代全面依法治国的根本遵循和行动指南。特别是在新的发展阶段，贯彻新发展理念，构建新发展格局中必将发挥重要的指导作用。

文章截图：

5. **标题**：马怀德：坚持建设中国特色社会主义法治体系

首发媒体：《人民日报》2021 年 3 月 3 日 13 版

正文：

坚持建设中国特色社会主义法治体系是习近平法治思想的重要内容，具有深刻的理论内涵和重要的实践价值，对于发展创新中国特色社会主义法治理论，推进全面依法治国，实现国家治理体系和治理能力现代化，如期基本建成法治国家、法治政府、法治社会具有重要意义。

全面依法治国的总目标和总抓手

习近平总书记指出："全面推进依法治国涉及很多方面，在实际工作中必须有一个总揽全局、牵引各方的总抓手，这个总抓手就是建设中国特色社会主义法治体系。依法治国各项工作都要围绕这个总抓手来谋划、来推进。"中国特色社会主义法治体系是建设社会主义法治国家的前提和基础，是中国特色社会主义制度的法律表现形式，对全面依法治国具有纲举目张的重要意义。

全面依法治国既要坚持依法治国、依法执政、依法行政共同推进，法治国家、法治政府、法治社会一体建设，又要做到科学立法、严格执法、公正司法、全民守法，涉及法律规范、法治实施、法治监督、法治保障、党内法规、国内法治和涉外法治等方方面面。在理论上，需要提炼出一个符合依法治国建设规律、理论统领性强的概念。习近平总书记提出的坚持建设中国特色社会主义法治体系就是这样一个原创性的思想，既明确了全面依法治国的性质和方向，又突出了全面依法治国的工作重点和主要任务，规划了切实可行的法治发展路线图施工图。有这样一个总揽全局、牵引各方的总抓手，就能有效推进全面依法治国，加快建设社会主义法治国家，推进国家治理体系和治理能力现代化。

加快建设中国特色社会主义法治体系

习近平总书记指出："要坚持建设中国特色社会主义法治体系。中国特色社会主义法治体系是推进全面依法治国的总抓手。要加快形成完备的法律规范体系、高效的法治实施体系、严密的法治监督体系、有力的法治保障体系，形成完善的党内法规体系。"这五大体系相辅相成、相得益彰，构成建设中国特色社会主义法治体系的具体内容。

加快形成完备的法律规范体系。"治国无其法则乱，守法而不变则衰。"科学完备、统一权威的法律规范体系，是建设中国特色社会主义法治体系的制度基础。

加快形成完备的法律规范体系，必须坚持立改废释并举。加强重点领域、新兴领域、涉外领域立法。要积极推进国家安全、科技创新、公共卫生、生物安全、生态文明、防范风险、涉外法治等重要领域立法，健全国家治理急需的法律制度、满足人民日益增长的美好生活需要必备的法律制度。随着数字经济、互联网金融、人工智能、大数据、云计算等新技术新应用的快速发展，催生了一系列新业态新模式，但相关法律制度没有完全跟上。为此，必须加强信息技术领域立法，制定修改相关法律法规，填补空白、补强弱点，以良法善治保障新业态新模式健康发展。

加快形成完备的法律规范体系，必须注重法律规范体系的系统性、协调性和完整性。针对法律规定之间不一致、不协调、不适应问题，要及时组织清理。对某一领域有多部法律的，条件成熟时进行法典编纂。要进一步规范地方立法，确保法治统一。有立法权的地方应当紧密结合本地发展需要和实际，突出地方特色和针对性、实效性，创造性做好地方立法工作。既要在城乡建设与管理、环境保护、历史文化保护等方面加快立法，为地方社会治理提供制度供给，又要加强对地方立法的备案审查，防止地方立法"放水"。切实避免越权立法、重复立法、盲目立法，提高立法质量，确保不与上位法相抵触，维护国家法治统一。

加快形成完备的法律规范体系，必须推进科学立法、民主立法，提高立法质量。要完善立法体制，发挥人大在立法中的主导作用。要丰富立法形式，增强立法的针对性、适用性、可操作性。坚持立法和改革相衔接相促进，做到重大改革于法有据，充分发挥立法的引领和推动作用。要强化价值引领，将社会主义核心价值观贯彻到立法的各个具体环节。

加快形成高效的法治实施体系。法律的生命在于实施，法律的权威也在于实施。坚持建设中国特色社会主义法治体系，重点是加快形成高效的法治实施体系。加快形成高效的法治实施体系，要构建职责明确、依法行政的政府治理体系，把政府活动全面纳入法治轨道，加快建设法治政府。要依法全面履行政府职能，深入推进简政放权，推行清单制度，加强事中事后监管，持续营造法治化营商环境，推进"互联网+政务服务"，提高行政效率。要严格落实重大行政决策程序制度，推动领导干部特别是主要负责同志掌握法治思维和法治方式，依法科学民主决策。加大决策合法性审查力度，完善决策程序。法律顾问和公职律师参与决策过程、提出法律意见应当成为依法决策的重要程序。要深化行政执法体制改革，推进执法规范化建设。全面推行行政执法公示制度、执法全过程记录制度、重大执法决定法制审核制度，着力解决执法不严格、不规范、不文明、不透明等问题。

加快形成高效的法治实施体系，必须推进司法体制综合配套改革，加强人权司法保障，建设公正高效权威的司法制度。要健全公安机关、检察机关、审判机关、司法行政机关各司其职，侦查权、检察权、审判权、执行权相互配合、相互制约的体制机制，深化司法体制综合配套改革，全面落实司法责任制。坚持"让审理者裁判、由裁判者负责"，"谁办案谁负责、谁决定谁负责"，深化以审判为中心的刑事诉讼制度改革，完善民事诉讼制度体系，深化执行体制改革，努力让人民群众在每一个司法案件中都感受到公平正义。

加快形成严密的法治监督体系。权力是一把双刃剑，行使得好可以造福人民，行使不好就可能祸国殃民。不受制约和监督的权力必然导致滥用和腐败。党的十八大以来，党和国家监督体制机制改革取得了显著成效。健全党和国家的监督体系，要把党内监督同国家监察、群众监督结合起来，同法律监督、民主监督、审计监督、司法监督、舆论监督等多种监督形式协调起来，形成监督合力，共同构建起严密的法治监督体系。

建设法治中国，必须抓紧完善权力运行制约和监督机制，规范立法、执法、司法机关权力行使，构建党统一领导、全面覆盖、权威高效的法治监督体系，加强对权力的监督，把权力关进制度的笼子里，确保权力运行的合法性、正当性。

要推进对法治工作的全面监督。加强党对法治监督工作的集中统一领导，把法治监督作为党和国家监督体系的重要内容，保证行政权、监察权、审判权、检察权得到依法正确行使。要建立健全立法监督工作机制，完善监督程序。发挥备案审查制度的作用，实现有件必备、有备必审、有错必纠。加强对执法工作的监督，健全行政执法协调监督体系，强化行政复议的监督功能，加大对执法不作为、乱作为、选择性执法、逐利执法等行为的追责力度，落实执法责任制。加强对司法活动的监督，促进司法公正是形成严密的法治监督体系的关键。要健全对法官、检察官办案的制约监督制度，加强司法权力运行监督管理，强化司法人员职业伦理，落实考核监督机制，完善司法人员的惩戒制度。

加快形成有力的法治保障体系。"徒善不足以为政，徒法不能以自行。"建设法治中国，必须加强政治、组织、队伍、人才、科技、信息等保障，为全面依法治国提供重要支撑。法治保障体系在中国特色社会主义法治体系中具有基础性地位。党的领导贯穿全面依法治国的全过程，要加强和改进党对全面依法治国的领导，坚持中国特色社会主义法治道路，为全面依法治国提供坚实的政治保障。要加强高素质法治工作队伍建设，重点打造一批思想政治素质过硬、业务工作能力突出、具有较高职业道德水准的法治工作队伍，加强机构建设和经费支持，为全面依法治国提供有力的人才支撑和物质保障。要充分运用大数据、云计算、人工智能等现代科技手段，推进法治建设的数据化、网络化、智能化，全面建设"智慧法治"，为法治中国建设提供有力的科技和信息化保障。要改革不符合法治运行规律、不利于依法治国的体制机制，为全面依法治国提供体制机制保障。要弘扬社会主义法治精神，建设社会主义法治文化，营造良好的文化氛围，为全面依法治国提供有力的社会保障。

加快形成完善的党内法规体系。完善的党内法规体系是中国特色社会主义法治体系的重要组成部分。建设法治中国，必须坚持依法治国和依规治党有机统一，加快形成覆盖党的领导和党的建设各方面的党内法规体系。依规治党深入党心，依法治国才能深入民心。党的十八大以来，我们制定和修订 190 多部中央党内法规，出台一批标志性、关键性、基础性的法规制度，已经形成了一套比较完备的党内法规制度规范，构建起了以党章为根本、若干配套党内法规为支撑的党内法规制度体系。建设法治中国，要不断完善党的组织法规、党的领导法规、党的自身建设法规、党的监督保障法规，构建内容科学、程序严密、配套完备、运行有效的党内法规体系。同时，要注重党内法规同国家法律的衔接和协调，努力形成国家法律和党内法规相辅相成、相互促进、相互保障的格局。下一步，要抓好党内法规实施，提高党内法规的执行力，做到有规必执行、执规必严，确保党内法规制度得到有效实施，使党内法规真正落地。同时，要完善党内法规制定程序，提高党内法规质量，完善清理工作机制，加大党内法规备案审查和解释力度，维护党内法规体系统一性和权威性。

全面依法治国取得的历史性成就表明，中国特色社会主义法治体系符合我国国情、有效解决现实问题、得到人民的广泛拥护，是一套行得通、真管用、有效率的制度体系。同时，中国特色社会主义法治体系将随着经济社会发展不断发展创新，为全面建设社会主义现代化国家提供有力保障。

（作者为中国政法大学校长）

文章截图：

（三）网络媒体

1. 标题："伟大思想引领伟大实践" 中国政法大学师生热议中央全面依法治国工作会议

首发媒体：《光明日报》客户端

发布时间：2020 年 11 月 23 日

文章链接：https://app. gmdaily. cn/as/opened/n/0f2b70b0aaa74df7b7f0d92f7a8c4a02

文章截图：

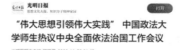

2. 标题：中国政法大学"学思享"大讲堂开讲

首发媒体：《光明日报》客户端

发布时间：2020 年 12 月 7 日

文章链接：https://app.gmdaily.cn/as/opened/n/c3a5f982247c466f a5f87f66d9d1f46f

文章截图：

中国政法大学"学思享"大讲堂开讲

光明日报客户端 姚晓丹 2020-12-07 21:34

为深入学习领会习近平法治思想的基本精神和核心要义，自觉用以指导法学教育、法学研究和法治实践，近日，中国政法大学"学思享"大讲堂第一讲开讲，中国法学会党组成员、学术委员会主任、中国政法大学博士生导师张文显专题讲授"习近平法治思想的基本精神"。

张文显从六个方面阐释了习近平法治思想的基本精神。他表示，习近平法治思想体系从学理上可以分为六个理论板块：一是关于全面依法治国的重要地位的论述，即全面依法治国是新时代坚持和发展中国特色社会主义的基本方略，是国家治理的一场深刻革命，是社会主义现代化建设的有力保障。二是关于全面依法治国的政治方向的论述，即坚持党对全面依法治国的领导，坚持以人民为中心，坚持中国特色社会主义法治道路。三是关于全面依法治国的工作布局的论述，即坚持在法治轨道上推进国家治理体系和治理能力现代化，坚持建设中国特色社会主义法治体系和坚持依法治国、依法执政、依法行政共同推进，坚持法治国家、法治政府、法治社会一体建设。四是关于

3. 标题：习近平法治思想研究院在中国政法大学揭牌

首发媒体：《人民日报》中央厨房

发布时间：2021 年 1 月 17 日

正文：

"学习习近平法治思想，贯彻落实习近平总书记考察法大重要讲话精神"座谈会 16 日在京召开。座谈会由《光明日报》社、中国政法大学联合主办。习近平法治思想研究院同时揭牌。

中国政法大学校长马怀德在致辞中指出，学习贯彻习近平法治思想，一是要从实践出发，总结实践中的宝贵经验，破解实践中的诸项难题；二是要从时代出发，顺应时代要求，弘扬时代精神，为中国法治建设和世界

法治文明贡献中国智慧，提供中国方案；三是要从问题出发，关注各类法治问题，用新的视角研究法治、用新的观念建构法治、用新的办法探索法治，向问题领域聚焦用力。

中国法学会党组成员、学术委员会主任张文显指出，习近平法治思想作为当代中国马克思主义法治理论，其创立发展具有鲜明的实践逻辑、科学的理论逻辑和深厚的历史逻辑，内涵丰富、论述深刻、逻辑严密、系统完备，有着无比强大的真理力量，具有深邃的法理蕴含、鲜明的实践指向、强大的构建功能。

全国人大常委会委员、全国人大监察和司法委员会副主任委员、教育部法学教学指导委员会主任委员徐显明指出，学习贯彻习近平法治思想，要坚定不移走中国特色社会主义法治道路，这是一条适合中国国情、符合法治规律、具有中国特色又保持了社会主义本质属性的独特道路。坚定不移走中国特色社会主义法治道路的核心要义是坚持党的领导，坚持中国特色社会主义制度，贯彻中国特色社会主义法治理论。

最高人民法院党组成员、副院长贺小荣指出，习近平法治思想的核心要义是将牢牢坚持党对全面依法治国的领导作为依法治国的政治保证，将以人民为中心作为依法治国的价值取向，将在法治轨道上推进国家治理体系和治理能力现代化作为依法治国的方式方法，将走中国特色社会主义法治道路作为依法治国的目标和方向。要坚持以习近平法治思想为指导，推动人民法院民事和行政审判工作高质量发展。

最高人民检察院党组成员、副检察长陈国庆指出，学习贯彻习近平法治思想，要始终坚持党的领导，将讲政治贯彻到司法实践工作当中；又要始终坚持更新司法理念，以理念的变革推动司法工作高质量发展；要始终坚持以人民为中心，努力让人民群众在每一个司法案件中感受到公平正义；还要坚持在法治轨道上推进国家治理体系和治理能力的现代化，推动实现良法善治。

中国法学会副会长甘藏春指出，习近平法治思想研究院是专门研究习近平法治思想的机构，使命重大、意义重大、责任重大。要从中华民族的历史实践中来认识习近平法治思想，来认识中国特色社会主义法治道路，始终尊重人民群众的实践，把人民群众法治实践的实际效果作为评判法治的标准，用习近平法治思想为指导来解决中国法治实践中的问题。

张文显、徐显明、胡明、马怀德一同为中国政法大学习近平法治思想研究院揭牌，并为研究院理事会成员、学术委员会主任及委员、首席专家及特聘专家颁发聘书。

中国社会科学院学部委员李林指出，坚持党的领导是习近平法治思想的本质特征、首要原则和根本要求，学习贯彻习近平法治思想，要加强党对全面依法治国的集中统一领导，做到坚持党的领导、人民当家作主和依法治国有机统一。

中央党校（国家行政学院）政法教研部主任周佑勇指出，必须以习近平法治思想为指导，进一步强化法学学科建设，深入构建具有实践面向特色一流的法学学科体系，立足中国国情，突出中国特色，面向世界一流，加强对外合作交流，坚持综合创新思维，推动法学交叉学科的发展，积极推进中国特色法学学科体系、学术体系、话语体系和教材体系的完善和创新。

《中国法学》总编辑黄文艺指出，习近平法治思想中的权力制约监督思想，创造性地发展了以制度制约权力、以公权力制约权力、以私权利制约权力、以科技制约权力等理论，构建出了一个扎根中国大地，具有鲜明主体性、时代性、原创性的监督理论体系，为创新完善当代中国权力制约监督提供了路线图。

中国政法大学党委书记胡明在总结讲话中指出，习近平法治思想既为法治中国建设指明了方向，也为新时代法学研究指引了道路。法学教育、法学研究和法治实际工作者要提高政治站位、强化责任担当，扎根中国大地、立足中国实际，学习好、研究好、阐释好、运用好习近平法治思想。要在学习宣传上下功夫，在研究阐释上出成果，在成果转化上见实效，推动将社会主义法治优势转化为全面建设社会主义法治国家的生动实践。

文章截图：

习近平法治思想研究院在中国政法大学揭牌

人民日报中央厨房·半亩方塘工作室 陈肖航

"学习习近平法治思想，贯彻落实习近平总书记考察法大重要讲话精神"座谈会16日在京召开。座谈会由光明日报社、中国政法大学联合主办，习近平法治思想研究院同时揭牌。

其他媒体发布：

（1）法制网：学习习近平法治思想座谈会在京举行　中国政法大学习近平法治思想研究院成立，发布时间：2021 年 1 月 18 日。

（2）中国教育新闻网：学习习近平法治思想座谈会召开，发布时间：2021 年 1 月 19 日。

4. 标题：中国政法大学"习近平法治思想概论"课程正式开讲

首发媒体：《人民日报》中央厨房

发布时间：2021 年 3 月 27 日

正文：

3 月 26 日，中国政法大学"习近平法治思想概论"第一课于昌平校区正式开讲，校长马怀德教授作为主讲人，为 200 多名本科生讲授了《习近平法治思想的核心要义》。

课上，马怀德详细解读了习近平法治思想的时代背景和重要意义、核心要义和逻辑体系，阐述了习近平总书记关于法治人才培养的重要论述，并围绕六个方面对习近平法治思想中"十一个坚持"进行了系统讲解。

他表示，希望同学们能够立志勤学、锤炼品格，注重理论与实践相结合，加强涉外法治知识的学习，努力成为德法兼修、明法笃行的高素质法治人才。

马怀德在采访中指出："高等法学院校是习近平法治思想学习研究宣传的重要力量，是法治人才培养的第一阵地。全面推进落实习近平法治思想进课堂、进教材、进头脑，引导法学专业学生学实弄通悟透其核心要义，对于提升法学教育质量、培养德法兼修的高素质法治人才具有重要意义。"

有关负责人表示，中国政法大学组织了宪法、法理、行政法等学科的最优秀师资，精心设计"习近平法治思想概论"课程，并作为2021年春季学期通识主干课面向全校开设。

据悉，此前，为全面深入学习贯彻落实习近平法治思想，中国政法大学于1月16日成立了习近平法治思想研究院；组织校内外专家学者围绕"十一个坚持"与"马工程"教材《习近平法治思想概论》编写辅助教材；于3月9日组织成立了习近平法治思想学生学习中心，推动习近平法治思想入脑入心，教育引导青年学子将理论学习、实践锻炼和素质养成有机结合，积极投身全面建设社会主义法治国家的生动实践。

文章截图：

5. 标题：胡明：新时代法治建设的总指引——全面理解、深入领悟习近平法治思想的重大意义和精神内涵

首发媒体：人民论坛网

发布时间：2021 年 5 月 25 日

正文：

【摘要】习近平法治思想是法治中国建设最核心最根本最重要的思想保障，是实现全面依法治国的系统性、规范性、协调性和稳定性的思想支撑，是新时代法治建设的总指引。深入学习贯彻习近平法治思想，要全面理解、深入领悟习近平法治思想的重大意义和精神内涵，将法治建设定位于中国特色社会主义事业发展全局，贯穿于实现中华民族伟大复兴全过程各方面，并以法治的引领机制、规范机制、促进机制、保障机制推动发展的平衡性、协调性、可持续性。

法治是实现国家治理体系和治理能力现代化的必由之路。当前，我国正处于实现"两个一百年"奋斗目标的历史交汇期，处于中国特色社会主义制度发展成熟的定型期，党中央站在我国社会主义法治建设发生历史性变革、取得历史性成就，全面依法治国实践取得重大进展的新起点上，鲜明提出习近平法治思想，在我国法治建设史上具有里程碑意义。习近平法治思想凝聚着我们党全面依法治国的最新理论成果和实践经验，是法治中国建设最核心最根本最重要的思想保障，是实现全面依法治国的系统性、规范性、协调性和稳定性思想支撑，是新时代法治建设的总指引。

全面理解习近平法治思想的重大意义

习近平总书记强调："法治兴则国家兴，法治衰则国家乱。"党的十八大以来，以习近平同志为核心的党中央对全面依法治国作出顶层设计，提出一系列新理念新思想新战略，形成了习近平法治思想，确保法治中国建设始终沿着正确方向前进，更好发挥法治固根本、稳预期、利长远的保障作用。为实现中国特色社会主义法治建设的宏伟目标，中央全面依法治国工作会议开创性地明确了习近平法治思想在全面依法治国工作中的指导地位，为新时代全面依法治国、完善和发展中国特色社会主义制度、提高党的执政能力和领导水平、推进国家治理体系和治理能力现代化指明了前进方向。

习近平法治思想为党领导人民治国理政提供了基本遵循。党的领导是

推进全面依法治国的根本保证。我国法治建设的发展经验表明全面依法治国离不开党的领导，坚持党的领导是社会主义法治的根本要求，是党和国家的根本所在、命脉所在，是全国各族人民的利益所系、幸福所系。党的领导和社会主义法治是一致的，社会主义法治必须坚持党的领导，党的领导必须依靠社会主义法治。习近平法治思想为新时代为什么实行全面依法治国、怎样实行全面依法治国等一系列重大问题提供了理论指引，有利于我们坚定不移走中国特色社会主义法治道路。

习近平法治思想体现了法治建设坚持以人民为中心的根本要求。习近平总书记指出："推进全面依法治国，根本目的是依法保障人民权益。要积极回应人民群众新要求新期待，系统研究谋划和解决法治领域人民群众反映强烈的突出问题，不断增强人民群众获得感、幸福感、安全感，用法治保障人民安居乐业。"必须坚持法治建设为了人民、依靠人民、造福人民、保护人民，以保障人民根本权益为出发点和落脚点，保障人民享有广泛的权利和自由、承担应尽的责任和义务，维护社会公平正义，促进共同富裕，使经济、政治、文化、社会、生态各领域朝着实现中华民族伟大复兴的目标不断前进。

习近平法治思想具有全面推进依法治国的战略意义。习近平法治思想明确了新时代法治建设实践的发展道路和正确方向、工作重点、实现良法善治的必由之路、发展目标和总抓手、战略布局、新时代法治建设的新"十六字"方针以及统筹推进国内法治和涉外法治的必然要求。深入学习贯彻习近平法治思想，坚定不移走中国特色社会主义法治道路，要坚决维护宪法和法律权威，依法维护人民权益、维护社会公平正义、维护国家安全稳定，为实现"两个一百年"奋斗目标、实现中华民族伟大复兴的中国梦提供重要的理论指导。

习近平法治思想要求建设一支高素质的法治工作队伍。2017年5月，习近平总书记考察中国政法大学时指出，"建设法治国家、法治政府、法治社会，实现科学立法、严格执法、公正司法、全民守法，都离不开一支高素质的法治工作队伍。法治人才培养上不去，法治领域不能人才辈出，全面依法治国就不可能做好"。全面推进依法治国，必须大力提高法治工作队伍思想政治素质、业务工作能力、职业道德水准，着力建设一支忠于党、忠于国家、忠于人民、忠于法律的社会主义法治工作队伍，为加快建设社会主义法治国家提供强有力的组织和人才保障。

深入领悟习近平法治思想的精神内涵

习近平法治思想内涵丰富、论述深刻、逻辑严密、系统完备。习近平总书记将其中的战略思想和重大的工作部署精辟地概括为"十一个坚持",即坚持党对全面依法治国的领导;坚持以人民为中心;坚持中国特色社会主义法治道路;坚持依宪治国、依宪执政;坚持在法治轨道上推进国家治理体系和治理能力现代化;坚持建设中国特色社会主义法治体系;坚持依法治国、依法执政、依法行政共同推进,法治国家、法治政府、法治社会一体建设;坚持全面推进科学立法、严格执法、公正司法、全民守法;坚持统筹推进国内法治和涉外法治;坚持建设德才兼备的高素质法治工作队伍;坚持抓住领导干部这个"关键少数"。

习近平法治思想明确了我国法治建设的总体要求。建设中国特色社会主义法治体系、建设社会主义法治国家,是习近平总书记提出的全面推进依法治国的总目标。坚持党的领导、人民当家作主、依法治国有机统一。坚定不移走中国特色社会主义法治道路,建设中国特色社会主义法治体系,加快形成完备的法律规范体系、高效的法治实施体系、严密的法治监督体系、有力的法治保障体系、完善的党内法规体系。在法治轨道上提高党的执政能力和执政水平,推进国家治理体系和治理能力现代化,为全面建设社会主义现代化国家、实现中华民族伟大复兴的中国梦提供有力法治保障。

习近平法治思想作出了全面依法治国的战略规划。为实现国家长治久安,习近平总书记高瞻远瞩地提出了全面依法治国的战略规划。依法治国是中国特色社会主义的本质要求和重要保障,事关党执政兴国、事关国家长治久安、事关人民幸福安康,是坚持和发展中国特色社会主义的应有之义。全面依法治国是党领导人民治理国家的基本方略,是实现全面建设社会主义现代化国家、全面深化改革、全面从严治党的前提和保障。在统揽伟大斗争、伟大工程、伟大事业、伟大梦想的过程中,要发挥好全面依法治国的保障作用,以法治固根本、稳预期、利长远。

习近平法治思想安排了我国法治建设的工作布局。习近平总书记准确把握新时代发展和实践要求,提出了全面依法治国的总体安排。坚持中国特色社会主义法治体系建设。坚持把依法治国、依法执政、依法行政共同推进，法治国家、法治政府、法治社会一体建设作为系统工程，实现科学立法、严格执法、公正司法、全民守法。将法治政府建设作为突出点，推进依法履行政府职能、健全依法决策机制、深化行政执法体制改革、坚持严格规范公正文明执法、强化对行政权力的监督和制约、依法全面推进政务公开的有关工作。

习近平法治思想提供了全面依法治国的重要保障。党的十八大以来，习近平总书记对领导干部法治意识与法治能力提升、高素质法治队伍建设作出重要指示，指出全面依法治国要"抓住领导干部这个'关键少数'"。各级党和国家机关领导干部要坚决贯彻落实党中央关于全面依法治国的重大决策部署，带头尊法学法守法用法，提高运用法治思维和法治方式深化改革、推动发展、化解矛盾、维护稳定、应对风险的能力，为实现依宪治国、依宪执政的目标提供强有力保障。政法干部要提高整体素质，加快推进革命化、正规化、专业化、职业化建设，努力打造一支党中央放心、人民群众满意的高素质政法队伍，切实履行好维护国家政治安全、确保社会大局稳定、促进社会公平正义、保障人民安居乐业的职责任务。

坚决贯彻习近平法治思想的实践要求

新时代法治使命的承担、法治功能的发挥，关键是将法治建设同国家战略急需、国家发展方略相结合，突出抓重点、补短板、强弱项，将法治建设定位于中国特色社会主义事业发展全局，贯穿于实现中华民族伟大复兴全过程各方面。深入学习贯彻习近平法治思想，通过法治促进党和国家事业的全面繁荣，正是要解决发展中的不平衡不充分、不协调不可持续等问题，以法治的引领机制、规范机制、促进机制、保障机制推动发展的平衡性、协调性、可持续性。

通过法治促进党和国家事业发展的平衡性、充分性。当前，我国社会主要矛盾是人民日益增长的美好生活需要和不平衡不充分的发展之间的矛盾。我们必须正视发展中存在的问题和矛盾；立足于国家整体发展战略，客观看待现阶段取得的成就；坚持以人民为中心的发展思想，通过法治的调节作用、规范作用，缩小发展差距，完善发展模式，着力解决发展不平衡不充分问题，大力提升发展质量和效益，更好满足人民日益增长的美好生活需要，促进国家发展红利的共享，更好推动人的全面发展、社会全面进步，实现全体人民共同富裕。

通过法治促进党和国家事业发展的协调性。通过法治促进发展的协调性，要在取得发展成就的同时，注重调整关系和发展的整体效能，否则一系列社会矛盾会不断加深。"木桶效应"也告诉我们，出现的短板将会制约整个经济社会发展的效能。要统筹兼顾，加强多方面建设。发展不能简单等同于经济的增长、物质的富足，而是立足于经济增长、物质富足基础上的全面发展、全面繁荣，是各项事业的全面推进。发展具有整体性，一个领域、一个区域的发展都不是真正的发展。法治促进发展，就是通过法治的规范性、调整性推动各领域各方面的协调发展。如果没有彼此间的配合协调，单项突进不仅难以为继，而且迟早会引发社会问题。要通过法治的引领性、规范性、整合性去引导发展，通过完善立法、加强执法实现发展的补短板、强弱项，通过法律规范的立改废释去清除发展障碍，推动各项事业之间的相互保障、相互协调。

通过法治促进党和国家事业发展的可持续性。法律的预测、评价、规范、指引作用，为经济社会发展提供合理预期、规范指引和动力。法治促进发展的可持续性，既体现在对于各种社会关系予以确认、保护、规范和调整，又体现在对于经济社会发展发挥引导、定向、推动和促进作用。随着改革进入攻坚期和深水区，我国面临的问题、矛盾甚至发展阻力不断增多，需要通过法治的引领力、规范力消除发展障碍，破除制约、阻碍发展的体制机制弊端，用法治促进改革开放、发展繁荣，实现法治同改革开放、发展繁荣的"同频共振"，确保经济社会发展既生机勃勃又平稳有序，汇聚起推动改革开放和建设社会主义现代化国家的强大法治力量。

（作者为北京市习近平新时代中国特色社会主义思想研究中心研究员，
中国政法大学党委书记）

文章链接：http://www.rmlt.com.cn/2021/0525/614736.shtml

文章截图：

新时代法治建设的总指引

——全面理解、深入领悟习近平法治思想的重大意义和精神内涵

2021-05-25 11:09　来源：人民论坛网　作者：胡明

核心提示：习近平法治思想是法治中国建设最核心最根本最重要的思想保障，是实现全面依法治国的系统性、规范性、协调性和稳定性思想支撑，是新时代法治建设的总指引。深入学习贯彻习近平法治思想，要全面理解、深入领悟习近平法治思想的重大意义和精神内涵，将法治建设定位于中国特色社会主义事业发展全局，贯穿于实现中华民族伟大复兴全过程各方面，并以法治的引领机制、规范机制、促进机制、保障机制推动发展的平衡性、协调性、可持续性。

【摘要】习近平法治思想是法治中国建设最核心最根本最重要的思想保障，是实现全面依法治国的系统性、规范性、协调性和稳定性思想支撑，是新时代法治建设的总指引。深入学习贯彻习近平法治思想，要全面理解、深入领悟习近平法治思想的重大意义和精神内涵，将法治建设定位于中国特色社会主义事业发展全局，贯穿于实现中华民族伟大复兴全过程各方面，并以法治的引领机制、规范机制、促进机制、保障机制推动发展的平衡性、协调性、可持续性。

6. **标题**：中国政法大学召开"深入学习贯彻习近平法治思想　坚持统筹推进国内法治和涉外法治"座谈会

首发媒体：《光明日报》客户端

发布时间：2021 年 5 月 7 日

正文：

近日，中国政法大学召开"深入学习贯彻习近平法治思想　坚持统筹推进国内法治和涉外法治"座谈会。4 年前的 5 月 3 日，习近平总书记考察中国政法大学并发表重要讲话。座谈会系统回顾四年来贯彻落实习近平总书记重要讲话精神取得的成绩，深刻阐释"创新发展中国特色社会主义法治理论体系研究"重大课题积淀的成果。

全国人大监察和司法委员会副主任委员徐显明，中国法学会副会长兼秘书长张鸣起，最高人民法院副院长杨万明，最高人民检察院副检察长陈国庆，以及法律实务界和学术界的 30 余名专家学者出席座谈会。座谈会由中国政法大学校长马怀德主持。

中国政法大学党委书记胡明在致辞中谈到，学校党委始终坚持把贯彻落实习近平总书记考察中国政法大学重要讲话精神作为首要的政治任务，

在创新发展中国特色社会主义法治理论体系和探索构建中国特色法学学科体系、教材体系、学术和话语体系等方面做了大量工作，取得了一系列可喜成果。他表示，未来要围绕"三个坚持"下功夫，开创学思践悟习近平法治思想的新局面。一是坚持以圆满完成重大课题研究任务为契机，不断创新发展中国特色社会主义法治理论体系；二是坚持以建好建强习近平法治思想研究院为平台，深入学习贯彻习近平法治思想；三是坚持以培养涉外法治人才为抓手，统筹推进国内法治和涉外法治。要肩负起深入研究阐释和宣传贯彻习近平法治思想的使命，在全面依法治国的伟大实践中作出新的贡献。

教育部社会科学司副司长宋凌云表示，深入学习贯彻习近平法治思想，坚持统筹推进国内法治和涉外法治，一是要把研究好、阐释好习近平法治思想作为一项重大政治任务，深入推进习近平法治思想的学理化学术化；二是要加快推进习近平法治思想进教材进课堂进头脑工作，更好地用党的创新理论成果育人育才；三是要坚持统筹推进国内法治和涉外法治，运用法律手段维护国家的主权、安全和发展利益，推动构建人类命运共同体。

徐显明在讲话中阐述了习近平法治思想形成、发展的过程。他指出，习近平法治思想坚持以人民为中心，注重运用法治思维和法治方式不断增强人民群众的获得感、幸福感、安全感；坚持在法治轨道上推进国家治理体系和治理能力现代化，逐步实现国家治理制度化、程序化、规范化、法治化；坚持统筹推进国内法治和涉外法治，推动形成公正合理透明的国际规则体系，更好维护国家主权、安全和发展利益。

张鸣起结合工作实践从坚持正确的政治方向、坚持服务党和国家工作大局、坚持多元复合型要求、坚持实践导向四个方面对涉外法治人才培养提出了建议。他表示，我们应当牢记习近平总书记的教诲，胸怀"两个大局"，全面落实总书记对高等教育提出的要求，在全面依法治国中作出更多的贡献。

杨万明围绕最高人民法院近年来的司法实践，阐释了当前涉外法律体系建设面临的多方面挑战。他表示，下一步最高人民法院将从深入学习贯彻习近平法治思想、加快推进涉外法治体系建设、加强国际法实践的研究、完善我国涉外法治人才培养体系、提升中国法治国际传播能力等五个方面着力推动国内法治和涉外法治统筹发展的有机衔接。

中国法学会副会长、中国政法大学全面依法治国研究院院长黄进从科学界定"涉外法治"、深刻领会习近平法治思想中涉外法治的意涵、创新涉外法治人才培养机制三个方面，分享了对统筹推进国内法治和涉外法治的见解。

中国政法大学校长马怀德最后进行了总结，他表示，在深入学习贯彻习近平法治思想、统筹推进国内法治和涉外法治的过程中，一要准确定义"涉外法治"的概念，科学界定国内法治、涉外法治的内涵；二要积极参与全球治理，增强我国在国际法律事务和全球治理体系变革中的话语权；三要加强涉外人才的培养，完善具有中国特色的高层次法治人才培养体系。马怀德表示，习近平法治思想具有丰富的理论内涵、深厚的历史底蕴、鲜明的中国气派、饱满的时代精神，集中体现了我们党在法治领域的理论创新、制度创新、实践创新。"我们要在习近平法治思想的科学指引下，扎根法治中国建设的伟大实践，繁荣法学研究，深化法学教育改革，不断推出有分量的研究成果，培养更多高素质法治人才，为法治中国建设贡献力量。"马怀德最后说。(《光明日报》全媒体记者　姚晓丹)

文章截图：

其他媒体发布：

《人民日报》中央厨房：中国政法大学召开座谈会　深入学习贯彻习近平法治思想，发布时间：2021年5月3日。

二、栏目名称 认真贯彻落实习近平总书记考察法大重要讲话精神

（一）电视媒体

1. 标题：习近平在中国政法大学考察时强调　立德树人德法兼修抓好法治人才培养　励志勤学刻苦磨炼促进青年成长进步

视频链接：http://tv.cctv.com/2017/05/03/VIDE2rHDFG1bsWOzLoqB9C2A170503.shtml

首发媒体：中央电视台《新闻联播》

发布时间：2017 年 5 月 3 日

视频截图：

2. 标题：北京高校学习贯彻习近平总书记考察中国政法大学重要
讲话精神

视频链接：http://news. cupl. edu. cn/info/1021/23967. htm

首发媒体：BTV《北京新闻》

发布时间：2017 年 5 月 4 日

视频截图：

3. 标题：总书记与我们在一起：让青春激扬法治中国梦

视频链接：http://news. cupl. edu. cn/info/1021/24004. htm

首发媒体：中央电视台《新闻联播》

发布时间：2017 年 5 月 5 日

视频截图：

4. **标题**：为全面依法治国培养更多优秀人才

视频链接：http://news. cupl. edu. cn/info/1021/24034. htm

首发媒体：中央电视台《新闻联播》

发布时间：2017 年 5 月 8 日

5. **标题**：习近平勉励中国政法大学民商经济法学院 1502 班团员青年　用一生来践行跟党走的理想追求

视频链接：http://news. cupl. edu. cn/info/1500/26829. htm

首发媒体：中央电视台《新闻联播》

发布时间：2018 年 5 月 3 日

其他媒体发布：

（1）新华社：习近平勉励中国政法大学民商经济法学院 1502 班团员青年 用一生来践行跟党走的理想追求，发布时间：2018 年 5 月 3 日，文章链接：https://baijiahao. baidu. com/s? id=1599440142044253875&wfr=spider&for=pc。

（2）央广网：习近平勉励中国政法大学民商经济法学院 1502 班团员青年 用一生来践行跟党走的理想追求；发布时间：2018 年 5 月 4 日，文章链接：http://china. cnr. cn/news/20180504/t20180504_ 524221571. shtml。

6. **标题**：北京：中国政法大学与兰考县委共建"焦裕禄精神"教育实践基地

视频链接：http://news. cupl. edu. cn/info/1021/29345. htm

首发媒体：中国教育电视台

发布时间：2019 年 4 月 19 日

视频截图：

7. 标题：今天，法大与新中国民主法治同行

视频链接：http://news.cupl.edu.cn/info/1021/30391.htm

首发媒体：CCTV-1

发布时间：2019 年 10 月 1 日

视频截图：

8. 标题：同心同向！这群政法学子绽放出青春光芒

视频链接：http://m.news.cctv.com/2021/05/02/ARTILlEDmWSll-DLAsaXqh7Yt210502.shtml

首发媒体：中央电视台《新闻直播间》

发布时间：2021 年 5 月 2 日

视频截图：

（二）平面媒体

1. **标题**：坚持立德树人培养法治人才

首发媒体：《法制日报》2017 年 5 月 4 日 4 版

正文：

今天，微风习习。在中国政法大学 65 周年校庆和"五四"青年节即将到来之际，中共中央总书记、国家主席、中央军委主席习近平来到中国政法大学考察，召开座谈会并发表重要讲话，集中阐述了全面依法治国和法治人才培养等问题，并对青年一代成长成才寄予殷切期望。习近平总书记的重要讲话在法学界和青年学生中引起热烈反响，大家纷纷表示非常振奋，深受鼓舞。

坚定不移坚持不懈推进全面依法治国

中国政法大学党委书记石亚军认为，习近平总书记重要讲话展示出强大的政治力量、思想力量、教育力量，对建设好法学学科、举办好法学教育、培养好法治人才，为推进全面依法治国提供坚实的人才支撑提出了高境界、新指向、全方位的重要要求，充分体现了党中央对推进全面依法治国的坚定决心。

中国政法大学校长黄进接受《法制日报》记者采访时表示，习近平总书记的重要讲话有三点令他印象深刻。一是深刻阐述了依法治国在国家治理体系和治理能力现代化建设中的重要作用，强调全面依法治国是坚持和发展中国特色社会主义的本质要求和重要保障，事关我们党执政兴国，事关人民幸福安康，事关党和国家事业发展。这表明习近平总书记和党中央对推进全面依法治国的信念坚定不移，坚持不懈；二是特别强调法学教育和法治人才培养在推进全面依法治国中的重要地位，为法学教育和法治人才的培养指明了方向；三是习近平总书记重视青年学生成长成才，对青年一代谆谆教诲，寄予厚望。

清华大学法学院院长申卫星谈到，习近平总书记特别强调了全面依法治国，提出全面依法治国与全面深化改革、全面从严治党、全面建成小康社会，是相辅相成、相得益彰的。未来，法治建设将会承载更多的使命，发挥更重要的作用。既要着眼长远，打好基础、建好制度，又要立足当前，突出重点、扎实工作。

北京师范大学法学院院长卢建平说，习近平总书记的重要讲话为高校法学教师如何立足本职推进全面依法治国贡献才智指明了方向。落实习近平总书记的重要讲话精神，法学教育界要坚持走中国特色社会主义道路，坚持以马克思主义和毛泽东思想为指导，立足中国实际，对中国当前法治实践的复杂现实进行研究，为依法治国提供理论支撑，使中国的法学教育能够适应中国特色社会主义法治建设的客观需要。

法学教育要加强知识教学和实践教学的结合，既要重理论，又要重实践。法学教师要坚定理想信念，成为马克思主义和中国特色社会主义法治理论的坚定信仰者、积极传播者和模范实践者。法学教育要坚持立德树人，首先要学会做人，然后才能成为合格的法治人才。

法治人才培养是全面依法治国的重要内容

中国人民大学副校长、中国法学会民法学会会长王利明表示："习近平总书记从全面依法治国的高度提出了法治人才培养的重要性。法治人才的培养是全面依法治国的重要内容，也是我国法治事业兴旺发达的重要保障。全面依法治国是我国一项重要的历史任务，法律的生命力在于实施，而法律的有效实施又依赖于法治人才的培养。因此，要有效推进我国法治建设进程，我们就必须着力培养一大批优秀的法治人才。作为一名法学教育工作者，能够参与法治人才的培养，献身于我国的法治建设事业，我深感责任重大、使命光荣。"

王利明谈到，习近平总书记不仅强调了法学教育的重要性，而且为如何培养法治人才明确了任务，指明了方向。落实总书记要求，我们要把坚持依法治国和以德治国贯彻到法学教育之中。法治人才要明法厚德。我们要培养的法治人才不仅要掌握高水平的法学专业知识，而且要有高尚的品德。不仅要注重培养法治人才的专业技能，而且要强化道德教育，提升法治人才的人文素养。唯有如此，才能真正培养出德才兼备的优秀法治人才。

黄进告诉记者，习近平总书记指出，在法治人才培养上，要深入研究和解决好"为谁教、教什么、教给谁、怎么教"的问题。法学教育要坚持立德树人，不仅要提高学生的法学知识水平，而且要培养学生的思想道德素养。法大的校训首先强调的是"厚德"。法学教师要坚定理想信念，做到言为人师、行为世范，要引导学生实事求是地看待社会问题，多看主流和光明面，用正能量激励学生。

中国政法大学法学院院长焦洪昌认为，习近平总书记的重要讲话非常理性和清晰。"作为一名法学教育工作者，我们要用心培养厚德、明法的卓越法律人才。厚德要求学生有家国情怀，有关心人类命运共同体的意识，有对人民的责任心和使命感；明法要求年轻学子有深厚法学功底，有娴熟的法律技能，有宽广的国际视野，有用司法大数据和智慧科技推进法治发展的能力，有公平公正的法治精神。"

申卫星对记者说，尽管我国法学教育取得了长足的发展，但是法学教育还存在学科结构不尽合理、课程体系不够完善、新兴学科开设不足、法学与其他学科的交叉融合不够等问题和不足。清华大学法学院未来法学教育要坚持"一体两翼"的办学思路。一体是指进一步加强传统法学学科，两翼则是指实践性与国际化。今后清华大学法学院要在已有基础上，进一步加大与最高人民法院和全国律协的合作，大力发展应用法学教育。

中央财经大学法学院院长尹飞说，法治是一项系统工程，法治人才培养是其中的重要环节，高校是法治人才培养的第一阵地。作为高校法学教育工作者，我们深感责任重大。法治的生命力在于实施，法律实施关键在人，在于有一支高素质的法治工作人才队伍。人才培养上不去、不能人才辈出，全面依法治国不可能做好。中央财经大学法学院将积极依托经济与法密切结合的学科优势，着力围绕社会主义市场经济运行中的重大疑难法治问题展开攻关，为财经领域法治建设、财经领域高层次法治人才的培养作出自己的贡献。

法治理论要为法治国家建设提供支撑

中国政法大学副校长马怀德谈到自己最大的感受是，总书记讲话对于我们培养法治人才具有很强的指导意义。他说，落实总书记的要求，就要领会总书记讲话内容，按照总书记所说那样深刻认识到，全面推进依法治国是一个系统工程，培养高素质法治人才是依法治国的重要组成部分。法学学科体系建设对于法治人才培养至关重要。我们有我们的历史文化，有我们的体制机制，有我们的国情，我们的国家治理有其他国家不可比拟的特殊性和复杂性，也有我们自己长期积累的经验和优势，在法学学科体系建设上要有底气、有自信。同时，要充分认识到，人的能力有大小，如果法治素养不足，官当得越大危害越大，把好干部队伍的法治关非常重要。每个进入公务员队伍的人必须"尊法学法守法用法"。

马怀德表示，没有成熟健全的学科体系和理论主张，就没有成熟的教学体系和培养模式。当务之急是研究中国特色社会主义法治理论，为法学教育奠定坚实的理论基础。

青年学生要志存高远扣好人生第一粒扣子

黄进介绍说，我们要落实总书记的要求，培养青年学生立志，志存高远，扣好人生第一粒扣子；要勤学，像海绵吸水一样吸取知识，读万卷书、行万里路，做到又博又专、越博越专；要敏思，养成科学的思维方法和思维能力，把学习中思考、观察中思考、实践中思考紧密结合起来，保持对新事物的敏锐，学会运用正确的立场观点方法去分析问题；要善行，一个人一生总要接触社会、干很多事、经历一道道坡和坎，要勇敢战胜前进中的困难，胜不骄、败不馁，正确对待一时的成败得失，处优不养尊，受挫不短志，使顺境逆境都成为人生的财富。

他表示，中国政法大学一定会把总书记对法大的关怀、对青年学生的关爱、对法治建设的重视、对法学教育和法治人才培养的期望，传达到法大全体师生员工和广大校友中去，为推进全面依法治国，培养拔尖创新法治人才，建设世界一流法科强校不断努力。

民商经济法学院法学专业大四学生潘辉非常感慨地说："与我们的父辈相比，我们这一代青年身上还有诸多的不足，还很稚嫩，但是青年人最大的特点就是充满朝气、充满梦想、敢于担当。在这个伟大的时代，我们这一代青年人要担负自己的历史使命，第一，青年人应该志存高远，树立远大的理想信念；第二，我们要勤学笃实，踏踏实实去做实事；第三，我们这一代青年人要勇于担当，有所作为。"

民商经济法学院法学专业大四学生也尔帕今年毕业后将回到新疆，去基层工作。他说："今天有幸参加这个座谈会，我是唯一一名少数民族学生，比较紧张，也非常兴奋。作为一名维吾尔族青年，回到家乡、建设家乡是我的责任。今天总书记讲话让我印象深刻，也让我学到了很多。总书记说青年人需要磨炼，在成长和奋斗中会收获成功和喜悦，也会面临困难和压力，我特别受鼓舞。"

社会学院社会学专业大三学生杨奕表示："今天习近平总书记在座谈会上针对青年学生讲了很多，非常荣幸能够聆听总书记对我们的教诲，我深切地感受到党中央对推进全面依法治国的信心和决心，对法治人才建设的关注和重视，以及对我们青年成长的殷切希望。'法治兴则国兴，法治强则国强'，推进全面依法治国对于实现中华民族伟大复兴的中国梦是非常重要的。作为一名即将投身法治事业的法大学子，我们应该努力秉持法大厚德、明法、格物、致公的校训，努力提升自己的政治素养、道德素养和法治素养，努力磨炼自己的心理素质，使自己能够真正成为一个勤学、修德、明辨、笃实的社会主义法治事业和中华民族伟大复兴事业的建设者，这是我学习习近平总书记的重要讲话的深刻体会。"

2. **标题**：立德树人德法兼修抓好法治人才培养　励志勤学刻苦磨炼促进青年成长进步

首发媒体：《人民日报》2017 年 5 月 4 日 1 版

正文：

本报北京 5 月 3 日电　在五四青年节来临之际，在中国政法大学建校 65 周年前夕，中共中央总书记、国家主席、中央军委主席习近平 3 日上午来到中国政法大学考察。习近平代表党中央，向全国各族青年致以节日的问候，向全国广大教育工作者、青年工作者、法治工作者致以诚挚的问候。他强调，全面推进依法治国是一项长期而重大的历史任务，要坚持中国特色社会主义法治道路，坚持以马克思主义法学思想和中国特色社会主义法治理论为指导，立德树人，德法兼修，培养大批高素质法治人才。

习近平强调，中国的未来属于青年，中华民族的未来也属于青年。青年一代的理想信念、精神状态、综合素质，是一个国家发展活力的重要体现，也是一个国家核心竞争力的重要因素。当今中国最鲜明的时代主题，就是实现"两个一百年"奋斗目标、实现中华民族伟大复兴的中国梦。当代青年要树立与这个时代主题同心同向的理想信念，勇于担当这个时代赋予的历史责任，励志勤学、刻苦磨炼，在激情奋斗中绽放青春光芒、健康成长进步。

中国政法大学是我国一所著名高等学府，成立于1952年，以"厚德、明法、格物、致公"为校训，长期以来为国家培养了大批法治人才。

暮春时节，位于北京市昌平区的中国政法大学校园内满目青葱、一派生机。上午9时20分，习近平在校党委书记石亚军、校长黄进陪同下，首先来到逸夫楼一层大厅，参观校史及成果展。一张张图片，一件件实物，见证了几代党和国家领导人对中国政法大学和中国法治建设的关心和支持，展示了中国政法大学的发展历程，习近平不时驻足观看，询问有关情况。他对中国政法大学在人才培养、学术研究、社会服务、文化传承、国际交流合作、特色课程教育等方面取得的成就表示肯定，希望学校总结经验、改革创新，更好整合资源，更好找准着力点，把教学、科研、育人各项工作做得更好。

在展厅内，总书记亲切会见了张晋藩、廉希圣、李德顺、王卫国、卞建林等几位资深教授，同他们一一握手，亲切交谈。参与新中国法治进程的教授们讲述了他们对法治精神和治学方法的思考，习近平感谢他们为法治理论研究和法治人才培养作出的贡献，希望他们继续贡献才智，祝他们生活愉快、身体健康。参观结束时，习近平同中国政法大学领导班子成员和几位教授合影留念。

在学生活动中心一层大厅，民商经济法学院本科二年级2班团支部正在开展"不忘初心跟党走"主题团日活动。习近平来到他们中间，同学们报以热烈掌声。几位同学从不同角度畅谈观看电影《焦裕禄》的体会，习近平认真倾听，并参与讨论。习近平语重心长地对同学们说，新中国成立以来，我们党和人民一路筚路蓝缕、艰苦奋斗走来，使国家越来越富强、民族越来越兴盛、人民越来越幸福，其中很重要的一条就是有无数焦裕禄这样的优秀党员、干部为党和人民无私奉献。焦裕禄同志的事迹归结到一点，就是坚定跟党走，他一生都在为党分忧、为党添彩。焦裕禄精神跨越时空，永远不会过时，我们要结合时代特点不断发扬光大。希望大家矢志不渝，用一生来践行跟党走的理想追求。共青团是党的助手和后备军，要始终保持先进性，广大团员青年坚定跟党走，就是初心。不忘这个初心，是我国广大青年的政治选择，也是我国广大青年的人生航向。习近平勉励同学们珍惜韶华，潜心读书，敏于求知，做到德智体美全面发展，毕业后为祖国和人民施展自己的才华，实现自己的人生价值。

之后，习近平来到学生活动中心三层会议室，同中国政法大学师生和首都法学专家、法治工作者代表、高校负责同志座谈。中国政法大学党委书记石亚军、终身教授张晋藩、民商经济法学院学生潘辉和北京市朝阳区人民法院奥运村法庭庭长刘黎先后发言。他们结合实际，谈教育管理、教书育人、学习生活、法治实践。

在听取大家发言后，习近平发表重要讲话。他指出，全面依法治国是坚持和发展中国特色社会主义的本质要求和重要保障，事关我们党执政兴国，事关人民幸福安康，事关党和国家事业发展。随着中国特色社会主义事业不断发展，法治建设将承载更多使命、发挥更为重要的作用。推进全面依法治国既要着眼长远、打好基础、建好制度，又要立足当前、突出重点、扎实工作。建设法治国家、法治政府、法治社会，实现科学立法、严格执法、公正司法、全民守法，都离不开一支高素质的法治工作队伍。法治人才培养上不去，法治领域不能人才辈出，全面依法治国就不可能做好。

习近平强调，没有正确的法治理论引领，就不可能有正确的法治实践。高校作为法治人才培养的第一阵地，要充分利用学科齐全、人才密集的优势，加强法治及其相关领域基础性问题的研究，对复杂现实进行深入分析、作出科学总结，提炼规律性认识，为完善中国特色社会主义法治体系、建设社会主义法治国家提供理论支撑。

习近平指出，法学学科体系建设对于法治人才培养至关重要。我们有我们的历史文化，有我们的体制机制，有我们的国情，我们的国家治理有其他国家不可比拟的特殊性和复杂性，也有我们自己长期积累的经验和优势，在法学学科体系建设上要有底气、有自信。要以我为主、兼收并蓄、突出特色，深入研究和解决好为谁教、教什么、教给谁、怎样教的问题，努力以中国智慧、中国实践为世界法治文明建设作出贡献。对世界上的优秀法治文明成果，要积极吸收借鉴，也要加以甄别，有选择地吸收和转化，不能囫囵吞枣、照搬照抄。

习近平强调，法学学科是实践性很强的学科，法学教育要处理好知识教学和实践教学的关系。要打破高校和社会之间的体制壁垒，将实际工作部门的优质实践教学资源引进高校，加强法学教育、法学研究工作者和法治实际工作者之间的交流。法学专业教师要坚定理想信念，带头践行社会主义核心价值观，在做好理论研究和教学的同时，深入了解法律实际工作，促进理论和实践相结合，多用正能量鼓舞激励学生。

习近平指出，中国特色社会主义法治道路的一个鲜明特点，就是坚持依法治国和以德治国相结合，强调法治和德治两手抓、两手都要硬。法学教育要坚持立德树人，不仅要提高学生的法学知识水平，而且要培养学生的思想道德素养。各级领导干部要做尊法学法守法用法的模范，以实际行动带动全社会崇德向善、尊法守法。

习近平强调，青年处于人生积累阶段，需要像海绵汲水一样汲取知识。广大青年抓学习，既要惜时如金、孜孜不倦，下一番心无旁骛、静谧自怡的功夫，又要突出主干、择其精要，努力做到又博又专、愈博愈专。特别是要克服浮躁之气，静下来多读经典，多知其所以然。

习近平指出，青年时期是培养和训练科学思维方法和思维能力的关键时期，无论在学校还是在社会，都要把学习同思考、观察同思考、实践同思考紧密结合起来，保持对新事物的敏锐，学会用正确的立场观点方法分析问题，善于把握历史和时代的发展方向，善于把握社会生活的主流和支流、现象和本质。要充分发挥青年的创造精神，勇于开拓实践，勇于探索真理。养成了历史思维、辩证思维、系统思维、创新思维的习惯，终身受用。

习近平强调，青年在成长和奋斗中，会收获成功和喜悦，也会面临困难和压力。要正确对待一时的成败得失，处优而不养尊，受挫而不短志，使顺境逆境都成为人生的财富而不是人生的包袱。广大青年人人都是一块玉，要时常用真善美来雕琢自己，不断培养高洁的操行和纯朴的情感，努力使自己成为高尚的人。

习近平指出，全国高校思想政治工作会议以来，各级党委、教育系统和各高校抓紧会议精神贯彻落实，工作成效明显。要强化基础、抓住重点、建立规范、落实责任，真正做到"虚"功"实"做，把"软指标"变为"硬约束"。高校党委要履行好管党治党、办学治校的主体责任，把思想政治工作和党的建设工作结合起来，把立德树人、规范管理的严格要求和春风化雨、润物无声的灵活方式结合起来，把解决师生的思想问题和教学科研、学习就业等实际问题结合起来，使高校始终充满积极向上的正能量、洋溢蓬勃向上的青春活力、展现改革创新的时代风采。

考察结束时正值下课时间，闻讯而来的师生们站满校园道路两旁，习近平沿路同师生们热情握手，向远处的师生们挥手致意。热烈的掌声和欢呼声经久不息，荡漾整个校园。

王沪宁、刘延东、孟建柱、栗战书、郭金龙及中央和国家机关有关部门负责同志陪同考察。

3. **标题**：培育德才兼备、信仰坚定的法治人才——与中国政法大学青年师生谈法治人才培养

首发媒体：《光明日报》2017 年 5 月 5 日 3 版

正文：

"我真切感受到了总书记对青年人的关爱与期待，这将成为未来激励我不断努力前进的力量源泉！"在 5 月 3 日习近平总书记考察中国政法大学的座谈会上，作为大学生代表发言的潘辉，从总书记的重要讲话中，深切感受到了莫大的精神鼓舞。

青年强则国强，法治兴则国兴。5 月 4 日，记者深度对话中国政法大学国际法学院青年教师霍政欣和民商经济法学院 2013 级本科生潘辉，请他们分享现场聆听习近平总书记讲话所感受到的殷殷期待，并与我们一同探讨如何培养高素质法治人才。

记者："中国的未来属于青年，中华民族的未来也属于青年。"习近平总书记的讲话，让广大青年备受鼓舞。相信在现场聆听讲话的你们，也一定有更生动、更深刻的体会与大家分享。

霍政欣：昨天上午的座谈会意义重大而深远，会场气氛十分轻松。习近平总书记坐定后，直接讲话，还"客串"了主持人的角色。作为一名法学工作者我深切感受到了以习近平同志为核心的党中央全面推进依法治国的坚定决心，深受鼓舞，倍感振奋。

潘辉："要正确对待一时的成败得失，处优而不养尊，受挫而不短

志。"在现场聆听总书记的讲话，这一句让我深受触动。我们这代青年人生活在一个物质条件极其丰富的年代，我们的身体不缺钙，但是我们的精神却须补钙，急需磨砺自身的意志品质，来应对未来人生道路中的种种困难。

我们有感于总书记的谆谆教诲，认识到"两个一百年"奋斗目标的实现过程，正是我们这一代青年人逐渐步入社会并成长为社会发展中坚力量的过程。同时，我们也必须清醒地认识到，改革已经进入深水区，我们这一代青年人所肩负的历史责任也十分重大。这就要求我们要有远大的理想情怀、明确的奋斗目标、强烈的历史使命感。

记者：全面依法治国离不开一支高素质的法治工作队伍。习近平总书记强调，高校作为法治人才培养的第一阵地，要深入研究和解决好为谁教、教什么、教给谁、怎样教的问题。我们要如何挖掘自身的"底气"和"自信"？

霍政欣：总书记指出，"对世界上的优秀法治文明成果，要积极吸收借鉴，也要加以甄别，有选择地吸收和转化，不能囫囵吞枣、照搬照抄"。总书记的这一论述指明了当代中国法学工作者应承担的历史职责。

我们应当按照总书记的要求，有信念、有底气、有担当、有作为，既要引导学生培养学生对社会主义法治的信仰；也要立足中国、挖掘历史，关怀世界，注重学术研究的继承性、民族性、原创性、系统性与专业性，尽快培育出具有中国特色与国际视野的法学学科体系，为建设社会主义法治国家提供理论支撑。

潘辉：青年人要想有所作为，就要到祖国和人民最需要的地方去，到最艰苦的地方去建功立业。我几次参加学校欢送到西部地区工作的同学的活动，他们是我们的榜样，是青年人担当精神的最好写照。

记者：法学是一门实践性很强的学科。习近平总书记强调，要打破高校和社会之间的体制壁垒，加强法学教育、法学研究工作者和法治实际工作者之间的交流。那么，我们应当如何处理好学习和实践的关系呢？

潘辉：空谈误国，实干兴邦。当代大学生既要读好有字之书，也要读好无字之书。这样我们不仅能感受到真实复杂的国情和人民的切实法律需求，也能感受到法治中国的建设需要我们每一个青年将自己的法治梦想落实为踏踏实实的法治践行！

霍政欣：未来法学教育应从制度设计上进行完善，打破现有体制壁垒，选聘经验丰富的优秀司法实务工作者到高校参与法治人才的培养。同时，高校应与实务紧密合作，建立法学师资的"旋转门"机制。

记者：习近平总书记强调，"法学教育要坚持立德树人，不仅要提高学生的法学知识水平，而且要培养学生的思想道德素养"。作为法学专业的师生，应该如何提高自身素质，肩负起历史的重任？

潘辉：我们要有家国意识和人民情怀，不能仅仅关注私人生活领域中道德素养的培育，还要将自身的发展融入国家和民族发展的事业中，扎根于人民之中，要培育起为祖国奋斗、为人民奉献的思想道德素养。

霍政欣：总书记多次提及，"一代青年有一代青年的历史际遇"。我想，当代中国青年的历史责任就是要通过一代人的努力实现中华民族伟大复兴的中国梦；而作为法学专业的青年人，就要通过自身努力，建设社会主义法治国家。总书记指出，"广大青年人人都是一块玉"。所以，不仅青年学生要常用真善美来雕琢自己，作为老师，我们也有义务雕琢美玉，引导学生形成积极向上的价值观与历史责任感，为建设社会主义法治国家，实现中华民族伟大复兴的中国梦培育德才兼备、信仰坚定的高素质法治人才。（《光明日报》记者 柴如瑾 陈鹏）

4. **标题**：全国政法类高校（学院）共青团学习习近平总书记重要讲话精神研讨会在京举行

首发媒体：《法制日报》2017 年 5 月 10 日 9 版

正文：

如何发挥共青团在法治人才培养过程的积极作用？5 月 9 日，来自全国 16 所政法类高校（学院）的共青团代表围绕这一主题开展了热烈研讨。当天上午，由团中央学校部、中国政法大学联合主办的全国政法类高校（学院）共青团学习习近平总书记重要讲话精神研讨会在中国政法大学学院路校区举行，团中央学校部部长杜汇良，中国政法大学副书记、副校长常保国出席了活动。

西南政法大学团委书记颜怡在发言中指出，习近平总书记重要讲话精神指明了方向，从精神学习、思想引领和志愿服务三个方面，总结了校团委为全面推进依法治国培养大批高素质法治人才开展工作的具体思路。一是及时组织学习习近平总书记重要讲话精神；二是进一步强化"学习总书记讲话，做合格共青团员"教育实践，加强青年师生的思想政治引领；

三是以志愿服务为抓手，培育和践行社会主义核心价值观。

全国政法类高校（学院）共青团工作联盟是在共青团中央学校部指导下的，以全国政法类高校和高校法学院（系）为主体，资源发起组织，非营利性质的民间联谊组织。联盟以"整合政法类院校团学组织资源，联络全国法学界青年学者，引领大学生倡导和践行国家依法治国理念，助力社会主义法治国家的建设与发展"为宗旨，遵循开放、自愿、协商、引领、服务、凝聚、互利的发展理念。本次会议是全国政法类高校（学院）共青团联盟以学习习近平总书记重要讲话精神为契机专门召开的成员单位会议。

5. **标题**：法学教育要德法兼修——访中国政法大学校长黄进

首发媒体：《人民日报》2017 年 5 月 24 日 17 版

正文：

5 月 3 日，习近平总书记在中国政法大学考察时强调，全面依法治国是一项长期而重大的历史任务，要立德树人，德法兼修，培养大批高素质法治人才。如何贯彻落实习近平总书记重要讲话精神，更好推进法治建设？《民主政治周刊》推出"对话法治建设"系列报道，采访专家学者，谈认识，说观点，抓落实。

——编者

法学教育要既教书又育人

记者：总书记强调，法治人才培养上不去，法治领域不能人才辈出，全面依法治国就不可能做好。您认为，当前，我国法学教育和法治人才培养还面临哪些问题？

黄进：改革开放以来，我国法学教育取得了巨大成就，人才培养规模和质量不断提升，法学教育体系基本形成，法学理论研究和知识创新不断发展，为国家法治建设培养了数以百万计的法治人才。当然，法学教育和法治人才培养也存在着一些问题和不足。

一是过去一段时间发展速度过快，规模过大，有些大学条件不具备，也建立法学专业，导致教育质量、教学水平不高，在一定程度上导致法学院校毕业生整体就业率不高。二是法学学科结构不尽合理，学科发展不平衡，对新兴交叉学科的重视不够，法学学科与其他学科的交叉融合也不够。三是法学教育的内容还不能很好地反映世界法治潮流和中国法治实践。四是偏重于法学专业知识理论的教学，对法治实践能力的培养训练不充分。五是对法律职业伦理、道德、操守的教育还不够，有的大学甚至开不出这方面课程，有的大学也只是选修课。

记者： 如何落实总书记讲话精神，提升法学教育和法治人才培养的质量？

黄进： 对法学教育进行改革创新，提升法学教育的水平和法治人才培养的质量，主要应该从五个方面来加强：

第一是强化坚持以中国特色社会主义法治理论为指导。没有正确的法治理论引领，就不可能有正确的法治实践，要坚持以马克思主义法学思想、中国特色社会主义法治理论、社会主义核心价值观为指导来开展法学教育，坚定师生的理想信念。

第二是强化法学学科建设。加强法学学科体系、学术体系、话语体系、课程体系、教材体系等方面建设，一些社会亟须的新知识、新理论、新技能，在高校里也应有相应课程。要处理好中西关系，立足中国、借鉴国外，对世界上的法治文明成果，要积极吸收借鉴，也要加以甄别，有选择地吸收和转化，不能囫囵吞枣、照搬照抄。同时要处理好古今关系，要传承中华法系的精华，也要去其糟粕，挖掘历史、把握当代。

第三是强化实践教学。法学是一门实践性很强的学科，法学教育要处理好知识教学和实践教学的关系，让学生不仅具有理论知识，而且具有法治实践能力。但要实现这一点，光靠法学院校是不够的。要重视与法治实务部门的合作，打破高校和社会之间的壁垒，邀请有理论水平的实务专家到学校来参与法治人才培养，让他们参与制订培养方案、专业教学、指导学生，等等。

第四是强化法学教师队伍建设。法学教师队伍要在思想上有定力，人格上有魅力，学术上有功力，教学上有活力，实践上有能力。现在，有的老师只注重专业教学，只教书，不注重育人。我们要求教师坚持立德树人、教书育人，激励教师用社会主义核心价值观来引领法学教育和法治人才培养。

第五是强化德法兼修、明法笃行。这是总书记提出的很重要的命题，是专门针对法学教育、法治人才培养提出来的。法治人才不仅要懂法学专业知识、理论、技能，还必须要有高尚的品德。法学教育，不仅要加强专业教育，而且要加强思想政治教育，让我们的学生首先学会做人，然后再成为一个高素质的法治人才。我始终认为，法学教育一定要把法律职业伦理或者说法律职业道德修养作为必修的课程，法律职业资格考试也应该加大关于法律职业伦理道德的考试内容。

实务部门专家到高校任教还需制度保障

记者：总书记要求，要打破高校和社会之间的体制壁垒，将来，会不会有更多法官检察官到高校任教，或者教授到司法机关任职？他们的身份转换需要哪些制度保障？

黄进：前些年，中央政法委和教育部推出"卓越法律人才教育培养计划"，力图推进法学院校同法治工作部门的结合，推进理论与实践的结合，让法治人才培养更有针对性。在这个卓越计划里有一个"双千计划"，即安排一千名法学院校的老师到实务部门挂职，安排一千名实务部门专家到高校从事教学。

目前计划正在推进中，取得了一定的成效。比如，最高法每年都引进一些法学院校的老师去业务庭挂职副庭长。但是，我觉得还不能满足实际需要。目前，高校老师去挂职的积极性比较高，但是实务部门的专家到高校任教一两年的非常少，多数是来做做讲座。为什么？原因可能是缺乏相应的制度保障。我们法学院校的老师到最高法、最高检或者到某一个基层法院检察院去挂职，不会影响他职称的晋升和职业发展，反而因为他实践经验更丰富了，能力更强了，回来后可能得到更好的职业发展。但实务部门还没有这样的机制，应该建立制度保障有理论水平的实务专家到高校挂职，保证他们不因到法学院校而影响在原单位的成长发展，这样实务部门专家的积极性才会高。

应有更多中国人进入国际组织工作

记者："一带一路"倡议得到世界广泛认同，大量中国企业走出国门，需要大量国际法治人才，但这方面人才还较为匮乏，如何补短板？

黄进："一带一路"倡议为中国法学教育提供了绝好机会，也是非常大的挑战。我们现在培养的法治人才主要是面向国内，还没有培养出一大批能够到国际领域去发挥作用的法治人才。我们要反思，怎样着力培养能够参与全球治理的法治人才。这种人才是一种什么样的人才？他们应该具有世界眼光、国际视野，具有国际交往能力，熟悉国际规则，善于处理国际法律事务。培养这样的人才，要从基础抓起，首先应该有良好的法学方面的训练，同时要加大外语训练，至少精通一门外语，没有很好的语言，就没办法同别人沟通，还要进行跨文化交流的训练，学习世界经济、国际政治、外国历史文化。最重要的是要培养这些人才的家国情怀，他们一定要热爱祖国，在国际交流合作中能够维护国家的主权、安全和发展利益，维护中外当事人的合法正当权益。

中国现在是联合国会费大国，但在联合国系统和其他国际组织中工作的中国人还很少。应该高度重视培养全面参与全球治理的人才。光靠国内还不够，要加强与国际机构的交流合作。不仅要同国外的大学、科研机构交流合作，现在还要加强与国际组织的交流合作，包括联合国及其专门机构、联合国教科文组织、海牙国际私法会议、亚洲非洲法律协商组织、联合国环境规划署等。有计划、有组织地选派一些学生去这些国际组织实习实践，让他们亲身感知国际组织的运作，毕业以后有机会可以去这些国际组织工作。

记者： 您提出的问题非常重要，具有战略意义。与国际组织的交流合作，还存在哪些瓶颈？国家应该给予哪些扶持？

黄进： 第一要加强自身能力建设。高校培养学生的能力要提升，教师的水平要提升，从而提高人才培养质量。要修炼内功，提高我们培养出来的法治人才的综合实力和竞争力。第二要有积极主动作为的意识。过去，我们没有从这方面去培养法治人才，现在必须重视起来，行动起来。第三要拓宽一些渠道。过去交流合作多是跟大学、科研机构，现在要与政府间的国际组织和非政府间的国际组织进行合作，可能就需要国家层面的战略安排。此外，还要提供资源保障。去国外实习实践，不能完全靠学生，国家留学基金委在这方面也要加大投入。

6. 标题：黄进：志存高远 培养卓越法治人才

首发媒体：《光明日报》2017 年 5 月 26 日 11 版

正文：

【治国理政 · 新思想新实践】

2017 年"五四"青年节前夕，习近平总书记来到中国政法大学考察，同中国政法大学师生和首都法学专家、法治工作者代表、高校负责同志座谈，并发表重要讲话。习近平总书记的重要讲话深刻阐述了全面依法治国在"四个全面"战略布局、国家长治久安以及国家治理体系和治理能力现代化建设中的重要地位和作用，全面论述了法治人才培养在中国特色社会主义法治建设中的突出功能和价值定位，为加快社会主义法治国家建设，培养卓越法治人才指明了方向、明确了目标、提供了方法。

法治人才培养在全面依法治国中的地位

全面依法治国是一个系统工程，法治人才培养是其重要的组成部分。习近平总书记指出，建设法治国家、法治政府、法治社会，实现科学立法、严格执法、公正司法、全民守法，都离不开一支高素质的法治工作队伍。法治人才培养上不去，法治领域不能人才辈出，全面依法治国就不可能做好。

党的十八届四中全会对全面推进依法治国进行了战略部署，明确提出了要加强法治工作队伍建设，创新法治人才培养机制。法治人才的培养是依法治国的重要组成部分，是基础性、先导性工作。创新法治人才培养机制，培养造就一批熟悉和坚持中国特色社会主义法治体系的卓越法治人才，是全面推进依法治国的重要保障。

我国法治人才培养的成就及存在的问题

改革开放以来，党和国家高度重视法治建设，法学教育和法治人才培养得到迅速发展。1997 年，党的十五大提出依法治国、建设社会主义法治国家，确立了依法治国的基本方略，为中国法学教育的发展提供了新的契机，注入了新的动力。1999 年，中国高等教育新一轮改革开启，我国的法学教育在发展、探索、改革与求精中得到长足发展，无论是在规模还是在质量上，都实现了历史性飞跃。2011 年，为全面深化国家高等法学教育教学改革，提高我国法治人才培养质量，国家启动了"卓越法律人才教育培养计划"。党的十八大以来，高校法学教育全面贯彻党的教育方针，坚持专业教育与通识教育并重、大众化教育兼顾精英教育，初步实现了法学教育、司法考试与法律职业之间的良性互动。政法院校主动适应依法执政、科学立法、依法行政、公正司法、高效高质法律服务的需求，不断深化高等法学教育改革，为加快建设社会主义法治国家输送了数以百万计的专业人才。

但是，我们也要清醒地看到，同加快建设社会主义法治国家的新形势新要求相比，法治人才培养质量和机制还存在一些不足和问题，主要表现在：学科结构不尽合理；法学类学科体系、课程体系不尽完善；社会急需的新兴学科、交叉学科供给不足；法学学科和其他学科交叉融合还不够深入；教材编写和教学实施偏重于西方法学理论，缺乏鉴别和批判；法学教育重形式、轻实效，法治人才培养重专业教育、轻思想政治教育的现象还存在，等等。解决这些问题，需要统筹谋划、整体布局。

全面做好法治人才培养工作的方法路径

立场坚定，正确引领，道路自信。习近平总书记指出，没有正确的法治理论引领，就不可能有正确的法治实践。办好法学教育，必须坚持走中国特色社会主义法治道路，坚持以马克思主义法学思想和中国特色社会主义法治理论为指导。要强化理想信念教育，确保法治人才培养的政治方向。要充分利用高校学科齐全、人才密集的优势，加强法治及其相关领域基础性问题的研究，对复杂现实进行深入分析，作出科学总结，提炼规律性认识，为完善中国特色社会主义法治体系、建设社会主义法治国家提供理论支撑。要加强法治教育思想引领，逐步形成具有中国特色、中国气派、中国风格的中国特色社会主义法学理论。以中国政法大学为例，我们积极开展思想政治理论课程改革，构建"社会主义法治理念"课程体系，在开设"思想道德修养与中国法治""社会主义法治理念"等相关课程的基础上，开设面向法学专业学生的"中国特色社会主义法治理论"必修课程和面向法学以外专业学生的"中国特色社会主义法治"通识课程。在课程体系和教学内容的架构设计上，强调体系性与专题性相结合，既基本涵盖对应课程的全部教学内容，符合体系要求，又突出个别重点专题，为法治人才培养提供理论与学术滋养，进而确保法治人才培养的政治方向，培养熟悉和坚持中国特色社会主义法治体系的法治人才。

立足中国，借鉴国外，面向未来。习近平总书记强调，我们有我们的历史文化，有我们的体制机制，有我们的国情，我们的国家治理有其他国家不可比拟的特殊性和复杂性，也有我们自己长期积累的经验和优势。要以我为主、兼收并蓄、突出特色，深入研究和解决好为谁教、教什么、教给谁、怎样教的问题，努力以中国智慧、中国实践为世界法治文明建设作出贡献。他强调，对世界上的优秀法治文明成果，要积极吸收借鉴，也要加以甄别，有选择地吸收和转化，不能囫囵吞枣、照搬照抄。法治人才培养要逐步建立起与高素质法治人才培养目标相适应的，具有鲜明的中国特色、完整的知识结构、适度的学分要求、丰富的选择空间的法学课程体系。法学课程体系要与中国特色社会主义法学理论体系、学科体系相衔接，反映中国特色社会主义法学理论的最新研究成果，推动中国特色社会主义法治理论进教材、进课堂、进头脑。在法治人才培养中应当切实加强法学教材建设工作。组织编写国家统一的法律类专业核心教材，避免囫囵吞枣、照搬照抄，为法治人才培养提供能够贯彻中国特色社会主义法治理论的优质教材。

立德树人，德法兼备，明法笃行。习近平总书记指出，中国特色社会主义法治道路的一个鲜明特点，就是坚持依法治国和以德治国相结合，强调法治和德治两手抓、两手都要硬。法学教育要坚持立德树人，不仅要提高学生的法学知识水平，而且要培养学生的思想道德素养。法律是成文的道德，道德是内心的法律。优秀的法治人才必须以实际行动带动全社会崇德向善、尊法守法。法治人才培养应凸显"健全人格教育"的理念，本着促进人的自由全面发展的目标，把学生培养成完完全全的人、正正常常的人、健健康康的人、全面发展的人。为此，中国政法大学积极拓展通识教育新渠道，建立法学公益教学体系，将公益教学作为立德树人的重要环节，开设法律诊所课程，鼓励学生参与法律援助，培养法科学生的社会责任感和对弱势群体的关注；开展校长推荐阅读书目工作，每期确定40种书目，提出了课堂内的导读课程与课外的学习圈、读书会并行的双轨制实施思路和方案，拓展了通识教育的新领域。

立足实践，虚实结合，内外协调。习近平总书记强调，法学学科是实践性很强的学科，法学教育要处理好知识教学和实践教学的关系。要打破高校和社会之间的体制壁垒，将实际工作部门的优质实践教学资源引进高校，加强法学教育、法学研究工作者和法治实际工作者之间的交流。为此，要创新实践教学模式，打造虚拟教学平台，培养具有创新精神和实践能力的卓越法治人才。在制订人才培养方案时，提高实践教学学分比例，提高法治人才培养中的实践教学要求。同时，加强实践教学过程控制，切实提高实践教学的效果。加强校企、校府、校地、校所合作，引入政府部门、法院、检察院、律师事务所、企业等实务部门力量参与法治人才培养，真正实现在法治人才培养中同步实践教学。积极探索创新涉外法治人才培养机制，探索课程、项目、专业项目的国际合作与双学位联合培养模式等多种国际合作与交流模式，引进国际化教学资源，全面提升法治人才国际化视野。例如，中国政法大学充分利用现代信息技术手段，创建了"同步实践教学"模式，建立检察案件原始案卷副本档案阅览室、审判案件原始案卷副本档案阅览室、公益法律援助原始案卷副本档案阅览室，受赠原始案例卷宗副本超过 60 000 套，实现使用真实案例进行教学；设立智慧教学楼，创建智慧教学新模式，利用信息化平台，开创法治人才培养新途径。通过多种举措，实现国内优质司法资源，包括动态的庭审过程、司法卷宗等大批量汇集进校园、进教学、进课堂，逐渐创造"教室+法庭"的教学氛围，让学生在司法实践动态氛围之中学习提高。

我们要认真学习贯彻习近平总书记在中国政法大学考察时的重要讲话精神，把习近平总书记对青年学生的关爱，对法治建设的重视，对法学教育和法治人才培养的期望，化为全面做好卓越法治人才培养工作的力量，努力为党和国家培养更多熟悉和坚守中国特色社会主义法治体系、德法兼修的社会主义法治人才和后备力量。

7. 标题：石亚军：为全面依法治国培养更多优秀人才——学习习近平总书记考察中国政法大学时的重要讲话

首发媒体：《求是》2017 年第 10 期

文章截图：

8. 标题：聚力德法兼修法治人才培养——中国政法大学以总书记重要讲话精神引领法学教育发展

首发媒体：《光明日报》2017 年 8 月 17 日 5 版

正文：

"经国纬政，法泽天下"，这是中国政法大学师生的报国之志，也是每一个法大人的人生信条。

2017 年 5 月 3 日，习近平总书记在中国政法大学考察时强调指出，全面推进依法治国是一项长期而重大的历史任务，要坚持中国特色社会主义法治道路，坚持以马克思主义法学思想和中国特色社会主义法治理论为指导，立德树人，德法兼修，培养大批高素质法治人才。

立德树人，德法兼修，这是习近平总书记对法学人才培养提出的具体要求，也是中国政法大学在人才培养中始终遵循的原则和方向。

法安天下，德润人心。唯德法兼修，方能"见自己、见天地、见众生"，学子们方能担当起法治中国建设的主力军之责任。

桃李天下　沐风播撒法治阳光

戴晓虹，云南省腾冲市人民检察院公诉科的一员，2013 年从中国政法大学毕业，她选择返回基层，扎根边疆，在人民检察院奉献青春。几年来，经她手所办的案子已有近 300 个。"法大对我的影响是整个人生，它是一个标签。对我而言，这种标签是一种荣耀和动力，激励我去努力。"

张航玮，天津市滨海新区东疆保税港区管委会办公室科员，法大法学院 2012 届本科毕业生。2016 年 1 月，他被天津市滨海新区政府授予"滨海好人"荣誉称号。

在张航玮家的书架上，仍放着整套中国政法大学出版社出版的法学专业必修课教材。大三在法大法律诊所曾帮助过来自五湖四海的普通百姓的实践经历让他懂得，一个法科学生力所能及的帮助对求助者有多么重要的意义。

多年来，从中国政法大学走出去的毕业生有 20 多万，学校为社会输送了一大批法律高级专门人才。

他们中，有法官，在全国率先探索和实践创新审判模式；有律师事务所负责人，执着于对公平正义的不懈追求；有法律援助工作者，在基层为弱势群体提供法律援助……"凡你在处，便是法大；凡你在处，便是中国"，中国政法大学校长黄进对 2017 届毕业生的临别寄语，是诸多法大人的真实写照。

在全面依法治国的进程中，法大人是一支坚强的主力军。一代又一代法大人在各行各业恪守信仰，践行法治，为法治中国建设作出了突出贡献。

以德为先　育才兼达政情法意

"我自愿献身政法事业，热爱祖国，忠于人民……挥法律之利剑，持正义之天平，除人间之邪恶，守政法之圣洁，积人文之底蕴，昌法治之文明。"这是法大新生的入学誓词。

在学校教学楼端升楼正面，铭刻着"厚德、明法、格物、致公"的校训，这八个字集人文精神、法治精神、科学精神和公共精神为一体，集中体现了这所大学的文化和价值追求。

法律是成文的道德，道德是内心的法律。"明法"一目，意味着要有法治信仰、法治理念、法治意识和法治思维。在法大，法学氛围充盈校园，法治精神弥漫其间。

2017年"感动法大"的领奖台上，十位同学荣获"感动法大"这一荣誉。其中，黄健栓，18岁考上大学，但由于祖父患病，家里无人照看，他毅然选择了放弃学业，担起家庭重担，一担就是5年，5年后，他重新高考，考入法大，成绩连续两年排名所学专业第一名。邓丽萍是中国政法大学第7例、北京市第217例造血干细胞捐献者，她在骨髓捐献的病房里仍然复习司法考试内容。

法安天下，德润人心。点点滴滴中，理想信念、学风培育、社会责任、家国情怀、文化塑造……熔铸到学子们的生命中，学校也真正将全员育人、全过程育人、全方位育人落到实处。

中国政法大学终身教授、著名法学家张晋藩说："学校就应该重点引导法治人才树立正确的价值取向和人生观。"

要让人民对法治充满信心，必须首先对法律人充满信心。

黄进说："习近平总书记的重要讲话为法学教育和法治人才的培养指明了方向，法学教育要注重立德树人，使培养出来的法治人才不仅有法律专业知识和能力，还有优良的品德。"

孜孜以求　引领法学教育发展

"学校要始终坚持以习近平总书记来校考察重要讲话精神为根本遵循，坚持用一流的思想政治教育赋予德育工作新内涵，用一流的教育教学水平给予人才培养新动能，用'德法兼修'助推'双一流建设'新成就。"法大党委书记胡明说。

2013 年，法大牵头共建的"司法文明协同创新中心"，是我国"2011计划"首批认定的协同创新中心之一。

2014 年，法大同步实践教学模式成果荣获国家级教学成果奖一等奖。

2016 年，法大首次与政府间国际组织"海牙国际司法会议""亚洲—非洲法律协商组织"签署全面合作协议。

2016 年 12 月 14 日，法大第四个卷宗副本阅览室——鉴定案例卷宗副本阅览室揭牌，加上之前建成的检察案件原始案卷副本档案阅览室、审判案件原始案卷副本档案阅览室、公益法律援助原始案卷副本档案阅览室以及实况转播庭审，庭审录像资料库等举措，共同实现了国内优质司法资源，包括动态的庭审过程、司法卷宗等大批量汇集进校园、进课堂，逐渐创造"教室—法庭"的教学氛围，让学生在司法动态氛围中完成四年法学专业学习，实现知识学习与实践能力培养的同步完成。现在，"教室—法庭"的"同步实践教学"已成为该校人才培养的一大特点。

法学院教授许身健早在 2007 年就组建了国内首个专门承担并组织法学实践教学的机构——法律实践教学教研室，构建实践教学体系，推动公益法律服务事业发展。

法律诊所成立以来，为群众代写各种法律文书 1000 余份，完成法律咨询 5000 余次。众多法科生参与其中，奔赴全国各地法律援助机构从事公益法律服务。仅 2013—2015 年这一期的 10 位志愿者就解答了 9433 件法律咨询，办理法律援助案件 411 件，出庭 198 次。

许身健常说："教育的本质是育人，法学教育为法科生负责就是为法治发展负责。"

以"跨学科专业、跨理论实践、跨学院学校、跨国家地区"的"四跨"人才培养模式，培养复合型、应用型、创新型、国际型人才，以坚定的步伐向着建设"开放式、国际化、多科性、创新型的世界一流法科强校"办学目标迈进，是中国政法大学对总书记殷切期望的回答，也是这所大学的历史使命和追求。

9. **标题**：教师法治教育研究中心成立仪式暨教师法制教育研讨会举行

首发媒体：《中国教育报》2017 年 11 月 1 日 3 版

正文：

本报北京 10 月 31 日讯（记者　董鲁皖龙）今天，由教育部政策法规司与中国政法大学共建的教师法治教育研究中心成立仪式暨教师法制教育研讨会在京举行，教育部党组成员、副部长田学军出席仪式并讲话。

田学军肯定了教师法治教育研究中心的成立是贯彻落实十九大依法治国方针的有力举措。他指出，加强教师法治教育是贯彻落实坚持全面依法治国基本方略的必然要求，是构建国家认同，凝聚社会共识的有效支撑，是深入开展社会主义核心价值观教育的重要保障，是全面贯彻党的教育方针，培养社会主义合格公民的客观要求。

田学军进一步提出了教师法治教育的目标和工作要求，一是以宪法教育为核心，服务法治教育的总体要求。二是以社会主义核心价值观为主线，服务学生的成长成才。三是以提高系统化科学化水平为途径，服务加快构建法治教育的一体化。

田学军强调，要认真贯彻落实党的十九大精神，高度重视、拓宽渠道、深入研究、形成合力，为进一步把教师法治教育工作落到实处提出建议，共同推动教师法治教育再上新台阶。

据悉，教师法治教育研究中心的成立，旨在设立研究基地，推进青少年法治教育工作；参与教育立法，促进教育法律制度科学化；开展教师培训，提升教师法治教育能力和水平；编撰法治教育教材，解决法治教育系统性差等问题。

其他媒体发布：

《法制日报》：教师法治教育研究中心成立，2017 年 11 月 1 日 12 版。

10. 标题：德法兼修　励志勤学

首发媒体：《光明日报》2018 年 1 月 1 日 7 版

正文：

【学生议】

2017 年 5 月，在习近平总书记考察中国政法大学期间，我有幸亲耳聆听总书记的讲话。总书记寄予青年人殷殷期望，让我们激动万分、深受鼓舞。在十九大报告中，总书记又指出，"青年兴则国家兴，青年强则国家强"。我深知，新时代下青年人的命运与党和国家、民族、人民的命运紧紧联系在了一起。

如今十九大的精神走进了校园，同学们学习十九大的热情高涨。在学习、工作、生活中努力践行十九大精神。有很多同学假期安排去基层实习和调研……同学们在十九大精神的感召下，正以自己的方式积极投身于实践中。

中华民族的未来属于青年人，我们个人的发展与国家命运息息相关。在推进全面依法治国的形势下，中国政法大学的学生具有双重的责任担当，是法治事业的建设者，也是中国梦的实现者。为成为"德法兼修"的法律人，为实现"两个一百年"奋斗目标和中华民族伟大复兴的中国梦，我们在仰望星空的同时脚踏实地，潜心读书学习，积累深厚学识。我们会勇于开拓实践，勇于探索真理，在丰富的实践中磨砺意志品质，养成科学思维，升华人生境界；我们要凝心聚力，同心同行，为全面推进依法治国贡献力量。

文章截图：

11. **标题**：培养新时代高素质法治人才

首发媒体：《光明日报》2018 年 1 月 1 日 7 版

正文：

【书记校长谈】

党的十九大报告明确提出，要优先发展教育事业，把建设教育强国作为中华民族伟大复兴的基础工程，这为高等教育加快发展提供了难得的历史机遇。同时，党的十九大报告对新时代实施全面依法治国进行了系统部署。高校要努力培养德法兼修、明法笃行，又博又专、愈博愈专的高素质法治人才，为完善中国特色社会主义法治体系、建设社会主义法治国家提供有力的人才支撑和智力保障。

坚持正确的办学方向

党的十九大报告提出，要深化教育改革，加快教育现代化，办好人民满意的教育。"加快一流大学和一流学科建设，实现高等教育内涵式发展"，是新时代高等教育的重大历史任务。伴随着社会主要矛盾发生的新变化，满足人民群众对优质高等教育的迫切需求成为中国大学的重要历史使命。作为以法学教育为优势和特色的中国政法大学，更要主动把握新时代中国特色社会主义法治理论与实践的基本特征、深刻内涵和发展规律，深入研究新时代、新思想、新征程对法治人才的新要求、新标准和新期待，努力办好人民满意的法学教育。

习近平总书记在考察中国政法大学时的重要讲话，站在实现"两个一百年"奋斗目标和中华民族伟大复兴中国梦的战略高度，系统回顾了新中国成立以来特别是党的十八大以来我国推进中国特色社会主义法治建设的历史进程，深刻阐释了全面推进依法治国的重要作用和历史意义，全面阐述了法治人才培养在全面推进依法治国系统工程中的重要地位和作用，为青年成长成才和高校思想政治工作指明了方向、提供了遵循，是习近平总书记系列重要讲话精神和治国理政新理念新思想新战略的新发展，是新时代办好人民满意的法学教育的行动指南。

为深入贯彻落实党的十九大精神和习近平总书记考察中国政法大学重要讲话精神，中国政法大学聚焦"培养什么样的人，如何培养人，为谁培养人"这一根本问题，立足"四个全面"战略布局，始终把服务全面依法治国作为兴校之基；全面深化综合改革，始终把推动内涵式发展作为强校之源；健全法治人才培养体系，始终把提高人才培养质量作为立校之本，真正把办好人民满意的法学教育作为矢志不渝的目标追求。

坚持立德树人、德法兼修

法学教育要坚持立德树人，不仅要提高学生的法学知识水平，而且要培养学生的思想道德素养。没有正确的法治理论引领，就不可能有正确的法治实践。中国政法大学坚持把正确的政治方向、价值导向贯穿办学育人全过程，大力推进社会主义核心价值观进教材、进课堂、进头脑，积极引导师生牢固树立"四个自信"。秉承"厚德、明法、格物、致公"的校训，践行"经国纬政、法泽天下"的办学使命。遵循思想政治工作规律、教书育人规律和学生成长规律，确保立德树人根本任务在法治人才培养的过程中落地生根。

坚持走以提高质量为核心的内涵式发展道路，是建设世界一流大学和一流学科的必然要求，也是培养高素质法治人才的必由之路。中国政法大学通过强化顶层设计，把握关键环节，不断深化法学教育教学改革，努力提高人才培养水平。创新人才培养模式，进一步完善跨学科专业、跨理论实践、跨学院学校、跨国家地区的"四跨"人才培养模式，实现知识基础、实践能力和思想品德、人文素养融合发展；创新实践教学模式，进一步推广与法学知识教育相结合、与经济社会发展相衔接的同步实践教学体系，实现教学全过程、全环节、全要素与司法实践同步；创新育人机制，进一步推进优质司法资源"进学校、进课堂、进教材"的工作体系，建立法学院实务院长聘任机制，加大校部、校地、校所和校企共建力度，打破学校和社会之间的体制壁垒，建立与法律实务部门的协同育人机制；创新专业特色化建设，进一步提高法治人才培养的针对性和目的性，实行"一个专业、多个培养方案"的因材施教模式，探索建立一批特色鲜明、符合国家战略急需的人才培养虚拟实验班；创新教育信息化手段，构建智慧教学环境，建立起法学教育的智慧化教学模式。通过多措并举，坚持创新驱动，促进法治人才培养质量不断提升。

中国政法大学将把学习贯彻党的十九大精神作为首要政治任务，深入学习领会习近平新时代中国特色社会主义思想，切实肩负起在服务全面依法治国进程中的新责任、新担当和新使命，走出一条中国特色世界一流的法科强校建设之路。

（作者：胡明，系中国政法大学党委书记）

文章截图：

12. **标题**：为党内法规制度的建设贡献力量

首发媒体：《光明日报》2018 年 1 月 1 日 7 版

正文：

【教师说】

习总书记在十九大报告中强调："全面依法治国是中国特色社会主义的本质要求和重要保障。"作为中国特色社会主义法治体系的重要组成部分，党内法规制度体系的建设同样意义重大。

中国政法大学法学院党内法规研究中心将会继续加强制度治党方面的研究，借助中国政法大学的法学制度研究优势，我们运用法律人的法治思维、法学视角来促进党内法规制度的建设，回应实践部门的需求。

另外，我关注到报告中强调了思想建党与制度建党同向发力，尤其强调了意识形态工作的重要地位。思想建党，培育党内的政治文化，是非常重要的中国特色社会主义法治体系的内生机制。我们中心在加强制度治党研究的同时，将更加关注思想建党方面的研究，为党的建设建言献策，贡献智慧和力量。

（作者：王建芹，系中国政法大学法学院党内法规
研究中心主任、教授）

13. 标题：建设中国特色世界一流法科强校——中国政法大学深入学习贯彻十九大精神

首发媒体：《光明日报》2018 年 1 月 1 日 7 版

正文：

【十九大精神进校园进课堂】

党的十九大召开以来，中国政法大学将党的十九大精神作为学校各项事业发展的行动纲领，不忘初心、牢记使命，用十九大精神统一思想、明确方向，用十九大精神凝聚力量、指导实践，用十九大精神统揽全局、谋划工作，奋力建设中国特色世界一流法科强校。

全面提升法治人才培养质量

12 月 4 日，在第四个国家宪法日这一天，中国政法大学的学子们走出校园，走进社区，走进乡村。他们或开展普法宣传活动，或为来访者提供法律援助，与此同时，学校第 19 届研究生支教团正在各支教地举办"学习贯彻党的十九大精神，维护宪法权威"普法系列活动，他们的身影活跃在新疆阿勒泰、云南楚雄州、江西小布中小学……法大学子正以实际行动践行法治精神，他们立足法治实践，积极投身于国家法治建设的历史洪流之中。

作为一所以法学为特色和优势的大学，中国政法大学以"经国纬政、

法泽天下"为办学使命，致力于法学教育和法治人才培养，不断深化法学教育改革。2017 年 7 月 18 日，中国政法大学牵头发布《立格联盟院校法学专业教学质量标准》，为法治人才培养、深化法学专业教学改革、规范法治人才培养和专业课程确定了标准；学校将立德树人、德法兼修的教育指导思想落实在专业特色化建设中。为了破解法学教育落后于实践的问题，学校努力创建法学教育协同创新机制，先后和最高人民法院、最高人民检察院、司法部等合作共建"双一流"学科。

2014 年，法大同步实践教学模式成果荣获国家级教学成果奖一等奖。目前，学校已经拥有了四个卷宗副本阅览室，加上实况转播庭审，庭审录像资料库等举措，共同实现了国内优质司法资源进校园、进课堂，逐渐创造"教室—法庭"的教学氛围，让学生在司法动态氛围中完成四年法学专业学习，实现知识学习与实践能力培养的同步完成。"教室—法庭"的"同步实践教学"已成为学校人才培养一大特点。

校党委书记胡明说："今后我们将优化法学专业本科生精细化培养模式，建立法学专业人才的'法大模式'，建立法学教育的协同创新机制，建立优质司法资源'进学校进课堂进教材'工作体系，持续推进法学与其他学科专业交叉融合，为中国特色社会主义法治建设培养更多高素质人才。"

创新发展中国特色社会主义法治理论体系研究

12 月 9 日，在中国大学智库论坛·法治峰会上，中国政法大学校长黄进说："习近平总书记一系列关于全面依法治国和法治人才培养的讲话，为我们做好依法治国和法治人才培养指明了方向，中国政法大学作为一所法学为主、多学科发展、特色鲜明的全国重点大学，有责任、有担当，要为建设中国特色社会主义法治理论体系贡献智慧和力量。"

党的十九大报告在阐述"坚持全面依法治国"基本方略时，特别明确地提到要"发展中国特色社会主义法治理论"。这充分肯定了发展中国特色社会主义法治理论在坚持全面依法治国基本方略中的重要地位和作用。

为服务党中央全面依法治国战略，中国政法大学成功申请国家社科重大委托项目"创新发展中国特色社会主义法治理论体系研究"，并成立了中国特色社会主义法治理论体系研究院作为该项目的研究基地。该研究基地坚持从我国国情实际出发，正确解读中国现实的诸多问题，提炼标志性学术概念，打造具有中国特色和国际视野的学术话语体系。

近年来，中国政法大学瞄准国家所需，不断加强科研力量。建成"中国政法大学国家治理研究院"国家智库，并以其为核心整合学校各类智库资源，构建承接重大项目的总平台；"马克思主义与全面依法治国"协同创新中心、法与经济学研究院、制度学研究院、绿色发展战略研究院、全国首个"信访数据实验室"、"一带一路"法律研究中心等新型科研机构相继在学校成立。学校不断加强已有协同创新中心建设，并以学校重点研究机构重点实验室为依托，鼓励各学科与校外优质创新力量构建各类新的协同创新平台。

为实现习近平总书记提出的建设"网络空间命运共同体"贡献法治理论和智慧，中国政法大学聚焦"网络法治人才培养"，以智慧大学、智慧校园、智慧学府作为建设目标，依托 2017 年建立的法治信息管理学院和网络法学研究院等机构，为建设法治网络、实现国家从网络大国迈入网络强国，提供人才支撑和智力支持。

以"双一流"建设为契机不断开拓前进

围绕"双一流"建设目标，学校坚定不移地贯彻"三步走"的发展战略，继续以法学学科建设为龙头和抓手，充分利用学科齐全和人才密集的优势，不断优化学科结构，提升办学实力，探索构建具有中国特色、中国风格和中国气派的一流法学学科体系、学术体系和话语体系，为把学校建设成为一所开放式、国际化、多科性、创新型的世界一流法科强校奠定坚实基础。

学校将以"双一流"建设为契机，在师资、教学、学科建设等方面改革创新。在师资队伍建设上实施"五个工程"，创新性建设一流法学教师队伍发展体系。努力推进师德建设、高层次人才队伍建设、教师队伍国际化建设、教师梯队建设、人才体制机制改革等五大工程。

在教学方面以提升质量为核心，建设世界一流法学教育。以创新课程体系、教材体系和思想政治教育为路径，以信息技术推动教学方法改革创新，将法律实践教学和法律职业伦理教育贯穿人才培养全过程，既要打破知识教学和实践教学之间的壁垒，也要深度融会贯通本研博教学培养体系，切实贯彻落实德法兼修，培养高素质法治人才。

在学科建设上不断优化学科结构，创新性建设一流法学学科体系：一方面，优化发展思路，实施"新兴学科培育计划"，形成既有中国特色又有一流实力的法学学科体系；另一方面，整合学科资源，实施"交叉学科繁荣计划"，鼓励跨学科交叉研究，开展多方位、多层次、多学科的立体交叉研究，为构建能够解决中国问题乃至世界问题的交叉学科作出实质性贡献。(《光明日报》通讯员　米莉　《光明日报》记者　李玉兰)

文章截图：

14. **标题**："立德树人　德法兼修"纪念习近平总书记考察中国政法大学一周年北京高校辅导员论坛暨北京高校学生工作法治化专题研修班开班

首发媒体：《法制日报》2018年4月18日9版

正文：

法制网讯　记者蒋安杰　在习近平总书记考察中国政法大学一周年即将来临之际，4月10日，"立德树人　德法兼修"纪念习近平总书记考察中国政法大学一周年北京高校辅导员论坛暨北京高校学生工作法治化专题研修班开班仪式在法大举行。中国政法大学党委书记胡明，教育部思想政治工作司思想教育与网络处处长吕治国，北京市委教育工作委员会宣教处相关负责人出席仪式，来自北京市53所高校的辅导员代表150余人参加研修班学习。胡明在致辞中指出，今年是深入贯彻落实党的十九大精神的开局之年，是全面贯彻落实全国和北京高校思想政治工作会议精神的深化之年，也是高等教育加快"双一流"建设、促进内涵式发展的攻坚之年。这些新形势、新任务为进一步加强和改进高校党建和思想政治工作提出了新要求、新挑战。我们要深入学习领会习近平总书记就高校党建工作作出的重要指示，特别是去年 5 月 3 日考察中国政法大学时发表的重要讲话精神，把握好"三个结合"的工作方式，有效实施"三全育人"，切实落实立德树人根本任务。

胡明强调，辅导员是开展大学生思想政治教育的骨干力量，也是推进学生工作法治化的主力军，在人才培养过程中发挥着不可替代的作用。学生工作法治化是构建现代大学制度、推进大学治理体系和治理能力现代化的必然要求，也是服务大学生健康成长成才的重要保障。胡明希望，通过此次学生工作法治化专题研修，帮助大家牢固树立起学生工作的法治理念，建立起学生工作的法治机制，构筑起学生工作的法治环境，促进北京高校学生工作的制度化、规范化、程序化水平迈上新的台阶。

为了加强法治发展与教育研究，办好北京市教工委举办、学校承办的学生工作法治化专题研修班，中国政法大学成立了非在编科研机构"中国政法大学法治发展与教育研究中心"，与会领导为该中心揭牌，全体与会人员合影留念。

论坛暨开班仪式结束后，吕治国和马怀德教授分别作了"新时代加强和改进高校思想政治工作的思路和方向"和"宪法修改与法治思维的养成"专题讲座。

15. **标题**：立德树人　德法兼修——中国政法大学：青春梦想融入丰富的法律服务

首发媒体：《人民日报》2018 年 5 月 2 日 17 版

正文：

"习近平总书记强调，法学教育要坚持立德树人，不仅要提高学生的法学知识水平，而且要培养学生的思想道德素养。"中国政法大学党委书记胡明表示，一年来，中国政法大学高度重视法律职业伦理教育和社会公益教育，引导学生树立坚定的法治信仰和崇高的职业道德，"让学生不断增强国情意识和社会责任感"。

在中国政法大学南门，学生社团组织"法律援助中心"每天都要面向社会接待来访、来电咨询，为当事人提供法律服务。学生们在法律服务实践中了解国情社情、坚定法治理想，成为宪法和法律的拥护者、捍卫者和传播者。

在 2017 年本科生培养方案修订过程中，中国政法大学明确坚持"立德树人，德法兼修"的法治人才培养的目标与理念，把公益学分写进培养方案。"法学教育要坚持立德树人，不仅要提高学生的法学知识水平，而且要培养学生的思想道德素养。"中国政法大学教务处处长卢春龙介绍，通过创设公益法律教育工作体系，建立法律诊所教育、公益法律课程体系和学时学分制度，让公益精神、法治信仰和家国情怀成为中国政法大学法治人才培养的重要环节。

学校实行"第二课堂成绩单"，充分发挥第二课堂协同育人作用，引导学生养成历史思维、辩证思维、系统思维、创新思维的习惯。组织学生利用课余时间，深入乡村、社区、学校、企业等基层一线，开展普法宣传、法律咨询、法律援助和模拟法庭等公益志愿服务。通过引导让学生主动把青春梦、法治梦融入丰富的法律服务实践，成为有法治精神，有家国情怀，与国家民族同心同向的法学人才。

法学教育不能停留在课本上。今年 3 月，中国政法大学设立司法实务全流程仿真课程，建立模拟人民法院、模拟人民检察院等，让每位学生都能全程演练、全程参与、全程体验所有司法环节，同步提高学生的专业知识水平、法律职业素养和法律职业技能。

中国政法大学还与法院检察院等司法实务部门合作，建立起庭审同步直播、录像观摩、案卷副本阅览于一体的实践教学资源库，将中国法治实践的最新经验、生动案例和中国特色社会主义法治理论研究的最新成果引入课堂，成为中国政法大学法治人才培养的一大亮点。

"厚德、明法、格物、致公"是中国政法大学的校训。在课堂规范方面，中国政法大学实行"一课双责"，要求教师既要传授专业知识，又要进行价值引领。专业课程老师也要贯穿思政元素，用体现社会主义核心价值观的鲜活案例引导学生，用体现司法改革、司法实践的时代风采，正向引导鼓励学生。

法学教材是对学生影响很大的载体。在教材管理方面，中国政法大学坚持"一本教材，两种责任"：教材在传递知识的同时，也要传播积极向上的正能量。"法学教材决不能做西方法治理论的搬运工。要用中国话语表达中国经验、讲好中国故事，传递向上向善正能量。"卢春龙说。

16. **标题**：胡明：探索中国特色法学教育新路径新模式
首发媒体：《光明日报》2018 年 5 月 3 日 7 版
正文：

【书记谈】

依法治国是中国共产党领导人民治理国家的基本方略。我们要从系统论的视角深入领会全面依法治国的精神实质和丰富内涵。要建设中国特色法治体系，建设社会主义法治国家，必须实现科学立法、严格执法、公正司法和全民守法。而高质量的立法、执法、司法和普法，离不开高素质的法治队伍，离不开高水平的法学教育。

2017 年 5 月 3 日，习近平总书记考察中国政法大学，就全面推进依法治国、培养高素质法治人才和助力青年成长成才等发表了重要讲话。高等院校作为法治人才培养的第一阵地，要深刻认识习近平总书记重要讲话的时代意义，全面落实各项要求，立足中国特色，创新法学教育模式，培养德法兼修、明法笃行的高素质法治人才，为社会主义法治国家建设提供有力的人才保障和智力支持。

推进高校思想政治理论课教学改革，为法治人才培养立德铸魂

习近平总书记在重要讲话中强调，法学教育要坚持立德树人，不仅要提高学生的法学知识水平，而且要培养学生的思想道德素养。高等院校要坚持以马克思主义法学思想和中国特色社会主义法治理论为指导，强化立德树人的教育理念，更新观念、优化结构、创新流程，有力推动法治人才培养"双轨并进"：既要重视提高学生的法学知识水平，更要培养学生的思想道德素养，使"德法兼修"成为法学人才培养的主流理念、主体模式、主营机制，全面提升法治人才培养的质量。

在思想政治理论课的教学方面，高校要积极推动党的十九大精神和习近平新时代中国特色社会主义思想进教材、进课堂、进头脑，坚定法科学生的道路自信、理论自信、制度自信、文化自信。

除培育和打造深受青年学生欢迎的重实效、重精髓、重体系的思想政治理论课金牌课程外，高校还要多措并举切实推进从"思政课程"向"课程思政"的转变，坚持"一课双责"，即各门课程既要传授知识，又要实现价值引领，传递向上向善的正能量，为法治人才的培养立德铸魂。

加强法律职业伦理和社会公益教育，为法治人才成长定向导航

高素质的法治人才要具备扎实的法学功底、良好的思维品质、广博的知识视野，更要具备坚定的法治信仰和崇高的职业道德。社会对法律职业有更高的道德期许，希望法律人能够铁面无私、激浊扬清、惩恶扬善、主持正义。这就要求法学院校将法律职业伦理教育摆在人才培养更加突出的位置，实现法律职业伦理教育贯穿法治人才培养全过程，让法治国家未来的建设者心中有道德律令、眼里有职业准则，在踏入职业生涯之前就扣好第一粒扣子。

为深入贯彻习近平总书记的重要讲话精神，高等法学院校还应当将公益教育放在人才培养工作的核心环节，在学分设置中增加必要的公益学分，培养具有家国情怀的法治人才。有条件的高校，还可以成立"公益教育中心"，建立具有公益法课程、公益法实践、公益法论坛等完整流程的"教学—实践—研究"的公益法教育体系。

高校要通过建立健全制度，鼓励学生利用课余时间，深入农村、街道、社区、企业等基层一线，开展普法宣传、法律咨询和模拟法庭等公益志愿服务；要加强学生法律援助中心建设工作，面向社会接待来访、来电、来信咨询，提供专业法律意见和法律服务，让学生在丰富的法律服务实践中，掌握科学的思维方法、坚定崇高的法治理想，做中国特色社会主义法治理论的坚定信仰者、积极传播者和模范践行者。

推广同步实践教学模式，打破法治人才培养过程中的体制壁垒

习近平总书记在重要讲话中，基于法学学科是实践性很强的学科这一科学判断，突出强调法学教育要处理好知识教学和实践教学的关系，要打破高校和社会之间的体制壁垒，将实际工作部门的优质实践教学资源引进高校，加强法学教育、法学研究工作者和法治实际工作者之间的交流。

传统的法律实践教学基本上是对于所学理论知识的事后验证，居于人才培养的末端环节；优质的法学教育资源无法实现共享，法律实务部门拥有的司法卷宗、庭审视频等资源长期无法转化为教学资源进入高校、进入课堂。与此同时，法律实务部门和高校在人才培养上各自为政，法律实务界人士很难参与法治人才培养方案的制订、课程体系的设计、教材教辅的编写以及从事专业教学工作。

中国政法大学创新推出的同步实践教学模式将法律实务部门拥有的大量优质司法资源"引进来"，让原始卷宗、同步直播的庭审实况和庭审实况录像进入高校、进入课堂，将知识教学和实践教学融为一体，将"实践教学"贯穿于人才培养的全过程，使知识学习和技能培养同步完成，职业意识的培养和职业素养的培养同步完成，国际视野的培养和国情意识的培养同步完成。

自实施同步实践教学模式以来，学生的专业知识水平、法律思维品质、法律职业素养和法律职业技能得到了显著提高，法律职业责任感和社会责任感得到了显著增强。这一模式受到了其他法学院校的广泛认可，具有较高的应用推广价值。

顺应信息化时代趋势，组织编写立体教材、渐进普及智慧教学

我们正处在信息化的浪潮中，高等法学院校要勇于做互联网时代的弄潮儿，打造"互联网+法学教育"的便捷模式，促进信息技术与法治人才培养深度融合，促进信息技术与全面推进依法治国深度融合。

高校应当与法律实务部门建立深度的资源共享机制，搜集和积累动态庭审、原始卷宗、电子卷宗等优质资源；高校之间可以通力合作，建立科学有效的编目机制，完成对上述资源的细致爬梳和条分缕析，锻造一批数字化法学教育实践教学资源汇聚平台；高校应当营造覆盖课内与课外、线上与线下、教学与辅学的信息化学习环境，渐进普及智慧教学模式，实现由以教师为中心的学习模式向以学生为中心的学习模式的转变。

在新时代，法学院校还要自觉承担服务社会的功能。高校可以着力打造一批适合网络传播、教学内容质量高、教学实际效果好的法学在线开放课程，将能够体现自身特色及学科优势、具有完整的教学活动的法律精品课程推向大规模在线开放平台运行，面向其他高校学习者及社会学习者开放修读。

（作者：胡明，系中国政法大学党委书记）

文章截图：

17. **标题**：坚持问题导向　提升学习实效　推进世界一流政法大学建设　教育部党组与中国政法大学党委理论学习中心组开展联合学习

首发媒体：《中国教育报》2018 年 5 月 3 日 4 版

正文：

4 月 28 日，在习近平总书记考察中国政法大学并发表"5·3"讲话一周年之际，教育部党组、中国政法大学党委理论学习中心组在中国政法大学开展联合学习。与会人员紧紧围绕深入学习贯彻习近平总书记重要讲话精神，重点就法治教育、"双一流"建设中的法学学科体系建设、高层次法治人才培养等作了发言。教育部党组书记、部长陈宝生主持集体学习。

陈宝生指出，在习近平新时代中国特色社会主义思想及习近平总书记"5·3"重要讲话精神的引领下，一年来，中国政法大学的面貌已经并正在发生深刻变化，对建设世界一流政法大学作出了前瞻性战略规划，法学学科现代化建设取得初步成效，创新中国特色社会主义法治理论体系重大课题取得重要阶段性成果，贯彻落实总书记重要讲话精神迈出了坚实步伐。

陈宝生强调，进一步学习贯彻总书记"5·3"重要讲话精神，要用好党委中心理论组学习这种形式，在改造我们的学习上下功夫。一是带着问题学。要坚持问题导向，将其作为一种思想方法，甚至专门的学科认真研究。要能够提出富有时代性的重大理论问题和现实问题，努力弄清问题发生的原因和机制，学会用辩证法找到解决问题的举措，形成"问题概念—问题发生—问题治理"这一完整的学习链条。二是结合责任学。要把责任摆进去，明确我们肩负的历史使命和历史责任，分清存在的问题中，哪些是与履职尽责相关的，通过明确工作责任的方式加以解决。三是围绕信念学。要坚定坚持和完善中国特色社会主义信念，将我们从事的工作放之于信念的高度加以认识，将信念具体化到工作岗位和工作责任上，用实践支撑信念。四是把自己摆进去学。要深入查摆自己是否存在责任、信念方面的问题，条分缕析，真正做到真学、真用，真正学通学懂、学出效果来。

中国政法大学党委书记胡明在发言中表示，习近平总书记"5·3"重要讲话确定了新时代法学教育的奋斗坐标。一年来，中国政法大学始终把学习贯彻落实习近平总书记重要讲话精神作为首要政治任务，认真组织学习传达，发挥示范引领作用，建立健全长效机制，扎实推进习近平总书记重要讲话精神落地生根。新时代中国特色社会主义法治理论体系研究取得新进展，新时代法学教育呈现新内涵，法治人才培养迈上新台阶，思想政治工作取得新成效，助力依法治国作出新贡献。站在新的历史起点上，学校将努力构建新时代中国特色社会主义法治理论体系，在引领新时代法学教育和培养高素质法治人才上作贡献，努力写好中国特色世界一流法科强校建设的"奋进之笔"。

教育部党组理论学习中心组成员、中国政法大学党委理论学习中心组全体成员、中央和国家机关工委有关负责人、教育部相关司局、中国政法大学有关部门负责人参加集体学习研讨。集体学习研讨前，教育部党组、中国政法大学党委理论学习中心组全体成员共同参观了习近平总书记考察中国政法大学一周年特展，并观摩了课堂教学改革成果展示。

其他媒体发布：

教育部官网：坚持问题导向　提升学习实效　推进世界一流政法大学建设——教育部党组与中国政法大学党委理论学习中心组开展联合学习，发布时间：2018 年 5 月 2 日。

18. **标题**：交出不负嘱托的"法大答卷"

首发媒体：《光明日报》2018 年 5 月 3 日 7 版

正文：

新故相推舒画卷，丹青妙手向翠峰。又到了一个以奋进和青春为主题的五月，中国政法大学校园里鲜花盛开，生机盎然。刚刚过去的一年，法大师生精神振奋，热情高涨，以强校报国的拳拳之心奋发在新时代前进路上。

一年前的 5 月 3 日，正是这样一个美好时节，中共中央总书记、国家主席、中央军委主席习近平来到中国政法大学考察并发表重要讲话。他强调，全面推进依法治国是一项长期而重大的历史任务，要坚持中国特色社会主义法治道路，坚持以马克思主义法学思想和中国特色社会主义法治理论为指导，立德树人，德法兼修，培养大批高素质法治人才。

一年来，全体师生谨记习近平总书记赋予学校的新使命、新责任和新担当，在学校党委的带领下，抓住机遇、乘势而上，攻坚克难、奋发有为，真抓实干、勇于担当，各项事业取得了新的成绩，以此作为对总书记殷切期望的最好回答。

一、为全面依法治国贡献力量

以"经国纬政、法泽天下"作为办学使命的中国政法大学，在 66 年的办学历程中，以推动国家法治昌明为己任，为社会主义法治建设披荆斩棘、贡献力量。而伴随着新时代全面依法治国宏伟蓝图的绘就，加快建设社会主义法治国家进军号角的吹响，法大人更是以时不我待、只争朝夕的精神奋勇当先，躬耕践行。

年近九旬、曾受到总书记亲切接见的张晋藩先生，在夫人的病房里坐在小马扎上写出三篇论文。作为首席专家的他，正在为"创新发展中国特色社会主义法治理论体系研究"重大课题孜孜以求，笔耕不辍。以张晋藩为标杆的教师团队，积极开展中国特色社会主义法治理论体系研究，力争为新时代中国特色社会主义法治理论的顶层设计、为全面依法治国提供学理支撑。

一年来，法大立足现有法学优势资源，主动对接全面依法治国这一战略需求，为社会主义法治建设贡献力量。这一年，教师在全面依法治国领域的横向科研项目立项 55 项；2017 年《法治政府蓝皮书：中国法治政府评估报告（2017）》获中央领导同志批示；与教育部共建"教师法治教育研究中心""全国法学教师师资培训基地"，协同推进教育法治建设和教师法治教育。

学校师生积极开展理论与实践相结合的各类活动，服务社会主义法治建设，普法宣传、主题调研接续开展，形式多样，内容丰富，"博士研究生边疆服务团"走边疆、下基层、访民情，为边疆地区提供法律咨询、人才培养和课题调研等服务。

二、引领法学教育发展

"法治人才培养上不去，法治领域不能人才辈出，全面依法治国就不可能做好。"习近平总书记的重要讲话着眼于高等法学教育的深层次问题，为深化法学教育改革和加强法治人才培养指明了方向。一年来，法大以习近平总书记的重要讲话精神作为新时代办好人民满意的法学教育的指引，探索科学的法学学科体系、学术体系、教材体系、话语体系架构，构建中国特色社会主义法治人才培养体系。

在"法治中国论坛"上，中国政法大学校长黄进在论坛上宣读《组建法学一流学科建设共同体倡议书》，提出携手各法学一流学科高校、法治实践部门以及所有致力于推动法学一流学科建设发展的专家学者，共同探讨中国特色世界一流法学学科建设内涵和标准，协同构建中国特色世界一流法学学科体系、学术体系和话语体系。

与之相关的是，中国政法大学一直在积极探索，一系列举措推陈出新，多个项目开展如火如荼。《立格联盟院校法学专业教学质量标准》的发布，为中国法学教育"立格"；参照国际国内权威排名机构评价指标体系，探索建立中国特色世界一流法学学科建设标准；加强世界一流法学学科的规范化建设，提高中国法学学科建设标准在国际上的话语权。

2017 年 9 月，法大顺利进入"一流学科建设高校"名单，法学入选"双一流"建设学科名单；12 月，法学学科在教育部第四轮学科评估中获评 A+。2018 年年初，学校再添一所"111 计划"学科创新引智基地，有力支撑学校一流法学学科建设。学校制定未来三年的学科建设发展规划，全面实施学科振兴计划，加强构建凸显中国法治理论实践成果的法学教材体系。

三、培养卓越法治人才

习近平总书记在讲话中对培养高素质法治人才提出了明确要求。中国政法大学认真落实立德树人根本任务，坚持学生法学知识水平和思想道德素质同向发力，探索培养德法兼修的高素质法治人才的新路径，为开启法治中国建设新征程提供强有力的人才保障和智力支持。

法大积极落实习近平新时代中国特色社会主义思想和党的十九大精神进教材、进课堂、进头脑，坚定学生的道路自信、理论自信、制度自信、文化自信。在新开设的本科生通识主干课"习近平新时代中国特色社会主义思想与当代中国"课堂上，张晗同学收获了聆听新课的惊喜。他说，授课老师直接从"新"入手，真正让自己开始了解新时代。

作为一门实践性很强的学科，法大针对法学专业创造性地推出了"同步实践教学模式"，打破高校和社会之间的体制壁垒，将中国法治实践的最新经验、生动案例和中国特色社会主义法治理论研究的最新成果引入课堂，实现优质教育资源即时共享、协同育人。

2018 年 3 月，法大设立司法实务全流程仿真课程，建立了模拟人民法院、模拟互联网法院、模拟人民检察院等机构，让每一位学生全程体验所有司法环节，同步提高学生的专业知识水平、法律职业素养和法律职业技能。

在刚刚举行的西部基层优秀校友报告会上，青年校友向师生们讲述了自己在西部地区的工作和生活，展现出他们在西部广阔天地中施展才华、奉献青春、建设边疆的理想抱负。一直以来，中国政法大学注重理想信念教育，鼓励同学们扎根基层、走向祖国需要的地方。

一年，365 个激情燃烧的日与夜，那些激动人心的场景依旧清晰如昨。法大师生牢记总书记的殷殷嘱托，回应总书记的深切期待，正全力以赴、奋勇争先。未来，法大将以更加坚定的步伐向着建设"开放式、国际化、多科性、创新型的世界一流法科强校"办学目标砥砺奋进，一步一个脚印实现美好蓝图，奋力谱写法大新的华章。（**本报通讯员　刘杰　米莉**）

文章截图：

19. **标题**：志向是奋斗的原动力也是人生的定盘星——习近平总书记考察中国政法大学一周年回访

首发媒体：《法制日报》2018 年 5 月 4 日 1 版

正文：

一年，在历史长河中不过白驹过隙；一年，却让法大强校建设在传道授业、诲人不倦的砥砺前行中开启新征程。

一年前的 5 月 3 日，在中国政法大学建校 65 周年前夕，中共中央总书记、国家主席、中央军委主席习近平来到中国政法大学考察并发表重要讲话。

一年后的今天，中国政法大学贯彻落实习近平考察法大重要讲话精神，在多领域取得阶段性成果，交出了一份沉甸甸的新时代"法大答卷"。

　　一年前的 5 月 3 日，习近平总书记考察法大期间参加了民商经济法学院本科 1502 班团支部"不忘初心跟党走"的五四主题团日活动，与同学们就学习焦裕禄精神举行座谈。

　　一年后的今天，有幸面对面聆听总书记讲话的 1502 班同学有哪些心灵历程的变化？他们的人生目标是否因此而改变？同学们是否更加坚定了"不忘初心，用一生来践行跟党走的理想追求"？习总书记亲自交付的任务——"创新发展中国特色社会主义法治理论体系研究"重大课题取得了怎样的进展？5 月 3 日，习近平总书记考察中国政法大学一周年之际，《法制日报》记者对 1502 班的部分同学进行了回访。

青春为法治梦而绽放

　　中国政法大学，坐落在昌平的军都山下。校园里，到处都镌刻着"法治"印记：刻有学校校训的法鼎；一体四翼的主教学楼四翼分别以校训"厚德""明法""格物""致公"命名；学校有宪法大道、婚姻法小径，还有镶嵌着《世界人权宣言》全文的法治广场……

　　法大学生活动中心一层大厅，去年的 5 月 3 日，中国政法大学民商经济法学院本科 1502 班团支部的团员们，就是在这里经历了人生最难忘的一次主题团日活动。

　　回忆起总书记和他们在一起的情景，民商经济法学院的蔡仁杰、郭司雨、冯潇颖、梁晨雨、程娜 5 位同学仍然非常兴奋。来自贵州的冯潇颖很是俏皮地问道："老师，您看背后墙上挂着的那张大照片，可以找到我们不？"顺着她的视线，记者转过身来，一张总书记和学生们围坐在一起的照片映入眼帘。

　　照片中穿着蓝色衬衫配有白色领子的蔡仁杰被记者一眼认出，因为他为了表示对这一天的重视，今天的穿着竟然与去年一模一样，其他三个女生经过指点，记者才一一辨出，照片中坐在第一排披着长发的女生便是冯潇颖。

　　蔡仁杰回忆道："当时我们 46 位同学正在讨论焦裕禄的纪录片，总书记走进来后，现场响起掌声和欢呼声。"蔡仁杰说，总书记在讲话中反复提到，团员是党的后备军，有着非常重要的作用，自己作为团组织的一分子，深受鼓舞。总书记语重心长地勉励我们"不要立志做大官，要立志做大事"，这句话让同学们铭记于心。

来自广西的梁晨雨说："习总书记来之前，我非常紧张，但当他走过来和我们——握手并坐下，微笑着听学生代表发言并时而提问时，我忽然就不紧张了，觉得总书记很和蔼可亲，很平易近人。总书记向我们提及截至 2012 年中国还有 8000 万的贫困人口，从十八大以来，中央财政加大对扶贫工作的投入，到 2020 年要'一个都不落的'消除贫困人口。说到 2020 年实现全面脱贫的规划时，总书记眼里露出的坚定让我们非常受鼓舞。"

让冯潇颖印象十分深刻的是，总书记参加主题团日时提起，其他国家的领导人曾经问他，为什么中国一个十几亿人口的国家能被治理好，总书记回答，这是因为我们有数百万的基层党组织和几千万的共产党员。总书记还提起，共青团员是党的助手和后备军，在新时代，要始终保持先进性。广大团员青年用一生践行跟党走，就是初心，不忘这个初心，是我国广大青年的政治选择和人生航向。冯潇颖对记者说，这段话使她明确了自己的人生目标——毕业之后回到家乡贵州，为贵州的法治事业贡献一份力量。

接受采访的同学中唯一的一名预备党员、北京女生郭司雨回忆，总书记听大家发言时非常认真，有一个细节让她难以忘怀：当坐在总书记身后的同学发言时，总书记会转过身来，面对着发言的同学聆听。

通过对 1502 班几位同学的回访，记者深深感受到能在大学时代见到总书记并与总书记坐在一起交流，是一件让学生们感到无比自豪与骄傲的事情，总书记讲的话已经深深地铭刻在他们的记忆里，或许将会一直伴随着他们的成长。总书记结合自身经历，循循善诱，娓娓道来，深深吸引了在场的所有学生。

全程陪同习近平考察的中国政法大学校长黄进透露，原定这一环节只安排 15 分钟，后来用时 50 分钟。

焦裕禄精神是一盏明灯

黄进告诉记者，总书记就学习焦裕禄精神座谈时，也参与讨论。总书记说："很高兴来到同学们中间，对我来说，这是一个宝贵的时刻，我平常很忙，方方面面都需要去接触，这样的机会也不多。但在每年五四前后，这个时间我是留给青年人的，到年轻人中间和青年学生相处，到学校看看。"总书记谈了他对焦裕禄精神的理解，谈到他从小就敬仰焦裕禄，在他心目中焦裕禄精神是一盏明灯，不是一句口号，诠释了那个时代中国共产党党员的优秀品质，一直影响着他，直到他从政，当县委书记、当总书记。他说他插了七年的队，总想着如何让老百姓过得好一点，在山上放羊的时候就想着这件事，他问老百姓"你们最大的愿望是什么"，老百姓告诉他就是为了吃饱肚子、吃纯粮。这也是他不忘初心、不忘焦裕禄精神，大力推进扶贫并消除贫困，把人民群众对美好生活的向往当作我们党的奋斗目标的动因。

为把学习习总书记考察法大重要讲话精神引向深入，牢记总书记在主题团日活动上对同学们的殷殷嘱托，民商经济法学院党委书记王洪松介绍，中国政法大学以"不忘初心跟党走，总书记教诲记心间""探寻初心，感受总书记的七年知青岁月"为主题，先后组织 1502 班全体团员青年前往河南省兰考县、陕西省延川县梁家河村，开展了两次主题教育实践活动。

冯潇颖是兰考之行的一员。他们在今年 3 月前往兰考，参观焦裕禄亲手种下的"焦桐"和总书记种下的"习桐"，切身感受焦裕禄精神的力量与传承。她说："习总书记曾对我们说过，对焦裕禄精神的学习绝不是刻舟求剑，应当随着时代而进步。我想，这两棵泡桐树就是焦裕禄精神在发展延续的体现。焦裕禄的精神在兰考的土地上生根发芽，长出一株参天大树。这棵树为人民遮挡风雨、带来阴凉，而在它的周围，会有更多的树苗生长起来，成为一片心灵的森林。我们青年学生，共青团员，理所应当地需要接过接力棒，成为历史漫漫长路上的一位奔跑者，去把这深远的精神传达到更长久的未来。"

梁晨雨告诉记者，兰考之行让她深受触动。就像总书记特别提到的，我们这一代青年人已经拥有了比先辈们更幸福、更优越的环境，在拥有更好条件的同时，我们是否也应跳出"精致的利己主义者"的泥潭，多想想自己能为这个社会回馈什么，如何能更好地接过国家的重担呢？

要立志做大事　不要立志做大官

在梁家河，面对着总书记担任大队党支部书记时建起的知青淤地坝、陕西第一口沼气池、缝纫社、代销店、磨坊和铁业社以及打下的饮水井和住过的 3 孔窑洞，倾听着总书记与梁家河父老乡亲同甘共苦、刻苦读书的感人故事，同学们心灵受到一次次的冲击。王洪松告诉记者，这个主题活动让同学们实地感受总书记知青时期的艰苦生活，进一步深入学习宣传贯彻总书记考察法大重要讲话精神，更加深入地体会到"不忘初心"的深刻内涵，也更加坚定了用一生践行跟党走的理想追求。

程娜同学来自陕西延安，但也是第一次去梁家河，印象最深刻的是听刘奶奶给他们讲总书记的故事，每一个细节，每一件小事，都体现着总书记立志做大事的情怀。他在梁家河过了四关——"跳蚤关、饮食关、劳动关、思想关"，这四关是总书记初到梁家河所遇到的难关，也是他在这一过程中不断锻炼自己的基石。作为法科学子，程娜坚定地说，一定会记住总书记的话，"在追求理想、实现目标的道路上，必然有很多的艰难险阻，处优而不养尊，受挫而不短志，不忘初心跟党走，坚持不懈向自己的理想进发"。

郭司雨在前往梁家河之前，专门阅读了《习近平的七年知青岁月》，试图对这片土地和这片土地上发生的故事有更多了解。然而当她实地来到梁家河村参观学习时，仍然受到了很大的震撼和触动。梁家河之行，让她更加感受到了总书记的人格魅力，深刻地理解了我们党的群众路线。作为一名预备党员，她对中国共产党又增添了许多崇敬和敬仰，她说，今后的人生中将不断完善自我、丰富自我，让自己成为一个更有价值的人。

为全面依法治国贡献力量

去年 5 月 3 日，总书记参观的校史和办学成果展中有一单元讲的是法大人积极走出校门为社会服务的情况，其中一项是 2001 年法大应松年教授和马怀德教授受聘担任福建省人民政府法律顾问，时任福建省省长的总书记亲发聘书。负责为总书记一行讲解的中国政法大学副校长马怀德对记者说："当总书记看到这个聘书的相关照片时，转身对刘延东副总理讲，你看，我在福建工作时就很重视法治，聘请了法律顾问。"

黄进向记者介绍，总书记对法治工作的重视是一以贯之的，在地方工作时就十分重视法治建设。比如，在他担任福建省省长时，福建省政府很早就聘请了一些法律专家担任法律顾问；后来他到浙江工作，又成立了法治浙江咨询委员会，提出建设法治浙江，聘请专家为法治浙江把脉。到中央工作后他又提出建设法治中国的命题，多次强调抓好全面依法治国，把全面依法治国纳入"四个全面"战略布局。考察法大时又提出，全面推进依法治国是一项长期而重大的历史任务，要坚持中国特色社会主义法治道路，坚持以马克思主义法学思想和中国特色社会主义法治理论为指导，立德树人，德法兼修，培养大批高素质法治人才。总书记还在法大的座谈会上特别强调，法学学科是实践性很强的学科，法学教育要处理好法学知识教学和实践教学的关系。要打破高校和社会之间的体制壁垒，将实际工作部门的优质实践教学资源引进高校，加强法学教育、法学研究工作者和法治实践工作者之间的交流。

为了完成习总书记的嘱托，中国政法大学党委书记胡明介绍，一年来，法大始终把学习贯彻落实习近平总书记来校考察重要讲话精神作为首要政治任务，把"创新发展中国特色社会主义法治理论体系"重大课题作为"一号工程"，集中优势力量全力攻关，1 个核心子课题和 9 个支撑子课题稳步推进，取得较大进展，课题组已产出阶段性研究成果 35 项。一年来，法大做实"四个体系"，新时代法学教育呈现新内涵；一年来，法大做实教育综合改革，法学人才培养迈上新台阶；一年来，法大坚持以习近平新时代中国特色社会主义思想为指导，强化立德树人的教育之本，有力推动法治人才培养"双轨并进"；一年来，法大还立足现有法学优质资源，主动对接依法治国这一战略需求，为社会主义法治建设贡献力量。

一年，365 个激情燃烧的日与夜，那些激动人心的场景依旧清晰如昨，历历可见。总书记的法大考察之行已经深深地印刻在法大的发展历史上，成为法大最为闪耀的里程碑时刻；总书记的谆谆教诲和殷殷嘱托更是牢牢铭记于全体法大人心中，作为学校管党治党、办学治校的基本遵循和干事创业、共谋发展的行动指南。

"要立志干大事，而不是当大官、求大名、图大利；立志为国家、为人民、为社会多做贡献，而不是只顾个人、只顾小家、只顾亲友；有了这样的志向，就有了正确的人生航向，有了不竭的前进动力。""青少年要扣好人生第一粒扣子，这第一粒扣子就是早立志向、有正确的价值观。""志向是奋斗的原动力，也是人生的定盘星。"总书记的这些金句，将一直激励着法大学子前行。

20. **标题**：中国政法大学：打造法治人才培养体系"升级版"

首发媒体：《中国教育报》2018 年 5 月 9 日 1 版

正文：

学习贯彻十九大精神 写好教育奋进之笔

"截至目前，10 个子课题的研究框架和写作提纲均已形成，课题组累计召开会议 21 场，发表阶段性成果 35 项，其中论文、研究报告等 34 篇，即将出版专著 1 部。"中国政法大学党委书记胡明口中包含 1 个核心子课题和 9 个支撑子课题的项目，是 2017 年 5 月习近平总书记考察中国政法大学时给学校留下的"一号工程"——新时代中国特色社会主义法治理论体系研究。

一年来，围绕"一号工程"，中国政法大学把创新法治理论研究、提升法治人才培养水平的功课做到了法学学科体系、法学教材体系、交叉学科创新发展等方方面面，打造出了法治人才培养的"升级版"。

探索重构法学学科体系

"法学学科体系、学术体系、教材体系建设对法治人才培养至关重要。"中国政法大学校长黄进清晰记得，总书记到学校考察时强调，在这个问题上要深入研究为谁教、教什么、教给谁、怎样教的问题，要有底气和自信，努力以中国智慧和实践为世界法治文明作贡献，要做中国学术的创造者、世界学术的贡献者。

中国政法大学副校长李树忠坦言，总书记去年考察学校时，在充分肯定法治教育取得成绩的同时，也严肃指出了当前法学教育和法治人才培养存在的问题，法学学科体系的结构、内容等问题尤其突出。

过去一年里，围绕深刻理解和贯彻落实总书记讲话精神，针对新时代"中国特色、中国风格、中国气派"的法学学科体系的构建和改革问题，学校思考和探索的脚步从未停歇——

从 2017 年 7 月起，组织有关部门和专家，对清华大学、北京大学、上海交通大学、南开大学等高校进行调研。

2017 年 9 月，召开构建中国特色法学学科体系、学术体系和话语体系高端论坛，同时整合学校校刊资源构建中国政法大学杂志社，开设专栏，开展主题征文活动，围绕学科建设、学术问题、学术思想、学术创新等重大问题展开富有成效的讨论。

2017 年 12 月，举办旨在探讨"构建中国特色社会主义法学学科体系、学术体系、话语体系"的"法治中国论坛"，广邀法治实践部门、科研院所、法学高校的专家学者，就新时代法学学科建设思路、标准、路径等问题展开深入探讨，为中国特色社会主义法学学科体系的构建奠定智识基础。

"法学研究要有及时有效回应经济社会需求的能力，而这些都需要有高水平的法学学科为依托。"李树忠认为，对法学学科要统筹谋划、整体布局，该坚持的坚持，该调整的调整，该改革的改革，该创新的创新。

建成"一体两翼"法学学术体系

学校推动法学学术体系和话语体系建设，打造"一体两翼"法学学术体系，"一体"即法学学科本体，是与相关学科能够对接融合的学术体系；"两翼"即以基本原理、基本话语构成的理论学术体系和以服务国家重大战略项目构成的应用学术体系。同时，学校牵头制定并发布《立格联盟院校法学专业教学质量标准》，为创新法治人才培养机制，深化法学专业教学改革，提高法治人才培养质量提供标尺。

"法学学科体系的最大瓶颈在于缺乏实践性，由此带来的直接后果就是新兴学科和交叉学科发展不足，社会急需的学科无法开设或是开设不足，学科知识体系封闭，不能涵括社会发展所带来的知识更新。"中国政法大学高等教育研究所副所长刘坤轮介绍说，为此，学校专门组织了学科建设团队，充分调研全校 19 个法学二级学科和法学以外 11 个一级学科，以便为破除法学学科体系发展的制约因素，真正形成开放式的学科发展体系，走上学科动态调整的科学发展道路进行储备。

刘坤轮透露，改革创新的进程中必然伴随着阵痛。以推进"德法兼修"为例，因承担着教育部高等学校法学类专业教学指导委员会相关工作，学校在牵头制定的法学类专业核心课程体系"国标"中将法学类专业的 16 门核心课改为"10+X"，将"法律职业伦理"直接纳入 10 门必修课之中。

"此前我们沿用的法学核心课程体系，从 1999 年至今，几乎 20 年没动过，做如此大的改动，难度可想而知。但要把德法兼修真正落到实处，从根本上解决法学教育理想信念、思想政治短板，法学课程体系改革无疑是个重要抓手。"刘坤轮说。

李树忠也坦承，赴兄弟院校征求完善法学学科体系的意见和建议时，对理论法学和应用法学的布局也有各种不同声音，但目标都是一致的，用更科学的学科设置方法来凸显宪法学的根本性、重要性，解决目前实体法与程序法分立、人才培养碎片化等问题。

制订未来 3 年学科振兴计划

目前，学校研制法学一流学科建设标准，各个法学二级学科将对标一流学科建设标准，制订未来 3 年的学科振兴计划。积极培育社会急需相关人才的交叉学科和新兴学科，着手遴选第三批交叉学科和新兴学科培育建设项目。

此外，在创新人才培养协同育人模式方面，学校与最高人民法院合办法治信息管理专业，合作建立法治信息管理学院；与腾讯公司合作共建网络法学研究院，培养网络法学硕士研究生和博士研究生；将"同步实践教学"模式从 1.0 版升级到 2.0 版。

"我们去年年底出台的《关于教材建设标准与规则的指导意见》，主要体现'一本教材、两种职责'的核心要求，指导教师教材编写的专业化、规范化，立足中国大地、解决中国问题、讲好中国故事。"中国政法大学教务处处长卢春龙说，在新的标准和规则下，教材编写与以往最大的不同在于要突出价值引领，即将"弘扬中国立场、中国智慧、中国价值，传递积极向上的正能量"深深融入教材建设理念。（**本报记者　柴葳**）

21. 标题：大家手笔｜黄进：新时代大国青年的家国情怀
首发媒体：《人民日报》2018 年 6 月 27 日 7 版
正文：
我国是幅员辽阔、人口众多的大国。我国古人很早就形成了天下观，家国情怀是几千年来扎根在中国人内心深处的精神元素。《礼记·大学》讲"修身、齐家、治国、平天下"，范仲淹讲"先天下之忧而忧，后天下之乐而乐"，张载讲"为天地立心，为生民立命，为往圣继绝学，为万世开太平"，顾炎武讲"天下兴亡，匹夫有责"，这些都是家国情怀在不同时代的经典表达。现在我们讲奋力实现中华民族伟大复兴的中国梦，与这种情怀一脉相承。

"知责任者，大丈夫之始也；行责任者，大丈夫之终也。"责任和担当是家国情怀的精髓。如今，中国特色社会主义进入了新时代，我国发展站在新的历史方位。这意味着近代以来久经磨难的中华民族迎来了从站起来、富起来到强起来的伟大飞跃，迎来了实现中华民族伟大复兴的光明前景。同时，世界多极化、经济全球化、社会信息化、文化多样化深入发展，互联网、大数据、云计算、区块链、人工智能等新技术正在深刻改变着人类社会生活。当代青年处于千帆竞发、百舸争流的奋进时代，肩负着民族复兴的历史重任，代表着国家的前途、民族的希望。

今年"五四"青年节来临之际，习近平同志勉励青年学子坚定信仰、砥砺品德、珍惜时光、勤奋学习，努力成长为有理想、有本领、有担当的社会主义建设者和接班人，为法治中国建设、为实现中华民族伟大复兴中国梦贡献智慧和力量。广大青年要在国家、民族、人类未来的大视野中认真思考、积极实践，努力做一个对国家、对人民有贡献的人，在波澜壮阔的社会主义现代化建设征程中书写自己的人生篇章。

立志报国，筑牢理想信念。理想信念是人生的定盘星，也是奋斗的原动力。习近平同志勉励青年人：人生的扣子从一开始就要扣好。扣好人生第一粒扣子，就是端正志向，树立正确的世界观人生观价值观。当今中国正奋进在实现中华民族伟大复兴的历史征程中。当代青年要树立与时代主题同心同向的理想信念，勇于担当这个时代赋予的重任。立志干大事，而不是求大名、图大利；立志为国家、为人民、为社会多作贡献，而不是只顾个人、只顾小家。有了高远志向，就有了正确的人生航向，就会有不竭的前进动力。

勤奋学习，书写奋斗篇章。我们党为全面建设社会主义现代化强国绘就了宏伟蓝图，也为广大青年实现人生出彩搭建了广阔舞台。广大青年施展才华、追逐梦想，有无比宽广的天地。热血奋斗的重要前提是拥有真学问、怀揣真本领。学习是进步的阶梯，实践是成长的良师。习近平同志指出，青年人正处于学习的黄金时期，应该把学习作为首要任务，作为一种责任、一种精神追求、一种生活方式，树立梦想从学习开始、事业靠本领成就的观念，让勤奋学习成为青春远航的动力，让增长本领成为青春搏击的能量。若问何花开不败，英雄创业越千秋。广大青年要立足本职岗位，瞄准目标、静心沉潜，自强不息、久久为功，不断实现事业新发展，努力奋斗、梦想成真。

敢于担当，做新时代的大国青年。新时代是承前启后、继往开来、在新的历史条件下继续夺取中国特色社会主义伟大胜利的时代，是决胜全面建成小康社会、进而全面建设社会主义现代化强国的时代，是全国各族人民团结奋斗、不断创造美好生活、逐步实现全体人民共同富裕的时代，是全体中华儿女勠力同心、奋力实现中华民族伟大复兴中国梦的时代。这是一个崇尚青春理想、鼓励青春奋斗的时代。新时代大国青年要以全球视野认识和思考国家和世界问题，做一个从容自信、眼光长远、格局广阔、情系苍生、心怀天下的人，做一个将个人学业、事业与国家、民族、人类命运紧密联系在一起的人，立身于德、立德于诚、立言于真、立功于实，勇立时代潮头，在奋斗中释放青春激情、追逐青春理想，以青春之我、奋斗之我为民族复兴铺路架桥，为祖国建设添砖加瓦。

（作者为中国政法大学校长）

文章截图：

22. **标题**：春天的嘱托——中国政法大学贯彻落实习近平总书记重要讲话精神两周年

首发媒体：《光明日报》2019 年 4 月 24 日 6 版

正文：

【学思践行】

2019 年 4 月 11 日，中国政法大学、中共兰考县委共建的"焦裕禄精神"教育实践基地和主题展览在中国政法大学落地生根，作为学习、研究和传播焦裕禄精神的载体和平台，实践教育基地肩负着向全校师生传播和弘扬焦裕禄精神的重要使命，同时也是中国政法大学贯彻落实习近平总书记重要讲话精神，在又一个春天里的"暖场"力作。

2017 年 5 月 3 日，习近平总书记来到中国政法大学考察并发表重要讲话，不仅对全面依法治国、法学学科建设以及法治人才培养进行了重要阐述，作出了重要部署，更从党和国家事业发展全局出发，强调高校党委要履行好管党治党、办学治校的主体责任，提出了把思想政治工作和党的建设工作结合起来，把立德树人、规范管理的严格要求和春风化雨、润物无声的灵活方式结合起来，把解决师生的思想问题和教学科研、学习就业等实际问题结合起来的明确要求，为新形势下高校思想政治工作进一步指明了方向、明确了路径。

两年来，中国政法大学牢记习近平总书记的殷切嘱托，始终以习近平总书记重要讲话精神为指引，坚持社会主义办学方向，落实立德树人根本任务，勇于承担培养能够担当民族复兴大任的时代新人的重大使命，用习近平新时代中国特色社会主义思想铸魂育人，围绕"三全育人"主旋律，谱写着中国政法大学思政工作的奋进曲。

营造思想政治工作良好氛围

"通过亲身体验，我了解到焦裕禄治沙并不是带着人民蛮干，而是在充分调研的基础上提出因地制宜的科学办法。这对我们理解焦裕禄精神的时代价值和现实价值很重要。""1502 新时代青年知行社"第一任社长潘辉说。

为什么学生社团用"1502"这样一个编号命名？其中有一个故事。2017 年 5 月 3 日，习近平总书记考察中国政法大学时，参加了民商经济法学院 1502 班团支部"不忘初心跟党走"主题团日活动，并为团日主题

"点赞"。一年后，1502 班全体同学又以写信的方式向总书记汇报这一年来他们用实际行动践行"不忘初心跟党走"的誓言，并在 2018 年 5 月 3 日得到回信。习近平总书记勉励大家成为有理想、有本领、有担当的社会主义建设者和接班人。1502 班全体同学深受鼓舞，自愿成立"1502 新时代青年知行社"，鼓励更多的团员青年"勤学立志、德法兼修"。

两年来，知行社成员已多次赴兰考学习实践，通过参观焦裕禄同志纪念馆、与裕禄小学师生座谈交流等方式，进一步了解历史、接受焦裕禄精神的洗礼。回校后，他们采取多种形式引导全校学生理解焦裕禄精神的内涵和本质，将焦裕禄精神内化于心。同学们组建了焦裕禄精神宣讲团、拍摄了"永恒灯塔——我们心中的焦裕禄精神"微视频、编演了大学生话剧，让这位 20 世纪 60 年代的榜样人物在"95 后"学生的心中活了起来。

"蓬生麻中，不扶而直。"一所高校的校园文化潜移默化地影响着学生的思想观念、价值判断和道德情操。而理想信念正是立德树人内在逻辑与建构原则的理论精髓和精神实质。两年来，中国政法大学始终将理想信念教育放在首位，教育引导学生坚定理想信念、树立崇高志向。通过开展"我的中国梦"系列主题党日活动、主题教育和专家宣讲报告、知识竞赛等多种形式，通过参观展览、开展社会主义先进文化教育，深化学生对"四个自信"的认识，并在实践、感知、体验的基础上不断坚定中国特色社会主义共同理想。

"你姓巩，就得把我们都'拱'起来。"这是文山壮族苗族自治州瓦厂村村民对从中国政法大学走出去的"博士书记"巩宸宇的一句玩笑话，也是对他扶贫工作的充分肯定。巩宸宇是中国政法大学国际法专业博士生，在校期间，他自愿申请休学一年，去最高人民检察院定点扶贫村挂职。从 2017 年 9 月起，他成为这个村的第一书记。挂职期间，巩宸宇为帮助村民脱贫做了很多实事，得到了村民的认可。

每每接受媒体采访，这位"博士书记"总是表示，他只是中国政法大学到西部基层就业同学中的普通一员，还有很多默默奉献的学子，正在祖国的热土上挥洒青春。

同学们献身基层的热情，得益于学校坚持以培育和践行社会主义核心价值观为重点，鼓励引导学生将社会主义核心价值观落细落小落实。学校连续多年举办"榜样法大""感动法大"等品牌活动，积极树立学生典型，发挥榜样示范引领作用，塑造大学生的价值共识。近5年来，学校已有1084名毕业生选择去西部基层就业，有百余名学生响应国家号召参军入伍，其中8人次荣立三等功。

带好思政工作"引路人"队伍

"'最受本科生欢迎的十位教师评选'又开始了，你投票了吗？"为本科生最受欢迎的老师投票，成了最近中国政法大学校园里最火热的话题。

"'吾爱吾师'最受本科生欢迎的十位教师评选"活动已成功举办了七届，早已成为学生心中的文化品牌。中国政法大学校长黄进说："对教师教育教学、师风师德的评价，学生是最有话语权的。由学生票选出来的好老师是最大的荣誉，也是对于获奖教师教书育人工作的充分赞扬。我们举办这个活动，同时也希望借此树立师风师德典型，加强教师理念信念的教育和培养。鼓励老师们以'君子检身，常若有过'的态度，自尊、自重、自省、自警，以德修身、以德治教、以德育人，内铸师魂，外塑师表，努力做一个既有学识魅力，又有人格魅力的人。"

人才培养，关键在教师。教师要在学生心里埋下真善美的种子，引导学生扣好人生的第一粒扣子。中国政法大学为此出台了一系列规章制度，完善领导体制工作机制，细化流程形成全方位管理体系，如以"教师在线学习中心""四有好老师""四有引路人"为主题的教育活动等。中国政法大学副校长李秀云表示，学校还推出了多期"法言微语"系列节目，包括《法言微语·十九大》《法言微语·说教育》《法言微语会客厅·思政教师专题》等，供师生交流学习。"各学院积极探索符合自身实际情况的教师职业技能培训与思想政治教育新模式，民商经济法学院已率先成立青年教师工作坊，通过各种活动，为青年教师的健康成长搭建良好平台。"据了解，目前青年教师工作坊已举办了11期学术辅导专题讲座，得到了院内外师生的一致好评。

打造思想政治课专属品牌

"我和同学们最喜欢上吴老师的课，他让我们对思政课有焕然一新的感觉。吴老师上课时会用很多材料，比如给我们看纪录片，看一些书本上没有的文献材料。就好像是在我们和思政课之间架起一座桥梁，给予我们精神指导和帮助。"2015级民商经济法学院本科生郭思宇告诉记者。学生口中的吴老师，就是中国政法大学马克思主义学院青年教师吴韵曦，他所教授的"习近平新时代中国特色社会主义思想与当代中国"课程受到了同学们的极大欢迎，同时这也是中国政法大学推进习近平新时代中国特色社会主义思想进教材、进课堂、进头脑的重要举措。

"习近平新时代中国特色社会主义思想与当代中国"是党的十九大召开之后，中国政法大学面向全校开设的一门通识主干课。"这门课以党的十九大报告和《习近平谈治国理政》两卷本为主要讲述依据，来帮助学生正确认识世界和中国发展大势，正确认识时代责任和历史使命，使同学们学有所获、学有所想、学有所感，激励他们为决胜全面建成小康社会、开启全面建设社会主义现代化国家新征程、实现中华民族伟大复兴而奋斗。"吴韵曦说。

目前，中国政法大学结合教育部"万个示范课堂"建设工作，已打造 15 个"特色示范课堂"和 5 个"名师示范课堂"，并制定了《中国政法大学思想政治理论课"金牌"课程建设管理办法》，建设和培育了一套思想政治理论课的"金牌"课程体系。

中国政法大学马克思主义学院教师王强对于探索创新思政理论课教学方法感触颇深，"我们搞思政课改革已经有几年时间了，积累了一些经验。例如，'中国近现代史纲要'这门课程在培养学生的爱国主义情操和民族自豪感、历史使命感等方面有着天然的资源和优势，但是这门课程对学生的吸引力不够，因为对于近代史，大部分入校的同学在中学时期已经学过至少两遍了。并且，现在我们主要面对的是'95 后'学生，教师的单向度讲授很难达到教育部开设这门公共政治课的预期效果。所以，我们研究出了一种混合式教学法，把网络平台和线下实体课堂结合起来，让线下课堂讲授基础知识变成课上研讨艰深难题，将学生被动接受知识转化成带着问题主动向老师索求知识"。目前，这种混合式教学在实践过程中取得了良好效果。

事实上，中国政法大学近年来一直在积极探索思政理论课教学方法的创新方式，形成了微课堂、翻转课堂、智慧课堂等适合学生学习特点和思维方式的教学形式，极大地提升了课堂教学效果。

今年是中华人民共和国成立 70 周年，也是决胜全面建成小康社会的关键之年。中国政法大学党委书记胡明表示，"中国政法大学将继续牢记习近平总书记的嘱托，用实际行动践行'不忘初心跟党走'的誓言，把

中国政法大学办成让党中央放心、让社会各界认可、让人民满意的世界一流大学"。（本报记者　姚晓丹　本报通讯员　黄楠）

文章截图：

23. **标题**：胡明：坚持立德树人　推进铸魂育人　不断开创新时代思想政治理论课建设新局面

首发媒体：《光明日报》2019 年 4 月 24 日 6 版

正文：

【知行论坛】

习近平总书记主持召开学校思想政治理论课教师座谈会并发表重要讲话，充分体现了以习近平同志为核心的党中央对学校思想政治理论课建设的高度重视。习近平总书记的重要讲话为高校思想政治理论课建设提出了明确要求、指明了发展方向。中国政法大学党委结合习近平总书记考察我校重要讲话精神，对深入学习宣传贯彻习近平总书记在学校思想政治理论课教师座谈会上的重要讲话精神作了全面部署，明确三项重点要求（加强顶层设计，确保学习贯彻的系统性；把握重点难点，提高学习贯彻的针对性；狠抓责任落实，确保学习贯彻的实效性），力求将习近平总书记重要讲话和指示精神落到实处，不断开创思想政治理论课建设新局面。

中国政法大学是一所以兴办法学教育为传统、以培养法治人才为己任的政法类院校，具有鲜明的政治定位和学科特色。长期以来，我校高度重视思想政治理论课建设，逐步形成了"坚持四个重点，做好质量攻坚"的思想共识和行动自觉，即把思政课作为重点课程、把马克思主义理论学科作为重点学科、把思政课教师作为重点队伍、把马克思主义学院作为重点学院，不断提高学校思政课质量与水平。

我校坚持把推动习近平新时代中国特色社会主义思想进教材进课堂进头脑与深入学习贯彻习近平总书记在全国高校思想政治工作会议、全国教育大会和学校思想政治理论课教师座谈会上的重要讲话精神结合起来，对标对表教育部思政课建设标准、马克思主义学院建设标准和教学工作基本要求，在改革中加强、在创新中发展，久久为功、常抓不懈，力求把办好思政课的任务真正落到实处。

在改革中加强、在创新中发展

建立起"五位一体"的工作运行机制。学校建立起了党委统一领导、思政课教指委总体指导、马克思主义学院牵头主导、教研室（研究所）具体实施、课程组（教学团队）协同推进的工作运行机制。其中，党委对思政课建设负主体责任，党委书记是第一责任人，校长负有政治责任和领导责任，基本形成了党政齐抓共管、部门密切配合的工作格局。

建立起"五个优先"的政策保障体系。经费划拨优先向思政课教师倾斜；职称评聘政策优先向思政课教师倾斜，单独设立马克思主义理论专业技术职务评聘序列，不断优化教师职称结构；教师招聘指标优先向思政课教师倾斜，根据队伍建设实际情况投放专门指标用于充实思政课教师队伍；教育培训项目优先向思政课教师倾斜，积极推荐思政课教师参加教育部、北京市哲学社会教学科研骨干培训，鼓励思政课教师挂职锻炼、海外访学、在职研修等；优秀领导干部优先向马克思主义学院配备，选齐配强学院领导班子，高标准选任教研室（研究所）负责人，根据工作需要和学科相关性，选派校领导兼任学院院长。

突出"三个新"，推动思政课改革创新。突出"课程新"，我校入选北京市习近平新时代中国特色社会主义思想研究中心研究基地，首开研究生公共学位课"习近平总书记关于全面依法治国重要论述"，这一课程被北京市纳入市级思想政治理论课，面向在京高校研究生开放选修。同时开设本科生通识主干课"习近平新时代中国特色社会主义思想与当代中国"。突出"形式新"，改革传统教学方式，探索运用"微课堂＋翻转课堂"混合式教学模式，大力开展慕课建设，推广思政课微信公众号，开展课堂实践教学，成立全校性学生社团组织"知行社"，等等。突出"服务新"，充分发挥马克思主义学院学科和资源优势，组织成立了学习宣传贯彻党的十九大精神教师宣讲团，已在校内外开展宣讲 95 场次，深受师生欢迎与社会好评。

把好"四个关口"加强思政课教师队伍建设。加强师德师风建设，严把教师政治关，学校出台了一系列文件，加强年度考核和职称评定的政治把关和政治导向；合理确定教师选聘条件，严把教师入口关；建立授课督导反馈制度，严把授课质量关，通过教师集体备课、互相听课评课、在学生中进行满意度测评、邀请学校督导员指导等方式，提升授课质量，提高学生满意度和获得感；认真落实教师培训制度，打通素质能力提升关，提高教师考核评聘培训要求，将聘期内参加一定课时的业务培训作为新入校教师、中青年教师聘期考核的必要条件，实现校内外各级各类培训全覆盖。

增强亲和力和针对性，提升思政课质量

处理好软指标与硬约束的关系。习近平总书记在学校思想政治理论课教师座谈会上的重要讲话中提出了对思政课教师的"六要"新要求，这就需要我们充分发挥教师的积极性、主动性、创造性，建好建强思政课教师队伍；并提出了"八个相统一"的明确要求，这就需要我们不断增强思政课思想性、理论性和亲和力、针对性，着力推动思政课改革创新。因此，我们要对照"六要"新要求建立健全加强思想政治理论课教师队伍建设的实施办法，明确专兼职思政课教师队伍准入、培育、考核和退出机制，并对照"八个相统一"研究制订深化思想政治理论课改革的行动方案，真正做到把"软指标"变为"硬约束"。

处理好思政课程与课程思政的关系。"思政课程"是全面贯彻党的教育方针、落实立德树人根本任务的主渠道，"课程思政"是使各类课程与思想政治理论课同向同行，形成协同效应的集中体现。"课程思政"要主动融入思政课程的元素，又要发掘育人资源，二者共同彰显了中国特色社会主义大学鲜明的政治底色和意识形态属性。从促进二者有机融合、互鉴互促的维度来看，要大力开展以马克思主义基本理论为中心的交叉学科研究，形成育人合力。

处理好课堂教学与实践教学的关系。习近平总书记在考察中国政法大学时强调，"要打破高校和社会之间的体制壁垒，将实际工作部门的优质实践教学资源引进高校"，指出"法学专业教师要坚定理想信念，带头践行社会主义核心价值观，在做好理论研究和教学的同时，深入了解法律实际工作，促进理论和实践相结合，多用正能量鼓舞激励学生"，并勉励学生"要充分发挥青年的创造精神，勇于开拓实践，勇于探索真理"。因此，要引导教师和学生主动深入社会实践、经受实践锻炼，特别是要为思政课教师参与社会考察、岗位挂职锻炼提供更多机会和政策保障，引入更多社会实践教学资源，把思政小课堂和社会大课堂紧密结合。

处理好思政课教育与职业伦理教育的关系。大学是青年学生世界观、人生观、价值观形成的关键时期，是从忙于学业到从事职业的转型阶段，也是其思想政治素质向职业伦理素养并轨的过渡环节。职业伦理水平的好坏一定程度上折射出思想政治素质的高低，二者相辅相成、相互促进。要准确把握思政课教育和职业伦理教育在思想教育和价值引领上的一致性，把职业伦理教育纳入高等学校和职业院校的核心课程，把开展职业伦理教育作为实现"课程思政"的有效途径。为认真落实习近平总书记在考察中国政法大学时的重要讲话精神，精心培育"德法兼修、明法笃行"的高素质法治人才，在中国政法大学的积极推动和倡议下，2018 年"法律职业伦理"课程分别被教育部高校法学类专业教学指导委员会和全国法律专业研究生教育指导委员会列入法学专业核心课程体系和法律硕士专业学位研究生必修课，为提高青年学生思想政治素质、全面落实立德树人根本任务提供了有力支撑。

（作者：胡明，系中国政法大学党委书记）

24. **标题：**一份特殊的"毕业礼物"——记中国政法大学"1502"新时代青年知行社

首发媒体：《中国教育报》2019 年 4 月 30 日 6 版

正文：

（本报记者 柴葳）季春时节，毕业季的脚步已经临近，中国政法大学民商经济法学院 1502 班学习委员胡馨予整理起自己关于就业和未来的思绪。4 年前，从甘肃庆阳农村考到北京上大学的那一刻，她未曾想到，4 年后，自己作出本科毕业后返乡就业的选择竟会如此笃定。

"甘肃全省从业律师只有 9000 多人，非常缺人，我们法大的毕业生就更少了。法学学科要求我们必须主动关切社会发展进程，能为推动西部地区的法治建设贡献一份力量，也是对知行合一的践行。"胡馨予说，两年前的座谈会、一年前的回信，于她都是强大的精神动力，让她在迷茫中认清了就业方向，对未来的选择也更加坚定。

两年前的 5 月 3 日，习近平总书记考察中国政法大学时，参加了民商经济法学院 1502 班团支部"不忘初心跟党走"主题团日活动，勉励当代青年要树立与时代主题同心同向的理想信念，勇于担当时代赋予的历史责任。

一年前的 5 月 4 日，习近平总书记给民商经济法学院 1502 班团员青年回信，勉励他们坚定信仰、砥砺品德，珍惜时光、勤奋学习，努力成长为有理想、有本领、有担当的社会主义建设者和接班人，为法治中国建设、为实现中华民族伟大复兴的中国梦贡献智慧和力量。

在 1502 班即将毕业离校之际，"1502"新时代青年知行社的成立，将把青年学子们的共同理想、使命与担当传递、延展下去。

"致力于让每一位社员都成长为法大的榜样人物，为新时代的中国社会作出重要贡献……"，《中国政法大学"1502"新时代青年知行社章程》的字里行间，都是 1502 班全体团员青年对理想信念的追求与坚守。

"知行社的成立对我们来说，就像一份特殊的'毕业礼物'，也可以看作我们想留在这个校园里、传递给师弟师妹们的一种精神力量。"1502 班学生苟县芳觉得，这两年她和同学的共同经历，都是成长岁月中的宝贵财富。他们一直希望能有一种方式，将 1502 班这种精神力量传承下去。

一人一点力量，汇聚起来就是一片灿烂的星海。

2018 年 6 月 27 日，1502 班的梦想变为现实。经中国政法大学第 11 次党委常委会研究决定，作为学习贯彻习近平总书记重要讲话精神和回信精神的长效机制，由 1502 班学生发起的"1502"新时代青年知行社正式获批成立。知行社将在由 1502 班全体团员青年组成的基础上，逐步吸收全校更多政治坚定的青年学生加入，开展丰富的致知、笃行系列学习实践活动，拓展思维，深入社会，以此培养格局高远、视野开阔、能力出众、知行合一的青年卓越人才。

1502 班党支部书记郭司雨说，将 1502 班团员青年这两年所经历的思想触动和精神激励转化、影响更多人，是他们做这件事的动力，学校的全方位支持则是梦想成真的坚强保障。"社团是大学生最为熟悉的一个载体，知行社就是通过社团组织与大家共同来探索青年成长中的知行合一。"

民商经济法学院党委书记王洪松说，1502 班的学生们面临毕业离校，知行社的成立正是学习贯彻习近平总书记重要讲话精神和回信精神的具体实践。

根据规划，知行社的发展将分"三步走"：第一阶段是 1502 班毕业前，主要以班级团员青年为基础，辅以部分其他低年级本科生，明确社团的组织架构，逐步建设社团的稳定发展模式；第二阶段是 1502 班毕业后，用好 1502 班毕业生的榜样作用，形成一批典型，带动在校生把社团逐步建设成法大学子学习习近平新时代中国特色社会主义思想的标志性学生社团；第三阶段是未来 5 年后，将知行社建成全国性高校优秀大学生参与的特色社团，成为学校大学生思政教育品牌的同时，在东南西北四个区域中选择高校成立知行社分社。

知行社首任社长、民商经济法学院 2017 级硕士研究生潘辉说："希望能将这个精神符号深深地镌刻在一届届法大人的青春记忆和成长历程中。"

1502 班的团员青年们始终记得习近平总书记与大家座谈时的情景。习近平总书记认真聆听同学们讲述学习焦裕禄精神的体会，并深情回忆起自己上初中一年级时学习焦裕禄事迹的感受："这件事一直影响着我。直到我从政，直到我担任县委书记，后来担任总书记，焦裕禄精神一直是一盏明灯。学习焦裕禄精神诠释了中国共产党人的优秀品质。"

谨记习近平总书记的嘱托，青年学子将学习践行焦裕禄精神作为自己的一项光荣任务。两年来，他们深入开展"学习焦裕禄精神"主题实践活动，认真学习感悟焦裕禄精神。

今年4月，中国政法大学与兰考县合作共建焦裕禄精神教育实践基地正式签约。学校特别调整出昌平校区的一块场地用于建立焦裕禄精神教育实践基地，并将其作为学习、研究和传播焦裕禄精神的载体和平台，在法大校园内向师生永久地传播和弘扬焦裕禄精神。而这也将成为"1502"新时代青年知行社的青年们留在这个校园里的又一处印记，他们正在将1502班的荣誉转变为学校宝贵的精神财富，并以自己的实际行动将习近平总书记对青年学生的殷切期望传承下去。

文章截图：

25.**标题**：黄进：知行合一方能"德法兼修"

首发媒体：《人民日报》2019年5月12日5版

正文：

作为思想政治教育的主渠道、主阵地，思想政治理论课要让同学们入脑、入心，就必须在教学过程中做到理论性与实践性相统一。

思政课改革创新要"坚持理论性和实践性相统一"，这是习近平总书记在学校思想政治理论课教师座谈会上的重要要求，是高校在人才培养过程中的重要遵循。

作为思想政治教育的主渠道、主阵地，思想政治理论课要传播好马克思主义，尤其是当代的马克思主义，让同学们入脑、入心，就必须在教学过程中做到理论性与实践性相统一。未经实践检验的知识，不是科学有效的理论，理论若不运用到实践当中去，接受者不过是"两脚书橱"而已。接受理论的过程是教学实践，运用理论的过程是实践教学，二者有机统一，方能做到内化于心、外化于行。

环顾当下，实际教学过程中，大学的人才培养通常存在两种弊病：或是实践活动缺少理论的贯通指导，活动目的性不强，导致无效的活动累积；或是理论讲述缺乏实践承载，学生的理论学习缺乏实践感知，最终导致学思践悟彼此脱节。

特别是以往的思政课教学受制于大班教学及教学技术的局限，作为第一课堂的传统课堂教学体现实践性不足。加之学校各部门之间存在沟通不畅等问题，作为第二课堂的学生实践活动没有被思政课堂教学有效吸收，导致了第一课堂和第二课堂的"两张皮"现象。

人才培养的关键是能力建设，学习本身就是"学"和"习"不断交替印证、螺旋上升的过程。从广义上说，所有的教育都具有思想政治教育性质，课程思政和思政课程是一体两面的整体。这就需要在思政教学的理念上始终坚持理论性与实践性相统一。同时，在具体教学院部，如马克思主义学院，以及主要负责第二课堂的部门，如学生工作部、团委等，实现课堂教学与实践教学的机构协同、活动协力、内容协调。

2017年5月3日，习近平总书记考察中国政法大学时强调，立德树人德法兼修抓好法治人才培养，励志勤学刻苦磨炼促进青年成长进步。两年来，中国政法大学始终贯彻落实习近平总书记重要讲话精神，实施卓越人才培养计划。坚持理论性和实践性相统一的教学理念，把思政小课堂同社会大课堂结合起来，教育引导学生立鸿鹄志，做奋斗者。学校在机制、资源、内容等方面作出了有益探索。

注重顶层设计，机制创新。学校以"思想政治理论课教学指导委员会"作为组织抓手，发挥其统筹作用，充分协调各方形成合力，将大思政的理念贯彻落实。

注重资源整合，合力聚气。学校以全校的实践基地建设为总盘子，挖掘不同基地的思政资源。支持马克思主义学院大力进行实践基地建设，力求形成一种聚焦"德法兼修"的实践教学活动网络化布局,以增量促存量、以存量激增量,使二者之间产生化学反应。

注重内容沉潜,涵泳活泼。理论性与实践性相统一要落实在教学内容上,呈现在教学实效上。内容求到位、形式要活泼、关键在涵养,在教学设计上,学校大力推行思政课专题教学;在授课形式上,积极引入各类宣讲团成员进行宣讲活动;在活动聚合上,所有活动不一定在形式上体现"思政"字眼,但实则无处不在、润物无声,如法学培养当中的同步实践教学、"法辩"国际辩论赛等都是鲜活案例。

"潮平两岸阔,风正一帆悬。"未来,我们将继续坚持"德法兼修"的人才培养定位,在机制、资源、内容等方面加大探索,始终实现理论性与实践性相统一,让思想政治教育一帆快进,卓越法治人才如潮而来!

(作者系中国政法大学校长)

文章截图:

26. 标题：马怀德：建设德才兼备的高素质法治队伍（新论）

首发媒体：《人民日报》2019 年 10 月 22 日 5 版

正文：

通过"教、选、训、奖、管"，为实现法治国家、法治政府、法治社会一体建设奠定人才基础

立法者、执法者、司法者的素质，事关人民生命财产安全、社会和谐稳定、国家长治久安，事关社会文明的水准。党的十八大以来，党中央高度重视法治队伍建设，以司法责任制、员额制等改革提升了队伍的整体素质和能力。目前法治队伍建设中还存在人才培养机制不完善，职业化、专业化程度不高，激励保障制度不健全，监督问责不到位等问题，亟待加以解决。

高素质法治队伍是"教"出来的。未来的法治人才来自今天的法学专业学生，应充分发挥法学教育基础性、先导性作用。一要加快专业体系建设，形成跟上时代发展步伐，能体现中国特色、国际水平的学科体系。二要建构一流课程体系，着力培养法治人才的人文素养、家国情怀及健全人格。探索"互联网+"、智慧教室、云平台网课、同步庭审直播等实训实践方式的教学。三要打造一流法学师资队伍，更新法学教材体系，正确解读中国现实的诸多问题，提炼中国特色社会主义标识性学术概念。

高素质法治队伍是"选"出来的。国家建立了法律职业资格考试制度，以确保高素质人才进入法治队伍，但目前对相关工作人员取得法律职业资格的要求还需要进一步加强落实。此外，在司法人员的遴选实际中，还存在走过场、遴选委员会与各单位组织人事部门职责不清、工作虚化等问题，需要认真研究解决。只有建立起以德为先、任人唯贤、人事相宜的选拔任用体系，把真正优秀的德才兼备的高素质人才吸纳到法治队伍中来，才能把好队伍建设的"入口关"。

高素质法治队伍是"训"出来的。法治队伍的法律专业素养和职业操守要求当然比普通人要高。因此，对他们的法治素养从其加入队伍第一天起就要常抓不懈。要通过严格规范的职业教育培训，在实践中提高法治队伍素质。要建立健全更加灵活、更加生动、更加丰富的教育培训体系，增强教育培训实效。通过岗前培训、在岗轮训、晋级培训和课堂教学、现场教学、实践教学等多种方式，让他们在实践中学习，在运用中提高，将

法治思维和法治方式内化于心、外化于行。

高素质法治队伍是"奖"出来的。要把能不能遵守法律依法办事作为考察干部的重要内容，在相同条件下应优先提拔使用法治素养好、依法办事能力强的干部。要通过改革建立符合职业特点的司法人员管理制度，建立法官、检察官、人民警察的专业职务序列及工资制度，增强职业荣誉感和使命感。要进一步强化职业保障，提高薪酬待遇，改善工作条件，把最优秀的人才凝聚起来，着力解决人才不平衡问题，确保队伍的稳定性。

高素质法治队伍是"管"出来的。对法治素养的评价，既要靠组织人事部门考察，更要倾听人民群众呼声。考核手段要丰富、方法要科学，做到经常化、制度化、全覆盖。对于法官检察官的考核，要适应司法责任制新要求，分类管理、动态考核、综合施策。强化监督与问责，要通过执法司法公开、执法制度改革、完善执法程序、畅通监督救济渠道等方式，建设一支廉洁、公正、担当的法治队伍。

习近平总书记强调："干部素质培养是一个长期过程，不是朝夕之功。"法治队伍建设需要多措并举、久久为功。希望通过一段时间的努力，法治队伍的整体素质能够迈上新台阶，为实现法治国家、法治政府、法治社会一体建设奠定人才基础。

27. 标题：胡明：筑牢法学教育立德树人根基

首发媒体：《光明日报》2019年11月12日15版

正文：

【不忘初心 立德树人】

中国政法大学坚持以深入学习贯彻习近平新时代中国特色社会主义思想为根本，夯实守初心担使命的思想根基，坚持以坚定不移推进习近平总书记考察我校重要讲话精神走向深入为主线，增强守初心担使命的行动自觉。

坚决落实"不忘初心、牢记使命"主题教育总要求，贯彻四项重点措施，抓好"四个到位"，紧紧围绕为党育人、为国育才，通过坚持学查改相结合、悟知行相统一，扛牢培养"德法兼修、明法笃行"高素质人才的政治责任，把主题教育的积极成果转化为立德树人、铸魂育人的实际成效。

学思践悟　树立坚定理想信念

突出"学"字，做到学思践悟、学深悟透，用习近平新时代中国特色社会主义思想武装头脑。

坚持用习近平新时代中国特色社会主义思想武装头脑、指导实践、推动工作，筑牢落实立德树人根本任务的思想根基和坚定信念。

习近平总书记在我校考察时强调，"焦裕禄精神跨越时空，永远不会过时，我们要结合时代特点不断发扬光大"。学校党委把学习和践行焦裕禄精神作为主题教育暑期班的第一课，党委理论学习中心组全体成员奔赴兰考，探寻共产党人的初心使命，通过实践考察、座谈学习、听课交流，进行了一次深刻的党性教育和思想洗礼，增强了学习贯彻习近平新时代中国特色社会主义思想的思想自觉、政治自觉和行动自觉。

党委领导班子结合学校办学实际，认真研读习近平总书记关于教育的重要论述学习资料，围绕加强党的政治建设、办好社会主义政法大学、提高人才培养质量等专题进行了 10 次集体学习研讨。通过聚焦主题主线、坚持以上率下，引导全校党员干部深刻认识到肩负的培养社会主义建设者和接班人的神圣使命，牢固树立起"教育报国守初心、立德树人担使命"的坚定信念。

知难知短　守好为党育人初心

突出"查"字，做到知难知短、深入调研，为法科强校高质量内涵式发展问诊把脉。守好为党育人、为国育才的初心，将调查研究与检视问题相结合，深入落实立德树人根本任务，促进人才培养高质量发展。学校党委坚持以习近平总书记考察我校时对法学教育、法治人才培养的重要指示为纲，结合教育部党组今年第一轮巡视反馈意见的整改落实工作，突出问题导向，深入调研检视，确定了"加快'双一流'建设""完善法学学科体系、学术话语体系和教材体系"等 14 个调研主题。党委领导班子成员分别带队深入师生、深入一线，目前已召开了 26 场座谈会。全体处级干部围绕"人才培养体制改革""思想政治理论课建设"等内容，形成236 个调研课题，建立起上下结合、覆盖全面的调研体系。广泛听取和征集意见建议，获知和掌握了党政工作的难点、短板及人才培养的瓶颈、症结，研究分析出破解难题、攻坚克难的实招、硬招。

真抓实改　落实立德树人使命

突出"改"字，做到应改尽改、真抓实改，把主题教育整改措施转化为立德树人的实际行动。

把做好主题教育整改作为检验党委履行主体责任和政治能力建设的重要标尺，狠抓整改落实，确保取得实效。围绕全面落实立德树人根本任务，强化顶层设计，系统科学谋划。坚持以马克思主义法学思想和中国特色社会主义法治理论为指导，认真贯彻落实习近平总书记关于依法治国的重要论述，探索中国特色法学学科体系、学术话语体系和教材体系建设的方法路径，打牢法学教育的根基。同时，坚持把立德树人作为中心环节，把思想政治工作贯穿教育教学全过程。

一是顶层设计再强化。以坚持社会主义办学方向、传承红色基因为核心，以提高全校师生思想政治素质、培育时代新人为根本，以推动思想政治工作创新发展为重点，以突出思想政治工作队伍建设为保障，研究制定了《中国政法大学"三全育人"综合改革建设方案》，建立起主线清晰、理念先进、定位精准、体系完备、队伍精干、模式创新、重点突出、措施到位的思想政治工作体系，推动形成全员全过程全方位育人格局，培养德智体美劳全面发展的社会主义建设者和接班人。

二是协同育人再推动。深度把握法学学科的实践性，统筹处理好法学知识教学和实践教学的关系，打破学校和社会之间的体制壁垒，将实际工作部门的优质实践教学资源引进学校。不断深化与最高人民法院、最高人民检察院、司法部、中国法学会、国家市场监督管理总局等有关国家机关的密切合作，围绕深入落实习近平总书记考察我校重要讲话精神，不断巩固深化资源共享、协同育人、基地建设等方面的成果。探索制定《中国政法大学与实务部门人员双向互聘办法》，选聘法律事务部门的专家学者参与人才培养方案制订、课程体系设计、教材编写、专业教育教学等环节，把社会主义法治国家建设实践的最新经验和生动案例带进课堂教学中。

三是课程建设再发力。把思想政治理论课作为落实立德树人根本任务的关键课程，坚持用习近平新时代中国特色社会主义思想铸魂育人，对标"八个相统一"的工作要求，推动思想政治理论课改革创新，不断增强思想政治理论课的思想性、理论性和亲和力、针对性。分别制订了关于加强思想政治理论课建设和推进课程思政建设的实施方案，打造"一学院一特色、一专业一特色、一课程一特色、一教师一特色、一教学组织一特色"的课程思政建设体系，并启动首批 100 门课程思政示范课程资助立项工作。积极推进"课程思政"和"思政课程"同向同行，隐性教育和显性教育相辅相成。

四是师资队伍建设再加强。坚持"六要"标准，充分发挥教师的积极性、主动性、创造性，建设可信、可敬、可靠、乐为、敢为、有为的思想政治理论课教师队伍。全面深化教师队伍改革，建立以师德师风建设为核心，以党委教师工作部和教师发展中心为平台，以高层次人才建设、青年教师培养、潜力人才支持为抓手的立体化教师培养支持体系。把教师作为加强思想政治理论课建设的关键，加大马克思主义理论学科高层次人才的培育和引进力度，鼓励思想政治理论课教师挂职锻炼，引导思政课教师将理论与实践相结合，广泛开展马克思主义理论和党的路线方针政策宣传普及，深入了解国情、社情和民情，不断提高政治素养和服务社会的能力。

（作者：胡明，中国政法大学党委书记）

28. **标题**：黄进：如何加强涉外法治人才培养

首发媒体：《法制日报》2019 年 11 月 20 日 9 版

正文：

世界正处于百年未有之大变局，我国则日益走进世界舞台中央，我国企业和公民也越来越多走向世界。在应对大变局、参与全球治理、走向世界的过程中，我国急需加强涉外法治建设，急需加快涉外法治工作战略布局，急需一大批通晓国际法律规则、善于处理涉外法律事务的涉外法治专业人才，以保障和服务高水平的对外开放。而涉外法治人才培养在涉外法治建设中具有基础性、战略性、先导性的地位和作用，其本身就是一个系统工程。

总的来说，改革开放以来，我国在涉外法治人才培养方面取得了很大的成绩，不仅为涉外法治领域输送了一大批涉外法治人才，而且培养出了联合国副秘书长、国际民航组织秘书长、国际法院法官、国际海洋法庭法官、WTO 争端解决上诉机构法官、联合国国际法委员会委员、常设仲裁法院仲裁员、国际法研究院院士等杰出人才。但我们必须看到，我国涉外法治人才培养也存在一些问题和不足，现有的涉外法治专业人才还远远不能够满足新时代对外开放的实际需要，主要表现在数量不足、能力不足、经验不足、培养不足。一是真正能够熟练处理涉外法律事务的涉外法治人才数量不足，离实际需要有很大的差距；二是在国际立法、执法、司法、法律服务、学术交流等各个领域都需要涉外法治专门人才，而我国在有些领域还缺少合格的人才；三是我国在各类国际组织尤其是国际立法机构、司法机构、仲裁机构、调解机构、法律服务组织、法学学术组织等任职的人员偏少，即使在一些机构有我国任职人员，但处于领导层、发挥领袖作用的不多；四是我国法学教育对涉外法治人才培养重视不够，在一段时间里压缩了国际法学科、取消了国际法专业、减少了国际法课程、脱离了国际法实践、忽视了学科交叉融合、弱化了人才培养质量。

习近平总书记曾指出，全面依法治国是一个系统工程，法治人才培养是其重要组成部分，高校是法治人才培养的第一阵地，要加强涉外法治专业人才培养。根据总书记的要求，针对上述问题，我就加强涉外法治人才培养提出如下建议。

第一，完善法学学科体系，健全国际法学科体系，将国际法学确立为法学门类下的一级学科。学科专业是相对独立的知识体系，也是学术分类后形成的功能单位，更是专业人才培养的载体，对高级专门人才的培养至关重要。在我国目前设置的学科法学门类中，只有一个法学一级学科、一个法学专业，与哲学、经济学、教育学、文学、历史学、管理学等社会科学学科门类均有两个或者两个以上一级学科专业的现状，差距很大，极不平衡，矮化、弱化了法学学科专业在整个社会科学领域的地位。为了满足我国培养涉外法治人才的迫切需求，有必要把国际法学升格为法学门类下的一级学科，这样在法学门类下形成法学（以国内法学为主）和国际法学两个一级学科。

第二，在完善法学学科体系、健全国际法学科体系的基础上，设置涉外法学专业或者说国际法学专业。也就是说，恢复改革开放初期就设置的国际法学本科专业，恢复和增加设立国际公法、国际私法、国际经济法、国际商法、国际刑法等硕士、博士学位授权点，专门培养涉外法治人才。

第三，各政法院校根据自身学科专业实力、办学特色和区位优势，侧重不同地确定不同的涉外法治人才培养功能定位，走差异化、特色化发展道路。比如，西南地区政法院校聚焦培养面向东南亚国家的涉外法治人才，西北地区政法院校着力培养面向中亚国家或者"上合组织"国家的涉外法治人才。

第四，调整、优化涉外法治人才培养方案。在夯实法科学生法学知识理论基础上，建立跨学科人才培养模式，不仅增设国际法课程，而且强化外语、国际政治、国际经贸、跨文化交流课程，加大加强法律、外语、经贸复合型涉外法治人才培养；积极探索"国内+海外合作培养"机制，拓宽与世界上高水平大学合作交流渠道，加强中外联合办学，积极推进教师互派、学生互换、课程互通、学分互认和学位互授联授等实质性合作。

第五，建立政法院校与涉外政府部门、涉外司法机关、涉外企业、涉外法律服务机构等实务部门联合培养涉外法治人才的协同工作机制，将涉外实际工作部门的优质实践教学资源引进政法院校，强化实践教学。建立切实有效的激励机制，安排从事法学教育和法学研究的专家学者到涉外法治实际工作部门挂职或者研修，从事涉外法治实际工作的专家到政法院校实质性参与涉外法治人才培养。拿出经费有计划地持续支持我国大学生和研究生到国际组织实习实践。

第六，加大针对外国的留学生、青年法学法律工作者、企业法务人员、立法执法司法官员的中国法和国际法教育与培训力度。

29. 标题：马怀德：推动中国特色社会主义法治理论体系创新发展

首发媒体：《光明日报》2020 年 4 月 30 日 5 版

正文：

习近平总书记在中国政法大学考察时强调，没有正确的法治理论引领，就不可能有正确的法治实践。

党的十八大以来，以习近平同志为核心的党中央对新时代中国特色社会主义法治展开宏大的战略思考，从关系党和国家前途命运的战略全局出发，提出全面依法治国的基本方略。党的十八届四中全会通过的《中共中央关于全面推进依法治国若干重大问题的决定》强调，要"围绕社会主义法治建设重大理论和实践问题，推进法治理论创新，发展符合中国实际、具有中国特色、体现社会发展规律的社会主义法治理论，为依法治国提供理论指导和学理支撑"。

法律是治国之重器，法治是国家治理体系和治理能力的重要依托。党的十九届四中全会审议通过的《中共中央关于坚持和完善中国特色社会主义制度、推进国家治理体系和治理能力现代化若干重大问题的决定》指出，中国特色社会主义制度是党和人民在长期实践探索中形成的科学制度体系，我国国家治理一切工作和活动都依照中国特色社会主义制度展开，我国国家治理体系和治理能力是中国特色社会主义制度及其执行能力的集中体现。建设中国特色社会主义法治体系、建设社会主义法治国家是实现国家治理体系和治理能力现代化的必然要求，也是全面深化改革的必然要求，助益于在法治轨道上推进国家治理体系和治理能力现代化，在全面深化改革总体框架内全面推进依法治国各项工作。

中国特色社会主义法治的使命

使命决定方向，中国特色社会主义法治的使命决定了中国特色社会主义法治的立足点、关键点和着力点，统领着对中国特色社会主义法治"是什么"和"怎么建"的问题的回答。

当前，对于"法治的使命"的回答，主要包括以下几个方面。

推进中国特色社会主义事业。中国特色社会主义法治肩负着推进中国特色社会主义事业的使命，要坚定不移走中国特色社会主义法治道路，根本要求是坚持党的领导；创新发展中国特色社会主义法治理论，这是发展中国特色社会主义理论体系的重要组成部分；加快建设中国特色社会主义法治体系，这是对中国特色社会主义制度的法律表达。

确保党和国家的长治久安。中国特色社会主义法治是实现党和国家长治久安的基础。要夯实党和国家长治久安的法治基础，中国特色社会主义法治既要加强党的领导，又要坚持以人民为中心。

促进人民幸福安康。稳步提高立法质量、严格规范行政执法、不断强化司法为民观念，坚持以人民为中心的立法、执法与司法，既是中国特色社会主义法治的题中应有之义，也为人民幸福安康提供了立体化的法治保障。

促进社会公平正义。重点体现在法的创制和实施环节，把法治的

"上游"和"下游"贯通起来，中国特色社会主义法治就是一条滋养、维护、促进社会公平正义的浩荡河流。

中国特色社会主义法治的内涵

全面依法治国是一项长期而重大的历史任务，也是一项深刻的社会变革。

建设中国特色社会主义法治体系、建设社会主义法治国家，作为全面依法治国的总目标，要以马克思列宁主义、毛泽东思想、邓小平理论、"三个代表"重要思想、科学发展观、习近平新时代中国特色社会主义思想为指导，汲取中国特色社会主义法治实践经验、中华优秀传统、国外法治有益经验、革命根据地宝贵遗产，以实现法治引领中华民族伟大复兴，引领我们党永葆本色，引领国家发展方向，引领"一国两制"和推进祖国统一，引领建设相互尊重、公平正义、合作共赢的新型国际关系的功能，实现法治对社会关系的调节功能，实现法治对发展和繁荣的促进功能，实现法治对稳定和持久的保障功能。功能的实现助推中国特色社会主义法治道路的开拓和发展。

创新发展中国特色社会主义法治理论体系

法治兴则国兴，法治强则国强。建设好中国特色社会主义法治体系，就要加快形成完备的法律法规体系、高效的法治实施体系、严密的法治监督体系、有力的法治保障体系，同时在规范制度上坚持和完善以党章为核心的党内法规体系，在建设制度上坚持和完善党内法规制度体系、党内法规制度实施体系、党内法规制度建设保障体系。

紧紧围绕提高立法质量和立法效率，继续加强和改进立法工作，坚持科学立法、民主立法、依法立法。加强重点领域立法，及时反映新时代党和国家事业发展要求，回应人民群众关切期待。要坚持依宪治国、依宪执政，加强宪法实施，坚决纠正一切违反宪法的行为。按照有法必依、执法必严、违法必究的要求，加快完善执法、司法、守法等方面的体制机制。要以规范和约束公权力为重点，构建党统一指挥、全面覆盖、权威高效的监督体系，把党内监督同国家机关监督、民主监督、司法监督、群众监督、舆论监督贯通起来。要坚持依法治国与制度治党、依规治党统筹推进、一体建设，构建以党章为根本，以民主集中制为核心，以准则、条例等中央党内法规为主干，由各领域各层级党内法规组成的制度体系。

发展中国特色社会主义法治理论体系，要把握中国特色社会主义法治建设未来根本趋势和基本方针，即，从平面法治到立体法治、从外延法治到内涵法治、从传统法治到智慧法治的提升。良法是善治之前提，构建良法善治、提高立法质量，就要完善以宪法为核心的社会主义法律体系。制定良法的关键在于推进科学立法，完善民主立法，加强依法立法；法治建设要面向未来，智慧法治的建设要求加强党依法执政的信息化水平，推进智慧立法以完善信息化和智能化规范框架，推进智慧执法以加强政府管理创新，推进智慧监察以提高大数据反腐效能，推进智慧司法以提高检察和审判水平，推进智慧社会建设以深化社会基层治理。只有同时进行中国特色社会主义立体法治的系统建设、中国特色社会主义内涵法治的精准建设和中国特色社会主义智慧法治的全息建设，才能更好地推进国家治理体系和治理能力现代化，实现中国特色社会主义的法治强国梦。

（作者：马怀德，系中国政法大学校长、北京市习近平新时代
中国特色社会主义思想研究中心研究员）

30. **标题**：牢记使命，服务全面依法治国——中国政法大学全力办好法学教育、抓好法治人才培养（专版）

首发媒体：《光明日报》2020 年 4 月 30 日 5 版

正文：

摘要：2017 年 5 月 3 日，习近平总书记在中国政法大学考察时强调，要坚持中国特色社会主义法治道路，坚持以马克思主义法学思想和中国特色社会主义法治理论为指导，立德树人，德法兼修，培养大批高素质法治人才。三年来，中国政法大学深入学习贯彻习近平总书记重要指示精神，不忘初心、牢记使命，坚持服务国家战略，不断探索立德树人新高度，继续引领法学教育新发展，大力推进创新发展中国特色社会主义法治理论体系研究，做好全面依法治国的服务者。

关键词：立德树人　德法兼修　法治理论体系研究　法治人才培养

时光推移，又一个春意盎然、催人奋进的五月即将到来。三年前的五月，习近平总书记来到中国政法大学考察并发表重要讲话。习近平总书记带来了对中国法治建设、法治人才培养和青年人成长成才的殷切希望与深厚关怀，也对中国政法大学留下了郑重的嘱托。

法治兴则国兴，法治强则国强。三年来，中国政法大学深入学习贯彻习近平总书记重要指示精神，牢记嘱托、奋发有为，努力践行初心使命，坚持服务国家战略，努力谱写法治理论体系研究、培养德法兼修的新时代法治人才及着力引领中国特色法学教育改革的崭新篇章。

奋力书写法治理论体系研究的"答卷"

当新冠肺炎疫情席卷全球、全世界都聚焦疫情应对的"中国答卷"、中国方案时，在中国政法大学，一项历时三年、汇聚全国法学精英的国家重大委托项目——"创新发展中国特色社会主义法治理论体系研究"正在书写立足于中国国情、中国实践的法治理论建设"答卷"。

"中国政法大学担纲创新发展中国特色社会主义法治理论体系研究的重大课题，我们深感责任重大、使命光荣。"中国政法大学党委书记胡明表示。

习近平总书记考察中国政法大学后不到一个月，学校专门设立"中国特色社会主义法治理论体系研究院"，集聚了国内理论界、实务界一流专家学者的智慧，统筹推进重大课题的研究工作。中国政法大学校长马怀德表示，学校从协调推进"四个全面"战略布局的高度，充分认识开展该项目研究的重大理论和实践意义，将其作为重大政治任务来抓。

创新发展中国特色社会主义法治理论体系研究，要立足中国土地、中国国情、中国法治实践。研究团队深入走访全国各地司法实务部门、研究机构，开展广泛的实证调研；在课题研究的关键阶段，还专门邀请来自全国人大机关、中央政法委、最高人民法院、最高人民检察院、司法部等专家学者对课题研究成果进行论证。

"我虽已是耄耋之年，但却如伏枥的老骥，学术思想仍呈汪洋之势，还想多做一些'开风气之先'的工作。"曾受到习近平总书记亲切接见的张晋藩先生，由于双眼患黄斑病变，这些年只能依靠放大镜勉强阅读，却依旧保持每天四五个小时的工作时间。

三年来，以张晋藩为标杆的研究团队，老中青结合，汇聚了中国法学研究的精英，求精务实，全力推进重大项目研究，为法治建设的中国方案贡献智慧和力量。

培养德法兼修的新时代法治人才

习近平总书记强调，法学教育要坚持立德树人，不仅要提高学生的法学知识水平，而且要培养学生的思想道德素养。中国政法大学高度重视法律职业伦理教育和社会公益教育，引导学生树立坚定的法治信仰和崇高的职业道德，让学生不断增强国情意识和社会责任感。

在中国政法大学南门，"法律援助中心""法律诊所"等学生组织每天都要面向社会接待来访、来电咨询，为当事人提供法律服务。学生们在法律服务实践中了解国情社情、坚定法治理想，成为宪法和法律的拥护者、捍卫者和传播者。三年来，中国政法大学始终将理想信念教育放在首位，同步推进思政课程与课程思政，通过形势与政策教育"七个一"工程、"CUPL正能量"人物访谈和教授午餐会等多种形式，教育引导学生坚定理想信念、树立崇高志向，不断坚定中国特色社会主义共同理想。

习近平总书记到中国政法大学考察时，参加了民商经济法学院1502班团支部"不忘初心跟党走"主题团日活动，对团员青年成长成才提出殷切期望。2018年5月，"五四"青年节前夕，习近平总书记勉励1502班团员青年，用一生来践行跟党走的理想追求。

1502班同学牢记习近平总书记的亲切关怀和殷切嘱托，成立了"1502"新时代青年知行社。同为新时代青年，以知行社为代表的法大学子，始终以"不忘初心，用一生来践行跟党走的理想追求"为信仰，在校园里励志勤学、在实践中刻苦磨炼，努力成长为自信担当的强国一代。

"致力于让每一位社员都成长为法大的榜样人物，为新时代的中国社会作出重要贡献……"，《中国政法大学"1502"新时代青年知行社章程》的字里行间，包含着知行社成员对理想信念的追求与坚守：组建"服务保障国庆活动宣讲团"和"青春讲师团"，"让有信仰的人讲信仰"；通过"法大班"励志助力计划等项目开展教育扶贫。

疫情期间，他们对抗疫英雄的勇敢担当、无私奉献反响热烈，发出《战疫当前，遵法守则》倡议书，呼吁全国大学生朋友做社会主义法治的崇尚者、遵守者、捍卫者；招募专业志愿者编写《防疫普法案例读本》，创设"明法计划"云课堂、国家安全防疫普法微课堂。2个多月来，他们积极投身抗疫志愿服务、提供公益法律援助、深入基层普法，以实际行动将习近平总书记对青年学生的殷切期望传承下去。

着力引领中国特色法学教育改革

法学学科体系、学术体系、教材体系建设对法治人才培养至关重要。

三年来，中国政法大学深入学习贯彻习近平总书记重要指示精神，围绕探索科学的法学学科体系、学术体系、教材体系、话语体系架构，构建具有中国特色的社会主义法治人才培养体系，推进法学教育改革的脚步从未停歇——

法学学科在教育部第四轮学科评估中获评 A+，联合 5 所"双一流"建设高校发起成立世界一流法学学科建设共同体，引领法学学科发展；发起成立"内地与港澳法学教育联盟"，人权研究院进入"国家高端智库建设培育单位"，"法治与全球治理学科创新引智基地"入选 2018 年"高等学校学科创新引智计划"，推动引智和创新有机融合，为全球治理提供中国智慧和中国方案。

法学教材是对学生影响很大的载体。在教材管理方面，中国政法大学编写立足中国法治实践、体现中国风格的"中国特色社会主义法治理论"系列教材，坚持"一本教材，两种责任"：教材在传递知识的同时，也要传播积极向上的正能量。"法学教材决不能做西方法治理论的搬运工。要用中国话语表达中国经验、讲好中国故事，传递向上向善正能量。"中国政法大学教务处负责人表示。

法学教育不能停留在课本上。2018 年 3 月，中国政法大学便设立司法实务全流程仿真课程，让每位学生都能全程演练、全程参与、全程体验所有司法环节，还与法院检察院等司法实务部门合作，建立起庭审同步直播、录像观摩、案卷副本阅览于一体的实践教学资源库，将中国法治实践的最新经验、生动案例和中国特色社会主义法治理论研究的最新成果引入课堂，成为中国政法大学法治人才培养的一大亮点。

以课堂教学为基础、以教师教学能力为抓手、以信息化技术辅助为突破，中国政法大学在全校范围内掀起一场教学革命，坚持用习近平新时代中国特色社会主义思想铸魂育人，同步推进思政课程与课程思政建设，构建思政教育与专业教育的协同格局；完善"跨学科专业、跨理论实践、跨学院学校、跨国家地区"的"四跨"卓越法治人才培养模式，引领中国特色的法学教育；牵头制定《立格联盟院校法学专业教学质量标准》，统一立格联盟院校法学专业教学规范；作为法学类教指委秘书处单位牵头制定《普通高等学校法学类本科专业教学质量国家标准》，走在法学类教育教学改革的前沿。

服务全面依法治国历史使命

2018 年 12 月 21 日，首家全国律师行业党校培训基地在中国政法大学挂牌；2019 年 10 月 10 日，中国政法大学与国家市场监管总局签署"国家市场监管法治研究基地"合作框架协议；2019 年 12 月 6 日，与北京市人大常委会签约共建"中国政法大学立法研究院"暨"北京市人大常委会立法研究基地"；2019 年 12 月 7 日，中国政法大学检察公益诉讼研究基地揭牌签约仪式在京举行……

三年来，中国政法大学充分利用法学优势资源，整合多学科的研究特色，主动对接国家重大战略需求，为助力全面依法治国提供有力的人才支撑和智力保障。

"要打破高校和社会之间的体制壁垒，促进法学理论和法治实践有机结合，学校将以法治教育合作基地为纽带，建立起与实务部门长期稳定的法治教育合作关系。"胡明表示，中国政法大学作为国家法治教育培训的重要基地，通过设立国家级法治教育基地项目服务中心，依托教育部青少年法制教育培训基地、全国教师法治教育培训基地、全国法治宣传教育基地等，积极承担起开展高质量法治教育、培养高素质法治人才的责任。三年来，共举办各类法治教育培训班 265 期，总计培训 28 674 人次。

学校还通过参与立法、认领智库重点课题、撰写要报、直接参与中央和地方层面的决策咨询等方式建言献策，成立新型研究机构，定期发布《中国法治政府评估报告》《中国司法文明指数报告》《中国上市公司法律风险指数报告》等智库成果，产生广泛社会影响。基于对历史负责的高度使命感，法大人奋力投入全面依法治国的事业，为中国特色社会主义法治建设贡献着自己的力量。

"把贯彻落实习近平总书记重要指示精神作为一项重大政治任务，把服务全面依法治国当成法大义不容辞的责任，为全面依法治国、实现国家治理体系和治理能力现代化提供理论支撑，为全面建成小康社会、实现第一个百年奋斗目标贡献力量。"马怀德表示。

文章截图：

31. **标题**：胡明：创新发展中国特色社会主义法治理论

首发媒体：《人民日报》2020 年 6 月 17 日 9 版

正文：

习近平总书记在中国政法大学考察时强调："没有正确的法治理论引领，就不可能有正确的法治实践。"中国特色社会主义法治理论是全面推进依法治国的理论指导。我们要坚持创新发展中国特色社会主义法治理论，为完善中国特色社会主义法治体系、建设社会主义法治国家提供有力理论支撑。

坚持以马克思主义法学思想为指导。马克思主义法学思想依据生产力决定生产关系、经济基础决定上层建筑的历史唯物主义原理，揭示法律现象产生和发展的一般规律。马克思主义法学思想中国化的过程贯穿于建设中国特色社会主义法治体系、建设社会主义法治国家的全过程。习近平总书记全面依法治国新理念新思想新战略，是马克思主义法学思想中国化的最新成果，是全面依法治国的根本遵循，必须长期坚持。当前，创新发展中国特色社会主义法治理论，必须坚持以习近平总书记全面依法治国新理念新思想新战略为指导，围绕社会主义法治建设的重大理论和实践问题，从我国基本国情出发，同全面深化改革实践相适应，及时对中国特色社会主义法治体系建设的成功经验进行科学总结和理论升华，凝练符合中国实际，富有实践特色、民族特色、时代特色，体现社会发展规律的概念、命题、观点，为丰富中国特色社会主义法治理论提供鲜活思想内容。

正确认识中国法治文明与世界法治文明的关系。中国特色社会主义法治理论是马克思主义法学思想与当代中国法治实践相结合的理论成果，是中华优秀传统法律文化创造性转化、创新性发展的理论成果，同时学习借鉴了世界上的优秀法治文明成果。在学习借鉴世界法治文明的过程中，必须坚持以我为主、为我所用，认真甄别、合理吸收，不能囫囵吞枣、照搬照抄。既借鉴一些发达国家法治理论研究的有益成果，也关注广大发展中国家在法治理论研究方面的真知灼见，同时讲好法治理论的"中国故事"，展示中国特色社会主义法治理论的思想精华，推动世界法治文明在交流中进步、在互鉴中升华。

重视理论与实践相结合。中国特色社会主义法治理论源于实践、指导实践，也要接受实践检验。在建设中国特色社会主义法治体系的过程中，许多富有探索性的制度实践需要理论支撑。例如，司法体制综合配套改革如何深入推进？跨领域跨部门综合执法的各种制度安排怎样继续探索？这些问题没有现成经验可以照搬，迫切需要科学法治理论的指导。广大法学理论研究者应深入实践，加强对法律现象和法治实践规律的探索，作出科学理论总结，努力使法治理论与制度实践相契合，强化法治理论对法治实践的解释力和引领力。

回应法治实践中涌现的新问题。我国经济社会发展日新月异，新的法律问题层出不穷。广大法学理论研究者应开阔胸襟、开拓视野，不断从法律角度深化对新技术、新产业、新业态以及由此产生的新型社会关系和社会问题的思考，以更深刻的理论认识、更扎实的知识储备应对经济社会发展面临的新挑战。当前，国际上法治理论新问题不断涌现。谁能更好回答和解决这些新问题，谁就能在未来法治文明发展和理论话语建构中占得先机、赢得主动。我国法学理论研究者应大力推进法治理论创新，为中国特色社会主义法治理论拓展新空间，为世界法治文明发展作出中国贡献。

（作者为中国政法大学党委书记、北京市习近平新时代

中国特色社会主义思想研究中心研究员）

32. **标题**：马怀德：构建具有中国特色的法学学科体系

首发媒体：《人民日报》2020 年 5 月 18 日 15 版

正文：

2016 年 5 月 17 日，习近平总书记主持召开哲学社会科学工作座谈会并发表重要讲话，提出加快构建中国特色哲学社会科学的重大战略任务。5 年来，哲学社会科学界深入学习贯彻习近平总书记重要讲话精神，构建中国特色哲学社会科学取得积极进展。为深入学习贯彻习近平总书记重要讲话精神，在新时代新征程上更好推动具有中国特色、中国风格、中国气派的哲学社会科学发展，《人民日报》理论部 5 月 12 日在京举办"加快构建中国特色哲学社会科学研讨会"，我校校长马怀德参加会议并发言。

——编者

构建具有中国特色的法学学科体系

习近平总书记指出："要按照立足中国、借鉴国外，挖掘历史、把握当代，关怀人类、面向未来的思路，着力构建中国特色哲学社会科学，在指导思想、学科体系、学术体系、话语体系等方面充分体现中国特色、中国风格、中国气派。"习近平总书记在中国政法大学考察时，从全面推进依法治国、提高党依法治国和依法执政能力的高度，对法学学科体系建设作出重要指示，强调："我们有我们的历史文化，有我们的体制机制，有我们的国情，我们的国家治理有其他国家不可比拟的特殊性和复杂性，也有我们自己长期积累的经验和优势，在法学学科体系建设上要有底气、有自信。"这为我们构建具有中国特色、中国风格、中国气派的法学学科体系指明了方向。

法学学科作为哲学社会科学的重要组成部分，承担着培养法治人才、产出法学成果、服务经济社会发展的重要职责。构建具有中国特色的法学学科体系，需要把握新形势新任务新要求，为坚持和完善中国特色社会主义法治体系、推进国家治理体系和治理能力现代化述学立论、资政育才，为加快建设社会主义法治国家提供学理支撑、智力支持和人才保障。

创新发展中国特色社会主义法治理论。习近平总书记指出："加强法治及其相关领域基础性问题的研究，对复杂现实进行深入分析、作出科学总结，提炼规律性认识，为完善中国特色社会主义法治体系、建设社会主义法治国家提供理论支撑。"构建具有中国特色的法学学科体系，必须在深入学习习近平法治思想核心要义、精神实质、丰富内涵、实践要求的基础上，提炼中国特色社会主义法治理论的标识性概念、重大命题、核心观点，为发展立足中国国情、适应改革开放和社会主义现代化建设需要的法治理论体系作出学术贡献。

回答法治中国建设的重大理论和实践问题。当前，法治中国建设深入推进，如何依靠法治更好回应经济社会发展中出现的新问题，如何有效解决人民群众反映强烈的突出问题，是推动法学学科体系发展的重要着眼点。构建具有中国特色的法学学科体系，就要从研究和回答法治中国建设的重大理论和实践问题出发，传承中华优秀传统法律文化，借鉴国外法治有益成果，把研究成果转化为解决问题的正确思路和有效办法，为推进国家治理体系和治理能力现代化提供学理支撑。

培养高素质法治人才。站在为全面推进依法治国提供人才保障的高度，大力培养信念坚定、德法兼修、明法笃行的高素质法治人才。加强法学学科之间以及法学与其他学科的交叉融合发展，拓展法学学科知识面，实现法治人才培养的多学科共同参与；打破理论教学和法治实践之间的壁垒，将实务部门的优质实践教学资源引入高校，加强涉外法治人才培养；持续推进习近平新时代中国特色社会主义思想、习近平法治思想进教材、进课堂、进头脑，把社会主义核心价值观融入法学教育全过程、各方面。

优化完善法学学科体系。顺应时代发展需要，拓展法学一级学科，扩充法学知识容量。优化法学二级学科，使法学二级学科既包括传统学科和冷门学科，也涵盖前沿学科和新兴学科；既包括理论法学和应用法学，也涉及国内法学和国际法学。促进法学与经济学、教育学、管理学、计算机科学与技术等学科研究交叉融合，推动国家安全法学、党内法规学、数据法学、人工智能法学、监察法学、应急法学、司法鉴定学等交叉研究蓬勃发展，使法学学科体系建设与经济社会发展相适应，更好服务改革开放和社会主义现代化建设。

（作者：中国政法大学校长马怀德）

（三）网络媒体

1. 标题：中国政法大学师生：总书记为我们的主题团日点赞
首发媒体：人民网
发布时间：2017 年 5 月 3 日
正文：

在五四青年节来临之际，在中国政法大学建校 65 周年前夕，中共中央总书记、国家主席、中央军委主席习近平 3 日上午来到中国政法大学考察。习近平代表党中央，向全国各族青年致以节日的问候，向全国广大教育工作者、青年工作者、法治工作者致以诚挚的问候。

今天下午，记者采访了中国政法大学的部分师生，师生们纷纷表示，我们要把总书记对法大的关怀，对青年学生的关爱，对法治建设的重视，对法学教育和法治人才的培养期望，传达到法大全体师生员工和广大校友，贯彻落实习总书记在中国政法大学的讲话精神，为全面推进依法治国建言献策。

总书记为我们的主题团日点赞！

今天上午，在学生活动中心一层大厅，民商经济法学院本科二年级 2 班团支部正在开展"不忘初心跟党走"主题团日活动。习近平来到他们中间，同学们报以热烈掌声。几位同学从不同角度畅谈观看电影《焦裕禄》的体会，习近平认真倾听，并参与讨论。

"我们活动开始没有多久，就得知习总书记来了，大家都很激动也很紧张。"民商经济法学院 1502 班的郭司雨告诉记者，毕竟是第一次见到总书记，总书记走到我们中间跟我们每一位同学都握了手。然后坐下来问我们是哪个班的，哪个学院的等，这样距离感和紧张感都从我们心中消失了，我们觉得总书记特别和蔼可亲，没有那么严肃。

同样在活动现场的蔡仁杰回忆说，他作为优秀团干部代表，当时正结合自身的一些支教经历来谈焦裕禄精神。总书记来了之后，就坐在他对面。蔡仁杰说，总书记不仅对于我们的社会实践非常关注，更关注我们大学生的日常学习有没有认真、有没有受到影响，希望我们以一名大学生的姿态，更好地学习，在学习之余完成其他的社会工作。郭司雨说，总书记提到了焦裕禄精神对他的影响，其实对我来说也是一个启迪，我可能之前对于焦裕禄的认识并没有那么深刻，但是总书记这一席话让我觉得自己需要学习的地方还有很多，可能在我人生的各个关键点都会铭记着这样一种精神以及习总书记的教诲。郭司雨还特别提到，总书记知道了我们把焦裕禄精神作为主题团日的主题，还为我们点赞呢。

我们要承担起当代青年的历史使命

习近平在考察时强调，中国的未来属于青年，中华民族的未来也属于青年。青年一代的理想信念、精神状态、综合素质，是一个国家发展活力的重要体现，也是一个国家核心竞争力的重要因素。当今中国最鲜明的时代主题，就是实现"两个一百年"奋斗目标、实现中华民族伟大复兴的中国梦。当代青年要树立与这个时代主题同心同向的理想信念，勇于担当这个时代赋予的历史责任，励志勤学，刻苦磨练，在激情奋斗中绽放青春光芒、健康成长进步。

民商经济法学院 2013 级的学生潘辉说，青年人要"励志勤学，刻苦磨练"，总书记的这一寄语深深地触动到我，我们这一代青年人其实面临着更加多元的价值观的冲击，所以在青年时代树立起高远的理想和正确的价值观就显得更加重要了，唯有如此，我们才能在未来的人生道路中有正确的发展航向和不懈的奋斗力量。

民商经济法学院 13 级 7 班魏若竹同学则表示，聆听了总书记在座谈会上对青年人提出的几点新要求，我认为作为当代大学生，我们一定要戒骄戒躁，扎实自己的专业基础，在学生阶段积累丰富的专业知识；积极参加社会实践活动和志愿服务，磨练自己的意志品格；将个人发展和时代主题紧密结合在一起，承担起作为当代青年的历史使命，为中华民族伟大复兴的中国梦和两个一百年目标的实现贡献自己的力量。

人文学院 14 级哲学 1 班的梁晶晶同学说，我们要积极响应总书记号召，登高望远，励志勤学，加强对自身的磨练。在大学比较宽松自在的环境中，面对多彩的世界和诸多的诱惑，我们尤其要加强对自己的品德磨练，增强定力，做好自己该做的事情，像海绵吸水一样学习知识。

政治与公共管理学院政治学理论专业 16 级硕士班许超表示，我们这一代青年人是无比幸运的一代，又是责任重大的一代。青年作为勇立时代潮头的奋进者和开拓者，习近平总书记鼓励青年要励志勤学，刻苦磨练。我们青年学子要勇敢肩负起时代赋予的历史重任，创造无愧于前辈、无愧于后人的业绩，积极投身社会主义法治建设事业，为实现全面依法治国贡献青春的力量，努力在实现中华民族伟大复兴的中国梦的生动实践中放飞青春梦想。

集全校之力交出符合总书记要求的答卷

习近平来到学生活动中心三层会议室，同中国政法大学师生和首都法学专家、法治工作者代表、高校负责同志座谈。

作为教师代表参加了座谈会的霍政欣表示，作为一名法学工作者，总书记的讲话让我深受鼓舞，倍感振奋。我们应当按照总书记的要求，有信念、有担当、有作为。首先要解决"为什么教，教什么，怎么教"的问题，要立足中国，挖掘历史，关怀世界，正确解读中国实践、解决中国问题，尽快培育出具有中国特色与国际视野的法学学科体系，成为中国法学学术的创造者与世界法学学术的贡献者，为建设社会主义法治国家提供理论支撑，为全面推进依法治国培养德才兼备、信仰坚定的高素质法治人才而努力。

中国政法大学校长黄进说，习近平总书记今天到中国政法大学视察，祝贺中国政法大学建校 65 周年，看望广大师生员工，观看校史展和成果展，参加青年学生主题团日活动，主持座谈会并发表了重要讲话，意义重大，是对学校师生和广大校友的巨大鼓舞。习近平总书记重视青年学生成长成才，对青年一代谆谆教诲，寄予厚望。

党委书记石亚军表示，习近平总书记的重要讲话对建设好法学学科、举办好法学教育、培养好法治人才，为落实好全面依法治国战略部署提供坚实的人才支撑提出了高境界、新指向、深触及、全方位的重要要求，充分体现了党中央对落实全面依法治国战略的坚定决心，对全国青年的热切厚望，对中国政法大学的肺腑期待。我们必须立即行动起来，在全校掀起学习宣传贯彻总书记重要讲话的热潮，把总书记重要讲话传达到全体师生员工，全面准确深刻领悟讲话的精神实质和责任要领，制订周密行动计划和任务措施，集全校之力交出符合总书记要求的法学学科建设、法学教育改革、法学人才培养的答卷。

文章链接：http://edu. people. com. cn/n1/2017/0503/c1006-2925 2321. html

2. **标题**：习近平：青年要立志做大事，不要立志做大官

首发媒体：新华网

发布时间：2017 年 5 月 3 日

正文：

新华网北京 5 月 3 日电　五四青年节即将到来之际，中共中央总书记、国家主席、中央军委主席习近平到中国政法大学考察。习近平代表党中央，对中国政法大学建校 65 周年向全校师生员工表示热烈祝贺，向全国广大青年、全国高校广大师生、全国广大青年工作者致以节日的美好祝愿，向全国政法战线的同志们致以诚挚问候。

习近平赞中国政法大学资深教授：依法治国见证人

习近平 3 日上午在中国政法大学考察时，亲切会见了张晋藩、廉希圣、李德顺、王卫国、卞建林等中国政法大学资深教授。习近平说，你们见证和参与了我们国家依法治国的进程，对培养法治人才都作出了很大贡献。

习近平为中国政法大学主题团日活动点赞

习近平步入中国政法大学学生活动中心，正在这里举行"不忘初心跟党走"主题团日活动的同学们以热烈掌声欢迎总书记的到来。习近平说，如何发挥共青团的积极作用是新的时代课题，要与时俱进、积极探索。你们正在做这样的探索，我为你们的主题团日活动点赞。

习近平：青年要立志做大事，不要立志做大官

习近平在中国政法大学民商经济法学院本科二年级 2 班团支部主题团日活动上，对大家树立远大的志向表示肯定。他说，立志是一切开始的前提，青年要立志做大事，不要立志做大官。

习近平：焦裕禄精神是一盏明灯

听到同学们讲述学习焦裕禄精神的体会，习近平深情回忆起他上初中一年级时学习穆青撰写的焦裕禄文章的感受："这件事一直影响着我。直到我从政，直到我担任县委书记，后来担任总书记，焦裕禄精神一直是一盏明灯。学习焦裕禄精神诠释了中国共产党人的优秀品质。"（据"新华视点"微博报道　文字/新华社记者　张晓松、邹伟　摄影/新华社记者李学仁、姚大伟、丁林、王晔）

文章链接：http://www.xinhuanet.com/politics/2017-05/03/c_11 20913174.htm

3. **标题**：在实现中国梦中绽放青春光芒——习近平总书记在中国政法大学考察时的重要讲话引起热烈反响

首发媒体：新华网

发布时间：2017 年 5 月 3 日

文章链接：http://www.xinhuanet.com//politics/2017-05/03/c_ 1120913729.htm

文章截图：

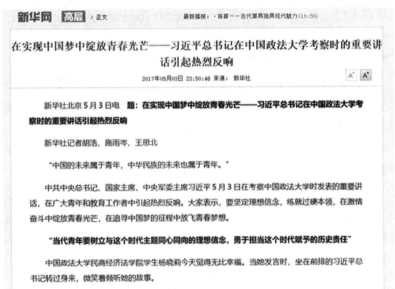

4. **标题**：为全面依法治国培养更多优秀人才——习近平总书记在中国政法大学考察时的重要讲话引起热烈反响

首发媒体：新华网

发布时间：2017 年 5 月 4 日

正文：

新华社北京 5 月 4 日电　**题**：为全面依法治国培养更多优秀人才——习近平总书记在中国政法大学考察时的重要讲话引起热烈反响

"立德树人，德法兼修，培养大批高素质法治人才。"

习近平总书记 5 月 3 日在考察中国政法大学时发表的重要讲话，在广大法学院校师生和法治实际工作者中引起热烈反响。大家表示，习近平总书记对法治人才培养作出重要指示，是我国法治建设和法学教育中的一件大事。要以习近平总书记的重要指示为根本遵循，坚持以马克思主义法学思想和中国特色社会主义法治理论为指导，建设符合我国实际的法学学科体系和教学体系，坚持德法并举、德法交融，努力培养更多优秀法治人才。

坚定中国自信　完善法学学科体系建设

亲切地握手，关切地询问，殷切地叮嘱……回想起 3 日上午在中国政法大学逸夫楼一层大厅内与习近平总书记面对面交流的场景，中国政法大学教授卞建林仍感激动和振奋。

"总书记提出了法治人才培养的明确目标，指引着法学教育的长远发展。"卞建林说，"在今后的工作中，我们将按照总书记的要求，进一步加强法治及其相关领域基础性问题的研究，为完善中国特色社会主义法治体系、建设社会主义法治国家提供理论支撑"。

4 日下午，一场生动而热烈的讨论在复旦大学法学院举行。学院教师围绕学习贯彻总书记重要讲话精神，纷纷发言、深入交流。

"总书记到法学院校考察，与师生座谈并发表重要讲话，体现了对法治教育事业的重视和关心。"复旦大学法学院党委书记胡华忠说，我们要认真思考、深入研究总书记提出的"为谁教、教什么、教给谁、怎样教"重大课题，进一步完善法学学科体系建设。

"总书记提出，对世界上的优秀法治文明成果，要积极吸收借鉴，也要加以甄别，有选择地吸收和转化，不能囫囵吞枣、照搬照抄，这成为我们的广泛共识。"复旦大学法学院青年教师李世刚认为，法学教育要重视结合中国传统文化和长期司法实践，要有制度自信，不能盲目推崇西方。

没有正确的法治理论引领，就不可能有正确的法治实践。

从新闻报道中聆听了总书记的重要讲话，最高人民检察院检察官祖延光感受颇深。"我们有自己的历史文化、体制机制和国情，也有我们自己长期积累的经验和优势。我们有强烈的自信，完善和发展中国特色社会主义法治理论，以中国智慧、中国实践为世界法治文明建设作出贡献。"祖延光说。

教学实践相长　推动社会各界参与法学人才培养

法律的生命在于实践，法治人才素质的核心就是实践能力。习近平总书记强调："法学学科是实践性很强的学科，法学教育要处理好知识教学和实践教学的关系。"

"习近平总书记说出了我们法学专业学生的心里话。"放下手头的案卷，正在律师事务所实习的清华大学法学院学生阿布都说，"要让法学专业学生多走进社会，在实践中提升法律素养；也要请法官、检察官、律师等法治工作者来到学校，把法治建设和法律实践的最新经验和生动案例带进课堂"。

国家法官学院大楼前，国旗庄严。正在参加培训的河南省安阳市殷都区人民法院法官张新宇说："习近平总书记的重要讲话让我们进一步坚定了中国特色社会主义法治理念，我们要把司法实践中的问题带到课堂，通过更深入的学习思考，更好地指导实践工作。"

法治人才培养是一项系统性的社会化工程，需要凝聚社会各方的智慧和力量。

"习近平总书记提出要打破高校和社会之间的体制壁垒，将实际工作部门的优质实践教学资源引进高校，这对法治人才的培养具有很强的指导意义。"北京市通商律师事务所律师李其师表示，从政府到法院、检察院、律师事务所，都需要和高校密切合作、取长补短，把课堂上的法学知识转化成为实践中的法律思维能力、法律表达能力和对法律事实的探索能力。

"习近平总书记指出，法学专业教师要坚定理想信念，促进理论和实践相结合，这为我们指明了法学教育的方向。"中国人民大学法学院教授王轶深有感触地说，"中国的法学教育、法学研究和法治实际工作者，都要致力于实现建设社会主义法治国家的共同理想。一个合格的法学教育、法学研究工作者，必须深入了解法律实际工作，带头践行社会主义核心价值观，用自己的实际行动引领学生成长为优秀的法治人才"。

坚持立德树人　培养德法兼修的法治人才

对于中国政法大学民商经济法学院学生蔡仁杰来说，3 日上午的主题团日活动格外难忘。"习近平总书记就坐在我的对面，我结合自己的支教经历谈了学习焦裕禄精神的体会，总书记不时点头微笑，还跟我们分享了他自己学习焦裕禄精神的故事，让我特别受启发。我会更加珍惜时光，努力掌握专业技能，更加注重立德为先，提升道德素质和思想政治水平，毕业后报效祖国。"

习近平总书记关于立德树人德法兼修抓好法治人才培养的论述，引发了中国政法大学国际法学院副院长霍政欣的强烈共鸣和深刻思考。他说，在新的时代条件下，立德树人要求法学教育工作者不仅要为学生授业解惑，更要引导学生正确认识各种社会现象，正确理解中国的法治建设进程，培养学生对法治的坚定信仰。

"我国已进入改革发展的关键时期，必须把法治的力量和道德的力量紧密结合起来，坚持依法治国和以德治国相结合，强调法治和德治两手抓、两手都要硬，不断推进国家治理体系和治理能力现代化。"中南财经政法大学教授徐汉明指出，青年一代是中国法治事业的接班人，法学教育必须坚持德法并举，实现学生的法学知识水平和思想道德素养同步提升。

湖南省浏阳市人民法院院长李波深有感触地说："法治实践也是法治人才培养的重要一环。法学学生从校园走上工作岗位，必须在工作中做到法理并重、德法合一，在广泛深入的实践中成长成才。这方面，领导干部必须起模范带头作用，以德修身、以德立威、以德服众，营造积极向上的人才成长环境和尊法重德的法治氛围，从而推动法治中国建设迈上新台阶。"（记者　陈菲、罗沙、白阳、丁小溪、涂铭）

文章链接：http://www.xinhuanet.com//politics/2017-05/04/c_1120920229.htm

文章截图：

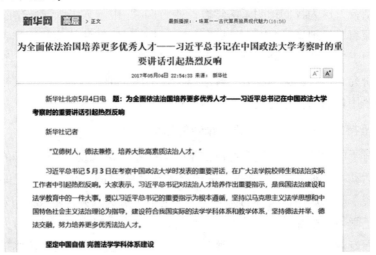

5. **标题**：让青春为法治中国绽放——习近平总书记考察中国政法大学回访

首发媒体：新华社

发布时间：2017 年 5 月 5 日

正文：

暮春时节的北京北郊昌平，军都山下，即将迎来建校 65 周年华诞的中国政法大学校园里一片葱翠。在五四"青年节"到来前夕，习近平总书记来到这里考察。

这是一份沉甸甸的"礼物"——习近平参观了中国政法大学校史及成果展，和学校领导班子成员以及资深教授亲切交谈并合影留念，临走时和师生们热情握手，感人场景令人难忘。

这是对青年人的谆谆重托——习近平参加了学生们的主题团日活动，和大家一同缅怀焦裕禄、学习焦裕禄精神，勉励当代青年要树立与这个时代主题同心同向的理想信念，勇于担当这个时代赋予的历史责任，励志勤学、刻苦磨炼，在激情奋斗中绽放青春光芒、健康成长进步。

这是推进全面依法治国的时代强音——座谈会上，习近平强调，全面推进依法治国是一项长期而重大的历史任务，要坚持中国特色社会主义法治道路，坚持以马克思主义法学思想和中国特色社会主义法治理论为指导，立德树人，德法兼修，培养大批高素质法治人才。

"总书记对法治工作的重视是一以贯之的"

5 月 3 日正午时分，尽管习近平总书记已经离开学校，中国政法大学的校园仍然沉浸在一片沸腾和喜悦中，学校图书馆门口的广场上，不时有学生聚在一起，分享手机里总书记和大家热情握手的画面，激动之情溢于言表。

晓月河畔忆峥嵘，军都山下谱新篇。学校逸夫楼一层大厅，校史及成果展上的一张张图片，记录了中国政法大学自 1952 年建校至今的发展历程和系列成就，不少下课的学生正循着总书记刚刚走过的足迹细细观看。

负责为总书记一行讲解的中国政法大学副校长马怀德说，"展板前，习近平总书记看得很认真，不时地询问照片的一些细节。总书记重点看了学校人才培养、社会服务、科学研究、国际交流的情况，在这几处驻足的时间比较长。"

玻璃展柜里，中国政法大学整理出版的一套《沈家本全集》十分醒目，集录了我国近代著名法学家沈家本的生前著述。

"总书记拿起全集翻阅，他对沈家本很了解，说沈家本先生是湖州人，主要是做刑事法律的。他还看了学校张晋藩先生撰写的《中华法制文明史》的英译本、日译本和韩译本。"马怀德说。

展厅右侧上方，两张翻拍的聘书照片吸引了不少学生驻足观看。这是时任福建省省长的习近平给中国政法大学教授应松年等颁发的福建省人民政府法律顾问聘书。

"总书记当时指着聘书讲，他很早就开始搞法律顾问制度。"马怀德说，"总书记对法治工作的重视是一以贯之的"。

观看完展览，习近平还亲切会见了中国政法大学5位资深教授。今年87岁的中国政法大学终身教授张晋藩说："总书记走出来第一个和我握手，说他看过我的书。总书记很平易近人，和蔼可亲，对老教师很尊重。"

"这是对青年深深的爱、谆谆的嘱托"

中国政法大学民商经济法学院本科二年级2班团支部的团员们在五四"青年节"前一天经历了人生最难忘的一次主题团日活动。

学生活动中心一层大厅，民商经济法学院学生蔡仁杰和同学们兴奋地回忆着总书记和他们在一起的情景。

蔡仁杰说，当时我们46位同学正在讨论焦裕禄的纪录片，团委书记走进来说，"同学们，总书记来看望大家了"，接着就看见总书记走了进来，同学们爆发出热烈的掌声，总书记走进我们中间，坐下后问我们是哪个学院的、哪个班的，然后示意我们继续刚才的讨论。

"讨论会上，我向总书记汇报了自己在安徽皖南支教的情况。总书记很感兴趣，问了我好几个问题。"蔡仁杰说，总书记在讲话中反复提到，团员是党的后备军，有着非常重要的作用，自己作为团组织的一分子，深受鼓舞。

参加团日活动的同学回忆，习近平总书记听大家发言时非常认真，有一个细节让他们难以忘怀：当坐在总书记身后的同学发言时，总书记会转过身来，面对着发言的同学聆听。

全程陪同习近平考察的中国政法大学党委书记石亚军说，总书记对青年学生寄予厚望，谈到了自己的成长经历以及对青年成才的思考，语言朴实，生动深刻。

总书记参加主题团日的时间比计划延长了不少，石亚军说："总书记跟青年交流，不知不觉时间就延长了。这体现了对青年深深的爱、对青年谆谆的嘱托。"

参加座谈会的北京外国语大学党委书记韩震说，总书记对广大青年的谆谆嘱托让他深受教育，总书记说青年人要有理想信念，立志是奋斗的原动力，是理想的定心盘。要立志干大事，而不是当大官；要立志为人民，而不是只顾个人小家，这为青年人指明了人生方向。

考察结束时正值下课时间，闻讯而来的学生们站满校园道路两旁，争相和总书记握手。在场的学生们回忆，总书记和大家握手时，还不忘转身照顾道路另一侧的同学，他一边握手，一边向远处的师生挥手致意。

"坚定推进全面依法治国的强烈信号"

中国政法大学校园里，到处都镌刻着"法治"印记：刻有学校校训的法鼎；一体四翼的主教学楼分别以校训"厚德""明法""格物""致公"命名；学校有宪法大道、婚姻法小径，还有镶嵌着《世界人权宣言》全文的法治广场……

习近平考察中国政法大学回访：让青春为法治中国梦绽放

中国政法大学校长黄进说，到中国政法大学考察，体现了总书记对依法治国的高度重视，也是向全世界传递坚定推进全面依法治国的强烈信号。

考察中，总书记还和中国政法大学师生、首都法学专家、法治工作者代表、高校负责同志进行座谈。参加座谈会的中国政法大学法学院院长焦洪昌回忆，总书记刚落座拿到与会代表名单，就一一对了下；几位发言者发言过程中，总书记不时和大家互动，讲话时还对每个人的发言进行了点评。

张晋藩教授是座谈会的 4 位发言者之一，他作了时长 6 分钟、题为"依法治国的历史借鉴问题"的发言。

张晋藩说，总书记讲到了德法互补的问题，提到中国古代的一些法律，讲到管仲、李悝等法家，一些法家的名言也是信手拈来。

在座谈会的讲话中，习近平着重强调了培养法治人才的重要性。这让中国政法大学校长黄进、北京大学法学院院长张守文等法学专家倍感振奋。黄进说，总书记系统深刻全面地阐述了法治人才培养对全面推进依法治国的重要性，强调高校是法治人才培养的第一阵地，对德法兼修的法治人才培养寄予厚望。

北京市朝阳区人民法院奥运村法庭庭长刘黎在基层法庭办案十几年，一共审理了3000多件民事案件。作为法治工作者代表，刘黎也在座谈会上发言，向总书记汇报了在基层一线办案的心得体会和司法改革以来的巨大变化。

刘黎说，当自己谈到近年来法院案件数量大幅上升、案多人少的矛盾更加突出时，"总书记勉励我们，现实工作中还有一些薄弱环节，可能有群众不够满意的地方，这就是司法人员努力的方向"。

"我会为法治中国建设贡献自己的力量"

在中国政法大学端升楼门口的电子显示屏上，"让青春为法治中国梦绽放"几个红色大字鲜艳夺目。总书记到中国政法大学考察，深深鼓舞了法大学子。

中国政法大学民商国际法学院大二学生王沛然说："我们青年人要努力学习，努力成为合格的法治建设人才。对于现阶段的我来说，做好扎实的基础学习是很有必要的，无论未来从事学术研究，还是从事法律实务工作，我的目标都是能够尽力推动社会进步。"

即将从中国政法大学国际法学院毕业的韩悦蕊即将进入北京市法院系统工作。对于未来，她充满了期待。"未来我要立足本职工作，兢兢业业做好每一件事，这份工作不仅仅是一个岗位，还是一份责任，和人民的利益与社会发展息息相关。"

今年将继续攻读研究生学位的中国政法大学民商经济法学院大四学生潘辉是当天座谈会上唯一一位发言的学生代表，说起和总书记面对面交流的场景，他仍然十分激动。

"总书记勉励我们要立大志做大事。我觉得不一定非留在北京这样的大城市，一些中小城市可能更需要我们年轻人，对优秀的法律人才的需求更迫切，我希望能到那里去发挥才干。法律工作特别艰辛，也要靠内心的信念才能坚守，我会为法治中国建设贡献自己的力量。"（据新华社客户端）

执笔记者：涂铭、魏梦佳、孙琪

文章链接：http://www.china.com.cn/news/2017-05/05/content_40754211.htm

6. **标题**：国家重大委托项目"创新发展中国特色社会主义法治理论体系研究"开题报告会举行

首发媒体：法制网

发布时间：2018 年 3 月 28 日

正文：

3 月 22 日，国家重大委托项目"创新发展中国特色社会主义法治理论体系研究"开题报告会在中国政法大学举行。

教育部党组成员、部长助理刘大为，全国哲学社会科学规划办主任佘志远，中国法学会副会长、学术委员会主任张文显，教育部社会科学司司长刘贵芹、副司长谭方正，中国政法大学党委书记胡明，校长黄进参会并致辞，来自最高人民检察院、中国社会科学院、国家行政学院、清华大学、北京大学、武汉大学、西南政法大学等单位的 20 余位实务专家和学者参加了会议。副校长时建中主持会议。

胡明在致辞中指出，创新发展中国特色社会主义法治理论体系研究，是中国特色社会主义法治建设进入新时代的一项重要课题，也是全面贯彻落实十八届四中全会和十九大关于建设中国特色社会主义法治理论体系的一项重要任务。习近平总书记在 2017 年 5 月 3 日来中国政法大学考察时把这个课题亲自交给法大，我们深感使命光荣、任务艰巨、责任重大。胡明强调，中国政法大学把这项课题作为重大政治任务、作为"一号工程"来抓，始终坚持正确的政治方向和强烈的使命担当、坚持时代导向和问题导向、坚持引领风气和励志笃行，为课题顺利推进奠定坚实的基础。

佘志远强调，习近平总书记把这样一项重要任务交给中国政法大学，是中国政法大学的光荣，也是全国法学界的盛事。佘志远对项目开展提出三点要求：一是希望中国政法大学党委和学校要持之以恒高度重视这个项目的研究；二是学校要积极组织好课题组的成员认真学习习近平新时代中国特色社会主义思想，特别是关于中国政治法治思想新的提法；三是学校要做好统筹力量，做好科学有效的管理，确保项目研究质量。

张文显强调，此次开题报告会意味着项目已经启动并进展顺利，也必将推动项目的深入开展和高水平进行。这一重大项目直接涉及依法治国的成败，直接涉及国家治理体系和治理能力的现代化，是法大的"一号工程"，也是我们整个法学界的重大工程，中国法学会高度重视并支持这个项目。关于项目研究，张文显提出三条建议：一是自始至终把学习和研究习近平新时代中国特色社会主义法治思想作为这个项目的主题、主线；二是自始至终聚焦中国特色社会主义法治建设的伟大实践，总结我们的实践经验，对我们的实践经验进行理论概括，作为项目研究的支撑；三是自始至终把创新发展作为攻关项目的目标和难点，在项目研究过程当中提出一些创新性的、原创性的、标识性的概念、命题、观点和学说。

会议主题报告环节，石亚军教授介绍了项目总体情况，朱勇教授代项目首席专家张晋藩教授报告了项目核心课题进展及研究提纲和思路。会议专家审议环节，教育部原党组成员、中央马克思主义理论研究和建设工程咨询专家、首席专家、北京大学中国道路与中国化马克思主义协同创新中心主任顾海良教授，最高人民检察院检察理论研究所所长谢鹏程，西南政法大学校长付子堂教授，中国社会科学院学部委员李林研究员，国家行政学院法学部主任胡建淼教授，清华大学法学院院长申卫星教授，北京大学法学院院长张守文教授，武汉大学法学院汪习根教授等专家学者对项目研究和推进分别提出了意见和建议。

最后，黄进强调，各位领导和专家对项目的工作方案、工作计划、课题结构、研究方案、阶段性成果进行了审议，提出了非常宝贵、精准独到的意见和建议，增强了中国政法大学完成好这一重大项目的信心和决心。学校将进一步优化方案、推进工作，做好创新发展和理论升华；将尽力而为、勇往直前，争取在 2020 年高质量地完成项目。

文章链接：http://epaper. legaldaily. com. cn/fzrb/content/20180328/Articel09003GN. htm

7. 标题：法大研支团：践行总书记嘱托 勇担新时代使命

首发媒体：中国青年网

发布时间：2018 年 5 月 3 日

正文：

中国青年网北京 5 月 3 日电（记者 刘芊芊）2017 年 5 月 3 日，中共中央总书记习近平怀着对中国法治建设、法治人才培养和青年人成长成才的殷切希望与深厚关怀，来到中国政法大学考察并发表了重要讲话。近日，正值习近平总书记考察中国政法大学一周年来临之际，中国政法大学研支团在各支教地开展了主题为"践行总书记嘱托，勇担新时代使命"的社会实践活动。

为了方便同学们的日常借阅，促进三中图书馆的管理规范化。2018 年 4 月，中国政法大学研支团阿勒泰分团成员组织阿勒泰市三中学生开展图书馆的整理工作，将两万余册书籍重新进行统一的编号、分类。为更好完成图书分类编号工作，研支团成员通过翻阅图书、上网查询等方式学习并确立了一套适用于三中图书馆的图书排列方法。研支团成员以实际行动发挥榜样作用带动阿勒泰市第三中学同学更好地参加志愿活动，切实弘扬"奉献、友爱、互助、进步"的志愿者精神。

研支团石河子分团紧扣"十三届全国人大一次会议通过宪法修正案"这一时事热点，在石河子一中开展了普法宣讲活动，对《中华人民共和国宪法》的内容进行了讲解。为便于同学们对宪法的理解，研支团石河子分团运用鲜活生动的案例、大量翔实的数据对宪法的序言、总纲、公民权利与义务、国家机构等方面进行深刻讲解。

研支团江西分团依托中国政法大学国际法学院学生会，联系校内志愿者与赣州市宁都县小布中小学结对学生进行一次书信交流。中国政法大学志愿者们以"五四"青年节为契机，在信中向宁都县小布中小学的学生们介绍五四精神和习近平总书记考察中国政法大学的五三讲话精神，鼓励学生们树立远大抱负和理想，为老区脱贫、家乡跨越式发展而努力学习奋斗。

应石楼县政法委邀请，研支团山西分团于 4 月 24 日参加石楼县政法系统"法治讲堂"之宪法学习大会。会上，张志文、潘俊、周晓珂三名研支团山西分团成员从宪法的概念、基本原则、作用、发展历史、内容、修改的重大意义等方面对宪法进行了全面、细致的讲解，增强了基层政法干部"弘扬社会主义法治精神、坚决维护宪法权威"的法治观念，以实际行动展现青年对"经国纬政、法泽天下"的追求和使命，为形成守法光荣的良好社会氛围，实现"两个一百年"奋斗目标和中华民族伟大复兴的中国梦，营造全民尊法学法守法用法的法治环境贡献力量。

习近平总书记在考察中国政法大学时强调，当代青年要树立与这个时代主题同心同向的理想信念，勇于担当这个时代赋予的历史责任。研支团将继续践行当代青年"为实现中华民族伟大复兴的中国梦而奋斗"的历史使命，和支教地的学生教学相长，共同自觉地把个人理想追求融入国家和民族的事业中，勇做走在时代前列的奋进者、开拓者，书写无愧于时代的青春之歌和精彩人生。

文章链接：http://xibu. youth. cn/gzdt/gddt/201805/t20180502_ 11611039. htm

8. 标题：纪念习近平总书记考察中国政法大学一周年座谈会在京召开

首发媒体：人民网

发布时间：2018 年 5 月 9 日

正文：

5 月 3 日，纪念习近平总书记考察中国政法大学一周年座谈会在京召开。座谈会由中国法学会和中国政法大学主办。会议强调，要以习近平新时代中国特色社会主义法治思想为统领，不断完善和发展中国特色社会主义法治理论，在党的领导下沿着中国特色社会主义法治道路坚定前行。

中国法学会党组书记、常务副会长陈冀平出席并讲话。中国法学会党组成员、副会长张文显，全国人大常委会法工委副主任郑淑娜，全国政协社会和法制委员会副主任吕忠梅，司法部副部长赵大程，教育部法学学科教学指导委员会主任委员徐显明，中国政法大学校长黄进等畅谈了学习习近平总书记重要讲话精神的体会及有关工作落实情况。

陈冀平说，一年前，习近平总书记到中国政法大学考察，与师生和法学专家、法治工作者代表、高校负责同志座谈并发表重要讲话，体现了总书记对法治建设的高度重视，为我们坚持中国特色社会主义法治道路、深化法学教育改革和中国特色法学体系建构指明了方向。习近平总书记"5·3"

讲话与此前关于依法治国和法治建设的一系列重要论述既一脉相承、又有许多创新，是习近平新时代中国特色社会主义法治思想的有机组成部分。其历史性贡献主要体现在，一是更加坚定了全党全国人民厉行法治的信念；二是系统提出了构建中国特色法学体系的伟大任务；三是突出强调了新时代社会主义法治人才培养的若干根本问题。一年来，通过学习实践，我们对以习近平新时代中国特色社会主义法治思想为引领，繁荣法学研究、推进依法治国，有了更加坚定的信心。

陈冀平强调，完善和发展中国特色社会主义法治理论，必须坚持以习近平新时代中国特色社会主义法治思想为指导，在党的领导下沿着中国特色社会主义法治道路坚定前行。要切实担负起引领广大法学法律工作者听党话、跟党走的政治责任，强化"四个意识"、坚定"四个自信"，坚决维护和服从以习近平同志为核心的党中央权威和集中统一领导。要深化习近平新时代中国特色社会主义法治思想学习研究并以之统领法学研究和法治建设，不断丰富和发展中国特色社会主义法治理论和法学理论。要加强智库群建设，围绕全面依法治国重大理论和实践问题，以高水平的研究成果服务科学决策。要积极推动法学教育改革创新，加大青年法学法律人才培养力度，为法律实务部门推荐更多优秀人才。

座谈会上，来自北京大学、清华大学、中国政法大学、西北政法大学、中南财经政法大学、西南政法大学、华东政法大学等 9 所高校的 12 位校院负责同志、专家学者及学生代表作了发言。大家一致认为，习近平总书记在中国政法大学发表的重要讲话是中国特色社会主义法学理论的经典文献，是指引全面推进依法治国、全面深化法学改革、全面加强法治人才培养的行动纲领。一致表示，要增强理论研究的问题意识和实践导向，使中国特色社会主义法治理论体系不断适应新时代新征程需要，不断提升我国法治理论和法学理论的话语权和影响力，为建设社会主义法治国家提供坚实而系统的法理支撑，为新时代中国特色社会主义法治建设贡献力量。

文章链接：http://dangjian. people. com. cn/n1/2018/0509/c415590-29975275. html

9. 标题：中国政法大学与中共兰考县委共建"焦裕禄精神"教育实践基地签约仪式在京举行

首发媒体：人民网

发布时间：2019 年 4 月 12 日

正文：

人民网北京 4 月 12 日电（栗翘楚）"焦裕禄精神跨越时空，永远不会过时，我们要结合时代特点不断发扬光大。希望大家矢志不渝，用一生来践行跟党走的理想追求。"两年前习近平总书记考察中国政法大学时对广大青年的期许言犹在耳。为深入贯彻落实习近平总书记考察中国政法大学重要讲话精神，11 日下午，中国政法大学、中共兰考县委共建"焦裕禄精神"教育实践基地签约暨"跨越时空的焦裕禄精神"展览开展仪式在中国政法大学举行。中共兰考县委书记蔡松涛一行、中国政法大学党委书记胡明、中国政法大学副校长李秀云以及相关部门负责人出席签约仪式。仪式由李秀云主持。

胡明在致辞中表示，"焦裕禄精神"是一座永不磨灭的丰碑，教育实践基地和主题展览的正式启动，使"焦裕禄精神"在中国政法大学落地开花，在青年大学生心中生根发芽，在培养"担负民族复兴大任的时代新人"的过程中发扬光大，为全面落实立德树人根本任务、培养德法兼修法治人才作出更大贡献。

蔡松涛指出，共建"焦裕禄精神"教育实践基地，是双方深入开展合作新的里程碑，是在新时代传承焦裕禄精神的创新事件。实现"兰考之变"离不开焦裕禄精神在全县兰考群众中的持续传承和弘扬。焦裕禄精神的丰富内涵，对于培养塑造青年学生，树立正确的三观，坚定初心信念，具有非常重要的价值。

青年一代的理想信念、精神状态、综合素质，是一个国家发展活力的重要体现，也是一个国家核心竞争力的重要因素。

在到兰考实地调研之前，"1502"新时代青年知行社成员潘辉对焦裕禄精神只是有一个模糊的认知。"在焦裕禄精神体验教育基地，了解到焦裕禄治沙并不是带着人民蛮干，而是在充分调研的基础上提出因地制宜的科学办法。"潘辉表示，大家成立知行社的初衷也在于让大家在专注于学业的同时，通过举办活动和社会考察，更好地了解自己，了解中国。

发言环节结束后，胡明与蔡松涛分别代表中国政法大学和中共兰考县委签署共建合约，并为展览揭幕。

文章链接：http://legal. people. com. cn/n1/2019/0412/c42510-310 27220. html

10. **标题**：中国政法大学：凝心聚力探索主题教育新路径

首发媒体：中国教育新闻网

发布时间：2019 年 10 月 25 日

正文：

中国教育新闻网10月25日讯（记者　柴葳）10次学习研讨、3个专题、40个学习篇目以及深入兰考县学习和弘扬焦裕禄精神……这只是中国政法大学党委理论学习中心组为引领学校开展好"不忘初心、牢记使命"主题教育所做的思想准备和理论"热身"。

"不忘初心、牢记使命"主题教育开展以来，中国政法大学党委积极精心准备、认真谋划，不忘立德树人初心，牢记人才培养使命，在第一时间制订了主题教育工作方案、集中学习专题研讨计划，成立了"不忘初心、牢记使命"主题教育督导联络组指导组，切实加强对各二级单位主题教育开展情况的督促指导，积极探索高校开展主题教育的新路径。

坚持高举精神旗帜，创建学生主题教育新阵地，给学校主题教育增添了一抹青春色彩。

习近平总书记考察中国政法大学时，参加了民商经济法学院1502班团支部"不忘初心跟党走"主题团日活动。一年后，1502班全体同学又以写信的方式向总书记汇报这一年来他们用实际行动践行"不忘初心跟党走"的誓言。习近平总书记回信勉励同学们坚定信仰、砥砺品德，珍惜时光、勤奋学习，努力成长为有理想、有本领、有担当的社会主义建设者和接班人。

1502班全体同学深受鼓舞，自愿成立了"1502"新时代青年知行社，鼓励更多的法大学子"勤学立志、德法兼修"。作为在校园高举精神旗帜的新阵地，知行社充分发挥"以点带面，点面结合"的独有优势，积极带动学校开展青年"不忘初心、牢记使命"主题教育并营造学校思想政治工作的良好氛围，通过组建焦裕禄精神宣讲团、拍摄微视频、编演大学生话剧等方式，逐步发展成为全国高校青年学习践行习近平新时代中国特色社会主义思想的重要阵地。

"蓬生麻中，不扶而直。"要树立报效祖国人民新风尚，筑牢青年理想信念十分关键。主题教育中，学校各级党组织创新主题教育学习形式，借助聆听老教授的奋斗故事、参与"大学生成才标准"讨论、在镜头前"向祖国告白"等多种形式积极开展"我和我的祖国"主题党日活动。同时，积极构建大思政工作格局，研究制定了《增强全校思想政治工作实效实施办法》和《坚持立德树人促进青年学生全面发展实施办法》，通过组织开展专家宣讲报告、青年学子参观展览、社会主义先进文化教育等多种主题教育形式，精心举办"榜样法大""感动法大"等品牌活动，开展普法和支教相结合的基层法治文化工作，在实践、感知、体验的基础上，引导学生坚定理想信念、树立崇高志向。

为推进习近平新时代中国特色社会主义思想进教材、进课堂、进头脑，学校开设了"习近平新时代中国特色社会主义思想与当代中国"和"习近平新时代中国特色社会主义法治思想"这两门辐射面广、影响力强、具备法大特色的思政"金牌课程"，后者被纳入北京市市级思想政治理论课，并向在京高校研究生开放选修。

目前，结合教育部"万个示范课堂"建设工作，学校已打造 15 个"特色示范课堂"和 5 个"名师示范课堂"，制定了《中国政法大学思想政治理论课"金牌"课程建设管理办法》，建设和培育了系列思想政治理论课的"金牌"课程体系，并创新思政课教学方法，通过微课堂、翻转课堂、智慧课堂等教学形式提升教学效果。

文章链接：http://www.jyb.cn/rmtzcg/xwy/wzxw/201910/t2019102 5_269844.html

文章截图：

11. 标题：如何培养德法兼修的法治人才？这场会议给出答案

首发媒体：人民网

发布时间：2020 年 5 月 3 日

正文：

人民网北京 5 月 3 电（薄晨棣）"在法学学科体系建设上要有底气、有自信。要以我为主、兼收并蓄、突出特色，深入研究和解决好为谁教、教什么、教给谁、怎样教的问题，努力以中国智慧、中国实践为世界法治文明建设作出贡献。"

"要坚持中国特色社会主义法治道路，坚持以马克思主义法学思想和中国特色社会主义法治理论为指导，立德树人，德法兼修，培养大批高素质法治人才。"

2017 年 5 月 3 日，习近平总书记来到中国政法大学考察并发表重要讲话，为坚持中国特色社会主义法治道路、深化法学教育改革和中国特色法学体系建构指明了方向，也带来了对培养卓越法治人才的殷切期望。

三年来，中国政法大学在创新发展中国特色社会主义法治理论体系研究上取得了哪些成果？在青年人才培养方面有何探索？4 月 30 日，在由中国政法大学主办的习近平总书记考察中国政法大学三周年暨"创新发展中国特色社会主义法治理论体系研究"学术研讨会上，中国政法大学校长马怀德在接受人民网记者专访时表示，中国政法大学作为法治人才培养的"母机"，高度重视法治人才培养工作，建立广大青年人才脱颖而出的机制，引导广大青年人才参与实践，认识国情、了解社会，受教育、长才干，不断拓展青年人才的发展平台和路径，为全面依法治国提供有力的人才支撑。

创新引领　为建设社会主义法治国家提供理论支撑

"没有正确的法治理论引领，就不可能有正确的法治实践。"习近平总书记在中国政法大学考察时的重要讲话反响强烈。同年，"创新发展中国特色社会主义法治理论体系研究"重大课题，先后获得"国家社科基金重大委托项目"和"教育部哲学社会科学研究重大委托项目"立项。

这是一项复杂性、长期性的系统工程，只有多方合力，方能顺利推进。三年来，中国政法大学整合全国法学界顶尖力量，不断推进对重大课题的研究。"课题组以理论报告组、核心写作班子、子课题组'三驾马车'的团队架构开展，最终形成了以理论报告为龙头、核心专著为主体、十本专题著作为支撑的金字塔式研究成果。"中国政法大学校长马怀德表示，学校将继续深刻认识肩负的政治责任和学术责任，把做好重大课题作为一项重大政治任务与学术工程来抓。

研讨会上，几十位与会法学法律界相关领导、专家学者各抒己见，通过线上、线下共同探讨重大课题的发展与创新。

重大课题理论报告组组长、中国法学会学术委员会主任张文显认为，中国特色社会主义法治理论，是中国共产党和中华民族对当代世界法治理论的原创性贡献，为发展中国家的法治建设和国际法治发展提供了中国经验。"法治实践永不止步，理论创新永无止境。中国特色社会主义法治理论是与时俱进的、开放的理论体系，必然随着中国特色社会主义的建设和法治改革实践不断创新发展。"

"该项目具有很强的政治性、政策性和理论性，中国特色社会主义法治理论的研究应服务于中国社会，解决中国法治实践中突出的问题。"中宣部全国哲学社会科学工作办公室主任姜培茂认为，坚持中国特色并不意味着要与世隔绝，要以开放包容的态度推动科学研究。"当下，新冠肺炎疫情是全人类共同面临的严峻挑战。法治如何有效应对，是法治理论研究的重要命题。中国不仅可以分享他国的优秀法治经验，还可以将法治实践中总结的中国经验、中国智慧分享给世界各国。"

最高人民法院党组成员、副院长姜伟表示，创新发展中国特色社会主义法治理论体系，应当注重对中国特色社会主义法制建设实践经验的规律性认识，立足于当前中国法制建设的实践，对中国法治实践过程、实践经验进行理论概括，作出科学总结，提供规律性认识，将我国法制建设的有益经验理论化、系统化。

"创新发展中国特色社会主义法治理论体系是法学界、法律界的重要使命。"姜伟表示，今后最高法将继续与包括中国政法大学在内的各高等院校、科研院所加强合作，进一步推动法学研究、法学教育与司法实践相结合，为创新发展中国特色社会主义法治理论，推进全面依法治国和建设社会主义法治国家作出更大贡献。

立德树人　培养法治人才法治德治两手抓

在提高学生的法学知识水平的同时，培养学生的思想道德素养，中国政法大学怎么做？马怀德介绍，三年来，学校采取了一系列新举措，在强化法学知识教学的同时，重点就培养学生道德素养做了四个方面的工作。

一是坚持实践导向，完善课程教学和实践教学体系，加大实践课程建设，重视学生实践能力和创新能力的培养，完善学生集中实习实践制度，提升实习实践效果，增强学生对国情、社情、民情的了解和对社会的认知。

二是高度重视法律职业伦理教育和社会公益教育，引导学生树立法治信仰，严守职业道德，不断增强国情意识和社会责任感。

三是始终将理想信念教育放在首位，通过形势与政策教育"七个一"工程、"CUPL 正能量"人物访谈、教授午餐会和"大学梦、法治梦、中国梦"系列主题教育等多种形式，教育引导学生坚定理想信念、树立崇高志向，不断坚定中国特色社会主义共同理想。

四是以课堂教学为基础、以教师教学能力为抓手、以信息化技术辅助为突破，在全校范围内掀起一场教学革命，坚持用习近平新时代中国特色社会主义思想铸魂育人，同步推进思政课程与课程思政建设，构建思政教育与专业教育的协同格局。

打破壁垒　构建"有底气"的法学学科体系

作为法治中国建设的重要组成部分，法治人才培养的重要性日益凸显。法学学科体系建设和法治理论体系建设对人才培养质量的提升具有基础性作用。为谁教、教什么、教给谁、怎样教？每个角度都需深入探索，不断实践。

马怀德在接受人民网记者专访时表示，三年来，中国政法大学以"创新发展中国特色社会主义法治理论体系研究"重大项目为引领，汇集全国一大批理论和实务专家深入研讨、精钻细研，产出了系列研究成果，形成了系统化的理论观点和学术思想。注重把立德树人的根本任务落实到教育教学全过程，着重推动"课程思政"改革，首批建设85门课程思政精品示范课，以期带动更多的老师关注课程思政，全面落实立德树人的根本任务。

如何打破高校和社会之间的体制壁垒，将实际工作部门的优质实践教学资源引进高校，加强法学教育、法学研究工作者和法治实际工作者之间的交流？

据了解，中国政法大学制定了《中国政法大学与实务部门人员交流互聘办法》《中国政法大学青年教师实务部门实践锻炼管理办法》等，鼓励将实际工作部门的优质资源引进学校，引导广大教师到实务部门挂职锻炼，将理论与实践相结合，深入了解国情、社情和民情，提升综合素养和教学科研能力。

全国人大常委、全国人大监察和司法委员会副主任徐显明认为，三年前习近平总书记在中国政法大学的重要讲话，重新确立了培养法治人才的目标，为法学教育带来了深刻变化。

文章链接：http://legal. people. com. cn/n1/2020/0503/c42510−31 696282. html？from＝timeline&isappinstalled＝0

其他媒体发布：

（1）中国教育新闻网：习近平总书记考察中国政法大学三周年暨"创新发展中国特色社会主义法治理论体系研究"学术研讨会举行，发布时间：2020 年 5 月 1 日，文章链接：http://www. jyb. cn/rmtzcg/xwy/wzxw/202005/t20200501_ 322732. html。

（2）法制网：中国政法大学"新时代青年法科学子的使命和担当"研讨会举行，发布时间：2020 年 5 月 14 日，文章链接：http://www. legaldaily. com. cn/fxjy/content/2020−05/14/content_ 8192808. htm。

疫情防控　法大在行动

（一）电视媒体

1. 标题：战疫情·高校在行动　多渠道引导师生科学防疫　在家学习

视频链接：http://tv.cctv.com/2020/02/04/VIDEWXhjbkfd7J2uQc6ZCNHh200204.shtml

首发媒体：中央电视台《朝闻天下》

发布时间：2020 年 2 月 4 日

视频截图：

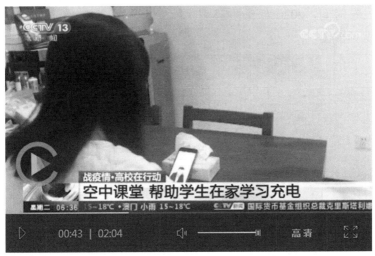

2. 标题：马怀德：为疫情防控提供有力法治保障

视频链接：https://www.xuexi.cn/lgpage/detail/index.html？id＝2449081512365272851

首发媒体：学习强国-现代教育报

发布时间：2020 年 3 月 6 日

视频截图：

3. 标题：中国政法大学进行学生返校模拟演练

视频链接：https://item.btime.com/21k4au97utl4t3hcpig2m1ioni9

首发媒体：BTV《都市晚高峰》

发布时间：2020 年 8 月 24 日

视频截图：

4. 标题：中国政法大学迎新　提供一站式报到服务

视频链接：https://item.btime.com/22kqmqthie2sddpfjvimcsabqk8

首发媒体：BTV《北京您早》

发布时间：2020 年 9 月 17 日

视频截图：

5. 标题：中国政法大学：《远方的守望》

视频链接：http://www.moe.gov.cn/jyb_ xwfb/xw_ zt/moe_ 357/jyzt_ 2020n/2020_ zt03/zhufu/202002/t20200225_ 423759.html

首发媒体：教育部官网

发布时间：2020 年 2 月 25 日

文章截图：

（二）平面媒体

1. 标题：同心战"疫" 三校说"法"

首发媒体：《中国教育报》2020 年 2 月 21 日 1 版

正文：

众志成城 同舟共济 坚决打赢疫情防控阻击战 特别报道

本报讯（记者 于珍）劳动者上班途中或是上班时被感染，是否能认定工伤？职工被隔离或延迟复工期间未上班，企业要不要支付工资？……近日，中国政法大学联合西南政法大学、华东政法大学携手战"疫"说"法"，为疫情防控贡献"法治智慧"。

中国政法大学相关负责人介绍，当前新冠肺炎疫情防控进入攻坚期，法治是增强"社会免疫力"、提高"整体战斗力"的良方，依法科学有序防控至关重要。三校共同推出《同心战"疫"三校说"法"》专题，旨在集合 3 所学校的法学人才优势，对战"疫"期间发生的真实案例进行法理分析，普及法律知识，营造清新、健康、向上的社会环境，履行高校的社会服务职能。

专题将以每周 2—3 期的频率更新，案例涉及复工后的劳动者权益保护、疫情防控中的知识产权保护、疫情防控中的公共安全保护、疫情中谣言事件的法理分析等。

劳动者上班途中或是上班时被感染，是否能认定工伤？

疫情发生以来，浙江等地出台了审理相关案件的实施意见，规定"劳动者在疫情防控期间因履行工作职责而感染新冠肺炎的，应认定为工伤，依法享受工伤保险待遇"。

对此，华东政法大学经济法学院副教授李凌云表示，工伤一般是指劳动者在工作时间和工作场所内因工作原因受到事故伤害，或者患职业病。新冠肺炎属于乙类传染病，未列入职业病目录，因此一般劳动者在生活中或上班时感染患病或死亡，不属于《工伤保险条例》规定的工伤。"目前，各地对这一问题的处理并不统一。地方法规（规章）对此有特别规定的，实践中可以适用特别规定。"李凌云说。

职工被隔离或延迟复工期间未上班，企业要不要支付工资？

西南政法大学民商法学院教授侯国跃介绍，根据《传染病防治法》

第 41 条等规定，对感染新型冠状病毒的患者、疑似病人、密切接触者在其隔离治疗期间或医学观察期间以及因政府实施隔离措施或采取其他紧急措施导致不能提供正常劳动的企业职工，企业应当支付其在此期间的劳动报酬。

他说，在职工受疫情影响而延迟复工或未返岗期间，对用完各类休假仍不能正常劳动的职工，在一个工资支付周期内的，企业应足额支付工资；超过一个工资支付周期的，企业按有关规定发放生活费。

企业能否要求职工提前返岗？

"不能。"针对这一问题，侯国跃表示，新冠肺炎已被国家纳入乙类传染病并被采取甲类传染病的预防、控制措施。《传染病防治法》第 42 条规定，县级以上地方政府可以采取停工、停业、停课等行政措施。

侯国跃说，根据本次疫情防控情况，延长假期、迟延复工均属合法政府行为，企业和职工都必须遵照执行。否则，根据《治安管理处罚法》第 50 条的规定，可能被处以警告、罚款、拘留；情节严重的，还可能被追究刑事责任。

文章截图：

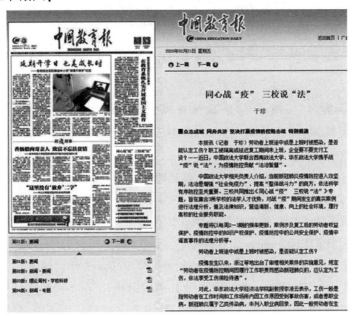

其他媒体发布：

中国教育新闻网：疫情期间工资怎么发？看三大高校战"疫"说"法"，发布时间：2020 年 2 月 20 日，文章链接：http://www.jyb.cn/rmtzcg/xwy/wzxw/202002/t20200220_ 297679.html。

2. 标题：中国政法大学和法制网联合推出网络课程

首发媒体：《法制日报》2020 年 2 月 22 日 3 版

正文：

本报讯 记者陈虹伟 为积极响应党中央、国务院关于抗击新冠肺炎疫情相关工作部署，拓宽在职人员法律知识学习网络渠道，近日，中国政法大学和法制网联合开通了在线免费法律培训学习课程，在疫情防控的特殊时期，停课不停学。

法律爱好者、高校学生可通过点击法制网首页和中国政法大学网络教育学院（继续教育学院）官网，免费收看精品法律课程，包括法律英语证书和涉外法律英语、成人法律学习、工作生活常用法律及"依法治国"系列高端法治教育专题等课程。

本次网上开放免费法律课程是"互联网+教育"在抗击疫情期间的一次有益尝试，通过在线学习有助于法律行业系统、政府机关、企事业单位和个人开展专业化和智能化的法治教育，进一步培养法治思维，提升法治素养。

3. 标题："五校连枝"：政法高校的别样战"疫"

首发媒体：《法治周末》2020 年 2 月 27 日 4 版

正文：

《法治周末》记者 马金顺 魏朝晖

"@ZUELers：疫情当前，忧思寄你；岂曰无衣，与子同袍。请收下来自中国政法大学、西南政法大学、华东政法大学、西北政法大学四校的'应援'，我们和你一起，等春风十里，百花盛开！"

2 月 16 日 21 时许，中国政法大学、西南政法大学、华东政法大学、西北政法大学四校官方微信公众号几乎同时发出了"五校连枝！今天，我们一起为中南财经政法大学加油！"的文章，随后，中南财经政法大学也以"五校连枝！我在武汉接收来自'政法高校'的祝福"文章予以热切回应。

"这次五校联合策划专题充分体现了舆论引导的重要性，让正能量充盈网络空间，切实发挥了宣传舆论'强信心、暖人心、聚民心'的重要作用。"中南财经政法大学党委书记栾永玉在接受《法治周末》记者采访时说。

在这场波及全社会的战役中，全国五大政法院校以多种举措、各种途径，展现出了属于自己的"英雄本色"，为打赢疫情防控阻击战贡献力量。

主动发声　正面引导

自疫情发生以来，全国各大院校按照上级要求，把师生安危放在心里，把防控责任扛在肩上，统一领导、统一指挥、统一行动，第一时间启动、部署防控工作。

正如栾永玉所述，疫情防控是当前最重要的任务，除了做好校园管控、消杀等具体的工作，高校更应该积极响应习近平总书记"壮大网上正能量"的号召，主动发声、正面引导。

中国政法大学副校长李秀云对此表示赞同，她说，策划"五校连枝"专题，在线上为地处武汉的兄弟院校中南财经政法大学传递祝福和爱心，正是营造万众一心阻击疫情的舆论氛围，展现法律人坚定信心、同舟共济的坚强意志，凝聚起众志成城、共克时艰的强大正能量。

当被问及"五校连枝"专题产生的效果时，栾永玉说："兄弟高校的祝福和推文发出后，一条条感人的留言，为我校师生校友尤其是在汉师生注入了一剂'强心针'，极大地提升了大家战胜疫情的信心和决心。这次五所高校的联合，让我们更加体会到团结的力量，我们将继续加强科学战'疫'等方面的合作，通过打造跨校研究团队、开展联合攻关、共同发言发声等，为抗'疫'一线提供坚强理论支撑和智力支持，为打赢疫情防控阻击战贡献高校的一份力。"

据中国政法大学方面统计，栏目推出后，深受网友欢迎，点击率不断上升，前三天点击数合计已超过50万次，"五校连枝"也成为传播正能量的网络热词。

除"五校连枝"专题外，中国政法大学和华东政法大学、西南政法大学还共同开辟了《同心战"疫"三校说"法"》栏目，邀请三校的法学学者对真实案例进行法理分析，旨在普及法律知识，以"法"拨开疫情防控期间的种种迷雾，积极营造清新、健康、向上的社会环境。

发挥智库作用　建言献策依法防控

在李秀云看来，打赢新冠肺炎疫情防控阻击战，既需要科学防控，也需要依法防疫。作为政法院校，更有责任围绕传染病防治法、突发事件应对法、突发公共卫生事件应急条例等法律法规以及刑法、治安管理处罚法等有关内容，为当前防控疫情提供法律参考，着力推动依法防疫，将法治思维、法治方式贯穿疫情防控工作全过程。

据了解，中国法学会行政法学研究会会长、中国政法大学校长马怀德提出《关于对外地返京人员采取医学观察的法律意见》《在中心城市对新冠肺炎密切接触者一律集中隔离进行医学观察的建议》，为依法采取医学观察和隔离提供专业意见。同时，该校教师也围绕国家应急救援体系、疫情防控体系和相关法律理论热点问题，积极撰写学术文章，先后在各大媒体发声。

中南财经政法大学专家学者为疫情防控执笔建言，积极将经、法、管学科优势和研究成果转化为一线抗"疫"的决策咨询和建议方案。学校经济学、法学、管理学等领域专家撰写理论文章 20 余篇，其中法制发展与司法改革研究中心主任徐汉明教授和法学院黎江虹教授的报告分别受到湖北省和武汉市相关领导批示。

为了给党和政府安全有序组织复工开工提供决策参考，西北政法大学在疫情暴发初期成立疫情研究临时课题组，课题组坚持依法防疫与有序复工相结合，运用法治思维和法治方式统筹疫情防控与复工工作，针对具体的"疫情特殊条件下复工方式"提出具体指导方案。

此外，西北政法大学还组织专家学者撰写《构建防控治理共同体，打赢疫情防治阻击战》《弘扬中国精神，凝聚中国力量，打赢疫情防控人民战》等文章，印发《西北政法大学新型冠状病毒感染的肺炎疫情防控工作方案》《关于严明纪律做好新型冠状病毒感染肺炎疫情防控工作中强化监督执纪问责的通知》等文件，周密部署各项疫情防控工作，全力维护校园安全稳定。

华东政法大学在开展疫情防控工作时，始终坚持把法律、规章"挺"在前面，贯彻执行上级部署，推进校内制度规范化。学校依据《传染病防治法》以及部、市处置突发公共事件应急预案，完善并严格执行《华东政法大学突发公共事件应急处置预案》。

为落实相关举措，华东政法大学校领导小组及成员单位先后下发了24份校内通知。先后制定了寒假及春季开学前疫情防控工作预案、应对疫情防控本科及研究生在线教学组织与实施方案等9份方案或预案，并结合疫情发展情况动态细化完善。针对疫情期间不同对象相关心理问题所编写的《针对疫情应激心理自助指南》由"学习强国"平台转载向全国推送。

面对疫情　人人皆可作出贡献

习近平总书记多次强调，要全面提高依法防控、依法治理能力，为疫情防控工作提供有力的法治保障，疫情防控越是到最吃劲的时候，越要坚持依法防控。

在栾永玉看来，当前，要充分发挥法律在抗击疫情中的引领、规范和保障作用，推动各级党委和政府依法履职，社会各界依法支持和配合疫情防控工作，凝聚起强大的法治正能量，坚决打赢这场疫情防控阻击战。对于法律人而言，有其独特的使命和担当，比如，引导民众依法抗疫，建言献策依法防控，开展科研攻关等，当然，还有许多师生校友为一线捐资捐物、主动请缨参加志愿服务等，这些都体现了法律人"报国为民"的情怀。

据介绍，我国知识产权法学界泰斗、中南财经政法大学吴汉东教授在无讼平台发起的"百万爱心直播募捐"活动，通过知识分享方式，吸引过万听众，筹集善款逾20万元将全部捐助给武汉一线医院，助力武汉抗疫。

在疫情防控斗争面前，一群在校大学生自觉肩负起时代赋予的使命与责任，自发组建网上授课公益团队。该团队由近20人组成，利用网络平台以直播以及录屏回放的形式进行免费授课，已于1月31日正式开始授课。中国政法大学刑事司法学院1705班的王娜就是其中的一员。对此，王娜表示，面对疫情，人人皆可作出贡献，自己应当发挥专长、帮助他人。

"我作为一名西北政法大学的学子，也是共青团员，更应积极投身疫情防控，我承诺会主动配合疫情防控的各项工作，积极配合学校的管理，为身边亲友做示范。如果学校需要招募必要数量的青年志愿者，我愿意随时前往，贡献自己的力量。"疫情蔓延之时，西北政法大学2018级新闻传播学院李怡儒给老师发送了这样一条微信消息，同时也作出了一名共青团员的承诺。

王笑笑，在疫情暴发之前，她是华东政法大学法硕中心1832班研究生，而现在的她多了一个身份——战"疫"志愿者。王笑笑家住河南省周口市，大年初一她主动请缨，加入家乡"党员在行动"志愿服务的行列，理由朴实而真诚："我是党员，而且我年轻，比年纪大的人体力更好，这个时候我应该站出来。"

"抗击疫情，人人有责。"在这场没有硝烟的战"疫"中，各大政法院校及其师生们义不容辞地扛起了肩上的责任，或冲锋在前，或捐资筹物，或建言献策，用行动书写着别样的战"疫"故事，同时也向社会展现出了属于他们的风采。

文章截图：

（三）网络媒体

1. **标题**：中国政法大学聚焦"五个维度"坚决打赢疫情防控阻击战

首发媒体：教育部官网

发布时间：2020 年 2 月 6 日

正文：

中国政法大学坚决贯彻习近平总书记重要讲话和指示批示精神，深入落实北京市委、教育部党组各项工作要求，坚持把全校师生的身体健康和生命安全摆在第一位，坚定信心、同舟共济、科学防治、精准施策，聚焦"五个维度"扎实做好疫情防控工作，坚决打赢疫情防控阻击战。

提高政治高度，加强组织领导。把疫情防控工作作为当前最重要的工作来抓，增强"四个意识"、坚定"四个自信"、做到"两个维护"，成立学校疫情防控及应急处置领导小组和 8 个专项工作组。通过视频会议系统先后多次召开党委常委会和疫情防控领导小组工作会。党委书记、校长带头坚守岗位、靠前指挥，带队深入一线督导检查、关心慰问，切实加强对疫情防控的组织领导。

增强工作精度，健全工作机制。坚持打主动仗、下先手棋，提高科学施策的前瞻性和精准度。及时制订疫情防控及应急处置工作方案，建立疫情信息报送、医疗观察隔离、后勤物资保障、校园封闭管理、教育引导宣传等联防联控机制。制订春季学期延期开学方案，坚持"不返校、不停学"，优化调整教学方式，启动"先锋云课堂"，学生可通过手机和电脑客户端进行互动学习。

彰显先锋亮度，打造坚强堡垒。印发《关于在疫情防控工作中充分发挥基层党组织战斗堡垒作用和共产党员先锋模范作用的通知》，充分发挥基层党组织的政治优势、组织优势和群众工作优势。保卫处党支部和政法社区党支部发布《阻击疫情，你我同行倡议书》，号召教职工党员回到社区报到并参与疫情防控志愿服务。昌平校区家属区设立党员先锋岗，社区 42 名教职工党员每日轮流值班，承担出入家属区人员和车辆验证登记、体温测量、突发情况处置等任务，让党旗在疫情防控一线高高飘扬。

加大防控力度，维护校园安全。坚持守土负责、守土尽责，实行校园封闭管理，严格人员进出登记及体温测量等工作。严禁未经批准的外部人员或车辆、有发热症状或未佩戴口罩的师生员工进入校园。建立医学观察隔离点，设有 70 张床位，按要求对返京学生采取隔离措施。校医院制订疫情防控工作医疗保障方案，组织医护人员及窗口服务人员开展防控知识培训，指导全校做好专业防控工作，筑起阻击疫情的坚强防线。

保持关怀温度，优化后勤服务。深入开展师生思想教育工作，发布《致师生的一封信》、优秀教师寄语，引导师生科学认识、防控疫情。学生会发起《战"疫"当前，遵法守则——法大学子致全国大学生朋友们的倡议书》，倡导大学生做社会主义法治的崇尚者、遵守着、捍卫者，做疫情防控的守护者、修行者、识途者。开通应对疫情心理服务热线，发布校外访问电子资源攻略，提供家属区主食及青菜预定配送服务等，为师生提供贴心关怀和服务。

文章链接：http://www.moe.gov.cn/jyb_ xwfb/s6192/s133/s149/202002/t20200206_ 418636. html

文章截图：

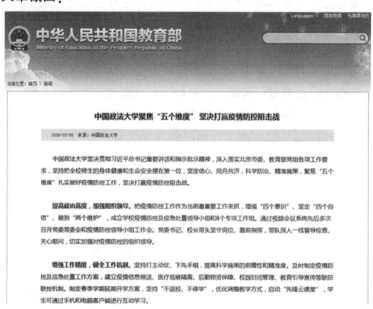

2. **标题**：中国政法大学海外孔子学院为中国加油

首发媒体：海外网（《人民日报》海外版官方网站）

发布时间：2020 年 2 月 19 日

正文：

2019 新型冠状病毒疫情的发展牵动着全世界人民的心。近日，中国政法大学四所海外孔院在英国、罗马尼亚、巴巴多斯、挪威四地相继用各自的方式为中国加油，为中国人民带来慰问和鼓励。

英国班戈大学孔院的外方院长 Lina Davitt 表示对中国的遭遇深感忧心，班戈孔院牵挂着中国人民，希望这一艰难时期能很快过去；学生们也用稚嫩的童声喊出"必胜武汉"的心声。

罗马尼亚布加勒斯特大学孔院外方院长白罗米在慰问视频中动情地说："对你们的遭遇，我们这些热爱中国的罗马尼亚人感同身受。中国人民勤劳、聪慧、勇敢，因此我相信你们会渡过一切难关，一定会胜利。不要恐慌，无数罗马尼亚人和你们在一起。希望你们能感受到我们的爱和支持！"汉语教师、志愿者和当地学生也深情地表达了他们对武汉和中国的关心和信心。

巴巴多斯西印度大学凯夫希尔分校孔院学生为中国祈福。

挪威卑尔根孔院外方院长 Rune Ingebrigtsen 鼓励所有受病毒影响的人们坚持到底；法学院学生表达了他们"愿世界安康"的共同心声。

疫情期间，四所海外孔院的院长、汉语教师和志愿者坚守工作岗位，保证海外孔院的汉语教学正常运行，并通过春节工作坊、庆元宵等活动持续不断地为所在地民众带来丰富多彩的文化体验。

疫病无情，人间有爱！中国政法大学海外孔院的师生们尽其所能，为武汉加油，为中国祈福。相信在不久的未来，我们终将战胜疫情。等春来，又是一番好光景！

文章链接：http://jiaoyu. haiwainet. cn/n/2020/0219/c3542417-31721860. html

文章截图：

HWW 海外网　教育频道 > 国际交流 > 正文

疫病无情，人间有爱

中国政法大学海外孔子学院为中国加油

2020-02-19 13:22:59　来源：海外网 ⚡分享　生成海报　　　字号：大 中 小

　　2019新型冠状病毒疫情的发展牵动着全世界人民的心。近日，中国政法大学四所海外孔院在英国、罗马尼亚、巴巴多斯、挪威四地相继用各自的方式为中国加油，为中国人民带来慰问和鼓励。

　　英国班戈大学孔院的外方院长Lina Davitt表示对中国的遭遇深感忧心，班戈孔院牵挂着中国人民，希望这一艰难时期能很快过去，学生们也用稚嫩的童声喊出"必胜武汉"的心声。

3. **标题**：中国政法大学提醒您：别胡来！这样做是违法的！

首发媒体：新华社客户端

发布时间：2020 年 2 月 28 日

正文：

　　疫情防控越是到最吃劲的时候，越要坚持依法防控。如何在法治轨道上统筹推进各项防控工作？新华社的这组漫画给你提示。

总监制：陈凯星　周　亮

监制：葛素表　陈知春

统筹：高　洁　焦旭峰　潘红宇

漫画：刘晓东

科普指导：最高法新闻局、中国政法大学行政法研究所

文章链接：https：//baijiahao. baidu. com/s？id＝1659794220021139
552&wfr＝spider&for＝pc

4. **标题**：中国政法大学着力做好"四个一"　积极推进"停课不
停学、提质更增效"

首发媒体：教育部官网

发布时间：2020 年 3 月 26 日

正文：

中国政法大学深入学习贯彻习近平总书记关于疫情防控的重要指示
批示精神和党中央、国务院决策部署，认真落实北京市委、教育部党组相
关工作要求，统筹抓好疫情防控和疫情期间教育教学，制订延期开学教学

方案，组织线上教学培训，合理调整教学模式，切实保障疫情防控期间在线教学安全平稳、优质高效运行。

上好"一堂课"。举行新学期"线上开课典礼"，党委书记、校长参加"开学第一课"。把抗击疫情当作"教材"，把共克时艰当作"素材"，把党中央领导全国人民众志成城、同舟共济阻击疫情作为一堂生动的形势政策课、爱国主义教育课、思想政治理论课。组织教师讲好防疫抗疫故事，将其作为生动案例融入思政课程和课程思政，激发广大师生爱党爱国爱社会主义热情，汲取积极向上的精神力量，厚植家国情怀和使命担当。

尽好"一份责"。全校师生和广大校友共担疫情防控责任，教师通过开展在线课堂、心理辅导、志愿服务、普法宣讲、建言献策等实际行动积极投身抗疫战斗，学生向全国大学生发出"战'疫'当前，遵法守则"倡议，广大校友特别是湖北地区校友积极募捐医疗物资驰援战疫一线。引导全体师生员工坚定"守好校园门、护好一校人"信念，号召学生严格遵守"不离家、不返校、不停学"，做到"守好自家门、护好一家人"。

守好"一条线"。秉承"课比天大"教学理念，坚守"教学质量"这条"生命线"。开设春季学期在线本科生课程 1185 门、研究生课程 327 门，线上选课人数达 18 361 人次。组织教师开展线下备课和技术实操，配齐配好必要的教学硬件设备，创造条件模拟授课，做好突发故障处置预案，为开展好线上教学提供坚实保障。开展线上"学习通"操作使用专题培训，帮助教师灵活掌握和运用录屏、录课、互动等技术，保证线上教学质量和效果。对因身体患病、上网不便等不能正常进行网上学习的学生，提前做好备案，经所在学院复核后为学生进行补课。

把好"一道关"。完善教学管理，教师提前上传教材内容，供无法及时购买教材的学生预习，提前布置在线讨论题，增强师生互动和深入思考。加强与学生联系沟通，选拔课程助手，畅通授课教师和学生之间的交流。强化技术保障，安排专人随时关注网络信号和网络安全情况，努力为师生提供平稳的网络环境。出台在线教学纪律守则，严把教学内容关，加强在线教学巡查督导，确保教学进度和学习质量，推动网上授课提质增效。

文章链接：http://www.moe.gov.cn/jyb_ xwfb/s6192/s133/s149/202003/t20200326_ 435059.html

文章截图：

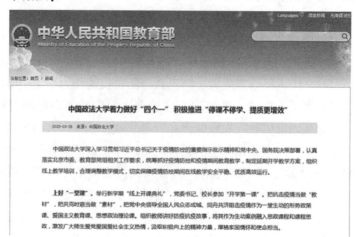

5. 标题：中国政法大学举行新冠肺炎防疫物资捐赠仪式

首发媒体：法制网

发布时间：2020 年 9 月 24 日

文章链接：http://www.legaldaily.com.cn/Education_ Channel/contnt/content_ 8315849.html

文章截图：

立德树人　培养德法兼修法治人才

（一）电视媒体

1. 标题：打好中国底色　首都高校百万师生同上一堂课：不辱使
命　砥砺前行
视频链接：http://www.centv.cn/p/325125.html
首发媒体：中国教育网络电视台
发布时间：2018 年 5 月 31 日
视频截图：

打好中国底色 首都高校百万师生同上一堂课：不辱使命砥砺前行

地理位置:北京本台综合

今天(5月30日)上午9:30开始,首都"百万师生同上一堂课"特别节目在中国教育电视台播出,北京多所高校组织教师和学生集体观看,重温总书记系列重要讲话,领会其中的学理支撑和理论蕴涵。

2. 标题：中国政法大学实践教学基地：为传统法律文化研究搭建平台

视频链接：http://www.centv.cn/p/367770.html

首发媒体：中国教育网络电视台

发布时间：2020 年 8 月 25 日

视频截图：

3. 标题：中国政法大学：纪念国家宪法日　百名学子朗诵宪法原文

视频链接：https://item.btime.com/20kdi7bul5cdij0km0pfcqgfi90

首发媒体：BTV《北京您早》

发布时间：2020 年 12 月 4 日

视频截图：

4. 标题：【今天是第七个国家宪法日】宪法教育进小学　特色课堂大讨论

视频链接：https://news.cctv.com/2020/12/04/ARTIOwNlHdG4Vi5PlbW1Yhwf201204.shtml

首发媒体：中央电视台《朝闻天下》

发布时间：2020 年 12 月 4 日

视频截图：

5. 标题：弘扬宪法精神　厚植爱国主义情怀　中国政法大学国家宪法日活动在京举行

视频链接：https://tv.cctv.com/2020/12/07/VIDEzEJD2e2D19Ncl7lROpF5201207.shtml

首发媒体：CCTV12-社会与法频道

发布时间：2020 年 12 月 7 日

视频截图：

6. 标题：清明将至缅怀先烈　政法大学百名师生举行公祭

视频链接：https://item.btime.com/244o53pmvsh1nu9k2bbfkkimais

首发媒体：北京电视台

发布时间：2021 年 3 月 31 日

视频截图：

7. 标题：加强人才培养　助力涉外法治建设

视频链接：http://www.centv.cn/p/394378.html

首发媒体：中国教育网络电视台

发布时间：2021 年 5 月 6 日

视频截图：

8. 标题：学好党史　法治建设史　助力法治人才培养

视频链接：http://www.centv.cn/p/396636.html

首发媒体：中国教育网络电视台

发布时间：2021 年 5 月 24 日

视频截图：

（二）平面媒体

1. 标题：中国政法大学举办法律专题碑刻拓片展

首发媒体：《光明日报》2017 年 4 月 27 日 6 版

正文：

本报北京 4 月 26 日电（记者　李玉兰）"碑石逸韵"——古代法律碑刻拓片展 25 日在中国政法大学开展。本次展览是全国首次法律碑刻拓片的专题展。展览展出了自汉以来近 30 种拓片和刻石，大体反映了我国古代法律碑刻的源远流长和形式特征。其中有 14 种拓片为中国政法大学法律古籍研究所教授李雪梅带领学生摹拓，有些具有重要研究价值的碑文系首次公开。

文章截图：

2. **标题**：最高法最高检司法部与中国政法大学签共建协议

首发媒体：《中国教育报》2017 年 5 月 17 日 3 版

正文：

《中国教育报》北京 5 月 16 日讯（记者　柴葳）以"学习贯彻总书记视察我校重要讲话精神，积极行动起来全力推进学校'双一流'建设"为主题的中国政法大学 65 周年校庆纪念大会今天在京举行。最高人民法院副院长姜伟、最高人民检察院副检察长徐显明、司法部副部长王双全出席纪念大会。

学校党委书记石亚军回顾了 5 月 3 日习近平总书记考察中国政法大学的全部历程，他表示，全校师生员工要以此为强大动力，激发勇于担当的勇气，努力办成世界一流的法学教育，承担起党和国家赋予的重任。

纪念大会上，最高人民法院、最高人民检察院、司法部等与学校签署共建协议，将在巩固双方原有合作的基础上，在法学理论研究、司法实践与法学教育、法学研究的交流互动等方面加强合作，共同培养优秀法治人才，共同推动法治中国建设。

3. **标题**：中国政法大学学子热议十九大报告：中国青年进入新
时代

首发媒体：《中国青年报》2017 年 10 月 20 日 3 版

正文：

今年 5 月 3 日，习近平总书记考察中国政法大学。回想那天的情景，
2014 级本科生李姣漪说，当时正值下课，同学们自发聚在一起，满怀期
待地等待着。

"我把周围的小伙伴聚集起来，提议大家一起喊一句响亮的口号，来
吸引总书记的注意。"李姣漪告诉《中国青年报》·中青在线记者，他们
最后选了这句："总书记，拥护您！依法治国，需要您！"

"在观看党的十九大开幕会时，直播画面与那天习近平总书记来学校
的情景交错浮现在我眼前。"2015 级本科生郭司雨说，"作为新时代的青
年，听了报告之后，对未来更有信心了。"

十九大报告明确指出："经过长期努力，中国特色社会主义进入了新
时代，这是我国发展新的历史方位。"

这一判断，意味着中国青年进入了新时代。

中国政法大学第十九届研究生支教团的王茜，看了十九大开幕会直播
后说："报告中提出了新时代，给年轻人奋斗指明了方向，我听后感觉心
里暖暖的。"

今年 5 月 3 日，习近平总书记在中国政法大学的座谈会上指出，我们
有我们的历史文化，有我们的体制机制，有我们的国情，我们的国家治理
有其他国家不可比拟的特殊性和复杂性，也有我们自己长期积累的经验和
优势，在法学学科体系建设上要有底气、有自信。

青年应该以什么样的姿态进入新时代？王茜认为，心中要有核心价值
观："我们青年在接收、学习多元而广博的文化信息时，更应该以马克思
主义为指导，坚守中华文化立场，展望未来的同时不忘立足当下。"

在十九大报告中，习近平指出："青年一代有理想、有本领、有担
当，国家就有前途，民族就有希望。"

中国政法大学大三学生梁晶晶说："今年五四青年节前夕，习近平总
书记考察我校，与师生座谈，我有幸作为学生代表参加，聆听总书记重要
讲话，他提到青年要立大志做大事。"

新时代的青年如何做大事？这是摆在年轻人面前的时代命题。梁晶晶说："新时代的青年是国家的未来，需要提升自身素质和储备本领，争取早日参与到国家发展建设中，为实现中国梦助力。"

2017 届毕业生许天明回忆说："习近平总书记视察中国政法大学时，我正在吕梁地区支教，山间的料峭春寒压不住我满腔的热情与骄傲。青年应该心怀大志，同时应该认真对待眼前的小事。"

许天明说："历史的大幕已经拉开，新时代的'高铁'已经启动。身处在中华民族伟大复兴的历史浪潮中，中国青年应当有所作为，必当有所作为！"

新时代的年轻人如何看待中国共产党？法学院本科生朱泽楷说："做新时代的青年，是我的目标，作为一名正在向党组织靠拢的青年，我看见全面从严治党真正落到实处，我所信仰的中国共产党变得愈发纯洁而富有生命力！作为一名祖国未来的法律人，我看见全面依法治国正稳步推进，民主法治建设迈出重大步伐！"

新时代的青年目标在哪里？在心中，也在脚下！大二学生许峥嵘直言："我已明白，在未来要立什么志干什么事——积极参与扶贫支教等志愿活动。毕业后我打算投身中西部贫困地区建设，坚持公平正义，为需要法律援助的困难群众伸出援手。"

"中国青年已进入新时代。"大二学生杜诗佳说："我们是新时代的优秀青年，我们将结合自身优势，为中国的法治道路作出应有的贡献，为社会主义现代化的崭新篇章努力奋斗！"（记者　章正）

4. 标题：2017 年度法学教育十大新闻
首发媒体：《法制日报》2018 年 1 月 10 日 11 版
正文：

从中国政法大学获悉，2017 年度法学教育十大新闻正式揭晓。本年度的十大新闻由教育部高等学校法学类专业教学指导委员会联合"立格联盟"成员高校邀请法学教育领域专家、相关媒体代表作为评委，共同评选而出。

据了解，全国法学教育十大新闻评选活动自 2005 年开展以来，在中国法学教育研究领域已产生了广泛而深远的影响。

习近平在中国政法大学考察时强调：立德树人德法兼修，抓好法治人才培养，励志勤学刻苦磨炼，促进青年成长进步

2017 年 5 月 3 日上午，在五四青年节来临之际，在中国政法大学建校 65 周年前夕，中共中央总书记、国家主席、中央军委主席习近平来到中国政法大学考察。习近平代表党中央，向全国各族青年致以节日的问候，向全国广大教育工作者、青年工作者、法治工作者致以诚挚的问候。他强调，全面推进依法治国是一项长期而重大的历史任务，要坚持中国特色社会主义法治道路，坚持以马克思主义法学思想和中国特色社会主义法治理论为指导，立德树人，德法兼修，培养大批高素质法治人才。

习近平强调，中国的未来属于青年，中华民族的未来也属于青年。青年一代的理想信念、精神状态、综合素质，是一个国家发展活力的重要体现，也是一个国家核心竞争力的重要因素。当今中国最鲜明的时代主题，就是实现"两个一百年"奋斗目标、实现中华民族伟大复兴的中国梦。当代青年要树立与这个时代主题同心同向的理想信念，勇于担当这个时代赋予的历史责任，励志勤学、刻苦磨炼，在激情奋斗中绽放青春光芒、健康成长进步。

法学一流学科建设高校名单公布　北大人大清华法大武大中南大 6 校上榜

2017 年 9 月 21 日，教育部公布了外界期待已久的"双一流"建设高校名单和"双一流"建设学科。"双一流"建设高校名单中，一流大学建设高校 42 所，一流学科建设高校 95 所。而进入一流大学建设名单的 42 所高校，又分为 A 类和 B 类。其中，A 类 36 所，B 类 6 所。

在教育部公布的"双一流"建设学科名单中，法学学科进入"双一流"建设学科名单的高校共有 6 所，分别是位于北京、武汉两地的北京大学、中国人民大学、清华大学、中国政法大学、武汉大学和中南财经政法大学。这 6 所高校中，北京大学、中国人民大学、清华大学、武汉大学四所都上榜一流大学建设 A 类 36 所高校，而中国政法大学、中南财经政法大学均列入一流学科建设 95 所高校名单。

另外值得一提的是，法学是中国政法大学、中南财经政法大学两校仅有的进入"双一流"建设学科名单的学科。

全国第四轮学科评估结果　法学学科人大法大获评 A+

2017 年 12 月 28 日，教育部学位与研究生教育发展中心公布全国第四轮学科评估结果。第四轮评估于 2016 年在 95 个一级学科范围内开展（不含军事学门类等 16 个学科），共有 513 个单位的 7449 个学科参评。评估结果按照"精准计算、分档呈现"的原则，根据"学科整体水平得分"的位次百分位，将前 70% 的学科分为 9 档公布。

法学学科方面，中国人民大学、中国政法大学被评为 A+级，北京大学、清华大学、华东政法大学、武汉大学、西南政法大学获评 A 级。

《立格联盟院校法学专业教学质量标准》发布

2017 年 7 月 18 日由山东政法学院主办的全国政法大学"立格联盟"第八届高峰论坛在济南举行。本届高峰论坛以"坚持立德树人、德法兼修，培养高素质法治人才"为主题，发布了《立格联盟院校法学专业教学质量标准》。

中国政法大学党委书记胡明表示，本届论坛的一大亮点是《立格联盟院校法学专业教学质量标准》的发布，为创新法治人才培养机制，深化法学专业教学改革，提高法治人才培养质量提供标尺。

中国政法大学校长黄进提出，要通过做好强化中国特色社会主义法治理论的指导、强化法学学科建设、强化实践教学、强化法学教师队伍建设、强化德法兼修、明法笃行来提升法学教育水平和法治人才培养质量。

据了解，在本次的理事会会议上各成员高校一致同意吸纳山东政法学院作为联盟的正式成员单位。至此，"立格联盟"成员单位增至 8 所高校，包括中国政法大学、西南政法大学、华东政法大学、中南财经政法大学、西北政法大学、甘肃政法学院、上海政法学院、山东政法学院。"立格联盟"成立于 2010 年，是全国政法大学交流研讨平台，其名称由英文 legal 音译而来，寓意"建立规矩、建立规格、建设制度、树立标准"，旨在共享优质法学教育资源、促进法学教育规范发展、提高法律人才培养质量，为推进依法治国、建设社会主义法治国家贡献应有力量。

《中国司法文明指数报告 2016》发布　上海市第三次蝉联指数排名第一

司法文明协同创新中心 2017 年 2 月 25 日在京发布 2016 年中国司法

文明指数报告。报告显示，2016 年，全国 31 个省区市的司法文明平均得分为 68.2 分，比 2015 年上升 3.7 分。上海市以 70.5 分第三次蝉联中国司法文明指数第一名。

根据报告，2016 年，全国共有 17 个省区市的司法文明得分在平均分以上，排名前十的省区市分别为：上海、宁夏、新疆、河北、天津、北京、云南、辽宁、广东和江苏。

司法文明指数课题组首席专家、司法文明协同创新中心联席主任张保生介绍，在 2016 年中国司法文明指数的 10 个一级指标中，"司法公开与司法公信力"得到 72.8 的最高分，说明近年来司法机关大力推行的阳光司法取得了明显成效；但与此同时，"司法腐败遏制"一项在 10 个一级指标中排名倒数第一，反映出群众对公平正义的期待与现实仍有差距，遏制司法腐败的任务依然任重道远。

另外，"司法文化"一项的得分在 10 个一级指标中位列倒数第三，其中"公众接受司法裁判的意识及程度"和"公众接受现代刑罚理念"两个二级指数得分垫底。张保生指出，调查中仅有五成民众有意愿担任人民陪审员参与法庭审判，还有超过六成的民众支持在公共场所举行公捕、公判大会等，这说明全社会现代司法理念的普及度还不高，需要进一步加大对司法文明理念的宣传教育。

中国法学会副会长、司法文明协同创新中心理事长张文显表示，司法文明是一个国家法治文明的指示器，直接体现了一个国家的司法理念、司法制度和司法文化水平。中国司法文明指数以科学的量化体系客观反映了各地法治建设进程，对当前深入推进的司法体制改革和法治中国建设具有重要意义。

司法文明指数是司法文明协同创新中心承担的一项重要课题。该中心由中国政法大学、武汉大学、浙江大学、吉林大学等高校为主，联合了 38 个国内协同单位和 16 个国外协同机构共同参与，是教育部、财政部"高等学校创新能力提升计划"首批认定的 14 个协同创新中心之一。

《中国法治实施报告（2016）》发布

2017 年 3 月 25 日，中国行为法学会和中南大学共同组织编纂的《中国法治实施报告（2016）》发布会暨"治国理政新理念新思想新战略与法治实施"专题研讨会在京举行。来自全国人大、国务院法制办、最高人民法院等机关以及学界代表近 100 人出席了会议。

"中国法治实施报告"项目由中国行为法学会和中南大学于 2013 年联合发起，旨在围绕党的十八大以来中国法治建设新阶段的中心任务，聚焦法治实施，记录中国法治发展历程，为法治中国实践提供系统的"年度体检"，为法治实施的推进出谋划策。《中国法治实施报告（2016）》由中国行为法学会会长江必新担纲主编，由来自内地和港澳 20 所著名高校、6 家实务部门、53 位专家联袂创作。全书共分六编：总报告，宏观梳理了年度法治实施总体情况；七大部门法实施报告，分章详述了各部门法实施进展；四部法治实施专题报告，深入探索了年度法治实施重大主题；两部特别行政区法治报告，细致呈现了我国香港、澳门地区法治实践动态；两部涉外法治运行报告，拓展分析了影响中国的涉外法治运行；十大典型事件名家评析，权威解读了年度最受关注大案大事。

第八届全国十大杰出青年法学家名单出炉

2016 年 7 月 8 日，第八届全国十大杰出青年法学家评选活动正式启动。该评选活动由中国法学会主办，是经中央批准设立的重大奖项，自 1995 年起已经举办了七届，先后有 70 位青年法学家获此殊荣，是我国青年法学法律界的最高荣誉，对于扶持法学青年健康成长、脱颖而出，激励广大法学法律工作者坚持正确的政治方向，繁荣发展中国特色社会主义法学理论体系，积极投身全面依法治国和法治中国建设的伟大实践发挥了重要作用。

2017 年 2 月 17 日，经第八届全国十大杰出青年法学家评选委员会评选，2017 年 3 月 1 日第八届全国十大杰出青年法学家终评委员会（中国法学会会长会议）审议投票，产生出第八届全国十大杰出青年法学家，获得者为：汪海燕、谢鸿飞、李学尧、林维、张翔、何志鹏、梁上上、蒋悟真、董坤、何其生。

第五届亚洲法学院院长论坛举办

2017 年 2 月 21 日至 22 日，由中国人民大学法学院和新加坡国立大学法学院共同主办的第五届"亚洲法学院院长论坛"在新加坡举办。来自中国、澳大利亚、印度、印度尼西亚、菲律宾、马来西亚、越南、韩国、日本等亚太地区的近 70 位法学院院长、教授参加了此次论坛。来自中国大陆地区十余所法学院校的 20 余位院（校）长、教授组成的中国法学教育研究会代表团出席了此次论坛。中国人民大学法学院院长韩大元教授、副院长时延安教授参加会议并发表演讲，法学院外事办公室副主任、中国法学教育研究会办公室外事项目协调人徐飞参加会议并参与会议的组织工作。

本次论坛的主题是："全球化背景下亚洲法学教育面临的挑战与合作"，与会嘉宾围绕 6 个议题展开讨论。

由中国人民大学法学院倡导发起的"亚洲法学院院长论坛"（简称 ALSDF）旨在为亚洲法学教育工作者提供一个分享法学教育成果、推动法学教育交流合作的平台，使之成为亚太地区积极推动法学教育合作和教育资源整合的重要机制。自 2001 年至今，该论坛先后在北京（中国人民大学法学院）、海南（海南大学法学院）、北京（中国人民大学法学院）、首尔（高丽大学法学院）举办 4 届，取得了重要成果。面对全球化，亚洲法学院如何在发展过程中保持多样性与相互合作是一个重要课题。希望在本届论坛上，与会代表充分交流各个法学院发展过程中的成果和遇到的挑战，为推动亚洲法学教育的合作与交流共同努力。

第十二届中国法学家论坛在京举办

2017 年 11 月 30 日，以"新时代深化全面依法治国的理论、方略和实践"为主题的第十二届中国法学家论坛在北京隆重举办。中国法学会会长王乐泉出席论坛并讲话，强调要以党的十九大精神和习近平新时代中国特色社会主义思想为统领，开创全面依法治国和法学会工作新局面。中国法学会党组书记、常务副会长陈冀平作总结讲话。学习贯彻党的十九大精神中央宣讲团成员、中国社会科学院副院长蔡昉作《学习党的十九大报告精神》的专题辅导报告。

中国法学家论坛是中国法学会主办的最高学术论坛。自 2006 年创办以来，始终紧紧围绕和密切关注我国全面依法治国中具有战略性、全局性、前瞻性的重大理论和实践问题开展研讨，成为汇聚法学法律界睿智思想、前沿理论、权威观点的重要阵地，成为推进法治建设实践、服务领导机关决策的重要渠道，成为引领法学研究方向、推出重大创新成果的重要平台，成为中国法学会充分发挥桥梁纽带作用、团结和服务广大法学法律工作者的重要载体，在法治中国建设进程中发挥了越来越重要的作用，在法学法律界产生了越来越大的影响。

中国人民大学法学院成立未来法治研究院

2017 年 9 月 8 日，中国人民大学法学院未来法治研究院宣布成立。据悉，中国人民大学法学院院长王轶兼任首任院长。张吉豫任执行院长，王莹、丁晓任副院长，3 位学者都不满 40 周岁。

据了解，中国人民大学法学院未来法治研究院将集中、深入、系统地开展前沿科技与法律的交叉研究、课程改革、人才培养、跨领域交流和国际合作，打造为新科技与法律紧密结合、交叉融通的研究平台，未来法学领军人才的孵化平台，适应未来法治建设需要的高端人才培养平台，面向世界法学界、具有重要国际影响力的合作交流平台。

5. 标题：中国政法大学：与国家级艺术院团共建美育课
首发媒体：《中国教育报》2018 年 9 月 18 日 7 版
正文：

本报讯（记者　柴葳）日前，中国政法大学与中央芭蕾舞团在京签订国内首个"美育工作合作协议"，开启"双一流"建设高校与国家级艺术院团在美育教育教学领域的深度合作。

根据协议，在双方合作的两年时间内，中国政法大学师生将在北京天桥剧场和校园内欣赏到中央芭蕾舞团的原创舞剧。中央芭蕾舞团的舞蹈艺术大师、知名演员、年轻演员等多群体将应邀进入校园，为师生开设"芭蕾舞艺术周——芭蕾大师"等主题教学课程。双方还将就深入开展校园美育建设和芭蕾艺术的普及进一步开展合作。

据悉，该校还将携手中国歌剧舞剧院、中国残疾人艺术团、中央音乐学院等单位开展合作共建，进一步拓展高端美育资源、打造精品美育课程，构建学校美育体系"升级版"。

6. 标题：2018 年度法学教育十大新闻
首发媒体：《法制日报》2019 年 2 月 13 日 11 版
正文：

从中国政法大学获悉，2018 年度法学教育十大新闻正式揭晓。2018年新闻评选工作面向全国法学院校和相关媒体征集，共选出 25 条候选新闻，由法学教育领域专家、相关媒体代表作为评委，经专家评审、媒体投票等流程最终选出本年度的法学教育十大新闻。

据了解，中国政法大学自 2005 年携手全国主要法律院校和科研单位首次举办全国法学教育十大新闻评选活动，多年来在中国法学教育研究领域产生了广泛而深远的影响。2017 年开始，该评选活动由教育部高等学校法学类专业教学指导委员会联合"立格联盟"共同主办。

习近平勉励中国政法大学民商经济法学院 1502 班团员青年　用一生来践行跟党走的理想追求

在"五四"青年节来临之际，中共中央总书记、国家主席、中央军委主席习近平委托工作人员，向中国政法大学民商经济法学院 1502 班团员青年致以节日的问候，对同学们立志"不忘初心，用一生来践行跟党走的理想追求"予以充分肯定，勉励他们坚定信仰、砥砺品德，珍惜时光、勤奋学习，努力成长为有理想、有本领、有担当的社会主义建设者和接班人，为法治中国建设、为实现中华民族伟大复兴中国梦贡献智慧和力量。

2017 年 5 月 3 日，习近平到中国政法大学考察时，参加了 1502 班团支部"不忘初心跟党走"主题团日活动，对团员青年成长成才提出了殷切期望。

1502 班团支部全体同学给习近平总书记写信。来信说，一年来，同学们牢记总书记教诲，自觉用行动践行"不忘初心跟党走"的誓言。大家积极向党组织靠拢，一些同学正式入了党，一些同学成为预备党员和入党积极分子。通过深入的思考和实践，同学们进一步坚定了永远跟党走、为国作贡献的决心。

法学法律界专家学者坚决拥护完全赞成宪法修正案

在 3 月 13 日中央政法委召开的法学法律界学习宣传贯彻宪法座谈会上，专家学者一致表示，坚决拥护、完全赞成宪法修正案，要认真学习宣传贯彻实施宪法。

与会专家学者指出，我国宪法必须随着党领导人民建设中国特色社会主义实践的发展而不断完善发展。将习近平新时代中国特色社会主义思想载入宪法，是本次宪法修改的重大成果。

专家学者认为，把"中国共产党领导是中国特色社会主义最本质的特征"写进宪法，有利于在全体人民中强化党的领导意识，有效把党的领导落实到国家工作全过程和各方面。

对于国家监察制度入宪，专家学者表示，这有利于构建集中统一、权威高效的国家监察体系，为反腐败斗争提供法治保障。

与会专家学者表示，要充分发挥法学法律界职能作用，切实履行好维护宪法尊严、保障宪法实施的职责使命。

国家重大委托项目"创新发展中国特色社会主义法治理论体系研究"开题

3月22日，国家重大委托项目"创新发展中国特色社会主义法治理论体系研究"开题报告会在中国政法大学举行。创新发展中国特色社会主义法治理论体系研究，是中国特色社会主义法治建设进入新时代的一项重要课题，也是全面贯彻落实十八届四中全会和十九大关于建设中国特色社会主义法治理论体系的一项重要任务。习近平总书记在2017年5月3日到中国政法大学考察时把这个课题亲自交给法大。

中国人民大学法学院改革课程体系　推动迭代升级

一年来，中国人民大学法学院贯彻落实习近平总书记重要讲话精神，着力开发满足个性化需求的特色培养项目，产出立足重大现实问题的教学素材，搭建科研与教学的畅通转化平台，通过法学知识教育与实践教育的二元融合，深化法学教育的改革与创新。

在改革中，人大法学院坚持马克思主义法学教育理念的中国化，坚持马克思主义进头脑、进课堂、进教材。注重人格品德教育，融通通识教育与人格教育，建立课堂教学、职业体验为一体的教育体系，培育德法兼修的新型法治人才。

西南政法大学国家安全学院挂牌成立

为全面贯彻落实习近平总书记总体国家安全观，5月22日下午，西南政法大学国家安全学院揭牌仪式在笃行楼学术报告厅举行。党委书记樊伟、校长付子堂、刑事侦查学院党委书记张仕权、副院长胡尔贵共同为国家安全学院揭牌。全体在校领导，全体中层干部，博士生导师、硕士研究生导师代表共同见证了这一重要时刻。

聚焦"立格联盟"高峰论坛　为"崇明世界级生态岛建设"提供法治保障

14 日，由华东政法大学和上海市崇明区委、区政府主办的"全国政法大学'立格联盟'第九届高峰论坛暨崇明世界级生态岛建设法治研讨会"在崇明召开。华东政法大学崇明区人民政府"世界级生态岛法治保障研究中心"揭牌。

此次"区校"联合举办论坛，是在"立格联盟"新一轮高峰论坛组织形式方面的一种探索，将进一步促进联盟"法学教育与社会服务紧密相连，法学理论与法治实践紧密相连，办出、办好一流大学与地方法治和区域经济建设紧密相连"，表达出"'立格联盟'不仅要为法学教育立格，更要为新时代党和国家法治事业的不断发展和人民幸福生活的不断改善立功"的强烈愿望。

国家统一法律职业资格考试首考开考

9 月 22 日，国家统一法律职业资格考试正式举行，今年是建立施行国家统一法律职业资格考试制度的第一年，也是全面实施机考的首考之年。

据统计，全国有 60.4 万余人报名参加客观题考试，其中报名人数前十位的省市区，依次为广东、北京、山东、江苏、河南、四川、上海、浙江、内蒙古、河北。本次考试报名人员平均年龄为 28 岁，我国香港、澳门和台湾地区居民报名的有 1240 人，申请使用少数民族语言文字试卷报名的有 8603 人。22 日当天实际有 47 万多人参加了客观题考试，参考率 77.89%。

中国政法大学中欧法学院建院十周年　助力中欧长足发展

中国政法大学中欧法学院建院十周年庆典在学院路校区科研楼举行，旨在回顾和总结中欧法学院十年间取得的进步，明确学院在中欧学术交流和中欧法学教育的使命。中欧法学院是中国政府和欧盟共同建立的法学教育的合作机构，自建立起就与中欧之间的经贸关系和法律交流的发展休戚相关。十年来，在汉堡大学和中国政法大学的合作下，中欧法学院已经成为中欧学术交流、人文交流的重要平台，在人才培养、社会服务、科学研究方面取得了长足的进展，推进了中欧之间法律问题的比较研究，促进了中欧之间的学术交流、人文交流和法治合作。

2018—2022 年教育部高等学校法学类专业教学指导委员会成立

2018 年 12 月 8 日，2018—2022 年教育部高等学校法学类专业教学指导委员会成立大会暨 2018 年年会在京正式举行。教育部高等教育司司长吴岩、教育部高等教育司副司长徐青森，法学类专业教学指导委员会主任委员、全国人大常委会委员、全国人大监察和司法委员会副主任徐显明等 58 位委员参加了会议。

经讨论和表决，会议通过了《2018—2022 年教育部高等学校法学类专业教学指导委员会章程》，原则通过了《2018—2022 年教育部高等学校法学类专业教学指导委员会五年工作规划》和《2018—2022 年教育部高等学校法学类专业教学指导委员会 2019 年工作计划》。

十位法治人物获"改革先锋"称号

12 月 18 日上午，在北京人民大会堂举行的庆祝改革开放 40 周年大会上，公布了 100 名改革开放杰出贡献表彰对象名单。其中，马善祥、王家福、王瑛、韦焕能、史久镛、许崇德、邱娥国、邹碧华、张月姣、张飚十位为中国法治建设作出了杰出贡献的人物被评为"改革先锋"。（记者　何淼）

7. 标题：中国政法大学开展"社会主义法治教育进校园"活动
首发媒体：《法制日报》2019 年 5 月 8 日 9 版
正文：
本报讯　记者黄洁　5 月 6 日，中国政法大学和北京市东城区教委合作开展的"社会主义法治教育进中小学"活动在东四十四条小学正式启动。来自中国政法大学、东城区教委、东城区青少年法治学院相关部门负责人，中国政法大学研究生志愿者、东城区东四十四条小学师生百余人参加启动仪式。

启动仪式上，东城区教委向中国政法大学研究生志愿者颁发了聘书，中国政法大学师生向东四十四条小学师生赠送了《中华人民共和国宪法》读本。随后，中国政法大学法学院 2018 级宪法与行政法专业研究生蔡雅楠为师生们带来"做中华人民共和国小公民"的首堂法治教育公开课。

"社会主义法治教育进校园"活动是中国政法大学青年学子践行习近平总书记考察中国政法大学"五三"讲话精神和勉励语的精神，服务首都北京四个中心建设的具体举措，得到了北京市委教工委和东城区教委的大力支持。

中国政法大学"社会主义法治教育进校园"活动立足于高素质法治人才培养和全民法治素养提升，学校和政府联动，引导和鼓励法学专业学生立足实践，利用所学服务社会，走进中小学，在青少年中大力弘扬社会主义法治精神，大手牵小手，全面弘扬社会主义法治理念，塑造全社会法治信仰，为建设法治国家、法治政府和法治社会，实现全面依法治国一起努力！

8. 标题：中国政法大学 2019 届研究生毕业典礼暨学位授予仪式举行

首发媒体：《法制日报》2019 年 6 月 26 日 9 版

正文：

本报讯　记者蒋安杰　6 月 20 日，2019 届研究生毕业典礼暨学位授予仪式在首都体育学院大学举行。中国政法大学校党委书记胡明，校长马怀德，终身教授陈光中、应松年，副校长冯世勇、时建中、李秀云，研究生院院长李曙光，校友代表最高人民法院国家赔偿办主任刘竹梅以及校学位评定委员会委员、各学院院长、导师代表、校友代表和毕业生亲友出席了典礼。2019 届博士、硕士毕业生共两千余人参加了毕业典礼。典礼由党委副书记、副校长常保国主持。

典礼开始前，17 位来自各学院的毕业生代表在现场与师生亲友深情地交流临别之际的感受，会场弥漫着温馨感动的氛围，不时响起掌声和欢呼声。

上午八时整，在庄严的国歌声中，研究生毕业典礼拉开了帷幕。冯世勇宣读了《中国政法大学关于准予许奎等 1984 名研究生毕业的决定》，时建中宣读了中国政法大学关于授予许奎等 106 人博士学位、郑阳等 1847 人硕士学位的决定。

随后，全体师生观看了 2019 届研究生毕业视频《蓟忆》。视频中，熟悉的校园风光、温馨的科研生活场景、悦耳动听的旋律歌声，伴随大家共同回忆了毕业生们独一无二的法大时光，表达了毕业生对母校的感恩留恋和真挚祝福。

毕业生代表、国际法学院国际法学专业博士研究生莫漫漫代表 2019

届全体毕业生对母校的培育、师长的教诲、同窗的情谊和家人的支持表示
感谢。她表示,人生就是一次次的毕业与开学,今天是我们学生生涯的毕
业典礼,也是我们步入社会的开学典礼。从今天起,我们要骄傲地带着
"法大人"的称号,怀揣"法治天下"的理想,开疆拓土,勇往直前。

导师代表、人文学院副院长张浩军在致辞中为毕业生送上了鼓励与祝
福。他从三个方面阐释了毕业典礼的含义,他认为,毕业典礼是一种见
证,是一种期望,也是一种祝福。"盛年不重来,一日难再晨。及时当勉
励,岁月不待人。"他勉励全体毕业生,今后要以只争朝夕、舍我其谁的
青春豪情,认真学习、努力工作、勇于担当,早日实现自己的人生理想。

文章截图:

9. 标题:"新手上路"别怕!

首发媒体:《法制日报》2019 年 6 月 26 日 10 版

正文:

马怀德(中国政法大学校长):

一年一度毕业季,三生三世不了情。今日,虽然没有漫山遍野的十里
桃花相送,却有宪法大道的银杏一路相随。就身份而言,你们在这个校园
已经待了 4 年,妥妥的"老学生",我出任校长不足一月,着实的"新校
长",所以我要先说一声:"新手上路,还请多关照。"

前不久,我看到朋友圈里转发一段关于我的微视频,我在视频中讲
到,"我有一个让人受益终生的建议,那就是'来中国政法大学读书'",
我的这个建议并不是招生宣传的硬广告,而是如假包换的良心药。下次我

可以拿着刚才我们对话的视频，在镜头前自信地说"别信广告，要看疗效"。

法大是无数学子梦寐以求的地方，是法大人追逐梦想、拥抱青春、超越自我、成就未来的驿站。2015 年金秋九月，你们满怀憧憬来到法大，在"学校怎么这么远，校园怎么这么小，宿舍怎么这么挤"等疑问中开始了你们的大学生活，并终身拥有了"法大人"这个称号；2016 年，大家慢慢融入了这个小而美的校园，也逐渐成为别人口中的"师兄、师姐"，领略到大学生活并不像想象中那么轻松，体会到学习过程中"未先脱单，却先脱发"的"凄凉"；2017 年 5 月 3 日，习近平总书记考察我校并发表重要讲话，"立德树人，德法兼修"的嘱托一直激励着你们不断向前，学校也在这一年顺利进入"双一流"建设高校行列；2018 年 5 月 3 日，习近平总书记再次勉励我校团员青年，法大也连续两年在"新闻联播"C 位出道，也是这一年，我们迎来了首次"法考"和首届"法大人马拉松"，考场和操场留下你们勤奋拼搏的足迹；2019 年，是纪念五四运动 100 周年，马上又要迎来新中国成立 70 周年。国家迎喜事，同学"小确幸"，自助咖啡机和图片打印机悄然出现在教学楼，"直饮机"现身学生宿舍。一桩桩一件件，都成为美好的记忆，深深刻印在你们脑海中。

每当到了 6 月，校园里就弥漫着一种离愁别绪和不舍之情。毕业的离歌已经奏响，你们将开始一段新的旅程。

法大再好，你们再不舍，最终我们都要分开。前段时间参加本科毕业生代表座谈会，知道有同学因为考研失利、就业不理想而苦恼；有同学选择 4+1、4+2，试图滞留校园，有同学对未来发展方向感到"迷茫"。这些大概是每个毕业生多少都会有的内心感受。如何走出"迷茫"，摆脱"焦虑"，找到方向？虽然你们是法大的"老学生"，但作为即将步入社会的一员，你们和我做校长一样，也是"新手上路"。临别之际，我想跟你们说："新手上路，别怕！因为你是法大的，不是吓大的。"现在，我就为你奉上"法大版的行车秘笈"。

你在法大立下的誓言，经历的磨炼，可以助你找到前行的方向，增添拼搏的勇气。"志向是奋斗的原动力，也是人生的定盘星。"当大家步入这所神圣学府之时，就许下过"为社会主义建设和人类的进步事业奋斗终身"的入学誓言。从那一刻起，每个法大人都肩负着"经国纬政、法泽天下，经世济民、福泽万邦"的崇高使命。"黄沙百战穿金甲，不破楼兰终不还"，誓言已许、志向已立、梦想已定，相信你会用一生践行神圣的誓言，朝着既定的目标勇敢前行。

法大四年，这里逼仄的校园、艰苦的条件和激烈的竞争磨炼了你的意志，增添了你的勇气。你们为住宿、为洗澡、为占座，遭过不少罪，你们为考试、为实习、为课业，吃过不少苦。记住，这些在你们今天看来的磨难日后必将成为你们的财富。因为"苦难是土壤，只要你愿意把你内心的所有感受隐忍在土壤里，很有可能开出你想象不到的灿烂花朵"。一旦进入社会，你们就会明白，奋斗之途多坎坷，人生之路多艰辛。法大锻炼了你的勇气和毅力，终将助你渡过难关闯出一片新天地。

你在法大学到的知识，练就的本领，可以助你顺利抵达前方。求真学问、练真本领是在校大学生的学习之要，是步入社会的立身之本，更是赢得主动、赢得优势、赢得未来的成事之基。我们法大有着优良的学风传统，清晨图书馆前的占座队伍、深夜教室里勤奋的自习身影、婚姻法广场传来的琅琅书声，勾勒出大家珍惜韶华、不负青春的景象。法大老师言传身教，循循善诱，法大学子好学上进，勤于思考。四年的积累，无论是知识还是技能，无论是素质还是潜力，你们都得到极大提升。掌握了知识和本领，就不怕无用武之地，更不会出现本领恐慌。今天的国家和社会比以往任何一个时期都需要优秀人才，接近 700 所法学院系每年培养几十万名法科毕业生。但我们国家能够熟练从事涉外业务的律师只有 7000 多名，可从事"双反双保"业务的只有 500 多人，可在 WTO 机构独立办案的只有 331 人。"当今时代，知识更新不断加快，社会分工日益细化，新技术新模式新业态层出不穷。这既为青年施展才华、竞展风采提供了广阔舞台，也对青年能力素质提出了新的更高要求。"近来，美国挑起贸易战试图遏制中国，我们瞬间明白"空谈误国，实干兴邦"，做好自己的事情，练就过硬的本领，才能披荆斩棘，一路向前。

你在法大习得的规则，养成的品德，可以保你畅通无阻、一生安康。法大以法科为优势和特色，"法学+"就像"互联网+"一样受人欢迎，规则教育已经渗透到所有学科专业中。只要是法大学子，就没有理由不懂规则。法治思维是你们的护身符，法治方式是你们的通行证。法治素养可以让"上路的新手"远离"事故"。迈入纷繁复杂的社会，必将面临形形色色的诱惑，站在人生的十字路口，只要我们牢记"道路千万条，安全第一条；人生不规范，亲人两行泪"，就可以保我们一路平安。法律是成文的道德，道德是内心的法律。只要你明大德、守公德、严私德，明辨是非、敬畏法律、恪守正道，你的"人生之路"就会畅通无阻，一生安康。

你在法大接受的仁爱，体会的善良，终将让你活出幸福的模样。"爱是教育的灵魂，没有爱就没有教育。教师要有仁爱之心，好老师要用爱培育爱，激发爱、传播爱，滋润学生的心田。"在法大，有无数这样善良的老师和同学，每年的"自强之星"和"感动法大人物"让无数人落泪的同时，也激发起更多人爱的热情，他们不断传递着爱的温暖，感染着一代又一代法大人，带着爱走进社会，温暖的不仅仅是你身边的人，还会提升这个社会的温度，最终让自己成为幸福的人。

同学们，"四年四度军都春，一生一世法大人"，请收藏这段珍贵记忆，带上美好的祝福出征，去追寻人生路上更美的风景，成就更加精彩的人生。

"新手上路，别怕，让我们一起出发！"

（文章为作者在 2019 届本科生毕业典礼上的致辞节选）

文章截图：

10. **标题**：中国政法大学法学学科国内排名拔得头筹

首发媒体：《法制日报》2019 年 7 月 3 日 9 版

正文：

本报讯 记者蒋安杰 6 月 26 日，软科正式发布 2019 "软科世界一流学科排名"（Shanghai Ranking's Global Ranking of Academic Subjects）。2019 年排名覆盖 54 个学科，涉及理学、工学、生命科学、医学和社会科学五大领域。其中，社会科学领域内包含法学、经济学、统计学等 14 个学科的详细排名。

"软科世界一流学科排名"使用一系列国际可比的客观学术指标对全球大学在相关学科的表现进行测量，包括科研规模、科研质量、国际合作、高水平科研成果、国际奖项等。这是软科自 2017 年优化全球学科排名方法、大幅拓展排名学科以来，第 3 次发布全球范围内的学科排名。此次排名对象为全球 4000 余所大学，共有来自 86 个国家和地区的 1700 余所高校最终出现在各个学科的榜单上，中国内地共有 233 所高校上榜。软科世界一流学科排名的文献数据来自于 Web of Science 和 In-Cites 数据库。

在法学学科排名中，中国内地共有两所高校上榜，中国政法大学与武汉大学位列前两名，双双进入世界前 300 名。

文章截图：

11. **标题**：东方嘉石：中华法系的见证

首发媒体：《法治周末》2019 年 7 月 11 日 9 版

正文：

近日，"东方嘉石——碑刻上的中华法系"展览在中国政法大学举行了开展仪式。

中国政法大学法律古籍整理研究所所长李雪梅介绍，嘉石是精美的石头，也承载着古代法制的惩罚制度。西周时期，嘉石用来临时拘押有罪过但尚未触及刑律的人犯，在拘禁期间人犯必须戴上狱具，坐在嘉石上反思悔过。

"东方嘉石——碑刻上的中华法系"展览在中国政法大学举行

此次展览，是"东方嘉石"在挪威卑尔根孔子学院展出归国后的汇报展，结合孔子理念和法学优势，充分体现了"理法融合，德行兼备"。走进展厅，映入眼帘的是一幅先师孔子行教像，像中夫子腰带佩剑，表明一代圣人文武皆娴。

展览以古代法律碑石拓片为载体，分为"碑石上的儒学""碑石上的法律"和"碑石上的艺术与文化"三个主题，向参观者呈现了中华法系的独特内涵与精神。

从秦汉到民国，从画像到契约，"小而精"的展览展出了各个时代、各式各样的碑石拓片和蜡拓。在这里，参观者可以看到秦代的泰山刻石、宋代的买地券、元代的圣旨碑、清代的顺治九年卧碑。

借助碑石，参观者有幸目睹秦始皇统一法令的丰功伟绩，领略古代皇帝圣旨、训饬的威严，重温尊儒、重教、行孝、慎刑、施政、题名等风尚的流行，同时也审视官方明确行政界域、解决讼案纷争，以及民间立界定罚、立约确权的程序和功效。

此次展出的，还有汉代《易阳南界刻石》《大阳檀道界石》，宋代《界碑残石》，金代《莱阳县胶水县界碑》等界碑拓片，其行政管理和法制的意义，还有待深入挖掘。

碑石在社会发展中逐渐成为中华法律文化的重要载体，作为宝贵的文化遗产，沐浴千年风雨，如今得以再现文化与制度，更加要重视对碑石碑刻的保护。正如中国政法大学副校长时建中所言，"文化需要传承，传承需要载体，载体需要守护"。

12. **标题**：中国政法大学：给主题教育增添青春色彩

首发媒体：《中国教育报》2019 年 11 月 11 日 1 版

正文：

（记者　柴葳）10 次学习研讨、3 个专题学习、40 个学习篇目以及深入河南省兰考县学习焦裕禄精神……这只是中国政法大学党委理论学习中心组为引领学校开展好"不忘初心、牢记使命"主题教育所做的理论"热身"。

主题教育开展以来，中国政法大学党委精心准备、认真谋划，不忘立德树人初心，牢记人才培养使命，在第一时间制订了主题教育工作方案，集中学习专题研讨计划，成立了主题教育督导联络组指导组，切实加强对各二级单位主题教育开展情况的督促指导，积极探索开展主题教育的新路径。高举精神旗帜，创建学生主题教育新阵地，给该校主题教育增添了一抹青春色彩。

主题教育实施过程中，法大各级党组织创新学习形式，以聆听老教授的奋斗故事、组织"大学生成才标准"讨论、在镜头前"向祖国告白"等多种形式创建对学生进行主题教育的新阵地。同时，法大以邀请专家作宣讲报告、组织青年学子参观展览、开展社会主义先进文化教育等多种形式引导学生坚定理想信念、树立崇高志向。

13. **标题**：听法律老学长讲中国法治故事　政法实务大讲堂走进中国政法大学　张军与法大学子夜话中国特色社会主义司法制度

首发媒体：《检察日报》2019 年 12 月 10 日 1 版

正文：

中国政法实务大讲堂，这是最近各高校法科学生口中的热词。伴随着这个热词的还有"中国特色社会主义司法制度的优越性"。此前，学法律出身的张军以一个老学长的身份在北京大学、中国人民大学就此主题先后开讲。张军的旁征博引、娓娓道来，让同学们深受启发。特别是在互动环节，同学们踊跃提问，张军坦诚一一回答的场景，给北京大学、中国人民大学法律学子们留下了深刻印象。这样的景象也令一些看到过相关报道却没听过张军讲课的政法院校学子艳羡不已。

12 月 7 日晚上 6 点，又有一拨政法学子如愿以偿——中国政法实务大讲堂走进中国政法大学，张军与法大学子夜话法治。中国政法大学党委书记胡明主持讲座，法大师生约 430 余人聆听讲座。

最高人民检察院检察长与法大学子面对面，会产生怎样的火花、碰撞和共鸣？法学教育工作和司法实务工作如何落实习近平总书记在中国政法大学考察时的重要讲话精神？中国特色社会主义司法制度究竟好在哪儿？面对坚持和完善中国特色社会主义制度、推进国家治理体系和治理能力现代化的宏大课题，还有哪些"课后作业"要做？法学院校师生和关注法治建设的各界人士对这次夜话充满了期待。

以亲身经历的司法实践讲清楚"中国特色社会主义司法制度究竟好在哪儿"

两年前的一个春天里，习近平总书记来到中国政法大学考察并发表重要讲话。当时在场、时任司法部部长的张军对此记忆犹新。讲座也从这一话题谈起。

"面对我们学校的师生，面对我们未来的法律人，习近平总书记特别强调，我们有我们的历史文化，有我们的体制机制，有我们的国情，我们的国家治理有其他国家不可比拟的特殊性和复杂性，也有我们自己长期积累的经验和优势。当时我在现场聆听，确实是深有感触，深受教育。同学们要牢记习近平总书记对法律学子的嘱托，将来为我们的法治建设、国家治理作出贡献。不仅要学习课本，更要多了解社会、了解国情，才能理解中国特色社会主义司法制度的好。"

鞋子合不合脚，自己穿了才知道。中国特色社会主义司法制度究竟好在哪儿？张军从社会发展、时代变迁的视角，结合自身的司法实践经历，围绕"国情"这个关键词进行了深入浅出地讲解。

——正如习近平总书记所指出的，一个国家实行什么样的司法制度，归根到底是由这个国家的国情决定的。

——世界上没有两片完全相同的树叶，中国特色社会主义司法制度不同于任何一个国家的司法制度，这个制度好在哪儿？好就好在它最适合我国国情，好就好在它与我国的政治制度、经济制度和社会制度相适应，人民群众享受它、满意它、支持它，好就好在在党中央和各级党委领导下随着经济社会发展而有序、高效运行并与时俱进发展变化。

……

除了讲清楚"中国特色社会主义司法制度好在哪儿"，张军还围绕中国特色社会主义司法制度巨大成功的启示、中国特色社会主义司法制度如何进一步健全发展完善、如何推进国家法治体系和法治建设能力现代化等问题进行了讲解。

亲身经历的司法实践、耳熟能详的典型案例、极具启发性的中外史料……两个小时的讲授环节很快过去，还没听过瘾的同学们把期待留在了问答环节。

法大学子围绕"四大检察""十大业务"密集发问

"举手的人真不少，该请谁提问呢？"在众人期待的问答互动环节，同学们踊跃举手提问，担任主持的胡明有些为难。

"'认罪认罚从宽制度'是当下的一个热词，其中量刑精准化被视为认罪认罚从宽制度落实的关键所在，请问量刑精准化的推广会不会侵蚀法官的审判权？由此所体现出的检察机关主导责任会不会与以审判为中心产生冲突？"

第一个抢到话筒的是法大刑事诉讼法专业 2019 级博士研究生刘甜甜。

"你是博士？难怪能提出这么有深度的问题。"面对这样一个颇带锋芒的问题，张军微笑着从容作答。他介绍，最近，"两高三部"出台了相关意见，常见多发案件一般应当提出精准的量刑建议，疑难复杂新类型案件或者是重大犯罪案件可以提出幅度型量刑建议。他表示，"实践中，我们认为精准量刑建议更有利于这个制度的良性适用，有利于作出精准裁判，减少引发二审的情况，从而节省司法资源"。

对于精准量刑是否会侵蚀法官的裁判权，张军举了一个形象的例子作说明："常见多发案件法官的权威、法官的能力不显示在这儿，民事案件我们把实质上的裁判权放到哪儿了？街道的大妈，居委会组成人员，他们调解结案，许多民事纠纷人家就调解了，节省很多法院资源，但并不影响法官的权威。"至于检察机关的主导责任会不会与以审判为中心产生冲突，张军也给出了答案："以审判为中心的实质是以庭审为中心，以庭审为中心的实质是以证据为中心，而刑事案件法律规定指控证明犯罪的责任在诉方、检察机关，检察机关履行好这个主导责任是法律赋予的，必须承担起来。个别案例中，正是检察机关没有切实承担起主导责任，才导致法官和律师的冲突，不符合'沉默的法官、争斗的当事人'这一法理。"张军不护短不遮丑的坦诚直言赢得阵阵掌声。

"为什么要建立案例指导制度？如何更好地发挥指导案例的作用？"法大刑事诉讼法专业 2018 级硕士生余沁提出这个司法实践领域的具体问题，赢得张军的赞许。

"法律总是更抽象一些，更原则一些，案例就是一个直白的教程，只要相差不多，就参照着做，谁都能看明白，当事人、社会、律师都能够有一个共同的理解，更有助于我们在追诉和审判过程中形成司法人员的共识，求得最佳的司法效果。"张军表示，检察机关的案例指导制度还在建设过程中，适用范围会越来越广。目前，检察指导性案例把指控证明犯罪作为最主要内容体现出来，提升了以问题为导向的指导性和参照性。

"十九届四中全会提出要拓展公益诉讼案件范围，检察机关在公益诉讼的案件范围上还会做哪些探索？检察公益诉讼工作如何更规范地开展？"法大国际法学院 2017 级本科生陈东阳十分关注检察机关的公益诉讼职能。

"的确有些特殊领域的案件，不在'4+1'的公益诉讼模式范围内。比如，未成年人的权益保护问题。学校门前 200 米内不允许售卖香烟，但检察机关就发现，有的地方学校附近有人一根一根卖香烟，长时间没人管，这就是我们公益诉讼在发展过程中要解决的问题。再比如，网络一些乱象侵害公益问题我们也正在调查……"张军以实际事例回答提问。关于如何规范公益诉讼检察工作，张军透露，"为了使检察公益诉讼工作更加完善，我们正在起草公益诉讼规则，但还需要一些时间去总结问题"。

时间一分一秒过去，如愿提问的同学心满意足，没有提问的"心急火燎"。

"我们政法大学女生多，男生少，最后一个问题照顾一下男生吧。"主持人胡明的这一照顾政策，让坐在靠后位置的刑事司法学院2018级本科生董增攀"获利"。

前不久，董增攀参加了最高人民检察院的检察开放日，在零距离感受检察工作之后，他有许多问题想问最高人民检察院的检察长。

"如何加强检察院和学生法律援助之间的沟通交流？如何加强检察院对学生法律援助的帮扶工作？法律院校师生如何融入司法实务工作？"好不容易得到提问机会的董增攀打破一人一问的惯例，抛出了一个"一拖三"的问题。

"我还是第一次知道你们有一个法律援助社团，就是社会组织、义务免费？"

张军听说法大有一个由学生组成的免费法律援助团队，很是高兴。对于董增攀"一拖三"的问题，他给出了一个三合一的回答。"将来法大可以和我们检察院、法院建立一个机制，建立起一个长期的定向联系，多给你们一些相应的支持、帮助、辅导。你们也可以到我们司法机关，包括最高人民检察院实习，更便捷地去了解我们司法制度的建设、发展的问题。"

法律老学长的嘱咐引发共鸣和思考

"主持人有点灯下黑呀，说实话，我有点同情这些前排踊跃举手的同学们，手都举酸了还没提问成。"最后一个问题问完之后，面对前排举手踊跃却没提问的同学，张军幽默地表达了"同情"。

"不要紧，机会留给下一次，希望张检多来给我们讲讲。"面对前排失落的同学，胡明如是安慰道。

时间不留人。讲座在热烈的掌声中结束时，已近晚上9点。

"通过讲座我深刻认识到，评价司法制度好与不好，关键要看这一制度是否能适应国情、是否适应经济社会发展、是否能满足人民群众的需要。张军检察长对法律和政治的关系的论述，既深刻又生动，弥补了我们大学生在知识结构上的空白，增强了我们的政治意识，坚定了我们投身于中国特色社会主义法治建设的决心与信心。"提起聆听讲座的收获，该校刑事司法学院硕士卢飞颇有感触。

"这次讲座让我认识到，国情从来都是一个国家司法制度的逻辑前提，从前是，现在是，将来也会是。作为一名法律人，具体到法律的学习和运用中，不能只搞书本知识，要将理论与实际相结合，让法律在理想和现实的碰撞中迸发生机和活力。"对于这次讲座的收获，该校民商经济法学院经济法博士生袁华萃如是说。

该校国际法学院本科生王寄雪12月3日刚参加了最高人民检察院的检察开放日，对检察工作有了直观了解的她在授课前充满期待、授课后收获满满。"张检生动形象地将各种抽象理论娓娓道来，并结合亲历的司法实践讲述我国司法制度的优越性，令人信服。更让我们感到亲切的是，他以老学长的身份，嘱咐我们不仅要学习课本，更要多了解社会、了解国情，将来才能成为一个好的法律工作者。"

对于王寄雪的这些感受，许多法大学子都有共鸣。也正因为如此，虽然主持人已经明确宣布讲座所有环节结束，但是许多法大学子还意犹未尽，迟迟不愿离开。

夜深人静。讲座虽然结束了，但讲座留下的思考还在继续。

文章截图：

其他媒体发布：

中国法院网：听法律老学长讲中国法治故事 | 政法实务大讲堂走进中国政法大学——张军与法大学子夜话中国特色社会主义司法制度，发布时间：2019 年 12 月 9 日，文章链接：https://www.chinacourt.org/article/detail/2019/12/id/4711679.shtml。

14. 标题：2019 年度法学教育十大新闻

首发媒体：《法制日报》2020 年 1 月 8 日 9 版

正文：

近日，2019 年度法学教育十大新闻正式揭晓。全国法学教育十大新闻评选活动自 2005 年开展以来，忠实地记录了中国法学教育事业前行的脚步，展示了中国法学教育的繁荣景象，在中国法学教育研究领域产生了广泛而深远的影响。本年度的十大新闻由教育部高等学校法学类专业教学指导委员会联合"立格联盟"成员高校邀请法学教育领域专家、相关媒体代表作为评委，共同评选而出。

中国政法大学与雄安新区展开全面战略合作

3 月 28 日，中国政法大学与雄安新区全面战略合作会议在河北雄安新区召开。中国政法大学长期以来致力于服务国家重大战略，雄安新区建设是习近平总书记亲自决策、亲自部署、亲自推动的国家大事，中国政法大学高度重视并愿意为雄安新区法治建设提供相应支持。

7 月，雄安新区法律专家委员会成立。中国政法大学校长马怀德任常务副主任，副校长时建中等任副主任，国际法学院教授赵威任副主任兼办公室主任；法学院院长焦洪昌，法律硕士学院院长许身健、副院长刘智慧，中欧法学院院长刘飞，法治政府研究院院长王敬波，资本金融研究院副院长武长海入选专家委员会。

首届中国—东盟法学院院长论坛在渝举行

3 月 30 日至 31 日，首届中国—东盟法学院院长论坛暨西南政法大学国际法学院十周年院庆仪式在渝举行。论坛以"共建中国—东盟命运共同体与法学研究及教育的融合"为主题，发出《共建中国—东盟法学研究与人才培养共同体的倡议》，旨在探索共建中国—东盟法学交流合作的平台和机制，为法治化、长效化促进中国—东盟社会经济繁荣发展作出应有贡献。

中南财经政法大学与罗马第一大学共建中意学院

4月26日，第二届"一带一路"国际合作高峰论坛在北京举行开幕式，意大利总理孔特先生应邀出席，同一天，中南财经政法大学和罗马第一大学一起合作建设的中意学院也在武汉正式揭牌。

4月28日，意大利总理孔特向学院发来热情洋溢的贺信。中南财经政法大学校长杨灿明表示，学校对中意学院投入了大量的精力并寄予殷切的期望，期待中意学院能培养一批具有国际视野、通晓中意两国语言和"中西贯通"的高素质人才，服务于两国的经贸往来，服务于两国的人文交流，促进中意两国的合作发展，为中意两国建交50周年献礼。

教育部任命马怀德为中国政法大学校长

5月22日上午，中国政法大学在学术报告厅举行干部教师大会。教育部人事司司长张东刚，北京市委教育工委常务副书记郑吉春，以及教育部、市委教育工委相关部门负责人出席会议。

大会宣布教育部党组关于学校校长任免的决定，马怀德任中国政法大学校长、党委副书记。

"中国践行国际法治研讨会"在武汉举行　专家回击美国政府在中美贸易战中肆意践踏国际规则的做法

8月30日上午，"中国践行国际法治研讨会"在武汉大学举行，与会专家认为，美方一些人发起和升级经贸摩擦，严重违反包括世界贸易组织（WTO）规则在内的国际法规则，破坏国际法治和国际贸易秩序；中国坚定支持多边贸易体制，坚决反对单边主义和霸权主义，是国际法治的坚定维护者和建设者。

高铭暄被授予"人民教育家"国家荣誉称号

9月17日，国家主席习近平签署主席令，根据第十三届全国人大常委会第十三次会议表决通过的全国人大常委会关于授予国家勋章和国家荣誉称号的决定，授予42人国家勋章、国家荣誉称号。

中国人民大学法学院教授，中国刑法学研究会名誉会长高铭暄被授予"人民教育家"国家荣誉称号。

高铭暄是当代著名法学家和法学教育家，新中国刑法学的主要奠基者和开拓者。作为唯一全程参与新中国第一部刑法制定的学者、新中国第一位刑法学博导、改革开放后第一部法学学术专著的撰写者和第一部统编刑法学教科书的主编者，高铭暄为我国刑法学的人才培养与科学研究作出重大贡献。

《中国法学前沿》和《中国法学》被评为"2019中国国际影响力优秀学术期刊"

以"引领学术、服务创新、锻造品牌、争创一流"为主题的"2019中国学术期刊未来论坛"于10月28至29日在北京举行，会议上发布了由中国科学文献计量评价研究中心、《中国学术期刊（光盘版）》电子杂志社有限公司、清华大学图书馆等单位共同研制的"2019世界学术期刊学术影响力指数 CI""2019中国最具国际影响力学术期刊""2019中国国际影响力优秀学术期刊"等。

根据《中国学术期刊国际引证年报》（2019版），Frontiers of Law in China《中国法学前沿》和《中国法学》（中文）入选"2019中国国际影响力优秀学术期刊"。

"长三角教育发展政策与法治研究中心"揭牌——聚焦教育政策法治问题研究

11月21日至22日，在教育部政策法规司指导下，由上海市教育委员会和华东政法大学联合主办的"长三角教育发展政策与法治研究中心"揭牌仪式在华东政法大学举行。与会嘉宾同时就"长三角教育发展政策与法治研究中心"研究选题和教师惩戒权等教育政策与法治相关问题展开了热烈的研讨。

据了解，该中心聚焦"长三角示范区""长三角都市区"以及"长三角三省一市"等三个圈层的教育协作发展的政策法治问题研究；聚焦长三角、粤港澳、京津冀三个区域为主的教育协作发展政策法治问题研究；聚焦"法治教育""教育法治"以及"教育法学"三种类型的教育政策法治问题研究。中心致力于为长三角区域教育协同合作作出重要贡献。

创新尝试：华东政法大学"一带一路"法律大数据平台上线

由华东政法大学师生共同打造的、全开放"一带一路"法律数据信息检索系统——"一带一路"法律大数据平台12月4日正式上线。

该平台集结了"一带一路"沿线66个国家，包括宪法、民商、刑事等在内的多类别法律法规以及与中国的双边条约协定，并专门针对航天法律、海事海商、争端解决、投资措施设立讨论专题。

据悉，当日上线的平台面向全社会公众，致力于为专家研究、投资合作者咨询以及相关企业和政府部门决策打造全方位、一站式的"一带一路"法律信息服务。

储槐植等十人被授予"全国杰出资深法学家"称号　韩大元获评"CCTV2019年度法治人物"　王利明荣登"2019年度影响力人物"榜单

为弘扬老一代法学家的优良传统，铭记他们为我国社会主义法学理论体系构建和法治中国建设作出的突出贡献，营造法学优秀人才辈出的良好氛围，造就党和人民满意的政治强、业务精、作风正的法学理论队伍，中国法学会决定授予储槐植、李昌麒、李双元、刘海年、马骧聪、苏惠渔、徐杰、应松年、张庆福、张希坡10位法学专家"全国杰出资深法学家"称号及奖牌。

在司法部、全国普法办和中央广播电视总台共同主办的"宪法的精神、法治的力量——2019年度法治人物评选及颁奖礼"上，中国人民大学法学院教授、中国法学会宪法学研究会会长韩大元获评"CCTV2019年度法治人物"。此外，中国人民大学常务副校长、中国法学会副会长、民法学会会长王利明在《中国新闻周刊》杂志社主办的"2019年度影响力人物"中荣登"2019年度影响力人物"榜单，获评为"年度法治人物"。

15. **标题**：中国政法大学与北京外国语大学合作培养涉外法治人才

首发媒体：《中国教育报》2020 年 9 月 14 日 8 版

正文：

本报讯（黄楠）近日，中国政法大学与北京外国语大学联合举行国际法学人才联合培养工作会，并签署《北京外国语大学与中国政法大学涉外法治人才本硕贯通培养合作协议》。

根据协议，两校将充分发挥各自的学科、专业和资源优势，以培养"外语法学双精通"的高端涉外法治人才为目标，创新本科生和研究生跨校贯通培养模式，开展推荐优秀应届本科毕业生免试攻读硕士学位研究生项目。双方将建立工作联系制度，定期会商工作计划，研究协调合作中的重大事宜，积极创新人才培养合作模式，不断扩大合作领域，提升涉外法治人才的培养水平。

16. **标题**：做强法治中国人才支撑（全面依法治国新成就）——打造一支忠诚担当的法治工作队伍

首发媒体：《人民日报》2020 年 11 月 17 日 1 版

正文：

2020 年 8 月 26 日，中国人民警察发展史上一个具有里程碑意义的日子——习近平总书记向中国人民警察队伍授旗并致训词，对人民警察队伍提出了"对党忠诚、服务人民、执法公正、纪律严明"的明确要求。

党的十八大以来，在以习近平同志为核心的党中央的坚强领导下，法治工作队伍思想政治素质、业务工作能力、职业道德水准大大提升，忠于党、忠于国家、忠于人民、忠于法律的社会主义法治工作队伍，为加快建设社会主义法治国家提供了强有力的组织和人才保障。

提高法治专门队伍职业素养专业水平

习近平总书记强调，我国专门的法治队伍主要包括在人大和政府从事立法工作的人员，在行政机关从事执法工作的人员，在司法机关从事司法工作的人员。全面推进依法治国，首先要把这几支队伍建设好。

2014 年 6 月，中央深改组会议审议通过《关于司法体制改革试点若干问题的框架意见》，吹响法官、检察官员额制改革的号角。截至 2017 年

7 月，我国法官员额制改革在全国法院全面落实、检察系统员额制改革面上的改革任务基本完成。全国各级法院和检察院经过考试考核、遴选委员会把关、人大依法任命等程序，将 12 万多名法官、9 万多名检察官遴选入额，员额法官、检察官对办案质量终身负责。

员额制改革以来，各级法院、检察院减少员额法官、检察官的事务性工作，法官、检察官工作积极性、责任心得到了显著增强，多办案、办好案的氛围更加明显。"员额制改革的顺利完成，标志着法官、检察官队伍建设迈出坚实一步。"中国社会科学院法学研究所研究员孙宪忠说。

员额制改革的红利，最终以看得见的形式让人民群众受益。据统计，员额制改革之后，85%以上的人力资源配置到法院、检察院办案一线，办案质效稳步提升：各地法院人均结案数量普遍提升 20%以上，各地检察院一线办案力量平均增长 20%。

作为国家重要的治安行政和刑事司法力量，人民警察在维护国家安全、社会稳定、人民利益等方面作出了重大贡献。党的十八大以来，全国公安系统聚焦忠诚干净担当，锚定"四个铁一般"标准，扎实抓好全面从严管党治警各项措施落实，大力加强民警队伍能力建设，持续深化人民警察管理制度改革，加快推进辅警管理地方立法进程，着力锻造一支让党中央放心、人民群众满意的高素质过硬公安铁军。

"疾风知劲草""烈火见真金"，法治专门队伍高举旗帜、听党指挥、忠诚使命，推进革命化、正规化、专业化、职业化建设，职业素养和专业水平不断提高。

大力发展法律服务队伍

以律师为主体的法律服务队伍，以人民调解员、法律服务志愿者等为代表的基层法律服务队伍，是法治工作队伍的重要组成部分。

前不久，江苏省太仓市市民张先生就社保相关问题，通过"太仓掌上公共法律服务平台"进行法律咨询。几分钟后，4 名不同省份不同律所的律师相继进行了解答，从法律分析到提供具体解决方式，非常细致。张先生获得的公共法律服务，得益于我国公共法律服务三大平台（实体平台、电话热线平台、网络平台）的全面建成。每个平台背后，都有大量律师提供公共服务。司法部相关负责人介绍，现在每个县（市、区）都建成了公共法律服务中心，每个乡镇（街道）都建立了公共法律服务工作站，每个村（居）都有法律顾问，可以面对面地解决群众遇到的各种法律问题。

政府的"红头文件"是不是合法规范，"民告官"案件中政府部门如何更好地出庭应诉……如今，越来越多公职律师为党政机关、人民团体担任法律参谋助手。截至 2019 年底，全国共有 2.35 万余家党政机关、人民团体聘任公职律师 4.33 万人。

走进江西省崇仁县 76 岁老人黄寿孙家，屋里摆放了许多法律咨询、纠纷调处等资料。近年来，崇仁县探索培养一户一位"法律明白人"，积极引导广大村民办事依法、遇事找法、解决问题用法，取得了显著成效。如今，在广大基层地区，像黄寿孙这样的"法律明白人"越来越多，他们通过释法说理、人民调解和法律咨询，让法治理念渗透进群众生活的方方面面。

德法兼修抓好法治人才培养

全面依法治国是一个系统工程，法治人才培养是其中重要一环。习近平总书记强调，法治人才培养上不去，法治领域不能人才辈出，全面依法治国就不可能做好。

法学学科是实践性很强的学科，法学教育要处理好知识教学和实践教学的关系。"为强化学生理论联系实际的能力，我们创新了'同步实践教学'模式。"中国政法大学校长马怀德介绍，该校通过设置审判、检察、公益法律援助等案例卷宗副本室，模拟法庭（仲裁庭），开设司法实务全流程模拟课程等，提升学生法律推理及适用能力、法庭辩论技能。

打破高校和社会之间的体制壁垒，将法治实务部门的优质实践教学资源引进高校，加强法学教育、法学研究工作者和法治实际工作者之间的交流，是创新优化法学人才培养模式的重要途径。

2019 年 10 月，中央政法委提出并会同教育部、中央政法各单位创办"中国政法实务大讲堂"，由中央和省两级政法机关省部级领导干部进行讲解。"遇到有人打官司'走后门'，该怎么办?""人民调解如何化解医疗纠纷?"……这些既有理论深度又接地气的法治话题，在全国各大政法院校开讲，不仅备受院校师生欢迎，还成为面向社会公众的法治公开课。

完善法律职业准入制度，才能从源头上把好法治工作队伍的素质关。2018 年，国家司法考试改为国家统一法律职业资格考试，通过改革创新考试内容、形式和报考要求，使国家统一法律职业资格考试制度更健全、更优化。

据司法部统计，自 2002 年国家司法考试制度建立至今，共有 110 余万人通过国家司法考试和国家统一法律职业资格考试取得法律职业资格，选拔和储备了大量高素质法律职业人才，为社会主义法治国家建设提供了有力人才保障。

17. 标题：中国政法大学北京二中史家小学三校合作　探索新时代青少年法治教育新路径新方式

首发媒体：《法治日报》2020 年 12 月 9 日 10 版

正文：

本报讯　记者蒋安杰　为宣传习近平法治思想，深入贯彻落实习近平总书记考察中国政法大学重要讲话精神，全面推进新时代青少年法治教育，深入落实立德树人根本任务，12 月 3 日，中国政法大学与北京二中、东城区史家小学举行了青少年法治教育和思政课一体化共建基地签约仪式，积极探索新时代青少年法治教育和思政课一体化建设的新路径和新方式。中国政法大学副校长李双辰、司法部法治督察局副局长王磊、北京市第二中学校长薛丽霞、史家小学校长王欢、北京市教委政策研究与法制工作处调研员范新栋、北京教育科学研究院基础教育教学研究中心主任贾美华、东城区教委主任周玉玲等出席启动仪式。三所学校的教师和学生代表参加启动仪式。

王欢表示，在校园中开展法治教育要把握两个关键点：一是领会法治思想的深刻内涵。给青少年上好法治课就是在建设中国法治的未来，只有实现大中小法治教育的持续和系统推进，才能让青少年领会中国特色社会主义法治道路的优越性；二是深刻理解法治教育的道德底线。充分发挥法治的育人作用，使青少年理解法治和道德的关系，以道德滋养法治精神。

随后，中国政法大学与北京二中、东城区史家小学三方举行签约仪式和教师互聘仪式，李双辰、薛丽霞、王欢分别代表三校签订合作协议。

薛丽霞表示，此次三校开展合作是落实习近平法治思想的一项扎实举措。促进师生法治意识的进一步提高，提升师生的法治素养，是建设法治学校的必然要求。要把师生法治教育作为学校立德树人的一项重要举措，学校将继续积极同家庭、社会、司法部门等开展多方面的合作，加强协作，助力学生健康成长。

李双辰表示，青少年法治教育作为全面依法治国的基础工程，是青少年思想道德建设的重要内容。三校合作，通过优势资源互补，协同推进，有助于探索大中小学贯通式培养、一体化发展的青少年法治教育的新路径、新模式。开展社会主义法治教育也是法大师生的优良传统，法大始终将社会主义法治教育宣传作为人才培养的重要部分。他强调，法大师生要全员参与、全方位参与、全过程参与，创新方式方法，用中小学学生喜闻乐见的方式讲好中国的法治故事，立足于不同学段特点出实招，让法治精神在青少年心里扎根，同时积极助力中小学法治教师和思政队伍的建设。

随后，周玉玲和范新栋为受聘于史家小学、北京二中的法大教师代表颁发证书，本次由来自宪法、行政法、民法、民事诉讼法、刑法、刑事诉讼法、马克思主义哲学、思想政治等各专业学科、具有副高以上职称的十余名法大青年教师，组成"全明星"阵容，为青少年法治教育以及思政课建设提供法大智识。

李双辰代表法大为史家小学、北京二中的老师颁发研究生实习实践指导教师证书，同时，史家小学和北京二中还聘任了法大研究生作为校外法治辅导员。

聘任仪式结束后，史家小学和北京二中举办了青少年法治教育公开课，法大师生和小学生们一起通过诗歌朗诵、宪法宣誓、视频微课等形式开展了宪法宣传活动。

王磊表示，"大中小法治教育一体化"建设工程是学习贯彻习近平法治思想的一个重要载体，对树立宪法权威、树立全社会的宪法意识具有重要意义。同时，三校联合对创新青少年法治教育的新模式、开辟青少年法治教育的新道路具有引领作用，可以在全国树立榜样，创造更多可推广的经验。

文章截图：

18. **标题**：中国政法大学法学院"六年制法学人才培养模式实验班"10年探索，打造卓越法律人才2.0版——新时代实践型法治人才这样锻造

首发媒体：《中国教育报》2021年2月22日3版

正文：

21世纪第一个10年，对于培养法学人才的高校来说颇为尴尬。《2009中国大学生就业报告》显示，法学大类毕业生就业率排名倒数第二，仅法学一个专业的失业人数就在全部本科专业小类中排名第一。

与此同时，许多业内人士呼吁，法律人才的单一培养模式已经无法适应社会多元需要，传统的法学教育亟待改革。

2011年，21世纪第二个10年之初，中国政法大学法学院开始承办"六年制法学人才培养模式实验班"（以下简称实验班）。迄今，实验班已走过10年，挥别四届毕业生。

十年探索，所为何来，历经几何，成效如何？日前，本报记者走近实验班师生一探究竟。

六年融贯　收获满满

今年是2015级实验班学生倪爽在校的最后一年。回顾五年多的学习生涯，她用"收获满满"来形容。

把倪爽的经历和非实验班学生对比可以发现：当不少大三学生纠结于

将来是找工作还是考研，或者考研到底考什么专业，在自己喜欢的专业和更好考的专业之间到底怎样选的时候，她已经通过参加学院组织的国际法"模拟法庭"，增进了对专业的理解，笃定自己喜欢国际法，并将其认定为未来要从事的方向；当大四学生一边准备司法考试一边实习、找工作或考研冲刺，忙得焦头烂额的时候，她暂缓司法考试去英国当了一年交换生，在异国踏踏实实感受着教育制度、法律制度、文化传统的不同带来的崭新冲击；当其他学生在毕业关头各项繁杂的学业和事务中挤出时间匆匆完成实习的时候，她利用一整年的时间，在中国国际经济贸易仲裁委员会和一家律师事务所完成了两种不同类型且时间充裕的实习。

在中国政法大学法学院院长、国务院参事焦洪昌看来，学生感受到的"笃定""踏实"和"充裕"主要是实验班六年本科硕士融贯的培养模式带来的，而这一模式的诞生来自国家的因势利导。

焦洪昌介绍，早在 2008 年教育部就批准中国政法大学进行法学教育模式改革试点，开始实施"六年制法学人才培养模式"改革。2011 年，《教育部　中央政法委员会关于实施卓越法律人才教育培养计划的若干意见》，针对当时我国法学高等教育"培养模式相对单一，学生实践能力不强，应用型、复合型法律职业人才培养不足"等问题，为开展卓越人才培养提供了全新的思路。同年，"六年制法学实验班"这一任务由学校集中交由实力雄厚的法学院承办。

响应国家的要求，法学院将培养目标定位在"应用型法学人才"上，将实验班的基准学制设为六年。实验班为学生配备"双导师"，辅导贯穿培养全阶段。入学后配备人生导师，与学生保持密切联系，解答生活疑难，引导学生适应大学生活、帮助学生尽早进行学业及职业规划；学术发展方面，实验班学生可与学业导师进行双向自愿选择，依据个人研究兴趣有针对性地进行论文研究和写作。经过六年培养，完成学业并通过毕业论文答辩的学生，可以获得法律硕士学位。

2018 年，教育部印发《关于加快建设高水平本科教育　全面提高人才培养能力的意见》等文件，决定实施"六卓越一拔尖"计划 2.0。其中的"卓越法治人才教育培养计划 2.0"，提出了"深化高等法学教育教学改革，强化法学实践教育"等要求。对标国家要求，实验班进一步强调"全方位、高素质、应用型"的人才培养方略，落实教育部"三全育人"

综合改革试点标准，强化"培养德才兼备的卓越法治人才"的培养目标。

"10年来，尽管法学院对培养模式进行了不少动态调整，但对六年本科硕士融贯培养的整体思路和实践型、应用型的取向一直坚定不移。实际上，实验班的每一点发展变化都与国家教育改革的大势同频共振。"焦洪昌说。

专业扎实　注重实践

2019年底，在一家律所实习的2015级实验班学生徐晓婷，遇上了一件值得自豪的事——还在实习过程中就接到律所的挽留，并附上一份正式入职合同。此时，距离她毕业尚有一年半。

徐晓婷将实习单位的认可，归功于在实验班学过的案例研习课程："我们的一些老师兼职做律师，拥有丰富的实践经验。他们经常在保密的前提下，把一些真实的案例进行合理改造，拿到课堂上让我们演练。"

刚到律所实习时，正逢所里接了一个特别重大的破产重组案件。这类案件的特点是材料浩如烟海，一般的实习生通常会感到无从下手。而她由于案例研习课的锻炼，很快就处理得得心应手。

在法学院副院长、实验班本科生教学工作负责人张力看来，徐晓婷的经历只是实验班注重培养学生实践能力的一个缩影。针对传统法律人才培养重理论轻实务的弊端，经过10年探索调整，实验班在提升学生实践能力方面积累了丰富的经验。

——培养阶段划分明确，分阶段逐步提升法律职业能力。六年中，学生第一年到第三年在校进行专业知识学习，第四年有充足的时间分前后两段到实务部门进行联合培养，第五年到第六年回校进行研究生阶段的硕士论文研究与写作。实习期间，法学院为实验班学生分配专业实习导师，充分发挥与实务部门互联互通的资源价值。

——共开设15门案例研习课程作为专业必修课，打通实体法和部门法之间的隔断。案例研讨课教材立足于理论与实践相结合，集结精选案例单独编写，引导学生将书本知识投射到现实，运用所学知识解决实际问题。

——启动中国政法大学"实务专家讲堂"系列活动，依托互联网平台，进一步将法治社会实践的最新经验、生动案例和法治理论研究的最新成果引入课堂。

——通过多样化的国际交流、联合培养项目与活动，积极探索涉外法治人才培养的新模式。

"当然，重视实践的前提是专业知识学习到位。"按照培养方案，实验班精抓专业主干课程，以小班授课为主，兼顾通识课程教学。在本科阶段，学生主要进行专业知识学习，课程设置集中，夯实基础理论，深化专业认识，推动专业方法的掌握，以契合"职业法律人才"的培养目标。与此同时，法学院还特别注重实验班法律职业伦理必修课的设计开发，以及开设"通识主干课"课程组，增强学生的人文底蕴和人文情怀，引导学生关心社会和深刻认识社会，塑造良好的公共品质和科学精神。

"我们的培养方案就是要兼顾专业能力培养和实践水平提升，引导学生专业学习和实践并重。"张力说。

德法兼修 面向未来

谈起工作去向，商法企业破产方向的 2015 级实验班学生周鸿钊本可以在专业领域大展宏图、"'钱'途无量"，却被一场实习经历改变。

去年，他所在的实习单位北京市第三中级人民法院接到一个案子：北京远郊区的两兄弟，为祖辈留下的一块地，在建房时谁该占多占少发生了纠纷，且互不相让。基层法院调解无效，案子转来中院。

"单从法律上讲，这种案子很好处理，就按照两人当初的约定，完全可以直接判。"可开庭之日，周鸿钊看到的是两位已近耄耋之年的老人，坐着轮椅由家人搀扶而来，一到法庭就吵得不可开交。实验班给他指派的实习指导教师，正是本案的法官。"她将法律和人情很好地结合在一起，先了解两兄弟的家庭背景、双方矛盾形成的历史原因，又从两人小时候的感情入手进行调解，最后促成了二人达成和解。"

从实习导师身上，周鸿钊见到了在实验班学到的法律知识和道德伦理的活化。"从理论到实践的双重影响，促使我下定决心，以后要成为一名为人民服务的好法官！"

"我们始终坚持把思想政治教育摆在创新法治人才培养的首位，注重德法兼修，让学生在感悟法治进步的过程中，增进对我国社会主义法治建设现状的了解，和对法治体系与法治理论的理解，更加坚定地走中国特色社会主义法治道路。"焦洪昌表示，未来要继续推动中国法学教育的迭代升级，法学实验班还将结合互联网技术发展的趋势，尝试充分利用信息化平台，打造智慧化的升级培养新模式，以积极的姿态回应互联网、大数据、人工智能、区块链等新技术发展对法律制度的挑战。

在中国政法大学校长马怀德看来，"六年制法学人才培养模式实验班"是中国政法大学法治人才培养改革的一个主窗口，更是中国法学教育在新时代坚持立德树人、创新法学人才培养模式的一个主阵地。

10 年探索，成果斐然。截至 2020 年，实验班已为社会各界输送优秀毕业生 800 余人，他们中的绝大部分都已成为国家行政、立法、司法机关及律所、经济实体、教学科研机构中的骨干和中坚力量。

"21 世纪第三个 10 年已经开启，我们将在进一步总结提炼过去经验成果的基础上，形成可复制、可推广、可拓展的法治人才培养新模式。"马怀德说。

19. **标题**：李秀云：志愿服务——高校教师思政教育新路径
首发媒体：《中国教育报》2021 年 6 月 7 日 6 版
正文：

高校教师的思想价值观念和道德规范情况直接影响着高校的育人质量。加强和改进高校教师思想政治教育工作，对于实现立德树人根本任务，培养中国特色社会主义事业的合格建设者和可靠接班人，具有重大而深远的意义。

近两年，广大高校教师积极发挥志愿服务精神，主动投身新冠肺炎疫情防控工作，彰显了爱国爱校爱生的责任和情怀，对于提升自身思想政治素养起到了积极作用。高校应该意识到，大力发挥志愿服务活动的思政教育功能，有利于"活化"教育内容，促进教师自我教育，是拓展高校教师思政教育的新路径。

志愿服务与教师思政教育的关系

首先，志愿服务是思政教育的重要载体。在志愿服务活动中，服务者自觉运用知识、技能和体力为社会和他人作贡献，从而建立一种自身与被服务者之间的道德关系，并通过服务过程加深对这种道德关系的体验和理解；通过服务的实际效果，服务者能够获得丰富的感受和愉悦的情感；通过社会的认可和称道，服务者能够强化集体主义意识和奉献精神。因此，志愿服务活动是思政教育的有效组织方式，对促进我国精神文明建设具有重要作用。

其次，志愿服务能够满足教师成长发展的需要。教师有精神世界发展的需要，包括学习、道德素养、政治进步、尊重和荣誉、自我成就等。以

"奉献、友爱、互助、进步"为内涵的志愿服务精神，能充分调动教师的积极性、主动性和创造性，让他们通过助人，使身心处于超越自我的境界，获得幸福的体验。可以说，志愿服务活动能够通过发展和完善个人思想道德素质，满足教师精神世界和个人成长的发展需要。

最后，志愿服务活动符合高校教师的思想实际。思政教育必须考虑教育对象的职业、经济状况、文化程度、性别、年龄等基本情况，及其思想品德实际情况，从而确定教育目标和方式。高校教师在思想水平、道德品质和政治觉悟等方面，都处于比较成熟的状态，其思政教育的开展尤其要注意组织形式和有效供给。志愿服务活动这一组织形式，依靠理想信念支撑维系，对服务者道德水平和奉献精神的要求较高，这一内核与教师对崇高师德、对社会主义核心价值观的理解与把握高度一致。因此，志愿服务活动符合高校教师思想水平、道德品质和文化素养实际，能有效激发教师参与的积极性。

利用志愿服务创新教师思政教育方式

开展教师志愿服务活动，可以从以下三方面创新教师思政教育。

第一，将志愿服务与教师自我教育相结合，有效发挥教师主体性。教师思政工作要避免把教师作为被动客体来开展教育，只有尊重、理解、关心教师，从不同角度发挥教师的主体性作用，加强其自我教育水平，才能提升其积极性和思政工作的有效性。志愿服务活动能较好地契合教师思想的共鸣点，符合其个人发展诉求和价值愿望，从而激发教师的高尚品德，使其在实践活动中完成自我教育，并将这种崇高的道德情操转化为稳定的内在信念和行为品质。此外，志愿服务充分体现了社会主义核心价值观的要求，鼓励广大教师积极参与志愿服务活动，能促进其带头培育和践行社会主义核心价值观，引导其自尊自律自强，让教师主动选择、积极作为，做学生敬仰爱戴的品行之师和社会主义道德的示范者。

第二，将教师志愿服务与育人相结合，有效发挥教师立德树人的作用。教师的思想政治素养和道德情操直接影响着青年学生世界观、人生观、价值观的养成，因此教师更要坚持以育人为本，将"立德树人"作为根本追求。志愿服务活动是发挥教师榜样作用的有力举措，教师通过志愿服务等身体力行的方式，帮助学生"扣好人生第一粒扣子"，用榜样的力量引导、激励学生立志成才、报效祖国、服务人民、奉献社会。尤其在疫情防控等特殊时期，发挥教师的志愿服务作用，往往能成为思政教育的突破口，使育人作用凸显，让教育效果倍增。

第三，将教师志愿服务与高校社会服务功能相结合，有效发挥教师服务社会的作用。积极开展教师志愿服务活动，有助于加强教师社会实践，发挥教师的社会服务作用。教师志愿服务常态化能够有效构建社会主义核心价值观教育及师德师风建设的社会支持体系。高校教师可在知识服务、科学普及、文化宣传、政策咨询、专业培训等方面，积极开展科技文化医疗服务下乡进社区、科技成果惠民生、专业对口支援交流、生态环境保护、社会调查和政策建议、扶危济困、应急救援等志愿服务活动，为经济社会发展提供智力支持和技术服务。

以志愿服务作为推进教师思政教育的着力点

倡导教师广泛参与志愿服务活动，符合教师思政教育的需要，又能成为教师思政教育主客体之间的良好纽带。做好教师志愿服务活动的组织和建设，能有效推进教师思政教育工作。

首先，应构建教师志愿服务工作体系。高校通过加强组织领导，把志愿服务活动作为教师理想信念教育和职业成长发展的重要环节，将志愿服务精神纳入各级各类教师培养培训体系，从顶层设计、部门协调等多方面明确志愿服务对教师思政教育工作的意义，形成思想明确、协调合作的工作体系，不断提升教师志愿服务精神和志愿服务能力。

其次，搭建教师志愿服务活动平台。高校应积极探索，成立教师志愿者协会等组织，并通过健康有效的招募方式、完善全面的培训体系、科学规范的组织管理，构建教师志愿者组织。在组织化体系化的基础上，创新志愿服务的活动形式，开放相应条件的场所，充分发挥工会、共青团、妇联等组织及各类公益基金会、社会公益组织的作用，鼓励搭建更多的校园志愿服务平台，为教师参与志愿服务创造良好的条件。

最后，完善教师志愿服务保障机制。高校应充分结合本地本单位实际，吸收发展较早、已有成熟体系的学生志愿服务工作经验，制定具体实施办法，探索建立并完善制度、激励、服务等层面的保障机制，为教师志愿服务提供必要的制度、经费和条件保障，通过荣誉和社会回报等激励机制，激发教师参与志愿服务活动的积极性，营造良好的社会氛围。

（作者系中国政法大学副校长）

文章截图：

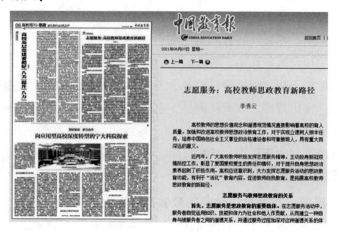

（三）网络媒体

1. 标题："内地与港澳法学教育联盟"成立大会在京召开

首发媒体：人民网

发布时间：2017 年 6 月 6 日

文章链接：http://edu. people. com. cn/xiaoyuan/n1/2017/0606/c11 2230-29321944. html

文章截图：

2. **标题**：中国政法大学数据安全与应用规范研究基地正式成立

首发媒体：新华网

发布时间：2017 年 11 月 30 日

正文：

11 月 24 日，"中国政法大学数据安全与应用规范研究基地"在京挂牌成立。

据了解，该研究基地将陆续开展多种形式的立法研究、案例研究、规则研究；组织数据调研、统计及课题论证；召开学术研讨会；开展大数据法律文化活动及对外交流合作。遵循科研和实践并重的方针，研究基地将打造集大数据理论研究、项目拓展、制度推广、人才培养等职能为一体的科研综合合作平台，努力实现大数据立法与大数据司法的良性互动，为国家大数据发展战略服务。

中国政法大学副校长时建中教授表示，大数据法治问题研究目前还处于起步阶段，也是中国政法大学未来长期研究重点之一。未来中国政法大学将集合多个学科的学术研究力量，在大数据立法司法领域展开探索，形成一系列有价值的学术成果，为大数据应用的安全、公平、公正提供更有力的支撑。

医渡云技术有限公司作为研究基地的发起方之一，其创始人宫如璟指出，大数据立法司法建设，可以进一步规范和保障大数据应用的数据安全和个人信息保护，将有助于大数据应用的开展，对于大数据行业未来的良性发展有着重要的作用。

11 月 26 日，中国政法大学还主办了首届"新时代大数据法治峰会"。

文章链接：http://www.xinhuanet.com/info/2017-11/30/c_13679 0216.htm

3. **标题**：党的十九大代表走进中国政法大学

首发媒体：人民网

发布时间：2017 年 11 月 23 日

正文：

本报北京 11 月 23 日电（赵婀娜、王莹）"十九大代表进校园"专题报告会日前在中国政法大学举行。报告由第十九届中央委员会候补委员、北京市知识产权法院副院长、全国妇联副主席宋鱼水宣讲，中国政法大学校长黄进、副校长冯世勇及 200 多名法大学子一同聆听了报告。

会议上，宋鱼水指出，党的十九大报告不仅是一个理论的报告，更是一个实践的报告。宋鱼水还从法律的角度，解读了党的十九大报告中与法治建设相关的内容。

本次报告会旨在通过党的十九大代表讲述亲身经历，让学生更深一步理解党的十九大相关精神，在新时代把青春年华扬帆，争当时代弄潮儿。

文章链接：http://edu.people.com.cn/n1/2017/1123/c1006-2966 4676.html

文章截图：

4. 标题：全国首次"网络电子存证"模拟庭审成功举办

首发媒体：人民网

发布时间：2018 年 5 月 30 日

正文：

5 月 25 日，一场"网络电子存证"模拟法庭活动在中国政法大学成功举办。此次模拟庭审由专业法官、专家学者、企业法务人员、律师共同参与，再现了互联网侵权案件中电子存证的质证过程及司法认定，同时也指出了电子存证模式中可能存在的问题，为在场师生上了一堂富有意义的网络电子存证实务课程，其对推动网络电子存证及司法审判实践具有积极影响。

随着互联网的不断普及，网络在给人类带来前所未有的便捷的同时，也为各种侵权行为提供了一个全新的平台。由于互联网侵权行为存在时效性极强的特点，电子化侵权证据的取得方式直接决定着权利人的固证能力。因此，新型电子存证方式的应用就亟需在司法实践及产业发展中不断进行探索，以期提供有效的解决路径。

在本次模拟案情中，原告通过国内几款主流的电子存证工具，将涉案视频《三生三世十里桃花》的权利凭证、侵权视频以及其他相关证据内容进行了取证，并将其作为证据向模拟法庭提交，原被告双方围绕证据的存证方式、时间来源、证据篡改与否、权威机构的背书有效性等方面展开充分的质证与辩论。模拟合议庭以及专家评审给出专业意见和评论，对电子存证在侵权案件中的应用以及司法实践中认定电子存证有效性的考查维度进行了全面展示。

据悉，此次模拟法庭活动邀请了杭州互联网法院副院长王江桥担任庭审审判长，中国政法大学刑事司法学院副教授于冲和比较法学研究院副教授翟远见担任庭审审判员，中国政法大学法大鉴定所电子数据鉴定人许晓东担任庭审专家证人，阿里巴巴大文娱集团法务中心法务王捷、糜志彬，浙江垦丁律师事务所律师张延来和麻策律师担任庭审代理人，中国政法大学刑事司法学院 1701 班同学杨中心担任庭审书记员。本次活动以"网络电子存证"为主题，分为庭审、专家点评、观众答疑三个环节，在王江桥法官的积极推动下，双方代理人有条不紊地进行了模拟庭审抗辩活动，带给与会观众一场法律与技术碰撞的视听盛宴。

庭审伊始，审判长核实了双方身份，宣读了庭审秩序，开始进入庭审主体环节。随后，原告开始宣读起诉意见。原告诉称，原告是影视作品《三生三世十里桃花》在中国市场的独占性信息网络传播权的权利人，并享有对侵权行为依法维权的权利。原告发现，在电视剧《三生三世十里桃花》热播期间，被告通过其所有并运营的"某某影院"移动应用程序（安卓系统手机客户端以及 iPhone 客户端）向不特定的网络用户提供电视剧《三生三世十里桃花》的资源下载、搜索链接以及播放服务，严重侵犯原告合法权益。因此，请求法院判令被告立即停止通过其经营的"某某影院"移动应用程序（安卓系统手机客户端以及 iPhone 客户端）提供影视作品《三生三世十里桃花》的下载和在线播放行为；判令被告赔偿原告经济损失及合理开支 200 万元，并承担该案全部诉讼费用。

对此，被告辩称，原告并非该案的适格原告；原告提供的证据，尤其是电子证据，在真实性和合法性上存在严重问题，被告并未实施原告所指控的侵权行为，原告用于证明被告实施侵权行为所出示证据的真实性存在十分严重的漏洞。综上，被告请求法院驳回原告的诉讼请求。

随后，审判长对该案争议焦点进行了归纳：第一，原告是否属于该案的适格原告；第二，原告采取的取证方式所固定的被动侵权事实是否真实存在；第三，原告指控被告实施信息网络传播侵权行为能否成立，若成立，原告在该案中主张被告赔偿经济损失和合理开支 200 万元有无法律依据和事实依据。

法庭质证环节可谓本次庭审的亮点。原告方律师张延来先后出示了《授权书》、上海市杨浦公证处出具的《公证书》、中证司法鉴定中心出具的《司法鉴定意见书》、中证司法鉴定中心出具的《电子数据存证函》、北京市国信公证处出具的《公证书》两份、IP360 取证数据保全证书以及 PC 端录屏视频文件和取证环境录像视频文件刻录光盘，并结合证据材料说明主要证明事项，解读了电子存证的操作方式和技术原理，紧密结合诉讼中的重点问题，使得本来琐碎生硬的案例在演示中顿时鲜活生动起来。

在法庭调查之后，合议庭对于该案的事实认定和法律适用问题进行休庭、合议，并当庭宣判。法庭认为，第一，原告提交的证据显示涉案作品《三生三世十里桃花》的著作权人已经将传播权授权于原告，并赋予原告维权的权利，在没有相反证据推翻的情况下，原告在本案中有权利针对侵犯信息网络传播权的行为提起诉讼。第二，在案证据可以证明被告通过

"某某影院"移动应用程序向不特定用户在个人选定的时间和个人选定的地点获得在线观看涉案作品的网络行为，其行为侵犯了原告的信息网络传播权；第三，被告应当承担停止侵权、赔偿损失相关的民事责任。原告主张以被告侵权所受到的损失作为计算200万的依据，但原告并未提交证据证明其因被告的侵权行为遭受到的损失的基本数额，同时也没有证明本案合理开支等的具体相关凭证，同时亦无被告因侵权行为所获利益的相关证据，合议庭认为该案应该以法定赔偿的方式确定本案的赔偿数额。其一，涉案作品确实属于热播剧，市场价值较高；其二，被告始终拒不承认其"某某影院"移动应用程序提供涉案作品的事实，并拒绝就其获利提交相关材料。为提倡诚信诉讼行为，最终综合该案涉案作品的市场价值、被告的主观过错、自媒体时代传播和可能点击侵权的后果以及包括原告所支出的合理费用，法院判决如下：第一，被告刘杰立即停止在其经营的"某某影院"移动应用程序上提供影视作品《三生三世十里桃花》在线播放和下载；第二，被告刘杰于本判决生效之日起10日内赔偿原告50万元；第三，驳回原告其他诉讼请求。本次模拟庭审也到此结束。

在专家点评环节，王江桥总结道，第一，民事案件虽采用"谁主张谁举证"的原则，但在原告证据达到高度盖然性的情况下，举证责任应转移给被告，被告对电子证据有不确认的，应通过寻求技术专家帮助等方法确认电子存证的技术缺陷，或找出相反证据。第二，该案50万判赔额，实际上是合议庭向公众释放了一个信号，目前我国倡导加大知识产权保护力度，涉案作品的拍摄花费了巨额成本，如果侵权人以较低成本就能躲过一劫，这会影响社会上知识产权保护风向，另外，被告在庭审中消极对抗法庭，拒不承认侵权事实，主观方面过错明显。第三，目前，法律法规并没有对大量第三方存证平台的资质有相应规定，一方面，相关部门应对第三方存证平台及存证流程有明确、统一标准，另一方面，第三方电子存证平台也需通过市场来自发优胜劣汰。

作为本次模拟庭审审判长，王江桥表示，对于电子存证证据审查的司法标准，他个人有以下几方面的考虑：第一，由于目前没有相关法律法规对电子存证平台资质进行审查，当事人应选择资信度更高的存证平台；第二，对技术应采取开放和包容的态度，保证数据在提取、保存、传输三个环节中没有任何篡改或者不安全的因素存在的情况下，无论用何种技术实现，均可对电子数据真实性进行认定；第三，第三方电子存证平台采取技术手段所提供的电子数据应当作一个完整的技术说明，使法官在司法裁量中对电子数据的真实合法性作出合理客观的评价；第四，由于第三方电子存证机构相较于公证处而言，中立性容易遭到质疑，基于安全可靠的技术手段，取证设备的完整性以及取证步骤及操作标准也至关重要，因此原告举证责任完成，被告应该提供相反证据。

此外，王江桥还表示，杭州互联网法院成立至今也面临两大难题，一是让所有证据都无纸化，二是保证证据电子化过程中不存在篡改可能性。为此，杭州互联网法院 2018 年 4 月 10 日宣布全国首个大数据深度运用电子送达平台全功能上线，并同时发布《杭州互联网法院司法文书电子送达规程（试行）》。同时，希望建立电子证据审查司法标准。

企业法务人员表示，随着互联网的快速发展，网络侵权行为越来越频发，其中最大的特点之一是网络侵权行为发生时间具有不特定性，且稍纵即逝，需随时随地进行固化。相较传统存证方式而言，电子存证可以让企业在办公室就能完成证据固化，便利高效，很好地满足了时效性强的需求。

据了解，此次活动由中国政法大学网络法学研究院策划，中国政法大学教务处、中国政法大学电子证据研究中心联合主办。此次模拟法庭活动对电子存证实务应用及司法实践中存在的不明确问题进行了进一步论证，对推动新经济新技术产业变革背景下传统存证技术的创新和改良，更好地降低维权成本，具有积极意义。（柯克）

文章链接：http://ip.people.com.cn/n1/2018/0530/c179663-300 22416.html

5. 标题：中国政法大学法学院举行四十周年院庆活动
首发媒体：人民网
发布时间：2018 年 9 月 18 日
正文：

人民网北京 9 月 18 日电（栗翘楚）16 日上午，中国政法大学法学院建院四十周年庆祝大会在中国政法大学昌平校区举行，各级领导、海内外嘉宾、各界校友以及师生代表共同为法学院送上最美好的祝福。

会上，校党委书记胡明在致辞中表示，四十年来，法学院和原法律系始终致力于办好国内领先、世界一流的法学教育，致力于培养德才兼备、勇担重任的法律人才，是学校法学教育的直接参与者、实践者，也是学校服务国家战略、实现科学发展的重要见证者、推动者。他指出，在法学院四十周年这个历史节点上，既要缅怀过去，也要着眼未来；要饮水思源，不忘初心，从历史中汲取接续奋斗的精神力量；更要薪火相传，砥砺前行，从行动上开创中国特色世界一流法科强校建设的崭新局面。

中国政法大学法学院院长焦洪昌在致辞中介绍了法学院的历史和自己与它结下的不解之缘，他表示，个体命运永远和国家命运在一起，法学院成立至今，始终坚持社会主义办学方向，秉持思想自由、兼容并包的办学理念，牢记"法治天下、学问古今"的院训，在人才培养、科学研究、社会服务和国际交流中形成了鲜明的办学特色，为国家和社会培养了一大批卓越法律人才。

中国政法大学副校长马怀德，中国政法大学原常务副校长、法律系主任王启富，老教师代表廉希圣，北京大学法学院院长潘剑锋，美国杨百翰大学法学院院长 Gordon Smith 等纷纷在发言中表达了对法学院的美好祝愿和最诚挚的期望。

法学院是国内基础法学和公法学领域学科最齐备的法律院系。学院现有法学理论、法律史学、宪法学与行政法学、军事法学四个二级学科，法理学研究所、法律史研究所、宪法学研究所、行政法学研究所、军事法研究所、立法学教研室、法律职业伦理教研室、实践教学教研室、体育法教研室等九个教学科研组织，教育法、卫生法、体育法三个多学科交叉融合研究生培养方向，立法学和党内法规两个特色培养方向，并设有三十八个院级非在编研究机构。

四十年来，中国政法大学法学院教师不仅致力于教学科研的本职活动，也积极参与国家法治建设，参与了一大批国家重要立法的制定、修订和论证工作。迄今为止，法学院已为社会各界输送优秀毕业生上万人，其中绝大部分已成为国家公安、检察、审判和法学教学科研的中坚力量。

中国特色社会主义进入新时代，法学院以"培养德法兼修的法律人才"和"建设智慧型法学院"为己任，同心致远，为建成世界一流法学学科和世界一流法学院的美好愿景而努力奋斗。

文章链接：http://edu. people. com. cn/n1/2018/0918/c1006-3030 0813. html

6. 标题：中国政法大学政治经济研究中心揭牌仪式在京举行

首发媒体：人民网

发布时间：2018 年 9 月 25 日

正文：

人民网北京 9 月 25 日电　国家治理体制现代化学术研讨会暨中国政法大学政治经济研究中心揭牌仪式 9 月 22 日在北京举行，来自国内多所高校、研究机构的专家学者四十余人参加会议。会议由中国政法大学政治经济研究中心秘书长刘云雷主持。

中国政法大学党委书记胡明、中国政法大学政治与公共管理学院副书记王湘军、人民论坛杂志社副总编陶建群、重庆大学公共管理学院院长刘炳胜、中国政法大学政治经济研究中心主任鲁照旺共同为中心揭牌。

揭牌后，胡明代表中国政法大学对中心的成立表示了祝贺，并希望鲁照旺教授将中心打造成中国政法大学的一张名片，为国家政治、经济发展提供理论和实践支持。

王湘军、唐亚林分别代表中国政法大学政治与公共管理学院、复旦大学大都市治理研究中心致辞，在对中心成立表示祝贺的同时，也对中心的发展提出了建议。

人民论坛副总编陶建群，北京大学历史文化研究所名誉所长、中华炎黄文化研究会常务副会长张希清，同济大学郭世佑教授，中国人民大学公共政策研究院院长毛寿龙，中国政法大学法学院院长焦洪昌分别从不同的角度就国家治理体制现代化作了主旨演讲。

在专家学者圆桌会议上，首都师范大学公共管理学院院长赵新峰，厦门大学雷艳红教授，中央党校胡仙芝教授，北京师范大学沈友军教授，北京航空航天大学胡象明教授，中国政法大学刘俊生教授、李程伟教授，天津高级法院田大刚法官等专家学者纷纷就国家治理体制现代化发言讨论。（朱阳）

文章链接：http://legal.people.com.cn/n1/2018/0925/c42510-30312064.html

7. 标题：中国政法大学中欧法学院建院十周年　助力中欧长足发展

首发媒体：人民网

发布时间：2018 年 11 月 19 日

正文：

人民网北京 11 月 19 日电　近日，中国政法大学中欧法学院建院十周年庆典在学院路校区科研楼举行，旨在回顾和总结中欧法学院十年间取得的进步，明确学院在中欧学术交流和中欧法学教育的使命。

据了解，中欧法学院是中国政府和欧盟共同建立的法学教育的合作机构，自建立起就与中欧之间的经贸关系和法律交流的发展休戚相关。十年来，在汉堡大学和中国政法大学的合作下，中欧法学院已经成为中欧学术交流、人文交流的重要平台，在人才培养、社会服务、科学研究方面取得了长足的进展，推进了中欧之间法律问题的比较研究，促进了中欧之间的学术交流、人文交流和法治合作。

多元的融合国际化环境是中欧法学院发展的宝贵财富，合作是中欧法学院力量的源泉。对此，欧盟驻华大使郁白先生表示，中欧法学院的法律人才培养为中欧关系发展起到了助力作用，有助于融合双方的法律文化，希望双方在未来的合作中进一步增强欧盟和中国学者的交流与沟通，在推动建设人类命运共同体和高等法律从业方面作出更大的贡献。

中国政法大学校长黄进表示，中欧法学院的建立与发展，是改革开放背景下中欧双方友好合作的结晶。中欧法学院在建院十周年的历史节点上，要着眼未来、砥砺前行，继续坚持法律人才培养的国际化导向，发挥沟通中欧双方的平台功能，为中欧经贸关系的稳定发展不断输出新鲜的血液，为增进中欧人民友谊作出更大的贡献。（方文宇）

文章链接：http://edu.people.com.cn/n1/2018/1119/c1006-30408814.html

文章截图：

8. 标题："文化战略进校园"走进中国政法大学

首发媒体：人民网

发布时间：2018 年 12 月 1 日

文章链接：http://culture.people.com.cn/n1/2018/1201/c1013-30435752.html

文章截图：

9. **标题**：中国政法大学多措并举加强实践育人

首发媒体：教育部官网

发布时间：2019 年 10 月 22 日

正文：

中国政法大学认真贯彻落实全国教育大会精神，把立德树人融入实践教育各环节，立足学校办学特色，鼓励和引导广大学生积极投身社会实践，创新培育"德法兼修、知行合一"的卓越法治人才。

完善实践育人体系。加强实务技能课程建设，印发《实务技能课程建设管理办法》，确保法律实务课程的科学性和规范性。优化实践育人环节，在本科培养方案中增设公益学分，在"法律诊所"课程中设置法律援助实践环节，分类制定实践教学标准，提高实践教学比重。设立司法实务全流程仿真课程，同步提高学生的专业知识水平、法律职业素养和法律职业技能。建立协同育人机制，加大校部共建、校所共建、校地共建力度，聘请知名专家学者组成理论实务双导师队伍，在部分学院试行"理论+实务"联席双院长制，培养复合型法治人才。加强实习实践基地建设，实现与法治实务部门的协同融合，实现优质法学教育资源即时共享。

拓宽实践育人内容。结合"卓越法治人才教育培养计划 2.0"，加大法学特色实践育人。加强学生法律援助中心建设，积极接待来电、来信咨询，提供法律意见和法律服务，传播法治理念、普及法律知识、弘扬法治精神。组织学生深入农村、街道、社区、企业、学校等基层一线，开展普法宣传、法律咨询和模拟法庭等公益志愿服务。开展寒暑期法治课堂远程支教，与农民工子弟学校、特教学校等开展支教。整合梳理校内有支教志愿服务项目的学生社团，建立"支教联盟"，整体提升学校支教质量，推动支教活动体系化、制度化和常态化。通过普法短剧、模拟法庭等方式开设法治课堂，在实践中教育学生增强以法律服务社会的责任意识。

创新实践育人形式。组织学生积极参与关注社区服务、环境保护、大型赛会及校内服务等八个门类的常规志愿服务活动，通过志愿服务奖学金、优秀志愿者评比等，推动形成良好的校园志愿服务文化氛围，促进社会实践常态化。引导学生关注国家热点问题、把握社会主流、积极关切民生，年均派出近百支团队奔赴全国 20 余个省（区、市）展开主题调研，形成近百份调研报告。通过优秀项目评选、项目成果推介等方式，促进实践成果转化，切实提高社会实践实效，教育和引导青年学子主动扛起时代担当，把青春梦、法治梦融入广阔社会实践中。

文章链接：http://www.moe.gov.cn/jyb_ xwfb/s6192/s133/s149/201910/t20191022_ 404701. html

文章截图：

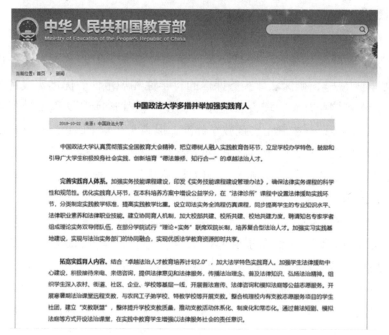

10. **标题**：中国政法大学庆祝国际法学院成立三十周年　新中国与国际法七十年论坛同时举办

首发媒体：中国教育新闻网

发布时间：2019 年 10 月 22 日

文章链接：http://www.jyb.cn/rmtzcg/xwy/wzxw/201910/t20191022_ 268920. html

文章截图：

11. **标题**：第十一届北京市大学生模拟法庭竞赛举办

首发媒体：中国教育新闻网

发布时间：2019 年 11 月 26 日

正文：

中国教育新闻网讯（记者　柴葳　通讯员　谢冰钰　朱俊熹）11 月 23 日至 24 日，由北京市教委主办、中国政法大学承办、中国人民公安大学协办的第十一届北京市大学生模拟法庭竞赛总决赛暨颁奖典礼在中国政法大学举行。

本届大赛共邀请了 75 名来自北京市各级人民法院、检察院的法官、检察官以及律师、学者担任模拟合议庭和评委，遵循正式法庭审理案件的程序，关注于情理法的三者转圜，每轮赛题间案情发展环环相扣，将道德伦理与法律思维融入其中。赛题均由真实案例改编而成，旨在搭建起法学知识与法学实践教学的桥梁，培养学生的实践与创新能力并在竞赛中树立法治与公正的担当。

北京师范大学、外交学院等获团体一等奖，清华大学、中国政法大学、中国人民大学等获团体二等奖；中国政法大学程宁昕、中国农业大学侯佳彤荣获最佳个人一等奖。

该项赛事此前已成功举办十届，与往届大赛相比，本次大赛新增8支参赛队伍，参赛赛队所在高校范围扩展至京津冀地区，大赛历时28天，比赛场次增加至66场。同时，本届大赛首次公开总决赛庭审现场，为广大赛队与同学提供了观摩与学习模拟法庭魅力的平台。

文章链接：http://www.jyb.cn/rmtzcg/xwy/wzxw/201911/t2019112
6_ 277257.html

12. **标题**：中国政法大学研究生支教团"法大班"励志助力计划接力仪式举行

首发媒体：中国青年网

发布时间：2019 年 11 月 29 日

正文：

《中国青年报》客户端讯（王安琪）近日，中国政法大学研究生支教团"法大班"励志助力计划接力仪式在山西省吕梁市石楼县第七小学举行，法大第二十届研支团成员同第二十一届成员进行了交接。据介绍，本次接力仪式主题为"燃助力薪火丰学子羽翼，践担当初心做青年大事"。

李秀云向"法大班"励志助力计划学生代表赠送学习用品。摄影/卢云开

据介绍，中国政法大学是全国首批参加共青团中央中国青年志愿者研究生支教团项目的高等院校。法大研支团组建 21 年来，始终坚持在贫困地区"设点派员"，努力响应、配合地方政府执行精准扶贫、脱贫攻坚任务，逐渐形成了具有法科特色的实践育人工作理念和"支教普法"工作模式。据了解，自 1998 年至今，中国政法大学共组建 22 届研究生支教团，共选派 265 名志愿者，在山西灵丘、青海循化、甘肃渝中等地开展支教活动。山西石楼"法大班"励志助力计划，正是在 2018 年法大研究生支教团组建 20 周年之际所开创的"志智双扶"工作项目。

结合学校建设"法大班"项目的实际情况，参加接力仪式的中国政法大学副校长李秀云提出三点建议：一要站在服务"打赢脱贫攻坚战"的战略高度，做好顶层设计，吸引统筹多种社会资源，务实开展扶贫志愿服务，使"法大班"成为法大服务国家战略、参与地方治理的"新名片"；二要充分发挥"一张蓝图绘到底"的制度优势，保持政策惯性，形成校地协作长效机制，提升项目实施管理水平，使"法大班"成为展示法大人才培养理念和管理服务水平的"新窗口"；三要始终秉承"功成不必在我"的政治担当，遵循教育规律，精准聚焦助学育人目标，努力取得扶贫励志实效，将"法大班"打造成为国家、社会和高校在贫困地区延伸高等教育服务的"新典型"。

文章链接：https：//baijiahao. baidu. com/s？id = 1651532763905937
984&wfr = spider&for = pc

13. **标题**：中国政法大学与牛津大学圣艾德蒙学院签署合作协议
首发媒体：人民网
发布时间：2020 年 3 月 2 日
正文：

近日，中国政法大学校长马怀德代表学校在北京签署了中国政法大学与英国牛津大学圣艾德蒙学院之间的《中国政法大学和牛津大学圣艾德蒙学院学术合作框架协议 2020》《中国政法大学和牛津大学圣艾德蒙学院学术合作具体内容和技术细节协议 2020》《中国政法大学和牛津大学圣艾德蒙学院中国经济学术教育委员会学术合作具体内容和技术细节协议 2020》等三份合作协议。牛津大学圣艾德蒙学院院长 Katherine Willis、牛津中国经济学术教育委员会主席 Frank Hwang 已经于 2020 年 2 月 10 日签署了前述协议。协议约定双方第一个合作周期为五年，到期后自动延展五年。根据协议，中国政法大学将与牛津大学圣艾德蒙学院在以下四个方面开展合作：法大教师赴牛津大学开展研修项目、访问学者、客座教授项目，牛津大学与法大共同设立"牛津法大高端学术论坛"系列讲座项目、法大学生赴牛津大学进行研修项目。协议的签署标志着该校与世界一流大学的实质合作又跨上一个新台阶。牛津大学表示，"确实是值得载入牛津和法大史册的一件大事"。

据悉，早在今年 1 月 22 日牛津大学学术委员会全体会议审议同意签署合作协议。此后，在疫情当下，牛津大学仍致信学校，衷心欢迎马怀德率团如期访问牛津大学，并精心安排 2 月 24 日在有 800 多年历史的大学图书馆正式签署合作协议，与牛津大学校长 Louise Richardson 正式会见，马怀德在牛津大学法学院进行学术演讲等高质量的交流活动。鉴于疫情因素，学校提议推迟到访，并于 2 月 5 日复信牛津大学。对此，牛津大学表达充分理解、尊重并接受学校的建议，同时提议双方先行以通讯方式签署合作协议。

在全国上下全力抗击疫情的特殊时期，在全世界都在关注中国疫情的国际背景下，上述合作协议的顺利签署更加凸显了两校合作之真诚。合作协议在未来的有效执行不仅可以巩固与牛津大学的合作，而且可以为学校的"双一流"建设注入新的活力。

其间，牛津大学通过该校表达了愿意分享牛津大学医学最新研究成果，支持中国抗击疫情的意愿。

文章链接：http://edu. people. com. cn/n1/2020/0302/c1053-31613036. html

14. 标题：中国政法大学班戈孔院促进多元文化的交流与融合

首发媒体：海外网（《人民日报》海外版官方网站）

发布时间：2020 年 3 月 3 日

文章链接：http://jiaoyu. haiwainet. cn/n/2020/0303/c3542417-31732650. html

文章截图：

HWW 海外网　　教育频道 ＞ 国际交流 ＞ 正文

茶香氤氲 笔墨雅韵

中国政法大学班戈孔院促进多元文化的交流与融合

2020-03-03 14:19:30　来源：海外网　分享　生成海报　　　　字　大 中 小 号

　　近日，中国政法大学共建班戈大学孔子学院邀请当地国际职业女福利互助协会参观孔子学院，并举办走进中国文化工作坊。为迎接这次参观，孔院的志愿者老师们悉心准备了茶艺、书法和太极等传统艺术活动，在茶香氤氲中为到访的国际友人呈现了一场别开生面的多元文化盛宴。到访的客人们对各项活动均表现出浓厚的兴趣，积极融入到各项文化活动中。在对中国现代社会飞速发展感到惊叹的同时，也为中华文化的博大精深而叹服，对多元文化的交流与融合有了更深的认识。到访的嘉宾均表示，通过本次活动，感受到一个古老又迸发着活力的中国，令人难忘，收获良多。

15. 标题：中国政法大学位居"2020软科中国大学排名（政法类）"榜首

首发媒体：民主与法制网

发布时间：2020年5月18日

正文：

2020年5月15日，全球知名高等教育评价机构软科发布"2020软科中国大学排名"，首次采用差异指标与分类排名的方式对全国1205所高校排行，法大位居该榜政法类排名首位。

该排名以"高度重视人才培养"和"突出强调服务国家发展"为重要导向，以国内大学发展定位、优势特色、办学类型为主要依据，以"同类型高校排名"和"全国高校序列参考排名"同步展示为形式，设置办学层次、学科水平、办学资源、师资规模结构、人才培养、科学研究、服务社会等10个评价模块、30个评价维度、84项评价指标、数百个评价变量，形成总分排名。今年，首次将全国高校划分为11类榜单，进行分类排名。

此次，法大不仅位居"2020软科中国政法类大学排名"榜首，对应全国参考排名第55名，而且实现了全国参考排名连续3年跃升共40位次的良好成绩。此外，在"2019软科中国最好学科排名（法学学科）"，以及"2019软科世界大学一流学科排名（法学）"等两个榜单中，均拔国内头筹。总体上，在全校师生共同努力和社会各界关心支持下，法大"双一流"建设坚持"一流学科"与"一流大学"一体化建设，实现了"学科排名"与"大学排名"同步跃升，"国内排名"与"国际评价"齐驱并进的佳绩。同时，此次政法类榜前10所院校中，6所来自我校参与创办的全国政法类大学组织——立格联盟，凸显法大对新时代国家法治建设的领军担当，以及在国家法学教育中的高峰阵位。

今后，法大将继续致力提升"双一流"建设质量内涵，立足国家战略发展导向，聚焦自身优势特色，全力实现世界一流法科强校发展目标。

文章链接：http://www.mzyfz.com/html/1336/2020-05-18/content-1427035.html

文章截图：

16. 标题：中国政法大学：六年制法学实验班的探索之路

首发媒体：人民网

发布时间：2020 年 8 月 1 日

文章链接：http://jx.people.com.cn/n2/2020/0801/c186330−3419
9291.html

文章截图：

17. 标题：北京市西城区政府与中国政法大学签署战略合作协议

首发媒体：民主与法制网

发布时间：2020 年 8 月 4 日

正文：

本报讯（通讯员　宋扬）7 月 17 日，北京市西城区政府与中国政法大学签署战略合作协议，并在中国政法大学海淀校区召开座谈会。北京市西城区委书记卢映川、区长孙硕等相关负责人出席。

活动伊始，卢映川、孙硕与中国政法大学党委书记胡明、校长马怀德为双方合作的培养基地和实践基地揭牌，副区长李异代表区政府与中国政法大学副校长冯世勇签署战略合作协议。

据悉，双方将加强法治建设专题培训活动，提高领导干部、法治工作者和法治教育者的理论素养、知识水平、业务素质和管理能力，包括合作举办"西城区法治骨干人才培训班"。双方还将共建干部法治学习交流平台，商讨组织不同内容及形式的法律学术和法律实践的交流活动，就相关热点法律问题进行研究，利用各自优势和资源共同推动法律发展进步。中国政法大学将推荐相关专家、学者、研究生到西城区进行交流学习。双方还将共同开展科研课题及法治规划研究。

卢映川表示，自 2016 年西城区与中国政法大学签订《战略合作框架协议》以来，双方秉持资源共享、成果共享、人才共享的合作精神，充分发挥各自优势，扎实推进实践基地共建、课题研究协作、法治培训及法治评估实施等一系列合作项目，成果显著。全面依法治国是新时代党的基本方略，是走向现代化的必由之路，对各级地方党委政府加强法治建设、提升治理能力提出了越来越高的要求。面临新时代新要求，进一步加强双方战略合作、拓展合作广度和深度，显得尤为必要，也恰逢其时。正是在这样的背景下，双方经过友好协商，一致同意在以往合作基础上，进一步完善、充实合作协议与项目，推动战略合作进一步迈上新水平。西城区将切实履行协议约定，全面扎实抓好各个合作项目实施，努力取得更多更富实践成效的合作成果。

胡明表示，中国政法大学经过 60 余年的发展，深刻地认识到一所大学只有投身服务国家、服务地方、服务社会、服务人民的伟大实践，才能真正地体现大学的办学使命和社会功能，才能真正彰显人才培养和科学研究的重大价值、重大意义和社会价值。今后中国政法大学将继续服务北京四个中心的建设和法治中国首善之区的建设，希望进一步密切和西城区委区政府的关系，多方面加强合作，助力西城经济社会的发展。为了进一步巩固和拓展合作深化培育成果，他提出 4 点希望，第一是以合作促佳作，携手打造地方政府法治建设的样板；第二是以培训促培育，携手培育优秀法治干部和法治人才；第三是以资政促善政，携手提供优质高效的公共法律服务；第四是以局部促全部，携手拓展深层次宽领域的务实合作。

文章链接：http://www. mzyfz. com/cms/benwangzhuanfang/xinwenz hongxin/zuixinbaodao/html/1040/2020-08-04/content-1434095. html

18. 标题：中外法硕教育专家"云"探讨人才培养模式创新等挑战

首发媒体：中国新闻网

发布时间：2020 年 10 月 17 日

正文：

中国新闻网北京新闻 10 月 16 日电　由中国政法大学法律硕士学院主办的"法硕教育国际研讨会"日前在京举办。来自美国、澳大利亚、日本、韩国、中国香港地区以及内地等知名高校的法学院院长或从事法硕教育研究的专家学者汇聚一堂，就法硕教育的目标与任务、面临的问题与挑战以及体制机制创新等重要问题进行交流和探讨，以促进法律硕士培养人才模式的改革。

据悉，本次研讨会是中国政法大学法律硕士学院院庆十五周年的系列活动之一，以线上方式进行，分为法学院院长论坛、实践教学论坛以及法律职业伦理教学论坛三部分。

中国政法大学校长马怀德表示，近年来中国政法大学法律硕士学院蓬勃发展，在人才培养的规模和质量，特别是国际化发展以及应用型、实践型和创新型教育方面取得了显著成绩。不过，目前法律硕士教育仍存在社会认同度不够高、培养模式亟待创新、人才需求动态反馈机制不足、产教融合育人机制不足等方面的问题。建议法律硕士教育高度关注基础教育，尤其是人文素养和法律职业伦理教育；要创新培养模式，注重实践导向；要尽快探索和建立法律博士培养模式，培养更多的应用型、专业型的法治人才。

美国波士顿学院法学院副院长朱迪·麦克马罗谈到，美国法律行业的监管正在发生变革，未来通过线上学习获得法学硕士、法学博士或在线参加律师资格考试或成为可能。

美国天普大学法学院桑国亚助理院长就疫情如何影响美国的法学教育这一问题作了发言。他说，很多大学法学院面临经济拮据的困境。而在疫情背景下，法学院及法学教师应当更加关注学生的心理健康问题。

韩国法学院协会会长、韩国全南大学法学院前院长金淳锡介绍了韩国的法学教育改革取得的成就和面临的挑战。他认为，目前韩国法学院学生组成多样性有所提高，律师数量大大增加，法律服务的门槛有所降低。但目前律考通过率比较低，同时韩国的法学教育体系正处于新旧过渡期，改革存在很多障碍，而韩国大学法学教育更多聚焦于教育本身，对旧的教育体系进行改革方面关注较少。

日本法政大学法学院教授坂本正幸认为，法学院应当理论教学和案例教学并重，法律教育工作者在制定教育体系的时候，应当听取法院、检察院、律师协会和律师事务所等方面的声音，弥补法律教育与法律实践之间的鸿沟。

澳大利亚莫纳什大学法学院教授阿德瑞安·伊万斯就全球化的伦理框架进行了介绍。他表示，作为律师应当奉行律师职业伦理，在面临伦理选择的时候，应尽可能地适用更为公平的法律，承担其应有的社会责任。

北京大学法学院院长潘剑锋分享了北京大学法学院在法硕教改中的经验。他指出，北京大学法学院强调对学生的差异化培养。针对法硕学生普遍存在的法律理论基础低、实践能力弱和国际化视野不够开阔的问题，必须持续提升学生的理论水平和实践能力，开阔学生国际化视野。

清华大学法学院院长申卫星介绍了计算法学的含义以及计算法学的学科来源。他认为，计算法学作为一个新兴学科，契合时代发展趋势，会对信息技术的发展，以及中国的法学教育特别是法律硕士教育产生重要影响。

研讨会期间，与会嘉宾还就新时代法律硕士教育的目标和任务、司法改革中的学生参与问题、全球化法律执业创新等话题展开探讨。

中国政法大学法律硕士学院院长许身健表示，与会嘉宾的许多经验和洞见具有权威性和示范性。学院将认真吸取本次会议的成果，进一步明晰人才培养理念和培养目标，提升课程设计质量和人才培养质量。

中国政法大学副校长常保国认为，各位专家学者讨论的问题涉及了法律专业学位教育的方方面面，如何通过改革促进专业学位研究生教育的健康发展，如何办出令学生满意、社会认可的专业学位研究生教育，如何做到规模和质量的统一，如何办出特色，避免"千校一面"，是教育主管部门和高校共同思考的问题。中国政法大学将充分吸纳各位专家学者的意见，推动法硕教育的发展。

文章链接：http://www.bj.chinanews.com/news/2020/1017/79292.html

文章截图：

19. 标题：人民网与中国政法大学开展"网上群众工作案例走进大学思政课"教学合作

首发媒体：人民网

发布时间：2020 年 11 月 13 日

正文：

人民网与中国政法大学开展"网上群众工作案例走进大学思政课"教学合作签约仪式现场。卢瑞　摄

人民网遂宁 11 月 13 日电（马俊华）11 月 13 日，2020 网上群众工作峰会在四川遂宁举行。会上，人民网与中国政法大学举行"网上群众工作案例走进大学思政课"教学合作签约仪式。

日前，人民网《领导留言板》团队应邀走进中国政法大学的思政课课堂，向广大学生讲授《领导留言板》的发展历程、运行机制、丰硕成果和战"疫"案例。《领导留言板》的网上群众路线案例，为中国政法大学思政课教师提供了鲜活、生动的教学资源。从 2020—2021 学年秋季学期起，中国政法大学组织开设"毛泽东思想和中国特色社会主义理论体系概论"课程，选课学生依托《领导留言板》线上素材，围绕"我为家乡献一策"等主题，撰写社会治理报告并开展优秀报告评选活动。

据了解，此次教学合作把思政小课堂同社会大课堂结合起来，将通过人民网《领导留言板》进思政课课堂教学、进思政课实践教学、进高校思政教育、进高校学术研究等不同形式，建立起全员、全程、全方位的育人体制机制。2020 年 11 月起，人民网《领导留言板》与中国政法大学共建思想政治教育社会实践基地，组织参观交流活动；中国政法大学教师担任人民网《领导留言板》智库专家库成员，定期策划专题访谈、热点对话、决策咨询、调查研究、建言献策等活动。

文章链接：https://baijiahao.baidu.com/s？id＝1683228831260455111&wfr＝spider&for＝pc

20. **标题**：一年来法学教育关注哪些事？2020 年法学教育年度新闻正式揭晓！

首发媒体：《人民日报》中央厨房

发布时间：2021 年 1 月 9 日

正文：

（《人民日报》中央厨房 陈炳旭）近日，2020 年法学教育年度新闻正式揭晓。本次年度新闻评选面向全国法学院校和相关媒体征集出 24 条候选新闻，由法学教育领域专家、相关媒体代表作为评委，经专家评审、媒体投票等流程最终选出。

据悉，"法学院校积极成立习近平法治思想研究机构 研究宣讲习近平法治思想""中国政法大学承担的'创新发展中国特色社会主义法治理论体系研究'重大课题结项""中国人民大学等法学院校全面深入参与民法典编纂等立法及民法典宣传教育工作""王晨在北京部分高等院校调研时强调　以习近平法治思想为指导　推进涉外法治人才培养""同心战'疫'三校说'法''五校连枝'六校法学名家首推在线公益讲座　法学院校积极行动　坚决打赢疫情防控阻击战""服务全面依法治国《中国司法文明指数报告 2019》《法治政府评估报告 2020》《全球治理指数 2020 报告》《国家治理指数 2020 报告》陆续发布""法学教育创新联盟在天津成立""10 名法学'生力军'获评'全国杰出青年法学家'称号""教育部、北京市人民政府决定共建中国政法大学""第三届'二十一世纪世界百所著名大学法学院院长论坛'举行""浙江大学：'机器人律师'展现人工智能魅力""北京大学法律援助协会荣获第五届中国青年志愿服务项目大赛金奖""首届'未来精英杯'全国法科学生写作大赛颁奖仪式在京举行"等 13 条新闻最终入选。

据了解，中国政法大学自 2005 年携手全国主要法学院校首次举办全国法学教育年度新闻评选活动，多年来在中国法学教育研究领域产生了广泛而深远的影响。评选展现各法学院校坚持立德树人根本任务，培养德法兼修高素质法治人才，构建中国特色法学体系，服务全面依法治国等方面取得的成就。2017 年起，该评选活动由教育部高等学校法学类专业教学指导委员会联合"立格联盟"共同主办。

21. **标题**：全国高校院（系）立德树人知行联盟思政"全"课堂启动
首发媒体：《人民日报》中央厨房
发布时间：2021 年 3 月 30 日
正文：

（《人民日报》中央厨房　陈炳旭）3 月 25 日，全国高校院（系）立德树人知行联盟思政"全"课堂启动仪式在中国政法大学学院路校区举行。全国高校院（系）立德树人知行联盟成员单位 11 所院（系）领导、思政教师、师生代表等 50 余人参加仪式。

会上，中国政法大学民商经济法学院党委书记王洪松对思政"全"课堂活动作了全面介绍和前期总结。

东北财经大学工商管理学院副院长陈文婷从工作概况、调研与问题聚集、具体举措等方面介绍了学院的课程思政建设，提出了需要对课程思政的真正内涵和元素进行梳理、推出具有亲和力和影响力的课程、依靠思政教学名师和团队、利用公众号专栏进行网络推广等建设性意见与成员单位共享。

浙江大学机械工程学院党委副书记项淑芳从思政工作和党建工作相结合的角度，提出课程思政建设需要紧扣学科特色、加强思政意识形态引领、加强党建引领党员做先锋、落实好教师双带头人制度等，真正将科研优势转化为课程优势，实现教学与思政的协同发展。

中国政法大学环境资源法研究所所长、博士生导师于文轩教授结合主持的思政课程《习近平生态文明思想的法治实践》的授课内容、课程发展等方面，提出需要将思政元素和专业知识有机结合，不断更新知识体系、丰富内涵。

北京交通大学电子信息工程学院党委副书记韩柏涛从内容、形式、载体三个角度介绍了学院课程思政建设，指出在内容上需要丰富内涵，从学院原有的精品课和教学名师入手；形式上将第一课堂和第二课堂有机融合，运用如青春启航公开课等更为生动活泼的形式展现；载体上建设"智慧思政"平台，利用网络信息化手段实现对育人路径的整体探究。

中国政法大学学生代表王欣卉分享了自己修读中国海洋大学管理学院课程的经历，她认为通过这一活动开阔了视野，拓展了知识的广度和深度，有幸聆听了全国各地优秀思政教师的教诲，在课程平台上和不同学校的同学们实现了一起互动和学习。

中国政法大学副校长常保国在总结发言中指出，中国政法大学把推进课程思政建设作为落实学校立德树人根本任务的关键工作，以知识传授与价值引领相结合、理论教学与实践训练相同步、引进资源与走向实务相协同的指导理念，创新建设学训一体、出入并举的法大特色课程思政体系。目前法大共分批建设了120门"课程思政示范课程"，其中20门为重点建设示范课。他表示，要充分挖掘专业课程中蕴含的思政元素，将思政元素融入专业知识课堂，融入教师的学术研究，融入学生成长需要，致力于提升课程思政的效果与质量，打造一批形式新颖的协同育人课程。希望全国高校院（系）立德树人知行联盟实现更多不同高校院系之间的交流与合作，共享成果，实现协同发展。

据介绍，全国高校院（系）立德树人知行联盟（以下简称联盟）成员单位包括中国政法大学民商经济法学院、北京交通大学电子信息工程学院、北京邮电大学电子工程学院、南开大学物理科学学院、内蒙古大学化学化工学院、东北财经大学工商管理学院、浙江大学机械工程学院、浙江农林大学林业与生物技术学院、中国海洋大学管理学院、西南政法大学全球新闻与传播学院、浙江中医药大学护理学院等 11 所院（系）。联盟内学院根据专业特色，打造精品课，首批思政"全"课堂活动共包括了 11 个院系的 11 门课程，涵盖了管理学、理学、法学、工学、农学、医学等不同学科和专业，联盟内学生可通过中国慕课、智慧树等平台或者课程视频进行线上学习，实现了成绩互通、学分互认等，实现多学科、多角度、系统性的课程育人效果。

文章截图：

全国高校院（系）立德树人知行联盟思政"全"课堂启动

人民日报中央厨房-半亩方塘工作室 陈炳旭
2021-03-30 11:59

　　3月25日，全国高校院（系）立德树人知行联盟思政"全"课堂启动仪式在中国政法大学学院路校区举行，全国高校院（系）立德树人知行联盟成员单位11所院（系）领导、思政教师、师生代表等50余人参加仪式。

　　会上，中国政法大学民商经济法学院党委书记王洪松对思政"全"课堂活动做了全面介绍和前期总结。

　　东北财经大学工商管理学院副院长陈文婷从工作概况、调研与问题聚焦、具体举措等方面介绍了学院的课程思政建设，提出了需要对课程思政的真正内涵和元素进行梳理、推出具有亲和力和影响力的课程、依靠思政教学名师和团队、利用公众号专栏进行网络推广等建设性意见与成员单位共享。

人民日报中央厨房-半亩方塘
工作室

介绍：简报、教育、社会

• 杨振宁先生捐赠清华大学暨"杨振宁资料室"揭牌仪式在京举行

发挥学科人才优势 助力全面依法治国

（一）电视媒体

1. **标题**：治国大计 筑基长远——专家学者谈学习领会十九届四中全会精神

视频链接：http://tv.cctv.com/2019/11/03/VIDEojps5QPDFDpDrb lOgOyO191103.shtml

首发媒体：中央电视台《新闻联播》

发布时间：2019 年 11 月 3 日

视频截图：

2. 标题：培养法治人才　服务国家治理体系和治理能力现代化

视频链接：http://news.cupl.edu.cn/info/1021/30621.htm

首发媒体：中国教育电视台

发布时间：2019 年 11 月 4 日

视频截图：

3. 标题：中国政法大学校长马怀德：弘扬宪法精神　推进国家治理体系和治理能力现代化

视频链接：http://m.news.cctv.com/2019/12/04/ARTIEPrtXzSzCogCyw2fvsRL191204.shtml

首发媒体：中央电视台《新闻联播》

发布时间：2019 年 12 月 4 日

视频截图：

4. 标题：何君尧：获颁中国政法大学名誉博士学位犹如"强心针"

视频链接：http://k. sina. com. cn/article_ 6145283913_ m16e4997 4902000wwz6. html？from＝news&subch＝onews

首发媒体：东方卫视

发布时间：2019 年 12 月 7 日

其他媒体发布：

海外网（《人民日报》海外版官方网站）：恭喜！何君尧获中国政法大学颁发名誉博士学位，发布时间：2019 年 12 月 6 日，文章链接：https://baijiahao. baidu. com/s？id＝1652136527487618735&wfr＝spider& for＝pc。

5. 标题：第二届"马克思主义与法治中国"全国学术研讨会在北京召开

视频链接：http://mkszyxy. cupl. edu. cn/info/1159/3867. htm

首发媒体：中国教育电视台

发布时间：2019 年 12 月 31 日

视频截图：

6. 标题：《中华人民共和国香港特别行政区维护国家安全法》学术研讨会举行

视频链接：http://news. cupl. edu. cn/info/1021/31952. htm

首发媒体：CCTV12-社会与法频道

发布时间：2020 年 7 月 4 日

视频截图：

其他媒体发布：

民主与法制网：《香港国安法》制定与实施学术研讨会在中国政法大学召开，发布时间：2020 年 7 月 8 日，文章链接：http://www. mzyfz. com/html/1336/2020-07-08/content-1431742. html。

7. 标题：司法文明指数报告：镜照司法文明现状　培养未来司法精英

视频链接：http://www. centv. cn/p/372750. html

首发媒体：中国教育网络电视台

发布时间：2020 年 10 月 19 日

视频截图：

8. 标题：霍政欣：圆明园流失兽首，如何再"聚首"？

视频链接：http://tv.cctv.com/2020/12/01/VIDElrfFNX63GOITLK AstVtJ201201.shtml

首发媒体：中央电视台《新闻1+1》

发布时间：2020 年 12 月 1 日

视频截图：

9. 标题：脱贫攻坚法治报道：法援小组在行动

视频链接：http://tv.cctv.com/2020/12/22/VIDE6ckCWyUErgYLB MgTKD58201222.shtml

首发媒体：CCTV12-社会与法频道

发布时间：2020 年 12 月 22 日

视频截图：

10. 标题：以马克思主义恩格斯思想指导法治中国建设

视频链接：http://www.centv.cn/p/378375.html

首发媒体：中国教育网络电视台

发布时间：2020 年 12 月 12 日

11. 标题：时建中：优化法治化营商环境

视频链接：http://news.cctv.com/2021/01/31/ARTIC45jQJwNGRH
OoZ1ohoZy210131.shtml

首发媒体：中央电视台《新闻联播》

发布时间：2021 年 1 月 31 日

视频截图：

12. 标题：培养德法兼修人才　全面推进法治中国建设

视频链接：http://www.centv.cn/p/390157.html

首发媒体：中国教育网络电视台

发布时间：2021 年 3 月 29 日

视频截图：

13. 标题："新时代民法典"法大研究生宣讲团走进社区暨纪念《民法典》颁布一周年普法宣讲活动

视频链接：http://news.cupl.edu.cn/info/1021/34063.htm

首发媒体：BTV《都市晚高峰》

发布时间：2021 年 5 月 31 日

视频截图：

14. 标题：《中华人民共和国反外国制裁法》正式施行

视频链接：http://news.cupl.edu.cn/info/1021/34164.htm

首发媒体：CCTV1-焦点访谈

发布时间：2021 年 6 月 11 日

视频截图：

15. 标题：小学生体验模拟法庭：创新法治教育形式　提高教师团队素养

视频链接：http://www.centv.cn/p/398978.html

首发媒体：中国教育网络电视台

发布时间：2021 年 6 月 16 日

视频截图：

16. 标题：创新数据法学研究　首届数据法治高峰论坛召开

视频链接：http://tv.cctv.com/2021/06/18/VIDE4ZICI94JDR3NS4zOVHaD210618.shtml? vfrm

首发媒体：CCTV12-热线关注

发布时间：2021 年 6 月 18 日

视频截图：

（二）平面媒体

1. **标题**：黄进：创新发展新时代中国特色社会主义法治理论

首发媒体：《法制日报》2017 年 11 月 8 日 9 版

正文：

十九大报告提出："全面依法治国是中国特色社会主义的本质要求和重要保障。必须把党的领导贯彻落实到依法治国全过程和各方面，坚定不移走中国特色社会主义法治道路，完善以宪法为核心的中国特色社会主义法律体系，建设中国特色社会主义法治体系，建设社会主义法治国家，发展中国特色社会主义法治理论，坚持依法治国、依法执政、依法行政共同推进，坚持法治国家、法治政府、法治社会一体建设，坚持依法治国和以德治国相结合，依法治国和依规治党有机统一，深化司法体制改革，提高全民族法治素养和道德素质。"

□ 黄进

党的十九大报告系统阐述了习近平新时代中国特色社会主义思想和基本方略，在阐述"坚持全面依法治国"基本方略时，特别明确地提到要"发展中国特色社会主义法治理论"。这实际上是肯定了发展中国特色社会主义法治理论在坚持全面依法治国基本方略中的重要地位和作用。

创新发展中国特色社会主义法治理论是新时代中国特色社会主义法治建设的重要任务和要求。十八大以来，经过艰辛努力，中国特色社会主义进入了新时代，这是我国发展新的历史方位。新时代是决胜全面建成小康社会、进而全面建设社会主义现代化强国的时代，是逐步实现全体人民共同富裕的时代，是奋力实现中华民族伟大复兴中国梦的时代，是我国日益走近世界舞台中央、不断为人类作出更大贡献的时代，也是全面依法治国的新时代。在新时代，我国社会主要矛盾已经转化为人民日益增长的美好生活需要和不平衡不充分的发展之间的矛盾，这一关系全局的历史性变化，对党和国家工作提出了许多新要求，改革发展稳定任务之重前所未有、矛盾风险挑战之多前所未有，全面依法治国在党和国家全局中的地位更加突出、作用更加重大，全面依法治国任务依然繁重。实践没有止境，理论创新也没有止境。坚持全面依法治国，不但要坚定不移地走中国特色社会主义法治道路，完善以宪法为核心的中国特色社会主义法律体系，建设中国特色社会主义法治体系，建设社会主义法治国家，而且要创新发展中国特色社会主义法治理论，不断探索、认识人类社会发展规律、社会主义建设规律、共产党执政规律和依法治国规律，从理论和实践结合上，系统回答新时代坚持和发展什么样的中国特色社会主义法治、怎样坚持和发展中国特色社会主义法治。

创新发展中国特色社会主义法治理论是对中国特色社会主义法治实践的理论升华。时代是思想之母，实践是理论之源。中国特色社会主义法治理论不是无源之水、无本之木，而是根植于中国特色社会主义法治的伟大实践。新中国成立60多年来，法治建设走过了不平凡的历程。新中国成立后，党和国家高度重视法治建设，先后制定了宪法和一批法律法规，确立了我国的基本政治法律制度。后来，"文革"期间民主法治遭到严重破坏。进入改革开放新时期后，党的十一届三中全会决定在把党和国家工作重心转移到经济建设上来，同时将加强社会主义民主法制建设作为坚定不移的方针确定下来，开创了社会主义法治建设新局面。党的十五大将依法治国确立为党领导人民治理国家的基本方略，把建设社会主义法治国家作为建设社会主义现代化国家的重要目标。党的十六大、十七大就落实依法治国提出了要求、作出了部署。特别是党的十八大以来，党中央高度重视依法治国，提出"法治是治国理政的基本方式"，要加快建设社会主义法治国家，并把全面推进依法治国与全面建成小康社会、全面深化改革、全面从严治党一起纳入"四个全面"战略布局，协调推进。党的十八届四中全会则对全面依法治国专题进行研究部署，提出了全面依法治国的指导思想，提出了建设中国特色社会主义法治体系、建设社会主义法治国家的总目标，系统部署了科学立法、严格执法、公正司法、全民守法，为全面依法治国进行了顶层设计。可以这样说，中国特色社会主义法治实践艰难曲折、波澜壮阔，砥砺前行、成效显著。我们必须以习近平新时代中国特色社会主义思想为指导，坚持解放思想、实事求是、与时俱进、求真务实，系统、深入、全面地梳理、概括、归纳、提炼和总结中国特色社会主义法治实践，并紧密结合新的时代条件和实践要求，以全新的视野深化对中国特色社会主义法治规律的认识，进行艰辛理论探索，不断推进理论创新，对法治实践加以理论升华，形成新时代中国特色社会主义法治理论。中国特色社会主义法治理论来源于法治实践，但又高于实践，是对实践的理论升华，用于指导实践。我们必须致力于中国特色社会主义法治理论的实际运用，不断实现中国特色社会主义法治理论创新与中国特色社会主义法治实践的良性互动，在这种互动中推进中国特色社会主义法治理论不断丰富和创新发展，开拓中国特色社会主义法治道路的崭新境界。

创新发展中国特色社会主义法治理论要着力构建中国特色社会主义法治理论体系。中国特色社会主义法治理论，是马克思主义中国化在法治领域的理论成果，是中国特色社会主义理论体系的重要组成部分，也是习近平新时代中国特色社会主义思想的有机组成部分。

中国特色社会主义法治理论是从中国实际出发，建立在中国特色社会主义法治实践或者说全面依法治国的中国实践基础上的科学理论体系，是实践经验的总结、集体智慧的结晶。

中国特色社会主义法治理论是传承法律文化精华、借鉴吸收世界上优秀法治文明成果，并对世界法治文明作出积极贡献的最新理论成果。

中国特色社会主义法治理论体系是一个科学化、系统化、理论化的有机整体，与中国特色社会主义法治体系、中国特色社会主义法学理论体系、学科体系、学术体系、教材体系、话语体系既有联系，相辅相成、相互促进、相得益彰，又有明显的区别。中国特色社会主义法治理论体系是建立在中国特色社会主义法治体系或者说全面依法治国的中国实践的基础之上的，而中国特色社会主义法学理论体系、学科体系、学术体系、教材体系、话语体系又是建立在中国特色社会主义法治体系和中国特色社会主义法治理论体系基础之上的。当然，中国特色社会主义法治理论体系和中国特色社会主义法学理论体系、学科体系、学术体系、教材体系、话语体系对全面依法治国，建设中国特色社会主义法治体系、建设社会主义法治国家起着理论分析、理论支撑和理论指导作用。中国特色社会主义法治理论是全面推进依法治国的行动指南。

中国特色社会主义法治理论体系"四梁八柱"的主体框架已经搭建起来，明确中国的法治道路是坚持走中国特色社会主义法治道路；明确中国特色社会主义法治的最根本保证是中国共产党的领导，必须把党的领导贯彻落实到依法治国全过程和各方面；明确中国特色社会主义法治的基本方略是坚持全面依法治国；明确全面推进依法治国总目标是建设中国特色社会主义法治体系、建设社会主义法治国家；明确中国特色社会主义法治的本质特征是坚持党的领导、人民当家作主、依法治国有机统一；明确中国特色社会主义法治的基本原则是坚持中国共产党的领导、坚持人民主体地位、坚持法律面前人人平等、坚持依法治国与以德治国相结合、坚持从中国实际出发；明确中国特色社会主义法治体系是形成完备的法律规范体系、高效的法治实施体系、严密的法治监督体系、有力的法治保障体系，形成完善的党内法规体系；明确中国特色社会主义法律体系是以宪法为核心、由民商法、刑法、行政法、经济法、社会法、诉讼及争议解决法等部门法的法律体系；明确中国特色社会主义法治的基本格局是科学立法、严格执法、公正司法、全民守法，坚持依法治国、依法执政、依法行政共同推进，坚持法治国家、法治政府、法治社会一体建设；明确中国特色社会主义法治的核心价值是保障人权、公平正义。

恩格斯曾经讲过："一个民族想要站在科学的最高峰，就一刻不能没有理论思维。"全面依法治国，是国家治理的一场深刻革命。推进全面依法治国，一刻也离不开中国特色社会主义法治理论的分析、支撑和指导。中国特色社会主义法治理论体系已基本形成，但仍在不断深化、演进中。创新发展中国特色社会主义法治理论没有止境，永远在路上。

2. **标题**：胡明：构建中国特色社会主义法学体系的体会和探索
首发媒体：《光明日报》2017 年 12 月 29 日 7 版
正文：

构建中国特色社会主义法学学科体系、学术体系和话语体系具有重大意义。构建中国特色社会主义法学学科体系、学术体系、话语体系是实现全面依法治国的必然要求，也是全面建成小康社会决胜阶段必须解决的问题；是用中国理论解决中国问题，用中国智慧阐释人类共同价值的有益尝试，将为新时代中国特色社会主义的发展提供新的理论支撑。作为哲学社会科学体系的重要组成部分，现有的法学体系需要与时俱进、创新发展。

构建中国特色社会主义法学学科体系、学术体系、话语体系要坚持四个重要原则。坚持以马克思主义法学思想和中国特色社会主义法治理论为指导；坚持立足中国实际解决中国问题，这是构建中国特色社会主义法学学科体系、学术体系、话语体系的根本；坚持汲取传统精华，体现时代精神，积极开展创造性转化、创新性发展，使中华法学思想不断焕发出新的生机活力；坚持面向世界，开放自信，要在坚持以我为主、兼收并蓄的原则下吸收和转化世界上的优秀成果，有底气、有自信地为世界法治文明贡献中国智慧和中国方案。

中国政法大学在构建中国特色社会主义法学学科体系、学术体系、话语体系上作出了一些探索。一是博采众长，通过开展深入调研、举办高端论坛、深入探讨，推出一批具有前沿性和影响力的研究成果，为打造中国特色法学学科体系、学术体系和话语体系提供了理论支持和智力支撑。二是以新兴学科建设和交叉学科建设为载体，培育法学学科体系、学术体系和话语体系新的增长点。三是坚持"一体两翼"培育具有法大特色的法学体系。"一体"即以法学为优势为特色，与相关学科相互融合的学术体系；"两翼"即以基本原理、基本话语构成的理论学术体系和以服务国家重大战略项目构成的应用学术体系。我们坚持"一体两翼"，以国家社科基金重大委托项目《创新发展中国特色社会主义法治理论研究》为引领，努力构建结构合理、特色鲜明的学科、学术和话语体系。

希望通过此次论坛成就一场思想交流的盛宴，汇聚各界的智慧，努力形成构建与完善中国特色社会主义法学学科体系、学术体系和话语体系的新思路、新路径和新方案，为实现全面推进依法治国的总目标提供理论支撑和智力支持，为确保党中央的决策部署和习近平关于法治建设的重要讲话和指示精神落地生根提供有力的思想保证。

（本文作者系中国政法大学党委书记胡明）

3. **标题**：让监督体系发挥最大合力——访中国政法大学副校长马怀德

首发媒体：《人民日报》2018 年 1 月 9 日 17 版

正文：

党的十九大报告指出，健全党和国家监督体系。如何理解报告中关于构建党统一指挥、全面覆盖、权威高效监督体系的部署和要求？近日，《人民日报》记者就此专访了中国政法大学副校长马怀德教授。

增强党自我净化能力，根本靠强化党的自我监督和群众监督

记者：党的十九大报告指出，增强党自我净化能力，根本靠强化党的自我监督和群众监督。如何理解党的自我监督的根本性作用？党的十八大以来，党内监督取得了哪些进展？

马怀德：党的执政和领导地位决定了在党和国家各项监督制度中，党内监督是第一位的。如果党内监督缺失，其他监督必然失效。只有党的自我监督有力，党充分发挥领导核心作用，才能充分发挥其他监督方式的作用。

党的十八大以来，我们党不断创新党内监督方式，加强自上而下的党委监督和纪委监督；巡视实现一届任期全覆盖，利剑作用彰显；对中央一级党和国家机关全面派驻纪检组，消除了监督空白；党的十八届六中全会通过《中国共产党党内监督条例》，逐步完善党内监督制度，不断拓展监督渠道，促进党内监督不留空白、没有死角。

记者：如何理解群众监督的重要作用？您认为未来加强党内监督与群众监督相结合应向哪些方面发力？

马怀德：人民群众的眼睛是雪亮的。党组织和党员身处群众之中，群众对他们的情况最清楚、最有发言权。让人民群众更多地参与、监督管党治党和党的建设工作，有利于保证人民当家作主，保证权力正确行使，防止和纠正损害人民群众利益的行为，确保党始终做到立党为公、执政为民。

党内监督是自律，群众监督是他律。推动党内监督和群众监督有效衔接，能促进自律和他律相结合，构建起科学严密的监督体系。

坚持党内监督和群众监督相结合，应紧紧围绕对党组织和党员的监督，坚持主体互动、内容贯通、形式对接、机制协调，切实增强监督的操作性、实效性，确保实现预期目标任务。不久前，党中央印发的《中国共产党党务公开条例（试行）》，就是一项将党内监督与群众监督相结合的有力举措，应坚持党务公开与保障群众知情权、参与权、表达权、监督权相协调，让人民群众更加有效地监督。

记者：报告提出，深化政治巡视，坚持发现问题、形成震慑不动摇，建立巡视巡察上下联动的监督网。巡视巡察联动在发挥监督作用上有何特殊意义？

马怀德：中央和省一级有巡视，市县有巡察，巡视巡察上下联动，巡视的成果可以指导巡察，巡察中发现的突出问题，会被及时反映到巡视这一层级，也可以让巡视更有针对性。因此，巡视巡察上下联动，起到了相互促进、相互支撑的作用，织就了一张全覆盖的监督之网。

深化国家监察体制改革是推动全面从严治党向纵深发展的重大战略举措

记者： 国家监察体制改革在健全党和国家监督体系中的重要作用表现在哪些方面？

马怀德： 深化国家监察体制改革，总目标是建立党统一领导下的国家反腐败工作机构，形成集中统一、权威高效的国家监察体制。北京、山西、浙江三地开展的试点，为在全国推进国家监察体制改革积累了经验。党的十九大作出新的重大部署，将试点工作在全国推开，能够整合行政监察、预防腐败和检察院查处贪污贿赂、失职渎职及预防职务犯罪等工作力量，有效解决行政监察范围过窄、反腐败力量分散等问题；同时，监察委员会可以对所有行使公权力的公职人员监察全覆盖，真正把权力关进制度笼子。

记者： 国家监察体制改革试点向全国推开，重点和难点有哪些？

马怀德： 深化国家监察体制改革是一项政治性、政策性和操作性都很强的工作。试点工作的重点和难点在转隶后的融合，这既有人员和思想融合问题，也有机制和工作融合问题。应当集中抓好转隶工作，完成检察院反贪污贿赂、反渎职侵权、职务犯罪预防部门的机构、职能和人员的整体划转；同时，稳步推进全面融合，围绕机构与职能相协调、规范调查权限手段、增强工作人员纪检监察意识和纪检监察能力，有效提升综合素质和履职能力。这就要求各级各地党委担负起主体责任，一把手负总责，把认识统一到中央的要求上来，联系本地区实际，发现问题、解决问题，推动监察理念思路、体制机制、方式方法的与时俱进。

记者： 制定国家监察法有何现实意义，应注意哪些问题？

马怀德： 推进国家监察立法，依法赋予监察委员会职责权限和调查手段，是为了保障国家监察体制改革这项事关全局的重大政治改革能够具备合法性、正当性，在法治轨道上有序运行，在优化权力配置、构建和完善监督模式的同时，实现了国家监察权的法治化、规范化、制度化。国家监察立法需要注意几个问题。

一是对监察全覆盖的范围进行细化，对监察对象人员的具体界定还有待进一步完善。

二是进一步明确留置措施适用条件与程序。在多种调查措施中，留置对基本权利的干预和影响最大，因此，国家监察立法应当对适用留置措施的程序和实体规则进行规范，明确权力行使的边界。

三是解决好监察程序与刑事诉讼程序的衔接。监察机关开展工作过程中，有大量工作需要涉及各个机关之间的配合协调。国家监察体制改革试点在全国推开后，这一问题可能会更突出。处理好监察委员会与公安机关、检察机关之间的关系尤为重要，国家监察立法应当从制度设计上保证各个机关之间有协调配合、相互制约的机制。

四是明晰对监察委员会的监督制约机制。从坚持"有权必有责，用权受监督"的理念出发，国家监察立法应当明确对监察委员会的监督机制，通过相应的制度设计对监察委员会进行约束，规范权力的行使。

构建党统一指挥、全面覆盖、权威高效的监督体系

记者：党的十八大以来，我们党完善监督体系取得了哪些成效？

马怀德：5年来，党中央创新监督方式，着力构建党内监督与国家机关监督、民主监督、司法监督、群众监督、舆论监督等相互衔接的体系。比如，党的十八大以来，党中央在巡视制度中，把自上而下的组织监督和自下而上的民主监督结合起来，把党内监督和群众监督、舆论监督等进行有效衔接，形成了强大的监督合力。此外，国家监察体制改革还着力构建党内监督与国家机关监督、党的纪律检查与国家监察有机统一的监督体制。

记者：构建党统一指挥、全面覆盖、权威高效的体系有何现实意义？

马怀德：所谓监督体系，就意味着各种监督方式相互联系、有机运转。过去，党内监督、民主监督、司法监督、群众监督、舆论监督等监督方式发挥着自身的作用，但这些监督方式多为"单打独斗"，缺少贯通、衔接与有效结合，监督力量较为分散。试想，如果监督分散，容易出现监督盲点；各种监督方式没有成体系，缺乏贯通，监督力量也不够强。

俗话说，攥紧的拳头力量大。若能构建起党统一指挥、全面覆盖、权威高效的体系，全党动手，将各种监督相互衔接贯通，打出监督"组合拳"，形成监督强大合力，必将构筑起全方位、无死角的监督屏障，监督效果会更好。

记者：未来监督体系的构建应往哪些方面着力？

马怀德：构建党统一指挥、全面覆盖、权威高效的监督体系，意味着这个体系有几个特点：一是由党统一指挥；二是从中央到地方，各个部门、行业系统都覆盖到，没有盲区和死角；三是监督效率高，且有权威，发现问题随时解决，立行立改。

这样的监督体系，应该做到在党的统一领导下，各种监督方式之间相互贯通，这其中包括信息畅通、各类监督方式体制机制有效衔接。比如，在体制机制衔接上，应将党内监督、国家机关监督、司法监督之间的制度进行有效梳理，做好衔接，防止各类制度之间出现冲突。再比如，实现党内监督和群众监督、民主监督、舆论监督等相互贯通，需要搭建多渠道的举报平台。此前，中央纪委监察部网站通过设置举报专区等形式，极大地方便了监督举报，实现了党内监督和其他监督之间的有机衔接。未来，在党中央统一领导下，可建立健全网络舆情收集、研判、处置机制，对群众和媒体反映的重要信息和线索及时跟进。此外，可借鉴一些地方、部门在群众身边设立微信公众平台、开通"随手拍"一键举报等做法，让监督更加方便快捷，让不正之风和腐败现象无处藏身。（记者　江琳）

4. **标题**：为坚持党的领导提供强有力宪法保障——访中国政法大学校长黄进

首发媒体：《人民日报》2018 年 3 月 13 日 15 版

正文：

3 月 11 日，十三届全国人大一次会议第三次全体会议通过了《中华人民共和国宪法修正案》。其中，充实坚持和加强中国共产党全面领导的内容，是此次修宪的一个亮点，对此，记者专访了中国政法大学校长黄进。

记者：宪法修改是在充分发扬民主、广泛凝聚共识的基础上进行的。在坚持和加强中国共产党领导方面内容的修改，意义何在？

黄进：宪法作为国家根本大法，是治国安邦的总章程，是党和人民意志的集中体现，是国家各种制度和法律法规的总依据。宪法修改是国家政治生活中的一件大事。特别值得一提的是，这次宪法修改，为党的领导提供了强有力的宪法保障。

党的十九大报告在阐述新时代中国特色社会主义思想和基本方略中明确指出：中国特色社会主义最本质的特征是中国共产党领导，中国特色社会主义制度的最大优势是中国共产党领导，党是最高政治领导力量；党政军民学，东西南北中，党是领导一切的。坚持党对一切工作的领导，是新时代坚持和发展中国特色社会主义的第一条基本方略，也是我国政治和社会生活的最高政治原则。

党的十九届二中全会审议通过的《中共中央关于修改宪法部分内容的建议》提出，建议将"中国共产党领导是中国特色社会主义最本质的特征"写入宪法总纲第一条第二款。这一关于国家根本制度条文的修改建议，把党的领导与中国特色社会主义制度的内在联系有机统一起来，是深入贯彻党的十九大精神和习近平新时代中国特色社会主义思想、推进宪法完善发展的重要举措，是对马克思主义政党建设理论的运用和发展，也是对共产党执政规律和社会主义建设规律认识的深化。

在充分发扬民主、广泛凝聚共识的基础上提出这一修改建议，反映了全党全国各族人民的共同意愿，体现了党的主张和人民意志的高度统一，对于巩固全党全国各族人民为实现中华民族伟大复兴而奋斗的共同宪法基础，夺取新时代中国特色社会主义伟大胜利，具有重大的现实意义和深远的历史意义。

记者：新通过的宪法修正案，对于新时代坚持党对一切工作的领导，有何重大意义？

黄进：根据党中央对宪法修改的建议，此次宪法修改，在宪法序言确定党的领导地位的基础上，进一步在宪法总纲规定的国家根本制度中明确规定"中国共产党领导是中国特色社会主义最本质的特征"的内容，使宪法关于"禁止任何组织或者个人破坏社会主义制度"的规定内在地包含"禁止破坏党的领导"的内涵。

这样，就能够进一步强化党的领导地位的宪法权威，有利于增强全国各族人民、一切国家机关和武装力量、各政党和各社会团体、各企业事业组织坚持党的领导、维护党的领导的自觉性，有利于对反对、攻击和颠覆党的领导的行为形成强大震慑，并为惩处这些行为提供宪法依据。

此次宪法修改把"中国共产党领导是中国特色社会主义最本质的特征"写入宪法，是从社会主义本质属性的高度来确定党在国家中的领导地位，有利于把党的领导贯彻落实到国家政治生活和社会生活的各个领域，实现全党全国各族人民思想上、政治上、行动上一致。

这一修改也是把党的十八大以来逐渐形成的、党的十九大确立确定的重大理论观点和重大方针政策载入国家根本大法，体现党和国家事业发展的新成就新经验新要求，必将为新时代坚持党对一切工作的领导，为新时代坚持和发展中国特色社会主义，为新时代全面建成小康社会，建设社会主义现代化强国，实现中华民族伟大复兴中国梦提供有力宪法保障。

5. 标题：坚持全面依法治国

首发媒体：《求是》2018 年第 8 期

正文：

依法治国是党领导人民治理国家的基本方略，是建设中国特色社会主义的必然要求和重要保障。深化党和国家机构改革，必须坚持全面依法治国原则，处理好改革和法治的关系，统筹考虑各类机构设置，统筹使用各类编制资源，完善国家机构组织法，构建系统完备、科学规范、运行高效的党和国家机构职能体系，全面提高国家治理能力和治理水平。

科学立法，形成以宪法为核心的组织编制法律体系。宪法是国家的根本法，具有最高的法律地位、法律权威、法律效力，是制定机构设置和组织编制方面法律的根本依据。坚持全面依法治国，就要加快形成以宪法为核心的组织编制法律法规体系，推动机构编制科学化、规范化、法定化，改进机构编制管理方式。要加强党内法规制度建设，制定中国共产党机构编制工作条例，完善机构和编制方面的党内法规。协调发挥好国家法律和党内法规在规范机构设置和职能配置中的作用，把党政机构统筹起来考虑、设置，构建适应新时代发展要求的党政机构新格局。要完善党政部门机构设置、职能配置、人员编制方面的规定，依法管理各类组织机构和编制，充分发挥法律引领、推动、保障机构改革的作用，保障党和国家机构改革顺利、平稳、有序开展。通过党和国家机构改革实现组织法定，为依法治国、依法执政、依法行政共同推进奠定制度基础。

深化改革，构建职责明确、依法行政的政府治理体系。在行政机构设置和职能配置上，要做到职责明确；在履行职能和行使权力上，要做到依法行政。要调整优化政府机构设置、职能配置，转变政府职能，解决政府机构设置和职责划分不够科学、职责缺位和效能不高的问题。加强和完善政府经济调节、市场监管、社会管理、公共服务、生态环境保护职能，完善市场监管和执法体制、改革自然资源和生态环境管理体制、完善公共服务管理体制、强化事中事后监管，满足人民群众对民主、法治、公平、正义、安全、环境等方面的新需要。要深入推进简政放权，精简整合办事机构，精干设置各级政府部门及其内设机构，简化办事手续环节，加快

"互联网+政务服务"建设，改革行政执法体制，相对集中行政处罚权，整合精简执法队伍，完善执法程序，严格执法责任，做到严格规范公正文明执法，解决执法不作为、乱作为、多头执法、重复执法等问题，营造公正、透明、可预期的法治环境，全面提高政府效能。

处理好改革和法治的关系，发挥法治在党和国家机构改革中的作用。习近平总书记强调："改革和法治如鸟之两翼、车之两轮。""政府职能转变到哪一步，法治建设就要跟进到哪一步。"深化党和国家机构改革，要把握好深化改革和推进法治的关系。实现改革与法治相向而行、同步双赢，要求立法要主动适应改革要求，为党和国家机构改革提供法治保障。要按照改革方案和政策要求，全面清理与机构设置和职能配置相关的法律法规，该修改的修改，该废止的废止，该制定的制定，为机构改革扫清法律障碍，为改革后的机构设置和职能配置提供制度保障。凡涉及法律设定的机构设置和职能配置事项，应当及时启动法律修改和废止程序，确保在法治的框架内推动改革。只有将改革全面纳入法治轨道，以法治的方式推动改革，以刚性的制度管权限权，才能增强改革的合法性与权威性，顺利完成改革任务。十三届全国人大修改宪法，赋予国家监察委员会宪法地位，用一节五条的篇幅规定国家监察机关的产生、性质、组成、体制、权限和程序等重大问题，并制定《中华人民共和国监察法》，就是为了确保国家监察体制改革于宪有源、于法有据，为深化国家监察体制改革提供法治保障。要坚持改革和法治相统一、相促进，既要在法治下推进改革，用法治的方式促进改革，充分发挥法治规范和保障改革的作用；又要在改革中完善和强化法治，主动适应改革需要，推进机构、职能、权限、程序、责任法定化。(作者系中国政法大学副校长马怀德)

6. 标题：马怀德：教育领域贯彻实施宪法的四个重点

首发媒体：《中国高等教育》2018 年第 8 期

正文：

2017 年 5 月 3 日，习近平总书记考察中国政法大学时发表重要讲话，指出"推进全面依法治国既要着眼长远、打好基础、建好制度，又要立足当前、突出重点、扎实工作"。十三届全国人大第一次会议通过的宪法修正案，就是着眼于实现"两个一百年"奋斗目标和中华民族伟大复兴的中国梦进行的法治领域的顶层设计，是打基础、建制度的重大举措。

宪法是国家根本法，是治国安邦的总章程，是党和人民意志的集中体现，具有最高的法律地位、最高的法律效力和最高的法律权威。坚持依法治国首先要坚持依宪治国，坚持依法执政首先要坚持依宪执政。作为国家的根本大法，宪法应当保持稳定性、连续性和权威性，同时，也要与时俱进、完善发展，这是宪法发展的规律。

这次宪法修改，将党的十八大以来的重大理论创新、实践创新和制度创新上升为宪法规定，把党的十九大确定的理论观点和方针政策，特别是将"习近平新时代中国特色社会主义思想"作为我们国家长期坚持的指导思想写入宪法，为国家发展明确了方向，反映了全国各族人民的心声，体现了党和人民的共同意志，为国家长治久安、人民幸福安康、实现中华民族伟大复兴的中国梦奠定了坚实的制度基础，有利于实现国家治理体系和治理能力现代化，彰显了宪法的权威性和与时俱进的品格，是党的领导、人民当家作主与依法治国有机统一的生动实践。

宪法的生命在于实施，宪法的权威也在于实施。修改宪法是为了更好地实施宪法，让文本上的宪法"活起来""落下去"，充分发挥国家根本法的作用。贯彻实施宪法将成为未来各领域各行业的重点工作。教育领域贯彻实施宪法，可以从四个方面展开。

让宪法法律走入各级各类教育课堂，成为一门必修的公民课

学校和家庭教育是弘扬宪法精神、形成全民法治信仰的最重要环节。每个人的世界观、人生观、价值观都是在耳濡目染、点滴教育、不断熏陶中逐步形成的，宪法意识也不例外。我们需要在家庭、幼儿园、小学、中学加大宪法法律宣传教育的力度，在公民成长的全阶段灌输和渗透宪法意识，用人们喜闻乐见又易于接受的方式培育法治观念和法律素养。将法治教育纳入国民教育体系，将法治课作为中小学的必修课，首先要在宪法知识的普及和宪法意识的培育上下功夫。比如要教会他们树立宪法的权威，理解公民的权利义务，清楚国家的制度，明晰机构的设置，掌握契约的精神，知晓行为的底线等。只有从这个阶段增强青少年的法治观念和意识，才能够在他们长大成人后树立牢固的宪法意识和法治信仰。

我国宪法确认了党和国家事业发展的成就，确认了我国政体和国体，明确了国家的根本任务、发展道路和指导思想，确认了基本政治、经济、社会、文化等制度，明确了根本原则，确认了公民基本权利和义务，建立了国家机构，明确了相互关系。尊崇宪法、信仰宪法是每个公民对待国家、对待法治的基本态度，也是行使公民权利、履行公民义务的前提。做到尊崇和信仰宪法，必须首先学习和掌握宪法知识，理解宪法内容。因此，在各阶段的教育教学中，都应当教授宪法法律知识。通过潜移默化、润物无声的方式，让每一个公民都了解和理解宪法的基本内容。学前教育和义务教育阶段，要将宪法法律教育纳入国民教育体系，与培育弘扬社会主义核心价值观结合起来，采取灵活多样的方式，传授最基础的宪法法律知识，培育宪法精神，养成宪法意识。在高中和大学教育阶段，要把公民教育和宪法教育有机结合起来，全面普及宪法法律知识，强化宪法观念，增强宪法意识，培养学生成为合格公民。

抓住领导干部这个"关键少数"，增强宪法意识，牢固树立依宪治国、依宪执政的观念

习近平总书记强调，对领导干部的法治素养，从其踏入干部队伍的那一天起就要开始抓。领导干部和公务人员只有牢固树立依宪治国、依宪执政的观念，掌握宪法法律知识，形成法治思维，掌握法治方式，才能在日常工作中重视法治，依法行使权力、履行职责，法治国家、法治社会、法治政府才有望建成。党的十八大提出，提高领导干部运用法治思维和法治方式深化改革、推动发展、化解矛盾、维护稳定能力。"法治思维"的根本是宪法意识，具体包括三点内涵：第一，心中有法。想问题、做决策、办事情都要时时刻刻紧绷宪法法律这根弦。任何人都没有超越宪法法律的特权，决不允许以言代法、以权压法、逐利违法、徇私枉法。只有时刻考虑是不是合宪合法、有没有法律依据、符不符合法定权限、在不在法定程序范围内、有没有履行相关法律要求，才能形成法治思维。只有认识到权由法定、权依法使，营造出办事依法、遇事找法、解决问题用法、化解矛盾靠法的良好法治氛围，才能形成正确的宪法和法律意识。第二，权不离法。行使权力不离开宪法法律，每行使一项权力都能够严格按照法定权限行使。比如，行政决策、行政处罚、审批许可、行政强制，甚至奖励、签合同等，每项行政权力的行使都应严格按照法定权限和程序进行，使每一项权力的行使都能够严格地在宪法法律的范围内、在法治的轨道上进行。思维是人们认识问题的过程，建立在一些概念表象基础上，是通过分析、综合判断、推理得出结论的一个认识过程。如果每个人都能够在法治的理念、法治的概念基础上，用法治的精神指导我们认识、分析、推理、判断的过程，这就是法治思维。行使公权力的人首先应该具备宪法意识，这是第一位的。应当首先意识到自己的行为是否合宪合法，能不能做，做了会产生什么样的法律后果，要承担什么样的法律责任等，只有想清楚弄明白这些前提才能行使权力。第三，一断于法。所有的纠纷矛盾都必须靠法律做最终的判断，这就是法治思维。人治的思维不能保证结果的公正性、正当性、合法性，因此不能最终解决纠纷，反而可能引发更多的纠纷。通过法治的思维进行行政决策，行使行政权力，履行行政职责，化解纠纷矛盾，这是法律人内在的、必然的要求，同时也是对领导干部的重要要求。

完善以宪法为核心的教育法律法规体系

完善以宪法为核心的教育法律法规体系，既是全面推进依法治国的重要内容，也是教育领域贯彻落实宪法的具体行动。宪法是制定法律和完善法律体系的根本依据。教育领域贯彻实施宪法，必须加快形成完备的教育法律规范体系。教育领域已经制定了《学位条例》《义务教育法》《教师法》《教育法》《职业教育法》《高等教育法》《通用语言文字法》《民办教育促进法》近10部法律，制定了《普通高等学校设置暂行条例》《教师资格条例》《中外合作办学条例》《教学成果奖励条例》等多部行政法规和行政规章。但是，随着中国特色社会主义进入新时代，我们由教育大国向教育强国迈进，教育领域的立法已经不能很好适应新时代新要求，亟待完善。一方面，要抓紧修改完善已有的法律法规，使之更加适应新时代发展教育强国的需要。另一方面，尚需制定新的法律法规，构建起以宪法为核心的教育法律法规体系。应抓紧研究制定考试法、终身学习法、学位法、教育投入法、学校法和学前教育法。只有坚持宪法统帅，才能确保教育法制统一，也才能形成完备的教育法律规范体系。完善教育法律法规体系，还必须坚持价值引领，体现中国特色。应当以习近平新时代中国特色社会主义思想为指导，坚持社会主义核心价值观的要求，将其贯彻到教育立法的各个具体环节。在制定立法规划、立法工作计划时，要保证立法格局和立法思路在整体上符合新时代党的教育方针政策的要求。要坚持以人民为中心的思想，加强重点领域的教育立法，更多回应社会民众的需求。要更加充分地衡量、考虑各种利益，运用科学的方法，对多种利益、多种价值进行取舍，选择有利于人民的、有利于社会发展的立法策略，充分发挥立法的指引、宣示作用，通过立法引导社会走向。

完善教育法律法规体系，必须立足中国国情，从实际出发，坚持依法治国与以德治国相结合。中国法治有中国特色，我们需要借鉴国外法治有益经验，但不能照搬别国模式和做法。在这个问题上，我们要有底气、有自信，要努力以中国智慧、中国实践为世界法治文明建设作出贡献。形成完备的教育法律法规体系，必须加强重点领域的教育立法。一要坚持问题导向，立法解决新问题。随着我国法治建设进程加快，公众法律意识不断增强，加之现代科技的迅猛发展，人民群众对美好生活的需要不断增强，教育领域出现了各种法律问题亟待立法解决，应当加快制定修改相关法律法规。二要坚持科学立法，提高立法质量，确保务实管用。长期以来，立法领域积累的问题主要表现为民主性和科学性不足。为此，应当改进立法方式，拓展人民参与立法的途径，通过专家论证、公开征询立法项目、委托无利害关系第三方草拟法律法规草案等方式，让立法更加体现广大人民的意志，顺应民心，反映民意，最大限度地遏制部门利益，实现民主立法。应当强调立法的科学性，改变过去"立法宜粗不宜细"的做法，提高法律规范的精细化程度，确保立法务实管用。

贯彻落实宪法修正案关于监察制度的相关规定，完善高校监察体制机制

宪法修正案在国家机构一章中增写监察委员会一节，确立监察委员会作为国家机构的法律地位，表明了我们党坚持依法治国首先要依宪治国、依法执政首先要依宪执政的鲜明立场。宪法修正案关于监察委员会的性质、地位、名称、人员组成、领导体制、工作机制等规定，既是对近年来国家监察体制改革成果的升华，也是确立监察机构宪法地位的重要方式，为制定《监察法》、成立国家和各级监察委员会奠定了坚实的宪法基础，为全面从严治党、深化依法治国实践、推动反腐败斗争向纵深发展提供了权威的宪法依据，是开展国家监察工作的基本遵循，有利于在全社会进一步树立宪法权威、增强宪法意识、确保宪法中的监察条款得到有效实施。

习近平总书记指出："没有监督的权力必然导致腐败，这是一条铁律。"深化国家监察体制改革是以习近平同志为核心的党中央作出的事关全局的重大政治体制改革，是在全面推进依法治国大背景下实现党内监督与国家监督制度有机统一的重大制度创新，将对包括教育机构在内的所有公权力主体产生深远影响。按照宪法和《监察法》规定，公办学校的管理人员是行使公权力的公职人员，属于监察对象。作为国家设立的高等学校，当务之急是落实好宪法法律规定，依法理顺教育系统监察体制机制，实现监察全覆盖，在构筑不能腐的体制机制上不断向前迈进。

一要改革监察体制。按照宪法和《监察法》规定，在"一府一委两院"新体制下，监察机关是与行政机关、审判机关、检察机关平行的国家机关，与高等学校内设的监察机构不同，因此，必须对现有的高校监察体制进行调整。考虑到作为事业单位的高校与其他国家机关在组织结构、日常工作等方面存在较大差异，可以考虑采取派驻监察机构或者监察专员的方式，实现对高校监察对象的全覆盖。具体而言，可以根据谁负责监督谁负责派驻的原则确定派驻主体。如教育部部属高校由驻教育部监察组（监察局）派驻，地方所属高校由地方监察委派驻，与高校纪委合署办公。派驻主要通过强调双重领导来实现。各高校提名监察组组长（专员），需经派驻机关同意。这一机制可以保证高校监察组负责人在了解高校相关工作的前提下，对上级监察机关负责。

二要明确监察对象。《监察法》规定，事业单位中的管理人员属于监察对象。按照这一规定，各个高校的校领导承担管理职责，属于监察对象。目前，各个高校正在进行教学科研的体制机制改革，大量的权限下放到二级学院行使，二级学院领导与职能部门领导同样承担大量的管理职责，也应当纳入监察范围，接受监督。如果从接受国家财政供养的角度出发，进入事业编制的高校教师也应该接受监督。为此，应尽快制定公办事业单位监察条例，对包括高校在内的公办事业单位监察工作作出具体规定，对监察对象进一步细分，准确划定监督范围。

三要确定派驻监察组职能。按照《监察法》的规定，监察机关行使监督、调查、处置三项职责。派驻高校的监察组，原则上应当以开展日常监督工作为主，主要行使监督职责。发现线索之后的调查职责和处置职责应当按照相应的管辖规范，由国家监察机关行使。尤其是涉嫌刑事犯罪的案件，必须由国家监察部门展开调查。在坚持上述原则的基础上，考虑到保障监督效率的需要，可以赋予高校监察组有限的违纪违法行为调查和处置职权，如有权要求相关人员作出陈述，询问相关人员，并有权进行谈话提醒、批评教育、责令检查等。

[本文为 2016 年度马克思主义理论研究和建设工程重大项目"推进党内监督制度化、规范化、程序化研究"（批准号 2016MZD015）的阶段性研究成果]

7. **标题**：为机构改革提供坚强法治保障——访中国政法大学副校长马怀德

首发媒体：《人民日报》2018 年 6 月 8 日 11 版

正文：

本次党和国家机构改革是我国改革开放以来规模最大、范围最广、利益调整最为深刻的一次机构改革，是党在新的历史时期，面对新的历史任务所作出的重大决策。在改革过程中，处理好改革与法治的关系尤为重要。

日前，记者采访了中国政法大学副校长马怀德，请其对国务院印发《关于国务院机构改革涉及行政法规规定的行政机关职责调整问题的决定》（以下简称《决定》）进行解读。

记者：国务院出台《决定》有什么现实必要性？

马怀德：据国务院各部门的初步研究，本次机构改革所需要修改或废止的行政法规达到 230 多部，且情况各异，必须系统规划、统筹处理。在未进行相关行政法规的整体修改前，由国务院作出决定，对机构改革所涉及的行政法规规定的行政机关职责进行统一调整，具有现实必要性。

为保证过渡期间行政机关履职的合法性，全国人大常委会已于 2018 年 4 月 27 日通过了《关于国务院机构改革涉及法律规定的行政机关职责调整问题的决定》，就《国务院机构改革方案》所涉及法律规定的行政机关职责进行了统一调整。但是，国务院各机构的职责并非全都由法律规定，而在部分行政法规中也有规定，这就涉及机构改革中由行政法规规定的行政机关职责调整问题。按照我国《宪法》的规定，全国人大常委会有权撤销同宪法、法规相抵触的行政法规，但无权直接制定或修改行政法规。因此，国务院作为行政法规制定主体，应当及时出台统一调整规定。

记者：《决定》明确了本次机构改革所涉及的行政法规规定的行政机关职责和工作的履行方式，如何正确把握和理解《决定》的相关要求？

马怀德：《决定》从维护法制统一和保障过渡阶段职责调整平稳有序的角度出发，提出了两个要求：第一，《国务院机构改革方案》确定由新组建的行政机关或划入职责的行政机关承担的职责和工作的，统一调整适用现行的行政法规规定，由新组建机关或划入职责机关承担相应职责和工作。第二，在相关职责尚未调整到位之前，应当继续执行现行的行政法规规定，由原机关继续承担该项职责和工作。

正确理解上述两项要求，应当对相关职责是否调整到位进行准确把握。当相关职责调整到位后，即由新机关履职；在相关职责调整到位前，由原机关履职。如何确定"相关职责是否调整到位"，应当结合"三定规定"的确定、机构转隶、人员调整等因素进行综合判断。

同时，《决定》明确，地方各级行政机关承担行政法规规定的职责和工作的，同样按照这一原则执行。例如，《国务院机构改革方案》规定，将国土资源部的地质灾害防治职责转入应急管理部行使。根据这一要求，国务院《地质灾害防治条例》中所规定的县级以上地方人民政府国土资源主管部门的地质灾害防治责任也需要相应调整由县级以上地方人民政府负责应急管理的部门承担。

记者：《决定》对于过渡阶段上下级机关之间的管理监督指导关系是如何规定的？

马怀德：各机构法定职责的调整会带来上下级机关之间领导与被领导关系的变化，尤其是在具有管理指导监督关系的批准、备案、复议等工作中，明确上下级机关的关系是开展工作的重要前提。如在行政复议制度中，由谁承担复议职责就涉及行政复议机关和行政诉讼被告确定等一系列问题。

按照《决定》的要求，只要上级行政机关职责已经调整到位的，即便下级行政机关职责尚未完全调整到位，也应当由改革方案确定的承担职责的上级机关履行管理监督指导职责。例如，按照《国务院机构改革方案》的要求，水利部的排污口设置管理职责整合到生态环境部。公民、法人或其他组织对于入河排污口设置申请决定不服的，就应当向上级人民政府生态环境部门提出复议申请。

记者：《决定》提出清理部门规章和规范性文件的要求，明确了过渡期间部门规章和规范性文件的执行主体，为什么专门就这一问题进行规定？

马怀德：《决定》提出，实施《国务院机构改革方案》需要修改、废止部门规章和规范性文件的，国务院各部门应当抓紧清理，及时修改和废止。部门规章和规范性文件是行政机关开展工作的重要依托，如修改、清理不及时，极易导致法律体系的不配套、不协调。因此，各部门应当对其制定颁布的部门规章和规范性文件进行及时清理。同时，《决定》还对原行政机关制定颁布的部门规章、规范性文件的执行问题作出了衔接性规定，明确在尚未修改、废止相关部门规章和规范性文件前，由承接该项工作的机关作为相关规章和规范性文件的实施主体。

之所以专门就这一问题进行规定，是因为在本次机构改革中，职责转移和部门撤并将导致承担原职责的部门所颁布的规章和规范性文件发生实施主体的变化。在未对相关规章和规范性文件进行系统修改和清理前，需要从法律上明确实施主体。例如，本次国务院机构改革将国家安全生产监督管理总局的职业安全健康监督管理职责调整到国家卫生健康委员会，国家安全生产监督管理总局所颁布的职业安全健康监督管理方面的部门规章和规范性文件就应当由国家卫生健康委员会作为统一的实施与执行主体。

8. **标题**：江平　为法治奋斗的传奇人生

首发媒体：《法制日报》2018 年 10 月 8 日 4 版

正文：

改革开放过程中有一部值得大书特书的法律，具有划时代的意义，那就是行政诉讼法。

这部法律被称为"中国法治建设中具有里程碑式的一页"。

有意思的是，行政诉讼法虽属于行政法，但立法却由全国人大常委会法工委民法室完成，行政立法研究组组长就是江平。

人物速写

早年投身学生运动。

留学苏联时就读于列宁曾经就读过的学校。

一生蹉跎，命运在"天堂"与"地狱"间切换，始终保持一颗赤子之心。

本想做一名"无冕之王"，却成为中国第四代法学家的标杆人物。

矢志不渝地为民主、自由、法治这些社会主义核心价值观呐喊。

他，就是江平，中国政法大学前校长、终身教授，七届全国人大常委会委员、法制工作委员会副主任。

"您的格言是什么？"

"只向真理低头"和"生于忧患，死于安乐"。

"您给自己的评价是什么家？"

"我认为自己算不上一个法学家，我给自己的评价是法律教育家和法律活动家。"

……

读到这些对话，也许很多读者已有似曾相识的感觉，头脑中渐渐跳出一个人物——身材高大、腿脚不便但充满活力，饱满的额顶头发以根计数，睿智的双眸多数时候犀利得可以割人，偶尔又如儿童般纯真、开朗。

就是他，江平，中国政法大学前校长、终身教授，七届全国人大常委会委员、法制工作委员会副主任；一个只要提到中国当代法治就无论如何也绕不过去的人物。他不仅是改革开放 40 年的见证者、推动者，更是新中国法治建设的亲历者、开创者之一。他本身就是故事和传奇，戏剧般的人生经历又深深镌刻着时代的烙印。

改革开放 40 年最核心的问题有两个，一是市场，二是法治，两者相辅相成。就法治而言有两个任务，一是完善市场经济的法律制度，二是制约政府权力。

"改革开放首先从开放市场开始，市场要从计划经济转到市场经济。"提到改革开放，江平马上提到市场和市场经济，认为国企改制是 40 年核心的问题。

从国企改革一开始，以江平为代表的法学家就卷进了这一历史潮流，他们的任务就是要从法律层面解决国企改革面临的难题，最重要的是明确国家与企业的财产权利关系。

长时间的论争，最终于 1988 年 4 月通过的全民所有制工业企业法确立了"国家享有所有权、企业享有经营权"的国企经营模式。不过，这在企业经营实践中的效果并不理想。

"于是，时任国务院副总理的朱镕基再开一个药方，决心再搞一个《全民所有制工业企业转换经营机制条例》，亲自主持召开了四次会议，我参加了其中一次。"江平回忆道。

这一条例虽然把给企业的经营权扩大到 14 项内容，"但由于这个条例对现实的种种妥协，效果大打折扣，仍然无法挽救国企改制的困境"，江平黯然地摇头。

"直到 1993 年 12 月公司法通过，才彻底解决了国企作为公司这种现代企业的产权结构问题。"江平说。

国家作为股东对公司享有股权，公司享有其财产的所有权。何曾想到，这个现在全社会熟知的基本常识，在改革开放中却经过了 15 年的争鸣与摸索。这就是中国的改革历程，没有先例，只有摸着石头过河。

向市场经济转轨不到 5 年的时间就诞生了公司法，这让江平和同时代的法学家们感到欣慰，"这是市场经济也是改革开放对法制的呼唤，我们的汗水没有白流，我们在它上面砌过砖、加过瓦"。

江平说，正是改革开放的契机，中国进行了 40 年符合现代化需要的配套立法，引起了国际法律界的瞩目。中国改革开放的历史，也是法律现代化的历史。

"在民法慈母般的眼睛里，每一个个人就是整个国家。"法律之母民法首先迎来改革开放私法的复兴。

民法"四大名旦"佟柔、王家福、魏振瀛和江平作为立法专家顾问参与了民法通则的起草，为私法奋斗，为私权呐喊也贯穿了江平的一生，成为他的坚守。

"以当时的时代背景和对后世的影响，我想无论对民法通则给出多高的评价都不为过。当时国外称它为中国的民事权利宣言。"江平说。

民法通则确立的四个核心原则：主体地位平等、权利本位（私权神圣）、过错责任和意思自治（契约自由）一直沿用至今，奠定了今天民商法的基础。而当时这四个原则的确立却是多么的艰难，江平说，直到 1990 年前后还有一位著名经济学家批评这是资产阶级自由化。

后来物权法的出台就更加曲折。

由经济学家郎咸平 2004 年一场讲演引发的"第三次改革开放大论战"，到北大学者巩献田的公开信，让正在审议中的物权法卷入"姓社姓资"争论的漩涡。直到 2006 年 3 月全国两会上，中央领导强调"改革方向绝不动摇"，立法才驶入快车道。2007 年 3 月 16 日，历经 7 次审议的物权法获得通过，打破立法机关审议同一法律次数的记录。

在改革开放中还有一部江平认为应该大书特书的法律，具有划时代的意义，那就是"民告官"的行政诉讼法。

江平毫不吝啬地给予这部法律诸多赞美之词，称其为"中国法治建设中具有里程碑式的一页"，称其"一部法律创设一个崭新的制度……结束了中国几千年来没有民告官的历史，给中国民主政治添上浓浓一笔"。

有意思的是，行政诉讼法虽属于行政法，但立法却由全国人大常委会法工委民法室负责，让并不研究行政法的江平担任行政立法研究组组长，行政法专家罗豪才和应松年担任副组长，因为这和民事权利保障有密切关系。

江平说，"改革开放 40 年最核心的问题有两个，一是市场，二是法治，两者相辅相成。就法治而言有两个任务，一是完善市场经济的法律制度，二是制约政府权力。中国改革需要制约公权力，否则就无法建立市场经济，也无法保障私权"。

对于改革开放 40 年的实践和法治建设，江平给予很高评价，认为对私权的扩大、公权的限制是非常重要的进步，从法制到法治是重大飞跃。

"中国政法大学有一种精神，就是只向真理低头的精神，这种精神，是江平先生用他的言行为我们打造的，他永远是我们中国政法大学的一面旗帜。"

尽管被社会各界冠以"法学泰斗""著名法学家"的头衔，江平却总说自己没有读过也没有写过多少法学专著，算不上真正的法学家，只能算法律教育家、法律活动家。

江平自 1956 年底留学回来到北京政法学院（中国政法大学前身）任教就开启了他的教书育人生涯，1982 年到 1990 年担任中国政法大学副校长、校长，他被很多学生称作"永远的校长"。

那时江平留给学生的印象是"骑自行车的校长""在地震棚办公的校长"。85 级学生张则麦幽默地说："看到江老师在简易棚里办公，我们心理就平衡了。"

但大家都爱回忆那时校园朝气勃勃的氛围，说校园民主自由的气息弥补了艰苦办学条件带给大家的失落感，说江校长功不可没。

江平于 1988 年 7 月到 1990 年 2 月担任中国政法大学校长，签有他名字的毕业证书只有 85 级一届。

在 85 级学生的记忆中有这样一幕，毕业典礼上，每个学生眼含热泪听江平的毕业致辞，哽咽着高唱《国际歌》久久不愿离去……

1992 年法大 40 周年校庆，当主持人讲到参加典礼的还有江平时，礼堂内响起潮水般的掌声。

事实上，后来大家都知道，江平出席与否，已经成为衡量一个法律圈、校友圈活动是否成功、是否有规格的重要标准之一。

为什么大家如此看重江平？也许他给学生的题词就是答案，"只向真理低头""生于忧患，死于安乐"。

这是江平践行的人生格言，也是留给青年学子的精神财富。

江平人生中曾经的坎坷、不幸与不屈，足以让他成为青年人的励志导师。

刚刚意气风发学成归国，便遭"划右派"、离婚、断腿三祸并行，著名法学家郭道晖称"人生逆境，莫此为甚"，但江平只向真理低头绝不向命运低头。

拨乱反正后，江平坚持讲真话、求真理，以其人格精神和学术思想对一代学子进行启蒙。法大的学生甚至拿他与蔡元培相比，"江校长为我们确立了一种知识分子的人格精神和气质标准"。

需要特别一提的是，2010 年 9 月 18 日，在江平口述自传《沉浮与枯荣：八十自述》的首发式上，中国政法大学校长黄进讲道："中国政法大学有一种精神，就是只向真理低头的精神，这种精神，是江平先生用他的言行为我们打造的，他永远是我们中国政法大学的一面旗帜。"

中国政法大学教授、中国商法学会会长赵旭东说："江老师极度珍惜自己教育家的角色，无私而勤勉地投入到教育和传播法治理念与知识的事业中。"

1983 年春，江平为司法部在西南政法学院（今西南政法大学）举办的全国高校民法师资班培训班讲授商法，他学术与思想的星星之火成燎原之势。"那次培训班把我的教师身份扩大到全国，这是我最大的荣光。"江平告诉记者。

江平在很多场合表示，"如果有来生，还做一名大学教授"。

江平桃李天下，博士成林。在担任中国政法大学终身教授之后，江平的主要工作就是带博士生，已经有一百多人。赵旭东、孔祥俊、龙卫球、周小明、王涌、施天涛、申卫星……这些目前中国顶尖的民商法专家都出自"江门",更让江平欣慰的是,"江门弟子"多数留在高校,接棒法学教育培养法律人才。

2000 年年底,江平发起设立"江平民商法奖学金",激励优秀学子,开法学界先河。王泽鉴捐出 20 万元稿费"共襄盛举",成为美谈。

"将私有财产权绝对化是对物权法的曲解。同时,在世界任何一个国家,法院的最后裁判都是不可动摇的,这是最高权威。"

"您为什么总在呐喊?"

"如果意见比较容易被采纳,就不必呐喊了。"江平尴尬地笑了笑,说,"但是,我现在能为社会做的只能是呐喊,呐喊还是能起到一些作用吧。"

去职后的江平没有隐去,没有淡出,反而声名更盛,并远远超越了法律界。这,源于他坚持不懈地呐喊。而且他推出的两部重要文选均冠以"呐喊"二字,分别为《我所能做的是呐喊》和《私权的呐喊》。

进入新千年之后,江平更加关注转型中国的一些具体社会问题,以呐喊为使命,为私权呐喊,为法治呐喊,为中国改革开放和思想解放呐喊……

2004 年"郎旋风"引发的"第三次改革大论争",经过长时间思考、沉淀,江平在 2005 年 10 月的一个活动上作了题为"中国改革成败得失的法律分析"的讲演。江平从六大方面为改革作出法律的辩护。

江平呐喊的方式除了撰文就是讲演,这使中国法律界诞生了一名社会活动家和讲演家。

2001 年,江平与吴敬琏高调宣布法学与经济学的结盟,在此后长达近 10 年的时间里,两大泰斗围绕"法治与市场经济"的多场公开"对话"引起各方关注和热议,"市场经济就是法治经济"的观点更加深入人心。

著名财经作家吴晓波这样评价其意义,"这样的对话具有极强的启蒙气质和破冰意义,它在中国思想界打开了一扇窗,表明中国思想界已经开始在一个更广阔的学术背景下理性而独立地思考建设现代中国的路径"。

江平的活动和讲演足迹遍布了全国所有的省市区,许许多多的学术活动、社会活动都以邀请到江平参加并作学术讲演为荣。

有人问,为什么江平的讲演那么受欢迎?

有人答，作为知识分子，江平从未放弃自由之思想、独立之精神的道德和尊严。

作为一名独立思考者，江平不媚权，也不讨好舆论。

"当年物权法刚通过时曝出的重庆钉子户事件，再后来的杨佳案，您都站在了舆论的相反方而遭遇舆论批评甚至围剿。"记者说。

"将私有财产权绝对化是对物权法的曲解。同时，在世界任何一个国家，法院的最后裁判都是不可动摇的，这是最高权威。我不会为讨好某一个群体说话。"江平答。

江平的一生都是故事，就连"江平"这个名字都有故事。

他中学就加入了中共地下党的外围组织，有过接头暗号。

他原名江伟琏，为南下工作革命需要改名江平。

他是学霸，却有足以秒杀现在网络偶像的英俊外形和多才多艺。

他是我国第一批公派留苏学生，是列宁、高尔基、托尔斯泰的校友……

堪比戏剧的人生，每一幕戏都写着"赤子"二字。

如果不是赤子家国，怎会十几岁就投身共产党领导的学生运动，争民主争自由，并把它贯穿一生。

他是真正的才子，无论生在哪个时代都注定会成为大家、大师。

想当记者，就读燕京大学新闻系，却被组织安排学法律，成为一代法学大家；没有受过诗词方面的教育和训练，却在苦难岁月"诗书丛里觅快活"。2005年江平出版自己的诗词选《信是明年春自来》。

"平生最爱是放翁"，他每次去绍兴必去沈园怀古，说"陆游这位爱国又多情的诗人和我有些相同遭遇"。

是啊，爱国又多情！

如果他不是这样的人，也许他就没有这么坎坷的遭遇，如果他不是这样的人，也许就成就不了他大写的人格和人们对他的尊敬。

他在多个场合勉励青年学子，"千万不要丢掉赤子之心"，"理想比现实重要"。

他寄语中青年法学家，"凭良心说话。可以不说，可以少说，但不能昧着良心说"。

"大人者，不失其赤子之心也"。江平以一颗赤子家国之心，追求真理，无畏无惧，不仅点燃了中国民商法的今天，也成为这个时代当之无愧的法治布道者。

9. **标题**：中国刑事诉讼法学研究会 2018 年年会举行　陈光中获中国刑事诉讼法学终身成就奖

首发媒体：《法制日报》2018 年 10 月 24 日 10 版

正文：

（本报讯　记者　蒋安杰　台建林）10 月 20 日至 21 日，以"新时代中国特色刑事诉讼制度新发展"为主题，中国刑事诉讼法学研究会主办、西北政法大学承办的中国刑事诉讼法学研究会 2018 年年会在西安举行。中国法学会副会长鲍绍坤，最高人民法院副院长张述元，最高人民检察院副检察长童建明，中共陕西省委副书记贺荣，陕西省政协党组副书记、副主席及陕西省法学会会长祝列克，中国刑事诉讼法学研究会名誉会长、中国政法大学终身教授陈光中等出席开幕式。西北政法大学校长杨宗科，中国政法大学诉讼法学研究院院长、中国刑事诉讼法学研究会会长卞建林，鲍绍坤，贺荣分别致辞，会议由中国人民大学法学院教授、中国刑事诉讼法学研究会常务副会长陈卫东主持，来自法学界、实务界代表近 250 名专家学者参加了会议。

鲍绍坤对中国刑事诉讼法学研究会及陕西省近年来的司法工作给予充分肯定，并提出四点希望：一是认真贯彻学习习近平总书记关于依法治国的重要论述，围绕"四个坚持"在学懂弄通做实上下功夫；二是坚持理论联系实践，积极参与司法体制改革和依法治国的伟大实践；三是着力推进人才队伍建设，发现、培养和凝聚青年优秀人才；四是充分发挥研究会的学术带领作用，不断提升服务法学建设的能力和水平。

会议举行了中国刑事诉讼法学终身成就奖颁奖仪式，鲍绍坤、卞建林为陈光中先生颁发奖项。陈光中先生长期致力于诉讼法学、证据法学、司法制度史和国际人权法的研究，崇尚科学，追求真理，笔耕不辍，在创建诉讼法学和繁荣民主法治理论方面取得了巨大的成就。

专题报告由华东政法大学校长、教授、中国刑事诉讼法学研究会副会长叶青主持。全国人大监察和司法委员会司法室主任李寿伟、最高人民法院副院长张述元、最高人民检察院副检察长童建明分别作专题报告，介绍中央政法机关过去一年的主要工作与未来重点工作方向。

　　李寿伟主任对本次《刑事诉讼法》再修改的情况作了详细介绍。他指出，本次《刑事诉讼法》修改的大背景是贯彻党的十九大精神，贯彻党中央全面从严治党、深化监察体制改革、深化司法体制改革的重大部署。具体内容体现为三个方面：一是完善刑事诉讼法与监察法的衔接机制，调整检察院的侦查职权；二是建立刑事缺席审判制度；三是完善认罪认罚从宽制度。此外，针对刑法修正案九的相关调整，《刑事诉讼法（修正草案）》也对刑罚执行等方面的内容进行了相应完善。

　　张述元副院长以"深入推进刑事诉讼制度改革进一步完善刑事诉讼体系"为主题，介绍了当前人民法院在推进刑事诉讼体系改革中的具体工作。一是积极推进以审判为中心的刑事诉讼制度改革。全面落实证据裁判原则，不断推进庭审实质化改革，完善落实非法证据排除规则，贯彻疑罪从无原则，纠正防范冤假错案；二是构建与完善多层次刑事诉讼体系。高度重视认罪认罚从宽制度与刑事速裁程序两项授权改革，贯彻落实宽严相济刑事司法政策，规范量刑激励机制，严格审查认罪自愿性、真实性、合法性；三是不断强化司法体制改革的协同配套机制。健全刑事司法辩护，完善法律援助值班律师机制，加强智慧法院建设，实现诉讼流程信息化，助推刑事诉讼的改革。

　　童建明副检察长介绍了新时代背景下检察工作的新发展，他在报告中强调，一是要创新发展新时代检察理念。通过个案办理体现与发挥引领性和价值观，树立双赢、多赢、共赢的法律监督新理念，以办案为中心履行法律监督职能，以领导干部带头办案推动落实司法责任制。二是要构建多层次的检察办案体系。健全完善综合配套体系，强化法律监督能力体系，推进"捕诉合一"改革，完善多元化的公诉模式，加强司法改革的综合配套措施改革。三是要带头落实刑事诉讼法修改的制度和程序，当好审前程序的主导者，做好诉讼程序的调控者，加强与刑事诉讼法学界专家学者的联系，提高理论联系实践的水平。

　　围绕大会主题，针对"新时代中国特色刑事诉讼法治理论体系研究""司法改革综合配套措施改革研究""监察制度与刑事诉讼制度的衔接问题研究""刑事诉讼法再修改问题研究"四个分议题，与会代表进行了深入、全面、富有建设性的讨论。

　　21日上午，四位小组代表就各组讨论的重点问题进行了总结并作报告。

西北政法大学律师学院副院长、副教授刘仁琦代表一组总结时表示：一是关于监察法与刑事诉讼法之衔接。与会代表主要围绕两法衔接中的证据问题、排非问题、会见问题、监督制约问题等展开讨论。二是关于值班律师制度。与会代表认为，当前值班律师制度的地位与功能不清晰，导致行使职权存在障碍，尤其是欠缺广泛的辩护性权利，大大影响了值班律师制度的功效。三是关于"捕诉合一"改革。与会代表指出，这一改革的实践效果较为理想，而如理论界所担忧的逮捕率升高等问题实际上并未发生，而解决"捕诉合一"的缺陷关键在于完善以审判为中心的诉讼制度改革。四是关于认罪认罚从宽制度。与会代表提出这一制度存在的问题，如从宽幅度不明、证据标准降低等。五是关于刑事诉讼法再修改。与会代表对于《刑事诉讼法》修改的模式提出了问题，并认为由全国人大常委会来审议通过刑事诉讼法草案或许并不妥当。此外，与会代表还围绕着律师在侦查阶段的调查取证权、人工智能在刑事审判中应用的思考等问题进行了交流。

北京工商大学法学院副教授王迎龙代表二组总结时表示：一是关于新时代中国特色刑事诉讼法治理论体系研究。与会代表认为，当前我国刑事诉讼改革与发展的过程中，存在跟随政治体制改革亦步亦趋的倾向，故刑事诉讼法学界应提高理论研究水平与学术话语权、说服力。二是关于缺席审判制度，绝大多数与会代表认为，构建缺席审判制度确有必要性，对于打击贪腐行为具有重要作用，但亦有冲击正当程序的隐忧。三是关于"捕诉合一"改革。这项检察改革受到与会代表一定的质疑，主要集中于对制度欠缺中立性、欠缺监督制约等方面的批评。四是关于监察法与刑事诉讼法的衔接，与会代表主要围绕两法衔接的具体机制、监督与制约、改革路径等问题展开讨论。五是关于认罪认罚从宽制度改革，与会代表主要针对改革存在的问题、发展模式等进行了讨论。

华东政法大学法律学院副教授陈邦达代表三组总结时表示：一是关于同步录音录像下的警察讯问方式的改革探索。与会代表针对刑事诉讼法有关讯问必须由两名办案人员进行的规定，提出了同步录音录像下单警讯问的问题，同时也讨论了同步录音录像亟待解决的理论问题。二是关于讯问犯罪嫌疑人时律师在场权的问题。与会代表对此形成两种相对意见，一种即通过赋予律师讯问在场权来保证讯问合法性，另一种则对这一制度提出质疑并主张坚持与完善讯问过程录音录像制度。三是关于刑事诉讼法再修改的程序方式。与会代表认为，刑事诉讼法再修改涉及刑事诉讼诸多基本原则和核心制度，故不宜由全国人大常委会来审议通过，应由全国人大来审议通过。四是关于值班律师制度。与会代表结合制度运行的实际情况，提出值班律师存在着权限模糊、办案经验不足等缺陷，并直接影响了制度的功效。五是监察法与刑事诉讼法衔接的问题。与会代表从监察机关对检法两院的影响、监察案件的辩护权保障、监察案件的管辖等方面展开了探讨。六是缺席审判制度。与会代表主要围绕缺席审判制度是否适用法律援助制度这一争议性问题展开讨论。

杭州师范大学法学院副院长、教授邵劭代表四组总结时表示：一是关于刑事诉讼法再修改的问题，与会代表主要围绕着立案管辖、委托辩护、多元刑事诉讼体系的构建、认罪认罚从宽制度改革、缺席审判制度等问题进行了讨论，并对刑事诉讼法修改提出了细节方面的完善建议。二是关于监察制度与刑事诉讼制度的衔接问题。与会代表主要针对职务犯罪案件牵连案件的管辖问题、监察证据与刑事诉讼证据如何对接、监察委办案过程中如何保障人权等问题进行了深入探讨。三是关于司法改革综合配套措施改革问题。与会代表集中于对"捕诉合一"问题的讨论，并形成了肯定与否定两种观点。四是关于新时代中国特色刑事诉讼法治理论体系研究问题。与会代表认为，中国特色刑事诉讼法治理论体系之构建既要考虑打击犯罪的需要，也要考虑人权保障的需要，而最为关键的即应当遵守程序理念，尊重既有程序规则。此外，与会代表们还讨论了一些其他问题，如，未成年人品格证据规则、审查逮捕诉讼化的试点情况、国家监察机关的定位、性质和权力配置等。

10. 标题：马怀德　行政法治建设的建言者

首发媒体：《法制日报》2018 年 11 月 30 日 4 版

正文：

（记者　代秀辉）"短短 40 年，我国的依法行政和法治政府建设奋力向前、攻坚克难，取得了丰硕的成果。"

西服正装，儒雅俊朗。11 月 26 日，中国政法大学 3 号楼，初见马怀德，他留给记者的第一印象非常深刻。

谈到改革开放以来行政法治的 40 年，马怀德颇为感慨。他说，40 年来，我国的行政法治随着时代变迁而不断发展。"一部又一部法律的出台和实施，一项又一项制度的建立和运行，将行政法治的理想蓝图逐渐变成了现实。回顾 40 年行政法治建设的历程，我们可以自信地说，现在比历史上任何时候都要接近法治政府建设的目标。"

点点滴滴，那些年的往事在马怀德波澜不惊的话语中慢慢呈现。

实行改革开放政策后，依法行政逐步成为共识，以行政诉讼法为开端的行政立法大幕拉开。受启蒙于多位行政法大家指点，马怀德踏入行政法学的大门。

1965 年出生的马怀德，从小生长在贫瘠的西部地区。

"那时生活很艰苦。为了吃饱，常常要用白面换更多的苞米、青稞等杂粮。一块五的学费都掏不起，还要申请减免。"对那个年代的生活，马怀德刻骨铭心。

知识改变命运。1984 年，19 岁的马怀德以全省第六名的成绩考入北京大学法律系。

"我比多数人要幸运得多。"追忆过往，马怀德说，北京大学四年的学习生活真正培养了他对法律，尤其是对行政法的浓厚兴趣。

在马怀德的记忆中，改革开放初期，大家求知欲很强，学习热情很高。"我们常常五六点就去图书馆占座学习看书。那个阶段，读了很多法律类、政治类和文学类书籍。"

为什么对行政法产生兴趣？马怀德说，首先得益于北京大学的龚祥瑞、罗豪才等教授对他的引导，这些教授的授课深深吸引了他。

"龚祥瑞老师开了行政法的课，在一间大教室里，听课的人很多。他上课常常西装革履，颇显绅士风度，一口宁波话，讲课充满激情，对行政法讲得很透彻。"回忆龚祥瑞老师当年的授课场景，马怀德记忆犹新。

马怀德对行政法兴趣正浓时，国家行政立法的大幕也悄然拉开。

1986 年 10 月，在时任全国人大法律委员会顾问陶希晋的提议下，全国人大常委会组建行政立法研究组。

当时，行政立法研究组成员共 14 人，由时任中国政法大学副校长江平任组长，北京大学的罗豪才与中国政法大学的应松年任副组长。

行政立法研究组的基本任务被定位为："对我国需要制定的行政法应该包含的大致内容提出一个框架，作为一项建议提供给立法机关参考。行政立法研究组同时还将努力担负起今后对其他重要的行政立法提出咨询意见的任务。"

恰好此时，中国政法大学的应松年教授正在招收行政法专业的研究生。

出于对行政法学的兴趣，1988 年从北京大学法律系本科毕业后，马怀德考上中国政法大学硕士研究生，师从应松年，专攻行政法学。应松年教授当时在行政法学研究领域已颇负盛名，在应松年的指引下，马怀德对行政法的兴趣愈加浓厚。

成为应松年老师的学生，也让马怀德有机会参与行政立法研究组的工作。

"实际上，我在其中承担了一些秘书工作。"马怀德笑谈，"参与立法研究过程中，自己的学术兴趣也日益浓厚。"

从 1989 年起，马怀德开始在《法学杂志》上发表文章，同时还参加了许多重要科研课题的研究工作。"1989 年，我在《法学杂志》上发表了第一篇论文《论行政决定》。对行政决定的定位、分类、效力等问题进行了探讨。"

1990 年，马怀德提前攻读博士学位，师从诉讼法大家陈光中教授和行政法学家应松年教授。1993 年，他成为新中国培养的首位诉讼法专业行政诉讼方向的法学博士。博士毕业后，马怀德选择留校任教。他以扎实的学术水平和教学能力很快赢得了学界认可，33 岁时他被破格聘为教授，35 岁已是博士生导师。

就这样，行政法教学和研究成为马怀德一辈子要做的一件事。

行政诉讼法颁布，开启了"民告官"时代。为深入了解法律实施状况，马怀德先后参与了"深圳贤成大厦行政诉讼第一案""田永诉北京科技大学拒绝颁发毕业证、学位证案"等行政诉讼案件。

1989 年 4 月，第七届全国人民代表大会第二次会议通过行政诉讼法，"民告官"制度确立。这项制度的建立，也成为我国依法行政的里程碑。

此前的一年，最高人民法院行政审判庭正式运行，行政审判庭也在全国各地法院相继成立，中国行政审判进入法治化轨道，"民告官"案件开始广泛进入公众视线。

聊到行政诉讼法，被称为"行政诉讼第一案"的深圳贤成大厦案涌上马怀德的心头。

1995 年 1 月，泰国贤成两合公司和深圳贤成大厦有限公司法定代表人吴贤成，以注销贤成大厦有限公司和批准成立鸿昌广场有限公司及成立清算组的行政行为违法为由，对深圳市工商局、招商局提起诉讼。

由于涉及泰国、我国香港地区以及深圳市工商局、深圳市招商局等多方当事人，并发生在改革开放的前沿城市，"状告政府这么一件不可思议的事情"迅速引起了公众的关注。

案件一度争执到最高人民法院。

最高人民法院受理此案后，由罗豪才担任审判长，与杨克佃、江必新、岳志强、赵大光等 6 位资深法官组成合议庭审理此案。

吴贤成一方聘请了应松年、袁曙宏、马怀德等作为原告诉讼代理人，深圳市工商局、招商局则聘请了包括江平、肖峋、高宗泽等作为被告诉讼代理人。这几乎集中了当时中国行政法学界和律师界的精英。

"庭审期间，中央各部委办、在京各大高校以及深圳市委、市政府、市人大等机关人员参加了旁听。媒体也进行了广泛的报道"。回忆当年的庭审场景，马怀德记忆深刻，"合议庭在最高人民法院大法庭对此案进行了长达 6 天的公开审理。"

在审判长罗豪才主持下，合议庭全体成员合议案件和讨论研究有关法律问题有 10 次以上。为了确保案件依法判决，提高办案质量，合议庭还先后召开了 6 次座谈会，最终这起万众瞩目的"民告官"大案以深圳市工商局的败诉而尘埃落定。

"那一年我 33 岁，也是我人生中第一次代理这么重要的行政诉讼案件，并参与庭审。"回首过往，马怀德感慨，"这个案件在一定程度上为行政诉讼法的实施起到了积极作用，它告诉大家，对政府的违法行政行为不仅能够提起行政诉讼，并且还能胜诉。这也标志着行政审判对政府行政行为确实起到了监督作用，保证了企业的合法权益。"

从深圳贤成大厦案的回忆中走出，马怀德转而又谈起他代理的另一起行政诉讼案件。

1996 年，大学生田永在补考过程中，因作弊被北京科技大学作出退学处理决定。不过，学校没有直接向田永宣布、送达退学处理决定和变更学籍的通知，也未给田永办理退学手续。因此，田永继续以北京科技大学大学生的身份正常学习及参加学校组织的活动。

1998 年 6 月，田永所在院系向北京科技大学报送田永所在班级授予学士学位表时，北京科技大学有关部门以田永已按退学处理、不具备北京科技大学学籍为由，拒绝为其颁发毕业证书，进而未向教育行政部门呈报田永的毕业派遣资格表。

田永的班主任老师为其抱不平，找到了当时已经声名在外的马怀德。

出于对田永的同情，更是为进一步推动行政诉讼法的实施，马怀德无偿代理了这起行政诉讼案件。在案件中，马怀德成功地将大陆法系行政法学中的"公务法人"理论运用到审理中。最终，马怀德帮助田永胜诉。

"这是国内第一起大学生起诉大学的行政诉讼案件。"马怀德说。

这起案例在 1998 年以典型案例的形式，载入了《中华人民共和国最高人民法院公报》，成为当时具有指导意义的典型案例，使得法院司法审查范围扩大到教育行政管理领域，发展了行政法学理论。

后来，围绕这起案件，马怀德专门在《中国法学》发表了《公务法人问题研究》一文。论文从学校的性质及法律地位、学校等事业单位与成员或利用者的法律关系、事业单位内部规则的效力等方面对"田永诉北京科技大学案"进行了专业分析。至今，这篇文章的转引率仍居于法学论文转引频次的前列。

改革开放的深入推进，对依法行政的要求越来越高。在行政诉讼法施行后，国家赔偿法、行政处罚法、行政许可法等配套法律相继酝酿大大加快了立法进程。马怀德参与其中，建言献策，为行政法治贡献自己的一份力量。

行政诉讼法颁布后，法治在中国日益受到重视，举国上下对政府应当依法行政逐步形成共识。于是，国家赔偿、行政复议等权利救济的立法也被提上议事日程。

此时，正值马怀德读博士期间。对于国家赔偿法，马怀德说，他有一种特殊的感情，"国家赔偿法是我实际参与的第一部立法"。

国家赔偿涉及归责原则，当时理论争议比较大，有人认为应适用过错原则，也有人认为应适用过错加违法原则，更有人认为应适用无过错原则。

"我跟应松年老师一起在《中国法学》发表了论文《国家赔偿立法探索》，其中对国家赔偿的归责原则进行了专门论述。最后，我们建议应适用违法原则。"马怀德说。

马怀德解释说，违法原则指国家机关及工作人员违反法律执行职务造成他人权益损害的，国家负责赔偿；合法行为造成损害的，国家不予赔偿。"这个原则简单明了，易于接受，可操作性强，避免了过错原则主观方面的认定困难。"

"最终，我们的这一建议在国家赔偿法的立法中被采纳"。聊到这里，马怀德开心地笑了，"后来，国家赔偿法进行修改，行政赔偿的这一归责原则依然保留了下来"。

参与国家赔偿法立法工作期间，马怀德的博士论文也顺利完成，题目正是"国家赔偿法的理论与实务"，并于次年由中国法制出版社出版。

33岁，马怀德成为年轻学者中的佼佼者，更是获得了"马国赔"的雅号。

说到这里，马怀德身体往后稍仰，靠在沙发上，停顿了一会儿，继而谈起他与行政许可法的不解之缘。

"读博士期间，我就意识到，政府广泛运用事前许可的方式管理市场运行、经济和社会生活，与行政改革目标存在矛盾。"马怀德说。

为此，马怀德对行政许可制度进行了原创性研究，分析了行政许可设定权限不明、范围失控、程序混乱等现象，并提出制定统一的行政许可法，规范行政许可活动的立法构想。

统一的行政许可立法在国际上并无先例，缺乏普适性的经验以资借鉴，他当时提出这样的理论无疑颇为大胆。

幸运的是，他的思考得到了立法部门的关注。

1992 年，《中国法学》第 3 期转载了他于 1991 年发表的论文《建议制定行政许可证法》。未曾想，这引起了全国人大常委会法工委的注意，此文又被全国人大常委会法工委研究室报刊摘报全文转载。

在参与行政许可法的立法过程中，马怀德同样根据自己的专业知识提出了很多建议。"正因为研究比较多，行政许可法起草时，起草部门对我的意见还是非常重视的。我印象最深的是，在最后一次定稿时，上会送审之前，相关部门还邀请我与另外两位学者在人大会议中心对送审稿一字一句进行定稿修改。"

2003 年 8 月，第十届全国人民代表大会常务委员会第四次会议通过了行政许可法。

除此之外，马怀德还参与了行政强制法、立法法、监察法等多部法律的起草，参与了 20 多个部委的 40 多部法律、法规和规章的咨询论证工作。2005 年，马怀德为十六届中央政治局第 27 次集体学习讲授《行政管理体制改革与经济法律制度》。2012 年，47 岁的马怀德接替应松年当选为中国法学会行政法学研究会会长。2017 年 5 月 17 日，他参加了习近平总书记主持召开的哲学社会科学座谈会并作为唯一的法学学者发言。马怀德曾三次参加王岐山主持的中纪委专家学者座谈会并就反腐倡廉和国家监察体制改革建言献策。

2017 年年底，因在法学研究和参与法治建设方面的突出贡献，马怀德获得了 CCTV 2017 年度法治人物的荣誉。

改革开放 40 年，具有中国特色的行政法学理论体系初步形成，一套较为有效的行政法律制度初步实现了对行政权的规范，依法行政的观念和意识逐渐深入人心。

谈及改革开放 40 年，马怀德认为自己是"幸运的"。

"从偏远的西部地区来到首都，踏入法律之门，并最终与行政法结下不解之缘。34 年的人生中，我能够有机会实际参与国家的法治建设，为行政法治贡献自己的一点绵薄之力，我感到很幸运。"回首 40 年，马怀德情深意切。

谈到改革开放以来行政法治的 40 年，言语之间，马怀德更感欣慰。

他说，改革开放 40 年来，我国的行政法治建设随着时代发展不断进步，取得了丰硕的成果。"时至今日，具有中国特色的行政法学理论体系初步形成，一套较为有效的行政法律制度初步实现了对行政权的规范，依法行政的观念和意识也逐渐深入人心。"

回顾改革开放 40 年历程，谈及行政法治取得的成果，马怀德娓娓道来：

"理论上，在博采众长的基础上，我国行政法学充分融贯本土特点，初步形成了具有一定自主性的行政法学理论体系。在推进依法行政、建设法治政府的大背景下，学者们用这一理论体系结合中国行政的现实运作过程，为构建行政法学的'中国话语'作出了贡献。同时，教育、食品药品等部门行政法的研究逐渐兴起，增强了中国行政法学对现实问题的回应。"

"制度上，我们建立起具有中国特色的行政法律体系和制度体系，初步实现了对行政权的有效规范。行政组织法方面，以国务院组织法、地方各级人民代表大会和地方各级人民政府组织法、公务员法等法律为基础，初步构建起了行政组织法体系；行政行为法方面，以被称为'行政三法'的行政许可法、行政处罚法、行政强制法为基础，初步形成了具有浓厚中国特色的行政行为法体系；行政监督与救济方面，以行政复议法、行政诉讼法、国家赔偿法为基础，初步构建起了较为通畅的行政监督（救济）法体系。"

"观念上，公务人员初步形成依法行政意识，社会公众的法治观念不断增强。从《中国法律年鉴》公布的数据来看，在行政诉讼法公布施行前的 1989 年，行政诉讼一审受案量只有 9934 件；到了 2016 年，全国法院行政诉讼一审收案量已经达到了 225 485 万件，是 1989 年的 20 多倍。这从侧面反映出，社会公众在一定程度上能够运用行政诉讼等司法机制来解决纠纷，维护自身合法权益。"

展望未来，马怀德话语之间更是信心满满："党的十八大以来，全面推进依法治国开启了法治建设的新篇章，依法行政和法治政府建设将进一步提速增效。"

转而，他郑重地说："进入新时代，党和国家事业发生的历史性变革对传统的国家治理结构和治理方式提出了新的要求，行政法治建设领域和行政法学研究也面临愈加复杂的任务和挑战，我们既要着眼长远、打好基础、建好制度，又要立足当前、突出重点、扎实工作，不断完善行政法学学科体系、学术体系和话语体系，破解国家治理领域出现的各种难题，不断推进法治政府建设向纵深发展。"

记者手记

与马怀德交谈，会不由自主地感受到一种"法治天下"的士子情怀。34 年法律人生，马怀德用自己的方式思考着依法治国的实际路径，并试图以法治学术思想助推中国的法治进程。诚然，正是马怀德这样孜孜不倦的法律人，推动了改革开放以来法治建设的大发展；也正是马怀德这样无悔付出的法律人，将为改革开放再出发提供强有力的法治保障。

11. **标题**：首家全国律师行业党校培训基地落户中国政法大学
首发媒体：《法制日报》2018 年 12 月 26 日 9 版
正文：

12 月 21 日，首家全国律师行业党校培训基地挂牌仪式暨主题研讨会在中国政法大学学院路校区举行。全国律师行业党委副书记、中华全国律师协会会长王俊峰，司法部律师工作局副局长徐辉，中国政法大学党委书记胡明出席仪式，北京市、陕西省、黑龙江省、安徽省等部分省、市级律师行业党委负责人，炜衡律师事务所张小炜等知名律师事务所党组织负责人等 20 余人参会。挂牌仪式由中国政法大学党委副书记高浣月主持。

胡明在致辞中表示，全国律师行业党校培训基地是我校目前获得的第一个党员教育基地，成功入选首批培训基地是司法部党组和全国律师行业党委对学校事业发展的支持和办学成果的肯定。他指出，党的十九大以来，中央高度重视律师行业党建工作，从党和国家全局和战略的高度，对新时代律师行业党建工作提出了更高的要求。中国政法大学始终重视律师的培训工作，利用自身学科资源优势，不断继承传统，不断发展创新，在律师培训工作中积累了丰富的经验，形成了自己的特色。他表示，学校将以此为契机，在课程开发、师资配备、教学管理和后勤保障等多方面、全方位进行准备，举全校之力建设好全国律师行业党校培训基地。通过"全国律师行业党校培训基地"，充分发挥学校法学和党建资源优势，深度参与和推动全国律师行业党建工作，为律师行业党建作出应有的贡献。

王俊峰在致辞中介绍成立全国律师行业党校的时代背景和重要意义，并对中国政法大学的办学成果进行了高度评价。他指出，全国律师行业党校作为律师行业学习宣传习近平新时代中国特色社会主义思想的重要阵地和加强律师党性教育的熔炉，要切实发挥律师行业党校在教育培训、示范引领、选拔人才、锻造队伍等方面的作用。他希望培训基地坚持围绕中心、服务大局，不断创新工作思路，进一步健全培训管理制度，挖掘特色资源，丰富培训内容，强化基础保障，探索符合律师职业特点的教育途径和模式，教育引导广大党员律师始终自觉同以习近平同志为核心的党中央保持高度一致，不断增强"四个意识"，坚定"四个自信"，矢志不移地走中国特色社会主义法治道路，为全面依法治国贡献力量。

王俊峰希望中国政法大学进一步发挥优势，整合资源，为行业党校基地的创新发展积累更好的经验做法，为律师事业发展和中国特色社会主义法治事业作出更大贡献。

随后，徐辉宣读了《关于确定全国律师行业党校培训基地的通知》，王俊峰、徐辉、胡明、高浣月共同为基地揭牌。

当天，揭牌仪式的同时，还举行了全国律师行业党建与党校建设研讨会，与会者分别围绕"新时代律师行业党建的重要意义""新时代律师行业党建创新发展""律师行业党校教育基地建设"三个主题进行研讨。

研讨会上，律师行业主管部门领导介绍了中央对律师行业党建工作的新要求新精神，律师党建专家分析了当前律师行业党建面临的新形势新任务。省、市级律师行业党委和知名律师事务所党组织负责人分享了新时代律师行业党建创新发展的新举措新方法，首批党校培训基地负责人交流了党校基地建设的新思路新安排。期间，高浣月就我校基地建设思路作了专题汇报。从党校培训基地的管理体系、师资队伍建设、课程体系建设和保障体系建设等方面进行全面介绍。

12. 标题：潘汉典：书生报国尺幅间

首发媒体：《光明日报》2019 年 4 月 21 日 3 版

正文：

（记者/姚晓丹）当代中国比较法学奠基人之一，中国政法大学教授潘汉典先生已经 99 岁高龄了，走过将近一个世纪的风雨。跟随老先生 10 多年的入室弟子白晟告诉记者，老先生关心的，依然是学术动态和弟子的学术活动。谈及学术，老先生可以持续几个小时畅谈。尽管业内有口皆碑，潘汉典却很少进入媒体视野，这与他低调平和的个性有关，唯爱学术，心无旁骛。

让我们穿越百年风云激荡，走近潘汉典的治学之路。

潘汉典的开蒙时代，父母有言："上学就上最好的。"中学期间，他考取了著名的广州培正中学，抗日战争期间，学校被迫停课迁校至我国澳门地区，潘汉典亲身经历了战乱，家中多年收藏的书籍也多散失，但他仍发愤读书，以总分第一名获得"学业成绩优良特别奖"银盾牌。2015 年1 月，潘汉典收到母校的刊物《广州培正通讯》，高兴极了，将刚出版的译作《博登海默法理学》赠予母校，并亲手写了感恩回信，信中将每一位师长的名字都点到了，连国画老师、音乐老师也没有落下。

受从事律师职业的父亲影响，潘汉典大学就读于上海的东吴大学法学院。同样因为战争，潘汉典入读东吴法学院期间，学校被迫四度迁址：慕尔堂——慈淑大楼——中华职业教育——新寰中学——爱国女中。他的弟子白晟清楚记得，2012 年前后，有一次潘先生在学院路校区课后与学生小聚，偶然忆起抗战时期的艰难求学经历：1942 年正在读大学二年级的潘汉典，得悉远在我国香港地区的母亲因病逝世。因战火阻隔，甚至未能奔丧。母亲"遗命续学"，他只有含悲苦读，学业一直处于年级前三位，而且掌握了英、法、德、日语。说到动情处，老先生不禁潸然泪下。

毕业前夕，潘汉典受命编辑《年刊》，在东吴法学院 1944 级年刊的扉页印着十分醒目的"献词"——"敬以此册献给母校与祖国"，拳拳爱国心跃然纸上。

正是浓烈的爱国情，1949 年，潘汉典虽然获得了美国耶鲁大学研究院奖学金，但最终，他选择留在国内继续从事教学研究，这个选择，当然也是"最好的"。

1948 年获得东吴法学院硕士学位，之后潘汉典就任上海光华大学法学院教授，辗转东吴法学院、北京大学、北京政法学院（中国政法大学前身）、中国政治法律学会、中国社会科学院法学研究所和中国政法大学，迄今已从事教学研究 71 年。

无论就职于哪个单位，他都没有停止学术研究。为了研究需要，潘汉典又自修了俄语和意大利语，前后花费 27 年时间，使用了 4 种意文本，参考了英、美、法、德、日等国出版的《君主论》译本 13 种，参阅了关于马基雅维利思想和生平的意、英、美、德、法、俄、日等国论著 17 种，于 1985 年出版了更翔实、精准的《君主论》译著，他也于 2012 年被中国翻译家协会授予"翻译文化终身成就奖"。

潘汉典是公认的当代中国比较法学的奠基人之一。关于比较法在中国的起源，在英、美、法、德、日等国著名的比较法论著中是阙如的，潘汉典通过对我国客观的历史事实的考察，明确提出《法经》不仅是我国历史上第一部比较系统的成文法典，而且是世界比较法起源上伟大的成就。从当时所产生的社会效果及其后在中国法制史上的深远影响来说，它同东西方各国比较法的起源相比较是毫不逊色的，与更早的汉谟拉比法典一道，可以称为东方比较法起源上的双璧。

潘汉典还曾应全国人民代表大会常务委员会和最高人民法院等单位咨询，撰写过若干论文，也曾为现行宪法的"庇护权"概念提供了自己的贡献。

年近八旬时，他还接受邀请出任《元照英美法词典》总审订，与主编薛波多次奔赴上海、南京、杭州、合肥等地，寻访和诚邀东吴法学院前辈加盟，后又联系我国香港、台湾地区以及美国、加拿大等地相熟的英美法和罗马法专家，历经千辛万苦，于 2003 年出版了业界享有盛誉的《元照英美法词典》，这是杨铁樑、卢峻、蔡晋、许之森和潘汉典等东吴学人联袂为中国法学树立的一座丰碑。

今年 99 岁，潘先生依然没有辍笔，他研读 70 多年的译著《权利斗争论》将于今年由商务印书馆出版，《潘汉典学术精品集》也将于年内面世。诚如潘先生自述"是一位勤奋的学者"，在一本本书之间，在每一次笔尖的起落中，不变的是书生报国的拳拳之心。

13. **标题**：应松年、徐杰教授被授予全国杰出资深法学家

首发媒体：《法制日报》2019 年 6 月 5 日 9 版

正文：

（本报讯　记者　黄洁）5 月 28 日，中国法学会党组成员、副会长张苏军一行到访中国政法大学，为应松年、徐杰两位"全国杰出资深法学家"颁发证书及奖牌。中国政法大学校长马怀德，终身教授应松年，民商经济法学院教授徐杰及相关人员参加会议。会议由副校长时建中主持。

马怀德代表学校对张苏军一行的到来表示欢迎，对应松年、徐杰两位教授获得"全国杰出资深法学家"表示祝贺。马怀德指出，两位教授是法大学术泰斗，是行政法学科和经济法学科的奠基人，为各自学科的建立发展作出了杰出的贡献，培养了一大批优秀的人才。两位教授获得此项称号不仅是中国法学会对老一辈资深法学家的鼓舞，也是对我校人才培养与学术研究的认同。最后，他再次感谢中国法学会对我校的高度重视，并希望中国法学会能够继续支持学校在人才培养、学科建设、科学研究等方面的工作。

随后，张苏军宣读《授予应松年、徐杰教授"全国杰出资深法学家"称号的决定》并为两位教授颁发证书及奖牌。

应松年在发言中表示了对中国法学会授予其荣誉的感谢之情，他表示，这不仅是一种荣誉，更是一种激励，他希望能够带着这份荣誉继续在法学学术研究与人才培养方面作出自己的贡献。徐杰则表示，改革开放后，学校率先认识到经济法学科的重要性，建立经济法专业，他与同事们有幸成为中国最早的一批传授经济法知识、发表经济法著作的学者，因此，这更是属于学校的荣誉。同时，他认为这份荣誉亦属于与他并肩工作、从事经济法学科研究与建设的老教授们，属于多年来不同岗位上为我国法治事业作出了杰出贡献的毕业生们。最后，他希望在中国法学会的领导下，在法大的培养之下，我们的国家能够涌现出更多法治人才。

张苏军代表中国法学会对学校和两位教授表示祝贺。他指出，家有一老，胜似一宝。法大两位杰出资深法学家，体现着法大深厚的法学教育底蕴。法大作为覆盖全学科的法学教育重阵，在法学教育研究中具有非常重要的地位。2017 年 5 月 3 日，习近平总书记来到法大考察时就全面依法治国和法治人才培养发表重要讲话，彰显了法大在培育法治人才与法学学

术研究方面发挥的重要作用。张苏军同时指出，2019 年 3 月 19 日中国法学会第八次全国会员代表大会召开，习近平等党和国家领导人到会祝贺，这体现出以习近平同志为核心的党中央对法治建设的高度重视以及对法学会在法治建设中发挥作用的高度重视。中国政法大学作为中国法学会副会长单位，同时作为中国法学会直属研究会的秘书处依托单位之一，希望能够继续在法学研究、法治实践以及法学人才培养方面作出更多贡献。

文章截图：

14. **标题**：中国政法大学检察公益诉讼研究基地揭牌

首发媒体：《检察日报》2019 年 12 月 8 日 1 版

正文：

本报北京 12 月 7 日电（全媒体记者　史兆琨）今天上午，中国政法大学检察公益诉讼研究基地揭牌签约仪式举行。最高人民检察院副检察长张雪樵出席仪式并致辞。

张雪樵指出，探索建立检察机关提起公益诉讼制度，是党的十八届四中全会作出的一项重大改革部署，是以法治思维和法治方式推进国家治理体系和治理能力现代化的一项重要制度安排。检察公益诉讼应秉持公正、谦抑、理性原则，检察机关作为办案机关，由于整体视野、理论研究力量、研究方法手段等方面的局限，单独依靠系统内部自说自话，难以深入、更有说服力地回答和解决诸多检察理论问题。依托高校建立检察公益诉讼研究基地，是推动法学理论与司法实务工作优势互补、合作共赢的有益尝试和良好开端，标志着检察公益诉讼走上了理论研究与实践探索有机融合、相互促进的新阶段。

张雪樵与中国政法大学校长马怀德共同为研究基地揭牌。北京市检察院、天津市检察院、河北省检察院有关负责人分别与中国政法大学检察公益诉讼研究基地负责代表进行签约。

据悉，由最高人民检察院命名的中国政法大学检察公益诉讼研究基地致力于深入开展检察研究，可聘请有关专家、检察官为特约研究员、研究员、助理研究员，共同开展检察公益诉讼领域的科学研究、咨询服务、人才培养、学科建设等工作。

15. **标题**：胡明：坚定不移走中国特色社会主义法治道路

首发媒体：《光明日报》2020 年 1 月 8 日 6 版

正文：

党的十九届四中全会审议通过了《中共中央关于坚持和完善中国特色社会主义制度、推进国家治理体系和治理能力现代化若干重大问题的决定》（以下简称《决定》）。《决定》聚焦坚持和完善中国特色社会主义制度、推进国家治理体系和治理能力现代化的若干重大问题，强调建设中国特色社会主义法治体系、建设社会主义法治国家是坚持和发展中国特色社会主义的内在要求。中国共产党领导是中国特色社会主义最本质的特征，是中国特色社会主义制度的最大优势，党是最高政治领导力量。在党的领导下，坚持和完善中国特色社会主义法治体系，提高党依法治国、依法执政能力，是实现国家治理体系和治理能力现代化的内在要求和重要途径。

中国特色社会主义制度是一个严密完整的科学制度体系，其中党的领导制度是具有统领地位的制度。《决定》把坚持和加强党的领导的要求全面深入地贯彻到各项制度之中，充分彰显了党的领导制度在中国特色社会主义制度和国家治理体系中的统领地位。

坚持党的领导制度，需要坚持党的集中统一领导。我国社会主义政治制度优越性的一个突出特点就是总揽全局、协调各方的党的领导制度体系。党政军民学、东西南北中，党是领导一切的。如果没有中国共产党的领导，我们就不可能创造世所罕见的经济快速发展奇迹和社会长期稳定奇迹，中华民族就不可能迎来从站起来、富起来到强起来的伟大飞跃。实践充分证明，坚持和完善党的领导，是党和国家的根本所在、命脉所在，是全国各族人民的利益所在、幸福所在。我们推进各方面制度建设及推动各项事业发展，都必须坚持党的领导。

坚持和完善党的领导制度，需要建立不忘初心、牢记使命的制度，坚持用共产主义远大理想和中国特色社会主义共同理想凝聚全党、团结人民；需要坚定维护党中央权威和集中统一领导的各项制度，自觉在思想上政治上行动上同以习近平同志为核心的党中央保持高度一致，坚决把维护习近平总书记党中央的核心、全党的核心地位落到实处；需要健全党的全面领导制度，把党的领导贯彻到党和国家所有机构履行职责的全过程；需要健全为人民执政、靠人民执政的各项制度，把尊重民意、汇集民智、凝聚民力、改善民生贯穿党治国理政的全部工作之中；需要健全提高党的执政能力和领导水平，提高党把方向、谋大局、定政策、促改革的能力；需要完善全面从严治党制度，坚持党要管党、全面从严治党，不断增强党的创造力、凝聚力、战斗力，确保党始终成为中国特色社会主义事业的坚强领导核心。《决定》为我们指明了前进方向，提供了根本遵循，为我们增添了无尽的前进动力。

建设中国特色社会主义法治体系、建设社会主义法治国家是坚持和发展中国特色社会主义的内在要求，也是中国特色社会主义制度的重要组成部分。

"法者，治之端也。"法治，是国家治理的基础。法治与国家治理体系和治理能力现代化之间，具有密不可分的关系。一个现代化的国家，必定是依法治国的国家；一个先进的政党，必定是依法执政的政党。党的十八大以来，以习近平同志为核心的党中央以前所未有的高度对法治进行顶层设计，以前所未有的广度和深度践行法治理念，开启了全面依法治国新境界。

中国特色社会主义法治必须坚持党的领导，党的领导是中国特色社会主义法治之魂。提高党依法治国、依法执政的能力是坚持和完善中国特色社会主义法治体系的重要目标。依法执政是我们党治国理政的基本方式，在党的领导下坚定不移走中国特色社会主义法治道路，要求我们把党的领导贯彻到依法治国的全部过程和各个方面，保障全面推进依法治国始终沿着正确的方向阔步前进。

党领导下的中国特色社会主义法治体系具有重要功能，能够为解决党和国家发展面临的突出问题提供制度化方案。当前，我国正处于实现"两个一百年"奋斗目标的历史交汇期，坚持和发展中国特色社会主义更加需要依靠法治，更加需要加强党对全面依法治国的领导，坚持依法治国在党和国家工作全局中的地位更加突出、责任更加重大。依法执政、依法行政可以将党和国家的根本制度、基本政策共同推进、纳入宪法和法律的轨道，为中国特色社会主义建设事业的顺利发展奠定坚实基础。法治可以为社会上每一个主体提供稳定的预期，明确何种行为能够取得何种后果，什么会受到法律的奖励、什么又会遭到法律的惩戒，以法律的明确预期引导人们调整自己的行为。法律一经制定，就成为牢固的制度基础，不能轻易变更，非经严格的法定程序不得更改或废止，从而为党和国家各项事业发展提供长远保障。固根本、稳预期、利长远，是法治在中国特色社会主义建设事业中的重要作用，也是党的十九届四中全会强调的制度建设在我国法治国家、法治政府、法治社会一体建设中的功能折射。

依法治国首要坚持依宪治国，依法执政首要坚持依宪执政。宪法是我国的"根本法"，规定了最为根本的国家制度和国家任务。全面贯彻实施宪法是全面依法治国、建设社会主义法治国家的首要任务和基础性工作。《决定》提出推进合宪性审查工作。"合宪性审查"的目的是保证法律与宪法相一致，依法撤销和纠正违宪违法的规范性文件，使下位规范符合上位规范。同时，我们应当落实宪法解释程序机制，加强备案审查制度和能力建设，从而坚持和保障宪法法律至上。

在立法、司法、执法、守法的法治链条中，立法为先。我们应当完善立法体制机制，不断提高立法质量和效率，完善以宪法为核心的中国特色社会主义法律体系，加强重要领域立法，以良法保障善治。要想制定良法，就需要在程序上坚持科学立法、民主立法、依法立法，在主体上坚持党委领导、人大主导、政府依托、各方参与，由此保障立法权行使的合法性与合理性。而《决定》提出"立改废释并举"，体现了党对立法机关科学行使立法权的全方位要求。同时，随着改革进入攻坚期和深水区，在面对前所未有的挑战和困难时，需要通过立法机制供给制度力量。因此，重大改革要于法有据，先立后破，有序进行。

司法与人民群众的关系最为密切。我们应当健全社会公平正义法治保障制度，深化司法体制综合配套改革，全面落实司法责任制。相较以往的司法改革，"司法体制综合配套改革"强调"综合配套"，也就意味着改革不再仅局限于审判机关或检察机关内部，而是包括了各个司法机关及相关机构。党的十九大报告提出要"深化司法体制综合配套改革，全面落实司法责任制，努力让人民群众在每一个司法案件中感受到公平正义"，不断增加人民群众获得感、幸福感、安全感。

法律实施需要监督。应加强对法律实施的监督，保证行政权、监察权、审判权、检察权得到依法正确行使，保证公民、法人和其他组织合法权益得到切实保障，坚决排除对执法司法活动的干预。党的十八大以来，以习近平同志为核心的党中央高度重视对法律实施的监督，党的十九届四中全会进一步提出了许多重要举措：一是坚决排除对执法司法活动的干预。坚决制止、严厉打击司法活动中"打招呼""批条子""递材料"等干预司法的现象，绝不允许办关系案、人情案、金钱案。二是拓展公益诉讼案件范围。加大对严重违法行为处罚力度，实行惩罚性赔偿制度，严格刑事责任追究。以往的损害赔偿遵循的是完全赔偿原则，损失多少赔偿多少，而行政处罚的数额往往远不及违法收益。这类违法行为又多发于生态环境保护、食品药品安全、消费者权益保护、人身权益侵害等领域，严重危害了社会公共利益。实施惩罚性赔偿制度可以对这些违法行为予以严厉打击，从而维护好广大人民的权益。三是加大全民普法工作力度，增强全民法治观念，完善公共法律服务体系，夯实依法治国群众基础，让普通群众可以获得高质量的法律服务。四是各级党和国家机关以及领导干部要带头尊法学法守法用法，提高运用法治思维和法治方式深化改革、推动发展、化解矛盾、维护稳定、应对风险的能力。

制度需要人来实施，人的培养要靠教育。中国特色社会主义法治需要大批高素质的法治人才。2017 年 5 月 3 日，习近平总书记视察中国政法大学时，为法学高等教育提出立德树人、德法兼修的目标。法学高等教育要牢牢把握立德树人、德法兼修的总要求，以德为本，以理想信念为法治人才铸魂；以法为用，以法律技能为法治人才赋能。在培养大批德法兼修的高素质法治人才的基础上，中国特色社会主义法治建设事业才能行稳致远，中国特色社会主义法治制度及其执行才有强大稳定的人才保障。

（作者：教育部习近平新时代中国特色社会主义
思想研究中心，执笔：胡明）

16. 标题：廉希圣：基本法保障我国香港地区长期繁荣稳定
首发媒体：《大公报》2020 年 4 月 3 日 A9 版
正文：

廉希圣表示，基本法保障了我国香港地区的长期繁荣与稳定，
实现了立法初衷与原意。图为廉希圣参加讲座发言 \ 受访者供图

（《大公报》记者　马静）基本法是什么工具？我国香港地区基本法起草委员会秘书处法律专家组成员、中国政法大学教授廉希圣接受《大

公报》独家专访时指出，基本法实现了香港回归的平稳过渡与国家统一，保障了香港的长期繁荣与稳定，基本实现立法初衷与原意。廉希圣强调，中央对香港地区基本法有解释权和修改权，但基本法并无"硬伤"，当前没有修改的必要。他还表示，中央高度重视香港地区问题，绝对不会坐视不理，相信香港地区一定会尽快恢复秩序，回到正轨。

廉希圣总结基本法在我国香港地区的实施时表示，基本法保障香港回归的平稳过渡，实现国家统一，恢复国家行使主权，维护特区安全，又保证香港地区的繁荣稳定。他说："基本法在我国香港地区的实施过程中，基本保持了香港地区的繁荣稳定，至少有很长一段时间，香港地区的繁荣稳定是有目共睹，毋庸置疑的，基本实现了它的立法原意。"

起草时充分体现"港人治港"

廉希圣指出，对于近几年我国香港地区出现的社会乱象，基本法实施过程中出现问题的原因是复杂且多面的。有的是由于不能全面准确了解基本法的内容和立法原意，在理解上出现偏差；有的是套用别国的法律制度及法律观点来理解基本法的内容，比如终审法院此前曾用普通法观点去理解基本法，作出错误判决，全国人大也因此作出解释；还有的则是基于政治上的考量，有意制造秩序混乱。

"我们只有对产生问题的原因作出理性的分析判断，才能找出有针对性的解决办法。在我国香港地区，一些人将不同原因所产生的问题都一概归结为是基本法本身的问题，这无助于问题的解决。"廉希圣强调。

廉希圣坦言，现在回头看，三十多年前的基本法起草过程中确实有一些问题想得比较简单，对一些问题的预见性不够。"比如说关于审判权、司法权，都没有考虑充分，以终审权为例，当时英国也并未将终审权交给我国香港地区。起草基本法的时候，主要考虑要充分体现'港人治港'，维持香港地区法律制度的延续性，将终审权交与香港地区。结果后期出现一些问题，前段时间还有警察抓人法官放人的事情发生。"

中央为我国香港地区问题不惜一切代价

《大公报》1986 年报道基本法起草期间廉希圣随
专家团赴我国香港地区 \ 受访者供图

廉希圣回忆，自 1985 年 7 月至 1990 年 2 月提出基本法草案共用 4 年零 8 个月，作为秘书处成员的他随叫随到，全程参与。在接受《大公报》专访时他总结起草过程为一个字：难。提及基本法，他说这是一部 "一字千金" 的法律，而最令他印象深刻的就是，中央为了我国香港地区的问题不惜一切代价。

把保证港人信心贯穿始终

我国香港地区基本法起草过程有多难？廉希圣总结，首先是体现 "一国两制" 法律文件无先例可循；内地和香港地区在制度上、观念上以及文化上有着重大差异，甚至在语言上和行文习惯上也不同；同时香港地区是个多元化的社会，基本法要体现香港地区各阶层的利益；要明确基本法与联合声明的关系，当时甚至有人曾提出：联合声明中有的内容一个字不能少，没有的内容一个字不能加。

廉希圣表示，如何保证我国香港地区居民的信心问题贯彻基本法起草始终。"感觉当时就是一个信心问题解决了又会滋生另一个信心问题。在起草基本法的过程中，要不断地把香港地区居民的信心问题作为起草工作的一个要素加以考虑，而且还要考虑这种信心问题的缘由及其合理性。"

由于基本法作为宪制性法律应是原则性的，邓小平曾指示，基本法宜粗不宜细。"但在征求意见的过程中，写得原则性一点，怕执行时会有问题，写得稍微细一点，香港地区委员会说，没有给香港地区社会发展预留空间。所以，最终呈现出来的基本法有粗有细。"廉希圣说。

"但无论如何，在全国人大表决时，出席代表 2713 人，其中 2660 票赞成。因此，可以说基本法是全国人民意志的反映，更是香港地区各阶层利益的代表。"廉希圣说："基本法就是一部'一字千金'的法律。我记得两部基本法起草，中央是没有财政预算的，当时就有一句话：为了解决香港地区的问题，一切都是值得的。中央很重视香港地区，无论什么时候，只要能解决问题，就不惜一切代价。"

宪法效力高于基本法　主从分明

提到宪法和基本法的关系，曾参与过宪法、基本法起草的廉希圣重申，谈基本法必须先谈宪法，基本法是宪法的子法，不能脱离宪法来理解基本法，更不能把基本法理解为与宪法无关的独立法律。"一国"原则和国家观念是确保宪法、基本法在我国香港地区实施的基本。

廉希圣指出，2014 年 6 月国务院发表的《"一国两制"在香港特别行政区的实践》白皮书明确了宪法在香港地区的法律地位，对于理解和解决"一国两制"实践中出现的诸多问题提供了最高法上的制度支撑和理论基础，对全面认识宪法在香港地区治理过程中的作用和价值有理论意义和现实意义。

他还指出，香港地区过去有人说基本法是"小宪法"是不对的，一个国家只能有一部宪法。宪法的效力高于基本法，对基本法的理解和解释必须放在宪法的框架当中，要用宪法的基本制度来规范对基本法的理解，比如中央跟特区的关系。宪法的内容通过基本法在特别行政区来实施，宪法如果没有通过基本法加以明确规范，就不在特区实施，比如说社会主义制度、人民民主专政的制度。

我国香港地区高度自治权受中央监督

关于高度自治权，廉希圣在采访中指出，基本法关于"一国两制"

的条款，其深刻含义就是中央对香港地区有全面管治权。解释中央全面管治权，除在香港地区由中央行使的国防、外交权以外，还应该包括中央授权香港地区行使的高度自治权，香港地区的高度自治权要受中央的监督。

廉希圣说，高度自治所谓的"高低"是通过比较而存在的。"内地有拥有自治权的自治区，但是这些自治区哪个能发行自己的货币？可以自己制定刑法？与美国的联邦比，联邦的哪个州又可以发行货币？可以自己进行出入境管治？可见，与内与外比，我国香港地区所拥有的自治权都是很高的。"

廉希圣指出，在香港很多人过度看重高度自治而忽视中央全面管治权，首先明确高度自治只是实现国家主权管治的表现方式，是国家管治地方体制的重要组成部分。"有人认为除基本法规定的以外，中央什么都不能管，这种认识首先在学理上就有瑕疵。必须要搞清楚一点，香港地区的自治权是中央授予的。"

愿赴港讲解　述其来之不易

廉希圣教授在中国政法大学附近的公园接受
《大公报》专访 \ 《大公报》记者马静摄

与廉希圣教授约采访时，新冠肺炎疫情防控形势依然严峻，根据北京各项疫情防控措施要求，采访无法在室内进行。

携笔记珍贵照片话当年

已年近 90 的廉老依然坚持露天接受记者的面对面专访。在中国政法大学附近的一个公园，他带来厚厚一摞资料，包括许多手写笔记和一些珍贵的照片。他说，当年与自己一起参与起草的不少人都已作古，他希望在有生之年能把当年香港地区基本法起草的一些事告诉世人。

谈及去年以来我国香港地区的形势，这位老人一边摇头一边重复了好几个"没想到"。虽然一再痛惜，廉希圣依然表示对香港地区充满信心。"我现在彻底退下来了，偶尔去讲课，讲宪法和基本法。基本法凝聚了香港地区与内地起草人的智慧与心血，我想让更多人了解这部法律的来之不易，知道中央对香港地区问题有多重视。"他告诉记者，如果有需要，只要身体还允许，他还愿意去香港地区讲一讲基本法。

文章截图：

17. 标题：年年春风里，岁岁吐芳华——访我国著名诉讼法学家、中国政法大学终身教授陈光中

首发媒体：《人民法院报》2020 年 5 月 1 日 5 版

正文：

（本报记者　李阳）时至暮春，草木繁盛，万物竞发。

接连刮了几日大风，4 月 23 日，北京晴空万里。

这一天是法学泰斗，中国刑事诉讼法学奠基人，中国政法大学终身教授、原校长陈光中先生的 90 寿诞。

在法学界，这实在是一个喜庆的日子。遗憾的是因为疫情，原计划的祝寿宴不得不推迟。电话、微信、邮件，隔着屏幕的祝福雪片般纷至沓来，师生微信群异常活跃。

这位 90 岁的老人给自己的微信取名"钟鸣老人"，他希望自己能像铜钟一样，常撞常鸣，鹤鸣九皋。

如水之明——迈向现代化司法的立言者

陈光中喜欢看新闻，手机里装了几个感兴趣的新闻 APP。陈光中说："热点事件我都会同步知道。"

2001 年，陈光中被中国政法大学聘为终身教授。此后的近 20 年，他的生活里就没有"退休"二字。

尽管这几年腰椎不好，视力下降，耳朵离不开助听器，但他依然思维敏捷，忙着讲课、带学生、参加各种会议，晚上经常看书工作至 12 点，始终对国家的法治建设保持着敏锐观察和准确判断。

2017 年 5 月 27 日，备受关注的于欢故意伤害案二审在山东省高级人民法院公开开庭审理。

庭审中，控辩双方充分还原案件事实，法庭平等、充分保障各方当事人权利，无论是哪一方代表，都可以充分发言与辩驳。十几个小时的庭审，吸引了无数网友"围观"。

当日在现场旁听庭审的百余人中，有一位耄耋老人，两鬓斑白，但精神矍铄。他就是著名刑事诉讼法专家陈光中先生。头一天，他坐了一个多小时的火车，从北京专程赶到济南。

"二审在程序公正方面做得非常到位。"法庭对事实和证据的"较真"得到了这位刑事诉讼法学界泰斗的认可。

"于欢的行为造成了一死二重伤一轻伤，这样严重的危害后果本应判刑更重，但是法院考虑到于欢有被侮辱情节等一些因素，综合各方利益考量，最终判了他五年实刑，做到了罪责刑相适应。"二审宣判后，陈光中发表了自己的见解。

"法治的灵魂是公正。"在陈光中看来，公正司法是实现社会公平正义的最重要手段之一，也是体现社会公平正义的最重要的一个窗口。他多次撰文指出，"一个国家的法治必须从程序正义起步，才能落实实体正义"。

聂树斌案、张志超案、陈满案，一个个名字、一份份判决，在当代司法史上刻下了清晰的痕迹，这背后都凝聚了陈光中的关注。离析案情，组织专家讨论，提出意见建议……疑罪从无、证据裁判、审判独立，长久以来，他持续呼吁的推动程序正义的主张，在司法审判中基本得到了实现。

"惩治犯罪与保障人权要并重，程序公正与实体公正要并重。"刑事诉讼是个矛盾的集合体，如何正确对待和处理这些矛盾事关重大。这一充满平衡色彩的价值观来源于陈光中的"动态平衡诉讼观"，亦是他多年来诉讼法学思想的总结和概括。

作为我国刑事诉讼法学的开创者和重要奠基人，陈光中一生都在研究刑事诉讼法，并几十年如一日地致力于推动中国司法的进步。

1999 年 1 月，陈光中被聘为最高人民法院首批特邀咨询员，连续任期三届至 2015 年。"特邀咨询员不简单是我的社会兼职，而是我的学术生活本身。"陈光中说。

党的十八届三中全会后，一场迈向现代化司法的改革大幕拉开。这位 80 多岁高龄的老人身体力行完成了两个试点项目。

走遍 7 个省份的 10 个城市，2013 年，历时一年多的调研成果《非法证据排除规则实施若干问题研究——以实证调查为视角》问世。其中，确立重复供述排除规则，采取"同一主体排除"等一些重要观点直接被 2017 年"两高三部"联合印发的《关于办理刑事案件严格排除非法证据若干问题的规定》所吸收。

顾不上休息，2014 年 10 月，陈光中带领他的团队又开始了为期两年的"庭审实质化与证人出庭作证实证研究"项目调研。

敏锐的问题意识和强烈的现实关怀是陈光中治学的特点。持续数十年的理论研究，大量的实地调研令他陷入对司法改革实现路径的深层次思考，于是提出了系统的改革主张：完善辩护制度、刑事诉讼原则和证据规则、司法责任制及认罪认罚从宽制度，关注科技时代刑事司法的发展。他倡导的"以审判为中心"的诉讼制度改革，更是在全国政法系统引起积极反响和广泛认同。

现在，只要有机会，他依然在为司法改革发声：解决法官的待遇和各种保障问题，法官收入要比一般公务员高，中央要逐步加大司法经费的拨款力度，为以后进一步改革铺路……

如日之升——法治文明进步的推动者

北京西北四环一座静谧的小区里，绿树成荫，花香满径。

陈光中租用的办公室就在这里。其客厅被布置成了一间小型会议室，用来指导学生进行学术研究。书房在最里面，朝南，光线很好。

现在，他的世界多集中在书房里，一张被书籍和报纸铺满的小书桌前。可他的世界又很大，房间里摆满了关于中国社会、经济、文化方面的书刊，还有大量中外法律书籍。

"刑事诉讼法是门实践性很强的学科，做学问不能只在书斋中坐而论道"，要"博而后精、学以致用"，陈光中如是说。

总结一生的成就，陈光中说自己只做了两件重要的事：参与刑事诉讼法的修改，对诉讼价值观的探讨和坚持。这位鲐背之年的长者亲切、谦逊、睿智、和蔼，不擅长包装自己，出人意料地坦率。

"把我国建设成一个现代化的民主法治国家，这是我年轻开始学法律时梦寐以求的理想，也是我一生治学的指针。"实践中，陈光中善于将理想精神倾注于专业的制度设计。

新中国的第一部刑事诉讼法诞生于 1979 年。1993 年，中国改革开放进入了第 15 个年头，社会发展日新月异，这部带有"应急"色彩的刑事诉讼法，其理念与模式已落后于时代，呼吁尽快修改完善的声音逐渐多了起来。

那年 10 月，陈光中收到了一份由全国人大常委会法工委发来的函，请他组织起草一份刑事诉讼法修改建议稿。当时身为中国政法大学校长、全国诉讼法研究会会长的陈光中，接到函件"既感到兴奋光荣又觉得千斤压顶"。

他立即组织起学校里的骨干力量，在调研、考察的基础上，起草出了《刑事诉讼法修改建议稿》。

"建议稿最重要的建议有三条：一是改革审判方式，增加辩方的话语权；二是律师在案件侦查阶段可以介入；三是确定疑罪从无的原则。"在回顾这段往事时，陈光中说。

刑事诉讼法涉及公权和私权的再分配、司法资源的合理配置，相比于属于实体法的刑法，属于程序法的刑事诉讼法的修改困难可想而知。"涉及多方权益的'疑罪从无'辩论激烈"，"反对者的顾虑就是怕漏掉有罪的人"，陈光中回忆道。

1996年，经过各界反复讨论修改的《刑事诉讼法修改（草案）》审议通过。陈光中牵头完成的修改建议稿三分之二的内容被吸收，其中就包括他力主的"疑罪从无"。

"疑罪从无的入法，毫不夸张地说，他（陈光中）居功至伟。"中国刑事诉讼法学研究会会长卞建林曾对媒体感叹。

在很大程度上，"疑罪从无"原则对防止冤案的产生起到了重大作用。陈光中说这是自己学术生涯中最引以为傲的事情之一。

经历过反"右"斗争和"文化大革命"，陈光中更深切感到中国要繁荣富强，必须加强民主法治建设，走依法治国之路。"我们的法治应该是以公正作为生命线，公正意味着要加强人权保障，这是非常重要的事情。"

"陈老师关心民瘼，他的学术主张里充满了人文主义的张力。"陈光中的学生、清华大学法学院教授张建伟说。

取消收容审查，律师在侦查阶段介入，审判方式要吸收当事人主义，扩大法官的独立裁判权等，这些主张都被后来通过的刑事诉讼法修正案所采纳。

"中国刑事诉讼法学之所以能成为改革法学，成为进步的法治之学，陈光中先生贡献巨大。"四川大学法学院教授、院长左卫民撰文表示。

如今，身为中国法学会刑事诉讼法学研究会名誉会长的陈光中再次提出修法的主张：完善分工负责、互相配合、互相制约原则，完善证人、鉴定人出庭作证制度，严格实行非法证据排除规则，完善法律援助制度等。

学术研究没有止境。以超前的敏感性、透彻的洞察力，这位诉讼法学的先驱者将再次推动中国法治文明的制度变革。

如松之茂——法治人才培养的躬耕者

从某种意义上说，陈光中作为一个真正意义上的法学教育家的生涯，从 46 岁开始。

那是 1976 年以后，国家进入了新的历史时期，陈光中"也开始了人生道路上崭新的历程"。

1983 年，中国政法大学在北京政法学院基础上成立，陈光中被调回任研究生院副院长，随后被评为教授。三年后，第一个刑事诉讼法博士点在中国政法大学设立，他当之无愧地成为全国第一位刑事诉讼法博士生导师。几十年来，他为国家培养了大量法律高级人才。有的成为政法部门的骨干，有的成为卓有成就的学者。

2020 年春节前夕，中国农业农村法治研究会副会长李忠诚去看望老师。不大的房间里，桌上和沙发上摆满了资料和论文。看到先生有些倦意，李忠诚一问，才知道老师患了带状疱疹，当时是忍着病痛指导研究生的博士论文。

"先生学风宽容，为人谦逊，治学严谨。"北京师范大学刑事法律科学研究院院长助理彭新林记得，他当时有一篇论文，自认为写得还可以。但是，陈光中看过后，一个字一个字地修改，如此反复不下五遍。"这对我今后的治学产生了非常大的触动。"

去年读博士的唐露露对这种"严谨的"门风传承有更深刻的感受，"先生会细细地修改论文的脚注、标点，有时熬到凌晨 2 点"。

陈光中培养学生，除在品德和学习上对他们严格要求外，还注重培养他们的独立思考、勇于创新的精神。主持每一次诉讼法年会时，他总要在开幕词中强调解放思想、勇于探索、百家争鸣。

"我觉得只有对本专业古今中外的知识大体上了解了，才能使自己视野开阔，见解高屋建瓴，具有前瞻性。"

1978 年，改革的春风拂面而来。随着对外开放的不断扩大，中外学术交流逐渐在更大范围开启了破冰之旅。陈光中也迎来了自己学术生涯的"第二春"。从那时起，他就积极与有关国家的科研机构、学术团体开展交流，学习和借鉴国外先进的法律文化，推动中国的民主法治建设。直到三年前，陈光中还坐飞机赴德参加学术会议。

"老师始终关注学术前沿问题，他立足本土，兼顾国际法律文化的借鉴与吸收等学术主张，让我们终身受用。"李忠诚说。

不待客的日子里，陈光中喜欢独自坐在起居室的沙发上沉思。看书写字累了，就听几首古典音乐。年轻时的一些体育爱好因为年纪增长，不得不舍弃。回想这十年来的经历，他常感慨说，自己"体力上逐渐衰退，但学术上仍孜孜以求，不敢有所懈怠"。

2010年4月，先生80岁，推出三卷本《陈光中法学文选》。

2020年4月，先生90岁，推出《司法改革与刑事诉讼法修改》（陈光中法学文选第四卷）、《中国古代司法制度》，主编教材4本，发表文章（包括合著）123篇，法治杂谈及访谈94篇。《中国近代司法制度》《中国现代司法制度》也即将付梓。

"人生难百岁，法治千秋业。"进入人生的第90个年头，老人给自己许下了愿望：九旬之后，能再为国为民作最后一点贡献，则此生足矣！

18. 标题：马怀德：民法典时代行政法的发展与完善

首发媒体：《光明日报》2020年6月3日11版

正文：

2020年5月28日，十三届全国人大三次会议表决通过《中华人民共和国民法典》，正式宣告我国迈入"民法典时代"。5月29日，中共中央政治局就"切实实施民法典"举行第二十次集体学习。习近平总书记在主持学习时强调，民法典在中国特色社会主义法律体系中具有重要地位，是一部固根本、稳预期、利长远的基础性法律，对推进全面依法治国、加快建设社会主义法治国家，对发展社会主义市场经济、巩固社会主义基本经济制度，对坚持以人民为中心的发展思想、依法维护人民权益、推动我国人权事业发展，对推进国家治理体系和治理能力现代化，都具有重大意义。实施好民法典，既要充分认识颁布实施民法典的重大意义，又要了解掌握民法典的基本结构和主要内容，更要按照民法典的要求，加快制定修改相关行政法律法规，发挥综合性法律规范在全面依法治国中的重要作用。

民法是中国特色社会主义法律体系的重要组成部分，是民事领域的基础性、综合性法律，它规范各类民事主体的各种人身关系和财产关系，涉及社会和经济生活的方方面面。随着中国特色社会主义进入新时代，我国国家治理面临许多新任务新要求，单靠民事法律规范调整平等主体间的关系已经不能满足现实需求，还需要行政法律规范调整行政机关与个人的权利义务关系。可以说，民法与国家其他领域法律规范一起，支撑着国家制度和国家治理体系，是保证国家制度和国家治理体系正常有效运行的基础性法律规范。公私法律规范共同支撑国家和社会治理，是不断完善和发展中国特色社会主义制度和国家治理体系的题中之义，也是民法典的突出特色。

第一，如何认识民法典中的行政法规范。进入民法典时代，如何认识民法典中的行政法规范是摆在行政法研究者面前的首要问题。通览民法典，我们会发现，其中有相当多内容涉及行政法规范。可以预料到，这种公私法规范交织将是今后各个部门法的新常态。随着社会不断发展，公私法规范共同治理的意义愈来愈凸显。民法典在国家治理现代化的意义脉络中，加强了对民事权利和民事活动体系的规定，确立了其与行政法的协同关系。所以，合理区分哪些事项属民法，哪些属行政法是理解民法典中行政法规范的第一步。民法典中，政府有时作为民事主体出现，比如政府承担防止性骚扰义务、保护民事权利不受侵犯等；但有些情况下，民法典规定了政府的行政法义务，比如突发事件应急处置中民政部门要为居民提供必要生活照料措施、物权登记过程中政府履行的登记职责、政府实施征收征用措施、行政机关对高空抛物的调查职责等。这类行政法规范出现在民法典中，都说明了在民法典实施过程中离不开公权力的介入。一方面，行政法规范是民法典的重要法源，行政法规范的出现，在客观上充实了民法典的内容，扩大了民法典对相关行政性事项进行调整的范围，有利于建立统一的公共秩序。另一方面，行政法是规范公权力的法律部门，"把权力关进制度的笼子"主要靠行政法规范。国家机关履行职责、行使职权必须清楚自身行为和活动的范围和界限。各级行政机关开展工作要考虑民法典规定，不能侵犯人民群众享有的合法民事权利，包括人身权利和财产权利。无论是民事法律规范还是行政法律规范，最终的落脚点还是维护公共秩序和公共利益，保护公民的个人权利和利益。如果没有这类行政法规范的保障，那么民法典是不完整的，法典的有效实施也无法得到保证。

第二，行政法如何回应民法典的要求。实施好民法典，需要进一步完善民法典涉及的行政法律制度，实现民法典和行政法的有效衔接，做到法法衔接。民法典虽然规定了部分行政法规范，但不是完整系统的制度规定，只能说是留下了一个立法接口。行政法要回应好民法典的要求，一方面，立法机关必须及时作出回应，在法律、行政法规、规章中进一步细化、改革和完善相关制度，以便更好地实施民法典。比如，民法典规定，对高空抛物行为公安机关负责调查。这实际上是要求行政机关履行行政法职责，需要行政法律法规对此作出相应规定。再如，动产抵押、婚姻登记、建筑物住宅的续期、政府协助成立业主委员会选举委员会、个人信息保护等方面，行政机关承担了大量行政职责和义务，需要制定或者修改相关行政法律法规予以回应。如果民法典为行政立法留下空间，但行政法没有及时跟进，民法典的实施就会受到影响。另一方面，即使民法典只保留相关原则规定，没有明确的行政法制度安排，行政法也可以主动调整，以便更好地实施民法典。比如，民法典强调保护产权、优化营商环境，但没有更为具体细致的规定，到底如何操作实现就需要通过行政法来具化安排。为此，应当加强同民法典相关联、相配套的法律法规制度建设，修改完善相关法律法规和司法解释。对同民法典规定和原则不一致的国家有关规定，要抓紧清理，该修改的修改，该废止的废止。

民法典与行政法应当相互配合，协同发力，保障个人权利的实现。公民个人权利的实现，必须依靠包括民法、行政法等在内的公法与私法交融的综合性法律，而非仅仅依靠单一的私法或者公法规范。以个人信息保护为例，这部分内容属于民法范畴，当个人信息受到侵犯时，可以通过法院起诉，以制止侵权行为或者获得赔偿。但是对个人信息权利侵犯严重到一定程度时，就构成了对公共秩序的违反，需要行政权力介入并加以防范。这种情况下就要进行个人信息保护的执法或司法，追究相关人员的行政或刑事责任。可以看到，在保障个人权利实现、维护社会秩序的过程中，需要行政法主动适应、对接民法典，让两者相互衔接，而非各行其道。

第三，以实施民法典为契机大力推进法治政府建设。实施好民法典是全社会的事情，党政机关同样有义务遵守执行。习近平总书记强调，各级政府要以保证民法典有效实施为重要抓手推进法治政府建设，要规范行政许可、行政处罚、行政强制、行政征收、行政收费、行政检查、行政裁决等活动，提高依法行政能力和水平。事实上，在民法典实施过程中，行政机关具有两种角色。一是要作为民法典规范的义务主体，自觉遵守、严格执行法律规范，履行好法律规定的政府行政职责和行政职权；二是作为国家行政管理主体，要坚持以人民为中心的发展思想，充分认识和尊重民事主体的各项权利，维护其合法权益。民法典体现了对生命健康、财产安全、交易便利、生活幸福、人格尊严等各方面权利平等保护的理念。各级行政机关要把民法典作为行政决策、行政管理、行政监督的重要标尺，不得违背法律法规随意作出减损公民、法人和其他组织合法权益或增加其义务的决定。

（作者为国家社科基金重大项目"法治背景下的社会预警机制和应急管理体系研究"首席专家、中国政法大学校长、教授）

19. 标题：张晋藩：从古代民事法律中汲取智慧

首发媒体：《人民日报》2020 年 7 月 2 日 9 版

正文：

在以往的研究中，有学者认为，我国古代只有刑法而没有民法。限于当时的历史条件和学者视野，这种观点不足为怪。事实上，对于生产力和生产关系发展到一定程度的国家来说，在实践中很难只有一种法律部门。社会关系的复杂性，决定了法律关系的复杂性和法律调整方式的多样性。作为调整财产关系和人身关系的民事法律，对于各种文明形态都是不可或缺的。

我国是法制文明发展比较早的国家。西周中期以后，随着土地所有制由国有向私有过渡，出现了土地买卖、转让、租赁等一系列民事法律行为。随着民事法律行为经验不断积累，人们逐步将这些经验上升为调整一般意义上民事行为的规范。目前出土的秦简中，仓律、关市律、金布律、牛羊课、军功爵律等均有与民事相关的法律规定，内容涉及所有权的取得与丧失、侵权赔偿、不当得利、债权债务关系等。虽然相关法律规定粗疏简略，但仍不失为早期民法形态，体现出当时民事法律观念的进步。

在唐朝，民事法律观念得到进一步发展，并以立法形式表现出来，可见于唐朝的名例律、户婚律等。唐朝商业也更为昌盛，与此相适应的民事关系迅速发展，出现了买卖、租赁、借贷、雇用、质押等各种形式的契约。唐律中已有若干调整债务关系的条文。如在借贷契约中规定，月利息率不得超过六分，"积日虽多，不得过一倍"。"礼"被认为是唐朝重要的民事法律渊源。经过对"礼"的不断增损修改，在开元年间颁布了"开元礼"，涉及祭祀、仪仗、丧葬、婚姻、继承等民事内容。

宋朝手工业进一步发展，促进了商业繁荣与对外贸易扩大，由此带动民事法律关系与法律规范的新发展，民事立法较之唐律更为丰富。比如，继承法有显著发展。宋朝规定，凡未出嫁者称为"在室女"，出嫁之后因故返回父母家者为"归宗女"。宋律对在室女、归宗女如何继承家产有详细规定。以法律形式认定妇女的财产继承权，这在世界立法史上也是难得的。清朝也有多种形式的民事法律渊源，既有制定法，又有习惯法；既有朝廷立法，又有地方法规。这些法律法规共同承担着调整民事法律关系的任务。民事制定法散见于大清律例、大清会典、户部则例等，其中大清律例为刑法典，也含有与民事相关的法律条款。户部则例则类似于法律汇编，其中也有不少民事内容。

纵观我国古代社会，民事法律观念和民事立法逐渐明确，宋代以后民事立法更是不断充实，此外还有众多调整田宅细故的乡规民约、民间习惯等。这表明我国古代民事法律不仅存在，而且内容丰富。这些民事法律表现形式繁杂但相互协调，能够各展所长、共同为用。

以史为鉴，可以知兴替。我国传统法制历经几千年发展，形成独具特色的法律文化传统。今天，我们建设中国特色社会主义法治体系，推进法律规范体系更加完善，可以考察研究我国法律传统文化，发掘有益成分，坚持择善而用，从中汲取经验和智慧。

20. **标题**：胡明：一部固根本、稳预期、利长远的法律
首发媒体：《人民日报》2020 年 7 月 8 日 15 版
正文：

我国民事法律制度是随着改革开放和社会主义现代化建设的历史进程而不断发展完善的。十三届全国人大三次会议审议通过的民法典，系统整合了新中国成立 70 多年来长期实践形成的民事法律规范，汲取了中华民族优秀法律文化，借鉴了人类法治文明建设有益成果，是一部固根本、稳预期、利长远的基础性法律，是一部体现对生命健康、财产安全、交易便利、生活幸福、人格尊严等各方面权利平等保护的民法典，具有鲜明中

国特色、实践特色、时代特色。

编纂民法典是以习近平同志为核心的党中央作出的重大部署，是中国特色社会主义法治建设进程中的标志性事件，是推进国家治理体系和治理能力现代化的重要举措。新时代，切实实施民法典，需要以宏大历史视野和宽广世界眼光，深刻认识民法典在全面推进依法治国、加快建设社会主义法治国家、推进国家治理体系和治理能力现代化中的重大意义。

谱写中国特色社会主义法治建设新篇章。法律是治国之重器，良法是善治之前提。新时代，建设社会主义现代化强国需要强有力的法治保障。在全面建成小康社会的重要历史节点上，形成一部真正属于中国人民的民法典，是新时代推动经济高质量发展的有力保障，是坚持和发展中国特色社会主义法治体系的必然路径，是维护人民权益、回应人民期待、增进人民福祉的客观要求。编纂一部立足中国国情、体现时代特色的民法典，是建设社会主义现代化强国新征程上的重大举措，极大鼓舞了全国各族人民在新时代、新征程上的奋斗热情。

助力完善社会主义市场经济体制。社会主义市场经济本质上是法治经济。民法典是社会主义市场经济发展的助推器，在维护基本经济秩序等方面发挥着基础性、决定性作用。民法典把我国多年来实行社会主义市场经济体制、加强社会主义法治建设取得的一系列重要制度成果用法典的形式确定下来，规范经济活动赖以开展的财产关系、交易关系，对坚持和完善社会主义基本经济制度、促进社会主义市场经济繁荣发展具有十分重要的意义。

致力于保障和改善人民权益。民法典规范各类民事主体之间的人身关系和财产关系，影响社会生活的方方面面，同人民群众生产生活紧密相关。民法典是社会生活的百科全书，是社会主义核心价值观的立法表达，是对中华民族精气神的有力凝聚。民法典是一部"赋权法"，建立起一系列权利保障与救济制度，以保护民事权利为出发点和落脚点，彰显人文关怀，不断增强人民群众的获得感、幸福感、安全感。民法典实施得好，人民群众权益就能更好地得到法律保障，人与人之间的交往活动就会更加有序，社会就会更加和谐。

推动人类法治文明进步。法典凝结着一个国家独特的民族性格、价值取向、治理理念、文化传统，是法治文明发展到一定阶段的必然产物，是衡量一个国家、一个民族文明进程的重要标尺。这部民法典属于中国，也属于世界，为人类法治文明进步贡献了中国智慧与中国方案，必将成为21世纪世界法治发展史上的一颗璀璨明珠。

（作者为中国政法大学党委书记、教授，北京市习近平新时代
中国特色社会主义思想研究中心研究员）

21. **标题**：黄进：坚持统筹推进国内法治和涉外法治

首发媒体：《光明日报》2020年12月9日11版

正文：

在中央全面依法治国工作会议上，习近平总书记强调："要坚持统筹推进国内法治和涉外法治。"党的十八大以来，习近平总书记围绕涉外法治和国际法治发表了一系列重要论述，不仅对中国特色社会主义法治理论作出重大贡献，而且对国际法理论和实践也具有重要意义。

国内法治和涉外法治是国内法治的两个方面，而国内法治和国际法治是全球法治的两个方面，都不可或缺。涉外法治在国内法治和国际法治之间发挥着桥梁纽带、互动融通的作用。统筹国内国际两个大局是我们党治国理政的基本理念和基本经验，在法治建设和法治发展领域，体现为统筹推进国内法治和涉外法治，更好维护国家主权、安全、发展利益。

为此，一方面，要加快建设中国特色社会主义法治体系，加强涉外法治体系建设。推进涉外法治重要领域立法，完善涉外法律法规体系，完善涉外经贸法律和规则体系，加快推进我国法域外适用的法律体系建设，积极参与执法安全国际合作，深化司法领域国际合作，强化涉外法律服务。另一方面，强化法治思维，运用法治方式处理国际事务、参与全球治理体系改革和建设。始终做多边主义的践行者，积极参与全球治理体系改革和建设，积极参与并努力引领国际规则制定，推动形成公正合理透明的国际规则体系，推动依法处理涉外经济、社会事务，增强我国在国际法律事务和全球治理体系变革中的话语权和影响力，运用法律手段维护我国主权、安全、发展利益，推动构建人类命运共同体。

22. 标题：强化反垄断　推动高质量发展——访中国政法大学副校长时建中

首发媒体：《人民日报》2021年1月31日2版

正文：

中央经济工作会议要求强化反垄断和防止资本无序扩张。如何通过反垄断、反不正当竞争，推动完善社会主义市场经济体制、推动高质量发展？记者采访了中国政法大学副校长、国务院反垄断委员会专家咨询组成员时建中。

反垄断有助于优化政府和市场关系

记者：为什么中央经济工作会议把强化反垄断和防止资本无序扩张作为2021年经济工作的重点任务之一？

时建中：中央经济工作会议要求以高质量发展为"十四五"开好局，指出反垄断、反不正当竞争，是完善社会主义市场经济体制、推动高质量发展的内在要求。高质量发展需要创新，竞争机制有效的环境才有可能创新。如果竞争机制被抑制，出现垄断和不正当竞争，都会影响竞争环境。只有良好的竞争环境，才能推动创新；只有推动创新，才能提高竞争层次和水平；只有提高竞争层次和水平，才能推动经济高质量发展。否则，只能是低水平的存量利益的零和竞争。

记者：垄断和不正当竞争会对市场经济造成哪些危害？

时建中：垄断和不正当竞争会对市场经济造成两种危害。垄断是指竞争不足，有效竞争被抑制，竞争被排除、被限制。不正当竞争可能表现为竞争过度、竞争过乱、竞争过滥。竞争不足，市场就没有活力；竞争过度，同样会影响竞争者的合法权益。无论是垄断还是不正当竞争，最终都会损害消费者利益。市场经济离不开反垄断法，而且，市场经济越成熟，对反垄断法的需求越强烈。

构建新发展格局，追求的是高质量发展。垄断和不正当竞争行为会导致创新缺少动力，市场缺乏活力，最终影响经济发展质量。旗帜鲜明地反垄断、反不正当竞争，目的是维护公平竞争秩序，维护竞争机制的有效活力。

我国的《反垄断法》既反对市场垄断，也要求打破行政性垄断。防止市场垄断，意味着使市场在资源配置中起决定性作用；打破行政性垄断，可以更好发挥政府作用。所以，我国的反垄断有助于优化政府和市场关系，让有效市场和有为政府更好结合。

反垄断难点主要集中在新经济领域

记者：目前，我国在反垄断领域取得了哪些成就？

时建中：《反垄断法》自2008年8月1日实施以来，产生了非常重要的作用。第一，被垄断行为破坏的竞争秩序得以恢复，产生了查办一个案子规范一个行业的良好效果。第二，消费者利益得到保护，体现了以人民为中心的发展思想。第三，创新受到有效保护。现行《反垄断法》事实上已经为创新留出足够的空间。此外，通过大量的反垄断执法，一些行业建立了应有的反垄断合规意识，竞争文化不断优质化。

《反垄断法》的任务是打破垄断，构建统一开放、竞争有序的全国大市场，这就意味着反垄断的执法权属于中央事权。机构改革之后，反垄断执法权统一由国家市场监督管理总局实施。同时，反垄断执法具有高度的专业性和复杂性，统一执法也有助于积累执法经验，提升执法效果。

记者：当前，我国反垄断还存在哪些难点？

时建中：反垄断的难点主要集中在新经济领域，表现在以下两个方面。

第一，制度供给有待完善。现行《反垄断法》与信息时代高科技支撑的商业模式并不完全匹配，制度上有一些不衔接的地方，甚至有一些缺失的地方，需要与时俱进地适当修改。

第二，动态的竞争和商业模式给监管带来挑战。新经济模式一直没有定型，其竞争也是动态的，有时短期看不清楚利弊。因此，一段时间以来，对互联网领域的反垄断采取包容审慎的监管原则。

新经济在提供极大便利的同时也带来一些问题，比如大数据杀熟、二选一、扼杀式并购、平台企业自我优待等。这些行为有的损害消费者利益，有的损害公平竞争环境。平台企业的商业模式初步定型，而且头部巨型平台企业已经由"孩童"进入"青年"，这就需要监管理念的转型，采取积极监管、协同监管、审慎监管和依法监管相结合的方式。当然，更重要的是，要实现反垄断监管工作的常态化。

2020年11月，国家市场监督管理总局公布的《关于平台经济领域的反垄断指南（征求意见稿）》体现的就是对平台经济领域反垄断的常态化监管理念。平台企业要把常态化监管看成是互联网经济规范发展的一次机遇。中央经济工作会议提出，"国家支持平台企业创新发展、增强国际竞争力"，"同时要依法规范发展，健全数字规则"。概括起来，就是规范与发展并重，不是强监管、弱监管的问题，也不是选择性监管、运动式监管的问题，而是常态化监管在平台经济反垄断过程中的回归。

执法应聚焦严重损害创新等领域

记者：您认为，2021 年反垄断领域应当开展哪些工作？

时建中：我国的《反垄断法》从出台到现在已经过去十几年，《反垄断法》制定的经济背景已经发生很大变化，同时，我们积累了比较丰富的执法经验，对互联网经济领域反垄断的认识也逐步清晰，这些应及时反映到《反垄断法》中。

我个人建议，对《反垄断法》进行两个方面的修改：《反垄断法》的核心使命应当是维护竞争政策的基础地位，要用法律形式把它确定下来。明确这个指导思想后，具体的制度修改就能找到方向。另外，法律责任方面应做一定修改，现行法律责任类型不够全，力度不够大，违法成本有时还比较低，有些规定需要进一步明晰。

与此同时，一定要壮大反垄断执法队伍规模，加强能力建设，以适应反垄断法的使命和任务。执法应聚焦严重损害创新、严重损害国计民生和消费者利益的领域，对那些频发、多发垄断行为的行业，也要加大反垄断执法力度。

23. **标题**：中国政法大学与《法治日报》社法治教育战略合作协议签署　"涉外法治高端人才培养联盟"成立仪式举行

首发媒体：《法治日报》2021 年 4 月 2 日 2 版

正文：

（记者　赵颖）中国政法大学与《法治日报》社法治教育战略合作协议签约仪式 4 月 1 日在中国政法大学举行。中国政法大学校长马怀德与《法治日报》社党委书记、社长邵炳芳分别致辞并共同签订协议。根据战略合作协议，双方将在法治建设方案和评估、法学理论和实践宣传、法治教育、法治课题合作、智库建设、疑难法律问题研讨等方面开展全方位深入合作。

马怀德表示，中国政法大学和《法治日报》社在新中国法治建设方面历史悠久，成果丰富，此次牵手合作，其宗旨就是要贯彻落实习近平法治思想和习近平总书记考察中国政法大学时的重要讲话精神，大力加强领导干部法治教育工作，打破高校和社会之间的体制壁垒，促进法学理论和法治传媒实践有机结合，通过"强强联合"结出更多成果，在新时代不断把法治中国建设向前推进。

邵炳芳在致辞中说，今年是"十四五"规划开局之年，也是"八五"普法规划启动之年，更是中国共产党成立 100 周年。在这个重要的历史节点，《法治日报》社与中国政法大学建立战略合作关系，是法治新闻宣传和法学教育两个排头兵连成一线，携手共进，具有重大现实意义和深远历史意义。《法治日报》将一如既往地运用不断增强的法治新闻传播力、引导力、影响力和公信力讲好中国法治好故事、传播中国法治好声音，积极推动法治教育在"中国之治"发挥更大的作用。

签约仪式由中国政法大学副校长冯世勇主持，中国政法大学副校长常保国，《法治日报》社副总编辑张国庆出席。

当天还举行了"涉外法治高端人才培养联盟"成立仪式。中国政法大学与多家企业和律师事务所发起共建涉外法治高端人才培养联盟。中国石油化工集团有限公司首席法律专家徐志远，中华全国律师协会副会长、北京市中伦律师事务所主任张学兵致辞。国家电网、北京汽车、中国中铁、北京同仁堂等企业法律部代表，以及大成、君合、盈科、国浩、高文、观韬中茂、海润天睿、泰和泰、天达共和、德和衡、安理、众成清泰等知名律师事务所有关负责人就共同推进涉外法治高端人才培养进行了交流。

24. 标题：马怀德：迈向"规划"时代的法治中国建设

首发媒体：《法治日报》2021 年 6 月 16 日 9 版

正文：

"十四五"时期是我国开启全面建设社会主义现代化国家新征程、向第二个百年奋斗目标进军的第一个五年。在这一历史关键时期，多份事关法治建设的重要规划密集出台，法治中国建设走向"规划"时代。通过制定实施法治规划的方式，来对法治建设进行系统性谋划、整体性推进，已经成为中国特色社会主义法治道路的重要经验。全面落实"十四五"规划，必须突出法典编纂、涉外法治建设，强化绿色发展的法治保障、法治政府建设和科技创新等重点任务，加快中国特色社会主义法治体系的形成和完善，有力促进国家治理体系与治理能力现代化。

以规划引领法治建设的中国经验

通过法治规划引导中国特色社会主义法治建设，是推进我国法治建设的必然要求，反映了我国法治发展的内在逻辑。改革开放以来，社会主义市场经济体制的建立也对法治现代化提出了迫切要求。在传统社会无法短时间自发形成现代法治秩序的情况下，就需要由具备整体知识和政治权威的主体有意识地设计蓝图并付诸实施。通过制定法治规划，明确法治建设的目标、路线、举措，统合各方面的资源和力量，实现顶层设计和基层实践的结合，保障法治建设方向正确、目标科学、步伐坚实、成果稳固。党的十八大以来，在多份重要法治规划的引领下，处于法治"后发赛道"的我国在较短的时间内实现了法治建设的快速发展，法治中国建设取得了历史性成就。

通过规划展开治理遵循的逻辑是：第一，通过规划进行目标设定与匹配，即在制定目标的过程中，通过多种参与形式，吸纳各方面主体的分散诉求。同时国家目标的制定与宣传又成为达成共识与释放信号的过程，从而引导分散主体自主寻求与国家目标的匹配，制定目标的过程本身就成为统一认知的过程。第二，通过规划实现对有限公共资源的统筹分配。第三，通过规划明确具体的任务举措，对总体目标进行分解、评估，进一步明确各类主体所承担的义务，并通过强有力的目标实施和反馈机制确保目标实现。上述目标治理的典型机制在法治规划中得到了有效应用，保障了法治规划的顺利制定和实施。

"十四五"时期法治建设的目标与挑战

习近平法治思想的明确提出，成为当前和今后一段时间内制定和实施各类法治规划的根本遵循和行动指南。在2035年基本实现社会主义现代化这一总体目标下，法治建设也必须以实现其"现代性"为重要使命，以加快建设中国特色社会主义法治体系和法治国家为目标，有力促进国家治理体系与治理能力现代化，促进社会主义现代化国家的建设。应当准确、全面贯彻新发展理念，强化法治对经济社会发展的引领、规范和保障，把改革建设的重点逐渐转移到加强系统集成、协同高效上来。世界百年未有之大变局要求我国加快涉外法治工作战略布局，构建与我国国际地位相适应的涉外法治体系，必须不断强化用法治方式维护国家主权、安全、发展利益的能力，统筹推进国内法治和涉外法治，使涉外法治与国内法治能够有机联系，良好融通，进一步丰富涉外法律斗争的"工具箱"，为打好涉外"法律战"做好理论、制度和人才储备。

"十四五"时期法治规划的重点任务

在条件成熟的立法领域推进法典编纂。完备的法律规范体系是建设中国特色社会主义法治体系的制度基础和必备前提。《法治中国建设规划（2020—2025 年）》明确提出："对某一领域有多部法律的，条件成熟时进行法典编纂。"这一规划要求应当成为"十四五"时期立法工作的重要指导。从我国当前的法治建设实践来看，在行政法、环境法、教育法等领域推进法典化都具备一定的现实条件。其中，行政法法典化的现实条件更为充分。与其他法律部门比较而言，行政法在规范整合、体系建构等方面的需求更加迫切，法典化的价值和意义更高。同时，行政法法典化具备相对充分的共识和基础。

强化涉外法治建设。"十四五"规划和《法治中国建设规划（2020—2025 年）》还明确提出要"加强重点领域、新兴领域、涉外领域立法"，加强涉外领域立法应当成为立法规划的重点。强化涉外法治建设，要在维护国际基本秩序的基础上推动全球治理变革。现阶段的核心任务是完善涉外法律制度的建设。抓住涉外法律斗争的"防"和"攻"两个面向：一方面要建立针对他国法律和措施不当域外适用的应对机制；另一方面要加快推进我国法域外适用的制度建设。同时，还需要落实保障机制，尤其是落实人才方面的保障。

强化绿色发展的法治保障。绿色发展是新发展理念的内在要求，同样也是法治要求。强化绿色发展的法治保障，要以绿色原则指导法治建设，将绿色原则具体化、制度化。强化绿色发展的法治保障，重中之重是加强生态环境领域的执法工作。《法治中国建设规划（2020—2025 年）》在多处反复提到生态环境问题。规划将生态环境问题与食品药品、安全生产等问题相并列，反映出生态环境问题与食品药品、安全生产等问题具有同类特征，都存在较高的系统性风险，应当投入更多资源进行有效治理。

推动法治政府建设向纵深发展。坚持法治国家、法治政府、法治社会一体建设，法治政府建设是重点任务和主体工程。当前法治政府建设已经跨入"深水区"，即从搭建依法行政基本制度的初步阶段，迈入了追求制度实效的纵深阶段。"十四五"时期，要制定实施新的法治政府建设规划。一方面继续完善依法行政的制度体系，通过完善行政组织立法、修改行政复议法等进一步完善依法行政的体制机制；另一方面着力推进制度落实，在强化对重大行政决策、行政执法等重点环节监督问责的同时，引入多元化的动力机制，形成法治政府建设的合力。应当进一步发挥法治政府建设的示范带动作用，在"一体"上着力，在"共建"上下功夫。

增强对科技创新的法治回应。"十四五"规划纲要将创新放在社会主义现代化建设全局的核心位置，把科技自立自强作为国家发展的重要战略支撑，体现出对于科技创新的高度重视。在科技成果的研发层面，要优化科技创新体制机制，完善科技治理的法律体系，形成鼓励科研、鼓励创新的制度环境。在科技成果的应用层面，要积极、有效地回应科技创新所带来的法治挑战。一方面，要重视对科技创新的保护，为科技创新提供更优良的制度环境；另一方面，要正确评估新技术新产业新业态存在的风险，尤其是要注重其可能对国家安全、市场秩序、公民权利等重要法益所造成的影响，通过加强引导、激励共治、行政规制等多种方式调试法律控制机制，确保创新始终在法治框架下进行。

（作者：马怀德，中国政法大学校长、博士生导师）

25. 标题：从一张白纸到门类齐全的社会主义法学学科发展历程
首发媒体：《法治日报》2021 年 6 月 30 日 6~7 版
文章截图

（三）网络媒体

1. 标题：马怀德：完善以宪法为核心的中国特色社会主义法律体系
首发媒体：人民网
发布时间：2017 年 8 月 14 日
正文：

完善以宪法为核心的中国特色社会主义法律体系，是全面推进依法治国的重要内容。通过完备的法律法规推动宪法实施，是立法工作的重要任务。完善以宪法为核心的中国特色社会主义法律体系，应自觉把宪法的基本精神贯彻到立法的全过程，坚持从党和国家事业全局出发，从人民根本利益出发，遵循宪法确立的制度和原则，严格依照法定权限和程序开展立法活动，确保每一项立法都符合宪法精神、反映人民意志、得到人民拥护，切实维护宪法权威。应加强重点领域立法，深入推进科学立法、民主立法，着力提高立法质量，为形成完备的法律规范体系、建设社会主义法治国家，为全面建成小康社会、实现中华民族伟大复兴的中国梦提供更加有力的法制保障。

维护宪法权威

宪法是国家的根本法，是治国安邦的总章程，具有最高的法律地位、法律权威、法律效力，具有根本性、全局性、稳定性和长期性。宪法是制定法律和完善法律体系的根本依据，任何立法活动都应当遵循宪法的要求，在宪法范围内进行。

完善中国特色社会主义法律体系，必须维护宪法的权威。要充分认识宪法在中国特色社会主义法律体系中的核心地位，切实发挥宪法的统领作用。涉及法律变动的改革与决策，必须符合宪法原则，在宪法上找到依据。完善中国特色社会主义法律体系，还必须在体系上做文章。应遵循法治规律，围绕宪法构建法律体系。在现有法律规范的基础上，坚持立改废释并举，形成一个上下有序、前后衔接、内部和谐、外部规范的法律规范体系。

随着全面深化改革不断向纵深推进，改革对立法的需求日益增强，立法任务日益繁重。越是在这种情况下，越要高度重视宪法的统领作用，防止立法冲突和越权，维护宪法尊严和权威。应着力完善立法备案审查和监督制度，健全宪法实施和监督制度，确保法制统一，切实保障宪法在中国特色社会主义法律体系中的核心地位。

强化价值引领

中国特色社会主义法律体系形成和完善的过程，也是道德与法律相互融合、相互促进的过程。完善以宪法为核心的中国特色社会主义法律体系，应将社会主义核心价值观融入立法，贯彻到立法的各个具体环节。

在制定立法规划时，应保证立法思路在整体上符合社会主义核心价值观的要求。在具体立法实践中，应结合社会生活的实际情况，通过立法推动社会主义核心价值观的培育和弘扬。如通过立法确立相应的国家荣誉、国家奖励等制度，有针对性地弘扬爱国、诚信、敬业等价值观。运用科学方法，以社会主义核心价值观为标尺，对多种利益、多种价值进行取舍，选择有利于人民、有利于社会发展、符合社会主义核心价值观要求的立法策略，充分发挥立法的指引、宣示作用。

加强重点领域立法

形成完备的法律规范体系，必须加强重点领域立法。这就要以问题为导向，通过立法解决新问题。随着我国法治建设进程加快，公众法律意识不断增强，加之信息科技迅猛发展，经济社会发展领域出现了大量新的法律问题。解决这些问题需要坚持立法先行，加快制定修改相关法律法规，从制度层面寻找对策。当前，应进一步完善依法行政制度体系，制定政府绩效评价法、问责法、信息公开法、行政编制法等法律。地方要在城市管理、城市建设、环境保护、历史文化等方面加紧立法，为社会治理提供制度基础。在特殊领域，比如网络安全、意识形态安全等领域，也应加快立法步伐。

立法应主动适应改革和经济社会发展需要。重大改革要于法有据，对不适应改革要求的法律法规及时进行修改和废止。比如，从2013年初至今，全国人大常委会修改多部与简政放权有关的法律。应确立法治与改革并行的理念，坚持立法与改革相衔接，重大改革要获得法律授权，切实发挥立法的引领和推动作用，将国家治理活动全面纳入法治轨道。

推进科学立法

完善中国特色社会主义法律体系，应深入推进科学立法、民主立法，不断提高立法质量。

应改进立法方式。通过专家论证、公开征询立法项目、委托无利害关系第三方草拟法律法规草案等方式，拓展人民参与立法的途径。从立法计划编制到起草、论证、审议，再到法律的颁布、编纂、修改等各个阶段，都要增强立法的专业性、科学性。

应健全有立法权的人大主导立法工作的体制机制，发挥人大及其常委会在立法工作中的主导作用。综合性、基础性和全局性立法应交由全国人大相关专门委员会、全国人大常委会法制工作委员会组织起草。改变过去"立法宜粗不宜细"的做法，提高法律规范的精细化程度，重视法律的立改废释工作。为进一步提高人大及其常委会的立法工作水平，应增加有法治实践经验的专职常委比例，同时加强专门委员会和法制工作机构力量，提高起草和审议法律草案的能力。为了保证法律规范的可执行性，法律所规定的内容一定要具体可行，避免法律规范与政策规范相混同，确保立法务实管用。

文章链接：http://theory.people.com.cn/n1/2017/0814/c40531-29467618.html? ivk_ sa=1024320u

2. **标题**：法治政府蓝皮书：地方政府问责重制度而轻落实
首发媒体：人民网
发布时间：2017 年 9 月 26 日
正文：

人民网北京 9 月 26 日电（记者　赵恩泽）今日下午，中国政法大学法治政府研究院发布了《法治政府蓝皮书：中国法治政府评估报告（2017）》。报告指出，地方政府"监督与问责"这一指标平均得分近年来呈现逐年稳步上升趋势，意味着地方政府的监督与问责工作逐年改善，但总体水平仍然不高。

报告显示，本年度 100 个被评估城市在"监督与问责"指标上的平均得分为 73.448 分，相较于 2016 年的 68.02 分有明显进步。在平均分之上的城市有 58 个，较去年增加 5 个。排名前五的城市分别是南宁、杭州、成都、广州、无锡。与前两年相比，本指标十一项三级指标中，有八项指标的平均得分率有不同程度的提高，反映出各地方政府在"监督与问责"方面取得了明显进步。尤其是评估结果体现出的层级监督加强、透明度提高、审计报告和审计结果透明度提高等现象，反映出各地方政府在"监督与问责"方面的努力。

但报告同时也指出，尽管总体形势向好，然而"监督与问责"指标近几年来平均得分仅略高于及格线，反映出相关制度的建立和实施水平仍然不高。其中较为突出的问题包括：人大代表意见和政协提案办理情况报告的公开程度不高；行政机关负责人出庭应诉制度的建立和落实脱节；内部监督仍是短板；问责重制度而轻落实。

针对以上问题，报告建议：保障监督中的公众参与，提高监督效果的透明度，综合发挥各种监督渠道和监督机制的作用；强化司法监督，总结各地有益经验，解决法院监督乏力的问题；注重现代信息手段，确保监督渠道畅通便捷、信息流动快速充分，以透明倒逼政府接受监督和约束。

3. **标题**：十九大报告亮点解读　焦洪昌：十九大报告提出要依法立法　即破除部门利益法律化问题

首发媒体：人民网

发布时间：2017 年 10 月 21 日

正文：

人民网北京 10 月 21 日电（记者　黄玉琦）10 月 18 日，中国共产党第十九次全国代表大会在北京开幕，习近平代表第十八届中央委员会向大会作报告。报告首次提出"成立中央全面依法治国领导小组"，并把"坚持全面依法治国"作为十四条新时代坚持和发展中国特色社会主义的基本方略之一。

对此，中国政法大学法学院院长焦洪昌在接受人民网强国论坛采访时认为，当前，我国正处在开启中国特色社会主义新时代的重要时刻，成立中央全面依法治国领导小组，加强对法治中国建设的统一领导，是坚持法治强国的一大重要举措。依法治国是长期的、复杂的、战略性的任务，领导小组的成立将为全面推进依法治国，协调推进法治国家、法治政府、法治社会一体化建设，提供强有力的组织基础。

报告提出，加强宪法实施和监督，推进合宪性审查工作，维护宪法权威。推进科学立法、民主立法、依法立法，以良法促进发展、保障善治。

焦洪昌表示，加强宪法的实施和监督，十八届四中全会就已经提出来了，但是具体到如何加强宪法的实施和监督，当时是提出要强化宪法监督的体制机制建设，但是，体制机制核心涉及合宪性审查工作怎么推进的问题。十九大报告首提"推进合宪性审查工作"既是报告的一大亮点，也是对推进宪法实施和监督工作的具体落实和推进，同时也会是中央全面依法治国领导小组的重要工作内容。

对于如何推进合宪性审查工作，焦洪昌认为主要应明确这几个方面的问题：第一，合宪性审查工作具体由哪个部门来推进实施，未来的机构配置应该尽快跟上；第二，推进合宪性审查工作，要明确合宪性审查的对象；第三，合宪性审查的工作机制问题，要明确具体由哪些机关来提起合宪性审查申请；第四，对违宪的法律法规处理的问题，包括处理方式和处理时效的界定，等等。

焦洪昌强调，报告提出把依法立法与科学立法、民主立法并列为立法原则，这是立法原则上的一大变化，其核心问题就是要解决法出多门、通过法来逐利、部门利益和地方保护主义法律化等问题。依法立法要求立法部门在立法的时候，一定要遵守宪法法律设定的程序和实际权力的授权界限。立法部门只有做到科学立法、民主立法、依法立法，才能真正实现宪法法律至上，法律面前人人平等，最后实现通过良法促进发展、保障善治。

文章链接：http://www.people.com.cn/n1/2017/1021/c32306-29600242.html

4. **标题：**时建中：大数据法治可着眼行为

首发媒体：财新网

发布时间：2017 年 11 月 28 日

正文：

（记者　周东旭）"大数据的实践，或者大数据产业的竞争已经日趋激烈，这种情况下，如何实现大数据产业的法治化，就是我们要思考的一个问题。"11 月 26 日，在中国政法大学主办的"新时代大数据法治峰会"上，中国政法大学副校长时建中认为，可以从数据行为的角度考虑法治化路径。

当前，数据立法变得越发紧迫，大数据的立法已经严重地滞后于大数据的实践。在立法选择上，有的人认为数据是一种财产权，有的人认为数据是一种人格权，其中，财产权中又有人认为数据应该是一种物权，甚至认为是所有权。权属的争议较为明显，而身份权、财产权本身又有较大差别。

当对权利的属性没有办法做一个明确的鉴定或者达到一个高度共识的时候，法治化的进程或路径应该是什么样的？时建中提出，"恐怕不应该从静态权利的归属鉴定出发，而是从数据行为的角度考虑"。

这也为大数据立法提供了另一种参考思路。大数据产业是以数据的生产、采集、存储、加工、分析、服务为主体的经济活动。所以，时建中认为，所谓数据行为也就包括了生产、采集、存储、加工、分析、服务这六种主要经济活动。具体可体现在数据资源建设，大数据硬件、产品的开发、销售、租赁等活动以及相关的技术服务。

时建中进一步解释，法律调节的是社会关系，社会关系被法律调节之后成为法律关系，引发法律关系主要靠法律事实，而最重要的法律事实就是法律行为。所以，如果把数据行为所产生或者引发变更或者终止的那些社会关系法治化，就会发现，解决问题的路径可能不像一开始想的那么困难，或者争议那么巨大，需要有行为、关系、法律、法治化过程。

而法治化的过程就是法律使用的过程，时建中总结，法律使用的过程主要有两点，一是发现事实，一是发现法律。

那么，如何发现事实、发现法律呢？所谓发现事实，就是发现到底有哪些能够引起应当由法律调整的社会关系的法律行为，回到上述提到的六种数据行为。

不过，"在这一过程中，有的是真的事实，因为每个人可能都要生产数据。但是，每个人并不都是数据的采集者，更不都是数据的存储者，更不会都加工自己的数据，也不会都分析自己的数据"，时建中说，真正的对法律产生的挑战的大数据事实，其实并不像我们想象的那么多。这就需要把在经济活动当中，在社会活动当中，在使用大数据的过程中所产生的那些行为做进一步的分析和解剖，发现到底哪些属于真正的大数据行为。当行为确定之后，找到大数据的事实之后，再看调整这些事实的既有的法律制度是不是完全不能适用。

时建中说，在一个文明的社会，所制定的法律都会遵照基本原则，追求安全、公正和效率。只要最传统的法律没有违背这些原则，就意味着，既有法律制度至少在原则上可以适用于这些新型的数据行为。而在适用过程中，确实既有的法律制度不能够很好地适用。如果发现这一点后，实际上就发现了法律，由发现了事实进入发现了法律。

至此，时建中认为，这也就是发现了真正在调整数据行为过程当中的法律空白，或者既有法律制度的不足、缺陷，甚至错误。"发现了事实，发现了真的法律，这样就使得所有的立法、执法和司法工作有目的性和针对性。"

峰会期间，中国政法大学大数据与法制研究中心主任李爱君发布了《中国大数据法治发展报告（2017）》，并介绍了即将出版的《大数据应用法律问题研究报告》与《境外数据与信息保护规则译文汇编》。

文章链接：https://opinion.caixin.com/2017-11-28/101177230.html

5. 标题：马怀德教授当选 CCTV2017 年度法治人物

首发媒体：央视网

发布时间：2017 年 12 月 4 日

正文：

【主要事迹】

马怀德，中国政法大学副校长、教授、博士生导师，兼任中国法学会行政法学研究会会长等职，系我国首位行政诉讼法博士。

他是国家法治领域重大改革的参与者：行政审批制度改革、国家教育体制改革、司法体制改革等，凡是国家法治领域的重大改革，他或秉笔直书或铮铮谏言，以知识分子的报国情怀为改革筹谋。

他是新中国行政法治大厦的建设者：20 多年来，他直接参与《国家赔偿法》《行政处罚法》《立法法》等上百部重要法律法规的起草、修订工作，为完善中国特色社会主义法律体系作出重要贡献。

他是传播法治精神的布道者：他以传播法治理念为己任，积极投身法治宣传。每年平均要为党政机关授课 20 余次，上至中央政治局，下至基层政府，都有过他授课的身影。

他是法治政府建设的推动者：2013 年，他组织开展"中国法治政府评估"，每年对全国 100 个城市的法治政府建设状况进行评估并发布报告，成为学术机构推进法治政府建设的典范。

他是行政法学研究的领航员：作为学者，他堪称著作等身，已出版学术专著、合著 40 余部。他的学术成就得到社会的认可，入选人事部等七部委"新世纪百千万人才工程"国家级人选，获得第四届"全国十大杰出青年法学家"奖。2016 年他入选中宣部文化名家暨"四个一批"人才、"万人计划"哲学社会科学领军人才。

他是卓越法律人才的授业者：他以德立身、以德治教、以德育人，成为学生成长、成才的引路人。他为法治中国鼓与呼的声音传遍海内外，获得首都劳动奖章，享受国务院批准的政府特殊津贴。

【颁奖词】

铸治国之重器，你是大工匠。擎法治之旗帜，你是先行者。引法学之未来，你是育花人。二十四载躬耕不辍，梦在前方，路在脚下！经世济民，法治中华。

文章链接：http://news.cctv.com/2017/12/04/ARTIQnNyCtXVKJIa4a7gjpiW171204.shtml

6. 标题：建设中国特色法学　推进全面依法治国——第四届"法治中国论坛"发言摘登

首发媒体：光明网

发布时间：2017 年 12 月 29 日

正文：

（法制网记者　杜晓）编者按：12 月 26 日，为进一步推进党的十九大精神和习近平总书记考察中国政法大学讲话精神在法学界落地生根，《光明日报》社和中国政法大学在北京共同主办"法治中国论坛——构建中国特色社会主义法学学科体系、学术体系、话语体系"，来自国内法学院校、法律实务部门等领域的 20 余位专家学者对中国特色社会主义法学学科建设和推进全面依法治国进行了深入研讨。大家认为，伟大的事业需要科学的理论，科学的理论指引伟大的事业，法学界要将中国特色社会主义法学学科建设统一到全面推进依法治国、建设社会主义法治国家中来，为全面建设社会主义现代化国家、实现中华民族伟大复兴的中国梦贡献不可或缺的法治智慧和法治力量。本刊今天摘发论坛精彩发言，以飨读者。

构建中国特色法学学科体系的历史背景和五个维度

作者：黄进（中国政法大学校长）

2016 年习近平总书记在哲学社会科学工作座谈会上提出，构建具有自身特质的学科体系、学术体系、话语体系。法学包含在哲学社会科学学科体系里，加快构建中国特色法学学科体系、学术体系、话语体系是应有之义。

《中共中央关于全面推进依法治国若干重大问题的决定》提出要加强法学基础理论研究，形成完善的中国特色社会主义法学理论体系、学科体系、课程体系。

习近平总书记今年 5 月 3 日到中国政法大学视察，特别强调了法学学科体系建设。我们要按照立足中国、借鉴国外、挖掘历史、把握当代、关怀人类、面向未来的思路，在学科建设中体现继承性、民族性、原创性、时代性、系统性、专业性。在学科体系、学术体系和话语体系等方面要体现中国特色、中国风格、中国精神。法学学科体系建设一定要从中国实际出发，正确解读中国现实，回答中国问题；要以我为主，兼收并蓄、突出特色；要强化法学实践教学；要立德树人，特别强调德法兼修。

习近平总书记的关怀对我们构建法学学科体系有极为重要的指导意义，我们要在处理好理论与实践、中国与世界、古代与现代、今天与未来、法学学科与其他学科、立德与修法这六大关系中构建法学学科体系。

构建中国特色法学学科体系有以下五个维度。

第一是从法治理论与实践紧密结合的维度来思考构建法学学科体系。

第二是从法学学科发展的维度来构建法学学科体系。

第三是从法律体系的维度构建法学学科体系，即把法学学科体系分为国内法学和国际法学。

第四是从法治体系的维度构建法学学科体系。中国特色社会主义法治体系可分为国内法治体系和国际法治体系。

第五是从法治工作的基本格局维度构建法学学科体系，即科学立法、严格执法、公正司法和全民守法，再加上公共法律服务。

构建中国特色社会主义法学体系的体会和探索

作者：胡明（中国政法大学党委书记）

构建中国特色社会主义法学学科体系、学术体系和话语体系具有重大意义。构建中国特色社会主义法学学科体系、学术体系、话语体系是实现全面依法治国的必然要求，也是全面建成小康社会决胜阶段必须解决的问题；是用中国理论解决中国问题，用中国智慧阐释人类共同价值的有益尝试，将为新时代中国特色社会主义的发展提供新的理论支撑。作为哲学社会科学体系的重要组成部分，现有的法学体系需要与时俱进、创新发展。

构建中国特色社会主义法学学科体系、学术体系、话语体系要坚持四个重要原则。坚持以马克思主义法学思想和中国特色社会主义法治理论为指导；坚持立足中国实际解决中国问题，这是构建中国特色社会主义法学学科体系、学术体系、话语体系的根本；坚持汲取传统精华，体现时代精神，积极开展创造性转化、创新性发展，使中华法学思想不断焕发出新的生机活力；坚持面向世界，开放自信，要在坚持以我为主、兼收并蓄的原则下吸收和转化世界上的优秀成果，有底气、有自信地为世界法治文明贡献中国智慧和中国方案。

中国政法大学在构建中国特色社会主义法学学科体系、学术体系、话语体系上作出了一些探索。一是博采众长，通过开展深入调研、举办高端论坛、深入探讨，推出一批具有前沿性和影响力的研究成果，为打造中国特色法学学科体系、学术体系和话语体系提供了理论支持和智力支撑。二是以新兴学科建设和交叉学科建设为载体，培育法学学科体系、学术体系和话语体系新的增长点。三是坚持"一体两翼"培育具有法大特色的法学体系。"一体"即以法学为优势为特色，与相关学科相互融合的学术体系；"两翼"即以基本原理、基本话语构成的理论学术体系和以服务国家重大战略项目构成的应用学术体系。我们坚持"一体两翼"，以国家社科基金重大委托项目《创新发展中国特色社会主义法治理论研究》为引领，努力构建结构合理、特色鲜明的学科、学术和话语体系。

希望通过此次论坛成就一场思想交流的盛宴，汇聚各界的智慧，努力形成构建与完善中国特色社会主义法学学科体系、学术体系和话语体系的新思路、新路径和新方案，为实现全面推进依法治国的总目标提供理论支撑和智力支持，为确保党中央的决策部署和习近平关于法治建设的重要讲话和指示精神落地生根提供有力的思想保证。

7. 标题：中国首部仲裁纪录片研讨座谈会在中国政法大学举行

首发媒体：新华网

发布时间：2018 年 1 月 19 日

正文：

1 月 17 日，中国首部仲裁纪录片《大国仲裁》（暂定名）研讨座谈会在中国政法大学举行。最高人民法院审判委员会专职委员刘贵祥、全国人大常委会法工委民法室主任贾东明、国务院法制办政府法制协调司司长赵振华等应邀出席会议，中国政法大学校长黄进出席研讨会并致辞。中国国际经济贸易仲裁委员会，中国海事仲裁委员会，武汉、西安、石家庄、哈尔滨、海南、青岛、大连、郑州、包头、周口以及深圳国际仲裁院（深圳仲裁委员会）等十余家仲裁机构代表，仲裁员代表，中国建筑工程总公司等企业代表，北京市律师协会等实务部门代表与相关领域的学者，共同从不同角度和层面对《大国仲裁》的纪录片拍摄所涉及的问题进行了对话与研讨。

黄进表示，中国政法大学与仲裁机构在央视的支持下共同来推动拍摄一部仲裁纪录片非常有意义，对内不仅有利于仲裁事业的发展、有利于仲裁在整个国家治理体系和治理能力现代化的建设中发挥作用，而且能够在国家法治建设中起到一个宣传教育引导的作用；对外，特别是在中国参与全球治理的过程当中也会起到一个"讲好中国故事"，推动中国仲裁的制度、理论、思想、理念走向世界的作用。

在专题讨论环节，武汉仲裁委员会常务副主任兼秘书长刘健勤建议纪录片把重点放在中国当下的仲裁实践中，紧扣发展主题，体现仲裁公信力。石家庄仲裁委员会副主任兼秘书长孝磊从纪录片如何更能够提高可视性方面提出了建议，并建议摄制组细化对素材征集和被拍摄方的要求，以便更好配合拍摄工作。海南仲裁委员会主任、中国东盟法律合作中心理事长施文认为，纪录片的拍摄目的是要提高社会认知度和国际影响力，要体现大国仲裁"大在何处"，要以商事仲裁为主角等。

经过专题讨论，纪录片总导演、制片人罗梓建还回应了纪录片摄制中的一些专业问题。他表示，纪录片不是"宣传片"，不能自说自话；要真实、客观、准确地记录当下现实发生的事情；要放在国际视野里来看《大国仲裁》，确立中国仲裁的文化自信与制度自信。此外，还就仲裁保密原则导致的拍摄障碍如何解决，如何能够获取更为丰富的素材方面与参会嘉宾进行了诚挚交流。

文章链接：http://www.xinhuanet.com/legal/2018-01/19/c_ 1297 94880.htm

8. **标题**：【十九大·理论新视野】理论创新是一项艰苦的科学劳动

首发媒体：人民论坛网

发布时间：2018 年 2 月 10 日

正文：

习近平总书记在党的十九大报告中指出："实践没有止境，理论创新也没有止境。"在 2017 年 7 月 26 日，习近平总书记在省部级主要领导干部专题研讨班上发表重要讲话时也强调："我们党是高度重视理论建设和理论指导的党，理论必须同实践相统一。我们坚持和发展中国特色社会主义，必须高度重视理论的作用，增强理论自信和战略定力。"习近平总书记关于理论创新的讲话精神凸显了理论建设、理论研究、理论概括和理论提升的重要性，包含了对哲学社会科学工作者理论创新的期待。

以推进中国特色社会主义事业为主题，着眼于理论体系自身的科学性、彻底性

十八大以来，我们党围绕坚持和发展中国特色社会主义这条主线，高度重视理论建构的作用，始终坚持马克思主义政党与时俱进的理论品格，不断推进实践基础上的理论创新，努力增强道路自信、理论自信、制度自信、文化自信。"中国特色社会主义"既是理论体系，也是道路，更是我们的旗帜。习近平总书记明确提出，"中国特色社会主义是改革开放以来党的全部理论和实践的主题，全党必须高举中国特色社会主义伟大旗帜"。这面旗帜的来源，可以追溯到邓小平理论、毛泽东思想和马克思的科学社会主义，是在中国土地上，通过理论联系实际的不断摸索形成的。改革开放以来，中国的精神旗帜和理论旗帜，就是中国特色社会主义，它是根据开辟"中国道路"的实践，针对我们所要解决的问题，不断探索总结出来的成果。

在社会主义建设的实践中，我们的理论创新应该着眼于中国特色社会主义这个主题，不断加强和深化其系统建设，彰显其科学性和彻底性。这是一项艰苦的科学劳动，不应该简单地、肤浅地看待。既要着眼大局，综合谋篇，更要切合实际不断创新发展。目前理论界的阐述，还不能说对中国特色社会主义的理论根基和理论导向理解已经足够透彻一致。如果仅仅把中国特色社会主义当作一个政治口号，而不是一个理论与实践统一的科学体系，就会使这个问题片面化、浅薄化，影响到中华民族伟大复兴梦想的实现。所以仍需要把中国特色社会主义这项伟大工程，放在振兴中华民族的历史进程之中，放到人类历史的宏大进程之中去考量。这就需要我们的理论必须有充分的历史和逻辑支撑，必须经过实践的不断检验和充实来加以构建。

要旗帜鲜明地坚持和应用发展着的马克思主义

中国特色社会主义与马克思主义是一脉相承的"根脉"，是"实事求是"的科学精神和"一切为了人民"的价值导向的统一。马克思主义最根本的精神实质，就是"实事求是"和"一切为人民"。马克思主义、社会主义和中国共产党人所一贯追求的目标，在根本上是一致的，即推动社会合乎规律地发展进步，最后实现人类的解放。为了实现这个目标，在具体的历史条件下选择合适的道路，在这一实践精神上也始终是一脉相承的，从来没有改变。

马克思主义的科学精神，就是毛泽东概括、邓小平重申的"实事求是，一切从实际出发"。由于坚持实事求是、一切从实际出发，结果必然呈现"与时俱进"的理论品格和面貌，而不是一副永远不变的教条主义面相。按照"实事求是，从实际出发"的原则去做事，不同时候的做法势必有所不同，只看怎样符合人民的利益和意志，怎样促进社会进步和人的解放。越是这样，就越能够保持基本精神的一贯性。这也就是马克思主义科学精神的体现。不能因为前后表现有差别，就把前后历史割裂、对立起来。否则就是片面之见、皮相之论，并不是对马克思主义本质的深刻把握。

我们党在吸取几十年社会主义建设正反两方面经验教训后，提出建设中国特色社会主义，这是对马克思主义、毛泽东思想的继承、发展和创新。从实际出发解决实践中面临的新情况和新问题，前后的政策和做法有所不同。前后之间虽不能相互等同，但也不是彼此对立的。正如邓小平曾经深刻强调的："我们讲解放思想，是指在马克思主义指导下打破习惯势力和主观偏见的束缚，研究新情况，解决新问题。"所以，理解马克思主义和毛泽东思想，都要把它们看成本身是有持续生命力的、在实践中不断丰富和发展的理论。不要把它们看作已经成型作古、不可改变，见不得今天的阳光空气的"出土文物"。有些人，无论是打着"捍卫"还是"超越"的旗号，总是把马克思主义和毛泽东思想说成是一成不变、已与现实隔离，只需要特别"保护"，或应该"抛弃"的东西；他们在现实中看到的，只是对马克思主义和毛泽东思想的"否定"，而看不到它们生命力的存在和延续，看不到政策和策略变化调整中的内在逻辑，看不到实事求是的态度和表现，却只看到变化和对立。这样的思考，既不知道什么是理论，也不知道什么是历史，是不足以谈论任何伟大的学说和思想体系的，反而只见其狭隘和肤浅而已。只有以实践和发展的眼光去看待，我们才能旗帜鲜明地坚持发展着的马克思主义。

总结实践和历史经验教训，推进中国特色社会主义理论体系科学化与系统化

重视理论建设是中国共产党的优良传统和政治优势。依据实践和历史的经验教训，在创造性地回答时代提出的新课题中，积极推进马克思主义理论的创新发展，是当代中国共产党人作为马克思主义者的理论自觉。马克思曾经指出，理论只有彻底，才能说服人，所谓彻底，就是抓住事物的根本，而人的根本就是人本身。我们要确立和发展中国特色社会主义理论体系，就是要重视我国人民乃至全人类共同面临的问题，以人为本，认真研究、总结提升实践中的经验和教训，不断丰富、深化和完善理论。

理论建设不是贴标签、喊口号，不是套用话语模式，而是要根据社会实践和历史经验，针对现实的问题和挑战，进行科学化的思考与理论化的概括。改革开放近四十年来，我国理论界对中国特色社会主义理论体系的研究工作做得还不够到位，阐述也不够透彻。已往对政策和决策的宣传贯彻较重视，而对挖掘和阐释国家政策背后的理论根基和思维方式不够努力，因此不能及时显示出理论的系统性、普遍性和彻底性，容易停留于标签化、口号化的水平。这很不利于理论的彻底性和稳定性，有时还会使一些不良学风泛滥成灾。这些对于中国特色社会主义理论体系的丰富和发展都是十分不利的。因此，要加强理论创新，推进中国特色社会主义理论体系科学化与系统化，必须结合实践经验和教训，真正做到切合实际的总结和提升。

注重把握中国特色社会主义理论体系的内在逻辑

全面深化改革和实现国家治理体系和治理能力现代化，要有一个明确的完整的科学的理论体系。中国特色社会主义理论体系就是统一思想、推动实践、引领未来的思想旗帜。一个科学的理论体系，我们只有搞清楚它的形成过程，搞明白它的逻辑结构，才能在实践中真正发挥其旗帜的引领作用。推而广之，我们要注意所有的理论成果，已经提出的和将要提出的理论成果，特别是一些标志性的概念和口号的理论层次问题，将其安置在适当的结构层次和逻辑序列上。

一个理论体系总要有它的总概念、一级概念、二级概念、三级概念等的划分，只有结构合理，才能逻辑清晰，只有厘清逻辑结构，才能进一步深化对中国特色社会主义理论体系的认识。不要把其中的一些二级概念、三级概念与一级概念并列起来。如中国特色社会主义和党的建设，二者是并列关系还是从属关系等问题，就需要有清晰的认识。

高举中国特色社会主义伟大旗帜，就是要按照历史与逻辑统一的原则，用高度科学的、极端严谨的态度和方法，来整合中国化马克思主义的全部成果，并不断用新的成果来丰富它、发展它、完善它。邓小平同志曾对中国特色社会主义做过深刻总结，对于什么是社会主义和社会主义的本质等问题作出了理论阐释。在现阶段，我们还需要对中国特色社会主义理论体系的层级结构进行深入把握。比如在社会主义本质和社会主义核心价值观之间的关系上，中国特色社会主义核心价值观要倡导和追求的价值范畴，应该与中国特色社会主义的本质是一致的。其中的一系列理论关系仍然有待进一步阐释，这就是研究理论体系的逻辑结构和层次性方面应该重视的问题。全面把握一些重要概念、政策、理论的提法，做到内在逻辑清晰、结构完整、含义透彻是极其重要的。

重视理论表达的中国话语及其文化底蕴

中国特色社会主义与中国传统文化本身有着深层次的联系，实现理论创新必须重视理论表达的中国话语、中国风格及其文化底蕴。我们要使用中国话语体系来表示中国理论研究的成果，表达中国特色社会主义理论体系，不能简单地轻易地套用西方的概念和话语。

比如，"价值"这个词，在西方语言中，价值是 Value，价值观就是 Values，就是说，这两个概念之间是"一"和"多"的关系，是一个普遍本质和多种现象的关系。这是因为，在西方语境里，无论价值还是价值观都是主观的、都是人的精神性的东西。但是在中国的话语里，我们用马克思主义研究价值学，形成了"价值是客观的，是人的存在方面的关系；而价值观是主观的，是对客观存在的反应和表达"的话语，就使它们变成了"社会存在和社会意识"的关系。看目前报刊上对于它们的使用，实际仍是沿用西方传统说法，并没有体现中国话语和中国风格。这里的区别，在于两套价值概念的意义是不同的。按照西方概念，总是就思想讲思想，一意追求"终极价值"或"普世价值"。按照马克思主义，在讲价值体系和价值的关系时，首先要进行的则是社会结构的改造。改革开放就是在改变社会价值关系的现实结构，而我们的价值观念，则要适应和推动这种改变。所以从更深的层次上讲，中国话语、中国风格的形成，是植根于中国文化氛围，从中国自己的立场出发，用中国人自己的思维，面对中国自身的问题作出表述和回答。否则，就会给我们的理论表达带来困惑。

党的十八大以来，以习近平同志为核心的党中央始终坚持中国特色社会主义这条主线，统筹推进"五位一体"总体布局、协调推进"四个全面"战略布局，不断在实践基础上丰富和深化中国特色社会主义理论体系。现阶段，牢固树立中国特色社会主义道路自信、理论自信、制度自信、文化自信，实际上既是我们党、国家和全国各族人民主体意识的体现，更是党和国家注重自我认同和勇于担当使命的生动体现。习近平总书记在党的十九大报告中强调："全党要深刻领会新时代中国特色社会主义思想的精神实质和丰富内涵。"在新的历史起点上，我们要坚定不移贯彻落实十九大精神，在不断丰富和发展理论、加强理论创新过程中，清醒冷静地判断和处理实践中面临的新情况、新问题，以非凡的理论勇气和高度的战略定力，为实现"两个一百年"奋斗目标、实现中华民族伟大复兴中国梦而努力奋斗。(人民论坛记者孙娜根据采访整理)

(作者：李德顺，中国政法大学终身教授、人文学院名誉院长)

文章链接：http://www.rmlt.com.cn/2018/0210/511287.shtml

9. **标题**：坚决拥护深入学习宣传贯彻宪法修正案——法学法律界学习宣传贯彻宪法座谈会发言摘要

首发媒体：最高人民检察院网站

发布时间：2018 年 3 月 13 日

正文：

编者按：3 月 11 日，十三届全国人大一次会议表决通过了《中华人民共和国宪法修正案》。3 月 13 日下午，中共中央政治局委员、中央政法委书记郭声琨主持召开法学法律界学习宣传贯彻宪法座谈会。中国法学会和相关法学研究会，北京大学、清华大学、中国人民大学、中国政法大学及全国律协等单位的 11 位专家学者参加座谈。大家一致表示，完全赞同、坚决拥护宪法修正案，要带头学习好宣传好宪法，有力维护宪法权威，积极推动宪法实施。以下为与会专家学者发言摘要。

宪法修改是为国家民族前途命运所作的重大制度安排

中国法学会法理学研究会会长　徐显明

指导思想是国家的灵魂、民族的灵魂，是管长远的，需要通过立法的方式，沉淀为国家的基本制度，最好的沉淀方式就是沉淀到宪法当中。将习近平新时代中国特色社会主义思想载入宪法，使党的指导思想转化为国家意志和国家指导思想，这是在为我们立国魂、立民魂、立族魂、立军魂，必将成为全民共同的思想基础，化为国家和民族进步的巨大思想动力。把"中国共产党领导是中国特色社会主义最本质的特征"写入宪法《总纲》第一条，充实坚持和加强党的全面领导的内容，把党的领导由序言变正文，由非显性变显性，由确认变规范，由原则变制度，由柔性变刚性，使我国国体的表述更加科学、更加全面，为实现党对一切工作的领导提供了宪法依据。修改国家主席任职方面的有关规定，是符合我国国情、保证党和国家长治久安的制度设计，有利于坚持和加强党的全面领导，使中国共产党的核心、中华人民共和国的元首、中国人民解放军的统帅三位一体领导体制在宪法上得以贯彻和体现，更符合全党、全民、全军的共同意志和共同要求。设立监察委员会，明确监察委员会的性质、地位、名称、人员组成、任期任届、领导体制、工作机制等内容，解决监督分散的问题，必将为加强党对反腐败工作统一领导，建立集中统一、权威高效国家监察体系，实现对所有行使公权力公职人员监察全覆盖，进一步提高我党自我监督、自我净化、自我革新能力，提供坚实的宪法依据。

切实维护宪法权威

中国政法大学校长　黄进

与时俱进是宪法必备的品格。我国现行宪法是一部好宪法，同时也要随着时代和形势的发展不断完善。党的十八大以来，党和国家事业取得历史性成就、发生历史性变革，中国特色社会主义进入新时代。新时代对坚持和发展中国特色社会主义作出重大战略部署，提出一系列重大政治论断，确立了习近平新时代中国特色社会主义思想在全党的指导地位和奋斗目标。在新形势下，对我国现行宪法作出适当修改，体现党和国家事业发展的新成就新经验新要求，十分及时必要，保证了宪法的进步性、长期性和稳定性，保持了宪法持久的生命力。可以说，这次宪法修改在历次修改完善基础上的又一次与时俱进、完善发展，有力维护和提升了宪法权威。宪法的权威在于宪法的本质，其本质是党的主张、人民意愿和国家意志的统一。党的十九大报告明确提出，"加强宪法实施和监督，推进合宪性审查工作，维护宪法权威"。宪法的切实实施意味着一切法律、行政法规和地方性法规都不得同宪法相抵触；一切国家机关和武装力量、各政党和各社会团体、各企业事业组织都必须遵守宪法和法律；一切违反宪法和法律的行为，必须予以追究，任何组织或者个人都不得有超越宪法和法律的特权。

彰显宪法权威的顶层设计

中国法学会行政法学研究会会长　马怀德

修改宪法，是协调推进四个全面战略布局的重大举措，是推进国家治理体系和治理能力现代化的最新成果，体现了党的领导、人民当家作主和依法治国的有机统一，符合法治发展规律，为国家长治久安，人民幸福安康，实现中华民族伟大复兴的中国梦奠定了坚实的制度基础，是一次彰显宪法权威的顶层设计。宪法修正案把党的十九大确定的重大理论观点和方针政策，特别是将"习近平新时代中国特色社会主义思想"作为我们国家长期坚持的指导思想写入宪法，提出第二个一百年奋斗目标，即"把我国建设成为富强民主文明和谐美丽的社会主义现代化强国，实现中华民族伟大复兴"，为国家发展明确了方向，反映了全国各族人民的心声，体现了党和人民的共同意志，是党的领导、人民当家作主与依法治国有机统一的生动实践。宪法修正案在国家机构一章中增写监察委员会一节，既表明了我们党坚持依法治国首先要依宪治国、依法执政首先要依宪执政的鲜明立场，也为深化国家监察体制改革，推进全面从严治党、全面依法治国，推动反腐败斗争向纵深发展提供了权威的宪法依据。

新时代全面推进国家治理现代化的宪法保障

中国刑事诉讼法学研究会会长　卞建林

作为法学工作者，应当提高政治站位，充分认识宪法修改的重大意义，坚决拥护中央的修宪决定，坚决落实中央的修宪精神。要加强对宪法修改重要性必要性的认识。现行宪法总体而言是符合国情、符合实际的一部好宪法，也要适应新形势、吸纳新经验、确认新成果，把党和人民在实践中坚持和发展中国特色社会主义取得的重大理论创新、实践创新、制度创新成果上升为宪法规定，为新时代全面推进国家治理体系和治理能力现代化提供宪法依据和宪法保障。作为法学工作者，要带头尊崇宪法、学习宪法、遵守宪法、维护宪法、运用宪法。在自己学懂弄通的基础上，认真宣传好这次修改宪法的重点内容和主要考虑，讲清楚宪法修改对党和国家事业发展的重大意义。要支持国家监察体制改革，认真研究国家监察制度与刑事诉讼程序衔接，保证监察法有效实施。

文章链接： http://www.spp.gov.cn/zdgz/201803/t20180313_370637.shtml

10. **标题：** 马怀德：监察法中的"中国话语"择要

首发媒体： 人民网

发布时间： 2018 年 3 月 28 日

正文：

十三届全国人大一次会议通过的监察法是新时代的一部重要法律。它总结了党的十八大以来反腐败的经验，以立法形式将实践证明行之有效的做法上升为法律，巩固了国家监察体制改革的成果，完善和创新了国家监察制度，对于构建党统一指挥、全面覆盖、权威高效的中国特色国家监察体系，实现国家治理体系和治理能力现代化具有重要意义。监察法从形式到内容，从体例结构到文字表达，无一不反映立法所处的时代背景和中国实际，贯穿着习近平新时代中国特色社会主义思想。

中国话语：深化改革。监察法第一条规定，为了深化国家监察体制改革，加强对所有行使公权力的公职人员的监督，实现国家监察全面覆盖，深入开展反腐败工作，推进国家治理体系和治理能力现代化，根据宪法，制定本法。依法治国是党领导人民治理国家的基本方略，依法执政是党治国理政的基本方式。习近平总书记强调，要坚持改革决策和立法决策相统一、相衔接，做到重大改革于法有据，使改革和法治同步推进。国家监察体制改革是建立中国特色监察体系的创制之举，以习近平同志为核心的党中央从"四个全面"战略布局出发，积极推进国家监察体制改革及试点工作，使改革实践成果上升为宪法法律规定，充分体现了用法治思维和法治方式引领推动保障改革的导向。修改后的宪法专门增加一节"监察委员会"，就国家监察委员会和地方各级监察委员会的性质、地位、名称、人员组成、任期任届、领导体制和工作机制等作出规定，使国家监察体制改革于宪有据。监察法全面规定了监察工作的原则、体制、机制和程序，赋予监察委员会职责权限和调查手段，用留置取代"两规"措施，体现了全面深化改革和全面依法治国、全面从严治党的有机统一。

中国话语：党的领导。监察法第二条规定，坚持中国共产党对国家监察工作的领导。党的十八大以来，习近平总书记提出并反复强调，中国共产党的领导是中国特色社会主义最本质的特征。这是对马克思主义政党建设理论的运用和发展，是对共产党执政规律和社会主义建设规律认识的深化，反映了我们对党的领导和中国特色社会主义这一基本关系的认识达到一个前所未有的新高度。监察法明确规定，坚持中国共产党对国家监察工作的领导，构建集中统一、权威高效的中国特色国家监察体制。监察委员会就是反腐败工作机构，监察法就是反腐败国家立法，深化国家监察体制改革的一个重要目的，就是加强党对反腐败工作的统一领导。通过整合行政监察、预防腐败和检察机关查处贪污贿赂、失职渎职及预防职务犯罪等工作力量，组建国家、省、市、县监察委员会，同党的纪律检查机关合署办公，有效解决了行政监察覆盖面过窄、反腐败力量分散、纪法衔接不畅等问题，有利于健全党领导反腐败工作的体制机制。

中国话语：监察全覆盖。监察法第十五条规定，监察机关的监察对象是中国共产党机关、人民代表大会及其常务委员会机关、人民政府、监察委员会、人民法院、人民检察院、中国人民政治协商会议各级委员会机关、民主党派机关和工商业联合会机关的公务员，以及参照《中华人民共和国公务员法》管理的人员；法律、法规授权或者受国家机关依法委托管理公共事务的组织中从事公务的人员；国有企业管理人员；公办的教育、科研、文化、医疗卫生、体育等单位中从事管理的人员；基层群众性自治组织中从事管理的人员；其他依法履行公职的人员。失去监督的权力必然导致腐败。党的十八大后，习近平总书记多次指出，要加强对权力运行的制约和监督，把权力关进制度的笼子里。在我国，"政府"历来是广义的，党统一领导下的所有行使国家公权力的机关，都属于广义政府范围，在人民群众眼里，不管大门口挂着的牌子是白底黑字还是白底红字，都是党的机关、都是政府。目前，党内监督已实现了全覆盖，对党内监督覆盖不到或者不适用于执行党的纪律的公职人员，也必须依法实施监察。监察法从立法的高度明确了监察对象，将监督"狭义政府"转变为监督"广义政府"，实现了党内监督与国家监察的无缝隙对接，做到了监察全覆盖。

中国话语：忠诚、干净、担当。监察法第五十五条规定，监察机关通过设立内部专门的监督机构等方式，加强对监察人员执行职务和遵守法律情况的监督，建设忠诚、干净、担当的监察队伍。党的十八大以来，习近平总书记反复强调，有权必有责，用权受监督。监察机关是一个新的国家机关，其行使的监察权必须接受监督和制约。监察法规定了对监察机关和监察人员监督的四个方面，即人大监督，司法监督，民主监督、社会监督、舆论监督和内部监督。其实，在合署办公体制下，第一位的监督是党委监督，党委书记定期主持研判问题线索，分析反腐败形势，听取重大案件情况报告，对初核、立案、采取留置措施、作出处置决定等审核把关，确保党对监察工作关键环节、重大问题的监督。在内部制约和监督方面，监察法规定了严格措施，要求设立专门的内部监督机构，建立打听案情、过问案件、说情干预登记备案制度，规定回避制度、离岗离职从业限制制度、案件处置重大失误责任追究制度等，引导和监督监察人员忠于职守、秉公执法、清正廉洁、保守秘密。同时要求监察委员会还要自觉接受民主监督、司法监督、群众监督、舆论监督等外部监督。打铁必须自身硬，纪检监察干部更应带头遵纪守法，自觉接受监督，不负党和人民重托。

文章链接： http://fanfu. people. com. cn/BIG5/n1/2018/0328/c64371-29894701. html

11. **标题**：《法治政府蓝皮书：中国法治政府发展报告（2017）》在京发布

首发媒体：央广网

发布时间：2018 年 3 月 31 日

正文：

北京 3 月 31 日消息（记者　孙莹）中国政法大学法治政府研究院、中国法学会行政法学研究会在京举办《法治政府蓝皮书：中国法治政府发展报告（2017）》发布会。来自中国社会科学院、清华大学、北京大学、中国人民大学等高等院校和科研机构的多位专家学者出席了会议。

《法治政府蓝皮书：中国法治政府发展报告（2017）》发布会开幕式由华南师范大学政府改革与法治建设研究院院长、中国法学会行政法学研究会副会长薛刚凌教授主持。社会科学文献出版社副总编辑童根兴、中国政法大学副校长时建中分别致辞。中国政法大学法治政府研究院院长王敬波教授介绍了《法治政府蓝皮书：中国法治政府发展报告（2017）》的主要内容，阐述了新时代法治政府建设的使命。国家行政学院法学部主任、中国法学会行政法学研究会顾问胡建淼教授进行了评议，提出了应当重视形式法治向实质法治的转变，诸如联合信用惩戒等创新执法方式应当纳入法治轨道进行规范。

由中国政法大学法治政府研究院、中国行政法学研究会组织编写，社会科学文献出版社出版的《法治政府蓝皮书：中国法治政府发展报告（2017）》，分为"总报告""专论"和"学术研究综述"三个部分。报告系统回顾了我国 2017 年法治政府建设理论和实践的发展，对国家监察体制改革、重大行政决策法治化、政府与社会资本合作、共享经济规制、互联网平台监管、政府数据开放等行政法治的热点问题进行了深入剖析。

报告指出，党的十八大以来，法治政府建设取得了显著成效。各方对法治政府建设的认识不断深化，依法行政制度体系逐渐完备，简政放权激发市场活力，行政决策科学化、民主化、法治化水平进一步提高，严格规范公正文明执法水平明显提升，对行政权力的制约和监督不断强化。党的十九大明确了全面推进依法治国是习近平新时代中国特色社会主义思想的重要组成部分。中国特色社会主义进入新时代，人民对美好生活的需要不仅包括物质文化生活方面需求，而且还包括民主、法治、公平、正义、安全、环境等方面需求，这意味着新时代赋予法治国家和法治政府建设更为光荣和艰巨的历史使命。

报告提出，2017 年国家治理与行政法治的发展取得重大成就。国家监察体制改革、重大行政决策立法和权力清单制度改革稳步推进，在顶层设计指引下进一步迈向纵深，但仍有部分重大问题有待进一步研究和厘清，如重大行政决策中的党政关系问题、权力清单制度的性质问题等。

报告认为，互联网平台责任设定应当进一步完善。我国当前互联网平台责任设置存在规范层级较低、双面向平台责任存在矛盾、平台规则正当性不足以及监管立场游移等问题。未来应当坚持合作治理模式，倡导开放性的平台规则制定与审查机制，鼓励平台承担一定的社会责任。

报告指出，应当对我国共享经济的规制模式进行改良，地方网约车政策设置不合理等问题应当引起重视。未来应当针对共享经济的不同形态进行分类研究，推动政府社会企业共同治理，建立面向未来、鼓励竞争的法律规制框架，在具体规制方法上坚持法治先行、安全为著，减少准入限制。当前多地网约车政策设置不合理，准入门槛过高，对创新造成阻碍，应当引起高度重视。

报告认为，我国政府数据开放的具体制度还有待进一步探索。当前，我国政府数据开放工作正在紧密推进中，但仍存在政府部门共享程度不高，公众参与机制不完善，个人隐私保护机制不健全等问题。应当进一步完善顶层设计的法律法规，推进试点试验区的建设，建立国家政府数据统一开放平台，设立国家政府数据开放管理机构。

报告指出，在未来的药品监管工作中，应实现从监管向治理的转型。应当强化药品监管机构的监管能力，改进事业单位的治理结构，令企业承担首要责任，发挥行业协会的作用，通过合作治理实现监管任务。还应在风险监管的理路下，改革我国药品安全治理体系，改进许可、标准、信息披露等传统事前监管形式。

《法治政府蓝皮书：中国法治政府发展报告（2017）》对 2017 年行政法学的研究状况进行了总结，认为该年度行政法学研究呈现出选题紧密围绕"四个全面"战略布局，价值凸显行政法规范行政权和保障人权功能，方法体现多学科交叉融合趋势的特征，极大促进了行政法理论的创新和发展，为中国特色社会主义法治体系建设和法治国家、法治政府、法治社会建设贡献了学术智慧。

北京大学法学院姜明安教授、湛中乐教授、王锡锌教授，清华大学于安教授、余凌云教授，中国社会科学院法学所冯军教授、周汉华教授，中国人民大学法学院杨建顺教授、莫于川教授，中央民族大学法学院熊文钊教授，广州大学公法研究中心董皞教授等专家学者分别主持和参与了发布会各个单元的研讨，并对报告给予了高度评价。

文章链接：http://china.cnr.cn/gdgg/20180331/t20180331_524183234.shtml

12. **标题**：马怀德：保证高校教师的稳定性是教师队伍建设的关键

首发媒体：人民网

发布时间：2018 年 10 月 25 日

正文：

人民网太原 10 月 25 日电　今日，人民网 2018 大学校长论坛在山西太原举行。在主题为"加强新时代教师队伍建设"论坛上，中国政法大学副校长马怀德认为，保证高校教师的稳定性是教师队伍建设的关键。

马怀德认为，从教师队伍建设的角度看，当下最大的问题就是怎么吸引人才、凝聚人才、留住人才，提升人才。特别是近两年来的人才大战，让教师队伍有点人心不稳。

马怀德感慨，"很多有'帽子'的教师要么就是被看上、挖走，要么自己盯着条件更优越、环境更好的高校。所以，我认为这是当下教师队伍建设面临的最大的问题。很多高校，特别是非 985，非 211，西部边远、贫困地区的高校，不仅是孔雀东南各自飞，麻雀也东南飞了。西部边远、贫困地区的非 211、非 985 高校和非'双一流'学科建设高校的压力是很大的"。

马怀德提出通过"一个共识""一个倡议"来解决人才大战，保证高校教师的稳定性。他觉得应该形成一个共识，公办大学为主的大学教师薪酬待遇应该有封顶和最高限；提出一个倡议，"双一流"高校不得向非"双一流"高校挖人才，东部不得向西部挖人才，各个学校不能够层层加码或者竞相攀比，提高人才的价码。教师的"帽子"只能戴一顶，不能多戴。

文章链接：http://edu.people.com.cn/n1/2018/1025/c367001-30363212.html

13. **标题**：中国政法大学党委书记胡明：深度参与和推动全国律师行业党建工作

首发媒体：人民网

发布时间：2018 年 12 月 25 日

正文：

近日，首家全国律师行业党校培训基地挂牌仪式暨主题研讨会在中国政法大学举行。

"全国律师行业党校要切实发挥律师行业党校在教育培训、示范引领、选拔人才、锻造队伍等方面的作用。"全国律师行业党委副书记、中华全国律师协会会长王俊峰指出，希望培训基地能够正确教育引导广大党员律师矢志不移走中国特色社会主义法治道路，为全面依法治国贡献力量。他希望中国政法大学能为行业党校基地的创新发展积累更好的经验做法，为律师事业发展和中国特色社会主义法治事业作出贡献。

中国政法大学党委书记胡明在致辞中表示，全国律师行业党校培训基地是中国政法大学获得的第一个党员教育基地，基地的成立是司法部党组和全国律师行业党委对学校事业发展的支持和办学成果的肯定。中国政法大学将利用自身优势，全面建设全国律师行业党校培训基地，深度参与和推动全国律师行业党建工作，作出应有贡献。

司法部律师工作局副局长徐辉宣读了《关于确定全国律师行业党校培训基地的通知》，与会领导为基地揭牌。

中国政法大学党委副书记高浣月就基地建设思路作了专题汇报。从党校培训基地的管理体系、师资队伍建设、课程体系建设和保障体系建设进行相应介绍。

全国律师行业党建与党校建设研讨会上，与会者围绕"新时代律师行业党建的重要意义""新时代律师行业党建创新发展""律师行业党校教育基地建设"三个主题进行了相关研讨。

文章链接：http://edu.people.com.cn/n1/2018/1225/c1006-30486000.html

14. **标题**：中国政法大学与北京市通州区人民法院签订法治教育合作框架协议

首发媒体：人民网

发布时间：2018 年 12 月 27 日

正文：

人民网北京 12 月 27 日电（栗翘楚）26 日，中国政法大学与北京市通州区人民法院法治教育合作签约仪式在中国政法大学举行。中国政法大学副校长李树忠，通州区人民法院党组书记、院长陈立如出席了签约仪式。参加签约活动的还有通州区人民法院院领导、法官以及中国政法大学相关领导和部分教职工。

李树忠在致辞中表示，本次合作协议中提出的"中国政法大学全国领导干部法治教育培训合作基地"是中国政法大学建立的第一个全国领导干部法治教育培训合作基地，是积极贯彻落实习近平总书记在 2017 年 5 月 3 日考察中国政法大学时提出的法治教育要注重抓领导干部重要讲话的一项创新举措，从而开展长期的系统化的人员交流和法治教育合作模式。与通州区人民法院签订的法治教育合作协议将促进法学理论和司法实践有机结合，将实务部门的优质实践教学资源引进学校，学校优秀人才也可到实务部门提供智力支持。双方要紧密加强合作，抓紧完善合作模式和机制建设，尽快推动协议具体内容的实施，共同为国家依法治国战略作出贡献。

陈立如认为此次法治教育合作签约非常高效、务实。他指出，与中国政法大学开展共建"中国政法大学全国领导干部法治教育培训合作基地"，将进一步促进理论与实践的对话，实现高校与法院相互促进，有效推动法学理论与审判实践相结合，积极探索卓越法治人才培养。他希望与中国政法大学的合作共建平台能够成为通州区人民法院在转型跨越升级进程中提升司法能力、学术能力、队伍水平的重要支撑。对此，通州区人民法院将充分发挥自身司法实务优势，为法大开展教学、科研、实践等提供最大的便利和帮助，进一步推动理论和实践更好地结合，教学和审判更好地融合，学者与法官更好地交流。

仪式上，李树忠与陈立如交换了《中国政法大学与北京市通州区人民法院法治教育合作框架协议》，并向相关人员颁发了中国政法大学兼职教授聘书、中国政法大学全国领导干部法治教育培训基地专家委员会委员聘书。

随后，全国政协委员、通州区人民法院民一庭庭长李迎新，通州区人民法院行政庭庭长邱春阳作为受聘人员代表发言。自由交流阶段，双方就如何落实协议关于全国领导干部法治教育培训合作基地建设、法官培训、人员交流、信息共享等具体内容进行了深入探讨和广泛交流。

文章链接：http://legal. people. com. cn/n1/2018/1227/c42510-30491920. html

15. **标题**：马怀德：全会公报呈现三大亮点　明确提出时间表

首发媒体：新华网

发布时间：2019 年 11 月 5 日

正文：

新华网北京 11 月 5 日电（记者　卢俊宇）10 月 31 日，中国共产党第十九届中央委员会第四次全体会议公报发布。近日，新华网专访了中国政法大学校长马怀德，就全会公报的重要意义及亮点进行深入解读。

此次全会公报呈现三大亮点

记者：您认为此次全会公报中最大的亮点有哪些，向我们传递了哪些信息？

马怀德：我看到十九届四中全会的公报，印象最深的有以下三个方面。

第一，强调制度的重要性。公报中"制度"一词出现 77 次之多，说明"制度"是这次全会的重点议题。在我们国家迈向现代化的进程中，特别是已经取得了经济长期高速发展、社会长期稳定的历史性成就之时，有必要系统总结我们的国家制度在发展过程中形成了哪些特色、具有哪些显著的优势，同时也要对当前制度存在的问题、制度如何发展完善进行深入思考。治理体系是制度运行和执行能力的集中体现。应该说，经过几十年的努力，特别是改革开放 40 年的不断发展，我们的制度更加成熟和定型，我们的治理体系日趋完善。这次全会强调我们的最终目标是全面实现国家治理体系和治理能力现代化，使中国特色社会主义制度更加巩固、优越性充分展现。那么治理体系和治理能力现代化实际上取决于中国特色社会主义制度是否足够完善，是否成熟定型，其优越性能否充分展现。因此，更加成熟定型完善的制度体系是一个战略性、全局性、政治性的问题。有一套好的制度和治理体系，并且能够持续地发挥作用，展现其强大的生命力和巨大的优越性，才能够有力地支撑我们实现"两个一百年"奋斗目标和中华民族伟大复兴的中国梦。

第二，强调治理体系和治理能力现代化目标。治理体系和治理能力是国家治理的机构、制度运行的程序方法以及实现的效果。制度是一套规则体系，更多意义上是静态的东西，如何把制度优势转化成一种治理的效能，实际上是依靠治理体系和治理能力，这也是在推进社会主义现代化强国建设中必须高度重视的问题。一方面要有日益成熟定型的制度安排；另一方面要把这个制度运行好、执行好，要尊崇制度、执行制度、维护制度，树立制度的权威，要让好的制度通过治理体系和治理能力转化成治理效能，最终实现建设现代化强国的目标。

第三，提出了制度建设和治理体系现代化的任务。这次全会明确地提出了坚持和完善中国特色社会主义制度，推进国家治理体系和治理能力现代化的十三个方面的重点任务。是用"坚持和完善"来表述的，涉及了国家治理的方方面面。最终目标就是到新中国成立一百年时，全面实现国家治理体系和治理能力现代化，使中国特色社会主义制度更加巩固、优越性充分展现。

我国已经构建了权威高效的监督体系

记者：全会提出，坚持和完善党和国家监督体系，强化对权力运行的制约和监督。您认为要实现这个目标，还应在哪些方面发力？

马怀德：全会明确提出，坚持和完善党和国家监督体系，强化对权力运行的制约和监督。必须健全党统一领导、全面覆盖、权威高效的监督体系。

"党统一领导"，就是整个监督体系是要置于党的领导之下，用党的领导统领整个监督体系。2018年制定的监察法明确提出，坚持中国共产党对国家监察工作的领导，构建集中统一、权威高效的中国特色国家监察体制。纪委和监察委合署办公，各级监察机关负责对所有行使公权力的公职人员予以监察监督。党统一领导反腐败体制机制，可以集中优势，充分发挥其效能。

"全面覆盖",就是应该监督到行使权力的各个方面、各个环节、各个领域,监督到所有的人,尤其是行使公权力的公职人员应该全覆盖。监察法的制定实际上已经实现了这一项要求,就是做到了对行使公权力公职人员的监察全覆盖。健全党和国家监督体系,不仅要对公职人员进行监察全覆盖,而且对公权力行使的各个领域、各个方面、各个环节也应该监督全覆盖。行使公权力的不同领域、不同方面、不同阶段都应该接受法律的监督。

"权威高效",就是强调监督必须具有权威性,是高效率的。我们的纪检监察体制改革,实际上已经构建起了一个权威高效的监督体系,下一步就是形成更好的治理效能,建立更加完备、更加成熟、更加定型的监督制度,让这个制度体系更好地发挥作用、更好地运行,产生更好的治理效能。

中国政法大学校长马怀德接受新华网专访

首次强调健全社会公平正义法治保障制度

记者:您认为依法执政在国家治理和社会管理中发挥了什么作用?

马怀德:从党的十八届四中全会以后,我们就提出了全面推进依法治国,建设中国特色社会主义法治体系、建设社会主义法治国家这样一个总体目标和任务。这次全会在此基础上对有些问题做了进一步强调,从制度的层面、从战略的层面规划了未来全面推进依法治国的一些重点任务。

一是健全保证宪法全面实施的体制机制。这意味着宪法全面实施的体制和机制还需要完善，特别是宪法的权威性还需要进一步增强，需要我们从制度建设的战略高度上下功夫。

二是完善立法体制机制。现行的立法体制机制已经发挥了很好的作用，我们已经制定出了大量的适应社会主义市场经济和现代社会管理、国家治理的法律法规。但是，立法的体制机制还需要进一步完善，重点要防止立法的针对性不足、质量不高、操作性不强、立法不及时等问题。所以在体制机制上还要进一步想办法，尽快提高立法的质量，确保立法能够在改革发展中发挥引领推动和保障的作用，让立法真正地成为社会关系的调节器，成为人们行为的准则。

三是首次强调健全社会公平正义法治保障制度。我们过去都讲严格执法、公正司法、全民守法，但很少从社会公平正义的法治保障制度这个角度去思考问题。因为科学立法、严格执法、公正司法、全民守法的目标是确保党和国家事业兴旺发达、国家长治久安、人民幸福安康，本质上都是为了保障社会公平正义。所以，要健全社会公平正义法治保障制度，这是国家治理体系和治理能力现代化一个重要任务。

四是加强对法律实施的监督。这是此次全会提出的一个重点任务，希望在完善法治体系，推动国家治理体系和治理能力现代化的进程中，把法律实施问题和对法律实施的监督问题放在更加重要的位置予以考虑。

明确提出时间表　未来任务还很重

记者：公报提出了一个总体目标，那么您对未来我国推进国家治理体系和治理能力现代化的前景有怎样的展望？

马怀德：全会明确提出，坚持和完善中国特色社会主义制度、推进国家治理体系和治理能力现代化是全党的一项重大战略任务。党和国家的事业要兴旺发达，社会要长治久安，人民要幸福安康，最终都要靠制度，只有制度更加成熟定型、更加完善巩固，制度优越性能够充分展现，才能确保国家治理走向规范化、科学化、法治化，从而顺利实现我们的发展目标。

未来我们应该在坚持和巩固制度，发展和完善制度方面做什么，在推进国家治理体系和治理能力现代化中还面临着什么样的挑战和任务，此次全会都作出了明确回答。与此同时，还提出了坚持和完善中国特色社会主义制度、推进国家治理体系和治理能力现代化的时间表和任务书。时间紧迫、任务繁重，需要我们付出更大的努力。只要我们坚定信心，保持定力，锐意进取，开拓创新，我们的国家制度就一定能更加巩固、更加完善，治理体系治理能力就一定能走向现代化，为实现"两个一百年"奋斗目标、实现中华民族伟大复兴的中国梦提供有力保障。

文章链接：http://www.xinhuanet.com/legal/2019-11/05/c_1210341858.htm

16. **标题**：中国政法大学"江苏青年企业家法治教育合作基地"揭牌

首发媒体：人民网

发布时间：2019 年 11 月 7 日

正文：

11 月 5 日上午，中国政法大学与共青团江苏省委共建"江苏青年企业家法治教育合作基地"揭牌暨江苏"新动力"计划法治能力专题培训班开班仪式在中国政法大学昌平校区举办。中国政法大学党委书记胡明，共青团江苏省委书记王伟、副书记潘文卿，江苏省企业团工委书记、江苏省青年商会秘书长薛保刚，江苏省青年商会副会长陶化东出席仪式，50 余名江苏省青年企业家学员参加仪式。仪式由中国政法大学继续教育学院院长宋乃龙主持。

胡明首先代表学校向此次法治教育合作基地揭牌和开班仪式表示祝贺，并简要介绍了学校在人才培养、学科建设、社会服务等方面的发展情况。他指出，中国政法大学是国家法学教育和法治人才培养的主力军，参与了自建校以来几乎所有的国家立法活动，始终引领着国家法学教育的创新、法学理论的革新和法律思想的更新，代表着国家对外进行法学学术和法治文化交流活动。在 67 年的办学历程中，为国家培养了优秀法律人才 20 余万人。学校开展了大量的在职高素质人才法治教育培训工作，为国家法治建设培养了一大批中坚和骨干力量。

胡明表示，加强在职法治教育培训，打破高校和社会之间的体制壁垒，促进法学理论和法治实践有机结合，学校以法治教育合作基地为纽带，建立起与实务部门长期稳定的法治教育合作关系。他希望双方在法治教育合作基地建设上密切合作，不断完善合作模式和工作机制，为推进依法治国、加快法治江苏建设提供强有力的人才保障和智力支持。

　　王伟代表共青团江苏省委，对莅临活动现场的各位领导、嘉宾表示欢迎，对中国政法大学为法治教育合作基地建设和培训班举办给予的大力支持表示衷心感谢。他指出，此次举办"新动力"计划法治能力专题培训班是进一步深化"新动力"计划培养体系的需要，是提升新生代企业家法治意识和法治思维的需要，也是充分利用中国政法大学法治教育资源优势、共同开展高水平、高标准合作的需要，对于法治江苏建设具有深远而重要的意义。他对参加本次专题培训的学员提出了三点要求：一是要充分认识江苏民营经济发展的新形势，把握发展机遇，奋力走在创新创业的最前沿；二是要增强责任感、使命感，做到依法合规经营；三是要珍惜培训机会，努力学法、知法、守法、用法，增强法治意识，把法治精神接力到企业发展和实际工作中去。

　　王伟表示，以共建"江苏青年企业家法治教育合作基地"和举办"新动力"计划法治能力专题培训班为契机，共青团江苏省委、江苏省青年商会将继续与中国政法大学保持密切联系，共同努力，把合作基地建设好、把基地作用发挥好，不仅要把它建设成为新生代企业家的法治教育基地，还要把它建设成为江苏各级团干部和各类青年人才的法治培训基地，同时，还要把这一基地建设成为江苏省青年商会企业、"新动力"计划企业的管理人才和法务人才的培养基地。

　　仪式上，胡明与王伟共同为中国政法大学"江苏青年企业家法治教育合作基地"揭牌，薛保刚等五位同志受聘为中国政法大学实践导师。潘文卿宣布班委会名单，实践导师代表韩家佳和学员代表陶化东分别发言。

　　此次培训标志着江苏青年企业家法治教育合作基地正式启动建设，是双方共同加强法治教育合作的良好开端。据悉，学校自2018年底开展法治教育合作基地模式建设以来，已先后与全国多家省部级、地市级单位签约共建中国政法大学法治教育合作基地。未来，学校将抓住全面推进依法治国的机遇，丰富内涵、延伸领域、完善机制，不断提升全国领导干部法治教育合作基地的层次与功能，立足首都核心功能区，将全国领导干部法治教育合作基地建设辐射推广至全国。

　　文章链接： http://edu.people.com.cn/n1/2019/1107/c1053-31443205.html

17. 标题：中国政法大学积极开展宪法宣传教育工作

首发媒体：教育部官网

发布时间：2019 年 12 月 11 日

正文：

中国政法大学认真贯彻落实党的十九届四中全会精神，以"弘扬宪法精神，推进国家治理体系和治理能力现代化"为主题，组织开展"宪法宣传周"系列活动，把握"四个坚持"，深入开展宪法宣传教育，努力使尊崇宪法、学习宪法、遵守宪法、维护宪法和运用宪法成为广大师生的共同追求和自觉行动。

坚持以学习教育为基础，做宪法精神的先行者。发挥法学学科特色优势，开设宪法学、宪法案例研讨、宪法行政法专题、宪法学研讨课等 12 门宪法相关课程，以优质宪法课程教学培养德法兼修的高质量法治人才。开设"CUPL 青微课"（中国政法大学青年学子微课堂），邀请专家学者宣传公众应知应会的法学、政治学等学科知识，每期推出 7 分钟线上微课，对宪法以及相关法学科目知识进行分析和解读，讲述宪法历史与意义，拓展课堂教学内容。组织教师赴杭州进行"教师观世界"考察培训活动，探访新中国宪法初稿起草地、参观"五四宪法"历史资料陈列馆、研讨第五次宪法修改内容等，通过实践教学，让教师切身感受中国宪法的发展历程，切实增强新时代教育工作者的责任感和使命感。

坚持以创新形式为关键，做宪法精神的践行者。开展"12·4 宪法日晨读活动"和升旗仪式，组织学校师生朗诵宪法原文、体悟宪法精神。举办"12·4 国家宪法日"线上宣传活动，推出"宪法和宪法人的故事""国庆 70 周年群众游行活动中的法大人与宪法"系列主题文章，通过普及知识、讲述故事、征集感言等方式，展现广大师生所思所感及爱国崇法的精神境界。开展"宪法快答"线上答题活动，让广大师生在答题过程中学习宪法知识，进一步加深对宪法的理解和认知。制作《"宪"在行动》宪法宣传周纪实视频，展现学校繁荣社会法治文化、服务国家法治建设的使命与担当。

坚持以服务社会为根本，做宪法精神的传播者。开展形式多样的对外宣讲活动，推动宪法知识进校园、进课堂、进机关、进社区。组织"宪法进中小学"首都普法系列活动和第二届"明法计划"法律知识进校园宣讲活动，营造"宪法在我身边"的校园氛围，引导中小学生亲近宪法、尊崇宪法。围绕"弘扬宪法精神，厚植爱国主义情怀"主题，组织学生赴西柏坡中学进行"人民送我学法律，我学法律为人民"宪法宣讲活动，增强中小学生的法治意识，引导青少年从小掌握宪法法律知识，树立宪法法律意识，养成尊法守法习惯。开展"宪在启航"社区普法系列活动，使宪法走入日常生活、走入人民群众。在与有关实务单位合作过程中，举办明法大讲堂，如面向阿勒泰市 400 余名公安干警、政法干部等法律工作人员，运用线下与线上相结合的宣讲方式，开展宪法宣讲工作，让宪法真正"活起来""落下去"。

坚持以法律援助为担当，做宪法精神的捍卫者。深入学习贯彻习近平总书记考察学校重要讲话精神和勉励语精神，发挥学生法律援助中心等平台作用，组织开展"法律援助在行动"活动，引导学生将法律知识在实践中运用，为需要法律援助并难以承担相关费用的当事人解答疑惑，帮助拟写法律文书，解答法律问题。面向法律援助受众群体讲解宪法知识，发放"12·4 国家宪法日"宣传材料，引导广大群众增强学习宪法的意识，提高法治观念、凝聚法治共识，营造良好的法治文化氛围。

文章链接：http://www.moe.gov.cn/jyb_xwfb/s6192/s133/s149/201912/t20191211_411610.html

18. **标题**：专家在京探讨推进国家治理体系和治理能力现代化
首发媒体：中国新闻网
发布时间：2020 年 1 月 9 日
正文：
中国新闻网北京新闻 1 月 9 日电　中国政法大学法律硕士学院"2020年新年论坛：法治发展与国家治理体系和治理能力现代化"日前在京举办，业界专家们围绕推进国家治理体系和治理能力现代化展开探讨。

中国政法大学法律硕士学院院长许身健在致开幕词时指出，论坛以法治发展与国家治理体系和治理能力现代化作为主题，旨在发挥高校科学研究以及智库的作用和职能，助力推动法治发展和加快推进国家治理体系和治理能力现代化。

中国政法大学副校长常保国从高等学校的基本职能视角探讨了大学在科学研究、学科建设、人才培养等方面如何更好地为国家治理体系和治理能力现代化提供支持。他称，下一步将整合资源作出独特的贡献。

中国政法大学校长马怀德围绕"法治政府和国家治理现代化"主题，从"十九届四中全会对法治体系提出的要求""当前法治政府建设取得的成绩和存在的问题""按照国家治理现代化的要求法治政府建设应该重点关注的问题"三个方面进行了解读。

他指出，坚持和完善中国特色社会主义法治体系，提高党依法执政、依法治国的能力，是国家治理现代化过程中法治建设的重点内容。中国特色社会主义法治体系是国家治理体系的骨干工程，而法治政府是全面依法治国的主体工程，法治政府建设对国家治理现代化起着决定性作用。

他说，治理能力现代化是实现国家治理现代化最关键的要素，要抓住领导干部这个"关键少数"，切实增强法律和制度观念，引导领导干部严格遵守法律、敬畏法律、执行制度、维护制度。在这方面，高校承担着重要责任，应当在法治人才培养方面多做工作，打好基础，使法治意识和制度观念内化于心、外化于形。

最高人民法院二级大法官、中国法学会案例法学研究会会长胡云腾分析了审判体系和审判能力现代化与国家治理体系和治理能力现代化的关系，认为审判体系和审判能力现代化是国家治理体系与治理能力现代化的重要组成部分，审判机关在整个国家治理体系中发挥着十分重要的作用。

国家法官学院副院长（主持工作）蒋惠岭结合十九届四中全会精神和中国法律硕士人才培养特点谈到，社会治理是国家治理的重要方面，社会治理体系是国家治理体系的重要组成部分，妥善、高效地解决社会矛盾纠纷是社会治理能力的体现，要加强和创新社会治理，高度重视、认真研究如何完善"党委领导、政府负责、民主协商、社会协同、公众参与、法治保障、科技支撑的社会治理体系"，完善"社会矛盾纠纷多元预防调处化解综合机制"。

他建议法律硕士学院在课程设置、教学指导等方面注重对学生"技能、智慧、能力"的培养。

当天，辽宁师范大学教授丁慧，法律硕士学院教授刘保玉、刘智慧，中国民用航空局空中交通管理局法律顾问张克勤等分别围绕如何完善法院之外的纠纷解决机制、婚姻家庭角度看国家治理现代化、民法典颁布对国家治理体系的促进作用、公民个人对国家治理法治化的需求、医疗卫生领域治理现代化体系建设、知识产权法领域技术革新与立法滞后性的矛盾调和以及国家战略如何落实到微观的行业、部门和单位等问题发表了意见，并与各位嘉宾进行讨论。

许身健在作总结发言时指出，法治不仅是国家和社会治理的工具，也是具备法律权威、凝结广泛共识的治国方略。法治在某种程度上而言也意味着法律人之治，培养高素质法治人才、强化法治队伍建设对于国家的未来至关重要。

文章链接：http://www. bj. chinanews. com/news/2020/0109/75061. html？from＝singlemessage&isappinstalled＝0

19. **标题**：中国政法大学、法制网联合开通在线免费法律课程
首发媒体：人民网
发布时间：2020 年 2 月 20 日
正文：

近日，中国政法大学、法制网联合开通在线免费法律培训学习课程，通过中国政法大学继续教育学院（网络教育学院）官网、法制网进行在线学习，在疫情防控的特殊时期，为广大法律学子、法律职业人士及党政领导干部等人员进行线上法律知识学习提供便利。

中国政法大学以服务于国家依法治国战略为己任，以"提供优质在职法治教育、助力国家法治建设"为在职人员法治教育工作指导思想，重点加强领导干部法治教育工作，充分发挥"互联网+教育"优势，依托中国政法大学强大的师资力量和法治教育资源优势，以全国领导干部法治教育合作基地为纽带，为法律行业系统、各级政府机关、企事业单位等提供具有专业化和智能化的法治教育在线学习培训方案。

通过此次在线学习将有助于法律行业系统、政府机关、企事业单位和个人开展专业化和智能化的法治教育，进一步培养法治思维，提升法治素养。

此次开放的免费学习课程共 5 大类，涉及国家法律职业资格考试、法律英语证书（LEC）和涉外法律英语、成人法律研修、工作生活常用法律及"依法治国"系列高端法治教育专题等课程，需要通过网络或电话咨询技术老师获得免费账号登录学习，相关专题课程如下。

（1）国家法律职业资格考试培训课程。

法大法律职业资格考试培训学院作为"全国首家公办法律职业资格考试培训机构"，汇聚了全国法律职业资格考试培训领域绝大多数名师，自 2005 年成立以来，逐渐发展成为集命题研究、教学研究、培训于一体的法律职业资格考试教育专业机构，学科设置齐全、教学研究深入、教学阵容强大。

（2）国家法律英语证书（LEC）以及涉外法律英语课程。

该课程面向即将就业的高等院校学生及法律职业从业人士，着重提高法律英语水平和涉外业务应用实践能力，为从事涉外业务的单位、企业、律所等提供招募国际性人才的参考标准和依据。

（3）成人法律学习课程。

结合校内优秀的学科资源，开放相关法律课程。

（4）工作生活常用法律课程。

开放的部分课程围绕着国民大众工作、生活中广泛涉及的法律事务、法律问题，进行相关法律知识的系统学习。

（5）"依法治国"系列高端法治教育专题培训课程。

陆续开放纪检监察、知识产权保护与实践、企业合规等专题课程，另有行政执法、法治政府建设与评估、公务人员任职、晋职前法治教育培训、企业管理者法治思维和决策能力提升、律所管理与律师业务提升等专题课程也将于近期制作上线。

中国政法大学继续教育学院（网络教育学院）提供在线答疑与技术支持（由于平台容量限制，可能造成平台拥堵，为了保障学习质量，届时可能限制进入人数）。

文章链接：http://edu.people.com.cn/n1/2020/0220/c1006-31596753.html

20. 标题：十三届全国人大常委会专题讲座第十七讲
——马怀德：我国的行政法律制度
首发媒体：中国人大网
发布时间：2020 年 6 月 22 日
文章链接：http://www.npc.gov.cn/npc/c30834/202006/2377d96e89964d9aa23caf1012803920.shtml？from＝singlemessage

文章截图：

委员长、各位副委员长、秘书长、各位委员：

　　党的十九大描绘了2035年基本建成法治国家、法治政府、法治社会的宏伟蓝图。法治国家、法治政府、法治社会三者各有侧重、相辅相成，法治国家是法治建设的目标，法治政府是建设法治国家的主体，法治社会是构筑法治国家的基础。习近平总书记指出，"能不能做到依法治国，关键在于党能不能坚持依法执政，各级政府能不能依法行政。"推进依法行政是推进全面依法治国的关键环节，法治政府建设是全面依法治国的重点任务。推进依法行政，建设法治政府，主要依靠行政法律制度的不断完善和有效实施。

21. **标题**：讲清楚实施好民法典　更好保障人民的合法权益
首发媒体：人民网
发布时间：2020 年 7 月 3 日
正文：

　　人民网北京 7 月 3 日电（记者　万鹏）"民法典在中国特色社会主义法律体系中具有重要地位，是一部固根本、稳预期、利长远的基础性法律。" 6 月出版的第 12 期《求是》杂志发表了重要文章《充分认识颁布实施民法典重大意义，依法更好保障人民合法权益》。

　　"民法典是新时代我国社会主义法治建设的重大成果。"中国政法大学民商经济法学院教授于飞在接受人民网记者专访时表示，深入学习贯彻习近平总书记重要文章精神，必须充分认识颁布实施民法典的重大意义，通过讲清楚实施好民法典，来实现更好地保障人民合法权益的根本目的。

　　以人民为中心是加强民法典重大意义宣传教育的核心。民法典通篇围绕着人民的权利来展开：坚持主体平等指向总则编，宣示民事主体在享有权利的法律资格上一律平等；保护财产权利指向物权编，强调各类不同民事主体的财产权受到法律的平等保护；便利交易流转指向合同编，规定法律对交易繁荣的促进和对主体在交易中所获利益的肯认；维护人格尊严指向人格权编，揭示法律对人之所以为人的主体性要素提供的保障；促进家庭和谐指向婚姻家庭及继承编，表达法律对家庭秩序的重视和对人在家庭中的身份权的维系；追究侵权责任指向侵权责任编，展现民事主体受到权利侵害后所能获得的法律救济。以上民法典七编的内容以权利为轴心展开，写满了民事主体能够享有的权利类型、取得权利的方法、行使权利的方式和权利受到侵害的保护手段。"民法典的颁布是人民权利的体系化表达，民法典的实施是人民权利的体系化保障。"于飞说。

法与时转则治是加强民事立法工作的要害。法与时转则治，要求我们随着时代与时事的变化来发展我们的法律制度，民法典也不例外。这是我们必须尊重的法治规律。

公正执法、公正司法是加强民法典执法司法活动的准绳。于飞谈到，公开公平公正的执法和司法，是使民法典获得权威并持久维护这种权威的根本保障。

走到群众身边、走进群众心里是加强民法典普法工作的根本。于飞对记者说。

构建具有鲜明中国特色、实践特色、时代特色的民法理论体系和话语体系是加强我国民事法律制度理论研究的目的。于飞谈到，改革开放以来，我国民法理论研究和话语体系建设取得了明显成效，但同日新月异的民法实践相比还不完全适应。民事生活、经济生活是社会中发展变化最快的领域，大数据、人工智能、区块链、基因编辑等新科技改变着人们的生活方式和对世界的理解，人格尊严保护、隐私保护、个人信息保护等不断高涨的权益保护需求要求理论作出妥当的回应，以上都需要民法理论为民法典的规则体系大厦建立稳固可靠的正当性基础。民法理论的发展，要坚持以中国特色社会主义法治理论为指导，要立足我国国情和实际，要充分汲取人类法治文明的共同成果；在以上基础上，构建具有鲜明中国特色、实践特色、时代特色的民法理论体系和话语体系，为民法典的有效实施和我国民事法律制度的进一步发展提供坚强的理论支撑。

民法典实施水平和效果，是衡量各级党和国家机关履行为人民服务宗旨的重要尺度。于飞告诉记者，民法典是人民的法典，是人民权利的宣言书，各级党和国家机关应当努力贯彻党中央的要求，通过切实实施

民法典，更好地保障人民的合法权益，更好地履行为人民服务的根本
宗旨。

文章链接：http://theory. people. com. cn/n1/2020/0703/c148980-3
1770422. html

22. **标题**：中国国际法学会会长、中国政法大学教授黄进：智慧
法院建设促进中国法治的国际传播

首发媒体：最高人民法院新闻网

发布时间：2020 年 9 月 29 日

正文：

9 月 23 日下午，最高人民法院召开互联网法院工作座谈会，最高人
民法院党组书记、院长周强出席会议并讲话。会上，中国国际法学会会
长、中国政法大学全面依法治国研究院教授黄进在座谈会上发言，对互联
网法院建设提出了意见建议。

黄进说，互联网司法是智慧法院建设的重要组成部分，从更大的方面
讲，就是中国法治的国际传播问题。中国法治的国际传播，是全面依法治
国战略布局的重要组成部分，也是涉外法治工作的重要组成部分。

党的十八大以来，我国坚定不移走中国特色社会主义法治道路，中国
法治的进步是巨大的，全面依法治国取得的成绩有目共睹。特别是在智慧
司法、智慧法院建设、互联网司法方面取得了巨大的进步。近年来，互联
网法院取得的成效令人振奋，但是我们也应该看到，智慧司法的国际传播
还是全面依法治国战略布局的短板，必须高度重视、不断加强。坚持全面
依法治国，必须统筹国内国际两个大局，一手抓国内法治建设，一手抓促
进国际法治。向世界推介中国法治实践、传播中国法治声音、讲好中国法
治故事。

他提出以下五点建议。

一是坚持内外有别，变"法制宣传"为"法治传播"，在内容建设、
载体选择、方法更新、技术支持、管理创新等方面下功夫，努力提高智慧
法院、智慧司法国际传播的传播力、引导力、影响力、公信力。

二是强化内容建设，在议题设置、核心价值、共识共鸣、素材挖掘等
方面下功夫，做到既解放思想，又实事求是，既突出重点，又兼顾其他，
既有主有次，又有先有后，既肯定成绩，又不避问题。

三是完善文字翻译，由专门的政府机构负责，统一、系统、精准地翻译我国重要的法律法规、优秀的司法裁判文书以及其他的重要法律文献。

四是改进语言表达，将语言的传播和文化的传播有机结合起来，充分考虑到海外受众的知识文化背景，用他们可以理解的方式，恰当、精准地翻译、阐述和解读中国的法治实践，以理服人、以情动人，方便他们更好地理解中国的立法、执法、司法、守法和法律服务实践。

五是转变传播方式，最好能够结合海外受众获取信息的习惯来传播中国法治实践，尤其是要重视新媒体，包括外文网站、海外社交媒体、网络视频等互联网媒体，让中国法治的内容在各类媒体上实现全面覆盖，建立全媒体、融媒体传播体系。

文章链接：https://baijiahao. baidu. com/s？id＝1679134383560556 422&wfr＝spider&for＝pc

23. **标题**：中国政法大学积极履行法治宣传教育责任 不断加强公益普法培训体系建设

首发媒体：人民网

发布时间：2020 年 10 月 17 日

正文：

作为全国法治宣传教育基地，中国政法大学积极履行在职人员法治教育社会责任，努力克服疫情带来的消极影响，大力加强线上课程研发，与权威媒体共享共建法治教育大讲堂，积极打造公益普法培训体系，取得了良好的社会效益和社会影响力。

整合网络教育资源，开放公益法律学习课程

中国政法大学始终秉持"提供优质在职法治教育、助力国家法治建设"的在职人员法治教育工作指导思想，面对疫情对线下普法教育培训带来的冲击，积极履行高校社会服务责任，2 月中旬联合法制网面向社会推出在线免费法律培训学习课程，开放涉及国家法律职业资格考试、国家法律英语证书及涉外法治人才培养课程、成人法律学习、工作生活常用法律及"依法治国"系列高端法治教育专题等共 5 大类免费学习课程。通过深入实践"互联网+教育"模式，在疫情的特殊时期持续为社会提供优质免费的法治教育课程，更好地履行了在职人员法治教育社会责任，使党政领导干部、法律职业人事和爱好者足不出户就可以学习高端前沿法律课程。

聚焦社会法治热点，促进公益普法宣传教育

一直以来，学校高度重视并坚定地开展法治宣传教育工作，打造普法公益教育品牌，积极服务依法治国方略。为深入落实中共十九届四中全会关于"加大全民普法工作力度，增强全民法治观念"要求，4月份，学校与人民网发挥双方资源优势，面向社会联合开通"普法教育公益大讲堂"，依托人民网强大的社会宣传力和中国政法大学优质的法治教育资源，打造全国普法教育重要平台，首期大讲堂以"中国民法典：多学科角度的透视"为主题，聚焦民法典颁布，特别邀请不同学科和研究方向的法学专家讲述民法典的故事。

同时，为了在疫情期间更好地服务法律资格考试应考学子，3月份推出了《如何备考》《法考大纲解读》等法律职业资格考试公益基础课程，2020年国家统一法律职业资格考试大纲出台后，第一时间策划推出《法大法考·2020法考大纲解读系列公益课》，邀请校内外法考知名讲师全面系统解读考纲的重点、变化点，并通过"学习强国"学习平台、人民网、央视社会与法频道、央视频、搜狐教育等平台播放，这一做法对构建法大普法公益课程品牌集群，持续推进公益法治教育发展产生积极作用。

2020年5月28日，十三届全国人大三次会议审议通过了《中华人民共和国民法典》，开创了我国法典编纂立法的先河。民法典的出台极大促进国家治理效能最大化，是全面提升国家治理能力现代化水平的重要一环。第十九届中共中央政治局第二十次集体学习提出了"充分认识颁布实施民法典重大意义，依法更好保障人民合法权益"的要求。为此，中国政法大学、"学习强国"学习平台、人民网、央视社会与法频道、法制网、央视频发挥各方资源优势，在民法典出台短短一周后，便联合发布民法典普法宣传活动，聚焦民法典出台的意义、重要规则解读、法律适用以及对人们生活的影响等方面，推出21讲课程，切实宣传、推动、保障民法典实施，为广大青少年、人民群众、法律职业人士及党政领导干部等进行民法典系统学习提供便利，助力国家法治建设。

凝聚权威媒体力量，共谋公益法治教育发展

中国政法大学作为国家法学教育和法治人才培养的主力军，是司法部、全国普法办授牌的全国法治宣传教育基地，具有法治教育的红色基因和悠久历史，在六十余年的建设发展过程中，学校不断加强法治教育社会责任，服务国家法治建设。在疫情最为危急的时刻，主动加强与权威媒体的交流与合作，与人民网共建"普法教育公益大讲堂"，与"学习强国"学习平台签订法治教育框架合作协议，筹建"领导干部法治教育大讲堂"，充分发挥权威媒体的力量，不断扩大法治教育的辐射面、增强法治教育的社会影响力。

在民法典联合普法活动中，与"学习强国"学习平台、人民网、央视社会与法频道、法制网、央视频五大权威媒体开展互动，学校负责课程的设计与制作、五大权威媒体形成合力，实现"全媒体上线、多渠道宣传"的良好局面，系列专题课程在各个平台播放总量逾千万，超预期实现普法宣传效果。在法制网评选的"最受欢迎的十大民法典讲座"中，有五讲均来自学校设计推出的专题课程。

完善专题课程体系，助力民法典颁布实施

2020年5月28日第十三届全国人大三次会议表决通过了《中华人民共和国民法典》，正式宣告中国"民法典时代"正式到来。它是新中国第一部以法典命名的法律，开创了我国法典编纂立法的先河，具有里程碑意义。

民法典共7编，1260条，10万余字，内容庞杂、法条繁复，给法律从业者和老百姓理解和适用民事规范带来了新的挑战。为此，学校紧扣"如何快速把握民法典的理论要点，如何高效学习总则与各编的重要制度"的核心要义，精心设计民法典课程体系，从制度解读和规范适用两个角度，从宏观、中观、微观三个层面，围绕民法典总则编、物权编、合同编、人格权编、婚姻家庭编、继承编和侵权责任编进行规则及法律适用解读，同时对百姓关注的法律问题进行深入讲解。学校精心挑选学校的权威学者作为授课教师，注重理论和实践相结合，形成近50讲的系列专题课程，构建起专业而完善的民法典课程体系。

实施好民法典是坚持以人民为中心、保障人民权益的必然要求，是发展社会主义市场经济、巩固社会主义基本经济制度的必然要求，是提高党治国理政水平的必然要求。中国政法大学作为国家法学教育和法治人才培养的主力军，将继续做好民法典的课程设计与普法推广，推动民法典普法工作。

广泛征集优质专题与实践案例，永葆公益法治教育活力

中国政法大学作为国家法学教育的最高学府和全国法治宣传教育基地，担负着为全面依法治国培养更多更好的德才兼备、全面发展的专门的法治工作队伍、专门的法治服务队伍和专业的法治人才队伍这一重大的使命与责任，学校充分发挥自身师资、科研、教学与全国领导干部法治教育合作基地的优势，始终专注在职高素质法治人才的教育培养。为了更好地服务于国家依法治国战略，学校长期面向校内外专家学者、实务部门专家、高校（院系）、科研单位、政府机关、企事业单位、法治教育合作基地广泛征集普法教育素材、前沿法治教育专题或法治建设工作经验做法，利用"互联网+教育"的模式，与权威媒体合作，推出更多线上与线下相结合、理论与实践相结合、专业领域与日常生活相结合的高质量普法培训课程体系，并进行全国普法宣传教育和推广，推进普法宣传教育可持续发展。

文章链接：http://weiquan.people.cn/n1/2020/1017/c432040-31895668.html

24. **标题**：《人民法院诉讼证据规定适用指南》发布
首发媒体：央视网
发布时间：2020 年 11 月 23 日
正文：

11 月 21 日，由中国政法大学证据科学研究院、司法文明协同创新中心、最高人民法院研究室、最高人民法院中国应用法学研究所、《证据科学》编辑部联合主办的《人民法院诉讼证据规定适用指南》发布会暨学术研讨会在北京召开。据了解，该书是国家社会科学基金重大项目"诉讼证据规定研究"（11&ZD175）的最终成果，为人民法院运用证据提供了统一的标准，有助于规范司法证明活动，准确认定案件事实，提高审判质量。

全书共 9 章，规则全文 147 条，对三大诉讼法及相关司法解释中现有的证据规定进行了全面梳理。

司法文明协同创新中心联席主任、中国政法大学证据科学研究院名誉院长张保生在介绍《人民法院诉讼证据规定适用指南》的编写情况时表示，该书建立了"三证合一"的理论体系，采取"软件升级"的方法，对立法和司法解释中的现行证据规则进行了系统编纂，实现了建构体系、合并同类项和消除原理性错误及法律冲突的目标。该书将相关性作为证据根本属性和证据法的逻辑主线，注重对事实认定之举证、质证和认证规则的完善。该书为我国制定统一证据法发挥了"铺路石"和"先行者"的作用。

发布会结束后，与会学者和实务部门的专家还从《人民法院诉讼证据规定适用指南》与证据规则的体系化、法典化时代与中国证据法、证据法的实施与证据规则的完善等方面，就我国证据法规的实施与完善，以及证据法的科学化、体系化和法典化展开了深入讨论。

文章链接：http://news.cctv.com/2020/11/23/ARTIM0hf4ppzt8XKjxjV8VAd201123.shtml

25. 标题：《法治政府蓝皮书：中国法治政府评估报告（2020）》发布

首发媒体：民主与法制网

发布时间：2020年12月6日

正文：

本网讯（记者　任文岱）近日，中国政法大学法治政府研究院在京发布了《法治政府蓝皮书：中国法治政府评估报告（2020）》（以下简称《报告》）。《报告》通过对2014年至2019年间"百城评估"数据的对比分析，提出六年来地方法治政府建设取得的成就、面临挑战与未来法治政府建设的展望。

《报告》指出地方法治政府建设的总体水平持续进步，整体上达到合格要求。六年来，被评估城市的平均得分整体呈上升趋势，在法治政府建设的一些核心环节和关键要素层面进步明显，比如"政务公开"指标始终高于同时期法治政府评估中所有一级指标的平均得分率，"监督与问责"指标六年间升幅显著。

《报告》还显示，地方政府紧密结合当地的实际情况推进法治政府建设，探索出一些法治政府建设方面的新举措、新思路，形成了一些可复制、可推广的经验。比如，在全面依法履行政府职能方面，一些地方通过提前介入、告知承诺、网上备案、豁免审查、容缺办理等方式，成功取消或调整了一批审批项目，涌现出"最多跑一次""一枚图章管审批"等先进改革范例。

但《报告》同时指出，法治政府建设还面临一些深层次的结构性挑战，在处理好政府、市场和社会关系，整体性治理需求与治理体系碎片化现状的矛盾，法治国家、法治政府、法治社会一体建设等方面还存在一些亟待解决的深层次问题。法治政府建设已然从严格形式法治意义上的外塑形象向实质法治层面的内涵式发展转变。

《报告》强调，法治政府的建设和建成，将直接决定整个国家的法治水平，也在相当程度上构成了法治国家建设的内容。在法治国家、法治政府、法治社会一体建设过程中，法治政府建设需要率先突破并发挥对法治社会的引领作用。各地应继续坚持法治国家、法治政府、法治社会一体建设，紧紧拧住法治政府建设这个关键，助推全面依法治国目标早日实现。

文章链接：http://www.mzyfz.com/index.php/cms/item-view-id-1451391

26. **标题**：10 名法学"生力军"获评"全国杰出青年法学家"称号
首发媒体：新华网
发布时间：2020 年 12 月 9 日
正文：

新华社北京 12 月 9 日电（记者　白阳）第九届"全国杰出青年法学家"座谈会 9 日上午在京召开，10 名"全国杰出青年法学家"称号获得者和 20 名提名奖获得者受到表彰。

这 10 名"全国杰出青年法学家"称号获得者均是近年来活跃在我国法学界的"生力军"，在中国特色社会主义法治理论研究中作出了突出贡献。他们是：华东政法大学王迁、北京大学车浩、中国人民大学杜焕芳、中国社会科学院李洪雷、中南财经政法大学陈柏峰、浙江大学胡铭、武汉大学秦天宝、清华大学聂鑫、中国政法大学栗峥、最高人民法院梁凤云。

"全国杰出青年法学家"评选活动是我国法学领域的重要奖励项目，由中国法学会组织举办。该活动旨在发挥导向激励作用，推动社会主义核心价值观融入法治建设，推动优秀法学人才脱颖而出，打造一支政治立场坚定、理论功底深厚、熟悉中国国情的高水平法学家和专家队伍。

该活动自 1995 年启动以来，共评选出 89 位"全国杰出青年法学家"称号获得者和 93 位提名奖获得者。他们中的很多人在法治领域发挥了重要作用，为法治中国建设作出了重要贡献。

文章链接：http://www.xinhuanet.com/2020-12/09/c_ 1126842192.htm

文章截图：

27. **标题**：第三届"马克思主义与法治中国"全国学术研讨会暨"恩格斯思想研究"高端论坛在京举行

首发媒体：光明网

发布时间：2020 年 12 月 16 日

正文：

光明网讯（记者 赵宇）12 月 12 日，第三届"马克思主义与法治中国"全国学术研讨会暨"恩格斯思想研究"高端论坛在京举行。会议由中国政法大学主办，中国政法大学马克思主义学院、北京高校中国特色社会主义理论研究协同创新中心（中国政法大学）和北京市习近平新时代中国特色社会主义思想研究中心中国政法大学基地承办。会议采取线上线下相结合的方式进行，来自高等院校、科研机构、重要学刊的近百位专家学者参加会议。

中国政法大学党委书记胡明在致辞中指出，虽然恩格斯自谦为"第二小提琴手"，但其伟大贡献为马克思主义理论的创立奠定了坚实基础。中国特色社会主义已经进入了新时代，中华民族的伟大实践证明了马克思恩格斯论断的正确性，本次论坛将为马克思主义与新时代中国特色社会主义发展贡献力量。

开幕式由中国政法大学党委副书记兼马克思主义学院院长高浣月主持。她指出，"马克思主义与法治中国"学术研讨会作为学界同仁交流互鉴的平台，旨在促进马克思主义理论和全面依法治国的有机融合。此次论坛力求多方位呈现学术观点、深层次激发智慧火花，进一步推动法治中国的理论和实践创新发展。

上午主题报告分两个环节进行。中国人民大学教授张新以"论恩格斯对马克思主义伦理学的重大贡献"为题，认为恩格斯从唯物史观出发，奠定了马克思主义伦理学的基础，应采取科学态度，加强新时代中国特色社会主义道德建设。南京大学教授胡大平以"作为科学家的恩格斯对法学建设的意义"为题，认为恩格斯相较于马克思，表现出更强的科学自觉意识。北京大学教授聂锦芳以"恩格斯的资本批判及其当代价值"为题，探讨了恩格斯对马克思《资本论》手稿的整理问题，认为应对恩格斯整理《资本论》的态度表示敬意，但也要正视其在整理过程中的问题，中国特色社会主义实践必须与马克思主义理论相结合并彰显全球视野。

中国政法大学教授喻中以"马克思主义法学的'创世纪'——重新理解《家庭、私有制和国家的起源》"为题，追溯马克思主义法学思想的"创世纪"来源。西北政法大学教授李其瑞以"恩格斯对法学世界观的批判与超越"为题，讲述法学世界观的双重含义，叙述了法学世界观的源起和特征，强调恩格斯的三大法学批判及其对法学世界观的超越。哈尔滨工业大学教授杨志以"马克思法哲学溯源"为题，从马克思主义基本原理的角度对马克思法哲学进行溯源，强调其当代启示和价值。

上午主题报告环节，中国政法大学教授张秀华、孙美堂分别进行评议。

下午主题报告中，中国社会科学院研究员强乃社以"恩格斯与城市权"为题，对当今城市发展中的农民工发展和城市管理问题进行了深入探讨。黑龙江大学教授姜海波以"恩格斯法哲学思想的当代价值"为题，阐述了恩格斯在法哲学中所探讨的问题与价值。北京大学研究员宋朝龙以"资本逻辑中形式公平的发展和自否定"为题，分析了美国权力观念下的个体性和契约性问题，分析了马克思形式自由背后的物质利益问题。西北政法大学教授邱昭继以"法官职业道德的批判与重构——基于马克思恩格斯文本的考察"为题，通过法官为人民服务、法官的福利审判权和理性裁量三个方面的分析，为我国社会主义现代化建设中法官职业道德的建设提供借鉴。南京师范大学副教授姚远以"历史唯物主义法学原理中的'建筑隐喻'"为题，分析了马克思对隐喻的使用、恩格斯通过物理隐喻对马克思建筑隐喻的补充，从而回应经济决定论。湘潭大学副教授刘建湘以"《马克思恩格斯全集》中译本中'宪法'术语翻译考据"为题，阐述了马克思和恩格斯的宪法观，以及马克思对黑格尔法哲学的宪法批判。中国政法大学副教授段志义以"马克思法治思想与马克思人的属性、人的价值思想关系探究"为题，指出人性的发展形态决定了法的发展形态。中国政法大学博士赵海全以"党内法规话语体系建构的逻辑理路与实践"为题作报告，以话语体系的功能定位为逻辑起点，阐述了协调党内法规话语表达的基本准则。

下午主题报告中，吉林大学教授吴宏政、中国政法大学教授李志强分别进行评议。

闭幕式上，中国政法大学马克思主义学院执行院长邰丽华致辞。与会者表示，全面推进依法治国，加快建设法治中国，必须坚持正确的方向，沿着正确的道路前进。探讨马克思主义与法治中国的重大而紧密的关系，有助于更好理解习近平法治思想的科学基础和实践意义，对开拓法治中国建设的崭新局面具有重要意义。

文章链接：https://www.gmw.cn/xueshu/2020-12/16/content_ 34469327.htm

文章截图：

28. **标题**：中国政法大学涉外知识产权高端人才教育培训班成功举办

首发媒体：人民网

发布时间：2020 年 12 月 30 日

正文：

为进一步加强知识产权保护工作，给涉外知识产权领域从业人员进行法治教育培训提供便利，助力 5G 时代涉外知识产权人才队伍培养，12 月 30 日，中国政法大学涉外知识产权高端人才教育培训班在中国知识产权培训中心举行开班仪式，本次活动由中国政法大学主办，北京景行知合科技文化有限公司承办。在中国知识产权培训中心、人民网知识产权频道、高通公司（Qualcomm）的支持下，活动取得了圆满成功。

中国政法大学副校长常保国、中国知识产权培训中心主任孙玮、高通公司全球高级副总裁兼技术许可业务中国区总经理钱堃等领导和嘉宾出席开班仪式，仪式由中国政法大学继续教育学院院长宋乃龙主持。

常保国指出，知识产权对于国家发展、提高核心竞争力、产权保护和保护创新有着很大的作用。在 2019 年，国家知识产权局和政府部门开展了 8 项知识产权专项行动，还有一系列教育、培训、宣传活动，由此可以看出，中国对知识产权的保护力度非常大。"中国政法大学重视知识产权保护宣传工作，学校的研究生和博士生在北京中小学建立了知识产权宣教基地，并且在每年的 4 月 26 日世界知识产权保护日，学生会组织活动进行宣传。另外中国政法大学继续教育学院也专门开展了知识产权的培训，今天的培训课程也是落实知识产权保护的具体行动之一。"

钱堃表示，随着以 5G 为代表的新一轮科技革命和产业变革蓬勃兴起，知识产权在一个国家经济社会发展中的战略地位日益提升。大量中国企业走向国际舞台，高通公司凭借"发明—分享—协作"的商业模式，积极助力中国产业生态的创新，促进各行各业的合作伙伴在 5G 时代开拓国内、国际市场，助力实现国际国内双循环相互促进的新发展格局。

中国科技金融促进会副会长张志军作为学员代表发言。随后，培训班正式开课。本次培训邀请了两位讲师，分别是中国政法大学教授、博士生导师王玲，高通公司工程总监吴军力，从"技术创新与专利管理：理论与实践""5G 技术与行业应用"的角度进行讲解。

王玲首先分享了系统价值的理念，从宏观和产业的角度去看待专利的战略和管理问题。她表示，专利的公开非常重要，让社会资源不会重复建设造成浪费。开放式创新是思维范式的变革，企业越来越开放，技术资源的获取、运营模式也会越来越多样化。其次是专利战略的选择，专利的层级分为普通专利、高质量专利和高价值专利，对于企业来说需要通过法院、引用、市场和标准关拥有更多高价值的产品。再次是企业专利管理的实践，她认为专利管理属于组织战略核心部分，要组建一支人数可观的专利管理队伍，同时完善奖励机制和沟通顺畅的情报工作，最后分享了部分和专利管理实践相关的案例。

吴军力从 5G 技术与行业应用方面进行了讲解。他表示，5G 商用将成为主流，全球已有超 40 个国家有 5G 商用网络，超 95 家运营商开始部署商用 5G 网络。5G 技术将与更多行业融合，服务于"垂直行业"，向各个业务和形态发展。在中国，5G 作为新基建中重要的组成部分，将给其他行业赋予能量。

目前，5G 的应用已经拓展至制造、交通、医疗等多个领域，已在智慧医疗、智慧工厂、地铁、机场、智能公交等项目上得到应用。"其中，5G 加速了汽车行业的变革，中国车联网（C-V2X）发展迅速，通过车对车、车对基础设施、车对网络和车对行人的通信，将汽车与周围的环境及云端智能互联，最后将实现无人驾驶。"他说道。

此次培训，讲师的精彩培训课程得到了参会学员的一致认可，表示此次培训受益匪浅，培训内容有针对性和实操性，同时也为知识产权领域的从业者提供了良好的沟通与交流平台。

2020 年，我国进一步加大了知识产权保护力度。据悉，中国政法大学将发挥资源优势，继续开展涉外法治人才培养工作，培养具有国际视野、通晓中外知识产权法理与实务、了解国际知识产权规则，掌握 5G 人工智能等新技术趋势并熟悉国际知识产权运营管理的涉外知识产权高端人才，持续助力中外知识产权领域的交流。

文章链接：http://ip. people. com. cn/n1/2020/1230/c136655−31984699. html

29. **标题**：以良性市场秩序维护消费者权益——访中国政法大学副校长时建中

首发媒体：新华社

发布时间：2021 年 1 月 30 日

文章链接：http://www.xinhuanet.com/fortune/2021-01/30/c_11 27044627.htm

文章截图：

30. **标题**：学术人生：中俄法律翻译第一人黄道秀

首发媒体：法制网

发布时间：2021 年 4 月 1 日

正文：

本网讯（记者 哈隆）俄罗斯法律翻译在中国始于 20 世纪初，但自 1921 年中国共产党成立之后，苏维埃法律翻译便具有了向中国传输红色基因的功能。苏联法对中国法的影响巨大深远。

20 世纪 80 年代以后，中国与俄罗斯先后踏上改革之路，从计划经济转向市场经济，俄罗斯表现得更为激进，将实行了 70 余年的苏维埃法律制度彻底改造，在几年之内建立起新的俄罗斯法律体系。将这一新的法律体系介绍到中国，仍然离不开法律翻译，而其中功勋卓著者，则首推中国政法大学黄道秀教授。

　　中国政法大学教授、博士生导师黄道秀1941年出生，1962年毕业于四川外国语学院，1962年9月起在北京政法学院任教，20世纪80年代曾在苏联喀山大学进修法律。她致力于中俄两国高校之间的交流，翻译了《俄罗斯联邦民法典》《俄罗斯联邦刑法典》《俄罗斯联邦民事诉讼法典》《俄罗斯联邦仲裁程序法典》《俄罗斯联邦刑事诉讼法典》《俄罗斯联邦刑事执行法典》《俄罗斯联邦刑法典释义》《俄罗斯刑法教程》《俄罗斯刑事诉讼教程》《苏维埃行政法》等约1000万字的译著，是我国著名的俄罗斯法律研究学者。

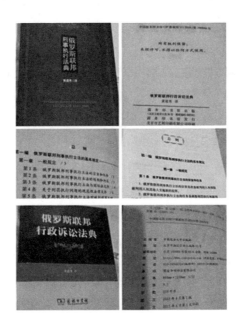

黄道秀教授数十年来从事俄罗斯语言和法律的研究和教学，与俄罗斯法学界有着广泛的联系和交流。为表彰她在增进中俄人民之间友谊、促进中俄国家间合作作出的突出贡献，2011 年 11 月 4 日，黄道秀教授曾被俄罗斯总统梅德韦杰夫授予"友谊勋章"。

2021 年 3 月 27 日，中国政法大学比较法学研究院与外国语学院共同举办了"俄罗斯法律翻译百年学术座谈会暨黄道秀教授八十华诞庆祝会"，来自社会各界四十余人受邀出席，会上介绍了黄道秀教授多年从事法学教育和俄罗斯法律翻译的经验，分享了她的研究成果，共同探讨俄罗斯法律翻译在中国的未来发展。

会议由中国政法大学外国语学院党委书记李国强教授主持。李国强书记高度评价了黄道秀教授在俄罗斯法律翻译领域作出的贡献，称其为"中俄法律翻译第一人"。黄道秀教授著有 1000 多万字的译作，却淡泊名利，甘为人梯，既是学术上的开拓者，更是学生、朋友人生发展道路上的引路人。

中国政法大学外国语学院院长张清教授、比较法学研究院副院长谢立斌教授分别致辞。"莫道桑榆晚，为霞尚满天。"张清院长用这两句诗评价了黄教授的人生状态。传道授业解惑六十载，作为学者、师者，她依然还在自己的道路上奋力前行，她以实际行动当之无愧地成为我们这些为人师者的榜样。谢立斌教授代表比较法学研究院向黄老师致以谢意，并建议两院今后在黄教授的指导下，应进一步开拓教学与科研合作，在俄罗斯法相关研究领域继续开拓新的天地。

会上，八十岁的黄道秀教授为参会师生和各界精英做了半个多小时的主旨演讲，演讲中黄道秀教授回顾了其个人的成长历程和俄罗斯法律的研究和教学心得。

天赋异秉的语言天才

黄道秀从 1952 年开始学俄语，1962 年开始在北京政法学院（中国政法大学的前身）教授俄语，黄道秀教授一生与俄语为伴。在回答"我是谁"这个问题的时候，她说道："我命中注定是俄语老师，我以作为俄语老师为荣。"

黄道秀教授极具语言天赋，对俄语和汉语的把握都极为精准到位，可谓炉火纯青。她说："我有一个毛病，就是自视甚高。我所遇到的法律文献，可以说我没有遇到不懂的语法问题，除非它（俄语原文）错了。"

　　在语言方面，除俄语之外，黄道秀教授还曾教过九年的英语，包括中学和大学，这一点少有人知道。因此，在翻译俄罗斯法学论著或与国外学者交流时，必要时她英语功底也能助她一臂之力。

　　了解黄道秀的人都知道，实际上她还有一个毛病，就是好为人师，喜欢揪人的"小辫子"，经常指出别人语言方面的错误，尤其是对于那些她教授俄语的弟子们，她总是不留情面地及时指出来，有时还会让一些初识者不太习惯。

　　她还曾给俄罗斯人纠错，而且是给学者纠错。与俄罗斯人日常交往中偶尔会有当时映入眼帘的某个广告牌用语是否妥当的讨论。更多的时候是她在翻译俄罗斯专著过程中，与作者商榷俄文原文用语或知识背景是否准确。最近的一次经历是她翻译俄罗斯前副总理沙赫赖与另一位作者合著的专著《快速、公正、仁慈和人人平等的法庭　纪念俄国司法改革150周年》(中国政法大学出版社2020年版)，通过电子邮件与两位作者沟通，她指出原作多处语言表达方面存在的问题，这让作者钦佩有加，心悦诚服。

　　地道的俄语只是一个方面，实际上黄道秀教授的汉语素养极高，这也源于她超强的记忆力。她小时候背的唐诗宋词都还记得，张口即来，除那些专门从事文学教学研究并对此特有专长者外，少有人与之相比。另外，黄老师还写得一手好文章。中国政法大学出版社2011年出版的《草茉莉》一书，煌煌七十万字，这些优雅的中文散文作品，占其五年间发布在新浪网上全部博文的五分之一。她的网络文章受到很多文学爱好者的关注和网友围观，并相约定期会面"线下"交流，以文会友。博友中不乏名人大V，其中就有中国西部先锋派电影导演吴贻弓。

从俄语教师向法律专家的攀岩登顶

　　1962年，黄道秀以全优的成绩从四川外语学院俄语专业毕业，被分配到北京政法学院担任教师，教授俄语公共课，每周20节课。当时的北京政法学院是法律单科院校，"唯法独尊"，其他专业的老师多少有些不受尊崇。

　　这对自尊心强烈的黄道秀来说是难以忍受的："我在读书时一直是名列前茅，来了这儿居然成了'二等公民'！"她暗暗下定决心，一定要进入"主流社会"，并且要在法律上有所建树。于是，课余时间，黄道秀偷偷地开始学习法律知识。

"文化大革命"开始后，黄道秀的法律学习被迫中断。

在经历了"文化大革命"时期那些漠视法律的日子后，黄道秀更加自觉地进行法律学习和研究工作，并开始翻译苏联的法律著作。1983年，黄道秀译著《苏维埃行政法》出版，这是中国改革开放以来第一本外国法律译著。80年代，她已经有了300万字的译著。有一天，黄道秀私底下问时任中国政法大学校长的江平："我现在算是法律学者吗？"江平摇摇头说："不算。"不服输的黄道秀想："将来一定要算！"

1988年，黄道秀得到了赴苏联喀山国立大学访问进修的机会。当时同去的俄语老师都选择进修俄语，黄道秀却选择学习法律，进了喀山大学法律系的国家法与国际法教研室。

黄道秀非常珍视在喀山大学的进修经历，她说："1988年至1989年在喀山大学的进修，使我完成了一个俄语老师向法学专家的转变，并且开启了我与苏联以及俄罗斯法学界的交往。"

回国后的黄道秀译著不断，还在中国政法大学带起了刑法学的博士生，在法律研究的路上越走越远。俄语老师指导法学博士研究生，这在中国政法大学乃至整个中国的法学教育史上，当属首例。2007年，当年认为黄道秀还不算法学家的江平在为她主持的《俄罗斯法译丛》所作序言中称她是我国研究"苏联和俄罗斯法律的权威"。

勇挑俄罗斯法律翻译重担

20世纪八九十年代，俄罗斯发生了翻天覆地的变化，亟需有人将俄罗斯最新的法学成果介绍到国内来。而老一辈学者要么年岁过长，要么俄语知识已经遗忘，很多人则中途改道，转向译介和研究欧美法律。翻译和研究俄罗斯法律一时间门可罗雀。面对国内俄语法学翻译乏人的情况，黄道秀教授主动担起了这份使命。而这份使命一担起来，便是数十年。

与其他国家法律翻译不同的是，一个译者将外国法译成中文，往往只是某个或某几个部门法的法律条文或某法律领域的论著，黄道秀教授所翻译的俄罗斯法律几乎涵盖了所有的法律部门，包括宪法、刑法、民法、行政法、国际法、诉讼法等，几近囊括。中国学者通过黄道秀教授的俄罗斯法译作，就可以基本掌握俄罗斯整个现行法律体系。她一个人，就是一个俄罗斯法律的"智库"。俄罗斯现行法律制度的各个部门法规定，差不多都能在她的译作中找到。

从事过法律翻译的人都知道，每个部门法领域都有一套法律概念和术语体系，仅母语掌握全部这些术语都非常困难，要与外国语词一一对应，更是难之又难。黄道秀教授做到了。

1949 年中华人民共和国成立至今，俄罗斯法律翻译可以大致分为 20世纪 80 年代初以前和以后两个时期。众所周知，20 世纪五六十年代，中国曾全面移植苏联法，翻译了大量的俄语法律文献，包括教材、法律法规、论著等，共有一百余种，20 世纪 60 年代中期中苏交恶以后至 20 世纪 80 年代初几乎完全中断。20 世纪五六十年代百余种苏维埃法译作是倾尽全国俄罗斯法律翻译人才之力才取得的成果，而后期黄道秀教授以一己之力勇挑重担，且成果颇丰，字数上与举国之力译之或有超。这一时期并非没有其他人加入俄罗斯法律翻译行列，只是非常之少。无论有多少同路人，这条路上不能没有人，断代将使得后人颇难接续，唯有秉烛前行持之以恒，薪火乃传。

荣获俄罗斯最高奖励：友谊勋章

1994 年俄罗斯设立了"友谊勋章"，授予那些为增进人民之间友谊、促进国家间合作及发展俄罗斯经济作出突出贡献的人。

2011 年 11 月 4 日，黄道秀教授迎来了她人生的高光时刻，为表彰她为促进法律领域中俄两国关系的发展作出的巨大贡献，时任俄罗斯总统梅德韦杰夫亲自授予她俄罗斯的最高奖励——"友谊勋章"。

面对台下众多俄罗斯政要和几位外国获奖者，黄道秀教授用流利的俄语发表了获奖感言："尊敬的德米特里·阿纳托里耶维奇！尊敬的女士们，先生们！在这个阳光灿烂的'人民团结日'，在米宁和巴扎尔斯基公爵的故乡，我被授予了'友谊勋章'。我认为这枚勋章不仅是对我五十年工作的奖赏，更是表达了俄罗斯对我的祖国——中国的友好感情。五十年里我只做了一件事：研究、教授和翻译俄罗斯文化和俄罗斯法律。我非常骄傲的是，我过去是、现在是、将来也一定是我们两国人民、两国法学家之间一座小小的，但可靠的友谊之桥。我将一生不仅把这枚勋章珍重地挂在胸前，而且珍藏在心灵深处。我将时刻准备着为中俄世代友谊的发展而尽一切努力！谢谢大家。"

等黄道秀准备走下讲台的时候，梅德韦杰夫总统又伸出手来与她握手，说："Вы выступали прекрасно（您的讲话太好了！）"。回到桌旁，普京总理和基里尔大牧首也分别与黄道秀握手，祝贺她："**Вы выступали блестяще**（您的讲话太精彩了！）"。

这些称赞既是针对她致辞的精彩内容，同时也是对她纯正熟练的俄语表达的赞许。这一天，这个从西南大山里走出来的"柴火妞儿"，竟与俄罗斯总统、总理等人同坐一席！那一刻，她克制着内心的激动和眼中的泪水。

这是她人生的高光时刻，她将这份荣耀归因于自己日益强大的祖国："这个显赫的位置不是给予我个人的，而是给予我身后那个伟大国家的！"

从俄罗斯载誉归来，黄道秀教授站在了人生和事业的巅峰上。可贵的是，她始终怀着对家国的热忱之心，对学术的纯洁之心，对于学生的热切真心，对生活的平常心。黄教授一生勤奋，她把一辈子活成了两辈子。她的人生是精彩的励志人生，她传承的是弘毅的大家之风！

黄道秀教授与师生合影

黄道秀教授最后讲道："世间写景写情诗句，我独爱'沾衣欲湿杏花雨，吹面不寒杨柳风'。我的学生便是我的春风，我的青春因为你们而常在。"从教六十载，黄道秀教授桃李满天下，一朝为师，一生为师，黄道秀教授始终把学生装在心里。

不觉间已到八十，虽进耄耋之年，但仍壮心不已，仍愿和师生促膝而谈。走过六十年教学路，处学术之巅，回望走过的学术人生，孜孜不倦春风化雨，乐此不疲玉汝于成，薪火接力后继有人，心旷神怡此乐何极……（王志华）

文章链接：http://www.legaldaily.com.cn/Education_ Channel/content/2021-04/01/content_ 8471492.html

31. **标题**：中国政法大学法学院党内法规研究所成立仪式暨党内法规学科发展学术研讨会举行

首发媒体：法制网

发布时间：2021 年 6 月 24 日

正文：

2021 年 6 月 22 日，中国政法大学法学院党内法规研究所成立仪式暨党内法规学科发展学术研讨会在海淀校区举办。仪式由中国政法大学法学院院长焦洪昌教授主持。

中国政法大学校长马怀德教授代表学校致辞，他感谢各位领导和专家对学校党内法规学科的支持，回顾了中国政法大学党内法规的学科建设和人才培养工作，展望了党内法规学科建设的目标与任务。教育部法学类专业教学指导委员会主任委员徐显明教授在贺信中表达了对学校推动党内法规学科建设、汇聚学科队伍、深化理论研究、培养杰出人才的肯定和期待。教育部高等教育司副司长范海林同志在致辞中介绍了教育部对党内法规学科建设和人才培养工作的高度重视和积极推动，希望中国政法大学在党内法规学科建设和人才培养方面，发挥好先遣队和领头羊的作用。中共中央办公厅法规局二级巡视员周丽同志在致辞中回顾了十八大以来党内法规制度建设和理论研究的快速发展，并强调党内法规的研究应把握政治属性、学科属性与实践属性。中央党校政治和法律教研部主任周佑勇教授、中国纪检监察学院纪委书记蔡志强教授对中国政法大学发展党内法规学科、推动相关科学研究、培养党内法规人才表示充分肯定与支持。

中国政法大学法学院教授委员会主席舒国滢教授主持主旨报告环节。中国法学会党内法规研究中心主任王伟国研究员、中国政法大学法学院党内法规学科带头人李树忠教授分别作了《党内法规学科建设状况及展望》《中国政法大学党内法规学科建设与人才培养》的主旨报告。

中国政法大学法学院副院长雷磊教授主持了首届党内法规方向研究生毕业仪式。党内法规方向的博士生导师、硕士生导师为毕业生拨穗并祝贺毕业。硕士研究生张丁方代表毕业生作了发言。

党内法规学科发展学术研讨会分为三个单元。第一个单元《党内法规学的学科归属与定位》由秦奥蕾教授主持，肖金明、任建明、苗连营、王建芹、黄东、曹鎏等专家学者作了主题发言；第二个单元《党内法规学的人才培养》由柯华庆教授主持，王勇、柴宝勇、姚国建、李松峰等专家学者先后发言展开研讨；第三个单元《党内法规学理论与实务互动》由赵雪纲副教授主持，秦强、喻中、李莉、赵真、赵一单等专家学者就此进行了深入讨论。

出席会议的还有中国政法大学副校长常保国、发展规划与学科建设处、教务处、研究生院、马克思主义学院、政治与公共管理学院、法学教育研究与评估中心等单位的负责同志，法学院党委书记刘大炜、副院长雷磊、党委副书记王文英及全体党内法规专兼职教师和党内法规方向的研究生。

研讨会后，中国政法大学法学院党内法规研究所所长张劲就会议进行总结，并对各位领导、专家的支持和学术贡献表达了诚挚的感谢。

2017 年《中共中央关于加强党内法规制度建设的意见》指出，要"制定党内法规人才发展规划，建设党内法规专门工作队伍、理论研究队伍、后备人才队伍"。中国政法大学作为法治人才培养的重要阵地，"想国家之所想、急国家之所急、应国家之所需"，积极响应党中央的部署，于 2017 年 12 月 28 日成立了法学院党内法规研究中心，2019 年 10 月 19日成立了中国政法大学党内法规研究中心。2018 年，学校决定在法学院宪法学与行政法学下设党内法规方向，开始招收硕士和博士研究生，截至现在，共招收研究生 49 人，其中硕士生 40 人，博士生 9 人。今年已有第一批研究生毕业。经过 3 年的探索实践，党内法规师资队伍相对稳定，人才培养目标逐渐清晰，课程体系逐渐完善。今天成立的法学院党内法规研究所，是正式的基层教学科研组织，是一种制度性安排，标志着党内法规学科建设和人才培养从初步探索逐步走向方向明确、目标清晰的新阶段。

文章链接：http://www.legaldaily.com.cn/Education_ Channel/content/2021-06/24/content_ 8536847.html

32. 标题：中国政法大学与北京同仁堂（集团）有限责任公司共建全国企业领导干部法治教育合作基地

首发媒体：法制网

发布时间：2021 年 6 月 29 日

文章链接：http://www.legaldaily.com.cn/Education_ Channel/content/2021-06/29/content_ 8540148.html

文章截图：

六、栏目名称 "不忘初心" 推动学校发展 "师生为本" 丰富学府生活

（一）电视媒体

1. 标题：老故事频道：《艺林春秋》孙鹤

视频链接：http://news. cupl. edu. cn/info/1021/23452. htm

首发媒体：中央电视台《老故事频道》

发布时间：2017 年 4 月 1 日

视频截图：

2. 标题：[都市晚高峰] 海淀城管普法进校园 首站走进中国政法大学

视频链接：http://news. cctv. com/2018/03/20/VIDEazTJw64SjPr2 lQINPTuJ180320. shtml

首发媒体：BTV《都市晚高峰》

发布时间：2018 年 3 月 20 日

视频截图：

3. 标题：《北京您早》：勤俭节约不浪费 高校"光盘"徽章受欢迎

视频链接：http://m. app. cctv. com/video/detail/7b8b248f8d744bbd89a7c6f54e37f0f0/index. shtml#0

首发媒体：BTV《北京您早》

发布时间：2020 年 9 月 18 日

视频截图：

4. 标题：《特别关注》：800 名师生长跑 共迎校庆 69 周年

视频链接：http://m. app. cctv. com/vsetv/detail/C10085/2d9c2f664
3a44af8849bddee418813a2/index. shtml#0

首发媒体：BTV《特别关注》

发布时间：2021 年 5 月 10 日

视频截图：

（二）平面媒体

1. 标题：新时代需要有理想有本领有担当的青年——中国教育报
刊社"宣讲行高校行"首场主题活动侧记

首发媒体：《中国教育报》2018 年 3 月 30 日 3 版

正文：

"社会主要矛盾的新变化、新判断，对时代新人成长有什么新要求？
尤其是对我们法大师生有什么新要求？" 3 月 29 日晚，中国教育报刊社
"宣讲行高校行"大型主题活动首站走进中国政法大学。首场活动邀请教
育部社会科学委员会副主任、教育部原党组成员顾海良为中国政法大学师
生作了题为"社会主要矛盾的新判断 时代新人成长的新要求"的报告，
向青年学子宣讲习近平新时代中国特色社会主义思想的核心要义、精神实
质、本质特征。

会场座无虚席，来自学校各个学院、不同专业的师生聚精会神，聆听
科学理论。

顾海良首先讲解了党的八大、党的十一届三中全会及党的十九大关于

中国社会主要矛盾的三次判断及其意义。"党的十九大作出了我国社会主要矛盾是人民日益增长的美好生活需要和不平衡不充分的发展之间矛盾的新判断。"顾海良指出，"美好生活"的内涵除物质、文化生活需要外，还增加了民主、法治、公平、正义、安全、环境等方面的新需要。而"美好生活"的需要，除了包括物质文明和精神文明发展的需要，还包括政治文明、社会文明和生态文明发展的各种需要。

顾海良说，近代中华民族迎来了从站起来、富起来到强起来的伟大飞跃。"作为当代大学生，特别是中国政法大学的学生，在五大发展建设中应该承担什么责任？在未来发展中，我们面对民主、法治、公平、正义等需求，能不能作出自己的贡献？能不能在 2050 年的时候自豪地说'我无愧于这个时代'？"顾海良的提问引起了在场学生的思考。

"青年兴则国家兴，青年强则国家强。新时代需要一批有理想、有本领、有担当的青年学子。"顾海良说。

一个半小时的报告，始终在激昂、奋进的氛围中进行。

报告结束后，学生们仍不愿散去，带着自己对重大理论问题和实践问题的思考，主动与顾海良进行深入交流。

"自媒体时代，我们应该如何弘扬社会主义核心价值观？"中国政法大学民商经济学法学院 2017 级一名博士生提问。"我们做思想政治教育工作，一定要讲清、讲深、讲好、讲透，要用我们国家发展的历史、现实和未来，用中国人走的道路和整个世界发展的广阔视野，讲好当前我们应该坚持什么样的思想道德，坚持什么样的价值观念。"顾海良说，"我们一定要相信年轻一代，多把存在的问题和解决问题的办法讲清楚，这一点我是有信心的"。

"近期中美贸易摩擦频发，结合十九大报告提到的'四个自信'，您如何看待赴美留学问题？如何用中国的价值观反观欧美？"一名本科生问道。

顾海良回答说："在中国从富起来到强起来的过程中，各种挑战会越来越多。我们要交流、交融、交锋，要认识到我们还有很多不足，要利用世界各国各民族一切优秀的东西为我所用，成就强国伟业；而在涉及国家根本利益、涉及意识形态根本问题时，我们要敢于交锋。这也是我们有理想、有本领、有担当的体现。我们既不能妄自尊大，也不能妄自菲薄，我们走自己的路就要有自己的担当和勇气。"

在中国政法大学研究生院院长助理肖宝兴看来，顾海良的报告逻辑严谨、内涵丰富、思想深邃，从哲学高度剖析了我国社会主要矛盾的三次变化及当时的背景，让大家更加深刻认识了党的十九大作出这一论断的深层原因，这一论断的作出是我们党认识人类社会及其发展规律的又一次升华。

"报告让我对习近平新时代中国特色社会主义思想和党的十九大精神有了更加深入更加全面的理解。"中国政法大学 2017 级法律史博士陈泉廷说，"一代人有一代人的使命，作为一名法学博士研究生，在今后的学习生活中，我将牢固树立与新时代同心同向的远大理想，在所学专业和本职工作中有所突破，为全面推进依法治国贡献自己的力量，努力成长为有理想、有本领、有担当的社会主义强国合格建设者和可靠接班人"。

2. **标题**：政法大学学生在校门口设值班岗　为求助者提供法律援助　学生帮 26 名员工讨回 200 万补偿款

首发媒体：《北京青年报》2018 年 7 月 16 日 A07 版

正文：

7 月 13 日上午，几位当事人专程赶到中国政法大学，给该校准律师协会法律援助中心的同学们送了一面锦旗。

今年 4 月底，昌平某乐器厂的 26 位老员工为讨要基本养老保险待遇和工资，打算提起诉讼。后经昌平区人民法院推荐，找到中国政法大学法律援助中心寻求帮助。彼时距离最迟递交起诉书时间只剩 15 天。

尽管面临时间紧、人数多、案情复杂等种种困难，法律援助中心还是决定接手这起标的额总计 250 万元的劳动社保待遇纠纷案件。也正是在法律援助中心这些大一、大二学生的努力下，26 名员工按时递交了起诉书，后经法院调解，顺利获得每人 8 万到 10 万元的一次性补偿。

一万分的开心

在得知当事人要到学校送锦旗的时候，大一学生张文嘉已经放假回家。虽然有些遗憾，但知道叔叔阿姨们对结果满意，她还是觉得很开心。

7 月 13 日上午，几名乐器厂员工代表给中国政法大学准律师协会法律援助中心的学生送来了一面锦旗：法律援助暖人心，无偿服务解民忧。

由于大部分学生已经回家，留守学校的两名同学代表大家收下了锦旗。

在此之前，通过法律援助中心的帮助，昌平区某乐器厂 26 名员工每人顺利拿到了 8 万到 10 万元的一次性赔偿。对于参与援助的 20 多名学生来说，这无疑是巨大的鼓励。他们当中的大多数都是像张文嘉一样的大一学生，在大二师兄师姐的带领下，这群刚刚接触法学不久的学生，迎来了自己的第一次胜利。能够获得当事人信任，并最终帮他们解决问题，让不少同学都开心不已，这次法律援助经历能够成功，真的非常非常开心，一万分的开心和一万分的成就感！

尽管最终法院出具的民事调解书上并没有留下任何一名同学的名字，但他们在案件当中付出的努力还是得到了当事人的认可。老员工代表王佃芳说，如果没有这些学生的帮助，自己或许就拿不回养老保险补偿了。他们有些比我自己的孩子年龄还小，但办事非常靠谱非常认真，对我们也很热心。

校门口的接待处

今年 4 月，26 名乐器厂老员工向北京市昌平区劳动人事争议仲裁委员会申请劳动仲裁，要求乐器厂为大家补缴养老保险。但因 26 人均已超过法定退休年龄，申请未被受理。无奈之下，26 人决定向法院提起诉讼。

虽然决定了要打官司，官司怎么打、起诉书怎么写却难住了他们。后经昌平区人民法院推荐，他们找到了中国政法大学准律师协会的法律援助中心。说是法大的学生可以帮忙写起诉书，我们就到学校了，一到校门就看见了值班的学生。

负责接待他们的正是张文嘉，她介绍，中心平常就是在校门口接待当事人，并没有一个通常意义上的室内的援助中心。虽然接待处有些简陋，但慕名而来的求助者可不少。张文嘉说，自己到目前为止已经接触了几十起法律援助案件，虽然不是每个案子都能解决。

据她介绍，社团每个成员每周至少要去校门口值班一次，都是利用中午午休时间，每次值班至少会有两三个当事人，多的时候有五六个。这些人有的是被法院推荐而来，有的是被之前曾接受过援助的当事人推荐而来。而同学们提供的主要服务就是普及法律知识，帮他们写起诉书。

15 天赶出 26 份起诉书

可别小看写起诉书，对于乐器厂这个案子来说，起草 26 个人的起诉书可花了同学们不少精力。

根据《劳动争议调解仲裁法》相关规定，劳动者在收到不予受理案件通知书后，如果不服，可以在收到通知书之日起 15 天内，向人民法院提起诉讼。也就是说，留给同学们起草起诉书的时间只有 15 天。

除时间紧之外，26 名当事人每个人完全不同的经历、诉求，也是一大难题。为了厘清每个人的时间线，同学们专门组织了一次实地考察，和乐器厂的员工面对面聊天，同时通过与周围村民、村委会沟通，确认了乐器厂的性质，以确保乐器厂有资金可以支付老员工的养老保险。

五一假期，社团 20 多名同学自愿放弃了自己的假期，聚在一起起草起诉书。有些人或许会认为，一人起草一份起诉书应该用不了多少时间。但事实上，为了让起诉书更加严谨，不少学生都是熬夜好几天才最终完成。案件负责人之一的张文嘉解释说，因为还是学生，很多东西会出纰漏，所以总是要一改再改，遇到不懂的知识还需要请教老师、师兄师姐，或者自己检索。

法律文书提交到法院后，26 人的起诉书、保全申请被全部受理。6 月下旬，大家从当事人处得知，经法院调解，大家已经和乐器厂达成协议，每位当事人获得了 8 万到 10 万元不等的一次性赔偿，总计 200 余万元。

慎重选择放弃当代理人

得到消息后，相比学弟学妹的高兴、欣喜，该案负责人之一的前值班部部长张宗铭显得很冷静，为当事人通过调解化解矛盾、定分止争感到高兴。但还有一些职工没有达到如愿的结果，待裁判结果出来后我们会继续跟进案例的进度，进一步提供力所能及的法律帮助。

张宗铭今年大二，作为学长、前辈，在这起劳动纠纷案件中，他提供了不少意见和帮助。我们社团虽然大一学生是主力，但遇到学弟学妹们还没有学到的领域，大二、大三、大四的师兄师姐都会提供帮助。他介绍，自己之前刚刚接触法律援助时，也是师兄师姐手把手教着上路。如今，他虽然已经卸任，但也时时刻刻关注着学弟学妹在援助过程中遇到的困难。

在递交起诉书时，曾有当事人提出，希望可以请同学们担任该案的代理人。张宗铭和其他几位同学商量后，婉拒了这一请求。对于刚刚接触法学不久的学弟学妹来说，能够担任代理人或许会是一次很新奇的体验，但张宗铭却有更长远的考量。

这个案子是法律援助日常接触的典型案件类型之一,从法律层面来讲,解决难度并不大。但对学生来讲,共计 250 万的标的额远远超出学生个人的可承受范围,诉讼风险过重。同时在目前学期时长缩短的背景下,贸然采取代理后,粗略估算法院审限,很有可能舍本逐末,影响学生代理人的正常复习,甚至导致庭审与期末考试冲突的情况发生;这是我不能允许在我的部员中发生的。综合考虑后,我通过咨询有代理经验的师兄们,及与我们管理层内部商议,并经过对用人单位的实地调查后,决定放弃代理,张宗铭说。

永远不会放弃法律援助

对于法律援助中心的同学们来说,乐器厂的案子虽然已经告一段落,但法律援助却还没有结束。

刑事司法学院大一学生季乐顾在该案总结感想时写道,从大一入学加入法律援助中心开始,在南门接待的当事人也算不少,但对当事人的帮助,基本上都以失败告终,说不失望是假的。也曾很多次问过自己,法律援助这件事情,对当事人到底有没有意义。所以这一次帮乐器厂的叔叔阿姨们拿到赔偿金,不只是一个法律援助成功的案子,它给我带来成就感的同时,于我更重要的意义是回答了这个我一直在问自己的问题。当看到叔叔阿姨们成功拿到补偿金消息的时候,我突然明白,就算成功率很低,低到像壁炉里快要熄灭的小火星,我们的努力都可以让这个火星再大一点,再大一点,然后照亮当事人的希望。我们做的这件事情,是有意义的啊。

国际法学院大一学生高鑫说,很多人都说,一群学生,能干什么啊,每天的值班能帮到的人有几个?法律援助的目标在我心里是:哪怕一个,我们也义不容辞。就算没有,我们也甘之如饴。

张宗铭则已经为自己规划好了未来的职业:可能会去当律师,永远不会放弃法律援助。

文章截图：

3. **标题**：大师风范法治情怀　恭贺陈光中先生 90 华诞
首发媒体：《法制日报》2020 年 7 月 1 日 9 版
正文：

编者按

2020 年 4 月，正值中国政法大学终身教授陈光中先生 90 华诞来临之际，陈光中先生收到包括中国刑事诉讼法学研究会、中国政法大学等单位发来的贺信 15 篇、友人贺词 12 篇、友人贺文 21 篇、学生弟子撰写的贺词 17 篇和贺文 24 篇。

由于疫情，相关活动予以取消。本报特别刊登最高人民法院原专委胡云腾先生的纪念文章以及中央政法委副秘书长王洪祥、最高人民检察院副检察长孙谦、清华大学法学院教授张建伟等相关人士的贺词，敬请读者关注。

最高人民法院胡云腾法官的纪念文章

炎炎盛夏，北京的抗疫斗争如火如荼，我国著名法学家、中国政法大学终身教授陈光中先生 90 华诞如期而至。陈先生虽然年届 90，然身康体健，耳聪目明，思敏语畅，且坐能著书立说，站能传道授课，上能建言献策，下能培养俊杰，真乃青山不老、学术长青。我虽然未研习过刑事诉讼法学，亦非陈先生的弟子，也没有正儿八经地听过他讲课，然由于工作和学习需要，多年来参加中国政法大学刑事诉讼学科组织的学术活动甚多，邀请陈先生到最高人民法院讨论法律疑难问题甚多，在很多场合听到陈先生的高见和教诲甚多，自以为算得上陈先生的一个忘年交，并一向敬重陈先生的大师学问和法治情怀。在我们起草司法解释和办理具体案件的过程中，已经记不清有多少次邀请陈先生来院论证或者向他请教。陈先生对我们的叨扰总是有问必答、有电必接、有信必复。从中体现了他对法治建设的重视，对法院工作的支持和对法官的关心，让我们深受感动，心存感激。在庆祝陈先生生日的研讨会因疫情之故无法召开之时，陈先生的弟子汪海燕教授让我写几句话以示祝贺，我很高兴接受这个邀请。陈光中先生70 年来对于中国法治建设、法学研究、法学教育和司法改革等方面作出的杰出贡献，有很多人比我更清楚，我无资格和能力加以评论，这里仅就我所经历的与陈先生密切相关的两件往事做一点回忆，以表达我对陈先生的崇敬和祝福，并彰显陈先生对法治建设的贡献和对司法公正的关切。

　　第一件事是在 2014 年的夏秋之际，我在参与起草一个文件，工作中遇到了一个法学理论问题，当然也是一个法治实践问题。即在评判一个案件的事实认定是否符合客观实际时，是用"客观真相"还是用"法律真实"来表述，对此颇有争议。查阅学术界和实务界的观点，专家学者的说法不一，政法各部门的意见也不一致。通过进一步了解，发现把案件的事实真相分为"客观真实"和"法律真实"的观点似乎已成定论，办案要坚持法律真实的论点似乎占了主导地位。一些学术型的法官、检察官和律师们对此深以为然，认为执法办案就是通过证据发现和认定案件事实，即法律真实，而不可能脱离证据来认定或判断客观事实，故有一分证据说一分话，有两分证据说两分话，除此之外没有什么客观真实。所以很多人把坚持法律真实作为圭臬，而把追寻客观真相也就是坚持客观真实弃如敝屣。这种观点从逻辑上讲是有道理的，故在当时很有市场。

　　为了准确表述并统一认识，我便以起草司法解释遇到疑难问题的名义，打电话请教陈先生等刑事诉讼法学大咖们，询问如果要求司法人员保证公正司法，对事实的认定究竟是要求做到法律真实还是客观真实？大咖们的意见果然也有分歧，但陈先生的意见则非常明确："我主张符合客观真相!"陈先生电话里的语速虽然很慢，重要的地方有多次重复，但他反复强调，法律真实也好，客观真实也好，最终都必须符合客观真相，不符合客观真相就可能出现冤假错案，就可能危害司法公正。陈先生的意见对我们是有力的理论指导，最后形成的文件里明确写上了"健全事实认定符合客观真相、办案结果符合实体公正、办案过程符合程序公正的法律制度"。后来，陈先生在一个贯彻十八届四中全会司法改革精神的场合，特别强调说这段话是新时代关于公正司法的新标准、新要求，要按照这个新标准、新要求开展研究和贯彻落实等，对之给予了充分肯定和高度评价。事实上，他并不了解形成这段话背后的一些故事，以及他坚持的学术观点对于形成这段话的贡献。

现在我们已经越来越能看出"坚持客观真相"这句话说得正确。司法人员认定的案件事实只有与客观发生的事实相符合，司法公正才能立得住。因为公正往往藏在事实真相之中或者长在事实真相之上。如果我们只满足于证据证明的所谓法律真实，而对案件发生的客观真相不予深究，就可能导致司法认定的事实与客观发生的事实相背离，那些因误解受骗、证据灭失或举证不能的当事人就可能得不到公正。判断法律真实主要靠证据，而追寻客观真相还需要靠良知。故有些国家的宪法或诉讼法规定，法官要根据良知进行裁判。我国诉讼法规定司法人员办案"以事实为根据、以法律为准绳"，没有明确良知处于什么位置，但这并不意味着办案除事实和法律之外不再需要良知等"主观法律"。我以为可以把"以法律为准绳"的法律理解为"双重法律"，即作为文字法条的"客观法律"和作为内心良知的主观法律，二者都是公正裁判的准绳。实践中一些司法人员和律师办案常常引发公众对于人性、良知的质疑或拷问，虚假诉讼案件一度十分猖獗，这与有的法律人有意无意地把良知或真相抛在一边有关。

第二件事情是关于聂树斌案的再审问题。大约是 2014 年秋冬之际的某一天，领导把我叫去，问我对于贯彻落实十八届四中全会提出的"健全冤假错案严格防范和及时纠正机制"有什么意见和建议？我便说，聂树斌案现在是笼罩在公众头上最大的一片乌云，社会各界普遍关注，都想知道这个案子究竟是怎么一回事，连我也想知道究竟是怎么一回事。现在申诉复查迟迟没有下文。而每到全国"两会"召开之时，质疑和炒作这个案子的舆情就非常汹涌，最高人民法院和河北高院就像"过关"一样招人指责。与其这样，不如下决心启动再审，是真是假做一个了断。领导听了以后对我说，这个案子比较敏感、争议很大，你讲的只是一个方面。

如果你有时间就去了解一下学术界的看法，特别要听听高铭暄教授、陈光中教授和刑法学研究会、刑事诉讼法学研究会两位会长的意见，然后再说。这样我便给刑法学研究会会长赵秉志教授打电话，请他组个饭局请高铭暄老师、陈光中老师和卞建林会长吃饭，赵秉志教授当即答应，并很快就告诉我，已经与几位老师约好在北京师范大学的京师大厦餐厅共进晚餐。

在餐叙过程中，我们先谈了十八届四中全会规定的刑事司法改革问题，谈的过程中自然就讲到了聂树斌案。有点意外的是，几位教授对于这个案子出言都非常谨慎。陈先生说，关于聂树斌案子当中存在的问题，被告方的申诉如何处理，我已经说过多次了，我的观点非常明确，今天就不再说了。以后我会给你一个书面意见，让学生转给你。从陈先生的说话中似乎还能听出有点不大高兴的意思。我当时就有点纳闷。过后问赵秉志教授是怎么回事，他说："我们谁也不知道你这家伙的意思，现在社会上的传言很多，有人说这个案子由于各方面的意见分歧很大，听说你们院不会再审了。所以，我们以为你是来让我们表态的，所以两位老先生当然就不想多说了。"最后，我只得解释今天是顺便听听各位老师的意见，没有任何倾向性。聂树斌案虽然早就进入申诉复查程序，但最终是再审还是不再审，最高人民法院审判委员会还没有讨论过，所以无论是决定再审还是不再审的传言，都纯系谣言，不足为信。

记不得过了多长时间，陈光中先生派学生送来了两份材料，一份是他与天津市公安局主任法医师宋忆光就聂树斌案的法医问题进行咨询交流的记录，另一份是他写给最高人民法院有关院领导建议再审聂树斌案的信。我认真看了陈先生给我的两份材料，了解到很多信息，留下了深刻印象，感到他讲的很多问题比当时网上流传的东西要可靠也可信得多。他本来就德高望重精通刑事诉讼法学，却很谦虚地一一向宋法医咨询聂树斌案的法医学鉴定和证据认定问题，让人看到了他坚持求真务实的大师风范。针对聂树斌案原审证据存在的"三大缺失"之一即聂树斌被抓获后前5天的供述缺失问题，陈先生分析认为这极不正常，存在刑讯逼供可能！他的这一分析判断我们后来也是赞同的，再审时采纳的也是这一观点。又如聂树斌案的现场勘验和尸体检验存在的"五个没有检验"问题，即被害人的身份没有检验，被害人的伤情没有检验，被害人的死亡时间没有检验，被害人的死因没有检验，被害人是否受到性侵没有检验等，陈先生与宋法医几乎都讨论到了并一一进行了分析，其分析意见与我们后来的再审意见也基本一致。陈先生和宋法医还讨论了聂树斌作案工具花衬衣存在的疑点，辨认程序存在的瑕疵，卷宗材料签字中存在的问题，以及王书金与聂树斌哪个嫌疑更大等，都抓住了问题的要害，对我们很有启发。

2016 年 6 月，最高人民法院把聂树斌案指定给第二巡回法庭审理以后，陈光中先生仍继续关心支持该案的再审工作，其中有三件事情应当说一说。

一是在 2016 年的 9 月 9 日下午，最高人民法院专门召开了关于聂树斌案法律程序适用问题的专家座谈会，陈光中先生等 9 位专家出席了座谈会。这次座谈会为聂树斌案再审的程序法律适用定了调、把了脉，意义重大。陈光中先生作为刑事诉讼法学界的掌门人和权威学者，他的发言和观点在其中发挥了重要作用。

二是在 2016 年的 12 月 2 日，聂树斌故意杀人、强奸妇女再审案在第二巡回法庭公开宣判。我们特别邀请了部分全国人大代表、全国政协委员、著名专家学者和基层群众代表等出席宣判活动。陈光中先生不辞辛劳出席了宣判活动，是应邀出席宣判活动的代表中年龄最大者，也是最资深的专家学者。当时可以看到，当我宣告聂树斌无罪时，陈先生的脸上也洋溢着胜利的喜悦。他在庭审结束后法庭宣判的现场即接受了媒体的采访，对最高人民法院最终按照疑罪从无原则宣告原审被告人聂树斌无罪，给予了高度赞扬和很高的评价，特别对再审判决给予了充分肯定，让我们很受鼓舞、深受感动。

三是聂树斌案再审宣告无罪以后，陈光中先生还发表了一篇评论文章，对再审判决进行了评析。他指出，最高人民法院指令山东高院异地复查，并同意山东高院在复查过程中召开听证会，听取申诉人及其代理律师以及原办案单位的意见，既体现了客观公正，又体现了程序创新。他还以本案为例，对正确把握案件事实的客观真相以及坚持证据裁判原则，作了深刻论述：案件事实的客观真相或者称案件本原事实，是指客观存在的案件发生时的真实情况，它不以办案人员的意志为转移，办案人员不能否认、改变案件的客观真相，而只能对其加以发现、查明和认定。办案人员以证据为唯一手段来认定案件事实，还原案件事实真相，这就是证据裁判原则之要义，而冤假错案绝大多数错在司法机关认定的案件事实不符合客观真相。他还充分肯定了聂树斌案再审所体现的证据裁判、独立审判和人权保障等价值，高度赞扬了最高人民法院坚持有错必纠的立场和态度，凸显了纠正冤假错案的决心与担当，体现了对历史负责对人民负责的态度。最后他还热情洋溢地评论道："聂树斌案不仅以其案情复杂离奇、平反过程曲折引起世人瞩目，还能够起到警示、宣传、教育的标杆作用，这个案件应当载入史册！"这是我见到的评价聂树斌再审的一篇雄文。

在行文结束之际，我由衷地祝福已经进入"90后"的陈光中先生，身体健康长寿，学术宝刀不老。为法治和人民终身奋斗到一百岁也打不住！

德国慕尼黑大学法学院教授许乃曼写给陈光中教授的贺信

尊敬的陈光中先生：

我感到非常荣幸，能代表整个德国刑事法界，转达对您90大寿最衷心的祝福。

从生物学的角度来讲，能经历这样一个祝寿纪念日，是一种特殊的、极其罕见的恩典。如果寿星在精神成就方面受到高度评价，如果年轻人仍非常尊重和钦佩他的判断力和见解，那么他真的已经为我们人类竭尽可能，实现了他所能做到的一切。

先生您在法学领域取得的巨大成就，不仅走在中国法学的前列，而且在世界范围内享有盛誉。在此基础上，您还具有一个伟大人物的特点：深邃的人文理念，这一特点即便是在智商卓著的人士那里，也不见得总能被发现。您的想法和建议总是为了人民的利益，特别是在刑事法这一在许多时代都极为严酷的法律中，这种人道主义的态度弥足珍贵，因为它在违法者身上看到了失足之人不仅应该受到惩罚，而且应当得到帮助。

能与您共事超过15年，一起为创建一个公正和人道的刑事诉讼程序而努力，我感到骄傲和荣幸。与您在中国以及德国的无数次相遇和讨论，是我法律人生涯中的一大亮点，对此，我将永远感激不尽。我同样感到骄傲和高兴的是，我们本着和平共处的精神，为两国人民的利益，在中德法律文化之间架起了一座桥梁。

基于此，我谨向中国刑事法学界最杰出的代表——陈光中先生，献上德国同行最美好的祝贺，祝愿您能继续发挥您独特的创造力。

向您致以最真挚的问候！

您真诚的朋友（folgt meine Unterschrift）

许乃曼（德国慕尼黑大学法学院教授）

4. 标题：金平 张希坡 高铭暄 陈光中 四位"90后"建党百年话初心

首发媒体：《法治日报》2021年6月30日9版

正文：

（《法治日报》全媒体记者 蒋安杰）"我保证入党后做到以下，个人利益坚决服从党的利益，服从党纲党章，坚决执行党的决议，党分配任何坚苦任务给我，我都愉快接受，绝不因个人利益妨碍党的利益。"这是99岁的金平1952年9月24日入党志愿书里的誓言！

"我下定决心，终身坚持革命斗争，在任何环境下不动摇、不退缩，把自己的生命毫无保留地献给党，贡献给我们伟大的祖国，贡献给无产阶级的国际主义事业。在党的领导下，我还要坚持自我批评和自我批判，向群众学习，密切党和群众的联系。"这是93岁的高铭暄1953年5月30日入党志愿书里的誓言！

从1921年到2021年，百年大党，百年华章，这是矢志践行初心使命、筚路蓝缕奠基立业、创造辉煌开辟未来的一百年，是用鲜血、汗水、泪水、勇气、智慧、力量写就的一百年。百年来，许多老党员、老前辈，几十年如一日，矢志不渝在党爱党、在党为党、在党兴党，生动诠释了中国共产党人对理想信念的虔诚执着，对党和人民的无比忠诚。建党百年之际，《法治日报》记者特别采访了69年党龄99岁的金平、72年党龄94岁的张希坡、68年党龄93岁的高铭暄、40年党龄91岁的陈光中，让我们一起倾听法学界四位"90后"老人的建党百年感言。

69年党龄99岁的金平：祝愿祖国强大人民幸福

人物简介：

金平，西南政法大学离休教授，享受国务院政府特殊津贴专家；自1954年起，先后参加中华人民共和国第一次、第二次和第三次民法典起草工作；获得中国法学会首届"全国杰出资深法学家"、国家教委优秀教材一等奖、重庆市“教育工作终身贡献奖”等荣誉称号和奖励。

1922 年，金平出生在皖西金寨县大别山中一户普通农家，儿时连饭都吃不饱，更不敢奢望上学读书。命运的转机发生在 1929 年。那一年，中国共产党在他的家乡金寨发动“立夏节起义”，组建工农革命政权，乡里成立了苏维埃小学。这就让一个在大别山区差点活不下来的 7 岁放牛娃迎来了上学的机会。正是由于亲身见证了旧中国的积贫积弱、国家的动荡混乱，所以让金平对国家和民族的未来有了一些思考，同时也逐步坚定了他对共产主义的信念。1949 年，从当时国立安徽大学法律系毕业后，金平主动报名进入中国人民解放军第二野战军军事政治大学学习，结业后又随军踏上了解放大西南的征程，并留在云南工作。1952 年，金平在云南曲靖光荣地加入了中国共产党。

1954 年，从中央政法干校结业后，金平又遵照组织分配来到西南政法学院（现西南政法大学）工作，从此开始与民法结缘。从教四十余年来，金平团结同事，努力工作，认真做好教书育人的工作，为我国的民事立法、民法学研究和法学教育事业作出了重要贡献。

他时常告诫自己并勉励学生们：“作为国家高级知识分子，负有引领国家、民族发展方向的义务和责任，在考虑国家利益和个人利益的问题时，必须抱着对国家和民族高度负责的态度，把国家和民族的利益置于首位。”

在金平的人生经历中，有三段时间是难以忘怀的。那就是 1954—1956 年、1962—1964 年和 1979—1982 年。在这些时间段，他有幸全程参与了新中国第一次、第二次和第三次民法典的起草工作，亲历和见证了半个世纪以来新中国民法典起草历程的坎坷曲折。2014 年 10 月，党的十八届四中全会决定“编纂民法典”。听到这个消息时，金平激动得热泪盈眶。金平认为，在中国共产党的政治文件中确定编纂民法典这一重大立法任务，意义无比重大。这是以习近平同志为核心的党中央作出的重大法治建设部署，体现了中国共产党推进全面依法治国的政治决心和坚定意志。作为一位有幸参加了新中国前三次民法典起草工作的老人，能在有生之年看到《中华人民共和国民法典》的问世，他内心的激动是无以言表的。2020 年 5 月 28 日，在“亲历见证民法典——西南政法大学办学 70 周年报告会”上，金平发自肺腑地说：“只有在这个伟大的时代才能产生这样的一部重要法律。""能够看到新中国民法典的问世,我此生再无遗憾!"在金平98岁生日的前一天,民法典得以高票通过,可能也是寓意着这位老人与民法典的某种特殊缘分。

中国共产党成立100周年之际,金平先生对《法治日报》记者表示:"我这一生,从大别山贫苦家庭的一个放牛娃,到有机会上学改变命运,后与民法结缘,并有幸三次参加民法典起草,再到一辈子教书育人,也都是伟大的中国共产党给了我机会,给了我信念。我祝愿:在中国共产党的坚强领导下,我们的国家会越来越强大,我们的人民也会越来越幸福!"

72年党龄94岁的张希坡:誓将"红色法经"编纂工作进行到底

人物简介:

张希坡,中国人民大学法学院教授,著名法律史学者,革命根据地法制史研究的主要开创者和奠基人。1947年2月参加革命,1949年3月18日加入中国共产党,1953年7月自中国人民大学法律系法制史研究生毕业后留校,历任人大法律系法制史教研室副主任、主任,人大法律系副主任。2011年6月,中国人民大学法学院成立"革命根据地法制研究所",张希坡任所长。

1927年10月,张希坡出生在山东章丘一户铁匠世家,祖辈、父辈在清末民初先后"闯关东",先在哈尔滨,后到宝清县开铁匠炉。老辈深感不识字的痛苦,决心要供张希坡读书。7岁时,张希坡到邻村读小学。读到三年级,学习兴趣正浓厚时,"七七事变"爆发,日本侵略者的铁蹄踏入关内,不久济南失守,章丘城被炸,小学停办。后来村里办起私塾,他开始读《三字经》《百家姓》《千字文》和《论语》《孟子》《大学》《中庸》等。由于日寇不断下乡"扫荡",私塾时断时续。到1939年,远在东北的父亲怕张希坡失学,便托人带他到哈尔滨,后到宝清县,先插班读小学,后考入"国高"(伪满"国民高等学校"的简称,即四年制的中学)。

1946年夏,宝清解放。1947年2月,张希坡参加革命工作,被派往佳木斯"合江师范"受训。回县后,在宝清县人民政府教育科任科员,1948年任民政科副科长,1949年3月18日加入中国共产党,1949年4月调入县人民法院任副院长,兼任中共宝清县委会纪律检查委员会委员、县政府党组成员。1950年7月1日被县直属机关党总支评为模范党员。

1951 年夏,张希坡到沈阳东北人民政府司法部干训班学习时,正赶上中国人民大学到东北招生,法律系录取了十几人,其中就有张希坡。他到法律系本科学习时间不长,班主任刘老师找他谈话说,由于师资缺乏,急需培养研究生,看你考试成绩不错,组织决定调你到法制史教研室做研究生。

张希坡 1953 年 7 月研究生毕业留校任教后,参加了中国法制史学科的创建工作。为了编写讲义,首先遇到的难题是如何收集历史文献。中国古代近代的法律文献,从新中国成立前的旧书或法令汇编中可以找到,但是革命根据地的法律文献比较难找。70 年来,张希坡经过多方努力,比较系统地收集到一大批法律史料,为法制史的学科建设打下坚实的基础。

70 年来,张希坡陆续从档案馆、图书馆、旧书摊和有关单位保存的档案和报刊中,一张一页搜寻、抄录相关文献。自从 1986 年辞了行政工作以后,他专心从事科研工作,30 余年笔耕不辍,并从多年收集的史料中编选了《革命根据地法律文献选辑》,收入法律文献及其他史料共 4300 件,总字数 1100 万字,现已由中国人民大学出版社全部出版发行。

该选辑按新民主主义革命四个历史时期分为四辑 16 卷,各卷按法律部门分类,再以制定年代先后为序,所收录的文献经过多种版本互校,争取从源头上核实纠正讹误。该选辑具有重大现实意义和历史价值,为深入研究革命根据地法制奠定了坚实的文献基础,有益于进一步总结制度建设经验、发扬革命优良传统,被誉为"红色法经"。

在庆祝中国共产党成立 100 周年之际,特别是党中央作出学习中共党史的决定之后,年已 94 岁高龄的张希坡,按照以党史为纲,以法制史为目的方案,除完成教育部组织的《中国法律史》教材第十六章"人民民主政权法律"修订之外,还主动提出在下学期愿为中国人民大学法制史研究生恢复讲授"革命根据地法制史"专题五讲(每次三小时)。

68 年党龄 93 岁的高铭暄:为刑法学发展竭尽绵薄之力

人物简介:

高铭暄,当代著名法学家和法学教育家,新中国刑法学的主要奠基者和开拓者。唯一全程参与新中国第一部刑法制定的学者、新中国第一位刑法学博导、改革开放后第一部法学学术专著的撰写者和第一部统编刑法学教科书的主编者。在新中国成立 70 周年前夕,党和人民授予他"人民教育家"国家荣誉称号,习近平总书记亲自为他颁奖。

1928 年 5 月,高铭暄出生在浙江省玉环县一个叫鲜迭的小渔村。当年,村前那片金色的沙滩,曾留下他蹒跚学步的脚印;乐清湾那连绵不绝的波涛,曾引发他无数美好的遐想。9 岁那年,时任上海特区法院书记官的父亲不愿为日本侵略者卖命,愤然弃官回乡,赋闲在家。在父亲的督促下,高铭暄从小养成了爱读书的习惯。小学毕业后,由于老家当时没有中学,13 岁的他便只身前往温州继续求学。1951 年,从北京大学毕业之后,高铭暄来到中国人民大学读研究生,毕业之后留校任教。1954 年,高铭暄被抽调到全国人大,从事刑法的起草工作。

至 1979 年,历经 25 年、修改 38 稿,高铭暄全程参与并见证新中国第一部刑法的诞生。从此结束了办理案件单凭政策而不引用法律的历史。从 1954 年参加立法,到新中国第一部刑法颁布实施,耗时 25 年。作为唯一一位自始至终参与我国刑法典创制的学者,他也从当初 26 岁的年轻小伙,变成年过半百的中年汉子。

后因我国改革开放的推进,社会发生了巨大变化,1979 年刑法已经不能满足社会的发展。1997 年,全国人大常委会决定对刑法进行全面修订。高铭暄教授作为立法专家,再一次全程参与了刑法的修订。减少了死刑,调整了处罚结构,新增了多项罪名。修订后的 1997 年刑法更适应社会的发展。之后的多部刑法修正案的制定,高铭暄教授几乎从未缺席。

今年是中国共产党成立 100 周年。作为一名已有 68 年党龄的老党员,高铭暄对《法治日报》记者表示,自己一直沐浴在党的阳光雨露中,始终受到党的培养、教育、关爱和激励。高铭暄深情感慨:"在党的领导下,随着时代前进的节拍,我认真学习马克思列宁主义、毛泽东思想、邓小平理论、'三个代表'重要思想、科学发展观、习近平新时代中国特色社会主义思想,以此武装自己的头脑,驱除旧思想,树立正确的世界观、人生观、价值观,力争做一名全心全意为人民服务的、优秀的共产党员。"

"在党的领导下,我从一名不谙世事的青年学生,逐步成长为一名大学教师,从助教、讲师、副教授直到教授、博导,站定三尺讲台,培育莘莘学子。编教材、写论文、出专著,教学与科研并重,理论与实际结合,为法学教育特别是刑法学的发展,竭尽了自己的绵薄之力,作出了一定的贡献。"

高铭暄表示，"共产党对我的恩情比山高、比海深。我坚决拥护党的领导，听党的话，跟党走。我要活到老、学到老，生命不息、奋斗不止，以实际行动庆祝中国共产党建党 100 周年"。

40 年党龄 91 岁的陈光中：新征程期待更大的辉煌

人物简介：

陈光中，著名法学家、法学教育家，中国政法大学终身教授。曾任中国政法大学校长、兼任中国法学会副会长。陈光中教授是我国刑事诉讼法学的主要奠基者之一。他曾牵头拟出《中华人民共和国刑事诉讼法修改建议稿》，对 1996 年刑事诉讼法的修改作出了重要贡献。

1930 年 4 月，陈光中出生于浙江省永嘉县白泉村，少时的他天赋聪颖，学习成绩名列前茅。他少年志高，认为一个人不应当庸庸碌碌虚度一生，而应当在"立功、立德、立言"上有所建树。1948 年夏，他以奖学金名额同时考取清华大学、中央大学（今南京大学）法律系，并就近入读中央大学。新中国成立后，他通过考试转学到北京大学法律系，并于 1952 年毕业。1981 年 7 月，陈光中加入中国共产党。1986 年经国务院学位委员会批准，中国政法大学成立全国第一个诉讼法学博士点，他成为全国第一位诉讼法学博士生导师。1994 年卸任中国政法大学校长一职后，他继续担任教授、博士生导师至今。

从 20 世纪 50 年代初，陈光中开始从事法学和证据法学研究，是国内公认的刑事诉讼法领域第一人。他的学术观点始终围绕司法公正与人权保障的主线，1955 年他公开发表的第一篇学术论文就是介绍苏联的辩护制度，明确提出我国要建立辩护制度，并以无罪推定原则作为建立辩护制度的根据。在 20 世纪 90 年代初，他提出了惩治犯罪和人权保障相结合的刑事诉讼目的观。近年来，陈光中对刑事诉讼法学中的基本理念作了进一步探索，提出动态平衡诉讼观的理论。此外，陈光中在刑事诉讼法上还具有前瞻性的国际视野。在 1988 年，他主编的《外国刑事诉讼程序比较研究》一书，是新中国法学界第一部系统研究外国刑事诉讼程序的专著。

1993 年 10 月，陈光中教授受全国人大常委会法制工作委员会的委托，牵头组织了刑事诉讼法修改研究小组，拟出了《中华人民共和国刑事诉讼法修改建议稿》，报送全国人大常委会法制工作委员会供参考。该建议稿的大部分内容被 1996 年通过的刑事诉讼法修正案所采纳,这是他最大的立法贡献。1999 年和 2003 年在全国人大主持召开的两次宪法修改座谈会上,陈光中都发言主张把"尊重和保障人权"载入宪法。2012 年刑事诉讼法修改,他主张将"保障人权"写入刑事诉讼法。在 20 世纪 80 年代他较早提出建立国家赔偿制度,推动国家赔偿法的制定和修改。他还被誉为"司法改革的先驱者"。

今年是中国共产党成立 100 周年,这一百年穿越战争与胜利的历史烟云,历经建设与改革的风雨洗礼,筚路蓝缕,艰苦创业,建成小康,走向富强。陈光中对《法治日报》记者表示:"就我个人而言,体会最深的是党的改革开放政策,它决定着我们国家和我个人的命运。改革开放实现了国家经济的高速发展,我自己也焕发了青春,能够实现立言的梦想,创造了许多重要的研究成果。还让我成为中国政法大学领导、驰骋于法学领域。没有改革开放,就没有国家的富强,更没有我个人的一切!新的百年,我们怀着新的期待,踏上新的征程,必将创造新的辉煌!"

(三)网络媒体

1. 标题:中国政法大学 65 周年校庆纪念大会举行

首发媒体:人民网

发布时间:2017 年 5 月 16 日

正文:

人民网北京 5 月 16 日电(赵婀娜 王立波)中国政法大学 65 周年校庆纪念大会今日在京举行。大会以"学习贯彻总书记视察我校重要讲话精神,积极行动起来全力推进学校'双一流'建设"为主题,在校的全体校领导,最高人民法院、最高人民检察院、司法部等共建单位领导、知名律师事务所负责人、校董代表,校友代表等参加会议。

党委书记石亚军为大会致辞。他代表学校向长期以来关心支持学校办学事业的各位领导表示诚挚的感谢,向铸就中国政法大学辉煌办学成果的全体师生校友表示衷心的感谢及节日的祝贺。石亚军回顾了 5 月 3 日总书记考察中国政法大学的全部行程,指出总书记此次考察法大,是给师生心田里、法大发展的道路上安放了一盏多功能的明灯。石亚军表示,65 年来,中国政法大学始终与共和国法治建设同呼吸共命运,服务党和国家战略急需、为全面依法治国战略育才咨政。未来,学校将准确深入学习领会总书记的重要讲话精神,并把全面贯彻落实总书记讲话精神作为当前一项重大任务,全力推进"双一流"建设、承担建设世界一流法学学科的重任;同时,更将以总书记考察中国政法大学这一光荣而重大的事件为强大的动力,激发为党和国家勇于担当的勇气,在校党委的领导下,共同发挥好学校人才培养、科学研究、社会服务、文化传承与创新、国际交流与合作的作用。

随后,与会的嘉宾及师生校友在致辞中纷纷对中国政法大学建校65周年表示热烈祝贺,对学校在65年发展历程中取得显著办学成就、为国家法治事业和经济社会发展作出的重要贡献致以崇高的敬意和美好的祝愿。

最高人民法院副院长姜伟宣读共建支持函并讲话。他指出,最高人民法院与法大在多领域展开了卓有成效的合作,为全面深入贯彻落实习近平总书记的重要讲话精神,最高人民法院将以此次法大"双一流"共建大会为契机,在巩固双方原有合作的基础上,重点在法学理论研究及加强司法实践与法学教育、法学人才培养等方面加强合作。他表示,最高人民法院会积极支持中国政法大学"双一流"建设,开展合作交流,共同推动法治中国建设。

最高人民检察院副检察长徐显明宣读共建支持函并讲话。他指出,最高人民检察院与法大有着良好的合作传统,积累了丰富的合作经验,这为双方在新时期展开更多形式、更广范围、更深层次的交流合作奠定了坚实的基础。他表示,最高人民检察院作为我国最高的检察机关,拥有丰富的司法实践资源,有责任贯彻落实总书记讲话精神,加强与中国政法大学合作共建,有义务为推进法大"双一流"建设作出贡献,共同努力为实现依法治国培养优秀法治人才和提供智力支持。

司法部副部长、政治部主任王双全宣读共建支持函。他指出,司法部与中国政法大学有着很深的渊源,将一如既往地关心法大的改革发展,发挥自身优势从推动人才模式的创新、学科体系建设、科研水平的提升、师资队伍建设等方面为学校"双一流"建设作出积极的贡献。

会上,校长黄进与十所知名律师事务所负责人签署合作协议。

文章链接:http://edu.people.com.cn/n1/2017/0516/c1006-29279533.html

文章截图：

2. **标题**：中国政法大学完善多元化教师考核评价机制

首发媒体：教育部官网

发布时间：2017 年 3 月 3 日

正文：

凸显精细化导向，实施教师分类管理。在教师分类改革中，将科研型教师进一步细分为不同类型，结合职业生涯不同阶段，实施教师分类精细化管理和制度支持。在岗位聘任中，面向新入校教师实施预聘制，面向青年教师实施破格晋升不限指标制度，面向学术水平高、学校急需的教师采用更为严格的代表作评价标准，面向教学贡献突出的老教师设立教学贡献突出教授四级岗位。在考核过程中，对新入校教师、从事哲学社会科学基础研究或前沿研究的教师以及教学经验丰富，但科研创新能力处于下降期的老教师，进行分类考核评价。

遵循教师发展规律，推行"四结合"考评模式。在聘任、考核评价制度改革中，以符合教师发展规律为根本出发点，除关注教师发展中的共性元素外，加大个性化制度设计。重点推行学校考核和院部自主考核相结合、全面考核和个性化考核相结合、年度考核和届终考核相结合、刚性考核和弹性考核相结合的"四结合"教师考核评价模式，设置量化和质量评价两种轨道，允许教师自主选择，充分激发教师的工作活力和创新能力。

突出人才培养目标，加大教书育人指标权重。改革评价机制，加大教师教学能力和人才培养的指标权重，增加教师教学培训要求。增设"教学贡献突出教授四级岗位"，鼓励教师从事教学工作。设立"优秀教学奖""优秀教学特别奖""励道教学杰出贡献奖"，表彰本科教学效果显著的教师。在青年教师培养方案中，建立新入校教师听课制度以及以老带新的帮扶机制。通过学生课堂评价、督导员听课、教学成果认定等方式，不断提高对本科教学的质量要求。

借助信息化手段，营造公正的考评环境。积极利用信息化手段，开发"岗位聘任信息应用系统"，消除信息孤岛，实现人事、教学、科研等部门教师数据共享。在多个环节公开、公示教师申报数据，简化教师申报工作量。设计"代表作评价信息应用系统"，开发专家库自动匹配和委托评审高校部门专家自动匹配两种功能，实现匿名评审和无纸化传递评审模式，极大降低人为因素的干扰。

文章链接：http://www.moe.gov.cn/jyb_ xwfb/s6192/s133/s149/201703/t20170303_ 298073.html

文章截图：

3. **标题**：英雄模范走进高校　先进事迹催人泪下　全国公安系统英雄模范立功集体先进事迹报告会在中国政法大学举行

首发媒体：人民网

发布时间：2017 年 5 月 24 日

正文：

为了深入学习贯彻习近平总书记重要讲话精神，大力弘扬公安英模精神，唱响正气歌，传播正能量，增进人民群众对公安工作的理解支持，公安部组织了全国公安系统英雄模范立功集体先进事迹报告团，分赴全国部分省、区、市做巡回报告。由公安部宣传局、教育部思想政治工作司、共青团中央宣传部联合主办的全国公安系统英雄模范立功集体先进事迹报告会于 23 日在中国政法大学昌平校区举行，中国政法大学学校领导和在校师生代表共 1200 余人聆听了报告会。

报告会上，河北省饶阳县公安局刑侦大队大队长冀春雷、辽宁省辽阳市公安局禁毒支队支队长张喆、河南省郑州市公安局商城路分局案件侦办大队教导员刘成晓（女）、新疆维吾尔自治区公安边防总队喀什地区边防支队副支队长张永周、上海市公安局经侦犯罪侦查总队一支队政委李江晖（集体代表），分别用朴实的语言、真挚的感情和生动的细节向广大师生再现了自己的传奇故事，展现了为维护国家安全、社会安全、人民群众安全忠诚履职、舍生忘死、敢打敢拼、英勇无畏的英雄本色和爱民情怀。报告人每次讲得情到深处话语哽咽、泪流满面。聆听的师生们也被英雄一个个感人的事迹感动得热泪盈眶，并报以热烈的鼓掌。

报告会结束后，中国政法大学党委书记石亚军在讲话中指出，广大师生要牢记习近平总书记在法大对青年人提出的殷切希望和谆谆教诲。他呼吁广大师生要以英模身上体现的忠诚信念、担当精神、英雄气概来激励自己，照耀自己，让这样的忠诚担当和坚定信念成为自己内心深处那团永不熄灭的火光，引导自己前行，为国家为人民作贡献，无愧于这个时代和民族赋予的重托。

文章链接：http://yuqing. people. com. cn/n1/2017/0524/c210129-29296533. html

4. 标题：胡明任中国政法大学党委书记

首发媒体：教育部官网

发布时间：2017 年 7 月 10 日

正文：

7 月 10 日，教育部党组成员、中纪委驻教育部纪检组长王立英在中国政法大学宣布了教育部党组的任免决定，胡明任中国政法大学党委书记，石亚军不再担任中国政法大学党委书记职务。教育部人事司、北京市委教育工委负责同志出席会议。

胡明，男，1962 年 4 月生，1985 年 6 月入党，1985 年 7 月参加工作，中国政法大学政治学专业博士研究生毕业，教授。2009 年 8 月任中国政法大学党委副书记、纪委书记。

文章链接：http://www.moe.gov.cn/jyb_ xwfb/gzdt_ gzdt/moe_1485/201707/t20170710_ 309062. html

文章截图：

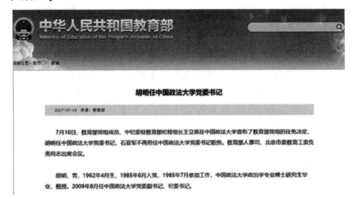

5. 标题：组图：六小龄童现身中国政法大学讲座　台上表演孙悟空英姿不减

首发媒体：新浪图片

发布时间：2018 年 5 月 5 日

正文：

新浪娱乐讯　5 月 4 日晚，在中国政法大学礼堂举办了六小龄童老师专场讲座，这是他完成西游文化进校园（海内外）的第 1000 场讲座。六小龄童专场讲座的主题——"苦练七十二变，笑对八十一难"，这是他自己的座右铭，也是西游文化的精髓。六小龄童老师希望将自己的价值观和中国的猴文化传递给所有人。讲座期间，六小龄童老师还进行了精彩表演，英姿不减。在讲座后，六小龄童还给购买珍藏纪念版《西游记》图书的同学进行了签名。

文章链接：http://slide. ent. sina. com. cn/star/hr/slide _ 4 _ 704 _ 276769. html#p = 1

6. 标题：中国政法大学第一届法大人马拉松比赛举行

首发媒体：央广网

发布时间：2018 年 11 月 5 日

正文：

11 月 3 日，中国政法大学第一届法大人马拉松比赛开幕式于昌平校区的田径场举行。国家体育总局青少年体育司副巡视员朱英，教育部体育卫生与艺术教育司副调研员樊泽民，中国政法大学党委书记胡明，中国政法大学校长黄进等出席开幕式。

黄进表示，体育是育人的重要组成部分。今年是法大的大众体育年，举办法大人马拉松比赛，旨在通过此项运动彰显法大人奋勇拼搏、自强不息、勇往直前的精神；展现法大人百折不挠、追求卓越、敢为人先的品行；烘托法大人团结凝聚、全面发展、铸魂育人的氛围；塑造法大人公平正义、诚信守纪、刚正不阿的品格。

中国政法大学党委书记胡明为第一届法大人马拉松比赛发枪，近两千名参赛师生跑出田径场，在队友和观赛同学的鼓励下，踏上了全长 10. 54 公里的第一届法大人马拉松赛征程。赛中，补给站的志愿者为选手们提供了热情的帮助和服务。

本次法大人马拉松比赛的终点设在昌平校区田径场。约上午 11 点，各参赛人员纷纷跑入终点，由参加开幕式的领导和嘉宾为获奖选手及团体颁发奖牌与参赛证书。

据了解，法大人马拉松将以四分马拉松的形式呈现，赛事赛程距离约为 10 公里，于每年 11 月的第一周周六举行。赛事涵盖的人员主要是法大在校生、法大教职员工及海内外法大校友。

文章链接：http://edu. cnr. cn/list/20181103/t20181103_ 524403736. shtml? from = singlemessage&isappinstalled = 0

文章截图：

7. **标题**：中国政法大学聚焦重点求突破　统筹推进抓落实深入学习贯彻全国教育大会精神

首发媒体：教育部官网

发布时间：2019 年 1 月 14 日

正文：

中国政法大学把认真学习贯彻全国教育大会精神，与深入学习习近平总书记考察中国政法大学重要讲话和勉励语精神紧密结合起来，把握其思想内涵、精神实质，深化学校综合改革，加快推进内涵式发展，努力写好中国特色世界一流法科强校建设的"奋进之笔"。

抓紧教师队伍关键，打造一流师资队伍。全面深化人事管理体制机制改革，加大优秀人才引进力度，开展海外专项招聘，广揽海外优秀毕业生和高层次人才。完善教师评价制度体系，建立院部教师队伍建设水平专家评价制度。加强管理服务队伍建设，启动研究制定高级职员聘任办法和党务管理干部"双线"晋升办法，构建符合各类队伍协调发展的分类评价体系。启动钱端升杰出学者支持计划，按照"引育并举、梯队式分类、薪酬激励、岗位绩效管理"原则，发现、培养和造就在专业领域居于领先地位的学术带头人和拔尖人才。

抓牢学科建设龙头，开启学科振兴计划。对所有 18 个法学二级学科和 12 个法学以外一级学科进行专项调研，制定学科三年振兴计划。开展"十三五"发展规划中期检查工作，调整发展重点和发展措施，更好地服务于"双一流"建设。梳理总结参加教育部第四轮学科评估经验，对标国内外学科评价指标体系，对标下一轮学科评估和 2020 年法学一流学科建设时间进度，制定学校法学一流学科建设标准。研究制定交叉学科培育与建设计划实施办法，鼓励跨学科交叉研究，促进学科之间的交叉融合与繁荣发展，培植学科发展新的增长点，培育更多引领学术发展前沿的交叉学科建设项目。

抓实人才培养根本，全面落实立德树人。开辟线上线下立体化渠道，运用学生喜闻乐见的方式，把全国教育大会精神融入新生教育全过程。加强课程体系建设，开设本科生通识主干课"习近平新时代中国特色社会主义思想与当代中国"，首开研究生公共学位课"习近平新时代中国特色社会主义法治思想"。设立因材施教的学生发展计划、建立"一对一"学业咨询、举办学业辅导讲座和工作坊以及"教授午餐会"等项目，培养学生学习能力，服务学生成长成才。落实素质教育要求，与中央芭蕾舞团、中国歌剧舞剧院、中国残疾人艺术团、中央音乐学院等单位开展合作共建，进一步拓展高端美育资源、打造精品美育课程、构建学校美育体系。强化实践育人环节，培育精品实践课程，设立司法实务全流程仿真课程，同步提高学生的专业知识水平、法律职业素养和法律职业技能。

抓住科学研究重点，提升科学研究水平。坚持以科研评价机制改革为重点，加大科研管理体制改革力度，充分调动教师从事科研工作的积极性、创造性。修订科研创新项目管理办法，进一步优化申报方式，建立校级项目—纵向项目联动机制，有效提升教师申报科研项目的积极性。精心打造"科研改革 2.0 版"，修订学期刊分类办法、科研成果奖励办法，制定研究突出贡献奖励办法，大幅提高优质成果奖励力度，激发教师从事科学研究、产出科研成果的潜力和动力。积极推进新型研究机构建设，加大基础研究和前瞻性、针对性、储备性政策研究力度，发挥服务经济社会发展和国家重大战略急需的重要作用。

抓深国际合作交流，提高国际办学水平。密切与世界一流大学和学术机构的实质性合作，不断提高学校在国际上的影响力和竞争力，与 18 个"一带一路"沿线国家 41 所高校和国际组织建立合作关系，先后与境外

43 个国家（地区）的 183 所高校和机构搭建 287 个合作项目，每年可以选派 1000 余名学生到世界高水平大学攻读硕博学位、长期交换、短期游学等。启用"全球化学习管理平台"，为师生海外学习、交流、讲学等提供更加细致周到的"一站式"服务。

抓好党建工作基础，提供坚强政治保证。印发关于进一步加强党委领导班子自身建设的决定，建设"六型班子"，练就"六种本领"，打造坚强有力的领导集体，更好发挥党委领导班子的领导核心与政治核心作用。实施"双带头人"培育工程，健全教师党支部书记履职尽责、培养培育、管理监督、激励保障、示范带动等机制。研究制订党建工作重点难点问题三年攻关行动计划，有效发挥院级党组织政治核心作用、师生党支部战斗堡垒作用和广大党员先锋模范作用，为促进学校内涵式发展、推动"双一流"建设提供坚强的思想政治保证和组织保证。

文章链接：http://www.moe.gov.cn/jyb_ xwfb/s6192/s133/s149/201901/t20190115_ 366995.html

文章截图：

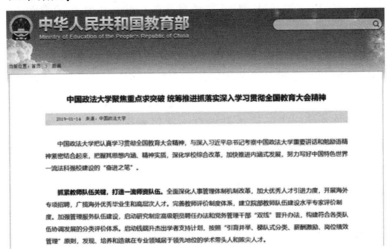

8. **标题**：中国政法大学第二届"法大人马拉松"暨 67 周年校庆长跑举行

首发媒体：人民网

发布时间：2019 年 5 月 11 日

正文：

人民网北京 5 月 11 日电　5 月 11 日上午，中国政法大学第二届"法大人马拉松"暨"我的青春法大"67 周年校庆长跑在昌平校区开赛。国家体育总局青少年体育司副巡视员朱英，教育部体育卫生与艺术教育司调研员樊泽民，学校党委书记胡明、校长黄进等领导嘉宾参加活动。

初夏时节，熏风习习。开幕式在庄严肃穆的国歌声中拉开帷幕。随后，黄进致开幕词。他首先代表学校向到场的各位嘉宾、校友表示热烈的欢迎，向为此次赛事付出心血的运动员、工作人员和志愿者表示衷心的感谢。他表示，今天的活动意义非凡，由第二届"法大人马拉松""我的青春法大"67 周年校庆长跑和《我和我的祖国》"快闪"活动共同组成。法大师生将通过这三个活动，来抒发对运动的热爱，对健康的追求。在迎接我校 67 周年校庆的同时，庆祝即将到来的中华人民共和国成立 70 周年华诞。

随后，《我和我的祖国》这首熟悉的旋律在法大附属学校小朋友们的童声中徐徐展开，身着各自民族服装的少数民族同学从主席台两侧奔向赛道中央，用舞蹈表达对祖国的深情。真挚的歌声瞬间点燃了在场师生的热情，大家掩饰不住心中的喜悦和激动，挥舞着手中的国旗，跟着一起哼唱，用真诚的歌声唱出对伟大祖国的热爱与美好祝福，尽情抒发着心中的骄傲与自豪。

上午 9 时，胡明书记和黄进校长分别为第二届"法大人马拉松"比赛和"我的青春法大"67 周年校庆长跑比赛鸣枪。两个竞赛项目参赛选手带着对中国政法大学 67 周年校庆的美好祝愿，冲出起跑线。这是师生们送给法大最长情的生日礼物，寄托着法大师生、校友对法大真挚的祝福。

据悉，"法大人马拉松"比赛以四分马拉松形式呈现，总赛程约为 10 公里，运动员由在校大学生、教职工和校友共同组成；"我的青春法大"67 周年校庆长跑，则依照指定路线绕校园长跑 4 圈，全程约 6.5 公里，只有在校大学生参与。学校今年首次将"法大人马拉松"和"我的青春法大"校庆长跑两个赛事合并举办，活动融合了校庆元素和运动健康元素，共吸引了近 1200 名师生、校友参赛，其中 320 余名师生、校友报名参加"法大人马拉松"，800 余名学生报名参加校庆长跑。（骆红维　梁茜　郭心悦）

文章链接：http://m. people. cn/n4/2019/0511/c31-12690633. html

9. 标题：马怀德任中国政法大学校长

首发媒体：教育部官网

发布时间：2019 年 5 月 22 日

正文：

5 月 22 日，教育部人事司在中国政法大学宣布了教育部党组的任免决定，马怀德任中国政法大学校长、党委副书记，黄进不再担任中国政法大学校长、党委副书记。教育部人事司、北京市委教育工委有关同志出席会议。

马怀德，男，1965 年 10 月生，1987 年 6 月入党，1993 年 7 月参加工作，中国政法大学诉讼法专业博士研究生毕业，教授。2006 年 2 月任中国政法大学副校长。

文章链接：http://www. moe. gov. cn/jyb_ xwfb/gzdt_ gzdt/s5987/201905/t20190522_ 382846. html

文章截图：

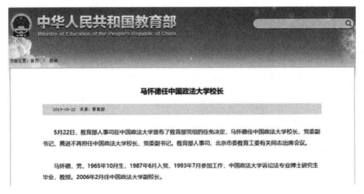

10. **标题**：中国政法大学举办第十二届"自强之星"暨"感动法大人物"颁奖活动

首发媒体：法制网

发布时间：2019 年 5 月 22 日

正文：

5 月 20 日晚，青春励志中国梦—中国政法大学"安理助学金"第十二届"自强之星"暨"感动法大人物"颁奖典礼在昌平校区礼堂隆重举行。该活动旨在积极培育和弘扬社会主义核心价值观，深入挖掘和宣传表彰大学生先进典型，充分发挥先进典型的示范引领作用，积极营造自强不息、追求卓越的校园文化氛围，对学生进行励志、感恩和成才教育，促使大学生健康成长成才。

中国政法大学校长黄进、副校长李秀云、最高人民检察院反渎职侵权检察厅副厅级检察员（退休）喻中升、北京市安理律师事务所管委会委员侯锦荣、昌平区委常委昌平区人民武装部部长陈军、昌平区人民武装部政委骆明、武警部队驻中国政法大学选培办副主任朱克寒等出席了颁奖典礼。"最受本科生欢迎的十位老师"代表以及各学院和相关职能部门负责人、辅导员代表以及 1500 余名学生参加了颁奖典礼。

黄进在致辞中首先代表学校向长期以来给予法大学子无私资助、诚挚关怀的北京安理律师事务所和王清友校友表示诚挚的谢意，向出席典礼的各位嘉宾、老师和同学们表示了热烈的欢迎，向获奖的喻中升校友以及各位获奖同学和集体表示热烈的祝贺。

黄进表示，今年是五四运动 100 周年，习近平总书记在纪念五四运动 100 周年大会上强调，"奋斗是青春最亮丽的底色"，任何一个时代都需要砥砺奋进的青年，时代在变但奋斗的底色不能变，奋斗的精神不能丢。在自 2006 年以来已举行 12 届"感动法大"的舞台上，我们见证了许许多多法大人追梦圆梦的奋斗故事，一系列法大学子在感动与被感动中进行着关于奋斗的接力与传承。获奖者的奋斗经历正是青春该有的样子，这样奋斗过的青春才是真正的硬核青春。

黄进从四个词谈论法大人该如何奋斗：一是理想，最是理想见精神，经国纬政，救世济民就是我们法大人的青春梦；二是坚持，最是坚持铸品格，在青春岁月坚持不懈，才能在人生旅程中凯歌前行；三是学习，最是学习显境界，要坚定读万卷书的志向，保有行万里路的本领；四是品德，最是品德动人心，习近平总书记在考察法大时就强调要立德树人、德法兼修，品德的力量能让青年的人生底色更加靓丽，人生理想更加绚烂。喻中升校友就是德才兼备的典范，对法大精神的最好诠释，同学们要以喻中升校友为标杆，胸怀祖国，胸怀人民，参与小我，融入大我。法大建校 67 周年来，一直秉承校训精神艰苦奋斗百折不挠，今天的法大依然在追梦路上努力奔跑，建设法制强国的中国梦还需要同学们继往开来，还需要同学们肩负起历史使命。

侯锦荣代表校友致辞。他与同学们分享了自己记忆中有关法大的点滴感动，鼓励同学们保持进取精神，努力追求幸福，勇于担当，用信仰恪守当初的入学誓言，推进中国的法治建设。

颁奖仪式上，各学院主管学生工作的院领导为"自强之星"代表颁发了荣誉证书。教务处、学生处、校团委等职能部门负责人为"感动法大人物提名奖"获得者颁发了荣誉证书。

活动上，"感动法大人物"名单揭晓。副校长李秀云、国际法学院院长孔庆江、民商经济法学院副院长于飞、宣传部常务副部长刘琳琳、外国语学院陈向荣教授、"最受本科生欢迎的十位老师"代表方鹏、刘震、吴韵曦以及校外嘉宾先后为获得"感动法大人物"宣读颁奖辞并颁奖。校长黄进宣读了"感动法大人物特别奖"的颁奖辞，并为喻中升校友颁奖。

今年的第十二届"自强之星"暨"感动法大人物"评选表彰活动，共评选出"感动法大人物特别奖" 1 个，"感动法大人物" 10 个，"感动法大人物提名奖" 16 个，"自强之星" 84 个。

活动中还表演了诗朗诵节目《圆梦中华》，将航天精神、法治精神与青年使命充分融合，展现了当代青年积极进取、勇于担当的精神风貌。最后，第十二届"自强之星"暨"感动法大人物"颁奖典礼在师生大合唱《我和我的祖国》中圆满结束。

据了解，活动自 2006 年到目前已成功举办了十一届，十二年来，共评选出 132 个"感动法大人物"和 1067 名"自强之星"。他们在爱国奉献、道德弘扬、学术科研、科技创新、自主创业、志愿公益、敬老爱亲、自立自强等方面取得了突出的成就，他们的感人事迹在当代大学生中起到了榜样引领作用。该评选活动已成为法大规格最高、影响最大、效果最好的颁奖典礼之一，已成为该校开展大学生思想政治教育的重要载体。

文章链接：http://www.legaldaily.com.cn/Education_ Channel/content/content_ 7883434.html

文章截图：

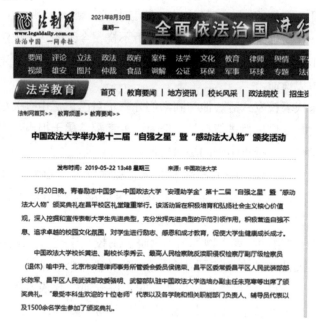

11. **标题**：中国政法大学建立网上投诉建议处理机制积极回应师生关切

首发媒体：教育部官网

发布时间：2019 年 8 月 20 日

正文：

中国政法大学完善师生依法参与学校民主管理和监督的体制机制，建立网上投诉建议平台，进一步畅通师生诉求渠道，强化管理服务理念，及时处理师生关切，维护师生权益，接受群众监督，努力做到"师生有所呼，学校有所应"。

加强系统设计，完善投诉建议机制。出台《中国政法大学投诉建议处理办法（试行）》，明确办理投诉建议事项的受理范围、工作流程、工作要求、工作保障。办理投诉建议由学校办公室统筹协调，各部门分工办理，坚持统一归口、各负其责，依法依规、规范高效。成立行政投诉中心，整合分散在各部门的各类反映问题渠道，建立统一的"网上投诉建议专栏"平台，实现线上线下结合，全程可溯。在学校校园网主页设置投诉建议专栏，及时反馈和解决师生投诉事项，以公开、透明、交互的方式，积极回应师生关切，彰显学校管理服务的公信力。根据投诉建议的内容，明确办理部门和答复时限，要求及时处理、说明情况，保障按时答复率100%，及时在基层化解各类矛盾纠纷，增强投诉建议答复的规范性和统一性，形成稳定的预期和常态化的操作规程。

强化管理服务，确保决策科学民主。优化管理模式，更新服务理念，提高行政效能，全面推进依法治校。加强对投诉建议事项信息的综合分析，对师生员工反映的普遍性、政策性问题进行分析研究，提出意见建议，定期形成报告供校领导和相关部门决策参考。坚持校领导接待日制度，校领导定期联系、接待来访的干部师生，保障干部师生与校领导面对面交流，及时反馈和解决合理合法诉求。修订议事规则，完善各类代表列席学校决策会议制度，使广大师生参与到学校事业决策中，充分了解学校办学情况和发展规划。落实教代会代表日制度，发挥教代会代表作用，拓宽建言献策渠道，保障教代会代表权利行使，增强学校决策的科学化、民主化和针对性。

抓好督办落实，全程跟进事项办理。采取网络、电话、约谈、实地督办等形式，对投诉建议事项进行全程跟踪督办。通过网上办事大厅，公开网上申请、受理、办理等全流程，实现服务流程透明化、进度可视化、工作网络化，确保师生及时了解办事进程，提升管理服务效率。将投诉建议办理情况纳入学校《月度督办情况通报》进行专项通报，督促牵头部门按时高效办理，提高师生对学校各项改革举措的认同感和满意度。统计各部门办理投诉建议事项情况，并作为年度考核的重要依据。

文章链接：http://www.moe.gov.cn/jyb_ xwfb/s6192/s133/s149/201908/t20190820_ 395246.html

文章截图：

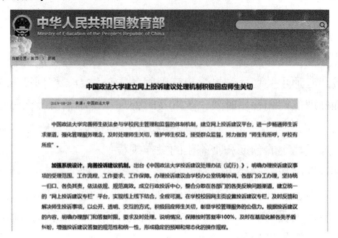

12. 标题："庆祝新中国成立 70 周年——书画名家书写法治作品展"在京开幕

首发媒体：民主与法制网

发布时间：2019 年 9 月 24 日

正文：

本网讯（张露）9 月 23 日，由中国法学会法治文化研究会和中国政法大学、中央数字电视书画频道联合主办的"庆祝新中国成立 70 周年——书画名家书写法治作品展"在中国政法大学正式拉开帷幕。中国法学会党组成员、副会长张苏军出席开幕式并致辞。他强调，要坚持以习近平新时代中国特色社会主义思想为指导，以社会主义核心价值观引领法治文化建设，坚定文化自信，弘扬法治精神，充分发挥法治文化的引领、熏陶作用，努力打造更多无愧于时代、无愧于人民的法治文化精品，为推动法治文化大发展大繁荣、建设社会主义文化强国作出新的更大贡献。

中国政法大学校长、党委副书记马怀德，中国外文局副局长陆彩荣出席开幕式。

此次法治作品展共征集陆彩荣、韩亨林、卢禹舜、朱守道、温彦国、薛镛等书画名家的 70 幅作品参展。书画名家将法治元素注入传统书画，书写法治中国的辉煌篇章，绘就全面依法治国的斑斓画卷，生动展示法治中国建设 70 年光辉历程、伟大成就和宝贵经验。据主办方介绍，本次展览将持续至 10 月 8 日。

张苏军指出，中国特色社会主义进入新时代，建设社会主义法治文化，要始终坚持以习近平新时代中国特色社会主义思想为指导，增强“四个意识”、坚定“四个自信”、做到“两个维护”，自觉在思想上政治上行动上同以习近平同志为核心的党中央保持高度一致。要深刻认识建设社会主义法治文化的重大意义，坚持社会主义先进文化前进方向，用社会主义核心价值观凝聚共识、汇聚力量，用优秀文化产品振奋人心、鼓舞士气，将社会主义法治与中华优秀传统文化相结合，为时代画像、为时代立传、为时代明德，奋力谱写新时代社会主义法治文化壮丽篇章。

张苏军强调，文化兴国运兴、文化强民族强。中华传统文化是中华民族的精神命脉，是涵养社会主义核心价值观的重要源泉，也是我们在世界文化激荡中站稳脚跟的坚实根基。要结合新的时代条件传承和弘扬中华优秀传统文化，促进法治文化创新，坚持以科学理论引路指向，以正确舆论凝心聚力，以先进文化塑造灵魂，以优秀作品鼓舞斗志。要加强对中华优秀传统文化的挖掘和阐发，坚持以人民为中心的创作导向，不断满足人民群众精神文化生活新期待，丰富人民群众的法治蕴涵，创作具有时代性、正能量、感染力的法治文化作品，为新中国成立 70 周年营造良好法治氛围。

马怀德在致辞中指出，新中国成立 70 周年之际，中国法学会法治文化研究会、中国政法大学和中央数字电视书画频道联合举办“庆祝新中国成立 70 周年——书画名家书写法治作品展”，对于进一步弘扬社会主义法治精神，以实际行动深入贯彻落实习近平总书记重要讲话精神具有重要意义。习近平总书记强调，全面推进依法治国需要全社会共同参与，需要全社会法治观念增强，必须在全社会弘扬社会主义法治精神，建设社会主义法治文化。今天，在中国政法大学举办法治作品展，将社会主义法治与中华优秀传统文化和书画艺术相结合，丰富了法治文化产品，创新了普法工作方式方法，用文化传播的方式潜移默化地弘扬法治精神，进一步把社会主义核心价值观融入法治建设，对中国政法大学及社会各方，都会产生积极影响。

中央数字电视书画频道董事局主席王平向法治作品展的成功举办和参展的书画家们表示祝贺。王平认为，在中华人民共和国成立 70 周年这一特殊时间，以书法书写法治文化为内容，在中国政法大学科研楼这一特殊地点举办书画名家书写法治作品展，契合了本次展览的主题，意义重大。

中国法学会法治文化研究会常务副会长周占华主持开幕式，书画家代表、中国书法家协会会员温彦国致辞。活动由《民主与法制》社、中国政法大学法治与文化研究中心、《艺术追踪》杂志共同协办。中国政法大学副校长李秀云、中国国家画院常务副院长卢禹舜及书画家代表和中国法学会法治文化研究会部分在京理事等出席开幕式。

文章链接：http://www.mzyfz.com/html/1332/2019-09-24/content-1406114.html

文章截图：

13. 标题：为百姓点亮公平正义的明灯——全国模范法官李庆军同志先进事迹报告会中国政法大学专场侧记

首发媒体：澎湃新闻

发布时间：2019 年 10 月 30 日

正文：

斯人已逝，精神不灭，正气永存。

10 月 25 日，全国模范法官李庆军同志先进事迹报告会在中国政法大学召开。

回顾李庆军同志一生的点滴，虽没有轰轰烈烈、惊天动地的丰功伟绩，但他在审判岗位上数十年如一日的坚守与执着，他忠于法律的纯粹内心、爱岗尽职的忘我境界，在每一个人的心中点燃了一盏明灯，永不熄灭。

这种不忘初心、牢记使命，公正爱民、勤勉担当的崇高品质令在场师生动容。中国政法大学副校长李秀云更是在主持台上哽咽，良久才让悲伤平息。"李庆军同志永远是我们心中的榜样。希望政法大学的学生们能够学习并传承法律人这份忠于职守、无私奉献的精神，牢记'厚德明法、格物致公'的校训，为国家的法治建设贡献自己的力量！"李秀云表示。

"'忠诚履职、心系群众，司法为民、公正司法。'短短十六字的厚重内涵，可能是我们一生都无法企及的高度，但李庆军法官却以一生践行了这样的崇高理念。"民商经济法学院学生陈治君表示要牢记"挥法律之利剑，持正义之天平"的誓言，学习李庆军同志忠诚担当、不忘初心的良好品质，努力拼搏、奋勇前进，成为对社会、对法治中国建设有用的人。

李庆军同志的先进事迹让国际法学院学生孙芊月看到了新时代人民法官之于"伟大"最真实的样子。"李庆军同志用自己 25 年的无私奉献撑起了一座天平，他在人民的那端投置千钧，却不肯在另一端为自己放一点砝码。他的生命之灯虽然熄灭了，但精神之光却更亮了。"她动情地表示。

"我是真的喜欢办案，喜欢法官这个职业。"李庆军同志这句质朴的剖白久久萦绕在刑事司法学院学生王子涵的耳畔。简单的话语，却字字重若千钧。"他是习近平新时代中国特色社会主义思想的模范践行者，是新时代共产党员的先锋战士，是人民的好法官。他用无比虔诚的一生践行了人民法官的初心使命。这盏明灯，将始终引领我们砥砺前行。"

身为农家子弟，李庆军同志真切地了解底层老百姓的诉求，以一颗赤诚之心在平凡岗位上书写着司法为民的华章。这种对于人民群众朴素而真挚的情感深深感染了刑事司法学院学生陈荟惠，"作为一名法律专业的学生，一个即将步入社会献身政法事业的法律人，今后当以李庆军同志为榜样，坚定理想信念，坚定为人民服务，时刻把人民群众的利益放在第一位，切实担负起时代赋予我们的神圣历史使命"。

在李庆军同志身上，政治与公共管理学院学生奚千涵看到了一名优秀法律人的信仰坚守和使命担当。"不论是拖着病躯顽强坚守岗位，抑或是心系群众一心为民，他的行动有力量，因此生命有力量，李庆军法官用实际行动为生命价值添上不可磨灭的意义，平凡的人生因此亮丽多彩。"

民商经济法学院学生王柏方为他的家乡河南有李庆军这样的法官感到骄傲，"他身患重症仍忠于职守，将个人得失置之度外，将维护人民群众的切身利益视为己任，在中原大地，为百姓点亮公平正义的明灯"。

"向李庆军法官致敬！"早已热泪盈眶的师生们用掌声抒发着尊崇与敬意。

在这里，无数法律学子被李庆军同志的精神浸润，他们必将珍惜韶华、敏于求知，承继着李庆军同志未竟的事业，肩负厚德明法的坚定、坚守格物致公的信仰，为心中的那束光，奋力攀登、拼搏前行！

文章链接：https://www.thepaper.cn/newsDetail_ forward_ 4783406

文章截图：

14. 标题：中国政法大学坚持学查改相结合 悟知行相统一
扎实开展"不忘初心、牢记使命"主题教育

首发媒体：教育部官网

发布时间：2019 年 11 月 25 日

正文：

中国政法大学认真学习贯彻习近平总书记在"不忘初心、牢记使命"主题教育工作会议上的重要讲话精神，紧紧围绕为党育人、为国育才，认真开展"不忘初心、牢记使命"主题教育，坚决扛起培养"德法兼修、明法笃行"优秀人才的政治责任，不断推进法学教育和法治人才培养高质量发展。

突出"学"字，做到学思践悟、学深悟透，用习近平新时代中国特色社会主义思想武装头脑。坚持原原本本学，认真研读《习近平新时代中国特色社会主义思想学习纲要》，深入学习习近平总书记关于教育的重要论述特别是习近平总书记考察中国政法大学时的重要讲话精神，扎实推进理论学习入脑入心。结合办学治校工作实际，围绕"坚持不忘初心，办好社会主义政法大学""始终牢记使命，全面提升各类人才培养质量""全面从严治党，以政治建设统领党的建设"等专题，深入推动学习贯彻习近平新时代中国特色社会主义思想往深里走、往实里走、往心里走，为调查研究、检视问题、整改落实奠定坚实基础。坚持融会贯通学，在干部师生中广泛开展立德树人根本任务"大学习、大讨论、大落实"活动，加大对李保国、黄大年、钟扬、张富清、黄文秀等先进典型和交大西迁老教授、哈工大"八百壮士"先进事迹的学习宣传，通过举办形势政策报告会、开展红色教育资源现场教学、参观新中国成立 70 周年成就展、组织"我和我的祖国"主题党日活动等方式，增强学习的针对性、实效性和感染力。

突出"查"字，做到知难知短、深入调研，为法科强校高质量内涵式发展把脉问诊。坚持以习近平总书记考察中国政法大学时对法学教育、法治人才培养的重要指示为指导，结合教育部党组 2019 年第一轮巡视反馈意见的整改落实工作，突出问题导向，聚焦重点问题，深入调研检视，确定"加快'双一流'建设""完善法学学术话语体系"等 14 个调研主题。党委领导班子成员分别带队深入师生、深入一线，召开 20 余场座谈会。全体处级干部围绕"人才培养体制改革""思想政治理论课建设"等内容，形成200余个调研课题群，形成上下结合、覆盖全面的调研体系。通过广泛听取和征集意见建议，掌握了党政工作的难点、短板，事业发展的瓶颈、症结，研究分析出破解难题、攻坚克难的实招、硬招。在学习调研基础上，校院两级领导班子主要负责同志带头讲党课，紧密结合岗位实际和学习收获，讲清对初心和使命的感悟，讲透对习近平总书记关于教育的重要论述的学习体会，讲明思想上、工作上、作风上存在的差距，讲出运用习近平新时代中国特色社会主义思想指导实践、推动和改进工作的思路举措。

突出"检"字，做到剖析透彻、检视到位，深挖思想根源推动问题解决。广泛听取意见，深入谈心谈话，结合调查研究，采取个别访谈、召开座谈会、设立意见箱、发放征求意见表等多种方式，充分听取广大师生对学校领导班子、领导干部存在突出问题的反映和对改进作风、改进工作的意见和建议。对照习近平新时代中国特色社会主义思想和中央部署、上级要求，对照党章党规，对照初心使命，通过自己找、群众提、上级点、互相帮、集体议等方式，把自己摆进去、把职责摆进去、把工作摆进去，从政治站位、思想觉悟、能力素质、道德修养、作风形象等方面，把存在的问题查找准、剖析透、检视到位。学校领导班子结合上级巡视督导指出的问题，学校发生的安全稳定事端，影响学校改革发展的体制机制障碍，师生集中反映的意见建议等，一体检视、共同研究、剖析原因、拿出对策。处级以上领导干部从思想、政治、作风、能力、廉政方面特别是从主观上、思想上进行剖析，深挖背后的思想根源，推动解决问题。

突出"改"字，做到应改尽改、真抓实改，把主题教育整改措施转化为立德树人的实际行动。把做好主题教育整改作为检验党委履行主体责任和政治能力建设的重要标尺，狠抓整改落实，确保取得实效。围绕全面落实立德树人根本任务，强化系统设计、做好科学谋划。深入研究掌握马克思主义法学思想和中国特色社会主义法治理论，探索引领中国特色社会主义法学学科体系、学术话语体系和教材体系建设的方法路径，夯实法学教育和法治人才培养的根基。制定《"三全育人"综合改革建设方案》，组建"青春讲师团"，实施"一院一品"德育品牌创建，完善校部、校企、校所协同育人体系，不断提高思想政治工作和实践育人水平。出台

《关于加强思想政治理论课建设的实施方案》《推进课程思政建设的实施方案》，促进"思政课程"和"课程思政"双轮驱动、隐性教育和显性教育相辅相成。

文章链接：http://www.moe.gov.cn/jyb_ xwfb/s6192/s133/s149/201911/t20191125_ 409593.html

文章截图：

15. 标题：中国政法大学党委理论学习中心组赴北京互联网法院调研

首发媒体：民主与法制网

发布时间：2020 年 5 月 26 日

正文：

在习近平总书记考察法大三周年之际，为贯彻落实习总书记考察法大重要讲话精神，践行教学创新，5 月 20 日，学校党委理论学习中心组赴北京互联网法院参观调研。

校党委理论学习中心组一行参观了北京互联网法院在线诉讼体验区和办公开庭两用的新型互联网审判法庭。感受了北京互联网法院人脸识别技术、弹屏短信、多元调解平台、"天平链"专题展示及人工智能技术在起诉书及裁判文书类案生成中的应用。特别体验了新推出的轻量、低碳、环保的"虚拟法庭舱"，对北京互联网法院科技创新赋能司法变革的智慧法院建设成果表示肯定。在北京互联网法院"春藤社区"党建文化园地，北京互联网法院三位干警以"法大小校友"的身份，结合自身在校、在院实践经历，进行了生动鲜活的讲解，取得良好反响。

参观结束后，双方围绕"法学高校如何更好地培养贴合司法实践需求的青年法律人才""互联网法院如何更好地与高校深度合作，实现功能定位及未来发展"进行了深入交流。

北京互联网法院党组书记、院长张雯对北京互联网法院的机构设置、人员情况、法院建设路径以及互联网审判情况进行了介绍。她指出，此次中国政法大学全体党委常委、部门主要负责人以及各学院院长专门到北京互联网法院调研学习，是贯彻落实习近平总书记重要指示精神的具体体现，也是对北京互联网法院工作的极大鼓励，对北京互联网法院今后人才培养建设、司法能力提升具有重要意义。中国政法大学是我国著名高等学府，为我国法治人才培养作出了卓越贡献，其中，在北京互联网法院就职的法大毕业生已达 30 余名。未来，北京互联网法院将继续按照北京市高院"勇立潮头、更进一步、创新提升、争创一流"的要求，积极推进"改革创新高地"建设，希望以此为契机，扎实推进北京互联网法院与中国政法大学的合作交流，完善高素质人才培养机制，为互联网法治发展贡献力量。

中国政法大学校长马怀德介绍了学校的办学历程、学科建设、师资队伍建设、人才培养、科学研究、社会服务、国际合作与交流等情况。他表示，中国政法大学理论学习中心组走进北京互联网法院，参观体验区，了解北京互联网法院的建设历程、基本运行、理念与软硬件建设的创新实践，感触颇深、收获良多，对我们认真思考法治人才培养体制机制创新很有启发。

马怀德强调，2017 年 5 月 3 日，习近平总书记考察中国政法大学，并就全面依法治国、法治人才培养和青年成长成才发表了重要讲话，在讲话中强调要打破高校和社会之间的体制壁垒，将实际工作部门的优质实践教学资源引进高校。理论学习中心组赴北京互联网法院学习调研，推动双方合作协议有效落地，这是贯彻落实习近平总书记重要讲话精神的具体举措，也是把优质的实践教学资源引入学校的一种有效尝试。

马怀德表示，互联网法院的建设发展，是司法改革的一项重大举措，也是互联网时代探索智慧司法的一种新模式，更是网络治理能力和治理体系现代化的重要体现，顺应了经济、社会、科技发展的趋势，探索了司法改革的方向，树立了司法现代化标杆。学校要学习借鉴互联网法院的工作理念与软硬件建设经验，落实双方合作共建协议，坚持问题导向和实践导向，创新人才培养模式，培养更多适应时代发展要求的优秀法治人才。

党委书记胡明在会上指出，非常高兴来到 24 小时"营业"、科技感十足的"网红"法院——北京互联网法院交流学习，北京互联网法院是更新司法理念、创新司法模式、推进依法治网司法改革的前沿阵地，创造了互联网审判的北京经验，为促进互联网空间法治建设发挥了重要作用，很多都值得我们学习借鉴。

胡明强调，法律的生命在于实践，法治人才的核心素质就是实践能力。习近平总书记在中国政法大学考察并发表重要讲话时对此作出重要指示，强调加强法学教育、法学研究工作者和法治实际工作者之间的交流，促进理论和实践相结合，是提升法学教育质量、完善法学学科建设的必经之路；要打破高校和社会之间的体制壁垒，将实际工作部门的优质实践教学资源引进高校，加强法学教育、法学研究工作者和法治实际工作者之间的交流，对此，学校完善实践育人体系、拓宽实践育人内容、创新实践育人形式，特别是建立协同育人机制，加大校部、校地、校所共建力度，聘请知名专家学者组成理论、实务双导师队伍，在部分学院试行"理论+实务"联席双院长制，培养复合型法治人才；加强实习实践基地建设，实现与法律实务部门协同融合，实现优质法学教育资源即时共享。

胡明表示，今天来到北京互联网法院，为我们加强院校共建合作提供了良好契机，为在法治理论研究、法治实践发展、法治人才培养、法治资源共享等方面深化合作奠定了扎实基础，希望双方在原有合作基础上进一步加大合作力度，打造一流法学实践教学基地，在做好理论研究和教学的同时，为网络空间法治化发展贡献智库资源，为造就和培养德法兼修、明法笃行的高素质法治人才共同努力。

学校党委理论中心组全体成员、相关部门主要负责人及学院院长参加调研，北京互联网法院党组成员及相关部门负责人陪同参观调研座谈。

文章链接：http://www.mzyfz.com/html/1336/2020-05-26/content-1427912.html

文章截图：

中国政法大学党委理论学习中心组赴北京互联网法院调研

2020-05-26 16:16:58　来源：新闻中心　作者：记者/胡阳

核心提示：在习近平总书记考察法大三周年之际，为贯彻落实习总书记考察法大重要讲话精神，践行教学创新，5月20日，学校党委理论学习中心组赴北京互联网法院参观调研。

在习近平总书记考察法大三周年之际，为贯彻落实习总书记考察法大重要讲话精神，践行教学创新，5月20日，学校党委理论学习中心组赴北京互联网法院参观调研。

校党委理论学习中心组一行参观了北京互联网法院在线诉讼体验区和办公开庭两用的新型互联网审判法庭。感受了北京互联网法院人脸识别技术、弹屏短信、多元调解平台、"天平链"专题展示及人工智能技术在起诉书及裁判文书类案生成中的应用。特别体验了新推出的轻量、低碳、环保的"虚拟法庭舱"，对北京互联网法院科技创新赋能司法变革的智慧法院建设成果表示肯定。在北京互联网法院"春藤社区"党建文化园地，北京互联网法院三位干警以"法大小校友"的身份，结合自身在校、在院实践经历，进行了生动鲜活的讲解，取得良好反响。

参观结束后，双方围绕"法学高校如何更好地培养贴合司法实践需求的青年法律人才""互联网法院如何更好地与高校深度合作，实现功能定位及未来发展"进行了深入交流。

16. 标题：中国政法大学举办沈家本诞辰 180 周年纪念活动

首发媒体：法制网

发布时间：2020 年 8 月 22 日

正文：

（《法治日报》全媒体见习记者　赵颖）2020 年是沈家本先生诞辰 180 周年，8 月 19 日恰值沈家本的诞辰，中国政法大学在北京市西城区金井胡同 1 号的沈家本故居举办纪念活动，重温沈家本的法治梦想。

沈家本是清末修律代表人物，近代著名法学家，中国法律现代化的积极推动者和实践者，中国法治发展历程中不可被遗忘的巨擘。他尊德崇法的追求、无私无畏的品行影响了数代法律人。他高尚的爱国情操，严谨的治学态度，坚定的改革精神，至今仍然是我们学习的榜样。

纪念沈家本诞辰 180 周年活动包括座谈会、"中国政法大学实践教学基地"签约仪式和故居参观等环节。来自中国社会科学院法学研究所、中国人民大学、清华大学、中南财经政法大学及中国政法大学法律古籍整理研究所、法律史学研究院的部分专家学者参加了纪念活动。沈家本的后裔，第四世孙沈厚铎先生、第五世孙蔡小雪先生、第五世外孙汪冬先生应邀出席。中国政法大学副校长时建中、中国政法大学教授沈厚铎、中国人民大学教授马小红、中国社会科学院法学研究所教授张生在座谈会上依次发言，活动由中国政法大学法律古籍整理研究所所长李雪梅主持。

时建中在讲话中高度评价了沈家本的历史功绩和贡献。正如中国政法大学终身教授张晋藩先生评价的那样，沈家本是晚清爱国忠君，也是博古通今、连贯中西的法学大师。他对于中国法制的现代化、法学的繁荣和法律人才的培养，作出了彪炳史册的贡献。时建中介绍了中国政法大学对沈家本著述木刻版的保护和重印过程，提出历史需要传承，传承需要载体，载体需要保护。我们对沈家本故居、沈家本著述木刻版的保护和价值挖掘就是对法治文化、法律信仰和法治精神的传承和弘扬。希望与大家共同努力，进一步激活传统法治文化的宝藏，让法治真正成为中国人共同的信仰。

沈厚铎回顾了沈家本故居腾退、向公众开放的经过，并对最高人民法院、西城区人民政府和中国政法大学表示衷心的感谢。他说："今天法大在沈家本故居举办的纪念活动非常有价值和意义，'但教不把初心负，沧海遗珠莫遽诃'。沈家本大义凛然的家国情怀，无私奉献的改革精神，是我们后代要永远传承的宝贵精神遗产。"

座谈会结束后，时建中与人民法院出版社总编辑张益民签署了中国政法大学实践教学基地协议书，并共同为实践教学基地揭牌。中国政法大学将与沈家本故居在传统法律文化研究、实践教学改革、学生社会实践等方面展开进一步的深入合作。

沈家本的重要法学著作如《历代刑法考》等，最早是以木刻版的形式传世。21年前，沈厚铎教授将沈家本著述木刻版4492块捐献给中国政法大学，成为法大图书馆的"镇馆之宝"。纪念活动现场特别安排了沈家本木刻版刷印体验活动，让观众在参观故居全面了解沈家本生平、业绩、学术贡献之后，通过动手参与传统书籍的印制，多角度了解沈家本的学术传承。

"人人有法学之思想，一法立而天下共守之"，沈家本先生法律救国的学术思想和实践，对于加快我国法治改革的进程、建设社会主义法治国家具有重要的借鉴意义。

中国政法大学希望以本次纪念活动为契机，进一步传承传统法治文化，弘扬法治精神，培养德法兼修的高素质法治人才，为推进法治中国建设发挥积极作用。

17. **标题**：中国政法大学举办文化盛典　校园歌手唱响青春

首发媒体：人民网

发布时间：2020 年 11 月 30 日

正文：

人民网北京 11 月 30 日电（记者　孙竞）中国政法大学 2020 年度"RONG 聚法大"文化盛典日前在中国政法大学昌平校区礼堂举行。活动以"容纳　融合　荣耀"为主题，彰显法大人宽容开放、兼收并蓄、积极向上的精神，同时表现多元的校园文化风气和浓厚的艺术气息。

中国政法大学副校长李秀云表示，优秀的文化是大学内涵的生动诠释，也是大学精神的具象表现。她希望法大人能成长为有担当、有专业精神的文化人，希望将法大媒体建设成为有风骨、有情怀的媒体。

据悉，中国政法大学"RONG 聚法大"文化盛典迄今已是第五届。作为学校的品牌活动，"RONG 聚法大"文化盛典已成为学校文化育人成果的展示平台。自活动开办以来，激励了优秀校园文化活动的创建，促进了各类媒体平台的发展，进一步推进了校内融媒体格局构建，并在校园内营造了积极向上的文化育人氛围。

18. **标题**：中国政法大学实施"五大工程"推动构建国际化办学格局

首发媒体：教育部官网

发布时间：2021 年 6 月 9 日

正文：

中国政法大学深入学习贯彻习近平总书记关于教育的重要论述，全面落实立德树人根本任务，坚持以服务国家重大战略为导向，围绕建设中国特色世界一流大学目标，树立国际化办学理念，创新国际化办学机制，坚持"请进来"与"走出去"双驱动发展战略，实施"五大工程"，着力打造具有学校特色的国际化办学格局。

实施"战略伙伴工程"，开展高站位交流合作。成立外事工作领导小组，积极推进与世界一流大学、顶尖科研机构建立实质性学术交流与合作关系，实现数量和质量双提升。与英国牛津大学圣艾德蒙学院签署合作协议，围绕教师赴牛津大学研修、访问、担任客座教授，以及学生赴牛津大学进行研修等开展深度合作。积极参与建设由中国政府和欧盟合作设立的"中欧法学院"，设立"国际法双硕士中外合作办学项目"，着力打造高端涉外法治人才培养项目。积极参与"一带一路"建设，与沿线 20 个国家的 45 所高校开展学术交流与合作。截至目前，学校与 54 个国家和地区的 283 所高校及国际组织建立合作关系，与 186 所高校开展了实质性项目合作。

实施"高端平台工程"，融合高水平优质资源。加强中国法治对外传播，切实讲好中国故事，传播好中国声音。成立"一带一路"法律中心，为"一带一路"建设提供法律咨询；成立"联合国环境署—中国政法大学环境法研究基地"，为中国参与国际环境法治合作提供战略咨询，为世界环境法治发展提供智库成果。发挥学科特色优势，在英国、罗马尼亚、巴巴多斯、挪威共建 4 所孔子学院，参与创建"全球法学院联盟""亚洲法律学会"等法学教育学术组织，建设瑞士洛桑大学"中瑞证据科学联合研究中心"等 10 个海外研究中心，着力提升学科国际影响力。建成美国圣路易斯华盛顿大学中外合作办学平台，打造国内涉外高端法治人才培养的重要基地。设立"德国大学中国项目办公室"，积极助力中欧和中德人文与学术交流。

实施"留学海外工程"，培养高标准国际人才。坚持"开放式、国际化、多科性、创新型"的办学目标，以国际化人才培养为导向，不断加强国际化人才培养体系建设。通过学生交换项目、海外实习、参加国际会议、国际比赛等形式，为学生提供赴境外学习交流的机会，鼓励学生"走出去"，开拓国际视野，提升国际竞争力。通过"留学海外工程"，平均每年派遣学生赴海外交流学习 1000 余人次。探索构建本硕博国际人才培养体系，设立 142 个学分互认本科生国际交换项目，与新加坡国立大学等 58 所世界知名大学联合开展 70 个"海外硕士奖学金项目"，与意大利博洛尼亚大学等 36 所高校合作开展 39 个博士生高层次拔尖创新人才培养项目，着力提升国际化人才培养质量。

实施"海外提升工程"，建设高层次教师队伍。重视中青年教师培养，先后制定《中青年骨干教师海外提升专项资助计划》《中青年骨干教师海外提升专项资助计划实施办法》等文件，为中青年教师出国研修提供制度保障。通过国家留学基金委、校际交流平台、大学联盟等国内外渠道，搭建国际化平台，培养活跃在国际学术前沿、具有较高专业知识和较强教学能力，结构合理、素质优良的专业化、国际化师资队伍和管理团队。选派教师到国外一流大学访学进修，与加州大学洛杉矶分校、新加坡南洋理工大学等开展教学和管理培训。通过欧盟"伊拉斯谟+"项目，与法国波尔多第四大学等 9 所欧盟高校开展教师交流。近 3 年来，学校选派教师赴国外开展进修、讲学、交流等 400 余人次，师资队伍学缘结构进一步优化。

实施"汇聚法大工程"，凸显高质量办学成效。瞄准国际学科发展前沿，以国家重点学科为基础，按照世界一流标准开展高水平、高层次、高质量国际合作，充分发挥引智效益，支持和引领学校"双一流"建设。中欧法学院累计接待比利时鲁汶大学等 13 所欧方合作伙伴来华授课和访学专家 320 人次。设立"国际学期"课程，每年聘请外籍专家 240 余人次，开设国际课程近 500 门次，累计选课学生 1.5 万余人次。设立比较法专业硕博项目、中国法硕士项目等 6 个法学专业全英文授课研究生学位项目，打造来华留学法学人才培养高地。引进海外知名教授来校开设《全球治理与法治》《国际贸易及投资》等国际课程，组成由中外法学专家合作的创新团队，推动引智合作和跨学科研究有机融合，为全球治理提供中国智慧和中国方案。不断加强国际协同创新，吸引海外优质师资，为推进学校内涵式高质量发展奠定坚实基础。

文章链接：http://www.moe.gov.cn/jyb_ xwfb/s6192/s133/s149/202106/t20210609_ 536876.html

文章截图：

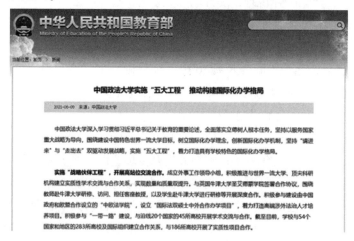

19. **标题**：中国政法大学举行庆祝建党百年党史高峰论坛

首发媒体：《中国教育报》客户端

发布时间：2021 年 5 月 26 日

正文：

《中国教育报》客户端讯（记者 焦以璇）近日，中国政法大学举行庆祝中国共产党成立 100 周年党史高峰论坛。论坛系统回顾了中国共产党团结带领中国人民不懈奋斗的光辉历程，梳理总结了建党百年的历史经验，为高质量高标准推进党史学习教育凝聚力量。

中央党史宣讲团成员、中共中央党校原副校长李君如教授应邀作主题报告。来自中共中央党校、北京大学、北京师范大学、复旦大学等 30 余所高校的专家学者，以及中国政法大学党委书记胡明、党委副书记高浣月、副校长时建中、党委副书记王立艳出席论坛。法大师生五百余人在现场或线上参加了论坛。

胡明表示，希望通过召开此次高峰论坛，进一步加强对党的历史的宣传研究阐释，创新发展马克思主义中国化的重大理论成果，明确继承传统、立足当前、开创未来的实践要求，充分发挥党的历史"以史鉴今、资政育人"的作用，为全面落实立德树人根本任务、办好人民满意教育作出新的贡献。

本次高峰论坛设置两个分论坛，与会嘉宾分别围绕"中国共产党百年奋斗历程的经验与成就"和"中国共产党党的建设（党内法规建设）的百年历程与经验"主题作主旨发言，并就建党百年历程、成就与经验进行深入探讨。

文章截图：

中国教育报　记录教育每一天　　　　　　　　　　打开客户端

中国政法大学举行庆祝建党百年党史高峰论坛

中国教育报客户端
2021-05-26 15:51

中国教育报客户端讯（记者 焦以璇）近日，中国政法大学举行庆祝中国共产党成立 100 周年党史高峰论坛。论坛系统回顾了中国共产党团结带领中国人民不懈奋斗的光辉历程，梳理总结了建党百年的历史经验，为高质量高标准推进党史学习教育凝聚力量。

其他媒体发布：

法制网：中国政法大学举行庆祝中国共产党成立 100 周年党史高峰论坛，发布时间：2021 年 5 月 24 日，文章链接：http://www.legaldaily.com.cn/Education_Channel/content/2021-05/24/content_8513113.html。

20. 标题："文化传承创新与文明交流互鉴"专家座谈会在京举行
首发媒体：《人民日报》中央厨房
发布时间：2021 年 6 月 25 日
正文：

由国际儒学联合会举办、中国政法大学承办的国际儒学联合会文化传承创新与文明交流互鉴——着力提高社会组织国际传播影响力专家座谈会 6 月 25 日在京举行。座谈会前国际儒联与中国政法大学举行了战略合作签约仪式。

座谈会上，北京大学教授杨立华，清华大学教授眭谦，上海交通大学教授周斌，中国人民大学教授彭永捷，中国传媒大学教授隋岩，北京师范大学教授张洪忠，北京外国语大学教授姜飞，中国政法大学教授马怀德、沈卫星、文兵、霍政欣、王心竹等 12 位专家学者作了交流发言。

与会专家学者一致认为，习近平总书记的重要讲话深刻洞察国内外大势，从战略高度鲜明指出了国际传播能力建设的任务与方向，为讲好新时代中国故事、传播好中国声音提供了重要思想指引。国际儒联作为永久会址设在中国的国际性非政府组织，应发挥独特优势，努力有所作为，着眼世纪疫情和百年变局相交织的时代需求，联系各国儒学和优秀传统文化领域专家学者，开展多种形式中外文化交流和进行不同文明之间的对话，为促进民心相通、造福世界，为推动建设人类命运共同体作出积极贡献。

与会学者建议，国际儒联应体现学术性专业性特色，组织开展对中华五千年文明的多角度研究和创新阐释，深入推进中华优秀传统文化的创造性转化创新性发展，激发其生命力，为与各国一道解决人类面临的时代挑战提供东方智慧。应体现国际性特色，以儒学和传统文化为纽带，建设展示人类文明成果、促进不同文明互鉴的高端平台，开展汉学家交流和中国学研究，增进中外专家学者的交流合作，拓展国际合作的深度与广度。应体现民间性特色，尊重规律，丰富形式，以更富柔性、更有温度、生动活泼的传播方式，为中华文化走出去搭建桥梁，为文明互鉴、消除隔阂、增进理解、促进友好发挥作用，展示真实、立体、全面的中国，努力塑造可信、可爱、可敬的中国形象。

座谈会由中国政法大学党委书记胡明主持，校长马怀德，国际儒联副会长李存山、李岩、张践、赵毅武、王念宁、牛喜平等出席座谈会及签约仪式。国际儒联秘书长贾德永与中国政法大学校长马怀德共同签署了战略合作协议。

文章截图：

21. **标题**：第八届首都大学生记者基本功大赛在中国政法大学举办

首发媒体：《人民日报》中央厨房

发布时间：2019 年 11 月 14 日

正文：

11 月 9 日，第八届首都大学生记者基本功大赛在中国政法大学昌平校区举行。比赛由北京高校新闻与文化传播研究会主办，中国政法大学党委宣传部（新闻中心）承办，以"记七十载砥砺奋进，做新时代融媒体强者"为主题，旨在提升高校的新闻宣传能力，全面加强和推动高校校园媒体建设，提升首都大学生记者的综合素质，以优异的成绩献礼中华人民共和国成立七十周年。共有 29 所首都高校的学生记者代表队参赛。

　　与前几届相比，今年比赛的形式、内容丰富多样，更贴近新媒体时代的发展趋势。经过两个分赛场的初赛，共有来自 12 所大学的代表队脱颖而出进入决赛。在决赛中，共进行了"分秒必争""身临其境""图说现场""为你点赞""青春纪行"等五个环节的激烈比拼。最终评选出了"优秀摄影奖""创意视频奖""新媒体创意奖"等个人奖项，及各项团体奖。

　　中国政法大学副校长李秀云教授就决赛致辞。以记者节为契机，她表达了对广大新闻工作者美好的祝愿和对参赛队员的热烈欢迎。记者是一个常青的职业，本次大赛正是促进高校新闻媒体发展的良好契机，同时也是对"读者在哪里，受众在哪里，宣传报道的触角就要伸向哪里，宣传思想工作的着力点和落脚点就要放在哪里"的要求和"不忘初心、牢记使命"的时代主题教育的明确落实。

　　中国社会科学院大学副校长、北京高校新闻与文化传播研究会理事长张树辉对本次比赛进行总结致辞。几十年来，以北京市高校新闻与文化传播研究会为代表的工作平台、研究平台，通过对青年学生记者技能的培养和思想的引领，打造了一批有思想，有才干，有活力的青年学生记者队伍，充分有助于首都高校记者基本功大赛连续多届的成功举办。

　　《光明日报》教育部主任、高级编辑田延辉代表全体评委对比赛进行精彩点评。他表示，在众多参赛人员的身上看到了新闻媒体人的品质，并表达了对中国未来传媒体行业发展前景的良好祝愿，和对广大大学生新闻工作者实现理想信念的美好祝福。

2017—2021 年中国政法大学新闻报道盘点

序号	新闻标题	媒体平台
	2017 年	
1	2016 法学教育十大新闻评选揭晓	法制网
2	《中国司法文明指数报告 2016》发布　镜照司法文明现状	《光明日报》
3	中国政法大学汪海燕教授当选第八届"全国十大杰出青年法学家"	中国高校之窗
4	中国政法大学完善多元化教师考核评价机制	教育部官网
5	中国政法大学举办法律专题碑刻拓片展	《光明日报》
6	青春励志中国梦——中国政法大学第十一届"自强之星"暨"感动法大人物"颁奖典礼举行	《法制日报》
7	中国政法大学环境资源法研究所发布《新〈环境保护法〉实施效果评估报告》	环球网
8	老故事频道：《艺林春秋》孙鹤	中央电视台
9	访碑记	《法制日报》
10	最高法最高检司法部与中国政法大学签共建协议	《中国教育报》
11	学习贯彻总书记重要讲话精神　全力推进学校"双一流"建设——中国政法大学 65 周年校庆纪念大会隆重举行	法制网
12	以法治实践发展与法学理论研究为主题　第三届法学前沿论坛在北京举行	《法制日报》
13	中国政法大学 65 周年校庆纪念大会举行	人民网
14	英雄模范走进高校　先进事迹催人泪下　全国公安系统英雄模范立功集体先进事迹报告会在中国政法大学举行	人民网

序号	新闻标题	媒体平台
15	习近平在中国政法大学考察时强调　立德树人德法兼修抓好法治人才培养　励志勤学刻苦磨炼促进青年成长进步	中央电视台
16	北京高校学习贯彻习近平总书记考察中国政法大学重要讲话精神	北京电视台
17	总书记与我们在一起	中央电视台
18	为全面依法治国培养更多优秀人才	中央电视台
19	坚持立德树人培养法治人才	《法制日报》
20	立德树人德法兼修抓好法治人才培养　励志勤学刻苦磨炼促进青年成长进步	《人民日报》
21	培育德才兼备　信仰坚定的法治人才——与中国政法大学青年师生对谈法治人才培养	《光明日报》
22	全国政法类高校（学院）共青团学习习近平总书记重要讲话精神研讨会在京举行	《法制日报》
23	"学习贯彻习近平总书记重要讲话精神　全面提升法治人才培养质量"专家座谈会在法大举行	《法制日报》
24	法学教育要德法兼修——访中国政法大学校长黄进	《人民日报》
25	黄进：志存高远　培养卓越法治人才	《光明日报》
26	石亚军：为全面依法治国培养更多优秀人才——学习习近平总书记考察中国政法大学时的重要讲话	《求是》
27	中国政法大学师生：总书记为我们的主题团日点赞	人民网
28	立德树人德法兼修抓好法治人才培养　励志勤学刻苦磨炼促进青年成长进步	新华网
29	习近平：青年要立志做大事，不要立志做大官	新华网
30	在实现中国梦中绽放青春光芒——习近平总书记在中国政法大学考察时的重要讲话引起热烈反响	新华网
31	习近平考察中国政法大学："法治中国的未来在年轻人身上"	中国青年网
32	习近平考察中国政法大学：青年要立志做大事，不要立志做大官	央广网

续表

序号	新闻标题	媒体平台
33	为全面依法治国培养更多优秀人才——习近平总书记在中国政法大学考察时的重要讲话引起热烈反响	新华社
34	让青春为法治中国绽放——习近平总书记考察中国政法大学回访	新华社
35	石亚军：高校思想政治工作必须虚功实做——学习贯彻习近平总书记考察中国政法大学时发表重要讲话精神的体会	党建网
36	"内地与港澳法学教育联盟"成立大会在京召开	人民网
37	中国政法大学：遵循"一个专业，多种培养方案"的培养理念	央广网
38	全国政法大学"立格联盟"第八届高峰论坛举行	法制网
39	《立格联盟院校法学专业教学质量标准》发布 中国政法大学校长黄进详解标准的制定背景、过程和主要内容	《法制日报》
40	胡明任中国政法大学党委书记	教育部官网
41	胡明同志担任中国政法大学党委书记	人民网
42	为全面依法治国贡献力量（深入学习贯彻习近平同志系列重要讲话精神）	人民网
43	马怀德：完善以宪法为核心的中国特色社会主义法律体系	人民网
44	聚力德法兼修法治人才培养——中国政法大学以总书记重要讲话精神引领法学教育发展	《光明日报》
45	黄进：培养德才兼备的高素质法治人才	人民网
46	马怀德：完善以宪法为核心的中国特色社会主义法律体系	人民网
47	中国政法大学："法学"＋"信息管理学"首迎新生	《中国教育报》
48	为世界环境法制发展提供中国智慧 联合国环境规划署·中国政法大学环境法研究基地成立	《中国矿业报》
49	中国政法大学对口支援甘肃政法学院	《甘肃日报》
50	中国政法大学成立法治信息管理学院 首创工科专业	人民网
51	以多边合作机制应对法律风险 为"一带一路"建设提供法律支撑	《人民日报》

序号	新闻标题	媒体平台
52	为全球人权治理作中国贡献——在中国特色人权发展道路上继续前行	《光明日报》
53	《法治政府蓝皮书：中国法治政府评估报告（2017）》在京发布	法制网
54	法治政府蓝皮书：地方政府问责重制度而轻落实	人民网
55	中国政法大学学子热议十九大报告：中国青年进入新时代	《中国青年报》
56	黄进：发挥立法在国家治理体系和治理能力现代化中的引领和推动作用	《求是》
57	中国政法大学教授：推进依法治国　中国立法更加关注民众的基本权利	国际在线
58	焦洪昌：十九大报告提出要依法立法　即破除部门利益法律化问题	人民网
59	用留置取代"两规"意味着什么？——解读国家监察体制改革	新华网
60	"抓住环境保护和生态文明建设最关键最迫切问题"	法制网
61	法大复旦等五所高校举行"厉害了我的国"校园迷你马拉松活动	澎湃新闻
62	大学生模拟法庭竞赛在政法大学揭幕	《法制晚报》
63	政法大学成立反腐研究中心　加快培养反腐败方面人才	《法制晚报》
64	中国政法大学数据安全与应用规范研究基地正式成立	新华网
65	党的十九大代表走进中国政法大学	人民网
66	王建芹：为党的建设贡献法大人的智慧和方案	《法制日报》
67	教师法治教育研究中心成立	《法制日报》
68	黄进：创新发展新时代中国特色社会主义法治理论	《法制日报》
69	中国政法大学时建中：大数据立法已经严重滞后于实践	凤凰网
70	大学生模拟法庭竞赛在政法大学揭幕	《法制晚报》
71	中国政法大学成立网络法学研究院	正义网
72	中国政法大学：以内涵发展加快推进法学教育现代化	人民网
73	六所高校发起组建法学一流学科建设共同体倡议	央广网

序号	新闻标题	媒体平台
74	应松年行政法学基金成立	大众网
75	法大积极参与最高检扶贫村帮扶	《检察日报》
76	黄进：高校是宪法教育的主阵地	《法制日报》
77	第四届法治中国论坛在京举行	《人民法院报》
78	构建中国特色社会主义法学体系的体会和探索	《光明日报》
79	马怀德教授当选 CCTV2017 年度法治人物	央视网
80	建设中国特色法学　推进全面依法治国——第四届"法治中国论坛"发言摘登	光明网
81	研究服务青年成长成才　中国政法大学首家青年研究中心揭牌	《中国青年报》
2018 年		
1	德法兼修　励志勤学	《光明日报》
2	培养新时代高素质法治人才	《光明日报》
3	为党内法规制度的建设贡献力量	《光明日报》
4	建设中国特色世界一流法科强校——中国政法大学深入学习贯彻十九大精神	《光明日报》
5	云南省西畴县西洒镇瓦厂村第一书记巩宸宇——博士驻村，从一件件小事做起	《人民日报》
6	2017 年度法学教育十大新闻	《法制日报》
7	黄进：开启教育强国建设新征程	《法制日报》
8	中国政法大学法学院大数据和人工智能法律研究中心成立仪式	法制网
9	中国政法大学再添"111 计划"学科创新引智基地	中企网
10	法大博士边疆服务团首站到云南文山	人民网
11	让监督体系发挥最大合力　访中国政法大学副校长马怀德	《人民日报》
12	法大教授 18 年"普法万里行"	《北京日报》
13	中国政法大学国家法律援助研究院成立	《检察日报》

序号	新闻标题	媒体平台
14	勇担党内法规研究使命 中国政法大学法学院成立党内法规研究中心	中国警察网
15	中国首部仲裁纪录片研讨座谈会在中国政法大学召开	人民网
16	让春节有效适应生活方式和精神需要 中国政法大学终身教授李德顺	《北京日报》
17	刑事辩护科学分类之规律——中国政法大学娄秋琴	《检察日报》
18	全球学的时代价值——中国政法大学全球化与全球问题研究所教授蔡拓	《人民日报》
19	二十一世纪中国马克思主义的真理力量——中国政法大学马克思主义学院教授张秀华	《光明日报》
20	【十九大·理论新视野】理论创新是一项艰苦的科学劳动——中国政法大学终身教授、人文学院名誉院长李德顺	人民论坛网
21	李树忠：宪法修改的重大意义、总体要求和原则	求是网
22	宪法修改彰显政治智慧和历史担当（望海楼）——作者为中国法学会宪法学研究会副会长、中国政法大学副校长李树忠	《人民日报》海外版
23	思想的旗帜在宪法中飘扬——访中国法学会宪法学研究会副会长、中国政法大学副校长李树忠	《人民日报》
24	曹义孙：一刻不停践行法学学者使命	《法制日报》
25	马怀德：强化法治观念 带头尊崇宪法	《中国纪检监察报》
26	为坚持党的领导提供强有力宪法保障——访中国政法大学校长黄进	《人民日报》
27	对我国宪法作出适当修改符合宪法发展规律——专访中国法学会宪法学研究会副会长、中国政法大学副校长李树忠	新华网
28	坚决拥护深入学习宣传贯彻宪法修正案——法学法律界学习宣传贯彻宪法座谈会发言摘要	《检察日报》
29	马怀德：监察法中的"中国话语"择要	人民网

续表

序号	新闻标题	媒体平台
30	《法治政府蓝皮书：中国法治政府发展报告（2017）》在京发布	央广网
31	海淀城管普法进校园　首站走进中国政法大学	央视网
32	新时代需要有理想有本领有担当的青年——中国教育报刊社"宣讲行高校行"首场主题活动侧记	《中国教育报》
33	"我在国际组织实习"	《人民日报》中央厨房
34	中国政法大学"同步实践教学"全面升级	法制网
35	坚持全面依法治国（作者：中国政法大学副校长马怀德）	《求是》
36	中国古代司法并非一味以刑杀为威，孔子就有无讼主张	《北京日报》
37	新论：生态文明入宪，美丽中国出彩（作者为中国政法大学环境资源法研究所所长于文轩）	《人民日报》
38	法律人的明天会怎样（作者系中国政法大学教授许身健）	正义网
39	美企用实际行动证明了美国政府对中国知识产权保护的指责缺乏依据（作者系中国政法大学知识产权研究中心特约研究员李俊慧）	法制网
40	立德树人　德法兼修——中国政法大学：青春梦想融入丰富的法律服务	《人民日报》
41	新时代中国政法大学交出一份"法大答卷"　专访中国政法大学校长黄进	《法制日报》
42	许身健：法律人，未来国家治理的中坚力量	《检察日报》
43	胡明：探索中国特色法学教育新路径新模式	《光明日报》
44	坚持问题导向　提升学习实效　推进世界一流政法大学建设教育部党组与中国政法大学党委理论学习中心组开展联合学习	《中国教育报》
45	交出不负嘱托的"法大答卷"	《光明日报》
46	志向是奋斗的原动力也是人生的定盘星——习近平总书记考察中国政法大学一周年回访	《法制日报》
47	中国政法大学打造法治人才培养体系"升级版"	《中国教育报》

序号	新闻标题	媒体平台
48	习近平勉励中国政法大学民商经济法学院 1502 班团员青年用一生来践行跟党走的理想追求	新华社
49	法大研支团：践行总书记嘱托　勇担新时代使命	中国青年网
50	纪念习近平总书记考察中国政法大学一周年座谈会在京召开	人民网
51	胡明：创新法学教育模式　培养德法兼修的高素质法治人才	中国高等教育
52	黄进：培养德法兼修的高素质法治人才　引领中国法学教育进入新时代	中国高等教育
53	打好中国底色　首都高校百万师生同上一堂课：不辱使命砥砺前行	中国教育电视台
54	赵方强：妥妥的士兵学霸	《中国青年报》
55	突破体制机制障碍　重组整合教学要素——中国政法大学："跨"出复合型人才培养路	《中国教育报》
56	王沛然：青年立志做大事	人民网
57	法大研支团不忘初心为建设法治中国贡献力量	中国青年网
58	法大师生进法院	法制网
59	最高检检察技术信息研究中心与中国政法大学签订合作协议	《检察日报》
60	监察法从形式到内容充分体现"中国话语"——访中国行政法学会会长马怀德	法制网
61	最高检检察技术信息研究中心与中国政法大学签订合作协议	正义网
62	马怀德：教育领域贯彻实施宪法的四个重点	中国高等教育
63	组图：六小龄童现身政法大学讲座　台上表演孙悟空英姿不减	新浪图片
64	大家手笔丨黄进：新时代大国青年的家国情怀	《人民日报》
65	胡明：用中国特色社会主义法治理论引领法治体系建设	《中国法学》
66	全国首次"网络电子存证"模拟庭审成功举办	法晚网
67	不同的回信　共同的初心——北京大学、中国政法大学、中国劳动关系学院师生成功举办迎七一主题党日团日活动	光明网
68	为机构改革提供坚强法治保障——访中国政法大学副校长马怀德	《人民日报》
69	通过人联网"秒聚"全球——访中国政法大学教授张楚	民主与法制网

续表

序号	新闻标题	媒体平台
70	影响中国仲裁发展的四大理论问题（中国政法大学仲裁研究院副院长姜丽丽）	法制网
71	全国政法大学"立格联盟"第九届高峰论坛暨崇明世界级生态岛建设法治研讨会在上海崇明召开	央广网
72	政法大学学生在校门口设值班岗　帮 26 名员工讨回 200 万补偿款	《北京青年报》
73	40 年法学教育与改革开放同频共振	《法制日报》
74	实名制与黑名单能否终结网络直播乱象	法制网
75	"高铁霸座"事件引发社会持续关注　业内专家剖析背后法律深意　对小恶零容忍利于提升公众法治素养　对话人：中国政法大学法治政府研究院院长王敬波	法制网
76	中国政法大学副校长时建中带队赴海南考察交流	《法制日报》
77	中国政法大学党委书记胡明：深度参与和推动全国律师行业党建工作	人民网
78	过优质的大学生活　做有为的"千禧一代"	《法制日报》
79	中国政法大学：与国家级艺术院团共建美育课	《中国教育报》
80	法律硕士学院要提供完善的"法律诊所"教育	《法制日报》
81	中国政法大学法学院举行 40 周年院庆活动	人民网
82	中国政法大学政治经济研究中心揭牌仪式在京举行	人民网
83	中国政法大学研支团实施阅读习惯养成计划	中国青年网
84	引领改革方向的宪法	《法制日报》
85	中国法律史学会 2018 年年会暨中华法文化与法治中国建设研讨会举行	中国社会科学网
86	第八届国家级高等教育教学成果奖结果出炉：法大夺魁	中国法学创新网
87	中国政法研支团发起书海阅读团体一起捐活动	中国青年网
88	江平：为法治奋斗的传奇人生	《法制日报》
89	中国刑事诉讼法学研究会 2018 年年会举行　陈光中获中国刑事诉讼法学终身成就奖	《法制日报》
90	黄进：提升公信力是推动仲裁事业发展的关键	《法制日报》

序号	新闻标题	媒体平台
91	第五届中国法治政府奖评选揭晓	《法制日报》
92	"中国政法大学国家法律援助研究院黑龙江研究基地"举行揭牌仪式并正式运行	人民网
93	中国政法大学：坚持深化改革创新　建设中国特色世界一流法科强校（黄进发言稿）	人民网
94	马怀德：中华法学必须立足中国解决中国问题	人民法治网
95	马怀德：保证高校教师的稳定性是教师队伍建设的关键	人民网
96	中国政法大学副校长马怀德出席人民网 2018 大学校长论坛	人民网
97	第五届"中国法治政府奖"终评评审暨颁奖典礼成功举行	人民法治网
98	中国政法大学研究生支教团精准普法服务基层	《光明日报》
99	中国政法大学中欧法学院建院十周年　助力中欧长足发展	人民网
100	布加勒斯特孔院举办专题研讨会庆祝建院 5 周年	新华网
101	马怀德　行政法治建设的建言者	《法制日报》
102	"马克思主义与法治中国"全国学术研讨会在京召开	人民网
103	中国政法大学第一届法大人马拉松比赛举行	法制网
104	中国政法大学第一届法大人马拉松比赛举行	新华网
105	孙鹤书香墨韵提升法律人审美水平	《法制日报》
106	"文化战略进校园"走进中国政法大学	人民网
107	中国政法大学：第五届"法治中国论坛"在京举行	《中国教育报》
108	守正创新国际法　砥砺前行中国路	《法制日报》
109	中国政法大学诉讼法学研究院名誉院长樊崇义：法律监督定位是检察制度现代化基本坐标	《检察日报》
110	"庆祝改革开放 40 年之 40 位人物访谈录"之八——江平：为法治奋斗的传奇人生	《法制日报》
111	首家全国律师行业党校培训基地落户中国政法大学	《法制日报》
112	中国政法大学副校长时建中：大数据法治建设仍处于滞后状态　数据开放需推动全国立法	凤凰网
113	中国政法大学成立世界通证研究中心	中国广播网

续表

序号	新闻标题	媒体平台
114	中国政法大学与北京市通州区人民法院签订法治教育合作框架协议	人民网
115	中国政法大学举办律通法律职业指引沙龙系列活动	中国经济网
116	中国曲艺家协会主席姜昆被聘为中国政法大学商学院客座教授	曲艺网
2019 年		
1	"民族情·复兴路"港澳台学生主题征文活动颁奖仪式举行	《光明日报》
2	"改革开放 40 年与律师职业发展"首届新年论坛举行	《法制日报》
3	中国政法大学聚焦重点求突破　统筹推进抓落实深入学习贯彻全国教育大会精神	教育部官网
4	2018 年度法学教育十大新闻	《法制日报》
5	"中国民法典编纂的内在体系与外在体系"研讨会召开	法制网
6	我国涉外法治专业人才培养是系统工程	《法制日报》
7	曹义孙委员：建立适应新时代的解纷机制	《法制日报》
8	张桂林：深化中国特色政治学研究	《人民日报》
9	曹义孙委员：《外商投资法》体现出的是共赢的思路和原则	中国报道网
10	一张黑洞照片照出图片版权"黑洞"——采访中国政法大学费安玲教授	中国教育电视台
11	张晋藩：中华法文化的传统与史鉴价值	《求是》
12	中国政法大学法学院党内法规研究中心主任、教授王建芹：执规必严　使党内法规真正落地	《光明日报》
13	区块链技术的证据法价值（作者为中国政法大学教授施鹏鹏、研究生叶蓓）	《检察日报》
14	潘汉典：书生报国尺幅间	《光明日报》
15	黄进：知行合一方能"德法兼修"	《人民日报》
16	大学生给小学生上课法治教育也能"大手牵小手"	《中国青年报》
17	中国政法大学开展"社会主义法治教育进校园"活动	《法制日报》
18	东哥讲"段子"　课堂为之"燃烧"	《劳动午报》

序号	新闻标题	媒体平台
19	高水平对外开放推动世界共同繁荣（中国政法大学全球化与全球问题研究所副所长刘贞晔）	《光明日报》
20	应松年：从依法行政到建设法治政府	《人民日报》
21	《证据科学论纲》首发式暨证据科学理论研讨会在京举行	《法制日报》
22	中国政法大学法律职业资格考试学院：努力加强法律资格考试研究　促进法学教育	法制网
23	中国政法大学第二届"法大人马拉松"暨67周年校庆长跑热力开跑	法制网
24	中国政法大学第二届"法大人马拉松"暨67周年校庆长跑举行	人民网
25	中国政法大学第二届"法大人马拉松"暨67周年校庆长跑热力开跑	央视网
26	乌兰图雅中国政法大学交流分享会尽展新时代文艺工作者风采！	凤凰网
27	马怀德任中国政法大学校长	教育部官网
28	马怀德任中国政法大学校长	法制网
29	中国政法大学举办第十二届"自强之星"暨"感动法大人物"颁奖活动	法制网
30	中国政法大学2019届研究生毕业典礼暨学位授予仪式举行	《法制日报》
31	"新手上路"别怕！	《法制日报》
32	第三届法庭科学司法鉴定标准建设研讨会举行	《法制日报》
33	应松年、徐杰教授被授予全国杰出资深法学家	《法制日报》
34	我国首份仲裁公信力评估报告出炉　第三方评估标准体系已建立　仲裁公信力取决于服务质量	《法制日报》
35	中国政法大学与四川省司法厅共建全国领导干部法治教育合作基地　举行签约仪式	法制网
36	中国政法大学法学学科国内排名拔得头筹	《法制日报》
37	东方嘉石：中华法系的见证	《法制日报》

序号	新闻标题	媒体平台
38	中国政法大学教授霍政欣：联邦快递有违市场规则和契约精神	央视新闻
39	内蒙古：携手高校成立法治教育基地	《检察日报》
40	中国政法大学人权研究院教授张伟：以发展促人权，标本兼治，中国政府有效遏制新疆暴恐势力蔓延	《人民日报》
41	中国政法大学建立网上投诉建议处理机制积极回应师生关切	教育部官网
42	"庆祝新中国成立 70 周年——书画名家书写法治作品展"在京开幕	民主与法制网
43	香港学生，请在军都山下度过美好时光	《光明日报》
44	中国政法大学人权研究院教授张伟：皮之不存　毛将焉附	《人民日报》
45	为百姓点亮公平正义的明灯——全国模范法官李庆军同志先进事迹报告会中国政法大学专场侧记	澎湃新闻
46	今天，法大与新中国民主法治同行	央视新闻
47	马怀德：建设德才兼备的高素质法治队伍（新论）	《人民日报》
48	马怀德、林华：为推进国家治理体系和治理能力现代化提供有力组织保障（深入学习贯彻习近平新时代中国特色社会主义思想）	《人民日报》
49	中国政法大学《忆峥嵘岁月》作品获得 2019 年"读懂中国"最佳征文奖	《法制日报》
50	中国政法大学多措并举加强实践育人	教育部官网
51	中国政法大学庆祝国际法学院成立三十周年　新中国与国际法七十年论坛同时举办	中国教育新闻网
52	张桂林：中国政治学 70 年成就与展望	党建网
53	胡明：筑牢法学教育立德树人根基	《光明日报》
54	黄进：如何加强涉外法治人才培养	《法制日报》
55	中国政法大学：凝心聚力探索主题教育新路径	中国教育新闻网
56	中国政法大学：给主题教育增添青春色彩	《中国教育报》
57	第十一届北京市大学生模拟法庭竞赛举办	中国教育新闻网

序号	新闻标题	媒体平台
58	中国政法大学研究生支教团"法大班"励志助力计划接力仪式举行	中国青年网
59	治国大计　筑基长远——专家学者谈学习领会十九届四中全会精神	中央电视台
60	培养法治人才　服务国家治理体系和治理能力现代化	中国教育电视台
61	中国政法大学召开学习四中全会精神座谈会	《光明日报》
62	网络视听产业法律保护疑难问题研讨会顺利召开	新华社
63	马怀德：全会公报呈现三大亮点　明确提出时间表	新华网
64	中国政法大学"江苏青年企业家法治教育合作基地"揭牌	人民网
65	第八届首都大学生记者基本功大赛举行	《中国教育报》
66	第八届首都大学生记者基本功大赛结果出炉——中国传媒大学学生记者拔得头筹	《光明日报》
67	第八届首都大学生记者基本功大赛在中国政法大学举办	《人民日报》
68	第十一届北京市大学生模拟法庭竞赛落幕　北京师范大学等获团体一等奖	《光明日报》
69	中国政法大学坚持学查改相结合　悟知行相统一　扎实开展"不忘初心、牢记使命"主题教育	教育部官网
70	听法律老学长讲中国法治故事——张军与法大学子夜话中国特色社会主义司法制度	《检察日报》
71	政法实务大讲堂走进中国政法大学	中国法院网
72	中国政法大学校长马怀德：弘扬宪法精神　推进国家治理体系和治理能力现代化	中央电视台
73	建立"中国政法大学立法研究院"暨"北京市人大常委会立法研究基地"	北京卫视
74	税务总局就个人所得税综合所得汇算清缴公开征求意见：汇算清缴"按年算账　多退少补"——采访中国政法大学财税法研究中心主任施正文	央视新闻
75	第二届"马克思主义与法治中国"全国学术研讨会在北京召开	中国教育电视台

续表

序号	新闻标题	媒体平台
76	从马克思主义经典中寻找"法治中国"建设资源	《光明日报》
77	何君尧获中国政法大学颁发名誉博士学位	海外网（《人民日报》海外版官方网站）
78	何君尧：获颁中国政法大学名誉博士学位犹如"强心针"	上海东方卫视
79	中国政法大学检察公益诉讼研究基地揭牌	中国长安网
80	中国政法大学积极开展宪法宣传教育工作	教育部官网
81	第二届"马克思主义与法治中国"全国学术研讨会召开	人民网
82	积极落实共建领导干部法治教育合作基地计划，中国政法大学举行四川全面依法治省能力素质培训班等专题教育培训	法制网
	2020 年	
1	2019 年度法学教育十大新闻	《法制日报》
2	坚定不移走中国特色社会主义法治道路（作者：教育部习近平新时代中国特色社会主义思想研究中心，执笔：胡明）	《光明日报》
3	综合施策促进关键共性技术创新（作者：巫云仙，中国政法大学商学院教授、北京市习近平新时代中国特色社会主义思想研究中心特约研究员）	《光明日报》
4	法大校长马怀德：应急防护物资应由国家统一无偿配给	《新京报》
5	"法学与国家的现代性"学术研讨会举办	人民网
6	中国政法大学与新乡市人民政府签署战略合作框架协议	民主与法制网
7	行政协议诉讼为行政诉讼打开一扇窗	法制网
8	2019 年度法学教育十大新闻	人民网
9	专家在京探讨推进国家治理体系和治理能力现代化	中国新闻网
10	中国政法大学蓟门决策第 113 期在京举行	法制网
11	"中国之治·制度之光"系列活动启动	人民网
12	战疫情｜多渠道引导师生科学防疫 在家学习充电	中央电视台
13	中国政法大学聚焦"五个维度"坚决打赢疫情防控阻击战	教育部
14	中国政法大学学子原创说唱歌曲《武汉 City 等你回来》	央视频

序号	新闻标题	媒体平台
15	中国政法大学海外孔子学院为中国加油	海外网（《人民日报》海外版官方网站）
16	中国政法大学海外孔子学院为中国加油	光明网
17	中国政法大学、法制网联合开通在线免费法律课程	人民网
18	疫情期间工资怎么发？看三大高校战"疫"说"法"	中国教育新闻网
19	中国政法大学：为提高依法防疫水平提供支持	中国教育新闻网
20	中国政法大学、法制网联合开通在线免费法律课程	法制网
21	同心战"疫"　三校说"法"	人民网
22	平安中国　共同守望　法大人唱响《远方的守望》	央视网
23	中国政法大学：《远方的守望》	教育部
24	"哄抬物价"之与"非法经营罪"相关的司法案例数据分析报告	法制网
25	共同战"疫"　法大学子原创 Rap《武汉 City 等你回来》致敬前线人员	《人民日报》
26	法大研支团开展"领航式"云伴学探索支教新模式	中国青年网
27	中国政法大学提醒您：别胡来！这样做是违法的！	新华社
28	法大校长马怀德：应急防护物资应由国家统一无偿配给	《新京报》
29	同心战"疫"　三校说"法"	《中国教育报》
30	中国政法大学和法制网联合推出网络课程	《法制日报》
31	"五校连枝"：政法高校的别样战"疫"	《法治周末》
32	为疫情防控提供有力法治保障	学习强国学习平台
33	中国政法大学与牛津大学圣艾德蒙学院签署合作协议	人民网
34	中国政法大学班戈孔院促进多元文化的交流与融合	海外网（《人民日报》海外版官方网站）
35	马怀德教授：为疫情防控提供有力法治保障	《现代教育报》

序号	新闻标题	媒体平台
36	原创 MV《远方的守望》，承载祝福，传递希望	新华社
37	中国政法大学着力做好"四个一" 积极推进"停课不停学、提质更增效"	教育部官网
38	哀悼！著名婚姻法学家、中国政法大学巫昌祯教授辞世	民主与法制网
39	新中国婚姻法学奠基人巫昌祯教授辞世	中国新闻网
40	马怀德：为疫情防控提供法治保障	《光明日报》
41	著名婚姻法学家巫昌祯辞世，曾参加我国婚姻法两次修订	《北京日报》
42	新中国婚姻法学奠基人巫昌祯教授辞世	《新京报》
43	巫昌祯：毕生关注女性命运，用爱的力量彰显法律尊严	《光明日报》
44	清明，思旧怀人	《光明日报》
45	中国政法大学罗马法与意大利法研究中心向意大利罗马第二大学附属医院等捐赠防疫物资	民主与法制网
46	中国政法大学民商经济法学院"党建+就业"模式精准服务应届毕业生——小支部有大作为	中国教育新闻网
47	马怀德：推动中国特色社会主义法治理论体系创新发展	《求是》网
48	马怀德：推动中国特色社会主义法治理论体系创新发展	光明网
49	廉希圣：基本法保障我国香港地区长期繁荣稳定	《大公报》
50	夜空中最亮的星——写给巫昌祯老师的信	《光明日报》
51	张晋藩：古代抗疫举措中彰显的民族智慧	《光明日报》
52	"小支部，大作为"——中国政法大学民商经济法学院以党建促就业	《光明日报》
53	马怀德：推动中国特色社会主义法治理论体系创新发展	《光明日报》
54	牢记使命，服务全面依法治国——中国政法大学全力办好法学教育、抓好法治人才培养（专版）	《光明日报》
55	年年春风里，岁岁吐芳华——访我国著名诉讼法学家、中国政法大学终身教授陈光中	《人民法院报》
56	用行动诠释青年学生的理想与信念——中国政法大学"1502"新时代青年知行社成员深入践行总书记嘱托	《中国教育报》
57	"中国担责论"在国际法上根本站不住脚（中国政法大学国际法学院院长孔庆江）	《光明日报》

续表

序号	新闻标题	媒体平台
58	世卫大会：公道自在人心（作者：孔庆江，中国政法大学国际法学院院长、教授）	《光明日报》
59	黄进：就新冠肺炎疫情在美国法院滥诉中国政府——彻头彻尾的违反国际法行为	《人民日报》
60	习近平总书记考察中国政法大学三周年暨"创新发展中国特色社会主义法治理论体系研究"学术研讨会举行	中国教育新闻网
61	如何培养德法兼修的法治人才？这场会议给出答案	人民网
62	用行动诠释青年学生的理想与信念——中国政法大学"1502"新时代青年知行社成员深入践行总书记嘱托	教育部官网
63	中国政法大学"新时代青年法科学子的使命和担当"研讨会举行	法制网
64	国际法专家：美方所谓"中国赔偿论"于理不通、于法无据	新华社
65	中国政法大学建校 68 周年暨优秀校友表彰大会举行	法制网
66	中国政法大学位居"2020 软科中国大学排名（政法类）"榜首	民主与法制网
67	中国政法大学党委理论学习中心组赴北京互联网法院调研	民主与法制网
68	中国政法大学联合五大媒体开展民法典普法宣传活动	法制网
69	揭穿"中国责任论"背后的政治算计——访中国政法大学教授黄进	新华社
70	中国政法大学等高校推出 11 门思政"全"课堂课程	人民网
71	胡明：创新发展中国特色社会主义法治理论	光明网
72	思想纵横：创新发展中国特色社会主义法治理论（胡明）	中国共产党新闻网
73	创新发展中国特色社会主义法治理论（胡明）	新华网
74	孔庆江：坚持主权豁免原则　应对疫情"诉讼战"图谋	新华社
75	霍政欣：美式滥诉缺少基本法律与事实根据	新华社
76	十三届全国人大常委会专题讲座第十七讲——马怀德：我国的行政法律制度	中国人大网
77	马怀德：民法典时代行政法的发展与完善	《光明日报》
78	胡明：创新发展中国特色社会主义法治理论	《人民日报》
79	大师风范法治情怀　恭贺陈光中先生九十华诞	《法制日报》
80	马怀德：贯彻习近平法治思想　培养高素质法治人才	《中国教育报》
81	张晋藩：从古代民事法律中汲取智慧	《人民日报》

序号	新闻标题	媒体平台
82	为"一国两制"行稳致远提供制度保障——中国法学会学习贯彻《中华人民共和国香港特别行政区维护国家安全法》专家座谈会发言摘编	《人民日报》
83	中国政法大学于飞教授解读：民法典被称为"法典"的原因	《中国青年报》
84	让社会更加公平正义和谐有序 访中国政法大学法律史学研究院副院长林乾	《中国纪检监察报》
85	民法典：植根中华文化 彰显民族智慧（作者易军）	《光明日报》
86	黄进：始终坚持国际法基本原则	《人民日报》
87	习总书记与我们一起过"主题团日"	《中国青年报》
88	内地高校港生：香港国安法带来新的希望	中国新闻网
89	讲清楚实施好民法典 更好保障人民的合法权益（采访于飞）	人民网
90	《中华人民共和国香港特别行政区维护国家安全法》制定与实施学术研讨会在中国政法大学召开	民主与法制网
91	胡明：一部固根本、稳预期、利长远的法律	人民网
92	中国政法大学举行 2020 届毕业典礼	新华网
93	最受欢迎的十大民法典讲座盘点	法制网
94	中国政法大学：六年制法学实验班的探索之路	人民网
95	《中华人民共和国香港特别行政区维护国家安全法》学术研讨会举行	中央电视台
96	中国政法大学实践教学基地：为传统法律文化研究搭建平台	中国教育电视台
97	《都市晚高峰》：中国政法大学进行学生返校模拟演练	北京电视台
98	北京市西城区政府与中国政法大学签署战略合作协议	民主与法制网
99	中国政法大学：六年制法学实验班的探索之路	民主与法制网
100	赵卯生：新时代怎样进行伟大斗争	人民论坛网
101	中国政法大学举办沈家本诞辰 180 周年纪念活动	法制网
102	胡继晔：构建统一监管制度 加快数据要素立法修法	人民网
103	中国特色社会主义的分配公平（作者：邴丽华，本文系国家社科基金重大项目〔20ZDA014〕阶段性成果）	《光明日报》

序号	新闻标题	媒体平台
104	中国政法大学与北京外国语大学合作培养涉外法治人才	《中国教育报》
105	中国政法大学今起迎新，将有 2100 余名本科新生陆续报到	《新京报》
106	中国政法大学"法律职业伦理在中国的实践"研讨会成功举办	民主与法制网
107	中国政法大学法学院卓越法律人才培养基地落户法先生	新浪 VR
108	《利济生民：水利碑刻拓片展》在京举行	法制网
109	中国政法大学与北京外国语大学展开涉外法治人才本硕贯通培养合作	新浪看点
110	中国政法大学姜世波教授受邀参加纪念《体育法》颁布 25 周年专题学术研讨	民主与法制网
111	胡明：从高等教育大国到高等教育强国的历史性跨越	人民论坛网
112	中国政法大学举行著名书画家进校园捐赠笔会活动	光明网
113	中国经济法学科奠基人、中国政法大学教授徐杰逝世	澎湃新闻
114	中国政法大学举行新冠肺炎防疫物资捐赠仪式	法制网
115	中国政法大学校长为新生讲授习近平新时代中国特色社会主义思想概论第一课	中国教育新闻网
116	中国国际法学会会长、中国政法大学教授黄进：智慧法院建设促进中国法治的国际传播	最高人民法院新闻网
117	《都市晚高峰》：中国政法大学大巴车接机接站 新生报到倍感温暖	北京电视台
118	《北京您早》：中国政法大学迎新 提供一站式报到服务	北京电视台
119	《北京您早》：勤俭节约不浪费 高校"光盘"徽章受欢迎	北京电视台
120	"重申对多边主义的坚定承诺，推动构建人类命运共同体"——习近平主席在联合国成立 75 周年纪念峰会上的讲话	中央广电总台国际在线
121	司法文明指数报告：镜照司法文明现状 培养未来司法精英	中国教育电视台
122	澄清国家安全教育融入思政课的认识误区（作者李志强，中国政法大学马克思主义学院教授）	中国教育新闻网
123	中国政法大学法律硕士学院举办"法硕教育国际研讨会"	民主与法制网
124	中国政法大学积极履行法治宣传教育责任 不断加强公益普法培训体系建设	人民网
125	中外法硕教育专家"云"探讨人才培养模式创新等挑战	中国新闻网
126	内蒙古通辽：中国政法大学法学教育实践基地挂牌	正义网

序号	新闻标题	媒体平台
127	《中国司法文明指数报告 2019》在京发布	法制网
128	中国政法大学党规研究中心举办《党规学（党员干部版）》发行仪式暨党规与国法学术研讨会	新华网
129	中国政法大学党规研究中心举办《党规学（党员干部版）》发行仪式暨党规与国法学术研讨会	人民网
130	中国政法大学刑事司法学院教授汪海燕：不应忽视认罪认罚从宽的权利品性	正义网
131	《民法典》颁布后文艺界名人隐私权的保护（作者张彤，中国政法大学比较法学研究院教授）	《中国艺术报》
132	24 012 份问卷形成数据分析 浙江省第一名｜《中国司法文明指数报告 2019》发布	《法治日报》
133	中国政法大学法学院举办"立法与国家治理论坛"	《民主与法制时报》
134	中华法文化与中华民族精神（作者：张晋藩，系国家社科基金重大委托项目"创新发展中国特色社会主义法治理论体系研究"首席专家、中国政法大学终身教授）	《光明日报》
135	修订后未成年人保护法蕴含的国家责任理论（作者为中国政法大学未成年人事务治理与法律研究基地副主任苑宁宁）	《检察日报》
136	做强法治中国人才支撑（全面依法治国新成就）——打造一支忠诚担当的法治工作队伍（组稿采访马怀德）	《人民日报》
137	"伟大思想引领伟大实践"中国政法大学师生热议中央全面依法治国工作会议	《光明日报》
138	RONG 聚法大｜群英荟萃，容纳、融合与荣耀在这个舞台绽放	《潇湘晨报》
139	让法律服务植根农村、贴近农户（作者：赵庆杰，中国政法大学马克思主义学院教授）	《光明日报》
140	人民网与中国政法大学开展"网上群众工作案例走进大学思政课"教学合作	人民网
141	《人民法院诉讼证据规定适用指南》发布	央视网
142	中国政法大学举办文化盛典 校园歌手唱响青春	人民网
143	坚定不移走中国特色社会主义法治道路——习近平总书记在中央全面依法治国工作会议上的重要讲话引起强烈反响	中央电视台《新闻联播》

序号	新闻标题	媒体平台
144	霍政欣：圆明园流失兽首，如何再"聚首"？	中央电视台《新闻1+1》
145	脱贫攻坚法治报道：法援小组进社区	中央电视台《央视频》
146	中国政法大学：大中小学携手共建　推进法治教育一体化	北京电视台
147	中国政法大学：纪念国家宪法日　百名学子朗诵宪法原文	北京电视台
148	中国政法大学：宪法教育进小学　特色课堂大讨论	中央电视台
149	探索新时代青少年法治教育　扣好孩子们的"法治纽扣"	中国教育电视台
150	中国政法大学：宪法晨读　感受宪法权威　增强法治信仰	中国教育电视台
151	学习全面依法治国　培养德才兼备法治队伍	中国教育电视台
152	中国政法大学国家宪法日活动在京举行	中央电视台《热线12》
153	以马克思主义恩格斯思想指导法治中国建设	中国教育电视台
154	商业模式创新不应损害消费者权益（作者系中国政法大学民商经济法学院副教授，北京市消费者法学会副会长吴景明）	《法治日报》
155	中国政法大学副校长常保国一行到济南市历下区调研	大众网
156	《中国法治政府评估报告（2020）》发布　法治政府建设从外塑形象向内涵式发展转变	法制网
157	中国政法大学法学院党委"学思享"大讲堂第一讲开讲	法制网
158	中国政法大学法学院与炜衡杭州律师事务所共建卓越法律人才联系培养基地	民主法制网
159	中国政法大学、北京二中、史家小学三校合作　探索新时代青少年法治教育新路径新方式	《法治日报》
160	10名法学"生力军"获评"全国杰出青年法学家"称号	新华网
161	海外舆论关注中国生物多样性保护新发展（中国政法大学全面依法治国研究院刘静坤　余萌　刘天舒）	《法治日报》
162	第三届"马克思主义与法治中国"全国学术研讨会暨"恩格斯思想研究"高端论坛在京举行	光明网

序号	新闻标题	媒体平台
163	中国政法大学、北京二中、史家小学启动法治教育和思政课一体化共建基地	《北京青年报》
164	"地方立法理论与实践"研讨会在京举行	《光明日报》
165	中国政法大学"学思享"大讲堂开讲	《光明日报》
166	法治政府评估报告 2020 发布：法治政府建设进入深水区	《光明日报》
167	《中国法治政府评估报告（2020）》发布 法治政府建设进入深水区	《人民法院报》
168	完善全球治理的中国智慧中国力量（作者：中国政法大学马克思主义学院教授卫灵）	《红旗文稿》
169	中国政法大学法学院党委"学思享"大讲堂第一讲开讲	《法治日报》
170	马怀德：在法治建设中贯彻落实好"十一个坚持"	《光明日报》
171	"案—件比"是新时代检察工作的机制创新（第一作者为中国政法大学教授、国家法律援助研究院院长吴宏耀；第二作者为中国政法大学博士研究生王玉晴）	《检察日报》
172	黄进：坚持统筹推进国内法治和涉外法治	《光明日报》
173	深刻认识习近平法治思想的重大意义（深入学习贯彻习近平新时代中国特色社会主义思想）	《人民日报》
	2021 年	
1	深入研究依法治国 推动习近平法治思想进课堂	中国教育电视台
2	中国政法大学习近平法治思想研究院成立	中央电视台
3	时建中：优化法治化营商环境	中央电视台《新闻联播》
4	中国政法大学涉外知识产权高端人才教育培训班成功举办	人民网
5	学习习近平法治思想座谈会在京举行 中国政法大学习近平法治思想研究院成立	法制网
6	以良性市场秩序维护消费者权益——访中国政法大学副校长时建中	新华社
7	马怀德：习近平法治思想的核心要义	《人民法院报》
8	一年来法学教育关注哪些事？2020 年法学教育年度新闻正式揭晓！	《人民日报》

续表

序号	新闻标题	媒体平台
9	2020 年全国法学教育年度新闻正式揭晓	《法治日报》
10	习近平法治思想研究院在中国政法大学揭牌	《人民日报》
11	学习习近平法治思想座谈会召开	《中国教育报》
12	解廷民：改变人才"高消费"　党政机关、事业单位、国有企业要带头	《光明日报》
13	高质量发展需要创新和竞争良好互动——访中国政法大学副校长时建中	《经济日报》
14	强化反垄断　推动高质量发展——访中国政法大学副校长时建中	《人民日报》
15	强化反垄断　实现竞争和创新的良性互动——访中国政法大学副校长、国务院反垄断委员会专家咨询组成员时建中	《光明日报》
16	创新数据法学研究，助力数字中国建设	新华社
17	中国政法大学法学院"六年制法学人才培养模式实验班" 10 年探索，打造卓越法律人才 2.0 版	《中国教育报》
18	阮齐林谈刑法修正案（十一）实施	中央电视台《朝闻天下》
19	中国政法大学"习近平法治思想概论"课程开讲	中国教育电视台
20	培养德法兼修人才　全面推进法治中国建设	中国教育电视台
21	中国政法大学"习近平法治思想概论"课程正式开讲	中央电视台《热线 12》
22	今天　他们为烈士擦拭墓碑	北京电视台
23	清明将至缅怀先烈　政法大学百名师生举行公祭	北京电视台
24	"习近平法治思想概论"课走进全国政法院校　马怀德开讲中国政法大学第一课	民主与法制网
25	中国政法大学"习近平法治思想概论"课程正式开讲	法制网
26	中国政法大学"习近平法治思想概论"课程正式开讲	中国教育新闻网

序号	新闻标题	媒体平台
27	中国政法大学等 13 所高校实现思政课程共享	中国教育新闻网
28	焦洪昌：专业、兴趣、职业，有啥关联	《中国教育报》
29	马怀德：坚持建设中国特色社会主义法治体系	《人民日报》
30	霍政欣：构建"攻防兼备"的涉外法律体系	《环球时报》
31	中国政法大学"习近平法治思想概论"课程正式开讲	《人民日报》
32	全国高校院（系）立德树人知行联盟共建思政"全"课堂	《法治日报》
33	全国高校院（系）立德树人知行联盟思政"全"课堂启动	《人民日报》
34	中国政法大学与《法治日报》社法治教育战略合作协议签署	《法治日报》
35	学术人生：中俄法律翻译第一人黄道秀	法制网
36	"新文科·新法学"学术研讨会在京举办	法制网
37	北京教育系统学习贯彻习近平总书记在清华大学考察时的重要讲话精神	北京电视台
38	同心同向！这群政法学子绽放出青春光芒	中央电视台《新闻直播间》
39	加强人才培养　助力涉外法治建设	中国教育电视台
40	深入学习贯彻习近平法治思想　统筹国内法治和涉外法治座谈会召开	中央电视台《热线 12》
41	《北京您早》：中国政法大学 800 名师生青春开跑	北京电视台
42	《特别关注》：800 名师生长跑　共迎校庆 69 周年	北京电视台
43	政法大学第三届法大人马拉松：锻炼意志品质铸造法大人精神	中国教育电视台
44	学好党史、法治建设史　助力法治人才培养	中国教育电视台
45	"新时代民法典"法大研究生宣讲团走进社区暨纪念《民法典》颁布一周年普法宣讲活动	北京电视台《都市晚高峰》
46	中国政法大学第三届法大人马拉松暨"我的青春法大"69 周年校庆长跑鸣枪开跑	法制网

序号	新闻标题	媒体平台
47	专家学者热议总书记回信：努力推动中华优秀文化创新性发展	人民网
48	中国政法大学举行庆祝中国共产党成立100周年党史高峰论坛	法制网
49	胡明：新时代法治建设的总指引——全面理解、深入领悟习近平法治思想的重大意义和精神内涵	人民论坛
50	"中国政法大学涉外知识产权高端人才公益培训班—海南自贸港站"在海南三亚举行	人民网
51	中国政法大学举行庆祝中国共产党成立100周年党史高峰论坛	党史学习教育官网
52	结对共建促发展　万寿路街道送法上门惠民生	中国新闻网
53	中国政法大学召开座谈会　深入学习贯彻习近平法治思想	《人民日报》
54	中国政法大学召开"深入学习贯彻习近平法治思想　坚持统筹推进国内法治和涉外法治"座谈会	《中国教育报》
55	中国政法大学召开"深入学习贯彻习近平法治思想　坚持统筹推进国内法治和涉外法治"座谈会	《光明日报》
56	中国政法大学第三届法大人马拉松开跑	《中国社会科学报》
57	中国政法大学教授、国家法律援助研究院院长吴宏耀：积极探索法治社会建设的中国方案	《中国社会科学报》
58	马怀德：构建具有中国特色的法学学科体系	《人民日报》
59	中国政法大学举行庆祝建党百年党史高峰论坛	《中国教育报》
60	新修订"两法"今起实施　未成年人保护事业迎来"里程碑"	中国教育网络电视台
61	《中华人民共和国反外国制裁法》正式施行	中央电视台《焦点访谈》
62	小学生体验模拟法庭：创新法治教育形式　提高教师团队素养	中国教育网络电视台
63	科学化立法　让个人数据不再"裸奔"	中国教育网络电视台
64	创新数据法学研究　首届数据法治高峰论坛召开	中央电视台《热线12》

续表

序号	新闻标题	媒体平台
65	中国政法大学法学院党委成功举办"学思享"大讲堂第三讲：以习近平法治思想引领司法改革	法制网
66	中国政法大学实施"五大工程"推动构建国际化办学格局	教育部官网
67	中国政法大学法学院党内法规研究所成立仪式暨党内法规学科发展学术研讨会举行	法制网
68	中国政法大学与北京同仁堂（集团）有限责任公司共建全国企业领导干部法治教育合作基地	法制网
69	李秀云：志愿服务——高校教师思政教育新路径	《中国教育报》
70	迈向"规划"时代的法治中国建设	《法治日报》
71	创新数据法学研究，助力数字中国建设	《法治日报》
72	中国政法大学举办数据法治高峰论坛	《中国教育报》
73	中国政法大学主办首届"数据法治高峰论坛"	《光明日报》
74	"文化传承创新与文明交流互鉴"专家座谈会在京举行	《人民日报》中央厨房
75	国际儒联"文化传承创新与文明交流互鉴"专家座谈会在京举行	《光明日报》
76	金平 张希坡 高铭暄 陈光中 四位"90后"建党百年话初心	《法治日报》
77	从一张白纸到门类齐全的社会主义法学学科发展历程 ｜《法治日报》庆祝中国共产党成立100周年特刊⑨	《法治日报》